主 角

上

陈彦 / 著

茅盾文学奖获奖作品全集

本书荣获第十届茅盾文学奖

人民文学出版社

图书在版编目(CIP)数据

主角：上下／陈彦著．—北京：人民文学出版社，2021
(茅盾文学奖获奖作品全集：特装本)
ISBN 978-7-02-014901-8

Ⅰ.①主… Ⅱ.①陈… Ⅲ.①长篇小说—中国—当代 Ⅳ.①I247.5

中国版本图书馆 CIP 数据核字(2021)第 193430 号

责任编辑　于文舲
装帧设计　刘　静
责任印制　任　祎

出版发行　人民文学出版社
社　　址　北京市朝内大街 166 号
邮政编码　100705

印　　刷　三河市中晟雅豪印务有限公司
经　　销　全国新华书店等

字　　数　744 千字
开　　本　880 毫米×1230 毫米　1/32
印　　张　29.875　插页 2
印　　数　1—20000
版　　次　2021 年 11 月北京第 1 版
印　　次　2021 年 11 月第 1 次印刷

书　　号　978-7-02-014901-8
定　　价　98.00 元(全二册)

如有印装质量问题，请与本社图书销售中心调换。电话:010-65233595

出版说明

一九八一年三月十四日,病中的中国作家协会主席茅盾致信作协书记处:"亲爱的同志们,为了繁荣长篇小说的创作,我将我的稿费二十五万元捐献给作协,作为设立一个长篇小说文艺奖金的基金,以奖励每年最优秀的长篇小说。我自知病将不起,我衷心地祝愿我国社会主义文学事业繁荣昌盛!"

茅盾文学奖遂成为中国当代文学的最高奖项,获奖作品反映了一九七七年以后不同时段长篇小说创作发展的轨迹和取得的成就,是卷帙浩繁的当代长篇小说文库中的翘楚之作,在读者中产生了广泛的、持续的影响。

人民文学出版社曾于一九九八年起出版"茅盾文学奖获奖书系",先后收入本社出版的获奖作品。二〇〇四年,在读者、作者、作者亲属和有关出版社的建议、推动与大力支持下,我们编辑出版了"茅盾文学奖获奖作品全集",并一直努力保持全集的完整性,使其成为读者心目中"茅奖"获奖作品的权威版本。现在,我们又推出不同装帧的"茅盾文学奖获奖作品全集",以满足广大读者和图书爱好者阅读、收藏的需求。

茅盾文学奖四年一届,获此殊荣的长篇小说层出不穷,"茅盾文学奖获奖作品全集"的规模也将不断扩大。感谢获奖作者、作者亲属和有关出版社,让我们共同努力,为当代长篇小说创作和出版做出自己的贡献,为广大读者提供更多的优秀作品。

人民文学出版社编辑部

上　部

一

　　她叫忆秦娥,开始叫易招弟,是出名后,才被剧作家秦八娃改成忆秦娥的。

　　易招弟为了进县剧团,她舅给改了第一次名字,叫易青娥。

　　很多年后,忆秦娥还记得,改变她命运的时刻,是在一个太阳特别暴烈的下午。她正在家对面山坡上放羊,头上戴了一个用柳条编的帽圈子,柳叶都被太阳晒蔫了。她娘突然扯破喉咙地喊叫,让她麻利回来,说她舅回来了。

　　她舅叫胡三元,在县剧团敲鼓。娘老骂她舅,说他是不成器的东西,到剧团学瞎了,作风有了问题。她也不知道啥叫个作风问题,反正娘老叨叨。

　　她随娘赶场子,到几十里地外,看过几回县剧团的戏,见她舅可神气了。他把几个大小不一样的鼓,摆在戏台子一侧。他的整个身子,刚好露出来,能跟演员一样,让观众看得清清楚楚。戏要开演前,他先端一大缸子茶出来。那缸子足能装一瓢水。他是不紧不慢地端着摇晃出来的。他朝靠背椅子上一坐,二郎腿一跷,还给腿面子上垫一块白白的布。他噗噗地吹开水上的浮沫,呷几口茶后,才从一个长布套里,掏出一对鼓槌来。说鼓槌,其实就像两根筷子:细细的,长长的。"筷子"头朝鼓皮上一压,眼看"筷子"都要折断了,可手一松,又立即反弹得溜直。几个敲锣、打铙的,看着"筷子"的飞舞,还有她舅嘴角的来回努动、下巴的上下含翘,以及眼神的左右点拨,就时急时缓、时轻时重地敲打起来。整个山沟,立马热闹非凡了。四处八下的人,循着热闹,急急呼呼就凑到了台前。招弟是后来才知道,这叫"打闹台"。其实就是给观众打招呼：戏要开始了，都麻利来看！看的人越多，她舅手上的小鼓槌就抡得越欢实，敲得那个快呀，像是突然一阵暴雨，击打到了房瓦上。那鼓槌，看似是在一下下朝鼓皮上落，落着落着，就变成了两个喇叭筒子，好像纹丝不动了。可那鼓，却发出了皮将爆裂的一迭声脆响。以至戏开始了，还有好多人都只看她舅，而不操心场面上出来的演员。好几次，她都听舅吹牛说，附近这七八个县，还找不下他这好的敲鼓手艺。省城大剧院的戏，舅说也看过几出的，就敲鼓那几下，还没有值得他"朝眼窝里眨的"。不管舅吹啥牛，反正娘见了就是骂，说他一辈子只知道在女人窝里鬼混。三十岁的人了，还娶不下个正经媳妇，骚气倒是惹得几个县的人都能闻见。后来招弟去了县剧团，才知道她舅有多糟糕，把人丢的，她几次都想跑了算了。这是后话。

她从坡上回来，她舅已经在吃她娘擀的鸡蛋臊子面了。她爹在一旁劝酒。舅说不喝了，再喝把大事就误了。

舅对娘说："麻利把招弟收拾打扮一下，我赶晚上把娃领到公社住下，明天一早好坐班车上县城。看你们把女子养成啥了，当牛使唤哩，才十一岁个娃娃么。这哪像个女儿家，简直就是个小花子，头蓬乱得跟鬼一样。"

要是放在过去，娘肯定要唠叨舅大半天。可今天，任舅怎么说，娘连一句话都没回，赶紧张罗着要给她洗澡、梳头。舅还补了一句说："一定要把头上的虱子、虮子篦尽，要不然进城人笑话呢。"她娘说："知道知道。"娘就死劲地在她头上梳着篦着，眼看把好些头发硬是从头皮上薅掉了，痛得她眼泪都快出来了，娘还在不停地梳，不停地篦，她就把头躲来躲去的。娘照她后脑勺美美磕了几下说："还磨蹭。你舅给你把天大的好事都寻下了，县剧团招演员，让你去哩。头上这白花花的虮子乱翻着，人家还让你上台唱戏？做梦吧你。"说着，又磕了她一下。

招弟也不知是高兴，还是茫然，头嗡地一下就木了。她可是连做梦都没想过,要到县剧团去唱戏的。这事,她舅过去喝酒时也提过,说啥时要是剧团招人了,干脆让姊妹俩去一个,也好给家里减轻一些负担。她想,那咋都是她姐来弟的事。来弟比她漂亮、能干,她就是一个笨手笨脚的主儿。娘老说,招弟一辈子恐怕也就是放羊的命了。可没想到,这事竟然是要让她去了。

洗完头,娘给她扎辫子的时候,她问:

"这好的事,为啥不让姐去?"

娘说:"你姐毕竟大些,屋里好多事离不开。我跟你参商量来商量去,你舅也同意,还是让你去。"

"我去,要是人家不要咋办?"她问。

娘说:"你舅在县剧团里,能得一根指头都能剥葱。谁敢不要。"

娘把她姐的两个花卡子从抽屉里翻出来,别在了她头上。这是姐去年挖火藤根,卖钱后买下的,平常都舍不得戴。

"姐让不让戴,你就敢给我戴?"她说。

"看你说得皮薄的,你出这远的门,戴她两个花卡子,你姐还能不愿意。"

娘说完,咋看,又觉得她身上穿的衣裳不合适。不仅大,像浪浪圈一样,挂搭在身上,而且肩上、袖子上、屁股上,还都是补丁撩补丁的。就这,还是拿娘的旧衣裳改的。娘想了想,突然用斧子,把她姐来弟的箱子锁砸了。娘从那里翻出一件绿褂子来。那是来弟姐前年过年在供销社买的,只穿了两个新年,加上六月六晒霉,拿出来晒过两回,再没面过世的。不过两年过年,来弟姐都让她试穿过,也仅仅是试一下,就赶紧让她脱了。平常一直锁在箱子里,钥匙连娘都是找不到的。

她咋都不敢穿,还是娘硬把绿褂子套在了她身上。明显大了些,但她已经感到很有派、很美观、很满足了。

姐那天得亏不在,要是在,这衣服不定还穿不成呢。

出门时，舅看了看她说："你看你们把娃打扮的，像个懒散婆娘一样。再没件合身衣服了？"

娘说："真没有了。就身上这件，还是她姐的。"

舅无奈地叹了口气说："唉，看看你们这日子。不说了，到城里我给娃买一件。走！"

刚走了几步，娘就放声大哭起来。

娘突然跑上去一把抱住她，咋都不让走。娘说娃太小，送去唱戏，太苦了。就是在家放羊，也总有个照应，这大老远的，去了县上，孤孤单单的，娃还没满十一岁呢。娘越想越舍不得。

舅说："放你一百二十个心，娃去了，比你们的日子受活。一踏进剧团门槛，就算是吃上公家饭了。你扳指头算算，咱九岩沟，出了几个吃公家饭的？"

算来算去，这么些年，沟里还真只出了舅一个吃公家饭的。

爹就劝娘，说还是放娃走，不定还有个好前程呢。

招弟就眼泪汪汪地跟着舅走了。

刚出村子，她舅说："得把名字改一下，以后不要叫招弟了。来弟、招弟、引弟这些封建迷信思想，城里人笑话呢。就叫易青娥吧。省城有个名演员叫李青娥，你叫易青娥，不定哪天就成大名了呢。"舅说完，还很是得意地笑了笑。

突然变成易青娥的易招弟没有笑。她觉得舅是在说天书呢。

易青娥舍不得娘，也舍不得那几只羊，它们还在坡上朝她咩咩叫着。

十几年后，易青娥又变成了忆秦娥。

在她的记忆深处，那天从山里走出来参加工作，除了姐的两个花卡子和一件绿褂子外，娘还硬着头皮，觍着脸，从邻居家借了一双白回力鞋，两只鞋的大拇指处都有点烂。不过人家很细心，竟然用白线补出了两朵菊花瓣。鞋才洗过，上过大白粉，特别白。虽然大了几码，娘还给鞋里塞了苞谷叶子，但穿上好看极了。她一路走,还一路不停地朝脚上看着。惹得舅骂了她好几回,说眼睛老盯在脚背上,跟她娘一样,都是些山里没出息的货。

多少年后,剧作家秦八娃给秦腔名伶忆秦娥写文章时,是这样记述的:

> 那是1976年6月5日的黄昏时分,一代秦腔名伶忆秦娥,跟着她舅——一个著名的秦腔鼓师,从秦岭深处的九岩沟走了出来。
>
> 那天,离她十一岁生日,还差十九天。
>
> 忆秦娥是穿着乡亲们送的一双白回力鞋上路的……

二

易青娥跟着舅,在公社客房歇了一晚上。

公社好几个人跟她舅都熟。晚上来房里谝,还弄了半坛子甘蔗酒,就着一碗腌萝卜,七七八八地干喝了半夜。易青娥睡在里间房,盖着被子,装睡着了,就听他们谝了些特别没名堂的话。有的易青娥能听懂,有的一点都听不懂。他们问她舅:"剧团人,是不是都花得很?"几年后,易青娥才知道"花"是啥意思。她舅说:"都是胡说哩。"有人说:"哎,都说剧团里的男女,干那事,可随便了。"舅说:"照你们这样说,好像剧团人的东西,都长在手心了,手一挨,麻达就来了。那是单位,跟你们这公社一样,要求严着哩。你胡朝女的身上挨,一胡挨,搞不好就开除尿了。你们这公社好几任书记,不都招这祸了?"后来,喝着喝着,大家开始审问她舅:"听说你胡三元,就是个花和尚啊!"都问他在剧团到底有几个相好的。舅死不承认,几个人就要扒舅的裤子。舅说:"有娃在呢,有娃在呢。"有人就把中间的格子门拉上了。她听见,几个人好像到底还是把舅的裤子扒了。舅好像也给人家承认,是有一个的。再后来的事,她就不知道了。

第二天一早,她跟舅坐班车去了县城。车在路上还坏了几次,到县城已是杀黑时分。易青娥东张西望着,就被她舅领进了一个窄得只能骑自行车的土巷子。高一脚低一脚地走了好久,终于有一个门洞,大得有两人高,五六个人横排起来那么宽,歪歪斜斜地敞开着。

舅说:"到了。"

里面有个院子,院子中间有根木杆,上面挑着一个灯泡。灯泡上沾满了细小的蚊虫。还有一蓬一蓬的虫子,在跃跃欲试着,一次次朝灯泡上飞撞。

有人跟舅搭腔说:"三元回来了。"

舅只哼了一声,就领着她进了前边院子。

所谓前后院子,其实就是用一排平房隔开的。

整个院子很大很大,是由几长溜平房合围起来的。

易青娥还从来没见过这么大的院子。

前院也是中间竖了根木杆,杆子上吊个灯泡。灯泡是被一个烂洋瓷盘样的罩子扣着。无数的蚊虫也在拼命朝光亮处飞扑着,有的沾到灯泡上,有的跌落在地下了。地上,是厚厚的一层飞虫尸体。

前后院的灯杆下,都有一个水池子,有人在那里冲洗得哗啦啦一片响。

她舅刚走进前院,就有人招呼:"三元,你跑**呢,今天我们在院子里逮了一条菜花蛇,刚吃完,你就回来了。"

"吃死你。"她舅说着,就领她走进一个拐角房里去了。

舅的房不大,摆了一张床,还有一张条桌,一把老木椅,一个洗脸盆架子。房的正中间支着他的鼓。一个灯泡,把用报纸糊的墙和顶棚,照得昏黄昏黄的。

舅的床干干净净的。被子和枕头,都用白布苫着。易青娥累得刚想把屁股端上床,就被舅一下拉了下来,说:"屁股那么脏,也不打一下灰,就朝床上赖。"说着,舅把枕头旁边一个很讲究的刷子拿过来,在她身上、屁股上,细细扫了一遍。舅说:"剧团可都是讲究人,千万别把放羊娃那一套给人家带来了。脏得跟猪一样,咋跟人在一起排戏、唱戏呢?"

易青娥刚在床拐角坐下,就见一个女的闪了进来。易青娥一下认出来了,这不就是上次在公社看戏,那个演女赤脚医生的吗?她吓得急忙从床边溜了下来。

那女的倒是和善,先开口了:"这就是你姐的娃?"

舅噢了一声。

那女的突然扑哧笑了:"不会吧,这娃咋……"

不知她想说啥,舅急忙给她挤眼睛,她就把话咽回去了。

舅说:"这就是剧团的大名演,胡彩香。叫胡老师。你看过胡老师戏的。"

易青娥怯生生地点点头。

舅对胡彩香说:"这回靠你了噢。下个礼拜就考试,你无论如何得把娃带一带。先把唱腔音阶教一下,再给娃把胳膊腿顺一顺,能看过去就行。"

胡彩香说:"哎,这回报名的可不少,据说是五选一呢。"

舅说:"哪怕十选一呢,剧团人的亲戚还能不照顾?"

胡彩香说:"你看你才回去两天,就啥都不知道了。今早才开的会,黄主任说了,这回要坚决杜绝走后门的风气,团内团外一个样。"

舅把牙一咬:"嚼他娘的牙帮骨。不收我姐的娃,你叫他试试。"

胡彩香急忙掩嘴说:"你悄声点。小心人家听见,又开你的会哩。"

"开他妈的个瘪葫芦子!"舅骂开了。

胡彩香急得直摇头:"你就是个挨了打,不记棍子的货!"

"记他妈的瘪葫芦子记!"

"好了好了,我都不敢跟你多说话了,一搭腔,躁脾气就来了。明晚又演《向阳红》呢,你知道不?"

"给谁演?"

"说是上边来了领导,专门检查啥子赤脚医生工作的。"

"重要演出,那肯定是你上么。"

胡彩香把嘴一撇:"哼,看把你能的。我上,我给人家黄主任的老婆,还没织下背心呢。"

"啥事吗?把人说得稀里糊涂的。"舅问。

"你不知道了吧。那骚货前一阵,在县水泥厂弄了十几双线手套,拆呀缠呀的,不是老在用钩针,钩一件菊花背心吗?你猜最近穿在谁身上了?"

"黄主任的老婆?"

"算你娃聪明!昨天晚上下了场雨,那女人就穿着出来纳凉了。你说这么热的天气,好不容易下点雨,都不怕捂出痱子来。嘿,人家就穿出来了,你有啥办法。哼,穿么,哪一天把那个米妖精,勾引到她老汉的床上,她就不穿了。"胡彩香说得既眉飞色舞,又有些酸不溜溜的。

舅说:"都定了,让米兰上?"

"人家今天把戏都练上了。"

"让她上么。明明不行,领导还要硬朝上挡呢。看我明晚不把这戏,敲得烂包在舞台上才怪呢。"

胡彩香又撇撇嘴说:"吹,吹,可吹。小心明晚上给人家献媚,把糖都喂到人家嘴里了。"

"我给她献媚?呸!"

胡彩香说:"我就看你明晚能拉出一橛啥硬货来。"

"放心,那些给领导献媚的,我都有办法收拾。"舅把话题一转,说,"你可得把这娃的事当事。"

胡彩香说:"放心。你这窄的床,又是个女娃,睡着多不方便,到我那儿睡几天吧。刚好,我也能给娃说说戏。"

舅说:"那就太麻烦你了。"

"看你那死样子,还说这客气话。"胡彩香说着,就把懵懵懂懂的易青娥拉到她房里去了。

胡彩香的宿舍跟她舅的宿舍中间只隔了一个厨房。房子一样大,里面摆设也几乎差不多。不过胡彩香毕竟是女的,房里就多了许多梳子、发卡、雪花膏之类的东西。走进去,先是一股香味扑鼻而来,甚至有些刺人眼睛。胡彩香到院子里端了一盆凉水回来,又把暖瓶里的热水兑了兑,让易青娥洗了麻利睡。她出去到院子里,跟水池子附近坐着的人谝闲传去了。易青娥听见,那些话里,有一句没一句的,都与那件菊花背心有关。

易青娥洗完后,就上床缩成一团,胆怯地睡在胡彩香的床拐角了。

外面有水声,有说话声,还有笛子声、胡琴声、唱戏声,再有夜蚊子的嗡嗡轰炸声。

易青娥突然有些害怕,把身子再往紧里缩了缩,几乎缩成了蚕蛹状。

在山里放羊,即使走得再远,她都没害怕过。但在这里,她害怕了。她觉得唱戏好像没有放羊那么简单。她想回去,却又不敢对舅讲。她用毛巾被把头捂起来,偷着唤了一声"娘",眼泪唰地下来了。

三

易青娥也不知昨晚是啥时睡着的,反正早上是被唱戏声吵醒的。在山里,一大早,几乎都是被鸟和家禽的叫声吵起来的。除了放牛娃的吆牛声,偶尔也会有人喊几声山歌,哪里还能听到这么好的唱戏声呢?并且不是一个人唱,而是好几十个人在唱。有的在院子里唱,有的就在自己房里唱。还有乐器声,都是单打独吹。一切就像山里的大蜂巢,突然被人戳了一棍,或是被谁拿石头砸了个大窟窿,狂奔出来的蜂,能嗓咏得一条沟里,几天都听不见人声水响。

易青娥看到的剧团清晨,竟然是这样一个蜂巢遭劫的所在,感到好新鲜。她急忙穿了起来。她看见胡彩香把房门大开着。胡彩香的一条腿,蹬着门框的右下角,一条腿,却高高跷在门框的左上方。两条腿像是撕开了翅膀的鹰一样,绷成一字状,裆那一块,甚至让平行的"一"字,随着闪动的节奏,还一次次变成了反弓形。易青娥知道,这叫压腿。剧团人腿都很软,她随娘赶场子看戏时,就见他们随时随地、有事没事的,都能高高地端起一条腿来。脚尖随便就能够着鼻尖,并且一边够着,嘴里还一边在"咦咦啊啊"地喊嗓子。胡彩香也在喊,但声音好像压着。见她起来,才大声"咪咪咪嘛嘛嘛"了几下。

"来,洗把脸,我教你练练音阶、音准。"胡彩香指了指脸盆说。

易青娥见脸盆里的水早打好了,就轻手轻脚地洗了两把。她想上厕所,哼哼唧唧地问胡老师:"茅厕……在哪儿?"

"茅厕?"胡彩香一愣,"噢,我知道了,厕所,是吧?你舅原来也叫过茅厕来着。以后别这样叫了,好土气的。"

胡彩香把厕所位置一指,易青娥就顺着墙脚,朝那儿溜去。

出了门,她才看见,院子里到处都是人。有高高端着腿的,有靠着墙"倒竖阳桩"的。很快她就知道,那不叫"倒竖阳桩",叫"拿大顶"。还有在院子里翻跟头的,玩棍的。她不敢看,只把眼睛杵在自己的脚背上。走到舅的门口,她听到里面的板鼓声,敲得就跟铁锅炒豆一样啪啪乱响。舅嘴里还念念有词的:"嘟儿——八、达、仓！仓才,仓才,仓儿令仓,一打打,才!"她朝舅看了一眼,见舅精力正集中着,把鼓敲的,自己两个腮帮子都胀多大。她就急忙低头走过去了。

叫厕所的茅厕,大得吓人。光女的这边就七八个坑。蹲在里面的两个女人,嘴里还在哼着戏。她有些不好意思蹲,就溜出来在门口等了等。有出来的,又有进去的。实在等不及,她只好硬着头皮又溜进去,在墙拐角低头蹲下了。

"哎,米兰,听说今晚《向阳红》,是你唱赤脚医生?"一个女的问。

米兰这名字,昨晚胡彩香老师和她舅好像提起过。她就扯长耳朵听了起来。

"唉,人家演得不要了,让咱掠掠西瓜皮哩。"

"胡说呢,你现在是黄主任跟前的大红人了,还掠谁的西瓜皮呢。"

那个叫米兰的好像很生气,说:"谁嚼牙帮骨哩,我还是人家的大红人了,谁嚼的?"

另一个急忙说:"看你这热脸子,大红人还不好?我想当,可这黑板头,当不上么。"

那个叫米兰的,一下提起裤子说:"谁再嚼舌头,小心烂舌根子。"说着一冲就出去了。

另一个也不蹲了,一边提裤子一边说:"哟哟,想朝台中间站,还怕挨砖头哩。看把你个碎货能的些。"说完也出去了。

易青娥只感到阵阵害怕。村里人也相互斗,相互戳黑窝子哩,不是为葱蒜、鸡蛋,就是为地畔子。可不像这剧团里,好像都是为唱戏争哩。她正纠结着,就听隔壁男厕所里,传来几个说话的声音:

"你狗贼拿了半天大顶,还把裤裆顶得跟帐篷一样。"

"娶个媳妇,帐篷一下就塌了。"

"娶鬼哩。你没看咱这女同胞,都叫社会上的人号完了。咱们也只好干尿敲破炕板了。"

"不用敲,有办法。"

"啥办法?"

"用铁丝把那家伙捆起来。"

一阵哈哈大笑声过后,就听一群人又从男厕所那边哄哄闹闹出去了。

易青娥觉得剧团人太怪了,都怪得让人接受不了。

回到胡彩香房里,胡老师就给她教起拔音阶来:

"1——,2——,3——,4——,5——,6——,7——。"

"哆——,来——,米——,发——,索——,拉——,西——。"

胡老师要求她一个音一个音地朝上唱。

她嫌丑,不敢出声。

胡老师就说:"唱戏还怕丑,那就只好跑龙套了。唱戏先得胆子大,敢做动作敢发声。这叫自信心,懂不懂?"

她就试着把声音往大里唱。好在外面是一笼蜂地乱咏,大声唱也就唱了。

没想到,胡老师还有些惊讶:

"哎呀,哎呀,娃嗓子好着哩呀!有人教过吗?"

易青娥直摇头说:"没有。"

是真的没有。要说唱,那就是放羊时,在坡上乱喊过。跟前没人,着急,不喊能憋疯。就喊,就唱。有时甚至把嗓子都能唱哑了。可那不是唱戏,那就是山里人胡喊叫的歌子。放牛的、砍柴的、挖地的,谁都能喊几句。易青娥还生怕把人丢了,没想到,胡老师大为吃惊,端直去把她舅叫来说:"娃嗓子好着哩!没想到,音域宽,还甜得很。就是音准有点问题,是没训练过,不像是天生的左左嗓子。要好好教,不定还能教出个台柱子来呢。"

舅就吹上了:"你以为呢,没这点条件,我还能把自家的外甥女胡乱朝剧团塞？你知道不，她爹过去就唱过皮影戏，还是远近闻名的好唱家呢。"

"是不是？"

"还能哄你？现在是不让唱了，要让唱，到县里来唱，把剧团有些烂唱家都能吓死。"

"吹，吹，可吹。"

易青娥过去倒是隐隐约约听村里人说过，她爹是能唱皮影戏的。她还问过，爹一口让她把嘴闭了。爹说："胡说啥呢，那是'四旧'，爹啥时唱过了？再胡说，小心抽烂你的嘴。"她也不知"四旧"是个啥，就再没敢问了。要不是舅今天提起，她把这事都快忘记了。

胡老师的肯定，倒是让她有了信心，这声音也就越唱越大了。

胡老师又给她教了些简单的动作，要她考试时大大方方的，说："别蹴头缩脑的，就保准能过。还有你舅哩么。谅他谁也不敢得罪了你那个'刺儿头'舅。"

易青娥照胡老师教的，先当着胡老师练，下午舅去排练了，她又到舅房里练。排练厅在舅房的斜对面，易青娥听到那里整整响动了一下午。

晚上，舅说让她去看戏，并要她就坐在乐队的后边。舅说底下有大领导，不让闲人进观众池子乱窜的。

快开演前，她随着舅到舞台一侧坐下了。

易青娥坐的地方特别靠后，加上个子矮，视线基本让乐队人挡完了。她只能看到演员的头部，再就是演员的上下场。这反倒让她觉得稀奇、新鲜。

啥叫演员，在这里看得最清楚：上场前还在拿棍相互戳着玩呢，一旦出场，立马就是干部、群众、医生、支书了。尤其是下场。在场上还立眉火眼、提气收腹的，刚一走进幕帘，立马猴下身子，就骂将起来："贼他妈，台上热得两个蛋都快捂熟了。"

易青娥特别担心的是,今晚演出会出事。因为她听舅给胡老师保证过,一定要把戏敲烂在舞台上的。怎么敲烂,她不懂,但不是啥好事,是一定的。

她舅在正规舞台上敲戏,显得比在山村更威风。乐队二十几个人,都平摆着。只有他,是坐在一个高高在上的架子上。架子方方正正,比农村老八仙桌还大些,但矮些。舅把大小四个鼓围着身子摆着。他一手操牙板,一手操鼓尺。他手上、嘴上、眼睛上的所有动作,都跟乐队、演员有关。后来易青娥才知道,敲鼓的,在西洋大乐队里,那就是指挥,是卡拉扬,是小泽征尔。难怪她舅说啥话都那样冲,那样有底气。

戏刚开始一会儿,胡彩香老师就拿着一个喝水杯子来了。她不坐,是一直站在远远的地方,朝台上睄着的。尤其是米兰上场后,她会不停地寻找角度,从几个侧幕条处,朝台上张望。更多的时候,她把眼睛盯着舅。易青娥发现,舅自开戏后,就很少朝别的地方瞅了。他只盯着演员的动作,盯着拉板胡的,盯着敲锣打镲的,几乎没朝胡老师那里看过。但他肯定知道,胡老师就站在离他不远的地方。那眼光,是一直带刺盯着他的。

易青娥一直担着心,偏偏直到戏结束,什么也没发生。在大幕合上的时候,拉板胡的还长叹了一口气说:"今晚这戏,是演得最浑全的。米兰进步了!"

只听身后嗵的一声响,一片像石头的布景,被胡老师踢了个底朝天。然后,她看都没看谁一眼,就气冲冲地走了。

奇怪的是,大家都不看胡老师的背影,只看她舅。有的还相互撇着嘴,意思好像是叫看她舅的反应。

她也在看舅。她舅已经累得没了一丝气力,完全瘫软在了椅子上。

大家就各自收拾乐器,三三两两地起身走了。

易青娥帮舅把擦脸毛巾扭了一把,毛巾就跟刚从洗脸盆里捞起来的一样,扭出好多水来。她递给舅,舅连接毛巾的气力都没有了。她就帮着舅,把脸和脖子擦了一下。她看见,舅穿的背心和裤子都湿完了。舅把屁股一抬,椅子上的水,正顺着椅子腿朝下滴答着。演一晚上戏,她舅的屁股,连一下都没离开过椅子,神情一直是高度集中着。难怪她听舅抱怨说:敲鼓就不是人干的。

舞台上,领导一直在接见演员。说些啥,旁边也听不清。舅好像也不太关心那些事。他慢慢缓过劲来,就开始用小布袋装着鼓槌、牙板。甚至连那个大老碗一样的板鼓,也都被他仔细地包了起来。易青娥要帮忙,舅还不让。

就在舅快收拾完东西的时候,几个人朝他走了过来。其中走在最中间的,是一个瘦瘦的、高高的人。他在冲舅笑。易青娥一眼看见,这人嘴里,是镶着一颗黄亮亮的金牙的。

那时候,谁嘴里能镶一颗金牙,可是太了不得的事了。他们老家,鹰嘴公社的书记娘子,嘴里就是有这样一颗金牙的。她见人老笑,一笑金牙就露出来了。金牙一露出来,就都知道她是书记娘子了。

走在镶了金牙人旁边的一个人,先开口说:"胡三元,黄主任专门来看你了!"

易青娥就算把黄主任对上号了。

黄主任说:"胡三元,领导都表扬了,说今晚戏好。大家都说你敲得好,节奏把握得准。我和朱副主任代表团上,要口头表扬你一次!"黄主任把朱副主任的"副"字咬得很重。

舅却啥反应都没有,还在用布套蒙着他的大鼓。

那个叫朱副主任的又说:"累坏了吧,赶快回去冲个澡,好好休息一下。"

舅也没反应。蒙完大鼓,他就提起东西走了。

易青娥远远地跟着。

只听黄主任有些不高兴地嘟哝:"看这尻毛病。"

那个叫朱副主任的急忙说:"累了,是太累了。唱戏这行,有时敲鼓的,是能活活累死在侧台的。"

后来易青娥才搞明白,那时剧团团长不叫团长,叫主任,说是革委会主任。

朱副主任自然就是副团长了。也有人把朱副主任叫"朱副"的。

易青娥跟舅刚回到房里,胡彩香老师就跟了进来。胡老师二话没说,照她舅脸上就是一耳光。

她舅竟然也没还手,就那样木呆呆地杵在那里,还像是犯了好大过错似的,有点不敢看胡老师。

胡老师恶狠狠地说:"你不是说要把那狐狸精的戏,敲烂在舞台上吗?怎么不见敲烂,反倒还朝浑全地箍哩。你是吃了人家什么药了?黄主任骚情呢,你是不是还想沾点荤腥?看那狐狸精的一对骚眼,还一个劲地给你放电哩。你那死鱼眼睛,也一个劲地给人家乱翻白呢,都不怕把眼珠子翻掉出来。哼,还哄我呢。你狗日胡三元,就是个最没良心的东西,团上批你白专道路,活该!咋不把你个瞎怂枪毙了呢。"

任胡彩香怎么说,怎么骂,舅都不开口。骂得急了,舅才回了一句:

"人家米兰的确下功夫了,戏也进步了。人家戏好,我咋下手?"

"呸!不是骚狐狸的戏好了,而是你的心肠变坏了。把我的便宜占了,又想吃新鲜豆腐了。胡三元,你狗日等着吧,等着再批判你这个黑板头的时候,我还偷偷给你做好吃的,让你钻到我怀里淌猫尿?我这回要不第一个站出来,揭露你这个大瞎怂,我就不是我妈生下的。你就等着瞧吧!呸!"

胡彩香把门甩得嗵地一下,走了。

易青娥感觉,那顶棚都差点被震得塌了下来。

舅闷了好一阵,才对她说:"你睡,我出去走走。"

她舅刚要出门,那个叫米兰的主演掀门帘进来了,她手里还拿着一个冰棍,硬要塞给舅。舅就把冰棍转手给了她。她那时还不知道冰棍是个什么东西。

米兰除冰棍外,还给舅拿了一条新毛巾,说:"三元,太感谢你了,给我敲得这么好,让我都不知说啥好了。这还是我在省艺校学习时买的一条好毛巾,送给你,擦擦汗。算是感谢你了!"

"不要不要。你戏进步了,我好好敲是应该的。"舅说着,就把毛巾朝米兰手上塞。

米兰已退出门外,把门拉上了。

舅拿着毛巾看了看,正要朝里边抽屉塞呢,却见胡彩香又冲进来了。

那毛巾只塞进去一半,另一半还露着。

胡彩香:"咋,还真骚情上了。当着一院子人的面,就敢送货上门了。"

舅还是没话。

倒是把易青娥吓的,急忙把冰棍压在了枕头下。

胡彩香一把抓过易青娥的手说:"走,到我那儿睡去。你舅是个大瞎怂,可不关你的事。我既然昨晚让你睡了,今晚还过去睡。"说着,就拉着她的手朝门口走。都快出门了,胡老师却一眼扫见了那条毛巾,立即站住了。

舅是想拿身子挡一挡的,谁知胡彩香冲上前,一把拉出毛巾,端直戳到了舅的脸上:"这是啥?这是啥?看你还能背着牛头不认赃?这赃物可是我和那狐狸精一起在省城学习时,在解放路买的。我给了你一条,把你的脏脸还擦不净是吧?还要再收一条,留着擦脏尻子,是吧?我叫你擦,我叫你擦……"说着,胡老师抄起桌上的剪刀,可里麻茶,就把一条新毛巾,剪成了拖把条。

剪完,胡彩香又狠狠抓起易青娥的手说:"走!"就把她跟跄地拽出了门。

院子里的人,都用古怪的眼睛朝这边趄摸着。

四

易青娥被胡彩香拉进房里,胡彩香还在骂她舅,说她舅是个没良心的东西,帮米兰那个狐狸精,就是往她伤口上撒盐,就是给她心尖上攮刀。那时的易青娥是搞不懂这种仇恨的。后来她成了主角才知道,演员争角色,那是一件何等了得的事,有人为这个,恨不能剥了人的皮,喝了人的血。

胡彩香再骂,她都装作听不懂。她睡在那里,也不作声,只听胡彩香唉声叹气的,在床上翻滚了一晚上。

第二天一早,胡彩香还是在教她拔音阶,做动作。只是夹枪带棒的,可没少骂她舅胡三元。

练完唱,回到舅房里,舅还在练着敲鼓那一套。舅问她:"咋样,胡彩香没欺负你吧?"她说没有。舅就说:"天底下都难找到这样的疯婆子。"舅说完,还练他的鼓板,好像世上什么事都没发生过一样。她看了一下床,突然蒙了,舅把被子、枕头全换洗了。舅边敲鼓边说:"你昨晚把冰棍塞在枕头下了,害得舅洗了半晚上。"

胡彩香这一天都没来。晚上,她又冲进房,把她抓过去睡,但跟舅却没招嘴。

就这样,胡老师又气呼呼地把她训练了几天,就开始考试了。

那天人特别多,舅说有三百多人参加考试。加上家长,院子里里外外都拥满了人。

易青娥从窗户上偷偷朝外看,发现人家都比她长得好,穿得好。用胡彩香老师的话说,都长得"展脱"得很。演员要的就是"展脱"。好几个女孩子,都穿的是花格子的确良衬衣。还有几个干脆穿着花裙子。易青娥只是在电影上见过这种穿法,真是好看极了。听舅说,今年光县城就有好几十个人考试呢。说这是以往少见的现象,演戏还成红火事了。不过舅说不要怕,让她只管好好考就是了,剩下的事有他呢。

就在考生要集合的时候,胡彩香突然过来,一把把易青娥拽到她宿舍去了。进房二话没说,就让她把裙子换上。裙子是新的,好像刚买回来。胡老师还跑得满头大汗的。其实她身上穿的也是新衣裳,是她舅昨天才给她买的。舅故意买得大了些,说以后缩水、长个子了还能穿。却被胡彩香臭骂了一通:"看你那死烂舅,有眼无珠的货,给你买下这号怀娃婆娘的衣服,不是让你上台丢人现眼去吗?快脱了,让他拿去给那个骚狐狸精穿去。"说着,胡彩香三下五除二地把她身上衣服全剥下来,换上了裙子。一下弄得她连手脚都不知朝哪儿放了。胡老师说:"你看看,你看看,人凭衣裳马靠鞍。这一打扮,不也像个样子了吗?靠你那个死舅,啊呸!吃屎去吧!"骂着骂着,把她自己都骂笑了。就这还不过瘾,她又补了一句:"你舅绝对不是个好子儿,你知道不。就是那个稻田里的稗子,你知道不。"

易青娥也被胡老师骂笑了。

胡彩香说:"把鞋也换了。看你那大'摇婆子'鞋。也真是的,你舅个死啬皮,连鞋都舍不得给外甥女买一双。"

易青娥说:"舅要买的,我不要。"

易青娥穿的还是娘给她借的那双回力鞋。这几天,她早早就把鞋洗白晒干了。她觉得那双鞋是最美的。可胡老师还是让她脱了,给她换上了新凉鞋,也是胡老师刚买回来的。胡老师说:"穿上这鞋才跟裙子般配哩。"

院子里有电声喇叭在不停地喊叫,要所有家长都退出去,说考试不许在现场打扰。接着,就喊考生抽号了。易青娥抽了个十四号。胡彩香说:"你这娃咋抽得这背的,号太靠前不说,还不吉利。

臭手爪子!"胡老师还打了一下她的手心。想让她重新抽,可管考试的都是上边来的,不让。就只好听天由命了。

考场分两摊:一摊在舞台上,考形体;一摊在后院子,考声乐。

开考前,先都在剧场池子里集合。由黄主任主持,上边来人讲话。那人讲了好半天,嘴角都讲起两堆白唾沫了,还在讲。底下的娃娃们就嗡嗡开了。只见黄主任把话筒一拍,像炸雷一样咚咚咚响了几声,池子才安静下来。那人继续讲着"不能走白专道路""不能养成资产阶级生活作风"啥的。反正易青娥一句也听不懂,就一直把心思放在了新衣服、新凉鞋上。那人终于讲完了,考试才宣布开始。易青娥的心,突然跳得比她舅的鼓点还要急起来。

前边考过的,和后边的还不能交流。考完形体,就直接从池子出去了。易青娥就那样懵懵懂懂在后台等着。那阵儿,舅也不见了,胡彩香也不见了,只有一个个她不认识的考生。县城的娃,明显比乡下来的张狂。等着考试呢,就能在后台打起来。而乡下来的,都吓得溜墙摸壁的,大气也不敢出。当她被"十四号"的喊叫声,叫到侧台候场时,两条瘦腿抖得是咋都撑不住本来就削薄的身子骨了。她在想着舅的话,还有胡彩香老师的交代,都是要她大大方方、自自然然的。说上场就跟底下没人一样才好。她想,无非是考不上,考不上还回去放羊了事。从这几天看来,唱戏好像也不是一件啥好事,为啥非要唱戏呢?这样一想,反倒轻松了许多。也不知咋的,她的腿也不抖了,心也不乱跳了,瓜不唧唧地戳上了舞台。

到了前台,她才发现,她舅就坐在池子的后边。

前边坐了一长排人,每人面前都放着一沓纸,自是考官了。

她一眼看见,考官里还坐着米兰。她的心,不知咋的,又嗡地一下乱了。

她定了定神,就听米兰说话了:"十四号,先放开在舞台上左走三圈,再右走三圈。开始。"

这阵儿,易青娥也分不清哪是左,哪是右了。有人用一根藤条指了指,她就走起来。她知道,这是看考生腿脚有没有毛病的。走完后,又让一个教练在舞台上指挥着,做了好多动作。都是伸胳膊伸腿的,看胳膊是不是直溜,腿是不是罗圈,或者 X 形。好在,这些是胡老师都验过的。说她除了有点撅屁股,还没啥大的毛病。要她走路时,把屁股朝回吸一吸就行了。再后来,就是念一段话。有人把一张纸拿过来,上边印着满篇的字,要求大声念出来。这也是她最害怕的环节。因为她只念完小学就没念书了。不过舅说过,不会念了也别怕,到这考试的,大多都是小学生,念不下来,也会让你随便说一段话的。主要是看你口齿清不清,有没有口吃,害怕把那些"半语子"或者傻瓜招进来了。只要你能好好说话,就不怕。果然,那片纸上的字,她咋看都有好多不认得。考官就让她随便说了。

下面这段话,是胡老师提前让她背好的。刚好是《向阳红》里赤脚医生说的。她就放大声地背了出来,虽然她一点都不明白里边的意思:

> 梁支书,你批评得很对,我最近是犯了不少错误,尤其是白专道路的错误。我以为,到县医院进修三个月,跟大夫学了看病的技术,回来就能翘尾巴了。这是典型的白专道路思想在作祟。还有就是资产阶级生活作风在作怪。我竟然学起了城里的洋小姐,用烙铁把头发烫成了卷卷毛,还穿起了布拉吉,蹬上了白网鞋。走在乡村的路上,嫌泥土多了,牛粪臭了。进了贫下中农的家里,坐在炕头上,也害怕把衣服弄脏了。没有想到,我会在白专道路和资产阶级的道路上,滑得这么远。要不是梁支书您苦口婆心地教育,我可能要犯更大的错误了……(抽泣)梁支书,我今天向您保证:立即脱了这身资产阶级生活作风的外衣,继续穿上赤脚医生的草鞋。我要永远走在无产阶级的康庄大道上……

当易青娥拿腔拿调地背完这段戏词时,好几个老师竟然大笑起来。也不知笑啥,是不是哪里没有背对?反正她是一字一句记的。昨晚都后半夜了,她还拿脑子过了好几遍。也给胡老师和舅都背过,他们都说没问题的。她看看舅,只见舅在远远的地方,悄悄给她竖了个大拇指。她的心才算安下来。

没想到,形体考得这么快,一人七八分钟就算完了。有人把她领下舞台,绕了一大圈,又进后院子,开始声乐考试了。

她走进后院时,舅已经在院子里站着了。

考场是在团部办公室里。剧团的好多人,都在办公室的几扇窗户前猴猴着。听说这次考生里,有不少剧团人的亲戚朋友呢。凡心里搁着事的,自然都有些坐立不安。院子里已经燥热得连狗都伸长了舌头,可这些人,却还在考场四周,身子贴身子地来回攒动着。

终于临到易青娥了。

她舅朝她看了看,她就进去了。

进到考场,她返回身,看见她舅的鼻子紧紧压在窗玻璃上,都变成塌鼻子了,难看得很。

场子里坐了一圈人。有人见她进来,就在她和窗外她舅之间,指指点点着。她明白,那是在说她和她舅的关系呢。

考试开始了。先让唱一首歌。她会唱电影《闪闪的红星》里的"夜半三更盼天明",这是小学老师教的。胡彩香老师又给她点拨过。胡老师说她好多音都唱不准,顺了几十遍,才让她舅听。舅说好多了,关键是要大胆唱出声来。她就在考场里仰起脖项、放开喉咙唱起来。当唱到最高音"岭上开遍映山红"时,甚至都"炸音"了。她嗓子痒得直想咳,可还是忍住,继续扯长了脖子,把歌挣完了。多少年后,易青娥成了大名,还有老师在笑话她说:谁能想到,当时那么个山沟沟里的瓜女子,日后在唱戏上,还能浪得那么大的名声呢。都说那天考试,娃可瓜了。要不是看她舅在窗外监视着,有老师都差点笑得溜到桌子底下去了。她舅是恶狠狠地朝这些嘲笑他外甥女的评委,美美挖了几眼,吓得大家才都严肃起来的。

再下来是拔音阶。

有人敲扬琴,她跟着,一个音一个音地朝上走。这个提前也练过。胡老师说,她的好几个音都不准。舅说,准不准都不怕,大声唱出来最要紧。千万不敢跟蚊子一样嗡嗡嗡、哼哼哼的就行。她就拼着命地唱,唱到最高音,又是惹得有人扭过头,捂住嘴,扑哧扑哧地笑个不住。反正她是豁出去了。

高音拔完,也就考结束了。她一出来,舅就把她领回房了。舅说:"发挥得很好。就要这样,唱戏么,不把劲努圆还能行。"

她舅正给她打糖水,说让她润润嗓子呢,胡老师就冲进来了。只见胡老师一脚把舅的椅子踢翻在地说:

"胡三元,你个臭流氓!原来你是知道那个狐狸精今天要当评委,才胡骚情,给人家把戏敲出花来的呀!你等着,你个臭流氓等着,我要再不把你耍的流氓告到公安局,我都不是人生父母养的。你就等着进局子去吧,臭流氓!"

说着,胡彩香又把洗脸盆架子也嘭地踢翻了。

一盆水哗啦啦泼了一地。

胡老师走了。易青娥还吓得浑身直哆嗦。

她舅胡三元却定定地说:

"疯子,女疯子!你舅手背,碰上了这号疯子。莫怕!"

五

易青娥终于考上剧团了。不过,她知道,这是她舅的功劳。据说为这事,她舅还骂了乐队敲扬琴的。那个敲扬琴的大概说了一句:"胡三元那个外甥女,音准有些麻达呢。"他就捎话给人家说:

"让这孙子少皮干。敲个烂扬琴,张得嘴就没了收管。再乱皮干,小心舌头。"吓得那人赶紧把嘴夹紧了。

据说最后开会研究定人时,黄主任宣布了几不准:首先是不准任何人,在办公室外的窗户下来回走动、偷听;其次是坚决反对走后门。可她舅偏要去来回晃荡。时不时地,他还要把里面的评委挨个盯上几眼,弄得每个人都很不自在。气得黄主任也毫无办法,直叹气说:"胡三元这货,还得开会修理呢。"

一接到录取通知,易青娥说要回去一趟,她想娘了,也想那三只羊。舅却不让。说一应手续,他捎信让公社的人就办了,要她麻利开始练功、练唱。舅说:"你得笨鸟先飞,懂不懂?你没看这次参加考试的,有多少干部子弟呢。干部子弟平常都吃得好些,饭里油水大,身体就有劲道。人又聪明,容易开窍,随便练一下,就跑到人前去了。你要乘人家没开班,加紧先打点基础。等人家都来了,你就跟不上趟了。唱戏这行,没啥窍道,一要嗓子好,二要功夫硬。别听那些吃饱了撑的没事干的人瞎掰扯,一会儿批业务挂帅,一会儿批白专道路的。没本事,混在这行尿不顶。"舅说话跟九岩沟人一样,就爱带个尿呀尿的,对谁也不婉转。那天舅给她说了很多很多,最要害的,其实就一条:

"一辈子要靠业务吃饭。别跟着那些没本事的人瞎起哄,胡架秧子。其实他们心里,对有本事的人毛着呢。就像黄正大,他就毛着舅哩。"

黄正大就是黄主任。

舅说:"他见了我胡三元,有时也还得绕着走呢。没办法,谁让咱这技术太硬棒了呢。离了咱,地球就真的不转了么。反正说上天,说下地,这就是个唱戏单位。戏唱不好,鼓敲不好,胡琴拉不好,尿不顶!"

易青娥开始练功了。练功服还是胡老师给找的,说是她过去练功时穿的。

那天,易青娥见胡老师发那么大脾气,开口闭口骂她舅臭流氓,还赌咒发誓地说,要把她舅弄到公安局去,吓得她还不知要出什么事呢。结果,啥事也没出。舅还是整天在练他的鼓。胡老师每天晚上,还是照样来拉她过去睡觉。有时还给她买冰棍吃呢。睡在床上,胡老师还是一个劲地骂她舅臭流氓,骂米兰骚狐狸。可第二天打开门,还是照样练功,练唱。见了米兰,也一样打招呼。并且时不时地,俩人还勾肩搭背着走几步。这就让易青娥咋都有些看不懂了。舅倒是永远看得那么明白,说:"疯子,就是个女疯子。你该吃吃,该喝喝,该睡睡。少招惹疯子就是了。"

练功也是胡彩香在教她。第一天,胡老师就把她的腿一下掰得走不动路了。

易青娥才满十一岁,可在乡下,放羊、打猪草、砍柴、运粪,什么样的苦没吃过。到剧团来,听说很苦,但没想到会这样苦。为了把腿筋拔开,胡老师让她面对一堵黑乎乎的墙坐着。然后把她两条腿,顺着墙壁往开硬掰,说这叫"劈双叉"。本来把腿分得太开就痛,谁知胡老师还要给她屁股后边放一把椅子。胡老师就坐在椅子上,手里拿一根棍,这儿戳一下,那儿敲一下,像看犯人一样,监视着她劈。坐一会儿,胡老师还要把椅子朝前推一推。易青娥的腿就越掰越开了。胡老师要求她,尽量把腿撕成一字形,尤其是裆部,能贴住墙,那才算是把腿筋拔开了呢。胡彩香和另外一位老师试着给她掰了几回,企图让裆部撕得再开些。直到把易青娥掰得痛晕过去,她们才松开手。只听胡老师说:"这娃骨头又贼又硬的,还得下重手呢。"吓得她当下浑身直打冷噤。第一天只劈了半小时。胡老师说:"以后还得加码,每天至少得一小时,腿筋才能慢慢拔开。"易青娥想哭,想喊,但爹不在跟前,娘不在跟前,只有舅在。可舅在练功上,却没有丝毫疼惜她的意思。她只好在半夜时用毛巾捂着脸,让眼泪一滴一滴朝肚子里流。

这期间,又发生了一件大事。

有一天,易青娥在排练厅里边的黑拐角练劈叉。是胡老师帮她把腿掰开,又在她屁股后边放了几块砖顶着,让她别动,自己就去排戏了。前边排练厅里,正排着一个小戏,叫《大寨路上一家人》。易青娥先听见她舅的敲鼓声,后又听到铜器声,再又听到笛子声、胡琴声、演唱声,最后就骂起来了。是她舅的骂声:"排辣子呢排,都牛曳马不曳的,哪像个排戏的样子。这热的天,把人弄到蒸笼一样的排练场,是梧痱子来了?领导都死完了,戏排成这样,眼瞎了,看不见。我一天真正是提着夜壶伺候尿哩。"只听当啷啷啷啷一阵大锣抢地声。一个男人就撺上了火:"哎,胡三元,你把嘴放干净些,谁是夜壶谁是尿了?"只听舅说:"没跟你说。"那男人问:"你跟谁说了?今天得把话说清楚,谁是夜壶,谁是尿?"舅又大声嚷嚷了一句:"都是夜壶!都是尿!一群烂竹根。爷还不伺候了!"这一下,排练厅就炸了锅。好像有一群人都在质问她舅:"你是谁的爷?""你胡三元给谁当爷呢?"很快,易青娥听到,有人把她舅那一溜鼓给掀翻了。锣、镲、钹,当啷啷在地上响成一片。紧接着,就听到黄主任来了,直喊:"开会,开会,马上开会解决问题!"

排练厅就变成会场了。

易青娥蹴在拐角,吓得大气都不敢出一声。

她虽然年龄不大,但已经知道开会是啥意思了。这样的会,她在老家,见大队也开过的。但被开的,不是她家里人,而是队上的保管。半夜时,保管偷着把生产队的洋芋背了半背笼回家了。开会时,还让他把背笼里的赃物一直背着。先是批斗,后来就有人动手打。一颗门牙,都让愤怒的群众几鞋掌给抽掉了。她站在小学操场边上远远地看着,倒也不怕,因为被打的不是自家人。可今天这会,搞不好会开到她舅的头上,她的心就抽起来了。尤其是怕开着开着,也有人上去,拿鞋掌抽了舅的门牙。舅的两颗门牙,本来就比别人长得长些。平常他是得使劲报着,才能用嘴唇把牙包住的。

会一开始,黄主任先了解情况。一些人,你一句我一句的,就把枪口对准了她舅。事情大概是这样的:下午太热,排练场仅有的一个吊扇也不转了,有人排戏就摇着蒲扇上场了。该做的动作不做,该唱的也不好好唱,完全是走过场,行话叫"过趟趟"。她舅胡三元气得几次扔鼓槌,嘴里也不干不净地乱骂起来。开始大家还都忍着。后来,她舅又是夜壶又是尿的,尤其是把大家都比成"烂竹根",一下犯了众怒,有人就要上去捆他的嘴掌。混乱中,鼓也被掀翻了,吊镲撑子也被打倒了。她舅还拿起牙板,磕了谁一下,好像还见了血。这会自然就开得热气腾腾,甚至有点火冒三丈了。

开始易青娥还听她舅在反驳,说排练场纪律太不像话,简直像是过去逛庙会的。可终因寡不敌众,最后问题全都集中在他身上了。有人揭发说,胡三元今天一进排练场,气就不顺,对排《大寨路上一家人》有意见呢。他发牢骚,说不该成天就排这号破戏。开排了,他又故意刁难演员,嫌没看他。你个敲鼓的,好好敲你的破鼓,凭啥要演员开唱时,先看你的手势?你算老几?你以为你个敲鼓佬,就成"顶梁柱""白菜心"了?这是旧艺人、旧戏霸作风,早该扫进历史垃圾堆了。还有人批判他说:"胡三元业务挂帅思想很严重,动不动就说大家是'烂竹根',好像就他这一根竹子长成器了似的。我们必须狠狠批判。要不然,大家就都被他塞到烟筒里抹黑了。"

易青娥也不知劈着叉的双腿,是啥时收起来的。开始她还蜷缩在墙拐角。后来,听外面阵势不对,就干脆钻到一片烂布景里躲起来了。外面的会,在这里是能听得一清二楚的。她熟悉的声音里,胡彩香、米兰都没说话。她还生怕胡彩香说话了。胡老师不是口口声声,要把她舅这个臭流氓送进公安局里去吗?这可是个大好机会呀!可胡老师一直没开口。会中间,黄主任好像还点了她的名,叫她说几句,她说她牙痛,到底没说。米兰也没动静。

会开到最后,是黄主任讲话。他声音很大,有好多意思她听不懂,但不是啥好话,她明显能感觉到。黄主任说:"你个胡三元,是屡教屡犯,屡教不改(易青娥那时把这话听成了'驴叫驴犯,驴叫不改'。她还犯嘀咕:领导怎么骂她舅是驴呢)。你看你一年,要犯多少次错误?你以为你都对?可群众的眼睛是雪亮的啊!大家一声吼,都群起反对你,总该不是我黄正大又把你冤枉了吧?动不动骂群众是'烂竹根',你是什么东西?你是千年的何首乌,万年的长白参?天底下就你能行,就你最金贵,是吧?这就是典型的白专道路、天王老子第一的思想在作怪嘛!你以为你那几下鼓,就敲得没人能比上了?听说省上戏曲剧院敲鼓的,都不在你眼里放了?胡三元哪胡三元,该是悬崖勒马的时候了!再这样放任自流下去,搞不好,你的问题,可就不是人民内部矛盾问题了。我黄正大就是想挽救,也无能为力啦!痛心哪!大家得给他猛击一掌,该是让他好好清醒的时候了……"

黄主任的话,讲得很长很长。易青娥藏在烂布景里,差点没憋死过去。直到会散,胡彩香来找她,才把她从里面弄出来。回到舅房里一看,她满脸抹得跟花脸猫似的。布景上的五颜六色,全都染在她身上脸上了。

她舅倒像没事人一样,坐在椅子上,用砂纸细细打磨着一对小鼓槌。舅有好几副这样的鼓槌,都是在山里挖出来的。舅过去很少回九岩沟,一回去,就钻到竹林里挖竹根去了。有时挖好几天,才能发现一对他满意的。所谓鼓槌,就是最好的竹根。要通,要直,要细,要长。最好有两三年的竹龄,既有韧劲,又有弹性。舅常常能把手上的鼓槌,弯成九十度,一松开,又啪地直得跟筷子一样。说起筷子,有一次舅回老家,把一对新磨的鼓槌,晾在了箱盖上。她觉得好玩,就搭板凳从箱盖上够下来,把鼓槌当筷子,吃了一顿热乎乎的洋芋糊汤。结果让舅大为恼火,说饭把鼓槌烫坏了,不仅颜色难看,敲起来,也会由清脆、透亮、炸堂,变成出溜子屁一样的

"咽声子"。舅为这事,当着娘的面,还磕了她几"毛栗壳"。在山里,大人打娃,都爱顺手把食指和中指抽起来,形成两颗硬咣咣的"板栗"状,磕在人头上,痛得眼泪当下就能飙出来。

舅爱他的鼓槌,是出了名的。可再爱,今天被开了会,还能这样一门心思地侍弄鼓槌,真是像胡彩香老师说的那样:"狗改不了吃屎。你舅就是个臭敲鼓佬的命,其余百事不成。"

舅不说话,她也不敢说。她看舅的两根筋背心泡在洗脸盆里,就拿起来不停地搓。舅说:"你不管。下午出的汗多,得多泡泡。"她还是搓,不搓她也不知道能干啥。

天黄昏时,米兰闪了进来。她手里还拿着一个油乎乎的牛皮纸包。打开来,里面包的是两个卤猪蹄。

米兰说:"别生气了,这事还不都怪你自己。人家都能过得去,你偏要站出来,乱喊乱骂的,何苦呢?"

"我不提夜壶了,不伺候这些尿了,还不行!"她舅的气又上来了。

"你看你。好了好了,啥也别说了,赶快给人家把检讨一交,就没事了。"米兰把声音压得很低。

"检他妈的瘪葫芦子,我给他检讨?让他把豆腐打好,等着。"

米兰把话题一转,说:"你不检讨?你外甥女的事,人家可是放过你一马的。"

"他咋放我一马了?"

"这娃音准的确有些问题。要不收,也没错。还是我跟黄主任的老婆说,人家才松了口的。娃还在实习期,将来还要转正,人家拿捏你的事多着呢。"

谁知舅把鼓槌朝桌上一板说:"去他娘的蛋。唱不成戏了,我外甥女也不缺胳膊少腿,还种不了地了?放不了羊了?娃就是来,也是要凭本事吃饭。不看他谁的脸,不当他谁的下饭菜!"

"好了好了,你胡三元这一辈子,就吃亏在铁壳嘴上了。我劝你,还是识相些好。"

"识相些?像你一样,给他老婆钩菊花背心?给那死婆娘在太阳地里揉肩捶腿?呸!看我不照那猪腿敲几棍。你现在开窍了,把戏演好了。可米兰,你另一个窍门,也开得太大了点,让人瞧不起,你知道吗?"舅的话,说得米兰的脸红一阵白一阵的。

米兰说:"管你咋说,我得演戏。我心里做事是有分寸的。感谢你给我敲戏没使坏。人家都说,你会把我的戏敲烂在台上的,可你没有。我知道,有人为这事,没少臭骂你。做人得有良心,我会记住你这个好的。啥也不说了,我就劝你赶快把检讨写了,都有个台阶下,啥事也就没有了。"说完,米兰就走了。

舅又拿起鼓槌在那里磨啊磨的,好像啥事都没发生过一样。

易青娥憋了好久,终于开口说:"舅,我干脆回去放羊算了。"

"放羊?羊怎好放的?这里边没你的事。你该做啥还做啥!这都是大人的事,你就装作啥都不知道。"

她也不知该说啥好了。

房里只剩下了砂纸打磨鼓槌声,还有搓衣服声。

也不知过了多久,胡彩香端了半盆饭,用脚把门帘一挑,兴冲冲地进来了。

胡彩香说:"我专门熬的苞谷子南瓜汤,里边还炖了一点腊猪排。"她突然看见桌上放的卤猪蹄,气一下又不打一处来,把半盆饭嗵地蹾在条桌上说,"哦,有人都先把殷勤献上了?好嘛,你狗日胡三元,都快绑缚刑场,执行枪决了,还有骚货黏糊着。青娥,快把这脏猪蹄拿去喂狗了。"说着,胡彩香呼啦一下,把牛皮纸里的猪蹄,一下都推翻在地上了。

舅连头也没抬一下,还打磨着他的鼓槌。

易青娥也不敢抬头看谁一眼,就听胡彩香又乱撅乱骂起来:"你胡三元是活该!我还同情你呢。像你这号货,就该狠狠地批斗才对。应该拉到体育场,给头上把大流氓的高帽子戴起来,然后满街游着批,游着斗。"

她舅终于忍不住了:"少皮干。滚!"

"啥?你个没良心的东西,让谁滚呢?你让谁滚呢?"胡彩香说着,就抡起桌上一摞剧本,照着她舅的头,接二连三地痛打起来。她舅只来回闪躲着,也不抵挡,也不反抗。砸了一会儿,胡彩香自己又停下来,继续骂:"你活该遭批判。戏排得好,排得坏,与你腿事。你是主任?是副主任?业务股长?还是乐队队长?油里没你,盐里没你,也不知你逞的啥能,要得罪那么多人。你信不,你这臭毛病要是不改,总有一日,还要挨黑砖哩。你以为你能,你就是个挨了棍子不记打的蠢王八!"

任胡彩香咋骂,她舅还就那一句话:"少皮干。快滚你的!"

越让滚,胡彩香越骂得厉害。最后,硬是没啥骂了,她才一甩门帘,气冲冲走了。

自来剧团这些日子,易青娥倒是看出了点门道:胡彩香再发脾气,再骂舅,都是不怕的。反正恼了,骂了,打了,该干啥还干啥。

胡彩香一走,舅就让盛饭。

她给舅盛了一大洋瓷碗。舅吃完了,又加了半碗,嘴里还嘟哝说:"这个死疯婆娘,苞谷子南瓜汤还熬得这香的。"

这天晚上,易青娥还是自己去胡彩香家里睡了。不过半夜醒来后,咋都睡不着。觉得这剧团的确不是好待的。她想走,舅又不让。翻来覆去的,她才突然发现,胡彩香不在床上。大概到快天亮的时候,人还没回来。房里蚊子咬,加上昨晚的汤又喝得多,她就想起夜。

易青娥摸摸索索地出门来,朝厕所走。可刚摸到她舅门口,就听里边有动静。好像是床板发出来的吱吱呀呀声。她静静听了听,还有个女的在悄悄说话呢。仔细听,是胡彩香的声音:"这会儿,你知道流猫尿了。没良心的货,你哪一次受整,不是我来安慰你。狼心狗肺的东西,活该挨整!咋不整死你,整死你,整死你,整

死你,整死你……"

也只有好多年后,易青娥才慢慢理解,当时那些让她感到十分羞耻的生活。

那阵儿,她只想回去放羊。

她觉得回去放羊,都比在这里好一百倍。

可她舅在,她是回去不了的。

六

宁州县剧团,1976级演员训练班,正式开班了。

由于一次招了八十名学员,剧团院子没地方安顿,就先放在县中学培训了。县中刚好放暑假。八十个人,分了男女两班,男五十,女三十。两个大教室,就全部装下了。剧团那边,正在加紧建房,准备学校开学时,把人撤回去。

易青娥她舅来看过外甥女两次。床上所有的东西,包括吃饭的碗筷,都是她舅置办的。舅没有多余交代,就一句话:"娃,唱戏是苦差事,吃不了人下苦,就成不了人上人的。"易青娥不怕吃苦。可她做梦都没想到,学戏会这样苦。

每天早上五点,准时有人吹哨子喊起床。洗脸只准十五分钟,然后排队、报数。报完数,由声乐老师领着,到河边去喊嗓子。学校里不能喊,因为好多老师都住在里面,一喊,就提意见。易青娥在女生里,年龄最小。早上起床的节奏,她总是跟不上。因此,有好几回洗了脸,却没来得及上厕所,还不敢说。最后憋着憋着,就尿到裤子里了。多少年后,还有人拿名旦忆秦娥开玩笑呢,忆秦娥也毫不避讳地说:"夏天还罢了,冬天尿裤子,那才叫活遭罪呢。"

喊完嗓子,就回到学校操场练功。好在易青娥先练了一个多月,腿功、腰功,都还有点基础。在练劈叉、下腰这些特别难受的动作时,大家都哭成一窝蜂了,她反倒还能忍着。尽管也是痛得钻心,痛得要命的。

听舅说,这班学生里有好多干部子弟,一上练功场,就大显形了。才练了四五天,县城就有三个学生跑回去,再找不来了。主教练骂:"逃兵。一开始就出了逃兵。希望大家不要向这些人学习。唱戏这行,先苦后甜。世上哪有一锄头挖个金娃娃的事。"教练们最喜欢一人提着一根藤条,耀武扬威地说:"痛,痛也得忍着。由痛练到不痛,功夫才上身了。我们这些当老师的,也都是老师的老师,用棍打出来的。"他们好像有一种报复心理似的,还真打呢。尤其是那些调皮捣蛋的男生,被几个年轻教练,用棍抽得杀猪一样地号叫。

女生是女教练。但劈双叉、下腰这些动作,男教练也会帮忙。易青娥年龄最小,因此,每次劈双叉,都是第一个下叉,直接面对着墙壁。第二个,屁股对着她。第三个,与第二个面对面劈。第四个又把屁股对着第三个。以此类推。当三十个女生全部下完叉时,其实易青娥已经都下十几分钟了。并且每下一个,力量都会朝前涌动一下。因为每个人都想别人把腿撕得更开些,自己就能轻松一点。人人都在拱动,拱来拱去,人人都会扎心窝地疼痛。最早下叉的那个人,一定是最吃亏的。后边的人,是后下先起。而前边的人,是先下后起。每每到双叉劈结束时,易青娥半天都站不起来。有时是教练拖几米远,才把腿收拢到一起的。但易青娥能忍。就是掉眼泪,她也不想让人看见。舅说了,学戏这行,是"莫斯科不相信眼泪"的。

每天,早上一趟功,晚上一趟功。下午是政治、语文、音乐课。最轻松的,就是下午上课了。可易青娥听不懂,就觉得还不如练功。练功不瞌睡。一上课,她眼皮就老打架。老师用教鞭都把她抽几回了,还罚站。她觉得可丢人了。

在这里,她才知道啥叫干部子弟,啥叫城里人。干部子弟,就是晚上腰里有钱,可以出去买冰棍,有时还能买烧鸡腿、烧鸡翅的人。县城人,就是随时可以回家,从家回来了,还能带来水果糖、汽水、包子、炸面叶的人。而易青娥没有这些,只能吃大灶上的饭。大灶一天两顿,一般早上是糊汤,下午也是糊汤。隔一天的下午,可以吃一顿蒸馍,或者面条。这已经让她感到很幸福了。在老家九岩沟,吃馍、吃面都是要等过节的。

她们女生里面,有一个条件最好的,叫楚嘉禾。她爸是银行的啥子头儿,她妈是县文化馆的文艺辅导员。说她妈经常搞群众业余调演活动,不仅自己导,还主演。关键是还在地区、省上拿过奖,是连县上领导都要经常接见谈话的人物。她每次来剧团,对一般人都是待理不理的。但她每次来,黄主任即使不在跟前,也是要闻风赶到,陪着说话的。楚嘉禾也住大通铺,但被子、洗漱用品,甚至包括吃饭的碗,明显都跟别人不一样。她妈让她回家睡,怕在这里有蚊子咬,睡不好。可楚嘉禾咋都不。她喜欢这里几十个人挤在一起,热闹,好疯,好玩。她妈就硬是给她的床上绷了一个蚊帐。她的一切,就越发显得跟别人不一样了。

楚嘉禾比易青娥大两岁,十三了。她是干部子弟,又是城里人,但也能吃苦。老师给她劈叉掰腿,她会大声喊叫,可还是让老师掰。几乎所有人都在说,这是一个好苗子:眼睛大,脸蛋漂亮,个头高,条儿顺,一看就是当主角的料。并且人家嗓子也好。易青娥最多会唱三四首歌。而楚嘉禾一晚上在宿舍就唱出三十多首来,还说再唱十晚上都唱不完。惊得一宿舍人都直咋舌头。不过楚嘉禾也有个毛病,就是爱指挥人,尤其是爱指挥比她小的,动不动就让去给她打洗脸水。有时,还让去学校门口买冰棍呢。买就只给她买一根。易青娥都让她指挥过好多次了,反正指挥了她就去。娘说过:小娃勤,爱死人。有腿也跑不折的。

这里不能不介绍一个重要人物了,因为几年后,他就成了易青娥的初恋。

他叫封潇潇。

他爸是县广播站的,听说也是一个啥子头儿。说他爸平常爱写点啥,后来还出过一本书呢,县城人都叫他封作者。他妈是小学老师。封潇潇考剧团,是因为他在学校就能讲故事。故事是他爸写的,他爸还带他到省上参加过故事会呢。封潇潇这年十五岁,但个子特别高,鼻梁也特别高。他迟早修个小分头,梳得油亮油亮的,动不动还把耷拉下来的一缕头发朝上一甩,挺有范儿的。当然,那时不叫范儿,私下里都叫臭美。除练功外,封潇潇爱穿一条军用的确良裤子,上身扎着海魂衫,脚上蹬着底子很厚、洗得很白的白回力鞋。易青娥因为喜欢白鞋,所以有时会特别把封潇潇的鞋多看几眼。仅此而已。

好几年,易青娥都没敢跟封潇潇说过话。因为,自打进剧团起,教练们就说:封潇潇是这班男娃里的"人梢子"。一切培养都是按主演进行的。比如练功,他就可以不翻跟头,而把重心全放在了架子功与唱功上。易青娥觉得,她是不配跟封潇潇这样的男孩子说话的。只有人家楚嘉禾,才能跟封潇潇一起吃饭、说话、逛街道。她仅有的一回跟封潇潇独处,是封潇潇把足球踢远了,让她跑快些去捡回来。她捡回来了,封潇潇却连正眼都没瞅她一下,就又飞起一脚,把球踢出去了。

在学校的两个多月里,胡彩香老师倒是来看过她几次,给她买了吃的,还买过一把蒲扇、一盒风油精。说宿舍太热,会热出病来的。每次来,胡老师总要嘟哝舅,说跟米兰那个狐狸精染扯不清。还说黄主任也不待见舅,怕他迟早会出事。

易青娥也没办法。她也不知她舅到底会出啥事,反正总是让人提心吊胆的。她走时,娘就叮咛过,说:"跟着你舅,也好,也不好。你舅是个二杆子,一根筋。小小的在家性子就硬。你姥爷打他,棍子打断好几根,他连动都不动一下。是个遇事不拐弯的怪人。"

易青娥又能拿她舅怎么样呢,她只能心中老默念着"舅可不敢出事"罢了。

他们在县中住了两个多月,就搬回剧团院子了。

刚搬回去不久,舅果然就出事了。

七

他们是学校开学时搬回去的。专门为他们临建的宿舍,仍分男女两大间,比学校教室拥挤了许多。尤其是男生,两人合一铺,一头一个,都躺下,就跟村里下红苕种一样,密密麻麻的,一脚难插。女生虽然人少些,可东西多,箱子又大,收拾打扮的一应物件,都得有地方摆放。洗的内衣、内裤,也不好意思朝外挂。几根绳子,在房中绷来拉去的,就好像布了天罗地网。人进人出的,不是踢翻了谁的脸盆,就是碰掉了谁的镜子。楚嘉禾说:"咱既像演《地道战》,又像演《地雷战》的。要都像易青娥这样的瘦鬼就好了,脸是二指宽一溜,用一根指头沾点唾沫,就把脸洗了。还连屁股都没长,两根麻秆腿是端直插在腰眼上的。我看再住上三十个易青娥,也还宽展得能踢鸡毛毽子呢。"惹得大家一阵好笑。

易青娥的确活得简单,也不占地方。自训练班开始后,她穿上公家发的练功服,就没脱下过。除了出现汗霜,晚上洗一把,早上干没干好,都又穿上了。上身是蓝半截袖,下身是蓝灯笼裤,脚上是蓝网鞋。腰上再扎一条宽宽的蓝练功带,既紧固,又利落。在她看来,是好看极了,也舒服极了。其他女生,只要不练功,就尽量换成自己的衣服。尤其是楚嘉禾,好衣裳可多了,一星期,即使天天换,都是换不完的。易青娥没啥换,迟早是"老虎下山一张皮"。人家都讲究发式,易青娥也不讲究。她把头发梳光,给后边绑个羊尾巴刷子就是了。有一次,她也买了个绿发卡,没人时,试着戴了几回,可美观了！但她到底没敢戴,怕舅骂她呢。舅老说:"唱戏,是看你功夫咋样,嗓子咋样,可不是看你穿得咋样。即使打扮得再流丽皮张,抬脚动手一'凉皮',张口'一包烟',顶啥用？""凉皮"和"一包烟",都是行话:"凉皮"是身架不好,动作不规范,表演逮不住铜器节奏的意思;"一包烟"是嗓子不好,张口发不出声,这是唱戏这行最要命的事了。唱戏唱戏,不能唱,哪来的戏呢？

　　回到剧团院子里,易青娥一边跟着训练班学习,胡老师也在一边给她吃着"偏碗饭":吊嗓子,练发声。舅说:"你必须把唱功这个短板补上来。你嗓子有点左。唱戏这行,左左音,害怕得很。""左左音"就是荒腔走板的意思。舅还担心说:"这娃要是左左音,就完了。将来也只有改行,给人家角儿'拾鞋带'了。"舅说的"拾鞋带",就是给主角管穿衣服、管鞋帽的人。胡老师说:"娃是缺乏训练,练一练就会好的。"她保证说,一定能把娃教出来的。

　　易青娥开始学戏那一年,发生的大事特别多。

　　先是闹地震。县城到处都搭了防震棚,剧团院子也搭了好几个。

　　剧团的防震棚,都是用红红绿绿的幕布围起来的,跟舞台一样高,但比舞台宽大。中间用一道帘子把男女隔开,大家就把家安在这儿了。天天都有人说要地震。狗一叫,大家紧张一阵;猫一乱跑,大家紧张一阵。有一天,院子里突然钻出一窝老鼠来,猫也是追、狗也是扑的,吓得一百多号人,全都把包袱挎上肩,准备弃城而逃了。院子里有一口老井,是全城的地震观测点之一。上边每天都会有专人来监测水位的。因而,井边总是围着一摊人,争论着昨天、前天,甚至大前天的水位,哪怕是些小变化,都会引起一院子的波动。大家生活、工作在防震棚中,但每个人的主要东西,还都放在房里。剧团年轻人多,好咋呼。有时有人回房取东西,刚胆战心惊地摸进门,就有人在后面大喊:"地震了——!"吓得那人连爬带滚出来,才见一棚的人,都在以他的三魂丢了七魄为乐事。玩笑开得多了,黄主任就开会,说谁要再谎报军情,就以破坏革命生产罪论处。无论怎么闹,对于孩子们来讲,住大棚,都是一种特别好玩的生活方式。

可有一天,收音机里突然说:毛主席去世了。

易青娥是上过几天学的人,知道毛主席去世,事情有多大。九岩沟老家的堂屋里,也是挂着毛主席像的。可没想到,她舅在这样的大事上,又出事了。

毛主席一去世,黄主任就宣布停止一切娱乐活动了。并说排戏、练功都算。前后院子的灯杆上,新架的高音喇叭里,从早到晚播放着哀乐。一团人都集中在防震棚里扎花圈。易青娥的任务,是用一根筷子,把已经剪成花瓣状的白纸,卷起来,一挤压,然后再从筷子上拆下来。白纸一卷,一挤,不仅有了花纹,而且还自然翻卷了起来。老师们把这些翻卷起来的花瓣,拿去粘贴成一朵朵白花,然后绑到篾片绷的架子上,花圈就成了。整个防震棚内外,都在流水作业着。

她看见,她舅一直跟舞美队人一起,在棚外破竹、削篾、绑花圈架子。

可就在第五天的下午,高音喇叭里突然传来了"集合开会"声。通知得很急促,很严肃,说是都到后院防震棚里集合,还一个都不能少。刚好学生就在后院防震棚里住着。易青娥他们不过是朝拐角挤了挤,全团人就都进来了。紧接着,黄主任也来了。他身旁还站着一个警察,像是出了大事。老师们都坐着,学生们都挤站在防震棚边上。易青娥听说开会,就有些心慌。好在,她挤在角落里,个头又矮,踮起脚,才能看见会场中间黄主任的大背头。缩下来,也就没人能看得见她了。不过,她还是操心着她舅。她几次踮起脚来看,都不见她舅进来,她心就越发慌得厉害了。果不其然,是她舅出事了。黄主任只说了几句开场白,就让把胡三元带进来。

她舅胡三元是被两个警察带进来的。在她看见这一幕的一刹那间,一下吓得尿湿了裤子。她急忙用两条瘦腿夹着,但尿还是顺着腿流了下来。好在没人注意,她是站在防震棚边上泼剩茶剩水的地方。她再也不敢朝中间看了,就那样把小脑袋勾得下下地听着。她终于听明白了:

在全国人民沉痛悼念毛主席的时候,胡三元却偷偷在房里搞娱乐活动。为了逃避监督,胡三元压低声音,是用一本书当板鼓,在练着鼓艺的。他以为他做得很聪明,可再狡猾的狐狸也逃不过猎人的眼睛,早有群众把他盯上了。黄主任说,胡三元跳出来不稀奇。这种人迟早是要跳出来的。他早跳出来比晚跳出来好。

最后,一个警察宣布:把反革命分子胡三元捆起来。

然后,那两个警察把手中的绳子哗啦一抖,就把她舅五花大绑起来,推出了防震棚。

易青娥再也支撑不住瘦身子了,扑通瘫软在地上。胡彩香一见,急忙跑过来,一把抱住了她。

胡彩香把易青娥抱到了自己房里。易青娥号啕大哭起来。胡彩香见娃可怜,也忍不住哭了起来。不过她还是紧紧地关上了门窗。

易青娥要回九岩沟。她要胡老师无论如何把她送回去,她不学戏了。

胡彩香把她抱着,她挣脱下来,拼命朝门口扑。胡彩香又把她抱住,她还是蹩跳了下来。胡彩香只好挡在门口,蹲在地上劝她:"娃,娃,还有胡老师呢,你怕啥?考上剧团不容易,这就算是参加工作了。咋都比你在乡下活着强吧。你在乡下,隔一天能吃一顿白馍?隔一天能吃一顿面条吗?不行吧。可这里行。这就是那么多娃要来考剧团的原因。你能顺利考上,不容易。可不敢把名额糟蹋了。你舅不在了,还有我么。我就是你舅,就是你姨,就是你娘。平常有人了,你叫我老师。没人了,叫姨、叫娘都行。一定要撑住,可不敢回去了。回九岩沟,你一辈子就完了,知道不?啥事都是一阵子,撑过去了,一切都会好的。娃乖,听姨的话,还好好学戏。有你姨在,怕啥呢。"

易青娥被胡彩香慢慢劝得平复了下来。胡彩香硬给她脱了裤子,帮她洗了屁股后,安顿到床上,让她好好睡一觉。自己把易青娥尿湿了的裤子拿去洗了。

易青娥都不知咋出去见同学了。她想,这阵儿宿舍里,准炸锅了。真是把人丢尽了。她都不敢想,一想就浑身抽搐,连死的心思都有。

这天晚上,胡老师是搂着她睡的。胡老师一直在说,在劝。胡老师说人这一辈子,可怜得很着呢。啥事都得经着点。她还打了好多比方,说了剧团和社会上的一些例子。她说:"家遭不幸,可怜娃有的是。人家都撑过来了,你有啥撑不过来的呢?何况胡三元是你舅,又不是你亲爹亲娘。"说起胡三元,她又气不打一处来地大骂了一通,"你舅真的是活该!啥话都听不进,就是要逞能。也不知把谁得罪了,让人家点了炮,摊上这大的罪名。"

易青娥战战兢兢地问:"舅犯罪了,人家会不会开我的会呀?"

"不会的。他谁敢!敢开我就找他去。"

"舅不在了,人家会让我回去的。"

胡老师说:"你是正式考进来的,他能随便不要了?放心,有姨呢!"

好久后,易青娥才知道,她舅惹的这场乱子,要不是胡彩香从中帮忙转腾,她还真被辞退回家了呢。

八

易青娥自她舅被公安局带走后,就像霜打了的茄子,明显比过去蔫了许多。有一阵,她几乎天天感觉浑身都在发烫。手抖,腿颤,心也颤。饭吃不下去,晚上也睡不着。本来就削薄,这下更是黑瘦成一把风干的柴火了。她好多次听到,有人在她身边说:"这号鸡骨头马髶,咋还没清理了?"易青娥开始不知道"髶"是啥意思。后来听人说,"髶"是脑壳的关中方言。"鸡骨头马髶",就是人长得头大身子小、比例失调、不成材料的意思。胡彩香老师说,这些说她坏话的,都是她舅过去得罪过的人。要她左边耳朵听,从右边耳朵出去就是了。反正她也不跟这些人打交道。但面对同学,她还是要天天经历好几次麦芒扎背的灼痛。

在防震棚里,她被挤在了最边上的铺位,一进棚,第一个就住着她。有一天晚上,院子里的狗甚至跑进来,还舔过她的脸呢。她也不敢喊,因为她心里觉得,自己是不配喊叫的。一喊叫,只能招来更多的白眼。当夜深人静时,她从幕布的缝隙里,能看见天上的星星和月亮。看着星星月亮,想着自己的爹娘和羊,还有让人用绳子捆走的舅,就整夜整夜睡不着。白天练功也没精神,迟早都活得恍恍惚惚的。她能感觉到,整天都有同学在她背后指指戳戳。她舅被公安局抓了,就好像她也被抓了一样。睡觉没人跟她搭铺了,吃饭没人跟她围圈圈了。练功更是没人愿意跟她组合了。就连劈双叉,她腿软,是老替人背亏的,也都没人跟她挨着屁股了。好像她浑身都很脏似的。连吃饭的碗、喝水的罐头瓶子,不仅没人动了,而且放在一起都不情愿了。而别的同学,是经常要互相在一个碗里吃东西,捧着一个瓶子抢水喝的。

她想一个人住回房里,哪怕让地震塌死算了,可老师不让。她也曾偷偷回去住过一晚上,半夜被老师发现,还揪着耳朵拎出来,罚站在防震棚外,直到天大亮。

这中间,还发生了一件事。

有一天早上,他们刚开始练功,突然接到通知,说要准备上街大游行,庆祝打倒"四人帮"呢。"四人帮"是啥,易青娥一点都不知道。但老师们都能说出这四个人的名字来。大游行是啥,易青娥也不知道。但老师们好像也都很熟悉。

不一会儿,院子里就集中了几十个敲锣打鼓的。可惜她舅不在里面了。磨盘大的鼓,是一个在批判会上指着她舅的鼻子骂过她舅的人在敲。还有人在写大字。大字上是那四个人的名字,都打了红叉。然后把字别在一个横幕条上。而所有演员,都集中在防震棚里排练。排的是扭秧歌,嘴里一齐喊着:

"举——国——大欢庆,打倒'四人帮'!"

学员们基本都上了。楚嘉禾和封潇潇甚至还在领舞的队列里呢。有些没安排上跳舞的,也安排了打了彩旗。打旗的人也在练抬头挺胸正步走,一个个可神气了。但易青娥没让上。有人说,这"鸡骨头马臁"就算了,出去打个旗旗,都丢剧团人的脸哩。让她在家看门好了。她就一个人,缩在别人瞅不见的地方,朝热闹处偷看着。

十点时,游行队伍集合起来了。敲锣打鼓的,都穿着一身解放军服装。扭秧歌的,穿着红上衣,绿裤子,腰上还绑了一片一丈多长的红绸子。脸上都化了跟演出时一样的浓装。有人把哨子使劲吹了几吹,队伍才安静下来。黄主任拿着一个喇叭,后来易青娥才知道,那玩意儿叫半导体。黄主任清清嗓子,几乎是一字一顿地喊着说:

"今天,县城,万人,大游行。连,附近,几个,公社的,革命群众,都来啦!县委,县革委会,对这次,游行,高度,重视。尤其,是,对剧团,十分重视!让,我们,走在,整个,记好了,是整个,游行队伍的,最前面!同志们,考验我们的时候,到了!今天,一定要,把锣,鼓,家伙,都敲得,最响亮最响亮。把秧歌,扭得,最红火最红火。大家做得到做不到?"

只听一片排山倒海的声音:

"做得到!"

黄主任就十分威风地发出了命令:

"出发!"

只听锣鼓响器,在院子里发出了震耳欲聋的声音。

剧团的队伍扭动了。在队伍走出大门的时候,街上的锣鼓鞭炮声,已响成一片。

这样热闹的阵仗,在易青娥,是连听说都没听说过的事。顷刻间,院子里的人就走空了。连所有小孩儿都被人抱出去看热闹了。剩下两个家属老太太,是因脚小,从不出门的。再有,就是看门的老头和她了。防震棚里,开始还有几条游狗,在到处乱窜乱闻着。后来,连狗都出门撵热闹去了。易青娥也就慌慌着想出去看看。

毕竟是剧团人,出去也得有个样子的。她就找出了好久都没舍得穿的那双白网鞋穿上了。她趁着看门老头打瞌睡,腰一猴,溜了出去。

街上是真的被围得水泄不通了。连剧团的窄巷口,都挤满了人。易青娥个子矮,在人群里钻了半天,才钻到一个单位的高台阶上,勉强挤上去半条腿站着。只见长长的一条街道,人满了,彩旗满了,绷着字的横幅满了,又唱又喊又跳的人满了。好多人是站在汽车上敲锣打鼓喊口号的。还有玩龙、舞狮子的。易青娥听旁边人说,这是哪个哪个公社玩的。易青娥也看过九岩沟玩龙、玩狮子,但哪有这大的阵仗呢。九岩沟的龙和狮子,都是拿黑皮纸糊的,枸树皮绑的,黑不溜秋的。玩一玩,没人管饭,没人给苞谷、洋芋,就骂骂咧咧收摊子了。而这里的龙和狮子,不仅漂亮,龙头还能忽地拥上房顶,故意钻到人家二楼窗户里,乱摇乱晃,一嘴能抓个篮球出来。狮子不仅能钻桌子、钻板凳,而且也不知哪来的浑劲,一下就能跳到六七尺高的台阶上,把挤在上面看热闹的人,呼地赶下去一大片。有那放鞭炮的,提了噼里啪啦乱响的炮仗,专朝人窝里跑。好多游行的道路,都是用炮仗炸开的。易青娥只觉得脚底下在震动,耳朵也快吵聋了,她突然想,这阵儿要发生了地震,只怕是谁也感觉不到了。

她要看剧团在哪里。她急着在人群里钻来钻去,就是想找到剧团的队伍。

终于,她钻到了最前面。在街道旁边的两溜树上,趴着一群一群的男孩子。她是会上树的,她看还有树杈空着,就猴子一样爬了上去。树冠很大,看底下很清楚。底下人看上边,倒是有些费劲。好在这阵儿,也没人顾得上朝上看了。她就刚好能在树上看剧团人游行了。她是不想让剧团人看见她的。何况有人说了,是要她在家看门的。

"来了,剧团的来了!"有人喊着。

紧接着,就听到一种最整齐的锣鼓,最响亮的喊声,还有最好看的秧歌队伍,从十字路口的拐弯处,威风八面地过来了。一街两行的人,都鼓起掌来。连孩子们也在树上拍起了手,直嚷嚷:"剧团来了,唱戏的来了!"易青娥心头突然涌起一阵自豪感:"这是我们的!我们的队伍来了!"她用双脚勾住树杈,腾出手来,也拼命鼓起了掌。她看见,整个队伍还是由黄主任指挥着。黄主任手操电声喇叭,向前边的指挥车看一看,又向剧团的队伍喊一喊。当旁边的掌声一阵阵响起时,他甚至也跟着秧歌节奏,不由自主地扭了起来。不过他的腰是硬的,扭得可难看了。在人群中,她一眼看见了胡彩香老师、米兰,还有楚嘉禾、封潇潇,还有许多许多的同学。他们都穿得可好看了,装也化得可漂亮了,简直跟剧照上的人一样好看。她在上边拼命地鼓着掌。她真想对旁边树上的孩子们说:"我就是剧团的。"可她又不敢,她觉得她还不配。说了他们大概也是不会相信的。她只遗憾,这样大的场面,可惜爹娘看不到,姐看不到,九岩沟的人看不到。沟里人,尤其是娘和姐,可是太爱赶热闹了。她也一样,沟里来个耍猴的,她都是要一跟半天的。

易青娥那时大概连做梦都想不到,十几年后,秦腔名伶忆秦娥的出场,让一场物资交流大会的演出,观众人数竟超过了十万。是这次大游行的十倍之多了。那天很多人,都是为一睹她的风采,才蜂拥而至的。当然,那场演出,也酿成了一桩让她一辈子内心都不能安宁的重大踩踏事故。这是后话了。

那天,易青娥在树上看完剧团后,又看了其他一些单位的游行队伍,就急着朝回跑了。她必须先回院子,要不然,有人问起了咋说。可就在她拼命朝回挤的时候,把一只白网鞋挤掉了。鞋是娘借邻居家的,本来就大,不知谁把后跟一踩,有人再把她朝前一拥,鞋就没了。她想回头去捡,可旋涡一样的队伍,很快就把她旋出了老远。她听见有好多孩子和女人的哭喊声,有人不仅把鞋挤掉了,而且还在喊救命。她就再也不敢回去找鞋了。顺着人流,她终于旋转到了街道边上,再从一个小巷子钻回了剧团。

只可惜了那只小白鞋。

剧团人很快就回来了,一个个累得咽肠气断的。都正议论着,说今天是剧团人出了大风头,却有人喊叫,说东西丢了。紧接着,好多人都咋呼,说自己的东西也丢了。大家就问,安排谁看门了。说来说去,就是一个易青娥,还有看门老头。看门老头说,没看见人进来。两个小脚老太太也说没见生人进来,她俩一直在防震棚外晒太阳,拉闲话来着。易青娥就被一些人叫到了防震棚中间。先是问,后是有人吼叫。甚至还有人推来搡去的。有人干脆问,是不是她偷了。易青娥吓得大哭起来。她如实招供,说自己也出去看游行了。这时,有人来说,贼是从后院墙翻进来的,好几片盖瓦都摔烂在地上了。虽说证明了不是她偷的,可走时有安排,是叫她看守棚子的。有人说是丢了特别贵重的东西,很愤怒,抬手要打易青娥。胡彩香就站出来了。胡老师还没卸装,两个眼窝的黑油彩,让汗水泅得就跟黑熊瞎子一样难看。她一把护着易青娥说:"你们真是黑了路了,能指望一个十一岁的娃看棚子?她连自己都看不住,还能看住贼?得亏她出去了,要没出去,不定还让贼把她脖子扭断了呢。"围攻着易青娥的人,才慢慢散了。

易青娥这天晚上独自一人哭了好久,她是偷偷钻到练功场里边的烂布景堆里哭的。她想出去哭,可剧团有规定,任何学员,不经允许,是不能走出这个院子半步的。也不知哭了多久,胡老师就拿着手电找她来了。胡老师说:"我就想着你会在这里。你这个娃呀,胆子还大得很,都说随时会发生地震,你还敢钻在这里不出来。快出来,看地震把你要是塌死在里面,连知都没人知道。"胡老师把她领出去走了一会儿。胡老师说:"你好多事,都是跟着你舅带灾了。你舅不为人,人家就连你都恨上了,咋看都不顺眼。别怕,慢慢长大了,就没人敢欺负你了。"可啥时才能长大呀?易青娥觉得,这个不受欺负的日子,离自己是太遥远了。胡老师突然问她,想不想看她舅一眼。她一愣,问舅在哪里。她是既恨舅,又想舅。有舅在,毕竟受的欺负会少一些。胡老师说:"你舅在县中队关着呢。听说这几天,每天让出来劳动改造了,在砌河堤呢。你要愿意看了,我明天带你去看一下。中队我有熟人。"易青娥高兴地点了点头。

第二天中午,胡彩香带着易青娥出门了。学生是只有老师带着,才能出大门的。

胡老师说,县中队就是看管犯人的地方。她们走了好久,才在县城拐弯的地方,找到了县中队。好些穿着军装、端着枪的人,看管着一些犯人,在河里找石头。犯人把找好的石头,又朝河堤上背的背、抬的抬、砌的砌。夏天发大水,好长一段河堤都被冲垮了。立了秋,正让犯人修护呢。

易青娥一眼就看见她舅了。她舅正猫着腰,在河边挑选石头,可两个指头,是一个劲地在石头上做着敲鼓状。看似是在挑石头,实际上,他是在石头上敲着鼓呢。嘴里好像还在咕叨着打击乐谱。易青娥给胡老师一指,胡彩香就哭笑不得地直摇头:"你舅真是个狗改不了吃屎的货哟!"

也只能远远望上一眼。既不能到跟前说话,也不能看得太久,这已经是熟人给了很大的面子了。

她舅太专注着貌似挑拣石头的敲鼓,到底没抬头,也没看见她们。

胡老师把自己买的一条羊群烟,交给中队的熟人,就领着她走了。

她泪流满面的,一边走,一边回头看,嘴里不停地唤着:"舅,舅……"

胡老师拉着她的手,摸着她的头说:"不哭。我听说,你舅也关不了多久了。有领导说,这事也可以当人民内部矛盾处理。"

易青娥也不知人民内部矛盾是个啥,反正冬天刚打霜的时候,她舅就回来了。

九

易青娥她舅,是在一个晚上回来的。

回来时,他头上捂了一顶烂草帽。门卫老头都没看清是谁,他就进来了。老头追上去问,她舅很生气,硬戳戳地甩了三个字:"胡三元。"门卫吓了一跳,急忙去报告了黄主任。

很快,前后院子防震棚里的人,都知道她舅胡三元回来了。是逃出来的,还是放回来的?大家议论纷纷。

反正她舅房里的灯,已经大亮了。

据说门卫紧急报告黄主任后,黄主任只哼了一声,就再没下话。说明胡三元回来的事,黄主任提前是知道的。

易青娥到她舅房里时,她舅正在用抹布一点点擦洗着桌椅板凳,还有他的鼓架子。易青娥进房,先抱住她舅哭了。她舅眼睛也红了,但眼泪没流下来。易青娥能感觉到,舅是故意忍着的。

"不哭,娃!舅这不回来了。"

"舅,你还走吗?"易青娥问。

舅停了半晌,说:"舅走不走,都不关你的事。你是正式招考上的,只要不犯错误,谁就把你咋不了。"

"舅,你千万别走,你一走,我就在这儿待不成了。"易青娥说着,又哭了。

舅摸着她的头说:"舅不走。舅离了剧团,也走投无路了。"

易青娥要帮舅擦洗屋里的灰尘,舅不让,说她擦不干净。舅是一个特别讲究的人。易青娥记得,胡彩香老师还骂过他,是啥子洁癖。

她把胡老师对她的好,全都说给舅听了。还说了那天胡老师带她去县中队看他的事。舅一愣,抬头把她看了好半天。

舅这回没骂胡老师是疯子。舅只埋头擦着他的板鼓、牙子、鼓槌。

舅被抓走一个多月,房里的灰尘,已经落得很厚很厚了。

舅不让她动手,她还是拿上扫帚,钻到床底下扫蜘蛛网,掏拐角的灰尘了。

她听见胡老师进来了。

胡彩香一进门,话就说得好难听:"把你个狗贼还放出来了。"

她舅说:"咋,莫非还想关我一辈子。"

"活该!关一辈子都不冤枉你。"

只听舅又是那话:"少皮干。见不得我了,别来。"

"哟哟,好像谁想来见你似的。我就是来看看,在河里石头上练敲鼓,把两个肉鼓槌敲断了没。"

"贼,贼,贼!"

易青娥知道,"贼"是男人用中指骂人的话。

只听胡彩香说:"看来你还没关够,还得再弄进去,吆到河里背石头去。"

"臭嘴!"

易青娥在床底下,哭笑不得地窝蜷着。她喜欢听舅和胡老师斗嘴。她感觉,他们斗得越凶,胡老师把她的手就攥得越紧。

"给,在里边饿坏了吧?快趁热吃了。晚上不敢在家里睡。这几天又说有地震呢。"

"有他娘的屁震。"

"你死了倒是好事。可你外甥女谁管呢?"

"看把我能塌死了。你信不,他黄正大死一百回,我都活得好好的。"

"那你就是祸害一千年的王八么。"

"狗日黄正大才是个王八蛋呢。"舅骂的声音很大。她在床底下,都吓得两腿直发抖。

"快把你的臭嘴闭上。改造了这长时间,还没把臭嘴改造好。小心人家再撂一只小鞋,把你又穿进去了。"

"呸!你让他穿。这回不是给我穿嘛,还以为能把我枪毙了呢。公安局预审股的人,都觉得他是整人呢。人家还问我,你是把单位的谁得罪了?说这是你单位硬报上来的。本来内部检讨一下就可以了,这算不上是故意搞娱乐活动。刚好,又打倒'四人帮'了,也有大赦天下的意思,就把我放出来了。人家给他黄正大也打了电话,说还让我回原单位呢。我看他狗日的,再放啥屁呀。"

"那不还在人家手心捏着哩。"

舅说:"捏得好了,咱让他捏着。捏不好了,看我不拿大锣槌,去敲他的谢顶腔。"

"你就能得很。你能,再让人家把脖子一捏,你就只能咽气翻白眼了。"

"啥东西,说我反对毛主席呢,我咋就反对毛主席了?你还是半地主出身,我正宗贫农。你黄正大戴的黑纱,我也戴的黑纱。你黄正大胸前戴的白花,我也戴的白花。我扎花圈架子,不比谁扎的少。你还背着个懒汉二流子手,到处胡㞎转呢。都休息了,你能回家朝躺椅上一躺,让老婆捏脚捏腿哩。是有人看见的,说他腿转肿了。可你毕竟是在躺着享受啊！还是异性在捏哩。那不算搞娱乐活动？我回家轻轻敲几下鼓，舒舒筋骨，又没敲'欢音'，还敲的是'苦音'慢板哩。那哀乐都能放，'苦音'咋就不能敲呢？更何况我是在书上敲，又不是在鼓上敲的。人家公安局人都说，我说的不无道理呢。俗话说：一日练，一日功。一日不练，十日空。我关了门窗，悄悄在书上敲几下，把你黄正大哪根神经给撞了，你要把我朝局子里送呢？瞎怂东西，我跟你狗日的就没完。"

"好了好了，你是马蜂窝捅不得，老虎的屁股摸不得。我走了，你愿骂谁都行，反正跟我没关系。"

"滚，快滚！"

胡彩香老师就走了。

一直憋在床底下的易青娥，慢慢钻了出来。

只听她舅又在嘟哝："这个死疯婆娘！"

胡老师给舅买了半边烧鸡，放在桌子上。舅把唯一的鸡腿，掰给了她。她说不饿，舅说陪舅吃。

易青娥就陪着舅，吃了一个烧鸡腿。

舅说："你早点睡去。"

她就又回防震棚了。

她刚躺下，就听院子里有了鼓板声。那是从舅房里传来的。尽管门窗都紧闭着，但整个院子，还是在一种急促的鼓点声中，显得躁乱不安起来。

易青娥听有人在帐篷外边骂："狗日胡三元疯了。"

舅的确有点疯了。这天晚上，他整整敲了一夜。敲得防震棚里没有一个人不翻来覆去、唉声叹气的。有人甚至说："这厮就应该关在大牢里，永世别出来。"

易青娥一夜也没睡着，倒不是被鼓声吵的，而是担心舅又会出啥事。

第二天早上，黄主任又为舅开了会。

会是在后院防震棚里开的,连学生都参加了。

黄主任说:"胡三元的事,组织上抱着惩前毖后、治病救人的态度,给了出路,没有判刑。但没有判刑,不等于说没有犯罪,更不等于说他胡三元错误不严重。经组织研究决定:对胡三元给予开除留用一年处分。上级批复是同意。胡三元鼓是不能敲了。开除留用期间,团上决定,让他下厨帮灶,打扫卫生,演出时拉景、搬景,以观后效。"

开会没让她舅胡三元参加。

对组织的决定,全场报以热烈的掌声。

易青娥虽然没听懂有些话的意思,但她知道:舅是可以留在剧团了。只要舅在,她就觉得腰杆硬了许多。

舅真的到伙房帮灶去了。

伙房在前院,跟练功场连着。伙房有两个做饭的。过去剧团只四五十个人,俩人能忙得过来,后来几十个学生回来,伙房就忙得拉不开栓了。几乎每天都要安排帮灶的。但那都是临时的,一个月几乎轮不到一回。舅却是长久的。不仅要帮灶,做两顿饭,早上还得起早打扫卫生。晚上只要有演出,他还得上台搬布景,活活能忙死。但谁要他是开除留用人员呢。黄主任说,开除留用期间,就看表现好坏了。要是表现不好,一年满了,就彻底开除。

舅无所谓表现好不好,反正过去就起得早,要练手艺呢,现在起得更早。先敲一阵鼓再说。说鼓,其实是书,敲书的声音比鼓声小得多。敲完书,他就拿把大扫帚,把前后院子都一划拉。前后院子被防震棚占去不少,因此,只半小时,就把两个院子都划拉完了。扫完院子,他再进伙房帮忙做饭。

灶房大厨叫宋光祖,二厨叫廖耀辉。

他们的名字都响亮得很。

大厨是部队下来的,说肩膀摔断过,一变天,半边身子都痛。

二厨来历比较复杂,说是曾经给一家大地主做过裁缝。后来跟地主的小老婆勾搭上了,有天正跟那女人"胡捏揣"呢,被东家发现,差点打了个半死。逃出来后,就改行做伙夫了。

听说1955年剧团成立时,廖耀辉就来做饭了。宋光祖还是后来转业回来的。但因宋光祖出身鲜亮,就做了大厨,其实也就是在伙房管点事而已。

她舅去,主要是烧火、刷锅、洗菜、择葱、剥蒜、打啰唆。不过不久,舅就开始切菜,剁各种馅儿了。舅手上特别有功夫,切菜、剁馅儿,还是跟敲鼓一样快。大家老远听到切、剁声,就知道是胡三元上手了。

除了帮灶,只要有演出,舅还得上台搬景。舅那张嘴依然不饶人。他在舞台边上搬景,眼睛盯着台上,见人唱不好,演不好,乐队敲不好,弹不好,拉不好,还是忍不住要骂一声:"一群烂竹根!"为这事,有人又告到了黄主任那里。黄主任又给他敲了警钟,拧了螺丝。舅再上台搬景,就故意给嘴上贴了白胶布。反正永远都弄得让人哭笑不得。

不过,不管怎样,只要舅在,易青娥的底气就壮了起来。最近练功,精神头也来了。无论别人咋看,咋说她舅,她都装作不知道。她就一门心思地练着功、练着唱。连不待见她的老师,都不得不表扬她说:"易青娥最近进步很明显。双叉完全拉开了,腰也自己下下去了,'虎跳'能连起来打五六个了。"还让她给同学们做示范呢。不过,大多数同学都很是不屑地看着她。她做完动作,竟是一哇声地提起了意见。有的说她腰猴着;有的说她屁股撅着;有的说她脚尖都绷不直。楚嘉禾干脆学一些老师的话说:"鸡骨头马瘟的,动作太难看了。"带功老师还批评了楚嘉禾,说她不谦虚。

不管同学们怎么鄙薄,易青娥都不计较,她也不敢计较。不过就是少跟大家在一起罢了。她一天到晚都穿着那身练功服,回防震棚待着不舒服,就一个人钻到练功场里闷练。开始还有人阻止,后来,也就慢慢没人管了。

尤其是入冬后,防震棚冷得撑不住,一到半夜,就跟住在野地里一样,风一刮,人就想朝地缝里钻。有些胆大的,就回家去住了。必须吃在防震棚、住在防震棚、工作在防震棚的要求,越来越成耳旁风了。特别是她舅回来以后,一个人住在房里,不受风寒不受冻的,启发了好多人。都说,咱还弄得没有胡三元会享受了。很多人就明目张胆地搬回去了。黄主任还要求过几次,可不顶事。只有学生还不敢朝回撤。直到有一天,一半以上的人都冻感冒了,黄主任才同意大家搬回去了。不过要求晚上得派巡逻的,一有情况,听到哨子声,都要立马朝防震棚里跑。再后来,风把防震棚的布全撕烂了,栽的桩也不见了,闹了好长时间的地震,才算烟消云散。

易青娥在这个冬天,不仅功夫大长进,而且唱腔也不荒腔走板了。胡老师的确给她下了很大的功夫。前前后后,给她教了三大板完整唱段:有秦腔的,还有京剧的。胡老师是一字字、一句句,甚至一个音符一个音符地帮她细抠着。

有一天,她舅把这几板唱腔听完后,怔了许久说:

"娃,你这一辈子,不记挂舅都行。可就是不敢忘记了你胡老师。"

就在胡老师正给她教《杜鹃山》里柯湘的唱段"无产者等闲看惊涛骇浪"时,胡老师的爱人回来了。

易青娥知道胡老师是有爱人的,家里还有照片。听说是在一个国防厂里当钳工。单位都是信箱号,没有具体名称的。一年就一次探亲假。这次是回来过年的。

没想到,这趟年过的,竟然能闹出那么大的事情来。差点没让人家把她舅的腰打断了。

十

胡老师的爱人叫张光荣。是腊月二十三回来的。

那几天,剧团正在赶排过年要演的戏,叫《一声春雷》。是揭批"四人帮"的。胡老师和米兰又演的是一个角色,AB组。这回是米兰A组,胡老师B组。不过私下里都在煽惑着,让胡老师朝前冲。说米兰一身"凉皮",白长了一张漂亮脸蛋,脑子瓜得跟实心葫芦一样,连演B组都不配,还A组呢。也有人说,实在要演了,得等人家B组把角色创造好了,再上去照葫芦画个瓢还行。硬要生掐,生扑,就只能是光屁股翻跟斗——寻着露丑了。都说米兰就不是朝台中间站的料。胡老师自然被煽惑得有些上劲。排戏轮不上B组,她就在旁边死盯、死磕着。连唱腔、台词,她都背得滚瓜烂熟的。米兰咋都不开窍,导演整天连喊带骂带挖苦的,实在没办法,甚至还让胡彩香上去示范。胡老师一走戏,大家就鼓掌。羞得米兰的脸红一阵白一阵地没地方放。不过,黄主任的老婆动不动就坐到排练场看戏,是给米兰撑腰来了。导演私下里说:导演也是人,也要在团上混哩。他还得做戏给黄主任的老婆看,有时,免不了还得表扬米兰几句。大家看着不舒服,胡老师心里就更不舒服了。这哪里是搞艺术,明明就是搞交易么。

胡老师气得把这些话,学给她舅听。舅说:"这能叫搞艺术?写得那么乱糟的本子,'平'得跟'常'一样,配角没戏,主角更没戏,你们还一个个争得屁乎乎的,值当吗?"

"谁争得屁乎乎的了。看你这臭嘴。"

"还没争得屁乎乎的,连黄主任的老婆都赤膊上阵了,还要咋争?我劝你早点退出来,别没事找事。要是戏好了,争一下还值得。这样的活报剧,演三天两后晌,就刀枪入库,马放南山了,你倒是赶那热闹谝哪!"舅很是不屑地对胡老师说。

胡老师开始还有点听,后来,突然把眼睛一瞪,很是警惕地说:"胡三元,你该不是又在暗中帮米兰那个狐狸精,日弄我放弃,好让人家一人吃独食吧?"

"你爱信不信。要争尽管争去,甭给我说。我嫌争得屁臭。"

胡老师当着她的面,狠狠弹了她舅一个脑瓜嘣,就走了。

胡老师的爱人张光荣,就是那天晚上回来的。

张光荣一回来,满院子人都知道了。连排戏都暂时停了下来。张光荣买了一大包水果糖,腰里还别了几盒烟,见人就发。据说他每年回来都这样。今年,水果糖和烟的档次还提高了不少。都说张光荣在国防厂里工资高,比剧团相同工龄的人,要高出三四倍呢。并且还有劳保:手套、球鞋、毛巾、肥皂、劳动布工作服,都是公家管全套的。一月工资,除了吃饭,基本没处花去。他攒下来,给爹娘贴补一点,然后都拿回来,交给胡彩香了。剧团人都很羡慕胡老师,觉得她是找了个有钱、有地位的主儿。唯一不足,就是一年见面的机会太少了。不过,也有人偷着说:"放心,没闲下过。"那时,易青娥还不知是啥意思。

胡老师把水果糖专门拿到学员班,给一人发了两颗。还偷偷给易青娥多塞了一把,让她悄悄吃,别声张。

这一晚上,整个剧团甚至都有点兴奋。有人还在院子里喊叫:"各村民小组注意了:今晚,将要发生大地震。恐怕少说也得在八级以上。请各小组做好安全防范工作,随时准备逃跑。"

大家就笑得扑哧扑哧的。

还有人说:"放心,平常恐怕都偷着震过了。今晚充其量也就是余震。三四级撑死了。"

有人就笑得窝下去了。

易青娥弄不懂,这些人都说的是啥意思,就去告诉她舅,说要地震呢。

她舅用眼睛把她一瞪说:"别听这伙瞎怂乱说。没事好好练你的功,少朝闲人窝子里钻。"

她舅说完,又给她发了七八颗水果糖。她一看,也是胡老师爱人带回来的。桌上还放着两整包烟,就是胡老师爱人给别人发的那种烟。说明胡老师,或者她爱人张光荣是来过的。

第二天,胡老师起得晚了些,有人端直说,昨晚上好多家里的暖瓶、水杯、酱油醋瓶子,都被摇到地上,摔了个粉碎。震级不小哇!胡老师说:"嗯,是不是把你也摇到床下了,尻子摔炸没?"一院子人,又是哄堂大笑起来。

不一会儿,张光荣出来刷牙,又有人笑话张光荣说:"还用嘴了?"没等张光荣开口,胡老师先把话堵了上去:"连这都不懂?不用嘴,莫非还用尻子呀!"惹得张光荣憋了一嘴的牙膏沫,扑哧喷了出来。他用牙刷指着胡彩香说:"看你个二蛋货!"

舅在厨房,把饺子馅儿剁得一片响,那是两把刀同时用力的声音。像剁,更像是敲,是捶,是砸。

有人就说:"你听听胡三元这节奏。"

"嗯,像剁人肉哩。"

有人看看张光荣,做个鬼脸,就进排练场去了。有人故意把声音唱得很大,反正里边总是要透出点啥意思来。

胡彩香老师自张光荣回来,就再没进过排练场。这样,她和米兰的关系,还反倒不那么别扭了。有时,易青娥看见,米兰在院子里见了胡老师,还专门停下来向她请教呢。

眼看要过年了,原来说会给学生放十几天假。可后来,《一声春雷》要用几十个群众角色,一下把学员班抽去了四十多个人。易青娥自然不在抽用之列。但为了好管理,也都不放假了。凡不上戏的,原地留下练功。因为教练老师基本都有角色,他们也就自顾自了。不过她舅还是把她盯得很紧,要她别人越是不练的时候,自己越是要加劲,说这样才能走到人前去。舅还说:"别眼红其他同学上戏。那也能叫个戏?没一场好戏,没一段好唱,没一个能立起来的人物,整个是乱编乱喊。上这样的戏,纯粹是浪费时间哩。你好好练功要紧。练好了,将来有的是戏演。不信你等着瞧我说的话。总有一天,戏让你演得要给人告饶哩。关键是看你有没有这个金刚钻,能不能揽得了瓷器活儿。"

易青娥不管排戏咋热闹,外边小孩儿放鞭炮、放地老鼠咋好玩,她就一直窝在练功场的拐角劈叉、下腰、打虎跳,做各种表演动作组合。用一根细小的蜡烛,练眼神转动。清早,她还一个人打着手电筒,下到河边,练胡老师教过的那几板唱。脚快冻掉了,脸快冻破了,可她还是去。就在一切都正正常常的时候,舅出事了。

事情发生在年三十晚上。

那天晚上,团上过的是一个"革命化的春节"。

《一声春雷》由于排练不成熟,一直拖到年三十早上,才正式彩排审查。上边没有来领导,说都要过年,就让黄主任把关。黄主任和他老婆、副主任朱继儒,还有业务股长、总务股长,正儿八经坐在台下,把戏审看了一遍。朱继儒和业务股长都觉得戏不成熟。建议是不是开年后,把戏再抠一抠,正月十五左右推出去。他们担心,这样急急火火上演,搞不好会砸了剧团的牌子。黄主任的老婆,看戏中就不停地鼓掌,叫好。戏一毕,一个劲地说:"本子好。导演好。音乐好。舞美好。演员好。尤其是米兰演得好。戏成了!"黄主任的老婆,是幼儿园的音乐老师。人家会吹箫、会拉手风琴,还能给娃娃排舞蹈,自是行家了。黄主任就决定说:"正月初一必须演出!"他说:"自我到剧团当主任以来,每年大年初一上新戏,都坚持好几年了。县上领导也是大会说小会表扬的。现在又粉碎了'四人帮',形势一片大好,怎么能突然没戏了呢?这个戏,按你们的说法,艺术上是差了点,可我们也不能只唱戏,不看路吧?没有条件,创造条件都得上。"既然黄主任都定了,其他人也就把头勾下,再不说话了。黄主任讲,今年咱们团,要过一个革命化的春节,晚上都到一起吃"团年饭"。所有家属全来。说厨房已经准备好几天了。

易青娥知道,这几天为准备"团年饭",舅已经累得有些直不起腰了。大厨宋光祖,膀子上贴了五六块膏药。二厨廖耀辉,到医院给脖子上套了个项圈,谁一喊,都是连身子转,说颈椎痛得快断了。就这,还派了好几个没上戏的学生,来帮忙烧火、择菜、洗碗、刷锅。易青娥就是被安排来烧火的。她倒是很高兴,因为舅在这里。要说过年,她感觉只有进了这热气腾腾的灶房,才算是有了年气呢。

晚上,练功场摆了十好几桌。一桌坐十三四个人,娃娃们还站在一旁"钓鱼"。所谓"钓鱼",就是上一个菜,他们跑到大人旁边,让大人们给他们喂一口后,就到处去乱跑,乱喊叫。等上了新菜,再回来"钓"一口。整个练功场,吵闹得谁说话都听不见。只有黄主任讲话时,才安静了十几分钟。黄主任说,今晚可以放开喝,但不能喝醉,谁醉他处分谁。结果,团上谁都没醉,就把胡彩香老师的爱人张光荣给生生灌醉了。

事后,易青娥才听说,这都是团上几个跟她舅关系不好的人干的。他们一边喝,一边还有一句没一句、阴一句阳一句的,把她舅和胡老师的关系,说得神神秘秘、乱七八糟的。一直跟着她舅学敲鼓,但她舅一百个眼瞧不上的鼓师郝大锤,甚至还挑逗说:"你张光荣多省事的,常年出门干革命,家里老婆还有人经管。你回来人还是你的嘛,多谄活的事啊! 你也不知前世积啥德了,啥好事都让你给摊上了! 弟兄们羡慕啊! 张光荣啊张光荣,你真是活得又光又荣啊!"

就在大家煽惑张光荣时,易青娥她舅还在打着托盘上菜。她舅今晚好像也是高兴,肩上还故意搭了条店小二的白毛巾呢。每个托盘上,要放七八个菜,托起来挺重的。但她舅把每个托盘都举得很高,远远地就喊叫:"闲人闪开,油——来——了——!"下菜时,还是改不了爱开脏玩笑的毛病:"尿,你吃!""屎,都放开喝!"惹得满练功场都是笑声。有人还说:"狗日胡三元,就是弄啥像啥!"

胡彩香老师一直跟一帮女的坐在一桌,大家也是一直都在开她和张光荣的玩笑。她是问啥答啥,有的说上,没有的还捏上,就图大家高兴哩。加上听说戏不行,米兰晚上一直蔫着,她心里就特别得劲。谁知张光荣就在这节骨眼上,被人把"药"装上了。

席还没散,张光荣就跟跟跄跄回房了。

易青娥她舅是在席都散了,一些女同胞一齐下手,帮忙收拾桌子碗筷时,才拉着两条困乏的腿,慢慢回家的。她看舅有点走路两边倒的样子,就上去把舅扶到了房里。谁知刚进房,张光荣就来了。

张光荣进房二话没说,从身背后拿出一个大铁钳子——后来易青娥才听说,这叫管钳,足有两三尺长,是张光荣从厂里拿回家向人炫耀的。好在张光荣是醉了,自己都有些立身不稳,拿管钳打她舅,自然力道不够。打着打着,自己先栽倒在床沿上了。他勉强爬起来,还是撑着要打。她舅也不知咋的,既不夺凶器,也不朝外跑,就那样随便拿手挡着,抓着。张光荣却是越打越清醒。打着打着,舅的肚子上、腰上、背上、肩上,就挨了张光荣好几管钳。

吓得她急忙去把胡老师叫了来。

是胡彩香一把死抱住张光荣,管钳才跌落在地上的。

张光荣老牛一样号啕大哭起来,说:"你……你们这一对狗男女,当……当我不知道,我啥不知道?我……我还差先人,给你送糖……送烟哩。让一院子人……拿尻子笑我哇……"

胡彩香啥也不说,就捂起他的嘴,把人朝回拖。张光荣还蹩跳着,骂着,但人毕竟是醉了,就像稀泥一样,被胡彩香拖出去了。

在窗户外,易青娥还听郝大锤在问:"咱光荣哥咋了?"只听胡彩香说:"咋了,让你们把尿灌多了,咋了。"这时,只听张光荣还在骂:"狗日胡三元,有种的你出来!"郝大锤又问:"光荣哥骂胡三元咋了?"胡彩香说:"喝醉了,还要缠着跟胡三元朝死地喝哩,咋了。"

然后,胡彩香就把张光荣拖回家里,砰地把门关上了。

易青娥看见,院子里还有几个人在暗处游荡着。他们都是刚才围着张光荣,坐在一个桌上劝酒的。

十一

易青娥她舅开始还能动,等胡彩香把人拖走后,他就趴在床上,再也动弹不得了。她舅要她揭起棉袄,看一看他的腰。易青娥揭起来一看,腰上,背上,已经起了几道紫乌的肉棱。易青娥就哭了。

她舅说:"别哭,把灯先关了。等一会儿,要是不行,你就扶舅上医院去。舅的腰,怕是被打断了。"易青娥还哭。舅又说:"还生怕别人听不见是吧?"易青娥就低声抽咽了。

大概过了一两个小时,院子里放炮声停了,连院子外,也没动静了。舅就说:"走,扶舅上医院。"

易青娥扶舅出院子时,老门卫问咋了,舅说,把腰扭了。门口有一辆架子车,是厨房买菜用的。老门卫和易青娥两个人帮他躺上去,由易青娥拉着去了医院。好在都是平路,易青娥咬咬牙,还能拉得动。

到了医院,有好多小孩,都是被炮炸伤的。舅需要拍片子。可拍片子的人不在,要等到明早上才能拍。医生问是住下,还是明早再来。舅想了想说,先住下。舅住下后,还给易青娥交代说:"谁都别让知道,就说我腰扭了,去找乡下土大夫治疗去了。"第二天早上,片子拍出来,脊椎骨倒是问题不大,肋子骨却被打断了两根。舅就彻底住院了。

易青娥把舅的情况悄悄告诉了胡彩香。胡老师也不敢去看,不过让易青娥捎话说:"这边没事了。张光荣昨天是喝醉了,要不喝醉,他不敢朝明地闹。他还怕我跟他离婚呢。加上把人还打残了,再闹,真个是不想要饭碗了。"

她舅给黄主任写了张请假条,说昨晚打托盘出菜,把腰扭了,连夜出门,到乡下找土医生看病去了。说他这几天帮不了厨,也搬不了景,打扫不了卫生了,等病好些,再回来接着干。易青娥没敢把请假条直接送给黄主任,而是让胡老师找人转交的。反正这事,黄主任也没开会,张光荣也再没闹,就悄没声息地过去了。倒是郝大锤那几个一直在询问:胡三元三十晚上好好的,咋突然把腰能扭了呢?是不是又给组织造怪呢?

有一天,郝大锤还堵住易青娥问:"哎,你舅呢?三十晚上是不是挨黑打了?"吓得易青娥啥也不敢说,从墙角溜走了。

她舅在县医院只住了三天,就找一个朋友,悄悄用手扶拖拉机把他转走了。说是去了乡下,具体是哪儿,连易青娥也没告诉。走时,舅只让她好好练功,说其余啥事都别管,只装聋作哑就是了。

《一声春雷》果然像她舅预测的那样,只演了三场,就停下了。第一场还是满场。第二场,就只坐了小半池子。第三场,总共来了二十几个人,没演完,又走了七八个,都说:还嫌开会少,大过年的还开会,还喊口号。到底是演戏,还是开会、喊口号呢?剧团人有病了吧。

悄悄把摊子一收,大家也都不说话,是害怕黄主任和他老婆穿小鞋哩。

剧团这行,迟早只要紧张起来,闲事就少,一旦停摆,啥事就都出来了。本来张光荣打胡三元的事都过去了,可私下里传着传着,就传到黄主任和他老婆耳朵里了。黄主任老婆听说,胡彩香一直对她有意见,尤其是《一声春雷》的塌火,胡彩香可没少到处说她的坏话。胡彩香自己作风败坏,乱搞男女关系,过去没抓住,现在连她老汉张光荣,都气得跳出来打人了,这盖子还能捂住吗?黄主任就说要查一查。院子的风声,立马又变得紧张起来。

先是通知,让胡三元立即回来。可胡三元到底到哪儿去了,谁都不知道。有人就来问易青娥,易青娥也不知道。黄主任就派人到处去找。反正宁州县就那么几个有点名气的土医生,不信还找不回来。易青娥听说,团上先后派了好几拨人去找,到底没找见。有人就说,还是先在张光荣身上下手,容易突破些。但张光荣毕竟不是本单位人,找人家谈话也不方便。郝大锤就自告奋勇地说,由他出面试试。还是老办法,请张光荣喝酒。别看张光荣是个钳工,人也长得粗胳膊粗腿,粗脖子大脑袋的,可脑瓜子精明着呢。自打年三十晚上,被灌醉一回后,他就再没喝醉过。张光荣大概八两的酒量,喝过一斤的时候,就容易犯浑。可每次,他都能准确地喝到八两左右,就不喝了。谁再劝,他都只是傻笑,不端杯子。有人硬灌,他会把大嘴闭得紧紧的。谁要动手,他能哇的一口,一下把人手掌咬进去半截。郝大锤他们从正月初六,一直喝到正月十五,张光荣再没醉过一次。他们自己倒是几次喝得不省人事。郝大锤甚至还一头栽进厕所,把过年才新买的一顶火车头帽子,兜满粪,沉了底,到底没打捞起来。有几次,胡彩香看张光荣半天没回来,也亲自来参与喝。郝大锤和几个逞能的,最后实在把烟酒菜贴赔得背不住了,才给黄主任交旗了。

好多年后,胡彩香才给易青娥彻底交底说:那个年,可是过得窝囊透顶了。她跟张光荣几乎天天都关了门窗,在家里打闹。张光荣甚至还威胁,要拿针线缝了她的私处。但关起门闹归闹,出了门,张光荣还是很给她面子的。因为张光荣绝对不愿意跟她离婚。张光荣是喜欢她的,她很漂亮,也很"绵软"。连张光荣自己都说,只要一搂住她,他浑身立马就酥了化了。有一年,胡彩香去他的单位探亲,几乎所有人都傻眼了,不相信这是他张光荣的媳妇。都问他:"你是咋把这样漂亮的女人勾引到手的?"再加上胡彩香还照看他老娘着的。张光荣的老娘,住在离县城三十里的地方,胡彩香几乎每个月都要骑自行车去看望。老娘对这个儿媳也是满意的。张光荣不能不掂量轻重。即使心里再痛苦,再窝火,他还是忍了。直到正月十七离开,他都没对外公开老婆和胡三元有麻达的事。

只是在临走那天晚上,他一再逼着胡彩香赌咒发誓:不要跟胡三元来往,再来往,就被车撞死,雷劈死,水淹死,火烧死,尤其是那个地方,烂成一包蛆死。

张光荣走了没几天,她舅胡三元自己就回来了。他胸腔上了夹板,衣服一穿,也看不见,但走路明显是直戳戳的。易青娥把他走后,团上到处找他的事,跟他说了,舅只是哼了一声,就开始收拾他的鼓板了。后来,胡彩香老师来,舅就把易青娥支出去了。再后来,黄主任找她舅谈话,说舅还硬得爆爆的,坚决不承认自己跟胡彩香有什么关系。说要有关系,那就是革命同志关系,阶级兄妹关系,乐队和演员的关系,除此而外,再没有别的关系。由于没有捉奸在床,也拿不出其他任何证据,她舅又是有名的铁壳嘴,得理不饶人,这事还反倒弄得黄主任有些磨盘压手取不离。但黄主任岂是能让别人轻易制服的人。刚好最近也没演出,也不排戏,他就安排跟县上干部春训会一道,开始了宁州剧团为期三个月的生活作风整顿。

易青娥并不懂什么叫"春训会",那天在剧场的楼座里,挤着旁听了一回,才知道这会的厉害。听说旁听这会,还是黄主任争取来的。黄主任说,这叫近水楼台先得月,也说明了县上对剧团的重视。正式参加会的,都是县、区、公社三级干部,他们在底下池子里坐着,楼上是空的。那天,黄主任把全团一百多号人,全都吆到了楼座里,先强调纪律,说谁私下叽叽喳喳,或大声喧哗,就让谁滚出去。吓得大家连大气都不敢出。会议开始,先给一些人发奖状。后来领导又讲话。讲了半天,易青娥一点都没听懂。再后来,就有人点着一些人的名字,足有十几个,把名字点完,那人又大声宣布,让这些人站起来。易青娥突然明白,这些人是犯了错误。有人是男女生活作风问题,有人是贪污问题,有人是违反纪律问题,反正到最后,用绳子捆了三个。就跟那次捆她舅一样,有一个人还当场被捆翻在地上了。不过很快,就让穿着军装、挎着枪的人使劲拎了起来。剩下没捆的,在那三个人被押走后,也让一溜溜跟着"滚出会场"去了。易青娥又吓得尿了一回裤子。她看看舅,舅的头已经勾得贴到大腿面子上了。

听完县上的"春训会",团上就开始进行生活作风整顿了。先是动员,然后揭摆问题。不几天,就传出了好多吓死人的事情。平常看着都好好的人,怎么全都那么肮脏:有在人家女生窗户外,偷看人家洗澡的;有在厕所下水道,偷看女演员上茅房的;有在舞台演出暗场时,偷摸女演员屁股和胸脯的;有晚上专门到女演员房里,闲谝着不走的;有给人家女生死乞白赖写情书的;有给人家有夫之妇献殷勤,送烧鸡腿的;还有人,老当着女生的面说流氓话。反正问题多得很。尤其让易青娥没想到的是,他们学员班竟然也出了大问题,说有人偷偷给女生递条子,上面写着:"我喜欢你!"这还了得,在剧团,抓得最紧的就是这号事。为偷着谈恋爱,胡彩香和米兰那一班,有两对都被处理回家了。剧团要求,演员必须晚婚晚育,这是事业的需要。因此,对谈恋爱的事,抓得特别紧。黄主任说:"不揭不知道,一揭吓一跳啊!看着单位风平浪静,其实已经波浪滔天了。还有比这更严重的问题,没有揭摆出来呢。得继续揭,直到把最严重问题的盖子揭开为止。"他要求,把所有问题都"梳成串子""辫成辫子",通过这次整顿,给剧团来一次生活作风大扫除。

易青娥看看她舅,她舅脸定得平平的,好像这事跟他完全没关系一样。可大家却都在朝他看哩,那眼神里,分明是已经把过街老鼠抓住了。

十二

易青娥天天担心着,生怕她舅又出事。可整顿都进行半个多月了,她舅还"逍遥"着。逍遥这词,是郝大锤说的。

连学员班,也都是早上练功练唱,下午和晚上开会学习。有时分成好多小组,有时又开大会。易青娥迟早都是稀里糊涂的。她想,只要舅没事,她就没事。舅还特别给她叮咛:"开会朝拐角坐,尽量找领导看不见的地方圪蹴着。人家说啥,你都别言传。问死,逼死,都别吱声。会开得长,嫌急人了,你就想你胡老师给你教的唱,那些弯弯都是咋拐的,气口是咋换的。心里默着戏,时间也好混得很。再大的事,闹一阵都会过去的。"她就照舅说的那样做着。有几回,人都发言完了,也有让她发言的,她就捂着嘴,光傻笑。大家扭过头也笑,那是笑她傻的笑。还有一回,找自己的生活作风问题呢,轮她最后一个发言了,都回头看她,她还是傻笑着。楚嘉禾嘴长,就冒了一句:"别看易青娥这'碎卒儿',每次走到水井台子上,都要朝井里照半天,还把一头荒荒毛,抿了又抿的,拿水当镜子,臭美呢。"她心里咯噔一下,因为这是真的,不知犯事不犯事。谁知又是哄地一下,大家跟笑傻子一样,有的竟然还笑岔气了。

舅这次回来,明显比过去蔫儿了许多。人前话也少了,虽然胸腔有伤,但还是到厨房帮灶去了。切不了菜,洗不了锅,就一直在灶门洞烧火。早上还打扫院子,不过隔一天一次,是一只手操着扫帚在扫,扫得很认真。易青娥有时想帮忙,但舅不让,说他有的是时间磨。有时,她感觉舅也是故意磨给满院子人看的。舅的半边腔子老痛,那只手也抬不起来,鼓是练不成了,但一回到房里,嘴里总还是"才,才,才个令才,一令才,一打打,才"地念着打击乐谱。那只好手,还老在腿面子上敲个不停,好像一切都不由他似的。用胡彩香老师的话说:"你舅要不敲鼓,真的能死了。"

舅天天也开会,也发言,但始终是谈认识,谈觉悟,不接触实际问题。前边挖出来的事,已经"梳成串子""辫成辫子"放在那儿了,他也表示吃惊,表示愤怒,表示后怕。他甚至还说:"有些人也太不要脸了,怎么能去偷看革命女同志洗澡、上厕所呢？你家里都没有姐妹老小了？咋不回家去偷看呢?"他说得还挺实际,挺痛心,挺难过,挺振振有词的。但帽子底下始终没有人。只要是坐实了的,帽子底下扣着人的问题,他都始终不接触,不联系。

这中间,还出了这样一档事。按黄主任的要求,别人都只谈生活作风方面的问题,但胡三元,还要结合被公安劳教,以及开除留用一年的问题,综合起来汇报思想,汇报认识,还要求他写成书面材料,在大会上念给全团同志听。

易青娥一直没见她舅写,也没见她舅想,每天一回房里,他还是在那里念叨他的乐谱,收拾他的鼓板、鼓槌。到了开大会那天,易青娥心里乱得跟打鼓一样,结果她舅倒是不慌不忙地拿出笔记本,一页一页地念,一页一页地汇报起来。他足足念了有十好几页,不仅念得摇头晃脑,还眼泪汪汪的。最后,是一连声地用了好几个"我深刻认识到"啥啥啥的。他一边念着,还一边用手指头蘸着唾沫,把笔记本一页页地朝过翻,好像准备得很认真似的。好多人都露出了惊讶的表情。郝大锤尤其不相信,胡三元肚子里,突然还能有墨水了。他就假装上厕所,顺便朝胡三元笔记本上扫了一眼,然后,给黄主任递条子,要求让胡三元把笔记本交上去。这一交,问题出来了。舅那笔记本上,全记的是打击乐谱。而满嘴念念有词的,都是历次运动用过的大话套话。事后有人说,胡三元是老运动员了,啥事没经过,啥话不会说,还需要拿本本写上。黄主任立马就让她舅站起来了。

黄主任那天发了大火,把桌子狠狠一拍,说她舅是死猪不怕开水烫。这么严肃的会议,本人又有这么严重的问题,还敢在这儿给组织耍儿戏。问他是不是想"二进宫",是不是想彻底放弃一年开除留用期了。黄主任一通火发的,把易青娥浑身的骨头都吓酥了。后来,会议又安排让大家发言,大家就上纲上线地,把他臭批了一通。会一直开到晚上十一点才结束。要她舅连夜补检讨,明天接着开。

她舅回到房里,拿起钢笔,整整闷了一晚上,总算在笔记本上写出了好几页。虽然第二天会上,黄主任又批评他说,检讨是错别字连篇,但这件事,总算没有再纠缠下去。黄主任要深究的,是他跟胡彩香的男女关系问题。但她舅在这个问题上,始终守口如瓶。多年后,胡彩香还说:"你舅这个死鬼,黄点清着呢。啥事该说,啥事不该说,可会避实就虚、避重就轻了。"胡彩香说她在剧团,也不是个随便能让人捏软柿子的人。她明白,那次生活作风整顿,有人就是想揭她和胡三元的老底呢。她和胡三元为这事,有一天晚上还专门跑了好几里地,到一个乱葬坟窝子里,细细商量了大半晚上。胡老师说是舅说的:"这号事只要没捉奸在床,就四个字:死不认账,谅他谁也没办法。"并教她,要她每天把脸吊得长长的,见谁想拿这事说事了,就撅、就骂,就喊叫要去挖他的祖坟。人只会欺负软的、瘫的,没有谁不怕硬的、尖的。她舅那晚还说,其实他啥都不怕,只要胡彩香说声跟他,他立马就承认两人好过、睡过。可惜胡彩香死不放手张光荣,他还得顾胡彩香的脸哩。

"揭摆"活动开展了一个多月。前边揭出的问题,看起来很多、很大,但到后边落实时,几乎没有一个承认的。有的还破口大骂,说是污蔑陷害,还说"四人帮"都打倒快一年了,有人还搞江青那一套。反正死都不认卯。梳好的辫子,就只能搁在那儿了。黄主任起因是想收拾胡三元的,结果她舅啥都检讨,就是不检讨自己有男女关系问题。即使承认自己有资产阶级生活作风,也是爱干净,好洁癖,到农村演出,不愿意朝贫下中农炕头上坐,不愿意端贫下中农没用开水烫过的碗筷问题。有一次,她舅边检讨,还一边哭得呜呜呜的,说他从农村来,现在反倒嫌弃了贫下中农,真是灵魂深处该闹一场革命了。反正他就是死不朝胡彩香身上引。黄主任一个劲地强调,要把整顿引向深入。她舅一上会,却偏把下乡演出时,偷农民柿子、核桃的事,全端了出来,还说得有板有眼、活灵活现的。事情说大不大,说小不小,弄来弄去,柿子就三五个,核桃就两三捧,他还痛苦万分地检讨来检讨去,把一些人就逗得扑哧扑哧乱笑。搞得黄主任一点脾气都没有。

尤其是最后,有人还引了一把火,端直烧到黄主任头上了。

有一天,排练场门口,突然贴出一张小字报来,说黄正大跟米兰有一腿呢。气得黄主任鼻歪嘴斜、暴跳如雷了好几天。连黄主任的老婆,也在院子来回骂人了,说这是有人在故意把水朝浑地搅,是给她老汉泼脏水哩。她还信誓旦旦地说,必须把坏人挖出来。黄主任让美美查了一阵,却咋都查不出结果来。有人怀疑是胡三元干的。可她舅胡三元说,他才不干那下三烂的事呢。要干,就端直拿到大会上干去。查到最后,也是不了了之了。

可事情并没完。几个月后,她舅倒是没被生活作风问题搞倒,却因一次重大演出事故,"二进宫"了。

十三

话还得从排歌剧《洪湖赤卫队》说起。

剧团搞生活作风整顿,哩哩啦啦前后进行了不到三个月。听黄主任自己说,有一天县上一把手见了他,问他看《人民日报》没有,他说天天没落过。一把手又说,看见《洪湖赤卫队》的消息没有?黄主任不好意思地搔着头。领导就说:"1月23号的。《洪湖赤卫队》解放了。被'四人帮'打入冷宫十年,终于解放出来了。武汉都演出了。这台戏好得很,写我家乡的。我两个伯,都当过赤卫队队员。过去我看过好多遍的。"黄正大这才想起,一把手是湖北人。立即,剧团就投入《洪湖赤卫队》的紧张排练了。

主角韩英,还是实行的 AB 制。米兰 A 组,胡彩香 B 组。为这事,据说导演还找过黄主任,说要戏好,就得胡彩香上 A 组。黄主任批评他糊涂。说这是英雄人物,胡彩香能给个B组就不错了。黄主任还特别强调了一句:"整顿生活作风的事,并没有结束嘛。"话里的话,导演自是听明白了。可导演又是个特别不开窍的人,还磨磨叽叽地提出,看能不能让胡三元敲这个戏。说只有胡三元上手,才能把戏敲"筋骨"了。其他人,手上没功夫,来不了,搞不好就把一本好戏,给敲"泄湖"了。黄主任把他看了半天,摇摇头说:"我看你一辈子,也就只能排个戏。"导演扶扶深度近视眼镜说:"谢谢领导夸奖!"黄主任又补了一句:"你只管排你的戏,演职人员都不用你考虑。"

为这事,胡彩香老师还找过她舅,说:"欺负人呢,凭啥又让米兰上A组?米兰是唱韩英的料吗?"她舅说:"叫唱B组你就唱B组。戏拿不下来,他就得换你上。《洪湖赤卫队》可是个硬扎戏,人家叫歌剧,咱当戏唱哩。韩英有几板大唱,音调高,米兰根本上不去,你就等着朝A组换吧。到那时,他黄正大还得来跪着求你哩。"胡老师半信半疑地说:"你胡三元该不是米兰的卧底吧?每次都日弄我让让让的。这几年都快把我让到沟底了,还让。"舅说:"那你朝上冲啊,看能冲上去不!"胡老师也就骂骂咧咧地先认卯了。

戏一开始,就有人说,这回可能还得用胡三元敲鼓了。因为这个戏,半文半武,可难敲了。她舅听了这些私下传的闲话,也有点飘飘然。本来都猜着,黄正大这次搞生活作风整顿,一定会把胡三元这条大鱼网进去的。谁知直到"收网",准备全面转入排戏时,她舅还是啥事没有。断了的两根肋骨,也快满百天了。只见他每天快乐地当伙夫、扫院子、练鼓艺。到后来,甚至还不停地有人来送鸡汤、鱼汤、排骨汤、绿豆汤啥的。说让他败火祛湿、生筋长骨呢。这里边有胡彩香老师,也有米兰,还有过去唱过主角的一些人。她舅给他们都敲过戏。再有,就是新近要上戏的那些有名有姓的角色。虽然他们都是躲躲闪闪地来看他,可只要有人送来,她

舅就会让外甥女也来尝尝鲜的。吃着肉,喝着汤,她舅就老爱哼哼京剧《平原作战》里的一段唱:

> 枪声响激起我满怀惦念,
> 想必是那日寇又逞凶残。
> 勇刚他三天来英勇转战,
> 粮食尽路途险日多艰难。
> 你几番送干粮亲人难寻联系断,
> 军民是十指和心紧相连。
> 枪林弹雨军民隔不断,
> 妇救会员拥军要争先。
> 虽说是几番送粮人未见,
> 为支前我不怕走遍平原。
> 今夜里定捎去张庄群众丹心一片,
> 把干粮和热汤送到亲人身边。
> 请他们到我家遮风避雨,
> 到明天上前线杀鬼子除汉奸,
> 精神抖擞,胆气冲天。

当她舅唱到"精神抖擞,胆气冲天"时,常常是要换一个"八度"音的,简直有直冲云霄的感觉。连房里用报纸糊的芦席顶棚,都被他号叫得呼呼呼地直打闪。

舅等了好长时间,却不见有人来请他出山。戏还是决定由郝大锤敲。舅还是舅,还是帮灶,扫院子。只是多了一件事,参与剧组的舞美制作,继续着开除留用一年期间的一切临时性工作。

《洪湖赤卫队》舞美制作量很大。好几年了,剧团就只演一些配合形势的戏。有腰鼓、红绸子、奖状、大红花、笔记本、铁锨、扁担、箩筐、扫帚、桌椅板凳就行了,布景道具都很简单。有时几乎不需要制作,街上到处都能买下。除了一个画幻灯片的、一个管电的,还有一个木匠外,再没有其他专职舞美人员。《洪湖赤卫队》里又是刀、又是枪、又是梭镖、又是鱼叉的。彭霸天的府上,几面高墙得做;老式桌椅板凳得做;牢房得做;牢房里的磨凳、磨扇得做;铁锁链得做;芦苇得做;让赤卫队队员翻越的院墙得做。还有大大小小的土墩、树桩、石头,哪一样不做,导演都说没有支点,演员没法表演。七七八八算下来,得十几个人,忙一个月才能做完。易青娥她舅自是第一个被叫去了。

分给她舅的有四十个梭镖、二十把大刀、一门土炮,还有一串锁牢门的铁链子。梭镖得拿木头削。大刀是用木板锯,锯了再削。有八把刀还要能"开打",得用宽篾片子做,不然,硬木大刀,一打就断。铁链子是用棉花搓成条,一环一环套住后,再用熬的角质胶一泡,硬化后,染上墨汁就成。最难做的是土炮,舅把它放到最后了。梭镖、大刀、铁链子,舅都是拿到家里做的。舅说,这样自由些,加之易青娥也能回来帮忙。

易青娥他们学员班,也有好多都参加排练去了,有的当了赤卫队队员,有的当了洪湖群众,都很神气。人家楚嘉禾这回还扮了个有名有姓的角色,叫"小红"。只见她天天都在院子里、宿舍里,用一个碟子敲个不停地唱:"手拿碟儿敲起来,小曲好唱口难开,声声唱不尽人间苦,先生老总尽开怀……"有年龄大些的同学,气得私下说,看楚嘉禾像是长虫把腔刹了——把人恶心的,以为她是演了韩英呢。不过易青娥可羡慕了,楚嘉禾嗓子唱哑了,她还给人家倒水喝呢。

易青娥还是天天练功,练嗓子,练唱,有空还到她舅那里帮忙。舅再忙,还是少不了要抽空练敲鼓。舅说,一天不练,手心发痒哩。舅能干得很,四十个梭镖,二十把大刀,半个多月就完成了。枪和刀的红缨子,都是易青娥晚上来帮忙,用红钢笔水把葛麻一染,绑的、梳的。舅还没误了打扫卫生,也没误了帮灶。舅说帮灶有帮灶的好处,肉能吃上肥的,糊汤能吃上干的,还能铲上锅巴。尤其是包子,都喊叫"咬了几里地"还咬不出"内容"来,舅却能吃上馅儿多的。他自己包,知道哪个里面实在。

舅最大的任务,就是那门土炮了。导演连着几个晚上来跟他商量,说土炮将来要能真打。说最后消灭白极会、消灭彭霸天的时候,把土炮推出来,一炮要把彭霸天的府宅彻底轰垮。导演一再强调,说别的地方演出的《洪》剧里,没有这个情节,这是他的创造发明。他觉得最后必须有这一炮,才能让洪湖人民解气。戏到最后,得让观众过一把瘾不是?导演还几番叮咛道:"如果你胡三元完成不了,我就找别人干。千万不敢把大事误了,这是《洪》剧这次重排的重大突破点。"

舅生来就是个好表现的主儿,不让敲戏,总得有地方露露脸吧。他就把制造土炮当成大事了。那几天,连易青娥和胡彩香都找不见他,说是出去找人帮忙造炮去了。几天后,只见他用一辆架子车,满头大汗地把土炮拉回来了。他说是在机械厂找熟人做的。还真像那么回事呢。所谓炮能真打,就是土炮筒子里砰地一闪,彭霸天家的照壁墙就得开花。这是需要两个爆破点相互配合的。舅那几天,天天在院子里做实验。直实验到导演十分满意了还停不下手,还在研究,还在攻关。就连黄主任和他老婆也来看了,都觉得好。只是黄主任没忘了提醒一声:"炮要放好,还得注意安全。"舅说:"放心,安全得很。"

为了打炮不出岔子,舅不放心别人操作,还"请战"扮成炮手,穿着赤卫队的衣服,亲自把炮推了上去。只见火捻子一点,砰的一声,炮口闪爆一下,那边彭霸天的老宅墙,就嗵地开花了。连着三晚上内部彩排,土炮这一环节都很成功。第三晚上彩排完,胡彩香老师甚至还跑到她舅房里,破口大骂道:"你是骚情过头了,寻着舔人家的红尻子哩。咋不把这好的炮,弄到你娘的坟头上去放呢。"连着几晚上彩排,除了郝大锤把戏敲乱成一锅粥外,其余的,的确是一晚上比一晚上好。凡看过戏的,都说剧团这些年还真没排出过这好的戏呢。关键是米兰扮的韩英,不仅唱下来了,而且表演、武打、扮相,都让人赞不绝口。连一些老演员都说,米兰把戏唱出来了,是一个台柱子,是一个角儿了。胡彩香站在侧台乐队旁边,给人伴唱,越唱越窝火,越唱越气炸了肺,就想一头扎进院子的水井里淹死算了。她现在坚定地认为,胡三元跟米兰是有一腿的。要不然,他不会老哄她逆来顺受,垫碗子垫背,上当受骗的。她舅想解释点什么,谁知胡老师已没耐心听了,气得就是一个二踢脚,端直踢在了舅的交裆处。舅当下就窝下去,痛得眼泪长流了。胡彩香摔门而去。舅还是那句话:"疯子,胡疯子,乱踢乱咬的疯狗!"

她舅并没有因为胡彩香老师的谩骂、踢打,而改变自制土炮对《洪》剧将要发挥的作用与贡献。相反,正式演出那天,他见观众爆棚,不仅楼上楼下全满,而且过道都站满了人,他就更是有点人来疯的感觉了。演员是卖力地唱、翻、打。乐队也是尽情地敲、吹、弹。他就自作主张,加大了火药的装载量。多装了药不说,为了效果强烈,他还用擀面杖把药杵了几杵。他早早就化了装,穿了赤卫队队员的服装,扶着土炮,在侧幕条口候场了。有人还问:"三元,你该不会在关键时刻掉链子,最后给人家放个'出溜子'屁吧?"舅说:"放你一百二十个心,胡三元弄事,啥时还放了'出溜子'屁了?你信不,就是让我胡三元去讨饭,都讨的是狮子头、油旋饼、肉包子。""吹,可吹,你个挨尿的货就能吹!"

戏终于到最后了。她舅整了整衣服,和另一个赤卫队队员一道,把土炮严正地推了出去。赤卫队队长刘闯一声命令:"放!"他把引信一点,哧哧啦啦一阵响,只听嗵嗵两声爆炸,整个舞台就天摇地动起来。她舅恍惚看见,对面彭霸天的老宅墙头,有人一个倒栽葱扎了下来。那人像是彭霸天。但不对呀,按导演要求,彭霸天是墙体炸开后,从里面逃出来,最后是要由韩英亲自击毙的,怎么一炮就轰死了呢……再以后,舅就人事不省了。

几天后,她舅从医院醒来,看见身边坐着正哭的她、胡彩香,还有其他几个人,他才知道,演出出大事故了。

演彭霸天的演员,在医院抢救了好几天,最后还是因伤势过重,一命呜呼了。

舅知道自己把天大的娄子捅下了。

十四

那天晚上演出,易青娥也有任务,是安排搬景。由于她个子小,大布景搬不动,就提着十几斤重的水泥墩子,前后跑着,帮忙压布景的下角。布景都是木框上绷着布,布上画着房舍、村庄、山石、花鸟的平面体,立起来,后边必须搭上三角撑子帮衬。易青娥提的水泥墩子,就是压这些三角撑子的。有一场,还是跟她舅搭伙搬。她舅和一个演白极会土匪的,抬着彭霸天家的大堂主墙走前边,她提着水泥墩子紧跟着。但这面大墙,需要三块墩子才能压住,可易青娥一次勉强只能提两块。换景时间又紧急,舞台灯光也全暗着,让她再跑下去搬一次墩子,很危险,搞不好就撞在哪里了。过去就有人在抢场时,让黑暗中戳着的竹尖,把眼睛水放了。因此,她舅就双手搬景,把另一块水泥墩子,是用挂钩挎在腰带上,硬是帮外甥女省去了一次抢景的危险。有人还说:"舅就是舅。别看胡三元,舅还当得蛮像个舅的。"

可易青娥咋都没想到,舅又出了这么大的事。她感觉,那几天舅是很兴奋的样子,见人就问:"你没看哥制造的土炮咋样?给戏提神了没?哥这人,没办法,是金子搁到哪里都放光哩。放到厨房,咱就是个好厨师。放到门房,咱就是个好收发。放到道具组,咱就是个中国不出外国不产的大道具师。不一定非要敲鼓嘛!那玩意儿咱玩得要都不要了,让别人也摸一摸、玩一玩嘛!是人都得给条活路嘛!咱不敲鼓,路还多得很嘛!"出事那天下午,他还在院子里吹牛说:"你信不,下次排戏要飞机了,哥都能给他弄到舞台上飞起来。这就是哥,你胡哥,你敲鼓的胡三元哥哥!没办法,这儿太好使了!""这儿"指的是他脑袋。晚上演出进行到一半的时候,她舅还不停地让人一会儿注意他的炮,说:"看你哥哥咋打哩。今晚绝对有一冷彩哩!"

事后,易青娥反复回忆,觉得她舅那几天真的是有些怪。九岩沟里人常说:人狂无好事,狗狂挨砖头。那几天,她舅真的是有点发狂了。不过,看舅高兴,易青娥自然也兴奋着。自她来剧团,见舅基本都是"黑板腔"的样子。动不动就给他开起会来了。像这样得意的时候,实在不多。何况前三场彩排,舅的土炮的确让全团人开了眼界,给足了掌声。作为外甥女,又何尝不想着自己的舅,能露脸,能出彩,能风光无限呢。

这天晚上,到了土炮要放响的时候,因为她舅不停地给人打招呼,就都朝舞台两边凑,看胡三元咋"放冷彩"哩。易青娥就怕别人个子高,挡了自己的眼睛,还专门提前号了个地方,钻到侧幕旁的舞台立柱前蹴着。这里把台上的一切,都能看得一清二楚。终于,她舅头上包了赤卫队的紫头巾,背上还斜背了一把自己做的大刀,胳膊上套了赤卫队队员的红袖标,腰上扎了红腰带,跟另一个赤卫队队员,推着土炮上场了。她舅由于常年敲鼓,还养成了一个习惯,就是每次把鼓敲到得意处,总要用上下嘴唇,反复抿着本来有点突出的龅牙,眼睛会不停地四处扫看,看看别人都有些什么样的欣赏表情。演出时本来是不允许演员上台随便乱盯乱看的,更何况这是打仗,已炮弹上膛,箭在弦上了。可她舅还是用那双有点眯缝的小眼睛,把凑在舞台两边看炮的人都扫了一眼。只听刘队长下命令让"放",她舅哧地点燃极短的导火索,她急忙捂住了耳朵。可那嘣嘣两声震耳欲聋的爆响,还是把她的身子猛烈向后推去,要不是舞台立柱挡着,也许都能把她推得飞出去。她的背被死死顶到了墙上,眼前立即漆黑一片。当她强制着睁开眼睛看她舅时,只见她舅站过的地方,立着一个黑桩,除了眼仁和牙是白的,其余全像锅底灰染过一般。晃晃悠悠,晃晃悠悠地,那黑桩到底还是支撑不住,砰地倒下去了。就在那个黑桩倒下去的同时,舞台这边的高墙上,一个一模一样的黑桩,也一头栽了下去。紧接着,烟雾弥漫得就啥也看不见了。

这都是前三场彩排没有过的戏呀!易青娥预感到,好像是出事了。但她做梦都没想到,事情会出得这样大。

戏还是坚持演完了。韩英、刘闯这些主演都在。只是刘闯离土炮近,脸上也喷了半边锅底灰,脖子上甚至还在流血,但他依然坚持到了最后。那个演彭霸天的演员,本来是要挨韩英的枪子儿死的,可自一头从高墙上栽下去后,就再也没有爬起来。

大幕终于关上了。

只听满台人都在惊慌失措地乱喊叫:

"出事了,炮出事了!"

接着,有人就在喊:"胡留根,胡留根!"胡留根是演彭霸天的。也有人在喊:"胡三元,胡三元!"还有人在喊:"刘跃进,刘跃进!"刘跃进就是跟她舅一起推土炮上场的那个赤卫队队员。再有人喊:"倒了四五个,快送医院!"整个剧团,一下就乱成了一窝蜂。

易青娥急忙钻到她舅跟前,见几个人抬起她舅时,舅的四肢都是耷拉着的,就跟死了一样,吓得她哇哇地大哭起来。胡彩香急忙跑过来,一把抱住她,要她别哭,说她舅还没死,还有救呢。她和胡彩香就跟着抬她舅的人一道,朝医院跑。

看戏的人还没散,都知道剧团出事了,说炮把好几个人炸死了。剧团抬人的人在前边跑,看戏的人跟着在后边追。

这一晚上,整个县城都议论起了这事。剧团人把几个重伤者送到医院时,医院也拥满了看热闹的人。因为县城小,人都熟,尤其是剧团人,大家更熟,都在打听,看把谁炸死了,演戏咋能把这么多人炸死了。

很快,公安局的人就来了。

黄主任说是当晚正陪县上一把手看戏,台上炮一响,那领导还说,咋弄这大的声音,该不会出事吧。他还给领导保证说,绝对没问题,一切都是他"亲自""反复""认真"检查过的,彩排过三场,万无一失。结果,戏刚一完,他还没把领导送走,舞台上就有人急急呼呼跑下来说,把人炸死了。他急忙捏住来人的手,意思是让别声张。然后,他出门把领导送上吉普车,才撒身上了舞台。他到台上,重伤者都已被朱继儒副主任指挥着抬走了。他就急忙赶到医院去了。医院楼道一下摆了四五个,还有受了伤,自己捂着脸、软着胳膊、瘸着腿来的。急诊室进不去,值班大夫也慌了神,急忙打电话要人。整个过道,是一片伤者的呻吟惨叫声,还有家属乱了方寸阵脚的哭喊声。朱副主任来得早,正在跟医生护士交涉着抢救的事。黄主任一来,先是气势汹汹地问:"胡三元在哪里?胡三元在哪里?一定得严肃追查这起重大恶性事故的元凶。"有人把胡三元一指,黄主任见他浑身焦黑,口鼻歪斜,已经奄奄一息了,只好狠狠瞪他一眼,转身进急救室了。

易青娥眼看着舅好像不行了,嘴角在抽,膀子在抽,脚板也在抽。她既恐惧,又舍不得地用抖得哗哗的手,摸着舅的脸。舅的白眼仁,还有上下嘴唇都包不住的龅牙,在像是烧了一层黑锅灰的脸上,显得尤其白,白得瘆人。她不停地呼唤着:"舅舅舅,你醒醒,你醒醒哪!你可千万别死了,我害怕……"她真的很害怕,是几重的害怕:一是害怕死人;二是舅要真的死了,她可咋办啊?舅被抬来,放在过道的水泥地板上,她也就跪卧在地板上哭,胡彩香拉都拉不起来。也不知过了多久,有医生让把她舅抬进急救室,然后,家属就都被隔在外边,不让进去了。她跳起来向急救室的玻璃门里看了几次,什么也看不见,就听里边有人喊叫,叫得很惨,但不是她舅的声音。如果她舅能这样叫一声,反倒好了。可她舅,始终没有声音。

这时,公安局的人越来越多了,有好几十个。他们到处问咋回事,有的手上还拿着本子在记。有人还问了易青娥,她头摇得跟拨浪鼓一样,吓得直哭,啥都说不清。黄主任这阵儿也蔫了许多,再不像在单位开会时那么神气了,前后左右地唉声叹气着。公安局的人问谁是剧团领导,他甚至双脚一并拢,啪地一个立正:"到!"就戳到人家面前了。他一再给公安局的人解释说:"我是反复开会,反复强调,反复检查,反复叮咛,要注意安全,要注意安全,有人就是不听。这里面有阶级斗争新动向呢。"他几乎见了公安就说这话。弄得医院满过道的人,都高度紧张起来。易青娥也不知"阶级斗争新动向"是啥,只听有人低声议论说:这事看咋定性呢,要胡三元是故意的,那搞不好可就成"敲头案"了。

易青娥当时还不知啥叫"敲头案",就问身边的胡彩香,胡老师说:"别听他们瞎说。"易青娥也不知裤子是啥时尿湿的,反正连膝盖以下都湿完了,两条干树棍一样支着身子的瘦腿,一个劲地打着闪。胡老师坐在院里一个长石条上,把她揽在怀里,不停地给她摩挲着小手、胳膊、胸口。她浑身没有一处不颤、不抖的。

这一晚,剧团人全来了,都在医院过道里、院子里,三三两两地站着、坐着、卧着,急切等待着急救室里的消息。

直到后半夜,才有人说,三个人都很危险,最危险的是演彭霸天的胡留根。第二危险的是胡三元。再就是跟胡三元一起推土炮的刘跃进。还有两个,虽然重些,但都是外伤,似乎没有生命危险。至于像演刘闯的演员那样,只伤了些皮肉的,还有十好几个。包扎包扎,医院没让住,就都回去了。直到这时,有些情况才清楚了些:的确是她舅把火药装多了,不仅上场口的土炮钢管爆炸了,而且炮弹的落点处也因装药过多,把一个铁皮桶都炸得粉碎了。有碎铁屑甚至从观众头上,端直飞到了楼座的窗玻璃上。

公安上当晚就封锁了现场。并要求剧团腾出好几间办公室来,破案组在医院做了初步调查后,就连夜住进单位,挨个开始刑侦谈话了。

很快,剧团就分成了两种说法:一种是黄主任说的那样,属于阶级斗争新动向,胡三元可能是故意的。尤其是开除留用一年,让胡三元有可能伺机报复社会。幸好炸死的是坏蛋彭霸天,而不是韩英、刘闯,要是炸死了韩英、刘闯,那背后的用意就更是"昭然若揭"了。也有一种说法,说胡三元就是那么个神神狂狂的人,好出风头,弄啥都想弄出个大动静来。多装了药,也就是图出"冷彩""放大炮",落表扬哩。公安上甚至反复提醒大家,让不要做具体分析,那是侦查员的事,大家只提供事实、证据,包括胡三元近期的一切言语和表现。易青娥到底还是让公安叫去了好几次,让她说,她舅最近都跟她说了些啥,做了些啥。她觉得她舅真的没说啥,也没做啥,就是吹他自己能行得很,不让敲鼓了,做个道具也照样赢人,没办法!尤其是土炮,说这回要给戏增大光添大彩了。还说他脑瓜子就这么灵,"随便一转,冷彩无限",没办法!

有人分析说,这事还看死人不死人呢。不死人了,是一讲。要是死人了,那就是另一讲了。因此,大家把眼睛又都盯到医院那边了。演彭霸天的胡留根,几天几夜都没醒来,说不仅有外伤,而且还有内伤。尤其是头从一丈多高的墙头上栽下来,脑瓜里有了大量瘀血,医生说随时都有生命危险。刘跃进是被土炮后坐力,一下弹出去一丈多远,并且有钢管碎片扎进了大腿根,一只睾丸被划伤,说肿得跟青皮核桃一样大。易青娥她舅胡三元,面部被火药严重烧伤,一块钢管片扎进了胸腔,一块扎进了腹部,一截肠子都流了出来。易青娥连着三天三夜没睡觉,一直守在舅的身边。直到第四天早上,突然说,伤势最重的胡留根死了,案情一下变得严重起来。公安上甚至当下就接管了对胡三元的看护,把他一只手铐在了床架子上,任何人都不能再走进她舅的病房了。易青娥只好在门外卧着,一天又一天,就那样眼泪一直不干地卧着,看着,听着,担惊受怕着。有人甚至当着她面说:"胡三元还不如死了算了。搞不好,活过来还得吃花生米呢。"后来她才知道,"吃花生米",就是挨枪子儿的意思。

她舅终于还是没死了,在胡留根死的那天晚上,她舅醒来了。说他一醒来,就要拔管子,一直喊叫让他去死。但公安寸步不离地看守着,他死也没死了。直到半个月后,才在医院里给他戴上脚镣,把人拉走了。

易青娥听人说,只有死刑犯,才戴脚镣的。可她舅就戴上了,响得哗啦哗啦的,把她的魂都吓掉了。

她紧追着公安,眼看着,人家把她舅塞进车里拉走了。

她又追了好长一截路,突然,脚下被一块半截砖绊得摔出了老远。然后,她就人事不知了。

十五

易青娥再醒来的时候,听胡彩香老师说,已经是第二天的半夜了。她在发烧。嘴上起了白泡,喉咙咯出来的全是血丝。

胡老师说:"娃,你再别折腾自己了。你舅就是那号货,一辈子活该不得安生。别去想他了,把你小小的年纪,搭进去了不划算。"

易青娥开口的第一句话是:"舅会……枪毙吗?"这是易青娥最近听到最多的议论,说她舅搞不好就要挨枪子儿呢。

"挨枪子儿活该,谁叫他不长记性。神神狂狂的,就那命,谁拿他有啥办法。"胡彩香到这阵了,对她舅还是那些硬邦邦的话。

易青娥就哭,哭得抽成一个罗圈,面向墙弓着。胡彩香把她扳都扳不过来。胡彩香抚摸着她的脊背说:"你看看,看看你这脊背,就一排算盘珠子包着一张薄皮了,还哭。再哭,小命就哭没了。"

易青娥仍哭。她脑子里始终转不走的,就是她舅最后的那张脸。那张脸过去干干净净的,寸头也修剪得利利落落,除了两颗龅牙外,舅还算是长得像模像样的男人呢。要搁在九岩沟,那简直就是人梢子了。可在这次事故后,她舅完全变了模样。脸不再干净了。从额头到下巴,全成了黑的。连脖子都黑了大半圈。尤其右半边,简直黑得跟锅底一样了。听医生说,那是烧伤,直到公安局押走那天,伤是结痂了,可皮,还是深黑色没变。他眼睛一睁,嘴一张,黑是黑白是白的,看着怪吓人的。舅啥时候都爱跟人开玩笑,就连挨了张光荣的管钳后,还对胡彩香老师笑着说:"你男人张光荣,是把我当下水管道修理了一下。没事,管道还能用,不信现在你就试。"胡老师说:"滚!"她舅还笑着让胡老师把管钳拿走,说:"作案工具你可以拿走,给你张光荣留着。告诉他,我这管道安分不了,除非他不去上班,天天把人看着。要不然,有他修理的时候。"易青娥虽然听不懂里面的意思,但她舅痛得头上直冒汗,还能跟人开玩笑的这种性格,她是喜欢的。舅是一个把啥痛苦事,都能变成笑话说的人。可这回土炮事件后,半个月时间里,舅再没跟人开过一句玩笑。只要张口说话,就是让他去死。

舅在被抓走的那天下午,医院过道站了好几个剧团人,他们都是照看刘跃进和另外两个重伤号的。每个病人,都安排两个人看护。一天三班倒。晚上是男的,白天大多是女的。那天下午,几个值班的里边还有米兰。米兰还跟易青娥打了招呼的。不过,平常胡彩香老师老骂米兰,易青娥就跟米兰走得远些。易青娥甚至有点怕米兰。因为人家米兰是台柱子,这次演韩英,形象可高大了。易青娥觉得自己跟人家,是一个在天上飞着,一个在地下趴着的。因此见了面,就越来越连正眼瞅一下都不敢了。尤其是土炮事故后,她一见米兰,就吓得直朝拐角溜。还是米兰主动跟她笑了笑,她才缩着脖子,给人家僵硬地点了点头。她想米兰是最恨她舅的,因为这么好的戏,只演一场,就彻底塌火了。米兰费了九牛二虎之力,让她舅一炮炸得烟消云散,肯定是把她舅快要恨死了。何况都说米兰跟黄主任的老婆好,黄主任都把她舅恨成这样了,米兰还有不恨她舅的道理?

可就在她舅被警察押出来时,米兰还是第一个走到了她舅的跟前。当易青娥一把抱住舅的腿,哭着咋都不放舅走的时候,米兰还弯下腰,把她的双手,从她舅腿上慢慢扒拉下来,并一把将她揽在了自己怀里。就在米兰搂住她的一刹那间,她甚至还看见米兰眼里闪着泪花。这时,她舅终于说话了,是对米兰说的:"我外甥女……这下可怜了!娃太小……还请帮忙照看一下。"说着,舅扑通一声,脚镣哗啦啦一阵响,给米兰和另外几个剧团人跪下了。所有人,都被她舅这个动作惊呆了。胡三元一辈子给谁服过软呢?紧接着,警察就把她舅搀起来了。易青娥挣扎着要去抱她舅。在那一瞬间,米兰把她搂得更紧了。但她还是挣脱出来,眼看就要抱住她舅了。警察动作很快,还不等她再把舅的腿抱住,几个人就拎起她舅,一路小跑着,把人塞进了铁壳子车里。只听后车门哐哐啷啷一阵响,她舅就被锁到车里了。易青娥再追,便栽倒不省人事了。

米兰把易青娥领回剧团后,胡彩香就把她抱回去了。胡彩香在易青娥醒来时,一再说,她舅这是命,命里有一劫,咋都躲不过的。她说:"你都没看看你舅,这回为弄那个死土炮兴奋的,就像谁给打了鸡血一样。这就叫让鬼给捏住了。谁让鬼捏住了,那就一步步得跟着鬼走了,人是唤不回来的。我把你那个死舅还骂少了?多少次让他别逞能别逞能,他偏能不够,要玩那个死土炮,要放冷彩哩,你就是放了冷彩,还成韩英了?成米兰那个骚狐狸精了?成刘闯了?你不还是开除留用的胡三元吗?你不还得去做饭、扫院子、抬布景吗?他听吗?你那个死舅听吗?那个时候,鬼就已经拿着铁索,把他的脖子套牢了,你知道不?该死的东西!"

任胡彩香再骂她舅,说她舅一千一万个不是,说他活该,命硬,找死,可易青娥还是要想舅。想得吃不下,睡不着。并且一再闹着,要回去见她娘。她不想在剧团待了,死也不唱戏了。但胡彩香老师还是坚决不让她回。胡老师说:"练功马上满一年了,满一年要大考一回呢。这回考试很关键,特别不适合唱戏的,还会退回去的。"胡老师一再说,她的条件很好,将来能学出息的。还说这半个月荒废太多,要她抓紧复习,力争考个好成绩,也算是没辜负了她舅的希望。

易青娥压根儿就不想学戏了。她觉得这一行一点都不好玩,还不如在九岩沟放羊。加上她舅把这里的一切,都弄得乱七八糟的,让她也没脸在这儿混下去了。她知道,好多同学都在看她的笑话呢。她几天不在,宿舍的洗脸盆都让人拿去接夜尿了。尤其听说她舅是戴了脚镣走的,几乎所有人都傻眼了。都说,脚镣是要枪毙的犯人才戴的,说明公安上已经定性了。就好像她也是死刑犯,马上要挨枪子儿了一样。她去上厕所,几个同学竟然呼地撸起裤子,尿没尿完,就逃命一般地挤了出去。她也快成瘟神了。

无论如何都得走了,坚决不学戏了。

并且得晚上偷着走。白天走,太丢人了。

可易青娥几次都没逃了,胡彩香硬是要她留下参加考试,并且一再说:"你是你,你舅是你舅。你是正式考上的,算是有了工作的人,丢了多可惜!你小,还不懂,找一个正式工作有多难哪!"

她还是哭,反正不去练功场了。她没脸见人了。胡老师就继续劝说:"你个十一二岁的娃,跟你舅完全是两码事,没有人把你当你舅看的。何况你舅,也不一定就能枪毙了。他顶多就是过失杀人犯,或许死不了的。死不了,就还有出来的希望。啥事都是吵吵一阵子,很快就会过去的。只要你把戏学好,将来站在台中间了,别人照样对你刮目相看。不定那时,你舅又出来给你敲戏了呢。咬咬牙,挺一挺,一切都会过去的。"

反正不管胡老师咋说,她还是不出门。

但这天晚上发生的一件事,又让她同意留下来,并且答应参加考试了。

这天晚上,她本来是准备再跑一次的。可刚装作睡着一会儿,就有好几个人,偷偷溜进胡老师的房里,商量啥事情来了。房里很热,但他们还是把门窗关了个严实。一个人念,几个人听。开始念的啥,她没注意,可后来她听见,好像是念她舅的事:

"……胡三元固然有问题,但我们敢保证他不是故意的。单位有人说,这是阶级斗争新动向,是故意搞破坏,故意杀人,我们觉得太严重了。我们是这个单位的革命群众,知道这个事情的全过程。胡三元就是资产阶级思想在作怪,想出风头,放一声大炮,落一通表扬,从而减轻他过去的罪责。但他确实被虚荣思想冲昏了头脑,把药装过量了。何况他自己也差点被炸死。要是成心搞破坏,他不会把自己命也搭进去的。我们认为胡三元有罪,但罪不当死。请求组织再到剧团调查一回。当时事情才发生,人都很激动,可能有说过头话的。现在冷静下来后,相信大多数群众,还是会尊重事实的。还有一个情况,请组织考虑一下:胡三元是全省敲鼓里面数一数二的人物。虽然也有白专道路的问题,可这手艺,毕竟也是党和国家培养的,杀了可惜!总之,我们希望对胡三元能够刀下留人……"

为"刀下留人"这个词,他们还商量了半天。说"刀下留人"是戏里常用的,现在是拿枪打,应该写"枪下留人"才对。可好像又觉得没有这么个词。最后商量着,还是用"刀下留人"好些。有人说,这能让办案人员,想起一些戏里的公正场面,激起他们的同情感、正义感。说这个话的,正是《洪》剧戴眼镜的那个瘦导演。看来状子也是他写的。最后,为到底是写每个人的真实姓名,还是写"革命群众",又商量了好半天。签真名,害怕最后翻不了这个案,搞不好,还要追查出同情包庇坏人的责任来。就是公安局不追查,把信转到黄主任手上,大家也会很麻烦的。因为黄主任一直口气很硬,他一口咬定,这是阶级斗争新动向。那就等于说,胡三元是故意的。他们跟黄主任对着干,岂不得吃不了兜着走?但胡彩香老师坚决要求写真名,她说:"写革命群众是虚的。搞不好,人家还以为是胡三元的哪个亲戚写的,作用不大。要写真的,并且名字缀得越多越好。"瘦导演也说:"这两天其实大家都在说,人再瞎,都不能再给胡三元落井下石了。把胡三元弄死,谁能得到啥好处?这个院子恐怕还会闹出鬼来呢。胡三元可是不会轻易把谁饶了的。到那时,只怕谁也安生不了。"胡老师坚持要把她的名字写在第一个,她说:"割了头,碗大个疤。"

再后来,一个人说,得把一个人的名字署上,对这个状子好,对大家也是一个保护。有人就问谁。那人说:"米兰。"胡老师端直说:"不要她,不要这个骚货。我的名字不跟她写在一起。"冷场了好久,瘦导演突然说:"说得有道理,把米兰写上去很重要。"他还要胡彩香好好掂量掂量,说这是一步高棋。胡老师就不再说话了。可谁去让米兰签名呢?米兰会签吗?搞不好,就成了一件老鼠舔猫鼻子——寻死的事。有人说,也不一定,胡三元被带走时,听说还给米兰跪下了,求她帮忙照看外甥女呢。不说这话胡老师还不来气,一说这话,胡老师一下蹩跳了起来:"狗日胡三元,就这一点尿囊包劲儿,让我把他看扁了。给个骚旦狐狸精下的什么跪?骨头软得比脓包还软,真是把他胡家的先人,羞得快从坟里蹩出来了。"瘦导演说:"这说明,他对这个外甥女心很重啊!那么要脸的人,都啥也不管不顾地给人跪下了,男儿膝下有黄金哪!"

易青娥感觉他们说到这时,都在朝她瞅,她就装着睡得更死了。

又安静了一会儿,胡老师突然说话了:"我找这个骚货签名去。"

大家都有些惊讶地:"你?"

"对,我找她签。非让她签不可。胡三元过去也没少给她敲戏。"

一个大疙瘩解开了,大家好像都有点兴奋。一个人提议说:"房里太闷,咱们出去喝碗凉醪糟去。"

大家就都窸窸窣窣地出去了。

易青娥听见,胡老师还专门反锁了门。

她终于把忍了半天的眼泪,尽情释放了出来。原来剧团不是人人都恨她舅不死的。还有这么多人在替舅说话,想把她舅的命保下来呢。她觉得这个时候,自己是咋都不能走的。她得看到舅的结果。

舅太可怜了!脸炸成那样,肠子都炸出来了,还戴了脚镣……

就在胡老师他们出去喝凉醪糟的时候,有人来敲了几回门。敲最后一回时,易青娥答了话,说胡老师不在。真是太巧了,敲门的竟然是米兰。易青娥像抓住了救命稻草似的,一骨碌爬起来,才想起,胡老师出去是把门反锁了的,害怕她再跑。她就说:"米老师,胡老师出去把门反锁了,一会儿就会回来的。"只听米兰在外边说:"这个胡彩香,搞什么名堂。好的,一会儿我再来看你。"

过了一会儿,胡老师就回来了。胡老师还给她也买了碗凉醪糟端回来。胡老师让她吃,她就吃了,好像胃口也有点开。她正吃着,米兰就来了。米兰手里端着一碗鱼汤,说是下午有人在烂泥糊里抓的鲫鱼,炖汤可鲜了。她说看娃几天没吃饭,都瘦干了,就把汤给娃端来了。

易青娥的眼泪啪嗒啪嗒地,都滴到了醪糟碗里。

米兰平常是很少到胡老师家来的。有事,也是站在门口一说就走了。年前排《洪湖赤卫队》来过一回,是请教胡老师的。说有几句唱,换气口总是找不准,有点唱不下来。胡老师连坐都没让坐,一顿风凉话,就把人家打发滚蛋了。米兰出去后,胡老师还在说:"亏先人哩,连气都不会换,还朝舞台中间挤哩。小心把你那两个大骚奶头子,还有那两扇翘翘尻子,都挤成瘪冬瓜了!"骂完,把她自己都惹笑了。可今天来,胡老师突然来了个一百八十度的大转弯,又是搬凳子,又是打糖水,又是翻落花生出来,剥了皮地请人家吃。弄得米兰半天都转不过向。

终于,胡老师把话题扯到她舅身上了。先是试了试水的深浅。当发现米兰对她舅也很同情,并且相信,那事故她舅不会是故意的时,胡老师就把签名的事给端出来了。问她签不签,不过话里也有话:"不签也不要紧,无非就是将来胡三元的冤魂回来,多几个晚上睡不着觉而已。"并且她还拉长了音韵,像唱戏念白一样道:"人啊人,反正这世上的事情,都是人在做,天在看哩……"还没等胡老师把话说完,米兰就问:

"你什么意思呀?以为我不签,是吧?把我签在你前边。还按 AB 角儿那样排。"

说完,只听米兰在纸上咪咪啦啦画了几下,把钢笔一扔,就起身走了。

米兰刚一走,瘦导演和那几个人就又来了。问咋样。胡老师叹了口气说:

"咳!把他家的,在这事情上,还争 AB 角儿呢。非要签在我前边。好像她还真成韩英了。哼,看这玩意儿些!"

这一晚上,易青娥睡得很踏实。她觉得在这个院子里,也不是完全不敢睡着的。

易青娥又开始练功、练唱了,尽管有同学在她背后指指戳戳的。好多女同学,不仅不愿跟她一起练"身架组合",而且也没人愿意跟她一起"打把子"了。"打把子",就是枪对枪、刀对刀、棍对棍的"打斗组合"。最后,教练只好安排她跟男生一起打。男生下手重,而且快。挨枪、挨刀、挨棍就是常事了。尽管这样,她还是能忍受,能坚持。因为她舅有希望了。只要舅能活着,她就啥都能忍受了。

　　为了应对满一年的考试,大家都突然十分紧张地复习起来。易青娥由于她舅的事,弄得本来就瘦小的身体,更加单薄虚飘。加上天气又热,又劳累,实在有点吃不消,好多功都明显退步了。头朝下、脚朝上的"拿大顶",她本来是可以坚持二十分钟的,现在只能"拿"十分钟了。甩腰,过去一次能甩三十个,现在甩十几个就感到恶心,内脏甚至有一种快爆裂的感觉。总之,她的练功优势,在快速减退着。

　　就在这个时候,公安局又一次来剧团,为她舅的事,找所有人又谈了一次话。他们来时,黄主任还主持召开了大会。会上,黄主任讲:"胡三元的事,是剧团的阶级斗争新动向,问题性质很严重。大家都要擦亮眼睛,协助公安上,做好一切革命工作。"可公安局来的人,跟黄主任讲的口气不太一样。公安局一个戴眼镜的瘦高个子领导说:"这个案子大家都知道,我们已经侦破很长时间了。为了真正把案子办好,我们决定再走一次群众路线。大家一切都要本着实事求是的原则讲,不要凭空想象捏造,不要添盐加醋、扩大事实。当然,也不要藏着掖着,把大事化小、小事化了。反正是有啥说啥。这是人命关天的大事,每个人,都要为自己提供的一切证言证据负责。"

　　公安局十几个人,在剧团又弄了四五天。几乎全团每个人,又都像过筛子一样过了一遍。连易青娥也被叫去问了一上午。易青娥说完,人家还让按了手印。大概有十几张纸,不仅每张都按,而且每张上写错的地方,也都让她按了。

　　那几天,易青娥整天是扯长了耳朵在听,听院子里的一切风吹草动。她听说郝大锤那几个,也在频繁碰头商量事,还到黄主任家开过会。开完会,郝大锤出来气势汹汹地说:"能让胡三元把这铁案翻了,哼,还没王法了!"在公安局来的第三天晚上,瘦导演他们那几个人,又到胡老师家里坐了很长时间,叽叽咕咕地说了大半夜。易青娥听出来,是要让米兰出面,做黄主任的工作,让他改变态度呢。后来,胡老师说还是她去。这天晚上,胡老师是后半夜才回来的。第二天一早,她就听瘦导演在门口问:"说得咋样?"胡老师说:"好着呢,反正我要她米兰给黄正大捎话,问他把胡三元整死了,看他能落下啥好处。"再后来,公安局的人就走了。据胡老师说,黄主任直到送公安局的人走,还是那些鬼话:"剧团绝大多数革命群众觉悟是高的,他们是能看清胡三元的本质的。不过,也有一些群众需要教育,毕竟文化底子薄,糊涂蛋还是不少啊!"

再后来,易青娥就参加考试了。考得很不理想。连胡老师都急了,问她是咋发挥的,平常练得好好的唱段,一上场,咋就荒腔走板成了那样。说把她的人都丢完了。

就在考完试的第三天,团里突然通知,明天全体参加县上的公捕公判大会,要求学员也都去接受教育。还有人私下传出风声来,说明天公判的就有胡三元哩。

十六

公捕公判大会在县体育场召开。说是体育场,其实就一个野场子。有一圈跑道,中间还有一个篮球场,篮球场旁边还有一个排球场,再就是一个小看台。县上好多大会都在这里开。有各种庆祝大会,纪念大会,包括公捕公判大会。一般要在体育场开公捕公判大会,就是有特别重要的犯人,尤其是有要枪毙的犯人。这事本来就吸引人,有看点,加上说罪犯里还有剧团敲鼓的胡三元,就是在舞台上放炮炸死人的那个家伙,看热闹的就更多了。一大早,几辆宣传车,就在县城的几条街道和附近的公路上,缓缓移动起来。绑在宣传车顶上的高音喇叭里,一个女声正在口气特别强硬地广播着:

全县广大工农兵同胞们,广大革命干部、师生,以及战斗在各条战线的革命群众、街道居民,现在发布通告:今天上午十点,我们在县体育场,召开公捕公判大会。将对一批强奸妇女幼女、抢劫盗窃、投毒杀人、放火爆炸、破坏公共设施、破坏国家财产、破坏革命生产的思想极其反动的犯罪分子,进行依法公开逮捕宣判。对那些罪大恶极、影响极坏、死不悔改、民愤极大的首恶分子,还将处以极刑。借此机会,我们要奉劝那些执迷不悟者,该是猛醒的时候了!已经犯罪的,立即投案自首,争取从宽处理。还没有犯罪,但已经滑到犯罪危险边缘的,立即悬崖勒马,回头是岸。群众的眼睛永远是雪亮的。任何抱侥幸心理的人,最终都将逃不脱法律的严惩。今天即将公捕公判的四十六名罪犯,就是生动的例证,就是社会的反面教材……

女声说完,一个男声又开始了:

现在宣布公捕公判大会纪律:

一、县级机关所有单位,要按指定划分区域,准时排队入场。不许插队拥挤,不许占用其他单位的划分区域。

二、幼儿园师生、城关小学师生、城关中学师生、县中师生,都要在老师的带领下,于九点半前,提前整队入场,并在指定位置就座。

三、所有没有单位的街道居民、郊区菜农,以及其他进城的各类闲散人员,在单位以西的指定范围内就座。没有坐凳的,一律在有坐凳的群众以外的地方,自觉排成队列,站立参会。

四、会场不许迟到早退,不许交头接耳,不许高声喧哗,不许来回走动,不许干一切与会议无关的事情。

五、所有参会人员,要听公安执勤人员,以及民兵的统一调配指挥。有不听指挥、不听劝阻,甚至故意对抗者,将执行劝其退场、勒令退场,直至绳之以法的严肃处理。

六、刑车游街示众时,只许在指定范围以外观看,不许跟踪。任何人都绝不允许与车上的解放军战士、公安、法警,尤其是罪犯,进行任何形式的打招呼与接触,违者将依法严厉处置。

七、刑场设在县城以东的河滩地里,大会公判结束后,刑车将缓缓行驶至刑场,所有到刑场接受教育的革命干部、师生、群众,都要按指定路线,指定区域,有秩序地进入刑场,见证极刑执行。凡不听指挥者,公安执勤人员有权依法带离现场。有故意破坏,甚至以身试法者,公安执勤人员,有临时紧急处理一切特别事态的权力……

昨天,当易青娥听说今天公捕公判的有她舅时,心里就慌乱得不行,几乎一整夜都没合眼。她一直想着道听途说的各种可能:枪毙、死缓、无期、二十年、十年。有人说,最少也少不了七年,那还得定性成过失杀人。昨晚上,班上就通知说,明早九点整集合,都自带凳子,整队进入体育场。她问胡老师,舅该枪毙不了吧?胡老师说:"谁说得清。明天从县中队一拉出来,就知道是咋回事了。要枪毙的,都在前边车上押着。一个犯人一辆大卡车。犯人由三个县中队解放军战士紧紧抓着,旁边还站着两排荷枪实弹的战士。要枪毙的犯人,比不枪毙的要捆得紧些。头一般都被压在驾驶室上边的木板上,几乎看不清脸。背上还插着写有自己名字的法标。只等一宣判,立即有人拿红钢笔水,就把那名字打上叉了。不枪毙的,要是判死缓或无期的,也是一人一辆车。判十年以上的,一般是三个人一辆车,前边一个,一边再押一个。十年以下的,基本都是六个人一辆车,前头押两个,两边一排再押两个。一个犯人后边,也就两个看守。犯人明显捆得松些,而且他们一般都还有心思抬头到处乱看呢。"易青娥把胡老师的话记下后,第二天一早,不顾团上、班上一再强调的参会纪律,端直跑到县中队旁边,看她舅去了。

她去的时候,这里还空无一人。到了七点多,才有十几辆卡车慢慢开进中队院子。八点多,附近就来了好多戴袖标的执勤人。再后来,人就慢慢多了起来。执勤的就开始撵人了。易青娥发现,来的人里,有看热闹的,也有好些是犯人的亲戚,有人还抱头在哭。有一个老婆子,七十多岁的样子,被几个人搀着,手里拿了个皱皱巴巴的手帕,几把眼泪就擦湿完了。易青娥他们被赶来赶去的,最后她爬到一个土坡后边卧下了。这里不在人家警戒线以内,又能把一切都看得清清楚楚的。等啊等,宣传车不知都过来过去几回了,高音喇叭里喊的话,有些她都快背过了。终于,县中队的绿铁门才打开了。

先是出来一辆写着"指挥"字样的白铁壳子车。然后,又出来一辆黑铁壳子车。再然后,又出来一辆帆布篷小车。再然后,一辆大卡车的头就露出来了。易青娥的心,忽地揪成了一疙瘩。可离得太远,人有些看不清。但车上只押着一个犯人,并且都是按胡老师说的,犯人后边有三个人押着,两边还有两排拿枪的人。她正紧张着,就听前边那个老婆子"儿啊"一声,哭得栽倒在地上了。易青娥的心,突然轻松了一些,说明这个不是她舅。紧接着,第二辆卡车又出来了。上边还是只押着一个五花大绑、插着法标的人,头被紧紧按在了卡车头上。那人好像想动,被三个人又狠狠朝下按了一下。易青娥明显感到,这个也不是她舅。因为这个人年龄比她舅大了许多,头发是花白的。紧接着,第三辆车又出来了。还是一个犯人,背上还是插了标,好像有些站立不住。三个押着他的县中队解放军战士,还把他朝起拎了拎。拎起来,又见他扑塌了下去,几个人就干脆把他提溜着,双脚都离地了。这个人更不像她舅,个子比她舅大概能矮一头。再出来的,就是三个犯人一辆的车了。易青娥先是涌出一股眼泪来,最起码舅是不枪毙的人了。她仔细看着,面向她的那个犯人肯定不是的。面朝前的犯人,也不像。可惜面朝河水方向的那个犯人,脸看不见。但从背影看,咋都不像她舅。她舅是一个长得高高大大的人,背影子是挺得很直的。可这个人,腰明显弯着,远看是个S形。又出来了一辆装三个犯人的车。她仔细看了,里面依然没有她舅。再又出来了三个犯人一辆的车。她在里面还是没有找着舅。她想,是不是把舅看漏了?也许把人关了几个月,变形了,没看出来呢?接着,又出来了一辆押三个人的车,仍然不见舅,她就慌神了。难道舅就在前边那三辆押一个犯人的车上?她脑子嗡地一下,又开始回忆刚才那三辆死刑犯车,可的确没有像舅的呀!正想着,一辆押六个犯人的车就出来了。她急忙睁大眼睛,一个一个朝过看,前边两个看清了,不是她舅。靠她这边的两个也看清了,绝对不是她舅。那两个朝河水方向的,背影子也不像。卡车出得越来越快了。

终于,她在第四辆拉六个犯人的车上,一眼瞧见了舅。

她舅是面向前方的,并且是在靠着她的一方站着。绳子把舅的两个胳膊捆得很松。他站得很直。也果然像胡老师说的那样,舅是一身轻松地,朝四周乱扫乱盯着的。她的眼前,立即模糊成了一片,她真想放声大哭。

舅的脸上,还是那样黑乎乎的,嘴唇包不住上牙。尤其是嘴一张,牙白脸黑,十分突出。但舅头昂得很高,就像敲戏时一样,把前后左右都想关照到。她多想大喊一声"舅——"哇,可高音喇叭声、汽车声、半导体声、哨子声响成一片。易青娥感觉,舅好像是朝她卧着的土坡看了一眼的,可没看见她,汽车很快就开过去了。她不顾一切地朝公路上跑去,她要追上舅。她想今天无论如何,都得让舅看上她一眼的。

易青娥是在车队快进东关正街时撵上去的。

车的速度明显慢了下来。满街都是拿着板凳的队伍,本来是向体育场进发的,发现押犯人的车来了,就都乱慌了阵脚,朝囚车拥去。警察和民兵手挽手,拉起两道横线来,才把人流挡在了街道两边。今天犯人多,阵仗很是吸引人。一街两行的人,本来有些是要排队直接进体育场参会的,见这般热闹,也就夹了板凳,掉头跟着囚车跑起来。尤其是前边三辆囚车,跟跑的人特别多。因为这三辆车上的犯人最好看,大家想看看,这三个人到底长的啥模样,竟然就活到头,要"吃花生米"了。还有一辆大家喜欢看的车,就是拉她舅胡三元的。大家一看见胡三元的样子,全都笑了。没想到胡三元让火药烧成这副尿德行了。要不是有人不停地指,简直都认不出来了。有些跟着跑的娃娃,还在远处喊:

"胡三元,剧团的!"

"胡三元,敲鼓的!"

易青娥倒是追上了押她舅的那辆车,可她个子太矮,挤在人窝就没了。她只能从人缝里朝上看她舅。她看见,舅的头一直是高高抬着的,不仅脸让土炮打黑了,而且下巴底下半圈都是黑的。在卡车底下朝上看,下巴底下的黑,还特别明显。舅成一个黑人了。尽管那时易青娥还没见过黑人,对黑人的印象,还是在看电影前加演新闻纪录片里见过的。

大概是觉得她舅把头抬得太高了,一个站在他旁边的解放军战士还把他的头朝下压了压。可她舅很快又把头昂起来了。攥着看他的人,都觉得特别好玩,还有人说:"狗日胡三元,头还撑得硬朗。"她舅在看,四处看,好像是在找熟人。她就拼命朝她舅的眼皮子底下挤。可挤着挤着,舅的车又前进了一截,她就又得找新的位置了。

终于,在车队走到县城中心的十字路口时,再也走不动了,就彻底停了下来。但旁边执勤的人,也管得更凶了。易青娥几次想挤到舅的车前,都被推了出去。可她毕竟个头小,在警察和民兵挽起人墙阻挡拥挤时,易青娥还是从一个警察的腋下,钻进了车前的一片空处。她对着车上大喊了两声:"舅!舅!"她舅终于把外甥女看见了,还咧嘴笑了一下,但笑得很僵硬,给她点了一下头。这时,一个高个子民兵,像掐鸡娃一样把她拦腰一抔,塞到人缝里去了。很快,她就被人流卷走了。

车队也朝前移动了。她舅想朝回看,头还被解放军战士朝正前方扳了扳。她就再也看不见舅了。

但易青娥已经很满足了。不仅知道舅不会挨枪子儿了,而且还让舅看见她了。并且她还发现,舅的心情好像也不错。让她彻底放心了。她再没有朝前挤,一直很自然地跟着车队,游街示众过几条街后,又随车队进了体育场。

体育场已经黑压压坐了一片,有人说快上万人了。虽然是早上,可九月的太阳,还是特别焦火,一些人就给头上盖了报纸,还有的,是脱了外衣把头脸苫着。当大会开始时,要求把头上苫的一律揭掉,只听哗哗啦啦一阵响,上万人的头上,就光溜得只剩下太阳了。易青娥从体育场边的公路上看过去,一排排的人,坐得整齐得前后左右都能拉直线。就连边上站的人,也是有队形的。那些歪歪斜斜、横七竖八立着的闲人,很快就被执勤民兵规整顺了。

易青娥没有到场子里去。她要一直跟着舅的车,不定一会儿还有能见面的机会呢。十几辆装犯人的卡车,都整整齐齐停在体育场旁边。犯人被弄下车来,就都押进一个临时搭起的帐篷里了。易青娥无法靠近帐篷,因为在离帐篷很远的地方,就插着粗细长短一般的竹竿,竹竿上拉着染红的绳子,说是警戒线,旁边都是民兵和解放军战士在持枪把守。

突然,会场上响起了排山倒海的呼口号声。紧接着,那溜帐篷跟演戏拉幕一样,一齐朝起一掀,一个十分威严的队伍,已经在幕里排得整齐划一了。每个犯人,都由两名挎枪的解放军战士押解着。犯人和犯人之间的距离,也分毫不差。他们在朝会场主席台前走着。易青娥看见她舅,是在中间的位置,走得还是有点东张西望的。那三个坐单车的犯人,是走在最后边的,都戴着脚镣,一走,那哗哗啦啦的响声,公路上都能听见。易青娥数了,的确是四十六个犯人,排了好长好长的队伍。光解放军战士就有一两百人,听说好多都是从邻县抽调来的。

会场里边在一个个地宣判,高音喇叭有些瓮声瓮气的,好多话听不真。易青娥也听不大懂,她只操心着她舅。终于,开始说她舅了。两个解放军战士,把她舅朝前押了一步。她舅抬起头来,底下就有了笑声,好像还笑得很厉害。解放军战士连忙把他的头朝下压了压,但舅很快又抬起来了。底下好像就笑得有些止不住了。只听喇叭里喊:"严肃些,请保持会场纪律。"后来,隐隐听见喇叭里说,她舅破坏革命生产,一手制造了舞台爆炸事件,性质恶劣,影响极坏。说了一长串狠话,却又说,虽然爆炸事件造成了重大人员伤亡,但经过反复侦破,认为胡三元没有杀人的故意,属于过失犯罪。后来宣判说:依法判处过失杀人犯胡三元,有期徒刑五年。一切都比她想象的要好出许多倍来。舅的命,算是彻底保住了。她觉得她也有了活下去的脸面和勇气。在宣判完她舅以后,她找块石头,在公路边上坐了下来。她要等着把舅送回去,并且最好再能看上一眼。

跟演戏一样,主角总是最后出场。三个戴脚镣的,也是最后才宣判。她舅在这场事情里,充其量就是个跑龙套的。她又扯长耳朵听了听,听他们都犯的是啥事,竟然能"吃花生米"了。第一个戴脚镣的,是抢了谁的东西,还杀了人,可没杀死,判处死刑,缓期两年执行。第二个戴脚镣的,是杀了自己的亲娘。易青娥一听到这里,忽地爬起来,急忙朝会场跟前凑了凑,想听听这是怎样一个畜生,能杀了自己的娘。后来她才搞明白,这个犯人跟他娘住在一个山头上,山脚下人招了他做上门女婿。但新家缺一口做饭的锅,媳妇就要他回去,把他娘的那口大锅背下来。谁知老娘死活不给,说家里一口小锅是煮饭的,一口大锅是煮猪食的,背走了日子就没法过了。可儿子咋都不行,非要背走不可。后来母子就厮打起来。

在厮打的过程中,儿子拿起灶上的辣子槌,照老娘的头上就是几槌。老娘当下毙了命,他还背着那口铁锅上门当女婿去了。直到半个月后,有人发现老太婆咋不见出门,才知道是被儿子打死了。易青娥听得浑身直打战。这个犯人被判了死刑,并且宣布立即执行。第三个犯人,也是最后一个压阵的,是一个管了上百号老师的区上教干。说他道德极其败坏,手段极其恶劣,跟几十名女老师发生了性关系,其中多名属于强奸。最后依法判处死刑,立即执行。果然像胡彩香老师说的那样,易青娥看见,当下就给两个死刑犯的法标上打了红叉。接着,会场开始骚动起来。再接着,好多人就朝公路上跑,是去看刑场枪毙人了。

易青娥倒不想看枪毙人,但她得再看一眼她舅。

她就紧跟着押她舅的那辆车,也朝前跑。所有卡车都开到刑场去了,除了要枪毙的,其余都是去陪法场的。当她勉强挤到现场时,只听砰砰两声枪响,两个死刑犯就远远地倒在沙窝里了。那一瞬间,她先是不敢看,捂着眼睛,但最后又给眼前留了几条指缝,到底还是看见了。在两声枪响后,那两个人的头顶,忽地冒出两个血柱来,然后就都头脸抢地了。

那一阵,她看见她舅站在远远的地方,头反倒低得很下,直到一群人拥上去看,他都没抬头睄一眼。

再然后,她舅他们又被弄上车,警车在前边叫着,一路快速拉走了。

她到底没跟舅再对上一眼。但她几次看到,舅是在人群中不停找着人的。

十七

易青娥今天回到剧团,突然把细脖子上的脑袋朝起扬了扬,好像是遇到了什么好事一般。也的确该把"马螳"扬一扬了,因为在这以前,几乎都猜测,她舅是把"花生米"吃定了。连胡彩香老师也没把握,她还托熟人打听了,说胡三元的案子有争议,如果重判,直接就是死刑;如果轻判,那也会按过失杀人定性。昨晚上,郝大锤他们几个在院子里喝酒,还大声霸气地议论说:"胡三元性子烈,搞不好,一颗'花生米'还要不了命,得补几枪呢。要是炸子儿,那脑袋可就只剩下一个红桩了,脖子以上能全揭了。"可舅半颗"花生米"都没吃,并且把头还昂得那么高。就像平常要上场敲戏一样,除了脸黑牙白,逗人发笑外,还真是给她长了很大的脸面呢。

胡彩香老师说,按平常,开了这样重要的大会,一回来,黄主任肯定要立马组织讨论呢。再拖也不会过夜,还得写心得体会呢。可这次开会回来,就再没了下文。黄主任提溜着帆布马扎,走在人群里,连一句话都没说。一回来就关门午休了,说太阳晒得脑壳痛。

胡老师房里,倒是聚集起了好多人,七嘴八舌的,都说胡三元命大,比所有人想象的都要判得轻些。有知道点内情的说:"胡三元的案子,这回把地区、省上、北京都惊动了。最后,是上边定的性。不过,与我们联名写信也有关。公安局和法院人都说,剧团绝大多数群众认为,胡三元不是故意的。说他平常就是个神神狂狂的人,好出风头惹的祸。"瘦导演说:"这也算是把我救了。你们都说说,要是把胡三元毙了,我这一辈子不是把良心债给背下了吗?是我为了搞艺术,才叫胡三元造的炮。还老要求他,得尽量打得真一些,要有特殊效果,要能震撼观众……"胡老师就说:"都是你这些要求,把胡三元害的来。"另一个人说:"导演就是不要求,咱胡哥也是要整出点冷彩的。不整就不是咱胡哥的性格了。"

这一天,剧团前后院子都在议论这事。都在研究啥叫故意杀人,啥叫没有杀人的故意;啥叫通奸,啥叫强奸;啥叫民愤极大,不杀不足以平民愤……说起那两个被枪毙的家伙,对乱搞男女关系的区教干,还觉得死得硬朗,腿一直都没软瘫,"说明身体好"。而那个杀了娘的,自一押进会场,裤子就尿湿完了。最后枪毙时,感觉像是早都吓死了,几个人提着朝前跑,两条腿一直都是棉花条一样顺地拖着。还有人说,把人枪毙完后,哨子一吹,宣布解除警戒时,他们跑到前边去看呢,结果后边人一拥,一个狗吃屎,让他们还扑到了死人身上,当下就恶心得吐了。说人血不是腥的,是臭的,并且是恶臭。而当议论到易青娥她舅胡三元时,好多人又笑了。说胡三元今天真正像在演戏,不知道的,还以为是故意化装成非洲黑人了。他头昂着,白牙龇着,用法律术语讲,"有逗人发笑的故意"。大家就又把她舅在游街示众的路上,还有在会场里的各种表现议论了很久。最后有人说,胡三元今天回去,搞不好要挨剋,说他破坏大会纪律呢。又有人说,脸是让土炮炸成那样的,人家胡三元又没故意做鬼脸,挨啥剋哩。

这天晚上,易青娥是回宿舍睡的。她想故意看看,她舅没枪毙,她们都咋说哩。一宿舍的人,的确都正在议论她舅的事。说把人都炸死了,为啥不偿命呢?见她回来,也就都不说了,改说里边的那个女犯人了。易青娥始终没发现里边还有一个女犯人,无论从衣裳还是头发,她都没看出来。但她们说,那个女犯人穿了男犯人一样的灰衣裳,头发也剃了,几乎分不清是男是女了。当现场宣判说,这人"性别,女"时,底下还哄哄了一阵,都表示很惊讶。女犯人犯的是盗窃罪,偷了邻居家的化猪油五斤,鸡两只,鸡蛋若干;偷了生产队苞谷种二十五斤,洋芋种四十斤,红苕种四十七斤;还偷了公社厨房的腊肉一块,大米六斤,盐六斤,菜籽油一斤八两;偷了公社干部的粮票四十斤,布证一丈四尺,棉花证七两;还偷了派出所门口晒的两床被子,一条单子,一个枕套。反正是个惯偷,判了七年,都说活该。有的说:"小偷就应该枪毙,害死人了。"议论着议论着,楚嘉禾就说:"我看这四十六个人都应该毙了。就不应该把坏蛋留在世上。留下任何一个,都会成祸害瘟的。"易青娥感到,楚嘉禾这话是故意说给她听的。

大家都睡了,易青娥眼睛还大睁着。不管咋议论,她心里觉得,这一天是她活得最好的一天。舅没有死,这是大事,是天大的事。并且她跟舅还照了面。她听了广播,说犯人家属是不许跟犯人接触的,接触也是犯法的事。可她硬是跟舅接触了,舅还把她看了半天。她感到可满足了。不管别人怎么说、怎么看,她对今天这四十六个人,心里都觉得是可怜的。也许这是反动思想,是坏人的想法,但她心里就是觉得这些人很可怜。

多年后,当她成了省城明星忆秦娥时,好多次慰问演出,她都主动要求去监狱,给犯人唱戏,尤其是死刑犯。她几次去唱,都唱得死刑犯泪流满面的。

这天晚上,都后半夜了,院子里突然有人耍酒疯。水池子上的灯泡,被扔了一块砖头上去砸了。办公室的窗户玻璃也砸了。有人劝说,越劝还砸得越凶,后来连办公室的门都砸烂了。易青娥听见,发酒疯的是郝大锤。

听说郝大锤一直跟她舅关系不卯。她舅压根儿就瞧不起郝大锤敲鼓那几下,说充其量就是个业余水平,连烂竹根都算不上,就是个茅草根、杂刺根。后来她才慢慢知道,郝大锤是跟胡彩香、米兰她们一班招进团的学生。他年龄最小,个子也小,先学演员,后来没了嗓子,就改行学敲鼓了。易青娥她舅胡三元,比他们都早来几年,自然就是郝大锤的师父了。据说郝大锤演员考试总是最后一名。跟她舅胡三元学敲鼓,也是三天打鱼两天晒网。他早上懒得起来,晚上整夜在外边当"街皮",胡逛荡,喝烂酒。还动不动就把谁家的狗,用麻袋套了头,然后几棍子闷死,下锅炖着吃了。有时把谁家的猫,他也能剥皮抽筋,烤了下酒的。还有几次,他在院子里逮住了活老鼠,就浇上煤油,点着尾巴,让一团火球尖叫着到处乱跑,直到烧成煳疙瘩。胡三元就骂他说:"你狗日的丧德呢!老鼠好歹也是一条命么,打死不就完了,还能那样整!"她舅从骨子里就没瞧上过郝大锤,说起敲鼓更是直摇头。有人说,郝大锤再不好,还不是你徒弟。她舅就急忙说:"得得得,少说这话,现在不兴说谁是谁的徒弟。即便兴,我也没这个徒弟,丢不起人。"因为关系不卯,加上她舅又是那么个瞎瞎脾气,两人之间,自然不免有了各种碰磕。据说她舅也使暗招治过郝大锤的,郝大锤也治过她舅。作为下手,郝大锤几次在高台上给司鼓摆凳子,故意把一条椅子腿不朝稳当地支。她舅一敲起戏来,啥都不管不顾了,激动时,屁股是要跟着戏的节奏,不停地起伏蹾打的。椅子腿脚稳不住,常常就连人带椅子翻下台子了。她舅心里明白得跟镜子一样,肯定是郝大锤使的坏。因而,也就变本加厉地收拾起他来。说有一次,郝大锤给他打下手,几声小锣都"喂"不上,气得他用鼓尺子,在郝大锤微张着的嘴上美美敲了一下,郝大锤的一颗门牙当下就断了半截。闹得那场戏都差点没演完。反正院子里,关于她舅和郝大锤的故事,几乎每个人都能讲一笸箩。易青娥想,郝大锤今天心里不舒服,是肯定的了。只听郝大锤一边砸东西,还一边在喊叫:"法律是个尿,硬得来了,硬得跟牛角一样;软得来了,软得跟老母猪奶一样。"

管他咋闹,凭他郝大锤,是改变不了她舅的命运了。她突然想,舅今天一直昂着头,也许就是做给郝大锤这些人看的。他们盼他死,可他偏没死,还活得这样昂首挺胸的,看不气死你。

可命运就是这样离奇古怪,易青娥刚找到一点精神上的安慰,紧接着,祸事就来了。黄主任开大会动员说,又开始"反对走后门"了。易青娥做梦都没想到,一夜之间,她竟然成了"反对走后门"的清理对象。

那时,易青娥才刚过十二岁。

十八

事情还要从满一学年考试结果说起。

易青娥因为她舅出事,学习明显退步。在胡彩香老师的一再劝说下,虽然参加完了全部考试,但名次总分,一下落到了靠后的位置。连过去老是拿前三名的腿功、腰功、把子功和软毯子功、硬毯子功,都落在了十名以后。加上表演、形体、架子功组合本来就在中游,还有唱腔、道白考试也发挥得不好。因此,总成绩出来,是在女生的第二十七位排着,差点进了倒数前三名。连易青娥自己也没想到会考得这么差。胡彩香认为,娃最近的确退步了,但也没退到这个地步。是有人在考试打分中,把对胡三元的气,撒在了他外甥女身上,把娃给黑了。因为考试老师里,就有郝大锤和他的两个酒友。但不管咋说,成绩已贴到墙上,谁也改变不了了。不过,就是按黄主任事前说的,搞末位淘汰法,易青娥也是淘汰不了的。因为她离末位还有三名的间隔,除非一次把女生淘汰四个。

可就在这时,黄主任偏偏开始组织开会,天天学习"反对送礼,反对走后门"的报纸文件。学着学着,不知怎么就把胡三元外甥女考剧团的事,弄成是这股歪风邪气在宁州剧团的具体表现了。于大量事实面前,很快,团上就有了一个结论:

> 政府在押刑事犯胡三元,为了把条件很差的外甥女,通过后门塞进剧团,在考试前后,背着组织,背着团领导,搞了许多舞弊行为。不仅拉拢团上一些立场不坚定的干部职工,故意在考核环节打高分,把一个本来完全没有演员条件的人,一步步从后门拽了进来。而且在最后的组织审定环节,胡三元还通过各种卑劣手段,以偷听会议、给评审人员用恶毒的眼色施加压力,以及放狠话,说谁要给外甥女使绊子,就让谁小心着

等手段,终于把一个不该进剧团的人,从后门弄了进来。经过一年考核反复证明,从后门弄进来的易青娥,完全不具备做演员的一切条件。按照新的形势要求,必须予以清退。

很快,易青娥的事就传开了。

胡彩香老师气得当下就把一碗鸡蛋醪糟,啪地摔碎在地上了,说:"欺负人呢!他妈的都什么东西!阎王不嫌鬼瘦,还嫌这娃不可怜是吧?这些害人的家伙,到底是人还是畜生?"瘦导演把她的火给压住了。说现在发火没用,得想招,得抓住蛇的七寸呢。

他们又共同想到了米兰。

胡老师跟米兰又谈了一回话。

后来,易青娥听胡老师说:"米兰这个人在你的事情上,还是有良心的。我把要清退你的事跟她一说,她的第一反应就是:怎么能这样,怎么能这样呢?她说,这娃条件不算最差的呀,并且在武功上是最能吃苦的。搞不好,还能培养一个好武旦出来呢。怎么能让她回去呢?不行,我找黄主任去。"

后来,事情就有了转机。但这转机,又几乎让所有人都哭笑不得。说让易青娥不学演员了,改行到厨房帮灶去。

有人说,这不是用童工吗?违法呀!可黄主任的解释是:"演员比炊事员苦多了,这是特殊行业嘛!能留下胡三元走后门弄进来的亲戚,本身就是组织宽大为怀了。按要求,那是要彻底清退,让娃背铺盖卷回家的。考虑到农村来的孩子不容易,保留下公职,让她学个做饭的手艺,那也是打着灯笼寻不见的好事。一个乡下农民,随便能进县剧团做饭了?这已经是组织上仁至义尽的安排了。"

被设计、被捉弄、被安排的人,永远是最后一个才知道的。当你知道自己命运已被设计、被捉弄、被安排时,一切都已无法挽回了。

剧团院子都已传好几天了,连学生都知道,易青娥被安排到伙房做饭去了。可她自己还蒙在鼓里。那天,她就听楚嘉禾几个议论说:"其实做饭好着哩,还能多吃些好的。"她不知道这些同学在说啥,就没有多听。可就在领导找她谈话以前,胡老师还是先给她透了点风,说可能要安排她去伙房帮灶。她就问,是临时的吗?过去她舅帮过,她也帮过,但那都是临时的。她觉得帮灶还挺好的。可胡老师说,不是临时的,是改行。就是让你永远学做饭了。她的脑子嗡地一下就炸了。她说她不做饭。她知道,在九岩沟,做饭都是没出息的人才干的。连女的都不喜欢在家做饭了,要上坡去跟男人同工同酬呢。胡老师说:"恐怕暂时改变不了了。很快会有人跟你谈的。你先去,来日方长么。到伙房帮灶,不要丢了练功,将来有机会了,我们再帮你转回来。世上没有啥事是死哇哇的,一切都是可以转腾的。不定哪天,你的命里来了运气,一切就都转腾过来了呢。"

任胡老师咋说,她都不愿意去做饭。太丢人了。跟娘咋说?跟爹咋说?跟姐咋说?跟一沟的人咋说?都知道她是出来学唱戏的,结果弄成做饭的了,那还不如回去放羊喂猪。放羊喂猪还不受气。尤其是咋面对这一班同学?考完试,人家学习不好的,都转行去学乐器了,有学吹笛子、吹喇叭的,有学拉胡胡的,有学打扬琴、弹琵琶、弹三弦、弹中阮的,还有学敲鼓、敲锣的。不仅比练功轻松,而且操着乐器也很神气,手一动,就是一串响声。舅不在,她想改行学乐器,肯定是不行了。她以为,她还当定了不喜欢再学的演员呢。没想到,给安排到灶房做饭去了。紧接着,组织就找她谈话了。

谈话的是他们训练班的万主任。说是从哪个公社调上来的,为了解决两地分居问题。万主任平常爱吹笛子,能吹《东方红》,还能吹"一条大河波浪宽"。说是属于懂专业的干部,就安排到剧团里了。他平常很少跟学员说话,一天到晚就在房里吹笛子。但团上人说,这家伙的笛子,吹得音调能从印度跑到蒙古国去。据说她舅胡三元才说得难听呢,说让这号人当演员训练班主任,那纯粹是拿着裤腰上领子——胡整哩。可人家就当了,还老受黄主任的表扬哩。万主任跟易青娥谈话很严肃。一杯酽茶,是用缸子盖来回撇着滗着喝的。烫得满嘴吸吸溜溜,头还直摇摆。易青娥进去,连坐都没让坐,就那样直戳戳地站着,脚手都不知朝哪儿放。她就一直拿指头抠着鼻子窟窿。万主任咳嗽了两声,问她:

"你叫易青娥?"

易青娥很是有些恐惧地点了点头。

"你舅是胡三元?"

易青娥又点了点头。

"这个人哪,唉,让人咋说呢。是你亲舅?"

易青娥还是点了点头。

"啥舅嘛,唉! 你知不知道你的事情?"

易青娥摇了摇头。

万主任说:"很麻烦哪,撞到枪口上了。最近'反对送礼,反对走后门'你知道吗?"

易青娥摇了摇头,又点了点头。说不知道,是不合适的。因为,她听黄主任念过报纸文件了。

"你的情况,就属于'反对走后门'这个类型的。你舅当初瞎胡闹,通过种种不正当手段,硬把你从后门弄了进来。现在形势要求严,要清理,谁也没办法。"

易青娥一句话都不敢说。她一只脚在另一只脚背上轻轻蹭着,等着万主任朝下说。

万主任接着说:"不过,组织上对你是很仁慈的。黄主任和我经过反复商量,还是给你留了个商品粮户口,叫你到厨房学做饭去。这也是个好差事,是农村好多人想谋都谋不到手的职业。明天就去,灶房那边我们都安顿过了。先去烧个火、刮个洋芋、剥个葱蒜、择个菜、洗个碗筷啥的,慢慢再学炒菜、做饭。这也是重要岗位嘛！革命工作不分贵贱嘛！相信你能成为剧团一名好炊事员的。"

万主任话还没说完，易青娥终于忍不住，哇的一声大哭起来，并且哭得软瘫了下去。她说："我不会做饭……"

"不会做可以学嘛，什么是天生的？比如吹笛子，开始我也不会，这学一学，不就会了吗？还能吹得这么好，连县上领导吃饭，都让我去吹了。说我懂专业，现在不是都能吹戏了嘛！世上从来就没有什么天才，天才都是靠刻苦勤奋吹出来的。"

"我……我不想做饭……"易青娥哭着说。

万主任突然把桌子一拍，提高了嗓门批评起来："不想做饭？不满意这个安排是吧？不满意了就背起铺盖卷走人。碎碎个人，资产阶级思想还严重得很。都是跟你那个死不改悔的烂杆舅学下的吧？我老实告诉你，本来是要把你彻彻底底清理了的，可黄主任突然又发了善心，说要把你留下来。看大门，不合适。打扫卫生，院子不大，没多少活儿可干。考虑来考虑去，还是让你学一门长远的手艺，不好吗？把你还挑肥拣瘦的，全学的你舅那一套，专门跟组织打别扭、说怪话、对着干，是不是？想打别扭了，立即回你山里去。这是组织决定，没啥好商量的。你以为组织是橡皮图章，想咋扯拉就咋扯拉？告诉你，没门儿！就这样了，下去自己考虑去。我还是那句话，干了干，不干了就回去。"说完，万主任还用手朝外扇了扇。易青娥见再搭不上腔，就勉强撑起身子，从房里出来了。

她又去了一趟胡彩香老师的家。胡老师把她紧紧抱住，也是泪水长流地说："娃，听胡老师的话，留得青山在，不怕没柴烧。眼下一切都是改变不了的。可你才多大，嫩芽芽刚从土里拱出来，路还长得很着呢。听话，先去。还有胡老师在这儿哩嘛，你怕啥？"

这天晚上，易青娥做了人生最重大的一个决定：

回家，不干了。

跟谁也不商量了。

十九

易青娥是后半夜走的。她觉得,在这里再也待不下去了。

这个决心,是从胡彩香老师家里出来以后下的。其实过去也有好几回,她都是想走的,可每次又都有这事那事攀扯着,走不利索。这回是彻底想通了,必须走,不走已经待不下去了。

她没有声张,还是按宿舍的纪律,准时上床睡了。灯都拉灭了,她听到她们还在说和她有关的事。说走后门,说做饭,说伙夫。有人还说,当"火头军"也挺好的。还有人说,要让她去,保证一蹦就去了,想吃啥做啥,可惜人家灶房还不要咱这好吃懒做的人呢。易青娥听着,心里辣乎乎地痛。她知道,这都是自己把演员做稳当了,站着说话不腰疼的。反正不管她们说啥,她也不在乎了,她一走,她们想说啥让说去好了。

该拿走的东西,她都在别人不注意的时候,弄到一个蛇皮口袋里装好了。单等半夜,人都睡着了,爬起来,一提溜就跑了。箱子看来是背不走了,先空放着,等以后让爹来背。反正她舅还有那么多东西,也没处理呢。

大门是不能走的,看门老头一天到晚眼睛都睁着,以为是醒着,却在打鼾;以为睡着了,却是醒着的。有人半夜偷了一块做布景的木板出去,听着他鼾声如雷,地都震得在动弹,结果第二天早上,黄主任就把那人叫去,问把木板扛到哪里去了。那人死不承认,黄主任就说出了具体出门的时间,还有木板的长宽薄厚。大家就都知道看门老头的厉害了。

易青娥先圪蹴在女厕所里。她早已发现,那儿院墙有个豁口,使把劲,就能翻出去。她先装作蹲厕所,看四周没动静,就一纵身翻出院墙了。只听扑通一声,跌在了一个村民的猪圈里。猪哼哼了几声,也没起来,她就赶紧爬出猪圈,带着一身猪粪臭,朝城外跑去。她大概知道自己是从哪个方向来的,就朝那个方向跑。尽管天黑着,但她一点都不怕。她觉得自己已经没有啥好怕的了。跑着跑着,天就大亮了。她身上有钱,能买回去的车票。她一直跑到一个很远的地方,想着别人是撵不上了,就在公路边上等班车。也不知等了多久,班车来了。车旧得几个窗玻璃都打了,是用纸壳子挡着风的。她上去,售票员还捂着鼻子,让她把外衣和鞋袜都脱了,说臭。并让她一个人坐到最后一排去。等车哼哼唧唧顺着盘山路走到九岩沟山脚下的公社时,她连肠子都快吐出来了。天也快黑了。下了车,她也没处去。身上虽然还有点钱,却舍不得住店。她就去已经点上了煤油灯的商店里,给娘称了一斤红糖,给爹拿了两包羊群烟,给姐买了一个蝴蝶发卡,就把蛇皮口袋又勒到背上,朝九岩沟山垴上爬去。

　　已经有一年多没回来了,家里也没电话,也没来信。舅领她走时,跟娘和爹都交代过的,说:家里只要没死人,就少绊扯娃回来。说进城学戏,就一门心思学戏,别有事没事分娃的心,进了县城有他呢。舅还说了,写信他也懒得回。实在有大得不得了的事,就到公社打电话。说是找县剧团的胡三元,公社人会给这个面子的。但轻易不要打,要打,除非就是过不去的大事。因而,这一年多,家里既没来信,也没打过电话。易青娥心里还怪着娘,怪着爹,怪着姐:难道真的把招弟忘得这彻底,这干净的?问都不问一声了。要是招弟死在外头了呢?想着想着,她心里还特别难过,一路走,一路眼泪汪汪的,连路都看不清楚了。

　　易青娥是走惯了山路的人,那时晚上生产队分苞谷、分洋芋、分红苕,也都是从这架山跑到那架山上去分的。爹去,娘去,姐去,她也没少去背过。一回能背半挎箩。最多一回,还背过四十多斤黄豆秆子,回去垫猪圈的。走山路也不怕,一是唱歌子,给自己壮胆;二是要利索,大路小路来回穿。要是晚上,一定要点火把。耳朵还得特别灵醒,一听到身边有动静,是人,就麻利喊爹喊娘,让他们走快些,来人还以为附近有大人跟着呢。要是野兽,就拿火把朝上逼,啥厉害的家伙,见火都能吓跑了。因此,易青娥又点着了火把,一路向山顶上走。这一晚上,什么也没遇见。

她到家时,已是后半夜了。

易青娥走到门口,先是听到几声小娃的哭闹,她还有点不相信,这会是自己家里传出来的声音。仔细一听,娘还正在哄这个娃呢,爹也在咳嗽。她就敲起了门。爹问是谁,她说:"我,招弟。"爹把门打开了。

煤油灯下,她看见娘头上扎着一个帕子,怀里抱着一个月毛子,是才生了娃的样子。

娘问:"你咋这黑更半夜回来了?是……遇啥事了吗?"

易青娥再也忍不住,一下扑到娘的膀子上,号啕大哭起来。爹给她递了热毛巾,她也没擦,就那样放声哭着。她什么也说不出来,什么也不想说,就想哭,放大声音了哭。哭了好半天,把娘怀里的娃,都惹得一哇声地大哭起来,娘才说:"别哭了,招弟。你弟弟还没满月,你这一哭,看把他吓的。夜半三更的,哭着也招鬼呢。"

易青娥这才明白,娘和爹,把她姐叫来弟,把她叫招弟,就是为了再生一个儿子,好给易家传宗接代的。没想到,她走才一年多天气,还真招来弟弟了,也难怪没人操心她了。她慢慢抽搐着,想不大声哭了,但情绪还是激动得一时半会儿平复不下来。

爹就问:"是不是你舅出事了?"

易青娥哭得两眼像红桃子一样地点点头。

爹说:"我跟你娘在广播上都听到了,说判了五年?"

还没等她答话,娘就骂开了:"你舅那个不成器的东西,真是该砍脑壳死的。放他娘的瘟神呢放炮,惹这大的乱子,还坐法院了。看把胡家先人没丢尽。还说把你带到县剧团,一切有他呢。这下好,一头栽到牢狱里,连自己都顾不住了,还能顾住外甥女呢。

这个砍脑壳死的害人精,我早就看着不成器,没想到这样不成器。真是个发瘟死的东西。"

易青娥听娘这样骂舅,心里就不舒服起来,说:"舅也是犯的过失罪,不是故意的。"

娘说:"手上连人命都捅下了,还啥子故意不故意的。狗日一辈子就没个正形。小小的,在村里上树逮鸟,把一只膀子摔断了。拿竹竿子捅马蜂窝,一回蜇了村上好几十个人。给人家队长家里的腌菜坛子尿尿。还从楼枕上吊到老师房里,给自己烂考试本子上的零蛋前,加了个一,再加了个零。你说成器不成器!只说是考了剧团,参加了工作,有人管束了能变好呢。没想到,马变骡子,骡子变成驴了。才是一节混得不如一节了。咋不让人家法院一枪打死算了呢,这个得倒头瘟病的货哟。"

娘不知咋的,能气成那样。易青娥也不好再为舅说什么了。娘又问,这半夜回来,是不是遇啥事了?易青娥开始不想说。问着问着,就把不让她唱戏,让她改行做饭的事,给爹娘说了。爹和娘当下就没话了。过了好久,爹说:"先困觉,有啥事明天再说,都快天亮了。"她也实在困乏得不行了,就去姐房里睡了。姐没回来,是住校着的。

这天晚上,爹和娘整整商量了一夜,最后觉得,在城里做饭也是打着灯笼找不到的好事。不管咋说,是吃上商品粮了,是出门工作了。做饭容易吗?她爹为去给公社做饭,托她舅胡三元给人家说了几个来回,最后还是公社书记的二母舅去做了。并且是临时的。虽说招弟年龄小了点,做饭差事苦,可十二岁多一点,就把工作定死了,九岩沟还有哪一家撞上过这样的好事呢?无论如何,还得让娃去,这就是他们商量了一夜的结果。

易青娥一早醒来,就去羊圈看她的羊。爹说,羊早没了。易青娥问咋没的。爹说让"割尾巴"了。易青娥不懂,问割了尾巴的羊呢。爹说:"不是羊的尾巴,是资本主义尾巴。这回割得彻底,公社拉网式大检查,咱家就只留了一头猪,是年底要交任务的。"易青娥看着空落落的羊圈,草都长多深了,心里有一种说不出的难过。

这天下午,姐回来了。姐在上初中。姐说娘说了,等初中念完,就让她回来看弟弟,喂猪,不念书了。娘说女娃子念了也没用,念完还是嫁人了,不划算。姐说她还想念。她给姐买的发卡,姐很喜欢。她还感谢姐,说去年走时,把姐最好的衣裳都穿走了。姐说:"不瞒你说,我回来都气哭了。可再想想,是自己妹子穿去了,又不是别人穿了。想着妹妹出这远的门,也怪难过的。"她问姐,她走都一年多了,好像也没人想她。姐说:"你再别没良心了。你一走,娘整整哭了一个多月,一想起来就哭,一想起来就哭,每天白天都得晒枕头,因为晚上把枕头都哭湿完了。娘还几次跑到公社给你打电话,有几回没接通,有几回接通了,是舅接的,还把娘臭骂了一顿。舅要娘别有事没事到公社打电话,说好像就你养了金疙瘩、银蛋蛋,这舍不得那舍不得。把娃魂勾走了,她还能学成艺不?舅说,他给公社人都打了招呼,除非家里死了人,其余的,一律再不许胡打搅。打这以后,娘就再没去过公社了。前一阵舅出事,娘又急得跟啥一样,几夜把头发都快抓掉完了,说要进县城去看你。本来都说好了,月子一满,就跟爹去的,没想到你先回来了。"姐也问她,回来是不是有啥事。她就把叫她去做饭的事,给姐说了。姐也是闷了半天才说:"你太小了,做饭太苦。要是姐,兴许还能撑得住。"

这天吃完早饭,爹和娘叫她去拉话。拉着拉着,就说到了工作的事。她听出来了,爹和娘都还是想让她回去。说把这好的饭碗丢了可惜。她一听就哭,说无论如何都不回去了。她愿意回来看弟弟、喂猪。可爹和娘咋都觉得,还是到城里工作好。她说,那不是工作,是做饭。娘说,咋不是工作?吃商品粮,那就是工作了。说不到一块儿,她起身就走。她一溜烟爬到坡垴垴上,一下扑在一窝茅草里,又伤心地大哭起来。她觉得爹娘都不心疼她了。有了儿子,女儿就贱成这样了,都要寻着把她朝火坑里推呢。哭一阵,她又翻过身来,看天上的白云,想过去放羊的好日子。她是铁了心,不管爹娘咋说,绝对不回去了。爹娘实在不要她了,哪怕出门讨米呢,反正是死都不回剧团去做饭的。

快天黑的时候,她姐突然满山地喊叫她,让她回去,说剧团人找她来了。还说是一个姓胡的老师,还有一个姓米的,让她麻利些。后来,她听见,果然是胡老师和米兰老师也在喊她。她想躲,又觉得不合适,就从茅草窝里钻出来了。

二十

易青娥咋都没想到,胡老师和米兰老师会来,并且是一起来的。还来了个男教练。带队的是团部的朱干事。当浑身沾满了茅草的她,傻乎乎地站到四个人面前时,胡老师一把上前抱住她,狠狠在她屁股上拍了几巴掌说:"你这个娃,差点没把人吓死,差点没把人吓死!"打着打着,还带着哭腔了。

来人都坐在堂屋里。娘见贵客来,就从床上撑起来,蒸了一锅香喷喷的苞谷米饭,还煮了腊肉,炖了老母鸡,炒了韭菜鸡蛋。反正是尽家底往出腾,弄了七八个菜。几个人坐着一边吃,一边才把她昨晚走后的事,一一摆上桌。

说昨晚她走后不久,睡在她旁边的那个女生起夜,就发现易青娥不见了。到快天亮时,这个女生又起夜,发现易青娥还是不在,并且连脚头放的烂蛇皮口袋都不见了。她就叫醒了旁边人。旁边人又叫醒了旁边的人。不一会儿,一宿舍人都醒来了。那个女生回忆说,好像临睡前,易青娥给蛇皮口袋里神神秘秘地装了些啥东西。班长楚嘉禾立即就去给值班老师报告了。很快,事情就汇报到了黄主任那里。黄主任也有些害怕,毕竟是个十二岁大一点的孩子,而且还是个女孩子。半夜出走,要是弄出啥事来,那可给剧团把大麻达惹下了。剧团再不敢出事了。这一年多,光胡三元都给团上惹了多少烂事。县上一开会,领导就点名,点得黄主任开会时,头老蹾在人背后,生怕跟领导的眼睛对上了。易青娥虽然是个毫不起眼的小不点儿,可一旦出事,立马就能被放大成九头怪。县城太小,连一个叫花子打了人,也是几条街都要风传开的,更何况是剧团人出了事。剧团在县城,那就是一个风暴眼。大小事,不出半晌,县上的头头脑脑就都知道了。天麻麻亮时,黄主任就召开了紧急会议,部署了寻找易青娥的工作。先是安排学员班的全体同学,把城区三条半街道,齐齐篦梳一遍。再是安排所有大同志,也就是学员班以外的人,全部到车站、附近公路上,还有一些三岔路口找人。黄主任亲自端了一缸大脚叶子酽茶,蹲在院子中间坐镇指挥。九点多,各路人马纷纷来报:没有任何人发现易青娥的任何踪影。有人就说,会不会是回老家九岩沟了?这一点,黄主任倒是早已考虑到了,并且派谁去九岩沟,他都思考成熟了。很快,他就制定了由团部朱干事带队,一个男教练,还有米兰、胡彩香组成的工作组,急急火火直奔九岩沟而来了。

好多年后,黄主任都调走了,易青娥也当了台柱子,朱干事才跟易青娥讲了实情。朱干事说:"那天黄正大之所以派我们四个来,都是有用意的。派胡彩香来,是因为胡跟你舅好,跟你关系也好,容易接近你和你家里人。他怕我们到了九岩沟,都遇上一些胡三元一样的'野百姓',抄起锄头、棍棒,劈头盖脸,一顿打起来不好办。他认为胡彩香是能从中化解矛盾的。米兰是自己要求来的。黄主任觉得她去了也好,毕竟从心里,黄正大觉得米兰是向着他的。做起工作来,也会有分寸,有原则,有底线一些。回来的舆论,也会对他黄正大更有利。他觉得米兰绝对不会像胡彩香一样,一屁股塌在胡三元一边,好像永远都是团上领导亏欠了他们多少似的。那个男教练,身上有点武功,学过擒拿格斗那一套,是来做安全保卫工作的。不过这个人,平常对你舅也不太感冒,反正把你咋处理了都行。而派我去,任务交代得很明确:一是找到人。生要见人,死要见尸。二是分清责任。要求我给家长反复讲清楚,剧团没有任何错,组织是做到仁至义尽了。三是要提明叫响,说你的确不是学戏的材料,改行帮厨,也是组织的照顾。四是最好让你不要再回团了。说你要愿意回家,就让你彻底回去,可以考虑适当给家里一点补助,一劳永逸地解决这个问题。黄主任当时给我交代,解决补助的额度,最高不能超过一百八十块。相当于学员十个月的生活费。应该说,这个额度在当时也是不低的。"

可他们四个人到了易青娥家,一切都不是想象的那么复杂。不仅没有人出来叫骂、开打,一家人还热情得又是杀鸡又是炖肉的。易青娥她娘从见到他们起,就在数落胡三元和易青娥的不是,说:"我那个发瘟死的老弟,还有娥儿,都给组织添麻烦了。组织对他们是太好太好了,叫娃去做饭,那也是关心娃,爱护娃么。唱不了戏,还能硬去唱不成?做饭也是很光荣的革命工作嘛!俺大队会计的儿子,想到区上学校食堂去做饭,托了一坡的人情,还没做上呢。咱易家是前世辈子烧了啥子香,就能让娃到县城去给单位做饭了呢。娃小,不懂事,还靠你们多批评,多帮助。你们说啥时叫娃走,我们就让她跟着啥时走。革命工作嘛,虽说我们是山沟墕墕上的人,这个轻重,还是掂得来的。绝不拖后腿。"

易青娥她爹,虽然一句话没说,但又是上楼取腊肉,又是杀鸡,又是到邻居家借甘蔗酒的,也能看出一脸的热情来。

四个人在接近易青娥家的时候,那个教练连手表都卸了,是准备迎接一场恶战的。没想到,竟一头撞进了柔柔和和的棉花包里。吃了好的,还喝了一顿醉眼迷离的甘蔗酒,自是把一切工作,都按人家家长的意思,集中在了劝易青娥回团上。

朱干事后来说,他看家长都这态度,就没把黄主任的意思朝出端。男教练早已喝得晕晕乎乎。劝易青娥的工作,就成胡彩香和米兰的事了。

胡彩香和米兰,是把易青娥叫到她家门口的道场边上,去细细劝说的。

易青娥家离山顶不远,晚上,星星和月亮看着很低很低,好像再朝山顶上走几步,就能摘着一样。胡老师和米兰,都觉得这里很美很美。易青娥知道,她们两个人平常在团里都是很少说话的。背地里,不知米兰骂不骂胡老师,反正胡老师几乎见天都是要骂米兰这个狐狸精的。可今晚,她们却在县城以外,一百多公里远的九岩沟里,坐在一棵砍倒了好多年的老树上,没有抬杠,没有抱怨,没有指责,没有谩骂。都在用最上心的话,劝易青娥回去。并且两个人意见还高度一致:这是暂时的,一切都会改变的。她们都坚信:易青娥是一块唱戏的好料当。说金子迟早是要发光的。她们要她回去,一边帮灶,一边练功、练唱。说不定哪天,她就有重新回到舞台上的机会呢。

易青娥知道这两个人在剧团的分量。她们是两个真正的台柱子,为争主角,有时几乎水火不容。但这天晚上,月光下的她们,都很安静,很柔顺。她们一人拉着她的一只小手,先在道场边的老树上坐了半天。后来又说,一起到山顶上去看一看。她就牵着她们的手,登上了山顶。这里也是她放羊最畅快、最舒心的地方。胡老师突然激动地唱了起来,米兰也唱了起来。胡老师还给米兰纠正了几个换气口,弄得米兰很快就唱得气息通畅、字正腔圆起来。

两个老师最后还在山头上紧紧拥抱了。

很多年后,易青娥都记得那个美丽的夜晚,月亮那么圆,星星那么亮,亮得跟水晶一样,让整个山梁好像都成了荡漾的湖泊。她们三人,是在透明的水中坐着,躺着,走着。

当天晚上,九岩沟人并不知道,县剧团两大台柱子,同时光顾了这个小山村。第二天,当她们走了以后,所有人都在说,昨晚还以为是九岩沟来了狐仙呢,唱得那么妖媚天仙的,人哪能发出这样的声音呢?没想到,还真是来了县上的大名演。一沟的人都埋怨易家说,不该把事情捂得这严实,应该让大伙儿都广见广见。那可是喇叭匣子里才能听到的声音。

易青娥她娘就吹说:"人家是来看我,看月毛子的。来随月毛子礼的,不让随便张罗呢。也是为了名演的安全,一人还带了一个警卫呢。"

大家就都直咋舌头。

易青娥能扭过谁?自然是跟着剧团人又回去了。

二十一

易青娥一回去,就被管伙的裘存义领到厨房去了。

在领去厨房的路上,裘伙管说:"看你这娃,给谁当外甥女不好,偏要给胡三元当。受牵连了吧,发配来当'火头军'了。认命吧,谁让你有那么个舅呢。不过你舅这人,还是有点真本事的,在这个'烂柴火倒一湾'的剧团里,不挨戳也不由他。"

易青娥不由自主地哀叹了一声。这已经是她下意识的动作了。

裘伙管说:"心里憋屈,是不?没有啥,就现在这戏,不唱也罢。到灶房学一门手艺,兴许还能管得长远些。"

易青娥没有接话。

易青娥过去虽然也给厨房帮过灶,但都是直接去剥葱剥蒜、洗碗择菜的,从没跟伙管打过交道。都知道伙管叫裘存义,也有叫他"尻咬蛋""尻咬腿"的。易青娥也不知道是啥意思,反正连一句话都没说过。不过从裘伙管刚才那番话里,易青娥还是听出了一点暖洋洋的意思。

裘伙管看上去有五十多岁的样子。迟早给头上戴一顶洗得发了白的蓝布帽子,两只套袖也洗得跟帽子是一个色。一副深度近视眼镜,一只镜腿的后半截还是用麻绳拉着的。裘伙管身上经常带着一个弹簧秤,秤是放在一年四季不下身的一件蓝袍子口袋里。那袍子有两个口袋,都很大,有时他出去采买回来,除手上提着的两只篮子装满外,口袋里也塞满了大蒜、生姜、胡椒粉、辣子面什么的。易青娥记得,她过去帮灶时,裘伙管就爱在灶房里转悠,这儿看看、那儿闻闻的。他一走,师傅们就长叹一口气地说:哎呀,"屎咬腿"终于走了。

裘伙管把她领进灶房时,大厨宋光祖,二厨廖耀辉,都已经在烧火做早饭了。裘伙管把她介绍给了他们俩,说:"这是胡三元的外甥女,叫易青娥。工作变动,组织上安排到咱伙房来了。今天就算正式上班了。这是宋师。这是廖师。以后就是你的师傅了。他们比你舅年龄都大,要尊重两个老师傅哟。"易青娥点了点头。其实他们都是认得的。宋师先说:"这娃过去帮过灶,眼里有活儿,手上也勤快,是个好娃娃。就是来做饭,年龄小了点,怕娃吃不消。"裘伙管说:"我也没办法,是领导决定的。"廖师说:"咱们这儿也的确需要帮手,上百号人吃饭,就我跟宋师两个人,没明没黑地干,把人当驴使唤哩。就是驴,恐怕也得卧下歇个响吧。一直说加人、加人,盼了一整,弄个青皮子核桃来。剥,剥不离;吃,吃不成。都是拿滑石粉捏馍上坟——哄鬼哩。"裘伙管就批评廖师说:"别一天只图嘴受活,人家组织决定了,莫非你廖耀辉还能改变了不成?你们灶房就一个字:服从。"廖师又干声没气地嘟哝说:"明明两个字么。"宋师就接话了:"不说了,让娃来。重活干不了,烧个火,洗个锅,择个菜,总还是用得着的。欢迎娃!"他先带头拍了几下巴掌。接着,廖师也把手从肚子前的围裙里扯出来,干拍了两下。廖师平常是最爱把手塞在围裙下站着的。

易青娥就算上班了。

易青娥正不知该干啥,廖师先指挥起来说:"把那一捆葱先剥了。"

易青娥就蹴下剥葱了。

那边,裘伙管就检查开了早上的饭菜。裘伙管说:"最近,大家对伙食意见很大,都反映到黄主任那儿去了。今早上,黄主任的老婆还说,听说你们大灶炒的菜难吃得很,是这样吗?"

廖师就骂开了:"放他娘的猪屁,谁说菜难吃了?难吃,一顿几大盆子,还吃得尿干油尽的?"

"你骂谁呢?"裘伙管扶扶眼镜,很严肃地问,"你骂黄主任的老婆?"

廖师急忙改口说:"不不,不是的不是的,我还敢骂领导的老婆?真个是不想混了。我是骂那些到领导跟前嚼舌头、搓牙帮骨的人。菜啥时候难吃了?嫌难吃,还怨我们打菜时瓢瓢乱抖哩。说把瓢边上的肉片子,眼看就给抖下去了。还骂我是'鸡贼'哩,到底谁是'鸡贼'了?"

"咋,厨房人也老虎屁股摸不得了?别人还不敢提意见了?谦虚些嘛,有则改之,无则加勉嘛。你以为我没意见?把戏都唱成啥了,还给伙房提意见哩。伙房咋了,一天两顿饭还照开着呢。你的戏在哪里?这都快半年了,给人家演的啥戏,板的啥屁?好不容易排一出,嗵的一炮,还把人给炸死了。连戏都没得演,还好意思盯着我伙房乱咬哩。伙房好着呢,伙房才真正是革命生产两没误的地方。"裘伙管一边用弹簧秤支着大半碗绿豆,一边也在发怨气。

廖师就把话接上了:"哎哎哎,这才像我们的领导,这才跟我们穿到一个裤腿里了。你说得对对对着哩,看把戏演成啥了?把革命生产搞成啥了?还贪嘴哩。黄主任应该再开展一次打击贪嘴运动,把这股歪风邪气狠狠杀一杀。"

"对了对了,你别再学猴精,顺着杆杆往上爬了。咱们厨房也的确有问题,还得从自身多检查,得从自身做起。饭菜质量,还是有进一步改进提高的必要。"

还没等裘伙管说完,廖师就问:"咋改？咋提高？伙食费一月一人交八块,还骂娘哩。巧媳妇难做无米之炊。我们倒想天天给这伙鸡贼吃肉、包饺子哩,可要有东西吃、有东西包哩么。没东西,你让我跟光祖把尻蛋子削一块,清炖、爆炒、做馅儿？人家吃了还会给你提意见,嫌肉老么咔嚓的,不油润,不细嫩,吃着崩牙哩。"

裘伙管扑哧给惹笑了。易青娥也笑了。

宋师说:"廖师总是能皮干得很。"

裘伙管说:"说归说,谝归谝,饭菜还得讲点质量。他们混社会主义,咱还不能混哩。"

宋师说:"放心,咱做事还得凭良心呢。这是吃的东西,要进嘴哩,没人敢乱耍娃娃的。"

裘伙管又说:"这绿豆,一顿放一斤半,是不是多了？这东西可贵了。"

"你看你看,裘伙管刚说要注意饭菜质量,早上糊汤面里加点绿豆,又嫌多了。你这不是自己扇自己的嘴掌吗？"廖师把手抄在胸前的围裙里说。

"绿豆就是个提味的东西,我看一斤二两就够了。不敢弄到月底,又是个大窟窿,没处补去。"说完,裘伙管把大半碗绿豆,又给口袋里捧回去一捧。再一称,说刚好。收了秤,拍拍手上的灰,他就走了。

裘伙管刚一出门,廖师就长叹一口气地:"哎呀,'尿咬蛋'总算走了。真是个'尿咬腿''尿咬蛋'哪,又咬腿又咬蛋的。"

宋师说:"火不行了,麻利催去。"

廖师立马盼咐易青娥说:"麻利催火去。"

易青娥就到灶门口催火去了。

灶门口她也是熟悉的,过去帮灶,就帮忙烧过火。烧火的灶门洞,跟做饭炒菜的地方,是用一堵墙隔开着的。听说过去大灶烧的是柴火,因此,灶门洞这边,就设计得特别宽展,足有一间房那么大,可以码很多柴火的。后来,柴灶改煤灶了。煤在另一个地方堆着,这儿就空出一大片来。易青娥过去来帮灶烧火,高兴了,还在里边练过功呢。起大跳、打飞脚、跑圆场,啥动作都能转腾开的。

易青娥特别喜欢这个地方,不仅宽大,门还能关上。关了门,后墙还有一个窗户,既能抽风,又能把黑乎乎的房子照亮。

她想,一辈子就在这里烧火也挺好的,只要不出去见人就行。可不见人能成吗?尽管好多人都说做饭也挺好的,她知道,那就是在哄她听话呢。在她心里,是咋都迈不过去这个坎的。她觉得实在太丢人了,尤其是不能面对自己的同学。

剧团那时是一天两顿饭。上午饭十点开,下午四点半开。要是晚上有演出,会在演出完,再加一顿夜宵的。

灶房就在练功场旁边。她在这边烧火,择菜,她的同学就在那边踢腿、下腰、练身段。他们练得累了,中间会休息几次。一休息,大家就拥到院子里,看厨房做的啥饭、炒的啥菜。尤其是楚嘉禾,在她进灶房第一天,就故意跑到打饭打菜的窗口,把个脑袋伸进来问她:"娥儿,早上给姐做啥好吃的呀?"气得她一头钻进灶房,就不想再出来了。

可她是厨房新添的一个人手,都说大灶炊事员成三个人了,人家就不能把她只当烧火的用。她得案前灶后、房里屋外来回跑。宋师关心她,还专门把自己攒下的一副套袖、一个劳动布围裙,拿到裁缝铺朝小地改了改,拿来让她戴上。可她咋都不戴,还穿着那身练功服。廖师就说:"又不练功了,还穿着练功服干啥?戴上套袖,系上围裙,就算是入行了。干啥不得有个干啥的样子嘛。"

不管咋说,易青娥就是不戴套袖,不系做饭的围裙。

宋师也没勉强,就把套袖和围裙收起来了。

易青娥干啥都行,就是见不得两个师傅大喊大叫的。宋师安排她催火。廖师喊叫她择菜。刚择完菜,又喊叫火熄了。因此,厨房里,好像老是有喊她的声音。宋师把她叫"娃"。廖师把她叫"娥儿"。厨房杂音大,他们的嗓门更大,一喊叫,满院子都能听见。她快讨厌死了。

当她慢慢开始适应这一切,也不太觉得没法见人的时候,她才发现,学做饭并不比学戏简单。伙房就两个厨师,复杂得甚至比她们女生宿舍更难相处。

很快,宋师和廖师,就为谁到底是大厨、谁是二厨,闹得牛头不对马嘴了。

二十二

易青娥是个任何闲事都不管的人,可自打进厨房,她就发现,两个师傅都爱在自己面前说对方的不是。尤其是廖师,嘴特别碎,几乎没有哪一件事是不埋怨别人的。她尽量回避着,不朝他们跟前凑,也不多听他们说,吩咐干啥她干啥。下了班,她要么关起灶门口那扇门,在里边闷坐半天。要么就走出院子,到县河边上去转悠。有时,她还能到县中队旁边去转一转,看能不能遇见舅。后来才听说,判了刑的犯人,都弄到地区劳改场烧石灰窑去了。她开始出大门的时候,看门老汉还死拦着不让她出去。后来,那老汉经常到灶门口来烧煤球,易青娥给行了不少方便,老汉才让她随便进出的。这比别的学生,自由度是大了许多。胡彩香和米兰老师,都让她不要丢了功,说别真弄成"烧火丫头"了。可她那阵儿想,烧火丫头就烧火丫头,还轻省,不惹是非。唱戏又能咋?一个个朝死里争,朝死里斗,到头来,还不就是唱戏的?还不就是为了吃饭、穿衣?她觉得,她现在就能吃饱,在厨房,毕竟比其他人还能吃得好些。衣服也有穿的。一月生活费十八块,还用不完呢。别人冷,她还不冷,灶门口暖暖和和的,边烧火,就把暖取了。她也不想啥了。就是累得很,可比起练功来,这累,也就是半斤对八两的事。唯一让她感到不安生的,是宋师和廖师的矛盾,避都避不过,并且越来越厉害。没有她时,都不知他们是怎么忍着的。有了她,好像都不想忍了,都把事朝开地摊,朝匀乎地搅。把她吓得老想闪躲得远远的。

那还是她进灶房时间不长的时候,有一个星期天,宋师请假回家去了。炊事员请假,都只能在星期天,因为这一天,人出去的多,吃饭的少。宋师家在农村,每个月会请假回去一次。他一般都是星期六晚上收拾完锅灶离开,星期天晚上赶回来。那天,只剩下廖师和她两个人做饭。廖师就嘟哝说:"见月请假,见月回家。舍不得婆娘了,有本事也弄进城来,吃商品粮么。不是立过啥功,膀子都摔断了吗?进单位比我还迟好几年,一进来,就把自己摆到大厨的位置。哼,谁给你封的?你给谁当大厨呢?你能,咋能得连老婆都弄不进城呢?还是不行么。炒菜连盐都拿捏不住,还当的啥子大厨?要是我,羞得早跳井了。还在人前瞎晃悠个啥么。"

易青娥始终没有接话,一直在草帽子边沿上搓着麻食。人少,好变花样,加上廖师这人总爱在宋师不在的时候,美美表现一下,好让人都说他能行,说他比宋师人好,手艺高明。

见易青娥没接话,廖师就问:"咋,宋光祖把你嘴还糊抹住了?"

"没有,我看麻食,咋搓得有点不匀称。"易青娥把话朝一边引。

"要那匀称干啥?黄主任原来说上灶吃呢,下午我看又出去钓鱼了。管咱的'尿咬腿'也不在。就剩一些没去处的学生娃子,能吃上麻食,都该捧起后脑勺笑了。"

易青娥就没话了。

廖师把半锅煮洋芋搅了搅说:"你是不是也以为,宋光祖就是这儿的主角,这儿正经八百的大厨呢?"

易青娥说:"我不懂。反正你们两个都是师傅,都是大厨。"

"娥儿,你娃错了,我们这个灶上,还没有大厨呢。宋光祖自以为自己是手提红灯,唱了李玉和了。其实这大厨谁也没明确过。过去,他没来的时候,我就是大厨,团上雇了一个哑巴帮灶。后来他来了,让哑巴走了。说是他在部队立过啥子功,就稀里糊涂地安插到我前头了。时间一长,我才发现,他根本不会做饭。在部队就是个喂猪的。就他现在这几下,还是我手把手教的。徒弟成了不是大厨的大厨了,师傅还反倒成了不是二厨的二厨,你说怄人不怄人!"

易青娥还是没话。廖师就有些生气了,说:"你咋是个三棍子闷不出屁来的娃。这事我已经给裘存义反映过好多回了。裘存义这个人,就是在零碎账上抠得细,'屎咬腿',大事上也就是个糊涂蛋。反正你看,要跟宋光祖学了,你就跟着宋光祖好了。要是想跟我学了,你就得按我的来。大厨咋,没人听指挥了,那也就是庙门前的旗杆——光杆一根,一根光杆。"

这就让易青娥为了大难了。说实话,易青娥对宋师印象更好些。宋师这个人,话不多,但能背亏。每天早上他都是第一个来,晚上也是最后一个走。尤其到了冬天,一早来,是冰锅凉灶的,宋师总是帮着她把火先弄着。有时,晚上埋的火种熄了,火特别难生,宋师就把头埋进锅洞里,用吹火筒吹呀吹,直到把火吹着,才让她添煤,自己到灶房去烧水做饭。晚上,他也是最后一个捡拾完锅灶碗筷,才锁门离开的。廖师刀工好,切菜很拿手,土豆片、土豆丝,刀能切得飞扬起来。眼睛还不用看,最后一刀下去,保准那一片、那一丝,还是跟前边的一般薄厚、粗细。馍也蒸得好,不含浆、不塌气、不炸背、不烂底。说一声"拔笼",两个人站在高凳子上,朝下抬一笼,气是圆的,馍是圆的;抬一笼,气是圆的,馍是圆的。七八笼拔下来,任谁都得把今天的好馍夸上几句的。除了这些事以外,廖师平常总是把双手抄在肚子前的围裙里,说说东,说说西,喊喊催火,叫叫退火,手是很少伸出来洗锅、洗菜的。尤其是冬天,到院子水池子里洗菜,有时连水龙头能都冻实了。这时,宋师总是先找几张废报纸,把水龙头烧开,然后,又帮着易青娥在冰冷的水里洗菜。廖师总是要喊叫:"洗菜的活儿,还用占着两个人?叫娥儿洗就是了,你麻利回来炒菜,锅都要烧炸了。"宋师也很配合,只要廖师喊,他就立马回去。有几次,宋师也跟易青娥说:"廖师就这号人,溜奸,多余的活儿半点都不搭手。没办法,你知道就行了。多干一点,也累不死人。"

自廖师给她公开说,要她别跟宋光祖混,让他宋光祖做个光杆司令后,她发现,廖师撂治宋师的手段,是越来越多了。

先是炒菜,廖师切好,宋师"掌做"。用廖师的话说:"一个在部队喂猪的人,回来都'掌做'了,你想剧团的伙食,大家能没意见?"廖师对宋师"掌做",一直是心怀不满的。但宋师还是"掌做"着。自打把菜切好,葱蒜准备齐,廖师就抄起手,站在一边看。看他宋光祖咋炒哩。人多锅大,炒菜不是用的锅铲,而是铁锨。宋师每每炒一锅菜下来,都是满头大汗的。即使是冬天,也得用别在腰上的毛巾,把汗珠擦好几次。廖师一直当着易青娥的面,笑话宋师说:"宋光祖连洋芋丝、洋芋片都炒不脆、炒不香,你猜为啥?醋激得不是时候么。硬要等炒熟了才倒醋,已经晚到爪哇国了。这窍门你可不要给宋光祖说,让他挨骂好了。师傅给你教一手,洋芋丝、洋芋片的激醋时间,一定要在炒到三四成熟的时候,过了五成都晚了。三四成熟激醋,出锅才是脆的。老宋把洋芋片炒得跟蒸南瓜一样,迟早都是面咚咚的,给八十岁没牙的老太婆吃还凑合。大家老有意见,宋光祖还说:'锅大,只能炒成这样。'其实就是个手艺问题。喂猪出身么。"易青娥想给宋师说,又不敢。但有一天,她到底还是悄悄给宋师说了,宋师就把倒醋的时间提前了。洋芋片炒出来,果然是脆的。吃饭人都夸。裘伙管也夸。廖师就不高兴了,有一天,当着她的面,撇凉腔说:"人碎碎的,心眼子比莲菜眼子都要多出几个来。"

到了寒冬腊月,其他菜少了,几乎每顿都要醋熘白菜、煮白菜、包白菜豆腐包子。还是廖师把白菜切好、剁好,豆腐丁丁铡好,等着宋师"掌做"。好多回,菜炒出来,大家吃着,说把卖盐的打死了。白菜豆腐包子出来,喊叫得更凶,说把卖盐的爹都打死了。有人把烂包子,端直摔到了灶房的窗台、案板上。裘伙管就来开会了,批评说:"你们最近是咋弄的,怎么连续犯盐重错误?好厨师一把盐么。你们连盐的轻重咸淡都拿捏不住,还开的什么灶,办的什么伙?立马整改,三天以内,要是再改变不了盐重错误,不换脑子就换人。"宋师一点都没推脱责任,一直检讨说,是自己手上出了问题,一定改正。廖师还替宋师说了话,说:"也不全怪光祖,白菜本来就不吃盐,多少放一点,就都落在汤里了,咋吃都是咸的。"裘伙管就说:"胡说呢,冬天各个单位都以吃大白菜为主,人家就都拿不住盐的稀稠了?也没见哪个单位吵吵,说他们的厨师把卖盐的爹、卖盐的爷打死了。还是要在自身找原因呢。立马改,争取群众的宽大谅解。"

为了这把盐,宋师甚至用秤把白菜一棵一棵地称,盐也是一两一两地过,结果,炒出来,又说淡了。再一顿,把盐稍加了一点,谁知又都喊叫,把卖盐的奶也打死了。他自己一尝,果然也是进不得嘴的。易青娥就多了个心眼,在宋师炒完菜后,她虽然侧身对着放菜盆子的锅台,但却一直拿眼睛余光扫着。就在宋师提着炒菜铁锨和锅刷子,到水池子清洗时,廖师侧身抓一把盐,哧啦一声撒进了菜盆里。还见他连着搅了几下,再用铁勺舀点汤汁,朝舌头上一舔,自己先苦得做了一个得意的鬼脸。他以为蹲在地上刮洋芋皮的易青娥没看见,就嘟哝说:"这个挨枪的宋光祖,今天把卖盐的他太爷又打死了。"

易青娥真想当面揭露廖师,但又害怕廖师给她也耍手段,就忍着没说。过了两天,宋师已经让大家骂得每次炒菜放盐时,手都抖得快拿不住瓢了。易青娥就换了一个方式,让宋师炒完菜,别去洗铁锨和锅刷子了,由她去洗。宋师就在灶房盯着,直盯到开饭。这期间,能好一点,但也时不时地还是出现一些问题。宋师的大厨地位,无论在群众当中,还是在裘伙管那里,都发生了明显的动摇。

  过年时,由宋师"掌做"的炸红薯丸子,出现了开花八裂的问题;炸面叶子,又出现了干硬、焦糊的问题;蒸扣碗子肉、粉蒸肉,酱油太重,肉皮咬不动;包的肉饺子,下锅就烂;滚的元宵,见水就化……反正是百做百不成了。整得宋师一天出几身汗,还一连声地给裘伙管检讨,说自己好像是撞着鬼,突然做不了饭了。廖师还一个劲地替宋师打圆场说:"光祖也想朝好地做呢。光祖绝对不是故意的。这么多年了,我还不了解光祖嘛!为这个灶房,真正是把劲努圆了,把神淘尽了,把心思费扎了。你只说那猪,光祖还喂得有啥麻达了不成?那是在行了,人家在部队就养大肥猪了。人一在行,鬼都能使唤来推磨打墙哩。"

  再后来,灶房出了一次大事故,宋师就从大厨的位置上被抹下来了。廖耀辉自然就上了正位,做大厨了。

二十三

  那是开春以后的事,新豆角下来了。伙管裘存义那天买了一篮子豆角回来,说贵得很。但再贵,也得让大家吃个新鲜。一冬天的大白菜,把人脸都吃成了茄子色。裘伙管让厨房调剂一下伙食,看豆角怎么做。他大概是先看了一眼廖师,廖师就说:"那要看人家大厨准备做啥哩么。咱是指到哪儿打到哪儿,还能坏了规矩,拿了人家大厨的事?"裘伙管就问宋师,看咋做。宋师想了想说:"烙锅盔馍。再煮些豆角、南瓜、洋芋、绿豆汤,咥起来谐活!最好能弄点排骨回来,就更嫽了。不一定要多少肉,有几根骨头棒棒,熬出点鲜味儿就行了。"裘伙管答应了。他还真去弄了几根肉削得光溜溜的骨头棒棒回来,让下锅炖了。那天,易青娥刮洋芋皮,掐豆角蒂把,催火。廖师切洋芋片、南瓜疙瘩,准备葱姜。宋师"掌做"。他一边烙锅盔,一边经管熬汤。汤里先下了绿豆,等煮炸腰时,又把豆角、南瓜、洋芋放到另一口锅里一炒,然后一锅烩了。也怪那天骨头煮得太香。练功、排戏的,就都垂涎三尺地结束得早了点,抢着排了队,用筷子把洋瓷碗敲得一片乱响。实在熬不住,宋师就决定提前开饭了。结果,吃完饭不一会儿,就有人喊叫肚子痛,并且上吐下泻。接着,又有好几个学生也发作了。到一两个小时后,就有五十多个人摆在了医院的过道里,给县城又制造了一次"剧团住院"风波。戴大盖帽的又拥来了半院子。气得黄主任一个劲地喊:"这单位是中了邪了,出了鬼了。要彻查到底,决不能姑息养奸!"

第二天一早,问题就查清楚了,是豆角没煮熟惹的祸。黄主任亲自给厨房开了会。宋师做了深刻检查。裘伙管也给自己揽了责任,说自己监管不力。廖师在会上发了言,说自己也不能说完全没有责任,起码没有及时提醒光祖同志,应该按时间表开饭的。他说:"开饭时间是团领导定的,我们厨房应该有这个觉悟,始终维护领导的正确决定。一旦不按领导说的办,一定就会把错误犯。你看,这不犯严重错误了不是?"最后,廖师还特别强调说:"为这个厨房,黄主任和裘伙管,可以说把心都操烂、操碎了!我们不注意,还给领导惹下这大的乱子。太痛心了,真是太令人痛心了!"廖师说着,甚至还撩起围裙,把吸吸溜溜的鼻子擦了一把。后来又让易青娥发言,易青娥吓得把头摇得跟拨浪鼓一样。摇着摇着,她还把头勾到两条瘦腿中间夹着了。再让表态,她都没挤出一个字来。黄主任就做了总结,最后决定:

廖耀辉出任大厨。

考虑到宋光祖过去在部队立过功,先留下来做帮手,等思想问题彻底解决以后,再考虑还能不能继续担任二厨的问题。

事后,廖耀辉悄悄对易青娥说的那句话,让她一辈子想起来,都觉得有些哭笑不得。廖耀辉是这样对她说的:

"娥儿,你懂不,这厨房啊,就算是改朝换代了!"

廖耀辉一上任大厨,就先把跟宋师住房的位置,彻底调换了过来。

宋师跟廖耀辉是住在一间房的。离厨房不远。那间房,窄长窄长的,中间用竹笆墙隔着。里间大些,外间小些。里间还有个窗户,是对着后院子的。外间也有个窗户,对着前院子。但前院子离水池子近,吵闹些。里间咋看,都是要比外间好出许多的。过去,宋师就住在里间,大厨更需要休息好一些么。自豆角事件发生后,当了大厨的廖师,就老说最近休息不好。他嫌前院子吵闹得很,水池子的水,一天到晚流得噼呀噼呀地响,弄得他白天"掌做"都没精神。有时,他还故意给脑袋上勒一条湿毛巾,说脑壳痛得快要炸了,掌不成做了,炒菜也拿捏不住火候了。宋师就听出了话音,主动提出,两人换一下,他住出来,让廖师住进去。廖师开始也客气了一下。宋师一再坚持,说还是按下数来。他就答应换进去了。

换房那天,廖师还喊叫易青娥来帮了忙。看起来没啥东西,可一拉扯开,零末细碎的还真不少。三个人是整整忙了大半夜。

在宋师住里间、廖师住外间的时候,易青娥是来过两次这间房的。两次都是廖师叫她。一次是廖师叫她去拿糖,她不去,廖师还在门口努着嘴,直使眼色,意思是必须来。一来师傅叫你,你还能不来?二来是不许再扭扯,让别人看见了不好。拗不过,她就去了。只听宋师在里边吼天震地地打着鼾。廖师给她准备了一手帕乡下人熬的红苕糖。糖里缠了核桃、芝麻,用刀切成片,再用炒熟的苞谷面一裹,相互也不粘,又香又好吃。娘过去也是给他们熬过糖的,后来红苕不够吃,也就再没熬了。她不要,但廖师坚持要她拿上,她便半推半就地拿上了。拿上也没让她走,让她再坐一会儿。她就把半个屁股端在板凳边上,又坐了一会儿。廖师说:"听见没有,像不像猪?你老家养的猪,是不是这鼾声?"易青娥就低头笑。廖师也笑笑说:"整天跟猪在一起打交道,你说这叫啥日子!这个光祖啊,倒头就能睡着,睡着雷都打不起来。我见过睡得死的,但还没见过睡得比死人还死的。这就是我一辈子的灾星,一辈子的噩梦了。你说我这跟坐监狱有啥两样!上百人要吃要喝的,他负责这大一摊子,啥都不过脑子么。不过啊,过了也是白过,过的是猪脑子,还不如不过哩。你说咱伙房碰上这样的头儿,能办好了?群众能没意见了?没意见才是出了怪事呢。"易青娥反正不管你说啥,她就是咧着大嘴笑。她瘦,因此笑起来显得嘴尤其大。廖师看跟碎娃也说不拢啥成器话,她要走,也就让她走了。还有一次,是在宋师连着犯盐重错误后,怎么突然炒完了菜,再不离开灶房,并且眼睛要一个劲地盯着菜盆子了。他就怀疑起易青娥这个碎鬼了。在一次宋师回家的时候,他还把她叫来审问了半天。易青娥永远就是那副傻头巴脑的样子,没表情,不说话。问得急了,还是把那张瘦脸,朝两条麻秆腿中间一夹,就再也不朝出拔了。弄得他也毫无办法。不过他还是给她捏了一撮冰糖,硬叫她拿走了,并且叮咛说:"以后灵醒点,师傅看你可怜,小小的就没人待见,你就把师傅当个靠山吧,师傅会心疼你一辈子的。"

  房换了以后,她又被廖师叫去过一次。宋师住到外间,还是放声地打鼾。易青娥见宋师的嘴,张得能塞进去半个拳头。她想笑,没敢出声,还用手背挡了挡嘴。她进到里间房,廖师斜靠在床头上,手上还拿着水烟袋,吸得呼呼噜噜直响。见她来,噗地吹一口,那红红的烟球,就飞出去老远。他还是先说宋师:"你听,你听听,让人抬出去扔了喂狗都不知道。好在我习惯了,有时没这鼾声,我还睡不着呢。娥儿,叫你来,啥意思,你知道吗?"易青娥摇摇头。廖师又点燃一袋烟说:"我想教你学切菜哩。宋光祖切菜那几下,我咋都看不上。"易青娥用一只脚尖,踢着另一只脚后跟说:"我还是烧火,择菜,剥葱,剥大蒜……"还没等她说完,廖师就把话接过去了:"没出息的东西,难道在灶房一辈子,就当了使唤丫头?烧火佬?催火、笼火的事,他宋光祖也可以干嘛。过去在部队,他就是个喂猪的嘛。那不就是烧个火、煮个猪食的事。日今眼目下,他是犯了错误的人了。现在跟你一样,都是我的手下。你干的事,他也可以干嘛。不要还按过去一样,让他扎个大厨的势,这样对你就不公平了,知道不?"易青娥还是用后脚踢着前脚的后跟说:"我……我还是烧火,我……喜欢……"廖师就摆了摆手说:"真是一把抹不上墙的稀泥哟。好吧,你就烧火。不过,大锅你以后就不洗了,搭着凳子洗锅,也很危险。搞不好,一脑壳栽进去,我这个大厨还负不起责任呢。"说完,听见外边宋师翻了个身,好像快醒了。他就又给她捏了一撮冰糖,摆摆手,让她走了。

好在,廖师再咋给宋师下套、穿小鞋,宋师都不在乎。叫他打下手就打下手。过去咋出力,他现在还咋出。不过,自廖师明确了大厨位置后,饭菜质量确实有了很大改变。首先,再没出现过盐重问题。再就是,馍也蒸得多了,菜的花样也增加了。比如过去,早上一般吃糊汤,或者吃汤面。廖师改成:吃糊汤,但加两片油炸馍片。吃面,但改成了油泼面,或者臊子捞面。中午,过去一般是蒸馍、稀饭,外加一个炒菜。或者是吃锅盔夹辣子。现在改成:蒸馍、稀饭,外加一个炒菜,还带一疙瘩豆腐乳。锅盔夹辣子,也是要外带咸菜丝的。稀饭更是花样多变,有时是红枣小米粥,有时是百合白米粥,有时还熬大瓣子苞谷米汤。反正厨房的起色,是谁都看在眼里的。有人就夸廖师,说他干得好。宋师在的时候,廖师会说,人家宋师也干得好着呢。宋师不在的时候,他就会说:"这跟你们唱戏一样,还不是看谁唱主角,看谁说了算,看谁掌做哩么。"有人故意撩拨说:"人还是原来那几号人,枪还是过去那几杆枪,怎么做出的饭菜,就有了天壤之别呢?"廖师说:"过去咱说了等于放屁,不算么。现在咱能说话,能拿事,能定秤了么。"很快,黄主任都在全团大会上表扬了,说自他亲自整顿后,伙房的革命工作,已经改头换面,蒸蒸日上了。

易青娥那时虽然小,但对廖师那一套,已经有自己的看法了,只是不说而已。宋师明显是受着廖师欺负的。可宋师好像很不在乎。有好多次,她起得早,火半天烧不着,宋师就来帮忙。廖师看见了,说:"以后烧火就让宋师烧,到底是老师傅,有几下。你烧半天了,一锅水还是屁温子。人家宋师就几下,锅里的水都咕嘟上了。"有一回蒸馍,宋师揭笼时,让蒸汽把半条胳膊都烫起了大水泡。廖师还是喊叫他洗锅。易青娥就主动拿过扫帚一样的大锅刷子,搭着板凳,上灶去洗了。廖师说:"娥儿,你有你的事,甭相互叉行。"但她没有听,硬是坚持把锅洗完了。廖师为这事还很不高兴,说碎碎个娃,还不听指挥了。隔了两天,宋师从家里来,把她叫到灶门口说:"你师娘专门给你纳了一双布鞋,做饭穿上舒服。做饭是苦活儿,一天忙到黑。厨师的腿,到了晚上大半都是肿的,鞋都脱不下来。只有穿布鞋,才能强一点。布鞋养脚哩。"她不要,宋师硬是塞给她了。她平常话很少,但那天,硬是忍不住多了几句嘴,说:"师傅……有些活儿,我能干的,你就尽量让我去干,你不要太累着了。再累……也落不下啥好的。"宋师就说:"我知道娃想说啥。人哪,多背些亏,没有啥。活得太奸蛋,心眼太歪了,迟早是要遭报应的。"她就再没话了。

这以后,剧团发生了一件很大的事情,说老戏突然解放了。

老戏是啥,那时易青娥根本不知道。只听伙管裘存义说,能把老戏解放出来,可能真是要天翻地覆了。

二十四

1978年农历六月初六那天,剧团院子里,突然晒出了几十箱稀奇古怪的衣裳。伙管裘存义说:那就是老戏服装。

那天,裘存义格外活跃。一早起来,就喊叫易青娥、宋师、廖师帮忙给前后院子拉绳子,绷铁丝。说是六月六,要晒霉呢。奇怪的是,连门卫老头也积极得到处扶梯子、递板凳地忙活起来,还一个劲地让把绳子、铁丝都绷高些,说要不然,服装就拖到地上了。绳子、铁丝绷好后,裘伙管又叫了好几个年龄大些的男学生,到伙房保管室的楼上,用绳子放下十几口灰土色的箱子来。然后,都抬到了院子里。门卫老头就用抹布,一一抹起了箱子上的灰尘。裘伙管说:"六四年底封的箱。十三年了。"门卫老汉说:"可不是咋的。"然后,他们就开箱了。

箱子一打开,当一件件易青娥从来没见过的戏服,被裘伙管和门房老汉抖开,搭在绳子、铁丝上时,她惊呆了。那些抬箱子的学生也惊呆了。廖师老喜欢抄在围裙里的手,也抽出来,拉着一件件衣服,细翻细看着说:"这老戏服,还就是做工精到。你看看这金绣,看看这蟠绣,今天人,只怕打死也绣不出来了。"易青娥知道廖师是裁缝出身,所以对针线活儿特别上眼。宋师问:"老戏又让演了?不是说是牛鬼蛇神吗?"廖师急忙接话说:"你看过几出老戏,还牛鬼蛇神呢,相公小姐也是牛鬼蛇神?包公、寇准也是牛鬼蛇神?岳武穆、杨家将也是牛鬼蛇神?宋师,你还是麻利烧火去,让娥儿在这儿,给裘伙管帮一会儿忙。早上吃酸豆角臊子面,还得弄点油泼辣子。没辣子,这一伙挨尻的,吃了还嘟嘟囔囔地嫌不受活。油泼辣子一会儿我来掌做,你把辣面子弄好,放在老碗里就对了。"宋师就去了。

这天早上,剧团满院子都挂得花枝招展、琳琅满目的。不一会儿,一院子人都出来了。大家把这件戏服摸摸,把那件戏服撩开看一看,忙得裘伙管和老门卫前后院子喊叫:只许看,不许摸。千万不敢乱摸。说这些戏服,十几年本来就放荒脱了,再用汗手摸摸、拽拽,立马就朽啮了。他们一边赶着人,一边用手动喷雾器,给每件戏服都翻边喷着酒精。

大家无法知道,这些戏服都是什么人穿的。不仅盘龙绣凤、金鸟银雀,而且几乎每件都是彩带飘飘的。官服肚子上要弄个圈圈,说是叫"玉带"。那上面果然是缀着方圆不等的玉片的。尤其是有一种叫"大靠"的戏服,说是古代将军打仗穿的,背上还要背出四杆彩旗来。有人就问裘伙管,这样穿着多麻烦,打仗不是自己给自己找抽吗?

裘伙管说:"这你们就不懂了,穿上这个,才叫唱大戏,才叫艺术呢。戏服是几百年演变下来的好东西,每件都是有大门道的。"

有人抬杠说:"那现代戏服装,就不是艺术了?"

裘伙管说:"现代戏才多长时间,撑死,也就是四十几年的事情。不定将来演一演,也会演变出跟生活不一样的戏服呢。但现在,穿上起码没有这些真正的戏服好看。"

"扯淡吧你,让现代人,穿上这大红大绿的袍子演戏,还不把人笑死了。"有人说。

这时,老门卫插话了:"娃呀,你是没见过,穿上这些衣服,演戏才像演戏,演的戏才叫耐看呢。"

黄主任这时也到院子里来了,问是谁让晒这些东西的。裘伙管说,他自己要晒的。黄主任问:"为啥要晒这些东西?"裘伙管说,他从广播里听见,有些地方已经在演老戏了。黄主任又追问:"哪些地方?"裘伙管说:"川剧年初都演折子戏了,我在四川有个师兄来信说的。还说是中央大领导让演的,并且领导就是在四川看的。"黄主任就不说话了。

在这以后的日子里,剧团慢慢变得让所有人几乎都不敢相认起来。尤其是进入当年秋季后,大家都明显感到,黄主任说话渐渐不灵了。他喊叫开会,总是有人迟到早退。他在会上批评人,有人竟敢当面顶驳说:"都啥时代了,还舍不得'四人帮'那一套。"黄主任开会就慢慢少了。

这期间,剧团最大的变化是,有几个人突然跟变戏法一样,从旮旯拐角里钻了出来,并且逐渐演变成院子的大红人了。

第一个就是裘伙管。

谁都知道,裘存义就是个管伙的,并且抠斤搜两,一院子人都乱给他起着外号。后来易青娥懂事了,才知道"屎咬蛋""屎咬腿",都是骂人的狠话。反正剧团的伙食一直办得不好,群众就老有意见。据说有几年,内部贴大字报,"炮击"得最多的就是裘伙管。有时,还有人给他名字上打着红叉,说他是世界上头号贪污犯,把灶上的好东西,都贪污了自己吃,让群众恓惶得只能舔碗沿子。说归说,骂归骂,反正也没搜出啥贪污的证据。并且裘存义这个人,吃饭每次都是最后去。打的饭菜,一定要拿到人多的地方吃。菜里肉片子金贵,他就让不要给他打。糊汤、米饭锅巴稀罕,他也从来都不去吃一口的。因此,一直还能把管伙的权掌着。中间,据说也让他靠边站过。结果弄上来个人,才管了三个月,大家反映还不如"屎咬腿",就又让他"官复原职"了。直到六月六晒霉以后,易青娥才知道,十三年前的裘存义,其实不在伙房,而是剧团管"大衣箱"的。易青娥也是后来才弄懂,"大衣箱"是装蟒袍、官衣、道袍,还有女褶子之类服装的。因用途广,工作量大,且伺候主演多,在服装管理行就显得地位特别突出。而武将穿的靠、箭衣、短打,包括跑龙套的服装,都归"二衣箱"管。还有"三衣箱",是管彩裤(演员都要穿的彩色裤子)、胖袄(有身份的人物穿在里面撑衣服架子的棉背心),再有靴子、袜子啥的。还有专管头帽、胡子的,就叫"头帽箱"。再就是管化装的了。管"大衣箱"的裘存义,据说早先也是演员,唱"红生"的。后来"倒仓",嗓子塌火了,就管了"大衣箱"。"文革"那几年,"二衣箱""三衣箱"和头帽、胡子,都让烧得差不多了。而他把"大衣箱"弄得东藏一下,西藏一下的,倒是基本保留了下来。直到六月六晒霉,大家才知道,宁州团的老底子还厚着呢。

第二个变戏法一样的人,就是门卫老头了。

他叫苟存忠。多数人平常就招呼他"嗨,老头"。也有人叫他苟师的。易青娥没听清,还以为叫"狗屎",是骂人呢。因为大家都不太喜欢这个老头,说他死精死精的,眼睛见天睁不睁、闭不闭的,看门就跟看守监狱一样。有时还爱给领导打小报告。背地里也有称他"死老汉""死老头"的。就在六月六晒霉后,大家才慢慢传开,说苟存忠在老戏红火的时候,可是个了不得的人物,还是当年"存字派"的大名角儿呢。他能唱小旦、小花旦、闺阁旦,还能演武旦、刀马旦,是"文武不挡的大男旦"呢。在附近二十几个区县,他十几岁唱戏就"摇铃了"。当了十三年门卫,他一直弄一件已经说不清是啥颜色的棉大衣裹着。有人开玩笑说,"死老头"的大衣,都有"包浆"了,灰不灰、黑不黑的,算是个"老鼠皮色"吧。大衣的边边角角,棉花都掉出来了,他也懒得缝,就那样豁豁牙牙一样掉拉着。自六月六晒霉后,"死老头"突然慢慢讲究起来。夏天也不拿蒲扇,拉开大裤衩子朝里乱扇风了。秋天,竟然还穿起了跟中央领导一样的"四个兜"灰色中山装,并且风纪扣严整,领口、袖口还能看见干干净净的白衬衣。脚上也是蹬了擦得亮晃晃的皮鞋。尤其是头发梳得那个光啊,有人糟蹋说,蝇子拄拐棍都是爬不上去的。一早,就见苟存忠端一杯酽茶,一只手搭在耳朵上,是"咦咦咦,呀呀呀"地吊起了嗓子。还真是女声,细溜得有点朝出挤的感觉。

第三个突然复活的怪人,是前边剧场看大门的周师。

后来大家才知道,他叫周存仁。跟苟存忠、裘存义都是一个戏班子里长大的。平常不演出,剧场铁门老是紧闭着。也不知周存仁在里边都弄些啥,反正神神秘秘的。据说老汉爱练武,时不时会听到里边有棍棒声,是被挥舞得呼呼乱响的。可你一旦爬到剧场的院墙上朝里窥探,又见他端坐在木凳上,双目如炬地朝你盯着。你再不下去,他就抄起棍,在手中一抻,一个旋转,嗖的一声,端直扎在你脑袋旁边的瓦楞上了。棍是绝对伤不了你的,但棍的落点,一定离你不会超过三两寸远。偷看的人,吓得扑通一下,就跌落在院墙外的土路上了。周存仁也是六月六晒霉后,开始到院子来走动的。往来的没别人,就是苟存忠和裘存义。

他们在一起,一咕叨就是半夜。说是在"斗戏",就是把没本子的老戏,一点点朝起拼对着。戏词都在他们肚子里,是存放了好些年的老陈货。

再后来,又来了第四个怪人,叫古存孝。

同样是"存字派"的。据说当年他们"存字派",有三十好几个师兄师弟呢。师父给"存"字后边,都叫的是"仁、义、礼、智、信""温、良、恭、俭、让",还有"孝、悌、节、恕、勇""忠、厚、尚、勤、敬"这些字。好多都已不在人世了,但"忠孝仁义"四个字,倒是还能拼凑出一个意思来。他们就把古存孝给鼓捣来了。这个古存孝,来时,是穿了一件黄军大衣的。大衣颜色黄得很正,很新,里边还有羊毛。照说他来时,才刚打霜,天气也不是很冷,可古存孝偏就是穿了这件大衣来的。说穿,也不确切,他基本是披着的,还动不动就爱把双肩朝后一筛,让大衣跌落到他的跟班手上。古存孝来时,身后是带着一个跟班的。说是他侄子,一个叫"四团儿"的小伙子,平常就管着古存孝的衣食住行。都说古存孝是"存字派"的顶门武生,也能唱文戏,关键是还能"说戏"。"说戏"在今天就是导演的意思。据裘存义说,古存孝肚子里,大概存有三百多本戏。现在是到处被人挖、被人请,难请得很着呢。他之所以来这个团,就是因为这里有他的兄弟苟存忠、周存仁、裘存义。

裘存义夏天就放话说,古存孝可能来宁州。易青娥那时也不知古存孝是谁。但老一辈的都知道:古存孝十几年前,就是关中有名得不得了的大牌角儿了。西安易俗社都借去演过戏的。但社里规矩大,他受不了管束,就跑出来满世界地"跑场子"了。裘存义只说古存孝要来,就是不见来。到了秋天,裘存义又放话说,古存孝可能要被一个大剧团挖走了。还是没人搭理。据说,裘存义在黄主任耳朵里,都吹过无数次风了,可黄主任就是不接他的话茬。黄主任那段时间,每天都在翻报纸,听广播,研究《参考消息》。用后来终于扶正做了团长的朱继儒的话说,黄正大那阵儿是真正的迷茫了,活得彻底没有方向感了。再后来,古存孝憋不住,就自己跑来了。他一进裘存义的门,说了不到三句话,就把黄大衣朝"四团儿"怀里一筛,精神抖擞地要见黄正大同志。裘存义说不急不急,自己又去央求黄主任把人接见一下。可黄主任就是不见。古存孝气得呼呼地又要走,怨自己是背着儿媳妇朝华山——出力不讨好。他说像他这样的人才,现在都是要"三顾茅庐"才能出山的。谁知自己犯贱、发轻狂,屁颠了地跑来,还热脸煨了人家的冷屁股。把老脸算是丢到爪哇国了。苟存忠、周存仁、裘存义几个劝来劝去,才算是把人勉强留下。裘存义一再说,你不信走着瞧,老戏立马就会火起来的。一旦火起来,你古存孝就会成领导座上宾的。

那一段时间,剧团里真是乱纷纷的,连灶房里一天都说的是老戏。廖师过去在大地主家做裁缝,是看过不少戏的。好多戏词,他都能背过。加上裘伙管又里里外外地张罗着这事,连古存孝吃饭,都是他亲自端到房里去的。廖师聊起老戏来,就更是劲头十足了,他说他最爱看相公小姐戏,有意思得很。他还老爱谝那些"钻绣楼""闹花园""站花墙"的段子。不知哪一天,突然听说黄主任不咋待见老戏,也不咋待见那几个"存字派"的老艺人,他就说得少些了。要说,也就是说给易青娥听。他说,宋光祖那个喂猪的脑袋,也不配懂戏,叫他喂猪去好了。廖师掌握大厨后,最大的新招,就是给厕所旁边拦了个猪圈,喂了两头猪。他说剧团单位大,泔水多,让别人担去喂猪可惜了。他就让裘存义逮了两个猪娃子回来,交宋师喂。他倒落了个想干事、会干事、能干事的名分。

反正那一段时间,剧团里啥都在翻新。不仅易青娥感觉廖师和宋师的换位,让她急忙不能适应。就连练功、排戏这些日常事情,好像也受到了老戏解放的影响。裘存义听着练功场里学员们的响动,甚至说:"娃们恐怕都不能再这样往下练了。现在这些'花架子',想演老戏,是龙套都跑不了的。恐怕一切都得从头来呢。"易青娥也不知老戏的"功底"到底是个啥,反正听他们说得挺邪乎。每个人,好像都有了一种恐慌感。郝大锤几次在院子里喊叫:

"牛鬼蛇神出洞了,你们都等着看好戏吧!"

果然照裘存义的话来了,半年后,古存孝就大火了起来。听裘存义说,虽然黄主任到底没请他,也没亲自接见他,但安排让副主任朱继儒去请了,还让炒了菜,喝了酒。全国都开始排老戏了,宁州剧团是一推再推。黄主任老是靠在他那把帆布躺椅上说:"不急,不急。等一等再看,等一等再看。"终于,再也等不下去了,报纸上、广播里,都在说啥啥剧种,又恢复排练啥老戏了。关键是县上领导也在过问这事了。黄主任才让朱副主任出面,去看望了一下"老艺人"。他吩咐说:

"能弄啥戏了,先弄一折出来,看看究竟再说。"

他还要求:尽量要弄人家弄过的戏,千万别整出啥乱子来。

宁州剧团,从此才把老戏解放了。

二十五

剧团再变,别人再红火,易青娥还是个烧火做饭的。不过现在还添了一件事,就是喂猪。两头猪都不大,可特别能吃,一天得喂好几顿。虽然廖师明确了,喂猪主要是宋师的任务,可宋师有时真的忙得抽不开身,易青娥就不得不去帮忙。喂猪用的是两只铁皮桶,宋师一手能拎一只,里面还把猪食装得满满的。她拎半桶都很吃力。宋师经常不让她拎,就是要去喂,宋师也会先把猪食拎去,才让她慢慢去喂的。

自易青娥进厨房做饭开始,她和宿舍的同学,就有了一种很奇怪的关系。先是都劝她说,做饭好着哩,比唱戏强,再唱还不是为了吃饭?现在连饭都做上了,不就一步到共产主义了么。她也懒得理。她懂得人家话里的意思。这是人家活得占了优势,活踏实了,活滋润了,才能轻松说出的不牙痛的话。要是让她们谁去做饭了,你试试看,不把剧团闹个底朝天才怪呢。可她闹不成,她舅蹲大狱着的。有的同学,还指望着易青娥执掌了厨房,学生就有了代言人,打菜、打饭就不会故意给学生打得少,打得差些了呢。大家老议论说,廖师这个家伙,每次打菜都眉高眼低地看人呢。有时眼看打菜勺子的边沿上,搭着一片好肥肉,就看你是谁了,长得漂亮的、顺眼的,嗵地一下,就扣到你碗里了,那片肥肉一准掉不了。可到了不顺眼的人跟前,勺子沿沿上只要有肥肉,就总见他的手在抖、在筛。他三抖两筛的,那片肥肉就跌到盆里了。有时,那勺子好像长了眼睛一样,在菜盆子里还乱拱哩。肉菜、好菜,能一伙拱到勺子里,扑通,就给他特别待见的人扣上了。有时,那勺子也在拱,但拱进去的都是菜帮子、萝卜皮、腌菜杆。嗵地扣进你碗里,气得你还毫无办法。你给他白眼,你骂他,下次那勺子,就会在菜盆里拱得更凶了。尤其是一些长得不咋待见人的女生,对易青娥进灶房,先是寄托了希望的。后来发现,易青娥只能烧火、刷锅、洗菜,打饭、打菜的勺子,她几乎连挨都挨不上。每到吃饭时分,灶房就用砍刀别了门。要是上肉菜、包饺子,还会撑根顶门杠。易青娥虽然能在里面待着,也就是给廖师、宋师递递擦汗的毛巾,抹抹案板、砧板，做点细末零碎活儿而已。连收饭票，都是宋师的事。大家也就对她不做任何指望了。

易青娥一直住在宿舍靠门口的地方。她起得早，睡得晚，加上上班时间也完全不一样，因此，跟大家见面的时候不多。可晚上，毕竟是要在一起睡觉的。开始，有人嫌宿舍一股葱花味儿，有的说是蒜味儿，有的说是蒜薹味儿，有的说是腌菜味儿。反正说这些，肯定都是指向她的。她就尽量洗了再进房。即使是大冬天，她也要烧一盆水，在灶门口那里，闩上门，搭上香皂，把身上反反复复搓几遍的。可再搓，还是有人说。尤其是有了那两头猪，大家的反应，就不是葱蒜、腌菜味儿了，而是泔水味儿、馊味儿。楚嘉禾每晚睡觉，甚至还戴上口罩了。她看在宿舍实在住不成了，就想搬出去。

胡彩香老师几次说，让她搬到她那儿去住。可她咋能去呢？她倒是看上了一个地方，又怕裘伙管和廖师不同意。

这个地方，就是灶门口。

那是一间很大的房，除烧火外，还能支个乒乓球案子。据说过去上班时，就有人偷偷在里面打过乒乓球。后来让领导知道了，才把案子抬走的。一个过去能堆几十捆柴火的地方，又有窗户，还没人来，自然对她是有很大吸引力的。她曾经跟宋师提说过。宋师说，恐怕不好，咋能让娃住灶门口呢。在农村，讨米娃才住人家灶门口的。怕说出去不好听。再说也危险，着火了咋办？可易青娥坚持要去住。她又给廖师说，廖师也不同意。廖师说："你是单位职工，单位职工就应该有住房，怎么能住灶门口呢。这对我们伙房的革命职工也是很不公的。我才管这摊事，别弄得我这个大厨脸上无光。"过了一段时间，易青娥见裘伙管有天特别高兴，说是邻县剧团全都上演老戏了，还说："捂不住了，谁都捂不住了。"易青娥就跟他说，她想到灶门口去住，这样烧火做饭也方便些。裘伙管还到灶门口看了看，说不行。主要是不安全，失了火，他这个伙管负不起责任。易青娥还真有点犟，看谁都不同意，宿舍也实在将就不下去了,就自作主张,搬进灶门口了。

她是晚上快十二点搬进去的。大冬天,院子里早没人了。她把宿舍里属于自己的那块床板一拆,拖进了灶门口。她把床支好后,还到后台的烂布景堆里,找出一块硬片子景来,遮挡了遮挡,一个完全属于自己的小世界就形成了。她还生怕弄得太好,让人看见,又给她开会,说她搞资产阶级特殊化呢。

已是隆冬了,外面风刮得呜呜地响。她把窗户也用一块布景挡了挡,风就刮不进来了。关键是三口大锅的三个灶门洞里,有两个都还埋着明火的。整个房子,都是暖融融的,比宿舍强多了。在宿舍里,大家都用的是电热毯、暖水袋。她没有电热毯,只有一个暖水袋,还是胡老师给的。集体宿舍开间大,加上她又住在门口,门迟早开个缝,暖水袋把脚煨热了,腿却是冰凉的。在这里,把暖水袋朝脚底一放,浑身热得能冒汗。

这天晚上,她做了一个好梦,好久都没有做到这样的好梦了。易青娥梦见,她回九岩沟了。她放了一群羊,有几百只,不,是几千只。一沟两岸都是羊,全都是她家的羊。她数啊数,越数越多,咋都数不清。羊把她包围着,开始,她的脚是站在地上的,后来,羊就把她抬起来了。她在羊身上躺着、滚着,好柔软、好暖和的。后来,不知咋的,她也变成了一只羊。所有的羊,都围着她这只羊转。她说到东山上吃草,就都朝东山上走。她说到西山上吃草,就都朝西山上跑。山上有吃不完的草,可绿可嫩了。吃完草,它们就卧在坡上晒太阳。太阳太暖和了,晒得每只羊的毛,都是金灿灿的。后来她娘来了,她爹也来了,她姐也来了,问她咋变成羊了,她只笑,不说话,并且笑得很灿烂。娘让她快变回来,姐也说让她快变回来。爹却说,娃只要高兴着,就让她当羊去。她就一直当着快乐的羊了……

易青娥从快乐羊的世界醒来,是宋师来烧火,把她叫醒的。宋师说:"娃咋到底搬来了?不过也挺好的,暖和,就是要防火。这毕竟是灶门口。"后来廖师也问她:"你到底还是搬了?咋能不听话呢?"她反正就那脾气,你再说,她只勾着头,用指头戳着鼻窟窿,用后脚尖踢着前脚跟,死活不回话。廖师只好说了声:"还没见过你这号一根筋的娃娃。"紧接着,裘伙管也知道了。他说这样恐怕不行,还是得搬回去。易青娥仍是勾着头,用指头戳着两个鼻子眼,拿后脚尖不住地踢着前脚跟,反正咋都不吱声。大家好像也就是说一说,倒都没当真。易青娥就算在灶门口安居下来了。

有了自己的空间,不跟同学们过多接触,她心里还反倒安生下来了。忙过一天,晚上闩了灶门口的那两扇木门,她甚至还偷偷乐了起来。在这么大的县城里,自己竟然也有可以闩上门的安乐窝了。

胡老师和米兰,都没有忘记她们到九岩沟找她时的承诺,说要帮她学戏、学唱。她进厨房后,她们还几次催促,说要开始练功、练唱了。可她一天饭做下来,就想躺下,咋都懒得动了。她们见她累得可怜,也就没再催促。

这下有了自己的空间,她反倒想练一练了。本来她是死了心,当厨师算了的。可自廖师"掌做"后,她的心事,又慢慢转腾起来,不想做饭了。灶门口可以劈叉,可以下腰,可以练不少动作,还可以练表情。没人能看得见,是可以放心胆大去做的。她也不知老戏到底是怎么回事,听裘伙管讲,唱老戏,那才叫过瘾,那才叫唱戏呢。不过,裘伙管也说,要唱老戏,现在演员们这点功夫都不行,上台恐怕连站都站不住呢。那天,苟存忠好像也说:"演员靠的就是两条腿,可现在这些演员,腿都跟棉花条一样,软得立不住,这戏都咋唱哩嘛。"她就偷偷练起腿功了。

她最喜欢扳"朝天蹬"。这是腿功里难度比较大的动作。女生都不喜欢,好多都扳不上去。有的即使扳上去了,也是勾头缩胸,才勉强把一只脚扳到肩膀的。而另一条三吊弯的腿,是咋都立不住的,不是在原地打转圈,就是来回蹦着寻找平衡点。老师要求把一只脚扳过头顶,最少能控制一分钟。可直到现在,女生里还没有能达到这个要求的。但易青娥行。她把一只脚扳过头顶,能控制五分钟。另一条腿,还跟钉死的木桩一样,始终保持端正、溜直、不晃的姿势。

有一天,她正在灶门口烧火,见三个灶洞的火都旺得呼呼地笑,就兴奋得把一条腿,自己控上了头顶。结果苟存忠来换火种生炉子,一眼看见这条腿,竟然激动得"呀"了一声,说:"娃,腿是自己上去的?"易青娥急忙把腿放下来了。他说:"踢几下让老师看看。"她还有些不好意思踢。苟存忠执拗,非让踢不可。她就踢了几下。苟存忠甚至都惊呆了,说:"娃呀,你的腿这么好,苟老师咋不知道呢?你愿不愿学武旦?要愿意了,苟老师给你教。保准能教个好武旦出来。"

易青娥知道,苟存忠原来是看大门的,不过最近突然变得爱收拾、爱打扮、爱照镜子起来。时不时地,他还爱跷个兰花指,把剧团人都快笑疯了。他说他想带几个徒弟,团上却没一个情愿的。都把他当笑话说呢。没想到,他把徒弟还收到她这儿来了。易青娥不说愿意,也不说不愿意。她想着自己就是个烧火做饭的,说愿意,说不愿意,都无所谓。从礼貌起见,她还是随便点了点头。可没想到,苟存忠还把这事当真了。

二十六

"看门老头""苟老汉""老苟""嗨,老头",突然把烧火娃易青娥收成徒弟了。这可是让一院子人都快笑掉大牙了。连胡老师都问她:"你答应了?"她不知道该说答应了,还是该说没答应,反正自己就是个"火头军",也没啥人再好丢的了。她就捂住嘴,扑哧笑了一下。胡老师就当她是答应了。胡老师说:"你看你这娃,自己把自己朝黑锅洞里塞呢。那么个脏兮兮的老汉,一天跷个兰花指,故意把嗓门撮得跟鬼捏住了一样。你不嫌丢人,还给他当徒弟呢。让一院子人,都把你当下饭的笑话了。"易青娥还是笑,笑着拿牙啃着自己的手背。她想去找苟存忠,让他别再到处乱说她是他的徒弟了,可又不敢。好不容易麻着胆子进了门房,苟存忠把兰花指一点,说:"娃还没给老师行拜师磕头礼呢。"她就羞得又拿手挡住了扑哧一笑的脸。她见裘伙管也在里面坐着,古存孝也在里面坐着,连剧场看大门的周存仁也来了。周存仁还说:"现在都不兴这一套了,你还让娃磕啥头呢。"她就吓得退出来了。她退到门口,还听裘伙管问:"你真的觉得这娃是学武旦的料?"只听苟存忠说:"腿好,能下苦,就能学武旦。不知你们都发现没,这娃现在脸是没长开,一撮撮,甚至长得还有点挤眉弄眼的。可一旦长开,盘盘子还是不错的。鼻梁高,咋长都难看不了。不信了,娃到十五六了你们再看,搞不好,还是个碎美人坯子哩。"易青娥就再也不敢听了。回到灶门口,她拿起镜子,还把自己的脸反复照了照,也没看出什么美人的坯子来。鼻梁倒的确是高。她娘还说过,鼻梁太高了不好,看上去蠢得很。说电影里的外国人,看上去就蠢得要命。

　　苟存忠收她做徒弟的事,廖师知道了,还有些不痛快。那天,宋师又在外边屋打鼾。他把易青娥叫到里边屋问:"你答应做老苟的徒弟了?"易青娥还是老一套,用手背挡着嘴,不说答应了,也不说没答应。一只脚还是那样有一下没一下地,踢着另一只脚的脚后跟。廖师就说:"他能做饭?能炒菜?能'掌做'?他就能瞪个牛蛋一样的眼睛,'鳖瞅蛋'一样地瞅着那扇烂门。结果还啥都看不见,就是个睁眼瞎么。贼把门背跑了,他还不知是拿肩扛、拿背驮走的。都十几年没上过台了,他还能演男旦?我看能演个麻雀蛋,演个蚂蚁搬蛋。可不敢跟他乱晃荡,学一身的瞎瞎毛病。迟早舞弄个兰花指,你还想学切菜炒菜呢,只怕是把指头炒到锅里了,还不知道是咋切掉的。咱厨师可都是正经手艺人,还丢不起他那不男不女的阴阳人呢。"易青娥也没说啥,一直就那样站着,自己把自己的脚后跟踢着。到后来,廖师还是给她捏了一撮冰糖,才让她走的。她有些不喜欢廖师的冰糖了。廖师捏冰糖的手,是在捏冰糖前,狠狠抓了几把背颈窝的,还抓得白皮飞飞的。出了门,她就把冰糖扔到猪食桶里,提到猪圈喂给猪吃了。

宁州剧团的老戏终于开排了,首排的是《逼上梁山》。"说戏"的,就是那四个老艺人。古存孝挑头,拉大的场面。因为大多数人都不知道老戏是啥,路不会走,手不会动,跟傻子差不多。因此,古存孝把大场面拉完后,其他几个人都得分头包干细"说戏"。苟存忠说旦角戏。周存仁说武戏。裘存义说文戏和龙套戏。戏里用的人很多,把全团人都调动起来了还不够。最后连宋师、廖师和易青娥,都说要"跑龙套"呢。几个老艺人才两三天,就把嗓子都喊哑了。可戏还都不会走,一走,排练场就笑成了一窝蜂。

易青娥那一阵,烧火做饭都没心思,一有空,就到排练场外的窗户下,踮起脚尖看。看里边排老戏是咋回事。那阵儿,那个叫古存孝的人,一下就红火得有了势了。都三月天气了,还是要把黄大衣披着。披一会儿,要上场"说戏"时,他就把双肩一筛,让大衣闪在助手的怀里。那时还不兴叫助手,他就叫他"四团儿""四团儿"的。"四团儿"姓刘,眼睛从来不敢盯戏,是一直盯着古存孝后脊背的。无论黄大衣何时抖下,他的迎接动作,都没失误过。古存孝说完戏,比画完动作,刘四团就会立即把大衣给他披上。刚过一会儿,古存孝又要说戏了,就会又一次把大衣筛下来。刘四团也会再次把大衣稳稳接住。说完戏,刘四团再"押辙""合卯"地给他披上肩头。易青娥要忙着烧火做饭,一天仅看那么几次,就能见古存孝把大衣披上、筛下十好几回。因此,私下里,有人编排古存孝说:古存孝穿大衣——不图暖和图神气哩。

为排这戏,胡彩香老师跟米兰又闹翻了。戏里女角儿很少,分量最重的,就是一个林冲娘子。说古存孝为讨好黄主任,在定角色时,就一句话:"咋有利于排戏咋安排角儿。"他还说:"看起来是排戏,其实也是政治呢。过去戏班子就是这一弄,你得看人家领班长待见谁哩。"气得胡彩香一个劲地骂古存孝,说这条老狗,就是个老没德行的东西。林冲娘子的戏,自是要靠苟存忠说了。谁知苟存忠把米兰咋都说不灵醒,关键是身上动弹不了。用苟存忠的话说,米兰光跑圆场,都得再下三年功夫才能用。他说:"米兰不是跑圆场,是蹦圆场哩。旦角跑圆场,要像水上漂一样,上身一点都不能动,只看到脚底下在漂移。并且两只脚还不能出裙子边。要不然,观众看啥哩嘛。那就是看点绝活儿,看点味道么。都看到两个大脚片子,噼呀嗵噼呀嗵地乱扑塌,那不又成学大寨的铁姑娘队长了。还演的啥子老戏嘛。"苟存忠说着,还真示范了几下:那步子碎的,那胳膊柔的,那兰花指跷的,那腰眼闪的软的,软的闪的,只一声:"我把你个贼呀——!"就把站在旁边看戏的人,逗得前仰后合,笑翻一片了。

也有公开骂四个"存字派"老艺人为"四人帮"的。那是郝大锤。这次定的让郝大锤敲戏,结果,跟古存孝只合作了几天,古存孝就要求换人。说不换人,戏就要砸在敲鼓的手上了。自易青娥她舅胡三元走后,剧团还就只剩下一个郝大锤能敲了。再底下的,还连郝大锤都不如。古存孝排戏,开始还给人留点情面,排到后来,就有些六亲不认了。加之他不大知道郝大锤的底细和脾性,见手艺差得实在是马尾穿豆腐——提不上串,就不免把话越说越难听了。谁知郝大锤岂是受那等窝囊气的人,端直跟他干了起来。闹到最厉害时,甚至直接扑上去,要掌掴古存孝的嘴哩。吓得古存孝直朝刘四团怀里钻,说:"你来掴,你来掴,有本事,你来把老汉掴一下试试。"郝大锤还真上去掴了。不是掴一下,而是啪啪、啪啪、啪啪地掴了六下,一边老脸三下。还照他肉墩子一样的大屁股,狠狠踹了一脚。嫌他话比屎多。古存孝当下就瘫在地上,几个人都拉不起来了。郝大锤一边朝排练场外面走,还一边骂:"你个老皮,见你把个烂大衣一天披来筛去的,我就头晕。你还嫌我呢,排不成了滚你娘的蛋。"戏停排了整整三天。朱继儒出面做工作,让郝大锤做做样子,去给古存孝道个歉。谁知郝大锤撑得硬的,誓死不给谁低头。最后,是朱继儒自己再三再四地出面道歉,并说除了郝大锤,还真没人能敲得了这戏,要他无论如何都得将就着点。最后,团上还给他称了两斤白糖,两斤点心,还有两瓶高脖子西凤酒,古存孝才又进了排练场的。不过从那以后,他的黄大衣的披、筛次数,倒是减了不少。有时下意识地想筛、想抖,可看看郝大锤的脸,动作就停顿在半空里了。

易青娥一直听说,连他们炊事班,都要串角儿上台呢。她还有些激动,不知串的啥角儿,用不用腰、腿功。她最近关起门来,可是加紧在练着的。果然,在戏都快要上舞台跟乐队结合的时候,把他们叫去了。宋师和廖师,是穿的打旗旗过场的龙套。廖师自嘲说:"就是'吆老鸹的'。"他们连脸都不用画,旗旗刚好有一尺多宽,把脸能遮得严严实实的。在人家主角快上场时,他们在侧台,就"噢噢噢噢"地喊叫起来。上场后,一直围着主角在台上转来转去,"噢噢噢"声要不断。直到走进下场门,才能"噢噢"结束。难怪叫"吆老鸹的",倒是蛮形象。

易青娥个子太矮,人太碎,但也给分了个角儿,叫"逃难过场群众若干人"。她扮的是一个小孙女,由一个老婆子拉着,既不要腿功,也不要腰功,就是跟着一堆人,朝前跑就是了。戏太长,要演将近四个小时。她的戏,是在靠后边的位置。为了演好这点戏,易青娥在灶门口,还反复练过很多次跑圆场的。结果,第一天晚上对外演出,她在后台等着,发了会儿迷瞪,就失场了。等那老婆子演完下场后,在一个拐角摇醒她说:"看你这娃,昏头昏脑的,连哪儿上场都不知道,还当演员呢。"当天晚上处理事故,易青娥就榜上有名了。并且"失场"还算是一个重大演出事故。不仅扣了当晚

的一角钱演出费,而且还给古存孝老师交了一份检讨。那检讨一共就十几个字,很多年后,易青娥还记得:

  古老师,我错了,睡着了,以后再不赶(敢)了,我检讨。
易青娥

这就是一代秦腔名伶的第一次登台演出。别人给她把装化好了,衣裳也穿好了,但没有上场。她是在后台打瞌睡,把"群众若干人扶老携幼"中的那个叫"幼"的角色的过场戏,给彻底失误了。罚款一角,并有书面检讨为证。

二十七

易青娥本以为,苟存忠收她做徒弟,也就是图到灶房换火种方便,随便说说而已。可没想到,老汉还认真得不行。见天早上,他都要到灶门口检查她的练功情况。她把火一烧着,就先压腿。压完腿,狠劲踢那么八十到一百下后,又练拿大顶。每到拿大顶时,苟存忠就推门进来了。他一边换火种,一边要把她的腰、腿、脚尖、双臂,到处拍打拍打。让她把屁股吸紧,腰上提劲,腿面子、脚面子朝直里绷。过去,她拿大顶也就十到十五分钟。自苟存忠给她当老师后,就要求必须拿半小时以上了。

有一天,她又在拿大顶。腰部酸困,正晃荡着,苟存忠就进来了。这次他没换火种,是给她拿了一条宽板带进来,要她系上。板带边沿,已经洗得发毛了,明显是有了年代的东西,但还十分紧结、精致。苟存忠说,这是他师父传给他的,是一条真正的丝质板带。板带有小拇指厚,扎在腰上,有一种被夹板箍起来的感觉,但边缘部分又是柔和、贴身的。

苟存忠让她再把大顶拿上去,她就拿上去了。

苟存忠问她感觉怎么样。

她说:"感觉腰上挺带劲的。"

苟存忠连忙说:"这就对了。这就对了。练功只要懂得腰上的力道,就算摸着窍门,逮着要领了。"

这天早上,苟存忠给她讲了好多好多,一切都是从拿大顶开始的。

苟存忠说:"人拿大顶时,是呈倒立状的,不仅练双臂的支撑力,更重要的,是练腰上的控制力。只有腰上给劲了,才能支撑得长久。要是腰上稀松着,连上台演戏都是水蛇腰,到处乱晃着。你就是扮个铁姑娘队长,挑个扁担出去,也像是妖婆子赶集——一路风摆柳,难看不死人才怪呢。不是我要说咱们团里这几个演旦的,那也叫旦?旦是啥?旦就是一个戏班子的眼窝哩。画龙点睛你懂不懂?旦就是那个睛。戏班子就靠旦角这盏灯照亮哩。就说胡彩香,还有米兰,都算台柱子了?看看有一个演戏的好腰没有?看看有一条演戏的好腿没有?还别说正经演旦了,就说她们平常上台敲个欢庆锣鼓、扭个秧歌;学大寨修个梯田;演女赤脚医生采个草药;扮女民兵,抓个投机倒把犯啥的,一上场,身子就朝下塌,屁股就朝下坐,两腿就朝下沉。是白长了两张好看的脸蛋了。人家是看戏,看做工哩,又不是光看脸蛋来的。要看脸蛋,国营商店那些售货员,邮电所那些打电报的,银行那些存钱的,长得也不比她们差多少。人家何必要掏一两毛钱,跑到戏园子里来,折腾几个小时,看她们的脸蛋子呢?你看这次米兰演林冲娘子,是不是露怯了?穿上褶子,跑个圆场,撵个林冲,就跟吆牛上山一样,把人看得累的。自己也难受不是?问题都出在腰上,腿上,就没练下功么。听说她和胡彩香为林冲娘子这个角色,还争得牛头不对马嘴的。胡彩香唱得好些,但腰腿比米兰也好不到哪儿去。别看我平常看大门着,随便到排练场、舞台边上扫一眼,就知道她们的半斤八两了。要争,得拿真功夫争,拿真本事争呢。光靠背地里放炮、相互砸刮,顶屁用。你知道我们那时是咋练圆场的?师父让给腿中间夹把扫帚跑,你步子一大,扫帚就掉了。一跑就是大半早上。师父拿根藤条,你扫帚一掉,一藤条。你一慢,一藤条。你腰一拧,一藤条。你屁股一坐,一藤条。你胳膊一摇,一藤条。你脑袋一晃,一藤条。有时一早上跑下来,能挨几十藤条呢。你说为啥我们'存字派'的,能出那么多吃遍大西北的名角儿,就是师父太厉害了!现在不行了,我们几个都说,就是咱师父在,也教不下成器娃了。都吃不下苦了么。一个个能的,比老师还能,你还能教成啥?搞不好,还要挨学生的黑砖哩。老师为啥看上你了,一来觉得娃乖,小小的就活得没别人顺当。娃可怜,但可爱。有些娃看起可怜,也可憎得很,一身的瞎瞎毛病,老师不喜欢。二来觉得你有潜力。就在你们这班学员里,你都是最好的。在女娃娃里面,你是能真正挑起梢子的人。别人没这个眼力,看不来的!眼力那玩意儿是教不会的!那是道行,你还不懂。三是老师看你能吃苦。这是唱戏这行的本钱。不吃苦中苦,哪能人上人哪!娃呀,你把老师这三条记下,要都按老师的要求来了,再把戏唱不出名堂,老师就拿一根绳,吊死在这灶门口了,你信不信?"

苟存忠的这番话,让易青娥很感动,甚至眼里都转起了泪花。那时,易青娥虽然也在练功,也在学戏,但也是很茫然的。不学吧,烧火做饭,不是她喜欢的事。好像也不是长久之计。有时觉得认命算了,有时,又觉得特别不甘心。尤其是廖师做了大厨后,她是越来越不想在伙房待了。可学戏,到底能学成学不成,心里又没有一点底。连胡老师、米老师唱戏都这么难,她哪里就能把戏学成了呢?没想到,苟存忠,自己找上门来的苟老师,对她竟是这样的认识,这样的高看。这对她是多大的鼓励啊!进剧团快三年了,谁这样肯定过易青娥是学戏的好材料呢?她想哭,她想喊,但没有喊出来。她知道,这是灶房,她只是个烧火丫头,再激动,都得悄声着。别人都看不起苟存忠:过去那就是个"烂看门的",现在,又是个女里女气的怪老汉,"咋看都不像个正经人"。但他待见易青娥,在一院子人里,就他死死认定:易青娥是块唱戏的好料当!并且敢打赌说:"这娃要是唱不出名堂了,我就寻绳在灶门口上吊了。"易青娥不能不拜倒在这个如此看重自己的人的脚下了。尽管那天早上,苟存忠还穿着一条翠绿的灯笼彩裤,脚上是跐着一双粉红的绣花鞋,鞋头上还飘散着一把红缨子。但她还是慢慢从拿顶状溜下来,扑通一声,跪在苟老师脚下了。她泪流满面地说:

"老师,我想跟你好好学戏。"

"好,娃想好好学就好。"

"我真的能学成吗?"

"你要学不成,老师我真就寻绳上吊了,并且一定就吊死在这灶门口。说到做到!"

苟存忠老师还是那样信誓旦旦地说着。易青娥就哭得一下趴到地上起不来了。多年后,她还记得苟老师说那句话时,脖子上的青筋,是暴得一道一道的。他说过:"唱旦的,不管平常生活还是唱戏,都要讲求个雅观。不敢一说话,脖子上青筋暴多高。"可那天早上,他说那话时,脸上、脖子上凸起来的,都是只有黑头唱戏时,才能暴出的一根根青筋。

易青娥开始进入学戏的"娃疯啦"时期。

"娃疯啦"是廖师说的。

廖师对苟存忠插手伙房的人事,意见很大。他先是把易青娥叫来谈话,没管用。易青娥起得越来越早,并且插着灶门口的门闩。廖师在门口侧耳一听,里边火烧得呼呼响,人也累得吭吭哧哧的。可一敲门,里边就只剩下火舌舔锅洞的声音了。门一开,易青娥的汗还没擦干。他就问:"一早咋能出这多的汗?"易青娥不说话,还是爱用手背挡着嘴,说笑不像笑,说哭不像哭的。廖师就很生气。他几次去找苟存忠交涉,毫无作用。并且苟存忠还指教他,要他别鼠目寸光,耽误了娃唱戏的前程。终于,有一天早上,在苟存忠又来指导易青娥练跑圆场时,被廖师堵在了灶门口。两人钉子是钉子、铁是铁地大干了一仗。

"哎哎哎,我说老苟,你的门房,是不是谁都能随便来回窜的?这是伙房,何况还是灶门口,与火打交道的地方,是革命生产的安全重地。你一大早,穿条绿哇哇的裤子,脚上还跷一双莲花鞋,就朝我们伙房重地乱跑啥呢?要是这里失了火,是你这个老骚旦负责呀,还是我廖耀辉负责呀?"廖师说着,双手朝胸前一抄,把背斜靠在了门上。

苟存忠知道老廖是故意找碴的,也毫不示弱,就搭腔说:"失了火,我负责!"

"你负责?你个老骚旦,要是真失了火,你能负起这'坐法院'的责任?牙还大得很。也不知谁的裤子没扣严,露出这号不公不母、不阴不阳的怪货色来。要是再不识相,可别怪我廖耀辉不给脸了。"廖师的话越上越硬。

易青娥吓得夹在腿中间跑圆场的扫帚,已经跌在地上了。

苟存忠倒是不慌不忙、不恼不躁地捡起扫帚说:"你廖耀辉也是跟我一样,在这个剧团,当了多年的'黑板腥'么。好不容易我要回归本行了,你也当大厨管事了,就这样翻脸不认人?我是好心,看这娃有唱戏条件,不挡红可惜了。你偏要一把把娃捂到手上,让娃烧一辈子火,做一辈子饭。这不埋没人才吗?"

还没等苟存忠说完,廖师就接上话茬了:"老苟,烧火咋了?唱戏咋了?在三教九流里,你们唱戏的,还排在我们做饭的后边哩。你还瞧不起做饭的,在我廖耀辉眼里,你苟存忠就是个丢人现眼的活妖怪,就是个死了没人埋的扫帚星。"

苟存忠一下把扫帚摔在廖师的脚前,气得拿指头直指廖师说:"你骂谁是扫帚星?你骂谁是扫帚星?"易青娥看见,苟老师的指头,在指出去的一瞬间,是变成林冲娘子怒指高衙内的那个兰花指了。

廖耀辉立即指着苟存忠的兰花指说:"你看你看,你快看,都来看,这不是活妖怪是啥?快看,指甲上还抹口红了,快看。易青娥,你就把这样的人当师父?都不嫌丢咱灶房人的脸嘛!"

易青娥本来想着,苟老师是要大发作一场的。可没想到,他突然把兰花指一收,腰还扭捏了一下,真的很是有点女里女气地说:"不跟你一般见识,不跟你一般见识。廖耀辉,咱们心平气和地说说,让娃学戏有啥不好?又没耽误你的事,你就为啥不让一个好娃,多学一门吃饭的手艺呢?啊,老廖,你说,你说!"

廖耀辉看苟存忠软了,他也就把话放得软和了些:"话既然说到这儿了,我也不瞒你说,这伙房好不容易添个人手,一个连半劳力都算不上的黄毛丫头,你还勾魂鬼样地勾扯着,让娃完全分心走神了。你老了老了,不安生,不要脸,不好好看大门了,咋要勾扯一个好娃,也去干一行不爱一行呢?我才把这个烂摊子接过来,刚刚捋抹顺,你就搅和得军心不稳、离心离德的。娃把火烧得好好的,菜择得好好的,猪喂得好好的,看你这一阵乱锣敲的,哎,你都让我咋说你这个老妖婆子吗?"

"我咋叫敲乱锣了?我都是为娃好,为这个单位好哩么。"

"老苟,你想为娃好,剧团还有几十个娃哩,你去好好收徒就是了么,为啥偏偏要盯上我的手下、我的徒弟呢?我再老实告诉你一次,易青娥是组织分配来做饭的,不是唱戏的。你苟存忠要死要活,要兴风作浪,要成龙变凤,装母扮旦,那是你的事,我管不着。可在伙房这一亩二分地畔子上,那就是我廖耀辉说了算。易青娥不能学戏,更不能做你的徒弟。今天咱们打开窗子,把话彻底说亮堂了,以后这灶门口,你不能进。要换火种,得经我批准。"说完,廖师还用脚把一扇门,美美勾了一下。只听砰的一声,那扇门合上又反弹了回去,差点没碰了苟存忠的鼻子。

苟存忠摇摇头说:"把他家的,这剧团风脉真个怪,把个做饭的老廖,过去跟地主小老婆胡整的人么,还都活成精了。娃,你不管他,你照学你的戏。灶门口不让老师教了,我就在院子里教。不信离了张屠夫,还就吃了浑毛猪了。哼!"

苟老师出门时,也照着廖师的样子,用脚把走扇门狠狠勾了一下,门也碰上又弹回去了。不过,人家廖师,穿的是灯草绒棉窝窝鞋。苟老师的彩鞋,薄得跟一张纸一样,一勾,不仅勾痛了脚背,而且还把一窝丝的彩鞋缨子,勾连到粗糙的门钉上,一扯,连水红缨子都给扯掉了。

易青娥学戏遇到了很大阻力。尽管苟老师让学,可廖师咋都不让,并且还处处使绊子。易青娥就把这话给胡彩香老师说了。胡老师为这事还去找了廖师,要他高抬贵手,把娃可怜可怜。廖师却咋都不松口,说:"人手紧,一个萝卜一个坑。自娃跟老苟学戏后,一心二用,已经耽误很多事了,我都为娃担待了不少。这松紧带的尺寸再放不得了。我也叹息这娃可怜哩,想抬手,可惜不敢抬了。何况我这双做饭的手,也不是啥'贵手'。"他还说:"不是我不让娃学戏。我也是单位上的人,总不能把领导的安排当耳旁风吧?不管咋说,伙房也是一个单位么。是单位,就得服从领导分配不是?领导分配易青娥来当炊事员,我咋能放她去跟妖婆子学戏呢?"任廖师再说,胡彩香依然不死心,还是缠着,想让廖师给娃留一点学戏的"门缝缝"。廖师就把话说得深了些,透了些:"你胡彩香都是明白人么,咋在这个事情上死不开窍呢?娥儿到灶房来,是人家黄主任安排的。黄主任对胡三元看不惯,才不让他外甥女继续学戏了。我要是答应娃学戏,那不是跟人家黄主任对着干吗?我廖耀辉有几个脑壳,敢跟人家硬碰硬呢?你就是把一团人的胆子借给我,只怕我也不敢得罪了大掌柜的吧?"接着,廖师把话一转,"我还说呢。你是对娥儿最好、最亲的人了,你也得劝一劝,好好个娃么,何苦要跟老苟学戏呢?男不男女不女的,跟着这号货,能学出个啥好样子来?再说了,学戏,又比学做饭能强了多少呢?"胡彩香看廖师说得那么实在,就不好再说啥了。其实胡彩香心里,也是不咋待见老苟的。

这事最后还是苟存忠找了米兰,才把廖师摆平的。米兰毕竟跟苟存忠是学过林冲娘子戏路的。苟存忠找她说话,她几乎连咯噔都没打,就去找廖师说了。廖师是尻子上都长着眼睛的人。他知道米兰的后台,是黄主任的老婆,米兰的意思,搞不好,就可能是黄主任的意思呢。最起码,黄主任也是应该知道这个意思的吧。廖师就放话,让易青娥在烧火、做饭、喂猪以外,也可以适当学学戏,但主业,还应该是炊事员。

不过,廖师对易青娥给老苟当徒弟,心里还是纠结着一个不小的疙瘩。从此后,苟存忠再没敢到灶门口换过火种。就连吃饭,也是尽量回避着廖师的。宁愿自己在炉子上熬点粥,烤点馍,煨个土豆、红苕啥的,也是绝不去灶房,看廖耀辉那张嘴上能挂个夜壶的驴脸的。

二十八

苟存忠给易青娥教的第一折戏,叫《打焦赞》。

这是一折杨家将戏。之所以要教《打焦赞》,苟老师是有一套说辞的。苟老师说:"娃,我想来想去,还是想先给你教《打焦赞》。一来这是个武戏。演员'破蒙戏',最好都是武戏,能用上功。不管将来唱文、唱武的,拿武功打底子,都没坏处。武戏特别讲究精气神。演员把武戏的架子撑起来了,就是将来改唱文戏,都是有一身好'披挂子'的文功演员。'披挂子'懂不懂?就是好身架、好衣服架子的意思。身架重要得很,有的演员,在底下看起长得排排场场、大大样样的,上台一动弹,就显出一身贼骨头来。不偷都像贼,那就是'披挂子'不行了。好演员,必须从武戏'破蒙'。二来《打焦赞》的杨排风,是个烧火丫头出身。你了解烧火丫头的秉性,容易把握角色……"

还没等苟老师说完,易青娥就说:"我……我不演烧火丫头。"

"为啥?"

"反正……我不演。"

"咋了,还嫌烧火丫头不好听?杨排风可是杨家将戏里顶有名的人物,开始是烧火丫头,后来都上边关,带兵打仗当将军了。关肃霜你知道不?"

易青娥摇摇头。

苟老师说:"看你们还学戏哩,连关肃霜都不知道。关肃霜可是京剧行当的大牌武旦,就是演杨排风这个烧火丫头出名的。那个本戏就叫《杨排风》。《打焦赞》只是其中的一折。我先给你教上,等学会了,再把本戏排出来。你只要把这一本戏拿下来,在宁州剧团,一辈子就能吃香的喝辣的了,懂不懂?"

易青娥还是摇着头。

"咋,不学?"

"我要学白娘子。"

易青娥终于把想说的话,一口说出来了。她听人都在议论说,老戏里,女角儿就数白娘子的戏最好。要学,她就要学白娘子。她不想学烧火丫头。自己本来就是个烧火做饭的,学戏,还学个烧火做饭的,那还不如不学呢。

苟老师扑哧笑了:"说你是个瓜娃,你还灵得跟精猴子一样。说你是个灵醒娃,你又瓜得跟毛冬瓜一样。一开始还要学白娘子呢。白娘子是文武兼备的戏,你是能唱,还是能打、能翻、能做功?娃呀,饭得一口口吃,水得一口一口地喝。你唱戏还没'破蒙'呢,一下哪里就能担起白娘子的角色了。听老师话,从一慢慢来。只要把《打焦赞》排好了,把《杨排风》本戏拿下了,那白娘子迟早都是手到擒来的事。去,先跟你周存仁老师学几套'棍花',然后我就给你拉场子。"

易青娥也不敢犟,就跟周存仁老师学棍花去了。

周存仁是剧场的门卫。剧场跟剧团院子是连着的,中间有一个便门,迟早锁着。周老师跟她约好,每天固定时间把门打开,放她进去后,又把门锁上了。因此,剧场院子很安静,也很宽展。周老师就在那儿给她教棍花。

易青娥过去不知道,一根棍,还能耍出这么多的花子来。不过,棍也不是平常的棍,而是一种用藤条炮制出来的演出道具。这种藤条,九岩沟里有的是。其实就是一种老刺藤,裁成一米多长,然后拿火煨直,再把几根藤条绑在一个柱子上,时间一长,那藤条也就跟柱子一样直溜了。这种棍,拿在手上,既柔软,又有弹性。周老师用手一捋,棍头就嗖嗖地开成了喇叭花。整根棍,一会儿贴在周老师身上,一会儿又抛到空里,等他在地上翻个跟头后,还能接回来。棍带着他身子转,他身子绕着棍飞旋。多少年后,易青娥都还记得,那真是让她眼花缭乱、目不暇接的一身好棍艺。周老师示范完几套棍花后,已是气喘吁吁了。周老师说:"娃呀,周老师老了,快六十岁的人了,不行了。练了一身好功夫,都叫这十几年耽搁完了。老师也不想把这身武艺带到土里去。可谁要扎实学下来,也不是一件容易的事。你苟老师、裘老师,都说你娃乖,能吃苦,适合学武戏,让我教呢。我也相信他们的感觉。不过,我把丑话说在前头,要学,就好好学,学不出个样样行行,也别在外边说,你是跟周存仁学下的。老汉还丢不起这人。比如这棍花,都在耍哩,连那些'街皮''街溜子'也能耍。可要耍好,耍得'刀枪不入''水泼不进''莲花朵朵''风车呼呼',那就有门道在里面了。这得你慢慢悟去。不管咋,关键是要把第一板墙打好、打扎实了。一切都得按规矩、按老师的套路来。学武戏,说有窍道,也有窍道,说没窍道,也没啥窍道。总之一句话,熟能生巧,一通百通。只要你把要领掌握了,那你就是雨后剜荠菜——擎着篮篮拾了。"

易青娥用三个月的业余时间,学了一套上场、下场棍花。当一天清早,苟老师让练给他看时,她在练功场呼呼呼地把棍旋动起来,又是滚骨碌毛,又是起大跳,又是飞脚带旋子的。整根藤条,紧缠着身体,不仅一下没掉,而且还真要出了"水泼不进"的花子。几乎把苟老师都看傻眼了。一套棍花刚走完,苟老师就一连声地喊:"好好好!好好好!娃呀,老师给你教定了。今天就开始拉场子。就你这几下,团里还没人能配得上戏呢。先把套路拉完,滚熟,然后我出面,请周存仁来给你配焦赞。你周老师演过武生、武丑,也演过二花脸的。《打焦赞》这戏,他闭起眼睛,都能给你'喂'上戏的。"

在易青娥排《打焦赞》的时候,团上也在排戏。学员班也在排。不过再没有排大戏,而是都在排折子戏。用古存孝的话说:"这个团所有人,都需要重新'破蒙',都需要从折子戏开始排起。要不然,排出大戏来,也是硬吃着猴子上杆杆——没露脸,尽露猴屁股了。"

易青娥始终在悄悄排着,悄悄练着。廖师还一个劲地给她加码,不仅上班抽不出空,而且下班把伙房门都关了,还要安排跟他一起去街上,学人家打芝麻饼、糖酥饼,看其他机关都咋喂猪哩。宋师说,喂猪有啥好学的,还看一家又一家的。廖师还批评宋师不谦虚,说:"咱就把猪喂好了?看看人家的猪,一个个喂得肥囊囊的,背上的膘,足有五六寸宽。看看我们的猪,喂得跟孙猴子一样,都快能翻跟斗了。还不虚心,还不出去取经。老关起门来充大,能行吗?"那段时间,廖师带他们足足看了好几十家单位的猪。直到有一天,在县上气象站的猪圈里,见到一头三百多斤重的大肥猪,廖师激动得跳进猪圈去用手量猪膘呢,结果让猪把他的指头美美咬了一口,还崴了脚脖子。是宋师把一路哼哼唧唧的他背回来,才结束了为期两个多月,对县城各机关食堂饭菜,尤其是养猪经验的全面考察学习。

廖师的脚脖子很快就肿得跟发面馍一样了。宋师和易青娥先把他弄到医院拍片子。片子出来后,医生说骨头没问题,但软组织伤得比较厉害。那两根被猪咬了的手指头,只是让护士清洗了清洗,用纱布包了包,又开了些药,就让回家休息了。廖师还是被宋师背着,屁股吊拉得老长,易青娥在后边托着。刚弄回家,廖师就痛得喊爹叫娘地哭起来。宋师还安慰说:"廖师,廖师,不哭噢,不哭,痛一会儿就会好些的。我那儿刚称了一斤红糖,是给儿媳妇坐月子准备的,先给你打些糖水抿一抿,岔个心慌。要不要?"

廖师摇了摇头。他给易青娥指了指床头跟前一个锁着的抽屉,易青娥就知道是咋回事了。那里面是放冰糖的地方。廖师一只手在腰里摸了半天,凭空窸窸窣窣地掏出一串钥匙来,从中挑出一把,让易青娥开锁。易青娥就把抽屉打开了。抽屉里面放着几个形状不同的铁盒子。廖师哎哎哟哟地说,就外边那个。易青娥打开外面那个方形盒子,里面果然是冰糖。廖师让易青娥给他嘴里撂一点,易青娥就拣了一块小的,放到了廖师嘴里。廖师咯嘣咬了一下,一股很幸福的感觉,好像就把手指头和脚脖子上的伤痛驱除干净了。廖师礼貌地用嘴角示意,让易青娥给宋师和她自己也捏一点。宋师和易青娥都表示不要。廖师才让易青娥把抽屉锁上,并把钥匙又揣回了腰间。

作为大厨,廖师过去是坐镇指挥。重要环节,都要亲自"掌做"。现在脚手都突然不便利起来,就只能"卧阵指挥"了。不过,他每天都会开个会,把当天的工作总结一下,再把明天的工作安排布置一番。早饭吃啥,下午饭吃啥,菜谱、饭食都由他定好,再由宋师去执行。但他对每一顿饭都不放心。要求易青娥每炒好一个菜,都要立即弄一点送去,等他品尝后,才决定是不是可以出锅、出菜。那些技术含量高的饭菜,比如蒸包子、包饺子,还有炒肉片、肉末焖茄子之类的,暂时一律不安排。易青娥知道,这是廖师故意让宋师在职工面前难堪呢。大家最近老说,自廖师当大厨后,伙食就彻底变了样。说明宋光祖本来就不行。这下廖师脚才崴了一个礼拜,伙食就"又回到万恶的旧社会"了。看来老宋只配喂猪。不管大家咋反映,宋师还是按廖师的安排,尽量朝好地去做。不过裘伙管倒是看得清楚,偏让宋师炒了一次回锅肉,还蒸了一回包子。气得廖师在房里都想跳起脚来骂,说:"看把回锅肉糟蹋成啥了,回锅肉还能炒得巴了锅了,真是亏了他宋光祖八辈子先人。看看这豆腐包子,馅子炒得没一点味道不说,酵面还没发到位,一个个蒸得青干干的,跟鬼捏的一样。这也能叫包子?上边炸口子,底下漏口子,那不是包子,是漏勺,是笊篱,是烂屁股猴。"其实,易青娥觉得,无论炒肉片,还是豆腐包子,宋师"掌做",都掌得挺好的。可廖师要骂,谁也没办法。

在宋师"掌做"的十几天里,裘伙管不仅安排人来帮灶,而且有时他自己也来搭把手。易青娥就觉得特别轻松,心情好像也特别舒畅。宋师知道她在学戏,就鼓励她说:"娃呀,要学就好好学。这单位做饭,不像人家大饭店的厨师,有前程,能学下好多东西。人家那才是个正经手艺人。像咱们这样的,就是谋生糊口哩。我们年龄大了,吃这碗饭,稳稳当当就挺好。可你还小,还是一张白纸哩,就得想点其他门路。唱戏这碗饭,说好也好,说不好也不好。小时苦,大了争名争利累。不过把戏唱名了,也是不得了的事。你个女娃娃,又没念下书,吃唱戏这碗饭,倒是个路径。你抓紧学你的戏,有些事,我能替你担的,都替你担了。廖师再说,你不管他。他就是那张碎糟糟嘴,一辈子不把嘴架在别人身上说,不唠叨人,就不是廖耀辉了。"

虽然宋师管事的那十几天,给易青娥留了不少学戏的时间,可廖师却有一下没一下地叫她。廖师跟宋师的宿舍,就在厨房隔壁,随便一喊,都能听见。何况廖师每次故意把声音喊得很大,生怕谁不知道,他廖耀辉虽然重伤在床,可还坚持"卧阵指挥"着的。易青娥也有好几次,故意装作没听见喊,到了廖师房里,廖师就不高兴。有几回,他还夹枪带棒地说:"咋,我才受了点伤,几天没拿事,就失势了?连你个使唤丫头都叫不答应了?"易青娥没话,爱说啥让他说去。廖师说完易青娥,又要捏一撮冰糖,朝她嘴里塞。她把嘴闪开了。廖师还说:"哟哟哟,还生气了?嘴还噘得跟大炮辣子一样。碎碎个娃么,怕师傅说咋的?师傅也是心疼娥儿么。"易青娥就走了。

后来,廖师又叫,她不得不去。廖师先说宋光祖的菜、饭。说老宋都快活大半辈子的人了,还没半点长进,做饭、炒菜永远都跟猪食一样难吃、难闻。他恨自己的手指头、脚脖子,半月动弹不得,让全团职工都跟着遭罪了。有一天,晚上都十点多了,他突然通知开会。开完会,他还咋都不让她走,又大讲起厨师的刀工来。是宋师在外边拉起了"风箱"(打鼾),他才从刀工扯到了他的腿,说一条腿好像有些麻木,他让易青娥给捏一捏。

易青娥不想捏,但还是捏了。捏着捏着,就出了事,并且是出了很大的事。

这事,甚至成了易青娥一辈子的伤痛。

二十九

那一天,苟存忠刚好把《打焦赞》的大场子给易青娥拉完。

戏的故事其实很简单,就是杨宗保被大辽国的主帅韩延寿掳走,他父亲杨延昭,派三关大将孟良回天波府搬救兵,谁知搬来了个烧火丫头杨排风。同为三关大将的焦赞,很是瞧不起"小丫头子",就跟孟良打赌,要教训一下这黑丫头片子。结果,被杨排风打得落花流水,满地找牙。焦赞也由此心服口服,甘愿当了烧火丫头的先行官。

烧火丫头的兵器,就是一根烧火棍。在这以前,易青娥已练了好几个月了。苟老师一直强调要有"活儿"。对于烧火丫头杨排风来讲,那"活儿",就是对那根棍的自如把握。手上越有"活儿",戏就越好排。苟老师对易青娥的吃苦精神,始终是满意的。他说:"娃的棍技,已经够排戏用了,只是个继续熟练和提高的问题。当练到手上看似有棍,眼中、心中已没棍的时候,棍就算被你彻底拿住了。戏也才能演得有点戏味儿了。你知道啥叫角儿?角儿就是把戏能完全拿捏住的人。要拿捏住戏,你先得分析角色:杨排风,就是个天波府的烧火丫头,跟你一样,懂不懂?连天波府的烧火丫头,武艺都这么高强,那杨家将还了得?意思听明白了没有?"

易青娥似懂非懂地点了点头。

苟老师又说:"杨排风年龄不大。"

"有多大?"易青娥问。

这一问,还把苟老师给问住了。苟老师说:"这是演戏,没必要问得针针到眼眼圆的,你就想着,就你这么大吧。"

"老师,我还没满十五呢,能出征打仗吗?"易青娥偏要打破砂锅问到底。

苟老师就说:"人家甘罗十二岁就拜相哩。古代人,你以为是今天这些没出息的货,快三十岁了,演戏还连圆场都跑不了。杨排风就你这么大,老师就这样定了。你就按这样演,关键是要演活。你就是个碎娃娃,跟他焦赞比武,就要多耍碎娃娃的脾气,越调皮捣蛋越好。打他几棍,等他满地找牙的时候,你就放开了手脚,玩你的棍花。玩得咋好看,咋自在,咋玩。关键是人物,你懂不懂人物?烧火的,碎碎的,顽皮的,把一切都不当一回事的。知道不?可武艺最高,随便给他一烧火棍,他就得眼冒金星,丢盔卸甲,懂不懂?当然,焦赞是边关大将,论年龄,给你当叔、当伯,可能当爷都行了。打是打,还得有礼数。一边打,一边赔礼。他不服,再打,打完还赔。娃娃始终要尊重老师,尊重长辈,懂不懂?要学会分析角色呢,懂不懂?"

苟老师一边讲剧情,一边说角色,一边还不停地示范着。易青娥没想到,苟老师尽管快六十岁的人了,腿脚还那么灵便,手还那么活泛,腰还那么柔软的。尤其是学女孩儿家,耍起赖来,又是飞眉眼,又是撮嘴,又是使鬼脸的,把她笑得先软瘫了下去。她还有一个不小的发现,发现苟老师的眉毛,最近突然剃掉了不少。过去苟老师看大门时,眉毛是像两个死蚕一样,横卧在眉骨上的。最近却一点点在变化。直到今天,完全变成两条窄窄的柳叶了。尤其是把焦赞打到得意处,他眼睛滴溜溜一转,眉毛好像要飘起来一样。可刚飘起来,又耷拉下去了。她知道,那是苟老师脸上的皮肤,已经太松弛的缘故。她没忍住,扑哧一下,笑得一屁股蹾在地上了。这次苟老师没客气,拿棍照她的瘦屁股美美抽了两棍,问她笑啥,她捂着嘴不敢说,还笑。苟老师就发脾气了,说:"笑老师老了,走得不好看,是吧?就老师这几下,你还得二三十年混哩,并且得好好混。"吓得她再不敢朝老师脸上细看了。

苟老师对易青娥学戏的感觉,给了九个字:能吃苦,理解差,进戏慢。但他又补了九个字:记得牢,练习勤,戏扎实。总体感觉,还给了三个字:乖、笨、实。他还专门解释了一次,说:"乖,娃的确乖,乖得人心疼。笨,娃也的确笨,啥窍道都不会,就剩下闷练了。实,娃特别实诚,没任何渠渠道道的事。啥瞎瞎毛病都没有,就一根筋地实诚。"

苟老师不仅给易青娥排着戏,也给大演员和训练班的学生,同时排着几个折子戏。

大演员的几个旦角,是排的《游龟山》里《藏舟》一折。因为胡彩香和米兰身上都没多少功,没办法排武戏。苟老师说,好在她们悟性好一些,又会唱,就只能排胡凤莲这折戏了。学员班也开了两个旦角折子戏,一个是《游西湖》里的《鬼怨》《杀生》,六个旦角同时学习李慧娘。还有一个是《杨门女将》里的《探谷》,也是六个武旦一起学穆桂英。苟老师见学生基础普遍比较差,还不好好学,就老拿易青娥做例子。弄得好多同学一见她,风凉话还说得一坡一地的。楚嘉禾这次学的是李慧娘。用苟老师的话说,《鬼怨》《杀生》,就是培养角儿的"硬扎戏"。可楚嘉禾练"吹火",嫌烤脸、烧眉毛;练在小生腿上、背上站桩,又嫌害怕;还嫌累死人。反正角色分下去都一个多月了,这些基本功,还练得没半点眉眼。苟老师就给楚嘉禾也送了三个字:靓、灵、懒。靓,自是漂亮的意思;灵,就是灵醒,聪明,机巧;懒,不消解释,谁都明白是啥意思了。苟老师老在楚嘉禾跟前说:"学戏,得下易青娥那样的笨功夫哩。易青娥看着笨笨的,但学东西,一旦练下,就长在身上了。而你们呢,是今天教给你,明天又统统都给老师还回来了。要再不好好学,我就懒得教了。"在楚嘉禾她们心里,苟存忠本来就是一个十分滑稽可笑的"门神老爷"。现在,他突然穿了彩裤、彩鞋,扯细了嗓子,还剃出两道柳叶眉来,大家几乎都是公开瞧不起的。那些砸刮他的话,每天都能把练功场笑爆几回。他的要求,自然也多成耳旁风了。他要再多提易青娥,也就尤其多了大伙的笑料:"看大门的"给"烧火丫头"排戏——真是瘪锅配瘪锅盖的般配。

苟存忠为这事也不高兴,但又毫无办法。他只能把更多心思,都用在易青娥身上了。他要拿事实,狠狠教训教训这些狗眼看人低的东西。

那天,易青娥实在累得不行了,但苟老师还是不放手,又给她说了几个眼神和细部动作,让她回去关起门来继续练。易青娥刚提着棍回到宿舍,就听宋师来喊叫,说廖师要开会。她洗了一把脸就去了。

廖师那天,是给头上捆着条毛巾的,说是脑壳有些不舒服。他的脚已经消肿了,但还涂抹着老中医给弄的黑膏子。两根手指头上结的黑痂,也快蜕完了。猪咬的印子,是红赤赤地露在那里。廖师一边说话,还一边在咧着嘴,把没蜕完的黑痂,一点点朝掉地揭着、撕着。

廖师说:"最近伙房的工作,总体情况不错,但问题还是很多。

首先是饭菜质量问题,职工意见很大。不仅反映到我这里了,还反映到黄主任老婆那儿去了。我们得引起注意呢。我大概还有三五天,才能下地走路,但我等不住了。明天早上,光祖,你就把我背到灶房去。给我弄把椅子,椅子前边弄个独凳,让我把这只脚端上去,血脉能回流就行。明儿个一天,咱们都改善伙食。早上吃肉臊子捞面,肉臊子里加茄子丁,再加点韭黄。肉和茄子丁丁,都要切匀净,不要大一疙瘩小一疙瘩。要上新鲜油泼辣子。要上百货公司买的正经酱油醋。还要给一人发两瓣生蒜。最后,得让每人都能喝上一碗釅釅的面汤。面汤里面要放碱,喝起来香。下午吃大米饭,炒两个菜,烧一个汤。炒一个洋葱胡萝卜片回锅肉,多放点新鲜生姜。再炒一个葱花木耳鸡蛋,鸡蛋少兑点水,炒得干干的,要能团成块,不要稀化得筷子都挑不起来。汤,我想了几个来回,还是烧个西红柿汤,上面淋点蛋花,下点虾皮,再漂上'过江龙'。娥儿还不知道'过江龙'是啥吧?就是一寸长的葱段。勤学着点,把这些学好了,还不比你跟着老苟学跷那兰花指强。记着,别把西红柿切得太大,刀工要讲究一点。吃菜、喝汤,旧社会在大户人家那里,就是看个刀工哩。看还有啥,你们还可以抖抖情况,发发言。"

谁也没说啥,他就像唱独角戏一样,又接着开。

会开完,大概都快晚上十一点了。宋师已经是哈欠连天了,说保证明早把椅子、凳子摆好,背他过去就是了。

易青娥要走,廖师说:"还得帮我到灶房弄点热水,想把脚擦一下。"宋师说:"让娃去休息,我去弄。"可廖师不让,说这活儿只能让娃娃干,咋能劳宋师的大驾呢。易青娥也抢着要去弄,宋师就到外间房躺下了。

易青娥打水回来的时候,宋师已是呼哧大鼾了。

廖师说:"你听听,猪又吆上坡了。"

易青娥这回没有笑,伺候廖师把脚擦完,就想起身走。可廖师一把拉住她,说让把他的腿也擦一下。她又帮着把腿擦了擦。擦完腿,廖师突然说,一条腿有些发麻,想让她帮忙捏一捏。她真不想捏,可还是捏了。捏着捏着,廖师浑身就有些不对了,说话也有些发颤。易青娥捏着他的膝盖处,他却硬拉着她的瘦手,朝自己两条肥腿的交叉处塞,并且裤子都已脱了,两条腿是用毯子包着的。易青娥狠命把手扯了出来,他又一把将易青娥的手死死捏住,拼命朝那个地方塞去。一边塞,他嘴里还一边嗫嚅着:"娥儿娥儿娥儿,我把一盒冰糖都给你,把一盒都给你……"说着,还跟一匹独狼一样,忽地扑起来,把易青娥扳倒在床上了。易青娥像一条被突然扔在岸上的鲤鱼一样,一个挺身打起来,就要朝出跑。谁知廖耀辉这时脚也不痛了,手也不痛了,头也不痛了,光着屁股就追下了床。易青娥大喊一声:

"宋师宋师!"

宋师的鼾声,就像电线突然短路了一样,噌地卡住壳,一骨碌爬起来,问咋了咋了。他进房一看,廖耀辉正精着屁股朝被窝里钻哩。宋师就知道是咋回事了。他顺手抄起一把椅子,端直就朝廖耀辉的光脊背砸了过去。只听廖耀辉大喊一声:

"不敢哪,光祖!"

第二声闷响,就已炸裂在廖耀辉的光屁股上了。

三十

这件事情,很多年后,还在发酵。最终传出来的话是:大名演忆秦娥(那时还叫易青娥),其实在十四岁时,就被一个做饭的糟蹋了。那做饭的,还是一个鼻流涎水的老汉。

那天晚上的事,易青娥一生都没有忘记。直到很多年后,她还清楚地记得所有细节。

宋师被她叫醒后,抄起的那把椅子,是一把仅剩了三条腿管事的道具椅子。缺的那条腿,宋师是用砖头支着的。上面放着洗脸盆。宋师连脸盆都没来得及拿开,就那样把椅子抄起来,脸盆,是霍啷啷旋转在了地上。那椅子,端直举过他头顶,还被中间的竹笆门绊了一下,但没有影响力量,只听嘭的一声,就砸在了廖师肉嘟嘟的脊背上。廖师闪躲得快,但光屁股急忙苦不住。宋师又抡起椅子,砸在了他的白屁股上。那屁股白得很是恶心,简直有些瘆人,像是在水里泡了好多天的动物尸体,也大得的确像个柳条笸篮。椅子哗地一下,就在屁股上散架了。这是前几年演《椅子风波》的那把道具椅子。一个"投机倒把犯",把挣来的钱,全藏在椅子腿和坐板的夹层里了。最后是让心明眼亮的女队长,通过巧妙的"审椅子",才把坏人人赃俱获,绳之以法的。这个戏,那几年演得太多,好几把椅子都演得缺胳膊少腿了。这把椅子还是宋师从垃圾堆里捡回来的。没想到,最后在这里派上了用场。当散架的木片,飞到易青娥身上时,只听廖耀辉"哎哟娘啊"一声,好像就咽气了。

易青娥直到这时,才从恐惧中反应过来。她捂住脸,哭着就要朝出跑。宋师把她叫住了:"娃,你先别走。说,廖耀辉都对你做啥了?你不怕,有我给你做主呢。"

易青娥浑身颤抖着,一句话都说不出来。

"说,不要怕,廖耀辉这下是犯了罪了,你知道不?他是要坐监的。搞不好还要挨枪子儿呢,你怕啥?"

还没等宋师说完,廖耀辉就在被窝里答话了:"哎呀宋师啊,光祖呀,你可不敢这样乱说哇!我可是把娃的指甲壳都没动一下呀!不信你问娥儿,我可是冤枉啊……"廖耀辉在被窝里筛起糠来,整个床都哗哗地颤抖着。

"你还冤枉?旧社会跟地主小老婆就没干下好事。新社会了,你还这样作恶。都不怕雷把你劈了。这娃才多大?"

廖耀辉连忙说:"宋师,宋师,光祖,光祖,我真的冤枉啊,我真的没作恶啊!"

"没作恶?没作恶你光着个烂屁股干啥?看你那恶心屁股,比烫了毛的猪还难看。还害娃呢。"

"习惯,习惯哪。我一辈子都是光着屁股睡觉的,你还能不知道。过去……在大地主家……也就是光屁股……惹的祸呀……"

易青娥捂起脸又要走。宋师就吼了廖耀辉一声:"别说你那些恶心事了。老实交代,你对人家娃都干啥了?娃,你等等,这事他得给你一个交代。"宋师把易青娥又挡住了。

"你问娥儿,你问她我做啥了!"

"以后不许你叫娥儿,你不配,老没德行的东西!说,都对娃干啥了?"

"我真的没干啥呀,你问娃,你问娃么。娥儿,呸呸呸。娃,青娥,你说,你说么。总不能……让我心疼你一场……还给我踏渣哩吧。"廖耀辉慢慢把头从被窝里伸了出来,可怜巴巴地看着易青娥。

易青娥只是低头哭着,不说话。

廖耀辉急着说:"你看你这娃,你说话呀!你不说话,光哭,宋师还以为我干啥了,你说呀……"

易青娥终于说话了:"你……你还没干啥?!"

"我干啥了,我干啥了?娃呀,你可不敢血口喷人哪!"

"说,别怕,我给你做主,别怕这个牲口。"宋师还朝易青娥跟前站了站。

易青娥就说:"他……他先拉我的手,乱摸……"

易青娥又哭得说不出话了。

"说,娃,对这号畜生就别客气。"

廖耀辉终于软了些:"摸,我是不该……拉着娃的手……乱摸了。可……可再没干别的啥呀!你都看着的,娃衣裳都是穿得好好的,我真的再没把娃咋呀!青娥,易青娥,师傅求你了,你得给师傅一个公道啊!"说着,廖耀辉在床上连连磕起头来。

易青娥终于跑出了房。

易青娥没有回宿舍,她端直跑出了剧团院子。她在空落落的街道上,走了很久很久。她不知道这算怎么回事,是不是就是人常说的,被人糟蹋了。在九岩沟,要是说哪个女人被人糟蹋了,那这个女人,可就一辈子都抬不起头来了。在公判她舅的大会上,排在第一辆车上被枪毙的,就是一个又通奸又强奸的犯人。廖耀辉今晚,是通奸还是强奸呢?难道廖耀辉也能判死刑了?她越想越害怕,不知道该回去,还是该彻底走掉。她觉得,自己是又一次面临两难了。

就在她游走到后半夜的时候,宋师出来找她了。宋师已经找了她大半夜了。

宋师说:"娃呀,你老实给我说一句,除了他硬拉你手,到不该摸的地方……乱摸了以外,是不是还干别的啥了?你得给我实话实说,我才好帮你呀!"

"他……他还把我……压到床上……解……解我的练功带……"

"解开了没有?"

易青娥摇摇头说:"没有。我练功带……绑得紧,他还没解开,我……我就喊你了。"

宋师好像突然把一口气顺畅下去了一样,还有些高兴地说:"这就好了,这就好了。娃呀,你这叫不幸中的万幸哪,没让这个畜生糟践了,没让猪拱了。好,好,这就好了。跟那个畜生说的基本一样。"宋师说完,还像对待自己女儿一样,亲昵地摸了摸她的头。

宋师说:"娃,你看这事,我也想了好几个来回,只要没糟践,我觉得还是不要声张的好。廖耀辉这个畜生,本来该去坐牢的,他

· 171 ·

这叫'强奸未遂',也是一项罪名。判他好几年都是可能的。但我反复想,还得从娃你的角度考虑事情。要是把这事声张出去,公安局的人一来一大堆,这问那查的,把廖耀辉倒是抓走了,可你也就活不成人了,也学不成戏了。你懂不懂?我碎女子跟你一模一样大,在我心中,你就是我的闺女哩。我想着,咋都得给我娃留一张脸不是。廖耀辉平常也没少欺负我,我一般都不跟他计较。我的意思是,我们这回都放他一马。以后这个畜生再瞎了,就给他算总伙食账。你看行不?"

易青娥最关心的,还是她到底被廖耀辉糟蹋了没有。

宋师说:"你还是个好娃,浑浑全全的好娃。放心,明天该干啥还干啥。一切都跟昨天、前天一样。"

易青娥相信宋师的话。她觉得,宋师是咋都不会骗自己的。她点了点头,就跟宋师回去了。

第二天早上,她还照样在灶门口烧火。但廖耀辉可大不一样了。本来昨晚开会,他是安排宋师一早要给他搬一把椅子、一个独凳到伙房,然后背他去"坐镇指挥"的。结果,今天一早,就见他拄了一根棍,一瘸一跛的,自己进灶房去了。在经过灶门口的时候,廖耀辉听到火舌响,还把头低了一下,但没敢朝里看。

灶门口与伙房的隔墙上,是有着一个四四方方的小孔的。灶房要火大火小,都是从这里传过话来的。坐在催火的地方,其实灶房里人说啥,都是能听得一清二楚的。这天,易青娥始终没出灶门口。只听灶房里廖耀辉的话,能比平常多出十倍来。他这也要请示,那也要汇报的,连肉臊子里是不是要放点面酱,都要讨教宋师几个来回。下捞面时,为放碱,他也要请示宋师,看是中间放,还是下面时就放。宋师始终没回话,问啥都是拿鼻子哼一下。后来,裘伙管来了,问廖耀辉:"你腿还没好,咋就上班了?"只听老廖说:"宋师太累了,累得太可怜了,晚上睡到半夜,还在喊叫腰痛哩。我再不来搭把手,把他累垮了咋办呀?"廖耀辉还给裘伙管建议说:"还是让宋师当大厨吧,我就做个二厨得了。一来,宋师技术比我过硬。我真不是客气,宋师锅盔比我烙得好些,包子、饺子、糖酥饼,样样都走在我前边。二来嘛,我的脚、手指头,都有了工伤,这腰上,也不咋好使唤了。看这屁股,坐都坐不得了。恐怕也不是一天两天就能好的。走不到人前去,咋能做大厨呢?还是让宋师当大厨,让宋师'掌做',我给他打下手,是心服口服地打。保证把单位伙食搞得美美的,让职工吃得喜眉笑眼的。"裘伙管好像还愣了一会儿,问他:"你是真心的?""看裘伙管问的,这还能有假吗?我跟光祖是什么关系?这些年在一起搅和,比亲兄弟还亲哩,谁大厨,谁'掌做',还不都是一样的。从今往后,我绝对服从光祖的指挥。哪里发生矛盾,伙房都会扭成一股绳,团结一心干革命的。你说是不是,光祖?"宋师没有搭话。还是廖耀辉一个人在说:"你就放一百二十个心吧,伙管大人。你们唱老戏不是讲究,一伙人出来,得举着一个人的旗子吗?伙房这一块,从今往后,我们就都举光祖的旗子了。"裘伙管好像是半信半疑的,又随口说了一句:"也好,只要你们团结就好。灶房这事,说小也小,说大也大。伙食搞不好,有时把房顶都能让群众掀翻了。"

没过几天,宋师又回家去了一趟。他回来时,廖耀辉就把自己的东西,从里间房挪了出来,并且把宋师的东西,是规规整整地都搬到里间房去了。

宋师还说:"何苦呢,住在里间外间,不都是个睡觉。"

廖耀辉说:"哎,那可不一样。大厨那就是伙房的'角儿'哩!是主角!要指挥,要'掌做'呢。本来就应该睡在里间的。不仅能休息好些,而且那也是个讲究么。我廖耀辉还能不识相,斑鸠占你的凤凰巢嘛。"

宋师还骂了一句:"贱骨头!"

· 173 ·

三十一

自打那件事出了以后,廖耀辉就再没敢跟易青娥说过话。为了避免尴尬,也为了让易青娥好好学戏,宋师决定:易青娥以后只管烧火。这事也是征得裘伙管同意了的。廖耀辉还鼓掌说,他完全赞成宋师的英明决定,让娃好好学戏去,争取咱伙房将来也出个大名角儿。

易青娥有了时间,戏就进步得更快了。

有一天,苟存忠老师把古存孝、裘存义,全都请到了剧场看门老汉周存仁那里。然后,他让易青娥把他教过的戏,走了一遍,请他们看。几个人一看,都吓了一大跳。

古存孝竟然说:"哎呀,不咋了,宁州剧团有人了。没想到,一个烧火的娃娃,还是这好个戏坯子。老苟,你立功了!"古存孝还给苟存忠老师夺了大拇指。

周存仁老师说:"这娃接受东西慢,但扎实。腰上、腿上、膀子上,都有力道,是个好武旦料。"

苟存忠老师摇摇头说:"不信,你得都再朝后看,这娃只要嗓子能出来,就不仅仅是唱武旦了。表演也活泛着哩。你看看那'一对灯',棍到哪儿,'灯'到哪儿,就是演几十年戏的人,还有不会'耍灯'的呢。关键是听老师的话,你说个啥,她就下去练个啥。就说这'灯',娃是一边烧火一边练,你看看现在灵便的,是不是出'活儿'了?"

"灯",就是眼睛。老艺人把眼睛都叫"灯"。苟存忠老师但凡排练就要强调:演员的表演,全靠"一对灯"哩。"灯"不亮,演员满脸都是黑的。在台上也毫无光彩。"灯"亮了,人的脸盘子就亮了。人物也亮了。戏也就跟着亮了。演员登台,手到哪儿,"灯"

到哪儿。脚到哪儿,"灯"照哪儿。你拿的烧火棍,棍头指向哪儿,"灯"也射向哪儿。只有把"灯"、棍、身子糅为一体了,戏的劲道才是浑的。观众的"灯",也才能聚焦到你这个目标上。所谓"角儿"上台,不动都是戏,就指的是"一对灯"放了光芒了。

既然"灯"这么重要,易青娥就按苟老师的指点,躲在灶门口偷偷练了一年多的"灯"。苟老师说,过去老艺人们,是拿着"纸媒子"练。就是用土火纸,卷个细细的筒筒,在黑暗中点着,把那点光亮移向哪里,眼睛就转向哪里。说好多老艺人的眼睛,就是靠这个练出来的。易青娥心实诚,还真到街上门市部里,偷偷买了火纸,关起门,猛练起来。开始不习惯,看着点亮的"纸媒子",老流眼泪,甚至还害了红眼病。时间一长,练习惯了,镜子里的眼睛,也的确越来越活泛。《打焦赞》里,苟老师就专门安排了一节"耍灯"戏。那是在第二回合,把焦赞打得一败涂地时,杨排风就高兴得跟孩子一样,耍起了那对"灯":先是呼呼呼地左转八圈;又簌簌簌地右转八圈;再嘀嗒嘀嗒地左右慢慢移动八下;又嘀嘀嗒嗒地右左移动八下;再然后,扑扑棱棱地,上下快速翻飞八次。那天,四个老艺人看到这里,都情不自禁地鼓了掌。

就连裘伙管都说:"成了,这娃成了。这娃可是我伙房的人才,将来还得给我伙房记头功哩。"

然后,忠、孝、仁、义四个老艺人就商量着,怎么把《打焦赞》先浑全地立起来。现在毕竟只是她一个人在走戏,连焦赞、孟良都还没有呢。听他们的口气,是想把这个戏立好后,先请朱继儒副主任看。再然后,让全团人都看,看看他们老艺人抓戏的本领。尤其是要让那些狗眼看人低的"二道毛"们,都睁开大眼瞧瞧,这些"牛鬼蛇神",是不是"钻出洞来",只能"兴妖风""做妖孽""跳大神""糊弄鬼"哩。

并且他们当场定下,焦赞由周存仁扮,孟良由裘存义扮,戏由古存孝、苟存忠两个同时排。还约定:排戏过程要低调再低调,把一张王牌死死压住,绝不轻易往出亮。上一次排《逼上梁山》,就是出手急了点,让一些人看了笑话。其实是整个团里基础太差,还反倒说他们几个老家伙没能耐。这次戏,一定要排到咱四个老家伙自己都满意时,再朝出拿。但见出手,就要把一团人都吓个半死。古存孝很严肃地说:"吓就彻底吓死,连脚指头都让他动弹不得。吓个半死,留个半身不遂弄啥?"

几个老艺人的话,把易青娥都惹笑了。

苟存忠说:"娃呀,我们四个人,可是在你身上押着宝的。你可要给我们争气长脸哪!"

易青娥连连给他们点着头。

这以后,甚至连烧火,都让裘伙管安排了别人。易青娥那段时间,就一门心思圈在剧场里,跟几个老艺人琢磨戏了。老艺人们有时意见也不统一,常常争得脸红脖子粗的。有一回,闹得最厉害时,扮焦赞的周存仁和扮孟良的裘存义,差点没用各自手中的兵器打起来。最后都说不干了。焦赞把两根鞭一扔,孟良将两把板斧也一扔,都赌咒发誓地说,这辈子要再跟对方配戏,就不是娘生爹养的。周存仁还倔巴得很,让大家都滚出去,说不能在剧场排戏了,要排,都滚回你们剧团院子里排去。弄得古存孝和苟存忠来回撮合,最后是苟老师把大家拉到街上饭馆里,破费了一顿酒水,才把两个人捏合拢的。

大概在四个月后,他们把朱继儒副主任悄悄请到剧场看了一次,还真把朱副主任吓了一跳呢。戏走完,停了半天,他才想起鼓掌来。他起身挨个儿跟人握着手。一个人都握过两三遍了,他还像第一次见面一样,特别热情地握着、摇着、拍着,并且使的劲还很大。易青娥在被他握到第三次时,手背都有点痛的感觉了。

朱副主任说:"没想到,没想到,做梦都没想到哇,戏能被你们捏码成这样,细腻、有活儿、好看。十几年都没过过这样的戏瘾了。你们是咋把这个娃给发现了,并且调教、琢磨得这样好?我真是做梦都想不到哇！咱们差点就把这个娃埋没了呀！当初让娃去学做饭，我心里就有些别扭。但没办法，那时我都是泥菩萨过河——自身难保，还能保得了别人不成。要不是有你们这群伯乐，这娃一辈子不就完了？成了，戏成了！娃成了！你们都成了！但这事，我还是得先给黄主任汇报，人家毕竟是一把手啊！尽管让我管些事了，但大事还是人家拿捏、坐点子着的。比如这娃唱戏了，那就是大事。人家不坐点子，我硬要拿捏着朝台上推，那不是麻烦大了吗？不过你们放心，锥子装在布袋里，那尖尖，迟早都是要戳出来，谁也挡不了捂不住的。我尽量朝成地运作，让全团看，并且要尽快看。立个杆杆，树个榜样，也好把积极性都调动起来，让宁州剧团来一次脱胎换骨的业务大提升嘛。再不敢朝下混了，再混，连人家业余戏班子都不如了。我着急呀，急得头上的毛一抓掉一撮。你们看，你们看，这是不是一胡噜一大把。"说着，朱副主任还真将稀稀荒荒的头发，撸了一把，拿到大家面前看，果然是撸下了好几根来。

大家都等着朱副主任的消息，结果半个月过去了，还是没动静。他们这边排戏，倒是没停。有一天，还反倒有了不好的消息。裘伙管传话说，黄主任说了，在啥岗位，就做啥岗位的事情。黄主任的原话是这样的：

"易青娥是炊事员，岗位在伙房，就不能到排练场去瞎搅和。就像我的岗位是剧团革委会主任，不能到隔壁五金交电公司，去插人家书记经理的行一样。啥事都得讲下数不是？林彪就是不讲下数，要当主席，最后不摔死在温都尔汗了吗？下数是不能乱破的，要破，也得组织点头了才行。组织没答应，你们几个临时雇来的老艺人，就让一个炊事员改行了，这不成旧戏班子作风了吗？还要让易青娥到炊事班好好上班，干一行爱一行嘛！在革命队伍里，没有工种的贵贱之分，只有思想觉悟的高低之差。你们伙房还得好好开展批评教育，真正让易青娥安心本职工作，放弃那些不切实际的幻想。"

这一棍子,不仅把易青娥打蒙了,还把四个老艺人也打蒙了。

周存仁说:"赶快散伙,咱整天红汗淌黑汗流着,还惹得猪嫌狗不爱的,图个啥么。我一天看剧场大门多轻松,几个月演不下一场戏,弄这事是何苦呢?黄土掩齐脖颈的人了,还陪着个娃娃'打焦赞'哩。不打了,彻底不打了。都回,你都回。我锁剧场门睡觉啊!"

古存孝说:"你甭急么,一说就回回回的,你是猪八戒是不是?动不动就不取经了,要回高老庄哩。遇事咱得找解扣子的办法么。咱先问问朱继儒,看他咋说哩。"

古存孝就拉着苟存忠,去找朱继儒了,想问个究竟。

他们回来后说,老朱今天脑壳上勒了个手帕,直喊叫说:"娘娘爷,头咋痛成这了,就像谁给脑壳中间搂了个地雷进去,嗵地给炸了,整个头皮都在发木呢。"古存孝他们进去时,朱继儒也的确是用一个小木槌,正在细细地敲打着太阳穴。房里熬着中药,半院子都能闻见。古存孝他们说了几句如何治头痛的话,然后就转到了正题上。朱继儒绕了半天,最后总算才把事说清楚。他说黄主任不同意这样做,意思跟裘伙管说的差不多,就是要易青娥尽快回灶房去,好好烧火做饭哩。他说黄主任说了,唱戏的团上根本不缺,现在最缺的就是炊事员。不过朱继儒还是那句话:锥处囊中,脱颖而出。他说:"娃现在已经是放在囊中的锥子了,尖尖迟早都是要露出来的。让娃听话,先回灶房去,一边做饭一边等机会。"他还不紧不慢地说:"这个地球是动弹的,不是死的,转一转,就把啥都转得不一样了。娃把火烧了,饭做了,再练练戏,谁也不能说啥吧。正大同志下班后,不是也会对着墙,要甩半个钟头的手,还要学鹤喝水点头,做做运动吗?他能甩手,能学鹤点头,娃就不能耍棍?性质是一样的嘛。"

他们就出来了。

周存仁说:"朱继儒这个老滑头,树叶子掉下来,都怕把脑壳砸个洞。说这些倒是屁话。看让黄正大吓的,大半辈子了,都没拉过一橛硬的。"

裘伙管说:"人在矮檐下,他能不低头吗?能低头,前些年他就不会跪砖、挨打、靠边站了。"

古存孝说:"行了,不说了不说了。咱还得拿窍打呢。哎,存忠,你不是跟米兰熟吗?又给她排过林冲娘子。让她去跟黄正大的老婆说一下,黄正大还能不抬点手缝缝出来?"

苟存忠老师说:"这药不灵了。人家米兰最近谈对象了,好像是省上物资局的。黄主任老婆出面阻止,都没起作用呢。米兰这阵儿早出晚归的,班都不好好上了。连黄正大的老婆都骂米兰,说经不起糖衣炮弹诱惑,可能要叛逃了。"

一切都没指望了。易青娥只好又回到灶房烧火去了。

很快,剧团下乡,易青娥就跟着炊事班先走了。

三十二

易青娥是跟剧团第一次下乡。两辆大卡车,每辆上面摆三排服装、道具箱子,然后坐四排人。因为要演《逼上梁山》,人就特别多,东西也多。演员和乐队是裁了又裁,东西也是减了再减,可还是摆不下、坐不下。最后总算摆下了,但伙房的东西,却咋都放不上去。

伙房的东西还真不少呢,一早他们几个就朝出搬,摆了一河滩。易青娥一直看着摊子。说要去的地方,穷得要死,连口够十几个人吃饭的大锅都找不见,还别说一去就六七十号人了。因此,团上带了两口大锅。菜刀砧板,瓢盆筛箩,也是一应俱全。细末零碎,都用两个大柳条筐装着。最后,好不容易在一辆车的后边,腾挪出一块地方来,但人挤来挤去的,长擀面杖和两根小擀面棍,还有水瓢、舀菜勺,几次都被挤了出来。易青娥把一个柳条筐护着。廖耀辉护着另一个。宋师和裘伙管护着两袋面,还有一些洋芋、洋葱、白菜啥的。两口大锅,是用笼布包着。本来由宋师经管,结果廖耀辉硬要拉到他的面前,说宋师护着两袋面,已经够累了。有人看笼布包着的大锅能坐,就把屁股试着朝上挨。廖耀辉一擀面杖过去,那人朝前一折,就跪到人窝里了。惹得一车人哄堂大笑起来。

虽然都在一个卡车上坐着,但人还是分成了三六九等的。两辆大卡车的驾驶室里,一辆坐着敲鼓的郝大锤。郝大锤旁边,坐的是演林冲的男主演。另一辆上,坐着朱继儒副主任,旁边挨着米兰。黄主任没有来,说是县上要开啥子会。平常下乡,一般也都是朱副主任带队的。黄主任要带队,除非是重大政治演出,或者到地区、省上会演,才会在大会上宣布,领队:黄正大。坐在驾驶室的人,自然是要被议论一番的。朱继儒坐,没啥说的,人家是团领导。郝大锤坐,勉强些。照说司鼓也该搞点特殊化,但郝大锤实在敲得不怎么样,并且年龄也不算大,车上还有比他年龄大的人哩。不过坐也就坐了,谁让人家手中掌握着鼓槌呢。演林冲的坐,大家也没啥意见,年龄大些,且又算得上是硬邦邦的主角。米兰坐,意见就多了。都问业务股长,凭啥?就林冲娘子那点戏,还演得扯的、烂的、臭的,也配坐驾驶室?那充其量也就是个配角嘛。胡彩香老师先不服气。胡老师是被安排在卡车上边坐着的。在易青娥的印象中,胡老师坐的那个地方,就是那次枪毙人时站死刑犯的地方,照说也是个"显要"位置。胡老师自打上车,就气呼呼的,说她虽然没有演林冲娘子,可也主演着好几个小戏着的,论分量不比她谁差,凭啥别人坐了"司机楼",要她坐上头?有人知道她是跟米兰"扯平子"呢,就说米兰再比不成了,人家找下有钱的主儿了,还在省城物资局呢。说米兰这回下乡都不想来了,还是朱副主任硬做工作才来的。大家就又议论了一番物资局,说天底下再没有比物资局更好的单位了,要啥有啥。连县物资局的人,一个个把自己的婆娘,都收拾得跟省城的女人一样洋活、俏扮了。

车开了。

一眼望过去,演员们都戴着奇形怪状的帽子,围着五颜六色的围巾,是怕太阳把皮肤晒黑了,怕风把脸刮皱了。尤其是车一走一停的,公路上的灰尘,就跟刚放过炮的炮灰一样,一蓬一蓬的,有时能把整个卡车都吞进去。一些人干脆脱下外衣,把整个头都包了起来。易青娥过去没有发现她的同学,竟然都有了这样好的行头。出了门,个个都换掉练功服,穿的、戴的跟大演员们也不差上下了。楚嘉禾甚至穿得比大演员们还好一些,尤其是那顶白帽子,周边还有一圈纱网,戴在头上,不仅好看,太阳晒不着,沙尘飞不进,还能看见外面的景色呢。而易青娥仍是那身练功服,头脸没啥遮挡,大灰一蓬,就用双手捂一会儿。尤其让她难堪的是,宋师和廖耀辉两个人,一人给脑壳上搭一条白毛巾。然后戴上帽子,车一动,两片毛巾在两边脸上忽闪着,就像电影《地道战》里那几个偷地雷的日本鬼子。惹得一车人笑了一路,都让快看伙房那几个偷地雷的。她只好一直背对大家坐着,守着柳条筐,也看着车厢最后边的那道槽子。因为那里边,她还放着一根《打焦赞》的"烧火棍",她怕车厢缝子宽,把棍给溜下去了。

当卡车开到演出点的时候,她已成一个灰泥人了。只有嘴和眼睛,还湿润润地蠕动着。一路上,她一直都有些晕车,但死忍着,直到从车上跳下去,才哇地吐了一茅草窝。

演员、乐队下完车,都到小学教室休息去了。而炊事班,还得找地方支锅,支案板。下午四点,大家就要吃饭。五点化装,晚上还有戏呢。

演出的地方,是一个回民镇,与两个县都交界着。这里有个集市,连前两年"割尾巴",也没"割"断过。现在,有人成操着,要恢复集市,就想到了县剧团,要唱三天大戏,聚人气哩。

在他们来以前,已经有人帮着盘了两口大锅的灶。虽然灶洞湿些,火不好烧,但易青娥还是很快把火烧着了。柴都是长柴,还没剁短,易青娥就开始拿弯刀剁。廖耀辉看她剁得艰难,想帮忙,但易青娥故意用长柴一扫,就把他走近的双腿,扫得退了回去。自那次事后,廖耀辉一直都躲着易青娥,连正眼看都没敢看一下。但这次下乡,他又想给易青娥献点殷勤,明显是有赔罪的意思在里边。可易青娥坚决不给他任何机会。就连在卡车上,廖耀辉见没人注意,偷偷给她递了一方遮头灰的手帕,她也是端直就扔到车底下去了。

不过廖耀辉对宋师的态度,的确是彻底改变了。就在快吃饭的时候,朱副主任来检查伙食准备情况,廖耀辉还在给宋师争取待遇,他说:"朱主任哪,我有个意见,不知当提不当提?"

"意见还有啥不能提的。难道我朱继儒,也是让你们迟早都活得害怕的人?"

廖耀辉急忙说:"我不是这个意思,不是这个意思。谁不知道朱主任是厚道人哩。我的意思是说,团上以后考虑坐车、休息的地方,也得把伙房考虑一下。就说宋师,在部队都是立过功的人。到了咱们这里,还担任着上百号人吃饭的大厨,要'掌做'哩。车坐不好,来再休息不好,咋当大厨,咋'掌做'哩吗?演戏固然是大事,那吃饭就不是大事了?饭不吃好,哪能把戏唱好?主角、敲鼓的,都跟主任平起平坐了,在'司机楼'里享福哩,那好歹把我们的宋大厨,也安排到车厢前边坐坐,总是可以的吧?每次都让我们挤车尾,车尾巴都快让炊事班坐细、坐折了。你看我们一来,就上灶了,宋师忙得放屁都能砸了脚后跟。别人都住下了,连那些跑龙套的,脸洗了,身子抹了,床铺好了,都下河弄铁丝抽鱼去了。咱们炊事班几个人的铺盖卷子,还跟叫花子一样,扔在那堆烂柴火上。我无所谓,我绝对不是给我争啥哩。你就是让我坐'司机楼',我也是不坐的,我知道我的半斤八两,那就是给人家宋师打下手的。可你们总不能让光祖做了饭,累一天,晚上找几根硬棒棒柴,把铺盖卷子一摊,就休息吧?大厨休息不好,明天咋工作?这几天可是一天要开三顿饭哩。你没见灶房的难场,这里是要啥没啥,搞不好,明后天还得煮我跟宋师的腿杆子吃哩。宋师是想方设法地在调剂呀,那不比唱林冲、唱林冲娘子的轻松啊!主角都照顾哩,这次演出,咱宋师还算不上个主角?恐怕比他哪个主角戏都重,都累吧?你主任无论如何,也得给他弄个像样的窝啊!让他好好休息一下,可怜可怜光祖同志吧!我是配角,心甘情愿睡柴火垛子,咱个跑龙套的么,也该睡。可光祖同志不能哪,他在我们这里也是主角啊!是我们的林冲啊!都怪我多嘴了,还请主任原谅!我是怕炊事班,保证不了这次艰巨的工作任务啊!"

朱主任认真听完廖耀辉的意见后说:"你说的都对着哩。以后下乡,我坐上边,让光祖坐驾驶室。"

"哎哎哎主任大人,我可不是这个意思呀。你大主任不坐,谁还能朝驾驶楼里坐呀?你一个人坐两个驾驶楼都是应该的。我的意思是说,厨房大厨,也是一种主角哩,好歹安排个好一点的地方,让晚上好好睡一觉,也都是为了革命工作哩。"廖耀辉双手拢在围裙里,一直把朱主任从灶棚里追出来。

朱主任说:"不说了,今晚让宋师跟我搭脚睡。"

"哎不敢不敢。主任,大概你还不知道哩,光祖晚上打鼾,能把房皮掀起来。"廖耀辉急忙说。

"不怕,房皮掀起来了,我明天给人家盖。"说完,朱主任就走了。

廖耀辉给宋师争取这些待遇的时候,宋师一直在烙锅盔。一个小鼓风机,把火鼓得呼呼呼地响,宋师啥都没听见。

晚上演完戏,吃完夜宵,宋师还是在舞台上打了地铺,朱主任咋都把他没叫去。他说他喜欢睡舞台,宽宽展展的。现在又是春夏之交,睡着舒坦。廖耀辉就说:"光祖这个人,阶级觉悟和思想觉悟始终都高,没办法。"他也就在舞台一侧,打了个地铺,躺下算了。

宋师要裘伙管把易青娥安排到女生宿舍去住,易青娥咋都不去,说也要在舞台上住。宋师就让她在离自己很近的地方,打了地铺,还拉了几口箱子,给娃挡了挡。他看廖耀辉住在离娃很远的地方,才放心地躺下了。快睡着的时候,他还给易青娥交代说:"娃,睡警醒些,有事你就泼住命地喊我。"易青娥点了点头。

第二天早上,一大早,易青娥就被一群鸟儿叫醒了。她发现舞台前后都还没有人,烧火又有些早,就拿出棍,到舞台前的平场子里练了起来。谁知不一会儿,就聚拢来好多人。易青娥一动作,旁边就有人鼓掌,喊好。易青娥平常都是在灶门口练,在别人没起床时练,在剧场关起门来练,而在这么多人面前练,还是头一次。人都吆喝个不住,她也没经见过这大的阵仗,就有些人来疯。越是人来疯,武艺就越发的好。练着练着,就聚起了小半场子人。

她没想到的是,剧团来的那六七十号人,就住在小学的两个教室里,而教室的门窗,正对着舞台前的平场子。场子里一吆喝起来,大家不知外面发生了什么事,都伸出头来看。当发现易青娥竟然是这样的身手,这样的武艺,挥起棍来,简直是如风、如电时,就有人爬起来看了。宋师和廖耀辉先起来看。接着,胡彩香和米兰也来了。然后,又有好多学生爬了起来。再然后,好多大演员也走出了教室。看得大家都有些傻眼:一个不起眼的烧火娃,竟然能玩出这样"枪挑不入""水泼不进"的棍花,宁州县剧团算是出了奇事了。

关键的关键,是被当地拿事的人看见了,当下就要剧团安排娃的戏,并且就要娃耍棍的戏。

朱继儒后来才给人暴露说,他当时是眉头一皱,计上心来,暗自高兴说:锥子尖总算从布袋里戳出来了。

他当时就让裘存义悄悄把易青娥的《打焦赞》,给人家透了风。地方拿事的,立马就要这折戏了。可几个老艺人没来,戏还是演不成。拿事的当即拍板:进城接人,来回班车票他们全报销。

这样,易青娥的《打焦赞》,就在一个乡村土台子上,把相亮了。

三十三

苟存忠、古存孝和周存仁老师是下午六点到的。三个老汉也是挤在班车的屁股上,到地方一下车,被灰弥得,也只能看见一对"灯"和一张嘴了。三个人都不停地"呸呸"吐着满嘴的沙灰。古存孝还开了一句玩笑说:"把他家的,一路的好招待呀!不过没把咱当唱戏的,是把咱都当成能咥泥土的蚯蚓了。"让易青娥觉得好笑的是,他们三个都跟宋师和廖耀辉一样,用一条手巾从头顶拉到下巴,捆扎出一张老婆脸来,也活像偷地雷的。周存仁老师背着焦赞的两根鞭。苟存忠老师捎着孟良的那两把板斧。他们都用包袱把"兵器"细心包着。古存孝老师还是带着助手刘四团。四团儿年轻,是挤在前边站着的,身上倒没落下多少灰尘。一下车,他就拿毛巾给古存孝老师细细打着灰。

易青娥是跟裘存义老师一起,到村东头临时车站来接他们的。接上了人,裘存义老师说,安排先洗一把脸,然后吃饭,吃了饭早点休息,力争明早把《打焦赞》过一遍。古存孝和苟存忠老师几乎不约而同地说:"不行不行。"苟老师说:"这么大的事,娃从来没上过台,一上去就是主角,咱们还能把娃晾到舞台上?这就跟打扮闺女出嫁一样,咱要把娃打扮得排排场场的,才能朝出送呢。你不能把一个豁豁嘴、烂眼圈子,就当新娘塞出去么。"易青娥知道,这些老艺人说话,总是爱打一些稀奇古怪的比方。古存孝老师说:"这样吧,都先抹一把老脸,吃了饭,就找个地方,梳洗打扮咱闺女走。"

几个人看上去，都很兴奋。易青娥心里感到一股暖流，一下把浑身都暖遍了。

晚上，舞台上在演出几个小戏。他们找到一个场子，借了老乡一只马灯，就排起了《打焦赞》。把戏整个过了一遍，几个老师都很满意。但还有很大一个问题没解决，那就是戏还没跟乐队结合过呢。文乐都不怕，戏里一共就八句唱，易青娥是请胡老师一个字一个字、一个音符一个音符反复抠过的。另外就是一个"大开场"，一个收尾的"小唢呐牌子曲"。中间还要吹几次大唢呐，有牌子曲《耍孩儿》，还有"三眼枪"，再就是马叫声。排过了《逼上梁山》，这些问题都不大。关键是武场面太复杂。古存孝老师说："这是遇见宁州剧团这些无能鼠辈了，要是放到过去的戏班子，只要把戏一排好，敲鼓的看一遍，晚上就请上台演出了。演员手势一到，敲鼓佬就知道要干啥。敲鼓佬明白了，手下也就把铙钹、铰子、小锣都喂上了。可郝大锤这帮吃干饭的，啥都不懂，手上也稀松，还不谦虚。商量都商量不到一块儿。"苟存忠老师说："要是胡三元在就好了。那家伙手上有活儿，你一点就到。"古存孝老师说："现在说这话顶屁用，关键是眼下，咋把这个坎儿过了。"大家商量着，还是得请朱主任出面，由组织上给郝大锤做工作：晚上戏一毕，就请司鼓看戏，先有个印象。明天再带铜器好好排几遍。正式演出时，由古存孝盯在武场面旁边，随时给郝大锤提醒着，估计戏就能敲个八九不离十。

裘存义老师把朱主任从舞台上请来，古存孝把他们的意思说了。谁知，就连朱主任也是有些怯火郝大锤的，听完半天没反应。古存孝就急了，说："老朱，团座，团总，朱大人，你总得给个硬话呀！如果跟武场面搅和不到一块儿，这戏就演不成。看你给人家地方上都咋交代呀！"朱主任狠狠把后脑勺拍了一下说："我咋就没想到这一层，还要让郝大锤敲鼓哩。"古存孝说："那你的宁州大剧团，就只剩下这一个敲鼓的二屎货了么，你主任不求他咋的。"朱主任无奈地说:"试试,我试试吧。你们都知道,这个郝大锤,可是团上的一块白火石,只有黄主任才能压得住,别人谁碰烧谁的脸哩。"古存孝说:"戏班子还能没个规矩了。你给他把话上硬些,看他敢不来。真个还没王法了!"

朱主任晚上果然把郝大锤没叫来。听说郝大锤后来还喝醉了,在教室里骂人呢:"老子累成这样,敲完戏,还要提着夜壶去伺候尿哩。几个老坟堆里钻出来的牛鬼蛇神,给个烧火做饭的丫头片子,捏码出个烂戏来,还要老子去伺候呢。你都等着,把豆腐打得老老地、把香火烧得旺旺地等着。都疯了,胡三元,一个在押刑事犯么,还值得你都这样去舔抹他的外甥女哩。亏你八辈子先人了不是?《打焦赞》,打他妈的个瘪葫芦子……"

实在闹得没办法,戏看来是演不成了。朱主任就让裘存义去给当地拿事的回话,也是希望那个拿事的,能出面再将一军。一来,他也好再给郝大锤做工作,二来,让全团都形成一个阵势,不演《打焦赞》,人家就不给包场费了。事情闹大了,谅他郝大锤也不敢再朝过分地做。这钱,毕竟是大家的血汗钱。

事情最后果然按朱主任的思路走了。第二天吃过早饭,郝大锤就头不是头脸不是脸的,提着鼓槌,骂骂咧咧来了。勉强把戏看了一遍,又跟武场面搞磨了一通,就说"台上见"了。临走临走了,他还给易青娥撂了几句话:"火烧得美美的么,咋想起要唱戏了呢?真是跟你那个烂杆舅一样,一辈子瞎折腾哩。都是不见棺材不掉泪是吧?"

易青娥得忍着,她知道郝大锤是恨她舅的。苟存忠老师还专门给她说了一声:"娃呀,唱戏就是这样,除非你红火得跟铁匠炉子里的铁水一样,流到哪里哪里着火,流到哪里哪里化汤,要不然,拉大幕的都给你找别扭哩。"

这天晚上,易青娥的装,是胡彩香和米兰两个人给化的。苟存忠一直在旁边做着指导。第一次演《逼上梁山》里的"群众若干

187

人"时,装很简单,每晚都是大演员们流水线作业,一人给脸蛋上涂点红,再把眉眼一抹就成。一个装大概用了不到十分钟。可这次演杨排风,胡老师给她整整化了两个小时。近看看,远看看,左看看,右看看,还是不满意。米兰老师又拿起眉笔,修补来修补去的。两个人就像绣花一样,直绣到苟存忠老师说:"哎呀,把娃都化成画儿了还化!"她们才喊叫其他人来看,问装化得怎么样。她们同班女同学里,立即就有人尖叫起来:"呀,这是易青娥吗?"胡彩香很是得意地说:"这不是易青娥是谁。"大家就纷纷议论起来,说没想到,易青娥还这上装的。平常看着干瘦干瘦的,就是个黑蛋子么,咋化出来还这漂亮的。易青娥在镜子里看着自己,几乎也认不得自己了,没想到演员能把装化得这美丽的:柳叶眉,被拉得长长的;她的眼睛本来就大,再让老师一化,使眼神就更加突出了;尤其是嘴,米兰老师化完后,还给轻轻涂了点芝麻油,润泽、鲜亮得就跟早晨才开的太阳花一样红嫩。苟老师直喊:"行了,化到这个份上就行了。包头,立马给娃包大头。"

包大头,是旦角化装最重要的部分。旦角把脸化好后,才仅仅是完成了化装的一部分。而更重要的,是把整个头发都要包起来。观众看到的,是做了特别装饰的假头发。包头用的是黑纱网,有一两丈长,拿水闷湿后,在头上可以捆扎好多圈的。米兰早早就把她演林冲娘子的黑纱网子拿了来。纱网不仅要捆扎住演员自己的头发,还要扎住十几个提前做好的鬓片,让整个头发密集、整齐、紧结、有形地好看起来。这十几个鬓片,也都是米兰平常用的。通过贴鬓片,改变演员的脸型,让长脸变得短些,让宽脸变得窄些,让瘦脸变得丰满些,让胖脸变得轻盈些。易青娥的脸,稍有点偏瘦。胡老师跟米老师研究来研究去,最后终于找到了最合适的贴鬓位置。一贴出来,娃的脸,立马就变成了十分饱满的瓜子形。苟存忠直喊叫说:"好好好,戏还要娃们扮哩。你看娃扮起来多心疼的。"然后,苟老师就要求胡老师她们,把娃头使劲朝紧地勒。先是用"提眉带",把眉梢和眼角朝起提,提成"丹凤眼"。米兰说,还是松一点,要不然娃一会儿头就晕了。谁知苟存忠老师凶神恶煞一般冲上来,端直抢过提眉带说:

"胡说啥呢?你那林冲娘子演得扯的,就招了没把眉眼提起来的祸。我给你包的大头,你转过身,就偷偷把水纱和提眉带都松了。眉眼吊拉下来,哪像个八十万禁军教头的夫人,就像个拉娃过场的宋代妇女。你还给娃也讨这巧呢。我告诉你们,唱旦,第一就要过好包大头的关。头包不好,眉眼提不起来,演文戏一扑塌,演武戏,几个动作脑袋就'开花'了,你信不信?你们演惯了赤脚医生、铁姑娘队长啥的,绑两个羊尾巴刷刷就出去了,还不知旦角是咋唱哩。该好好学点东西了。你们学不学,我也管不了,可绝对不能让好好的娃,再跟着你们学偷懒,学讨巧。你看我咋提眉,你看我咋勒水纱……"

只听易青娥"哎哟"一声,苟存忠喊道:"咋了?咋了?痛了?不痛还能学成戏?"胡彩香说:"真的勒得太紧了。把娃勒晕了,一会儿咋演哩?"苟存忠还说:"演不成甭演。"还在往紧地勒。易青娥就说了声:"不要紧,苟老师,我能行。"但声音明显已经有些发飘了。当苟存忠觉得已经勒得万无一失时,才说:"上泡泡。""泡泡"就是插在头上、鬓上的各种装饰品,行话叫"头面",也有叫"头搭"的。有金钏、银珠子,有玛瑙、祖母绿,还有红花、绿叶的。听苟老师讲,过去大牌名演的一副"头面",能值好几十万呢。现在都是用玻璃制成的,奇形怪状、五颜六色地闪闪发光。但戴在头上,立马就能使演员神采飞扬起来。虽然"烧火丫头"杨排风,头上那些金的、银的、玛瑙、翡翠戴得少些,可依然还是花枝烂漫,凤眼如炬的。易青娥直到很多年后上装,感觉都再也打扮不出那次的俏丽模样了。

头是真的勒得太紧了,还没到上场的时候,易青娥就在后台吐了两次。胡彩香还给苟存忠求了一回情,看能不能把水纱放松点。

苟存忠还是那句话:"你要想让娃一上场,大头就'开花'在舞台上了,那你就松么。这是演武戏啊!我们过去都是从这儿过来的,肠肚都能吐出来。可你不能松,一松,上台就完蛋,知道不?"

易青娥撑着,忍着。她觉得有今天的机会太不容易了。她必须撑下来,为苟老师、古老师、周老师、裘老师、胡老师、米老师、宋师、朱主任,还有在很远的地方坐监的舅撑下来。当然,更是为自己撑下来。她已是满十五、进十六岁的人了,娘说她在这个年龄,都被抽去修公路了。她觉得,自己好像还没有啥苦是不能吃的,啥罪是不能受的,虽然头是炸裂着痛,但比起这几年所受过的屈辱,又算得了什么呢?易青娥必须坚持。易青娥今晚绝对不能丢人。

《打焦赞》的"大开场"唢呐吹响了。

苟存忠老师在她身后又嘱咐了一句:"娃,稳稳的,就跟平常排练一样,不要觉得底下有人。也就你苟老师一个人在看戏哩。记住:稳扎稳打。你是我见到过的最好武旦!上!"

易青娥就手持"烧火棍",一边出场,一边嗖地一下,将棍抛出老远。然后她一个高"吊毛儿",再起一个"飞脚",几乎是在空中,背身将"烧火棍"稳稳接住了。再然后,她又是一个"大跳"接"卧鱼";再起一个"乌龙绞柱"加"三跌叉";紧接"大绷子""刀翻身""棍缠头";亮相。底下观众就一连声"好好好"地喊叫起来。

在出场以前,易青娥还觉得头痛欲裂。可一登场,尤其是唢呐一吹,铜器一响,观众一叫好,好像头颅都不存在了一样。剩下的,就是老师教的戏路,就是开打,就是亮相。除此以外,易青娥几乎啥都不知道了。与焦赞的第一个回合下来,苟存忠老师和胡彩香、米兰老师,早已等在下场口了。她一进幕条,苟老师一把将她抱住说:

"好!我娃绝了!好!比平常任何时候排练都好!稳住。尤其是脚下要稳住。武戏就看脚底哩。你脚底很稳当。再稳一些。心要放松,就跟耍一样,要得越轻松越自在越好。我娃成了!绝对成了!"

胡老师给她喂了几口水。米兰老师给她擦着汗。她看见,古存孝老师正在武场面与郝大锤争着什么。苟老师就把她带向上场口了。苟老师说:"今晚铜器敲得乱的,就跟一头死猪扔在了一堆碎玻璃上。但你得按戏路走。他能跟上了跟,跟不上了,你不要等。谁也没办法,得了癌症,啥方子都救不了的。"

易青娥再一次上场了。由于苟老师不断地给她树立信心,她就越演越轻松,越演越顽皮了。在跟焦赞对戏时,连累得气喘吁吁的周存仁老师,也给她耳语了一句:"好,娃没麻达!再朝轻松地走。"她就越演越自如,越演越来劲了。第一个回合,她特别紧张,还感觉不到武乐队乱搅戏。第二个回合轻松下来,就明显感到,郝大锤的鼓点是不停地在出错。如果照他的套路,戏几乎走不下去。她就按苟老师说的,完全照平常排练的路数朝下演。武场面乱,也就只好让他乱去了。事后有人说,得亏易青娥是新手,只死守着老师教的戏路。要是个老把式,今天反倒会把戏演烂包在舞台上。因为敲鼓佬敲得太离谱了。

戏终于演完了。当易青娥走完最后一定动作,被焦赞、孟良拉着到台前谢幕时,她感到浑身都在哗哗颤抖着。她听到了掌声,听到了叫好声,有些还是来自侧台的同学、老师。可她已经支撑不住了。她感觉头重脚轻,天旋地转得随时都要出溜下去了。刚进后台,果然就栽倒了。胡彩香和米兰一把将她抱住。苟存忠立即给她松了水纱、提眉带。宋师赶快把一碗水递到了她嘴边。她看见,廖耀辉也在一旁执着水壶。她听见,古存孝老师正在跟郝大锤吵架。古老师说:

"领教了!我古存孝这一辈子算是领教了!还有你这好敲鼓的。高,高家庄的高!实在是高!领教了!"

只听郝大锤一脚把大鼓都踢飞了出去:"领教个屁,领教了。你个老贼,再皮干,小心我把你的屁都给你打出来。滚!"

后来的事,易青娥就不知道了。因为她晕倒后,是几个老师把她抬到服装案子上去的。连她的服装,都是老师和同学一件件脱下来的。头饰,也是好多人帮着拆卸的。就连脸上的装,也是胡老师用卸装油,一点点擦下来的。她是被"包大头"给彻底包"死"过去了。在卸装的时候,她还听苟老师讲:

"旦角最残酷的事,就是'包大头'了。尤其是武旦,那就是给脑袋上刑罚呢。勒得缺血缺氧,你还得猛翻猛打。过不了这一关,你就别想朝台中间站。"

这天晚上,易青娥感受到了一个主角非凡的苦累,甚至是生命的极端绞痛。但也体味到了一个主角,被人围绕与重视的快慰。这么多人关注着自己,心疼着自己,那种感觉,她还从来没有体味过。她觉得,脑壳即使勒得再痛些,也是值得的。

那天晚上,她第一次听到了领导的表扬。是朱主任说的:

"这娃出来了!我说了吧,只要是好锥子,放到啥布袋里,那尖尖都是要戳出来的!"

三十四

大家都觉得,易青娥这一下,是可以彻底从伙房挣脱出来了。当天晚上演完后,这一话题就成了全团的议论中心。都说,没想到人才从伙房给冒出来了。晚上吃夜宵时,当地领导请朱主任和几个老艺人去吃酒,还特别邀请了易青娥。

易青娥卸完装,仍吐得一塌糊涂。头上勒出的印痕,胡彩香和米兰两个人揉了半天都没揉下去。米兰还对苟存忠开玩笑说:"你看你把娃的头,都勒成老苦瓜了。让娃将来咋找女婿呢。"苟存忠说:"你放心,咱娃还愁找女婿?你信不信,将来咱娃是王宝钏抛绣球,由咱选,随咱挑哩。"说得易青娥哭笑不得地捂起了脸。

易青娥不想去坐席,当地领导还不行,说看了戏,村上、乡上的领导,尤其是书记娘子,都想看杨排风长的啥模样呢。犟不过,就让人家把她接走了。

后来易青娥听说,这天晚上团上吃饭时,大家都给灶房祝贺哩。宋师还专门熬了两只鸡,弄的黄瓜丝鸡汤面。大家吃得高兴,就开起宋师和廖耀辉的玩笑来。有人故意说:"伙房是咋抓新人培养的,团上一天抓到黑,咋就没培养出个易青娥来?易青娥竟然从灶门洞里给冒出来了。给大家交流交流经验吧。"宋师只会咧着嘴笑,一句玩笑话都憋不出来。廖耀辉倒是能掰扯得很。他一边用饭盆挨个加着汤,一边说:"这都是宋师一手培养的。光祖这个人,思想觉悟高,天天给娃上课,要求娃进步哩。我就是人家光祖的帮手,平常敲敲边鼓啥的。俗话说,有苗不愁长。娥儿是一棵好苗苗,眼看就长成器了不是。"有人说:"你都咋培养的吗?得给团上领导过过方子哩。"廖耀辉说:"咋培养?红苕长大了就是大红苕,长小了就是小红苕呗。"惹得饭堂笑倒一片。

从乡下演出回来后,大家都等着团上放话,让易青娥回到学员班当演员呢。谁知半个月过去了,还是没动静。易青娥还几次碰到黄主任,黄主任就像没看见她一样,过去是啥态度,现在还是啥态度,好像啥事都没发生过一样。易青娥心里就有些凉,烧火也没心思,练功也没心思,整天都是恍恍惚惚的。

苟存忠和古存孝他们有些不服气,就又去找朱继儒副主任。谁知他又在家里熬起了药罐子,头上还是勒着帕子,见人还是病得哼哼唧唧的,拉话也是吞吞吐吐、吊眉奉眼的样子。古存孝就有些生气,说:"老朱,你看我来团上都一年多了,干了些啥,你心里也是明明白白的。就说《逼上梁山》没排出水平,宁州剧团就这瞎瞎底板,你叫我能上出啥好颜色来?这都不说了。那《打焦赞》总该是把全团都震了吧?几千老百姓把手都拍烂了,台子都快被喊叫翻了,反应够强烈了吧?你也都是亲眼看见的事,该不是我古存孝王婆卖瓜吧?老苟,老周,老裘,还有我古存孝,都是黄土埋齐脖子的人了,还图个啥前程?啥名分?就是给我弄一朵磨盘大的红花,戴着又能咋?是能再娶一房啊,还是能当了主任、当了副主任?可易青娥还小,才十五六岁个娃呀!你团上能不能给个话,放个响屁,让娃到演员队里,正正经经唱个戏,看能成不能成?大家都做你朱继儒的指望呢,没想到,你也是庙堂里拔蜡——漆黑一团的。我几个老皮算是求你了,给易青娥赏一碗唱戏的饭吃行不行?难道你还要我几个给你跪下不成?"朱副主任急忙说:"言重了,言重了,你们言重了。易青娥是咋回事,我朱继儒是看得出来的。我跟你们心情是一样的。我还是那句老话,娃的锥子尖尖,已经从布袋里戳出来了,谁也捂不住了。"古存孝更加生气地说:"你朱继儒都说的是屁话。既然捂不住了,那你团上领导还捂着?"朱继儒就不紧不慢地说:"老古,你相信我说的话,地球是圆的,圆球是动弹的,动弹是有下数的。你都看看报纸,听听广播,弄啥事都要有个气候呢。快了,这娃的出头之日快了。你们甭急着解布袋口。布袋口好解,有时一阵风就自己刮开了。关键还是要看锥子尖不尖呢。尖了谁也没办法。不尖谁也没办法。你们要继续帮娃把尖尖朝锋利地磨呢。磨得越尖溜越好,知道不?你都听我的,绝对没错。"

谁拿这号领导也没办法。出了门,古存孝还骂了朱继儒一句:"这个老滑头,活该一辈子当副职,活该人家黄正大每次要把'副'字咬得那么重。我就想拿起他的中药罐子,照那颗尖脑袋,狠狠拍一下,一回把滑头的毛病治断根了算尿。"

说是说,骂是骂,从朱继儒副主任那里出来,他们四个人又开了一次会。会上,还拿了一沓报纸,相互翻了翻,也没翻出啥名堂来。裘存义就说:"肯定是朱继儒的推托之词,这上边还能看出个啥气候来。天气预报倒是有,可从来就没准过。"最后他们决定:不管"地球咋动弹",人家黄主任咋盘算,他们还是继续给易青娥打磨"锥子尖尖"。把《杨排风》整本戏排出来,不信把这些阎王小鬼震不翻。

易青娥还是那么听话。除了排戏、烧火,好像也没有别的事可干。她又继续过起了排《打焦赞》时的那种生活。他们先给她排的是《打孟良》。这折戏,本来在《打焦赞》前边,因为没有《打焦赞》精彩,作为单独折子戏,也就很少有人抽出来排了。由于有了《打焦赞》的基础,《打孟良》排得十分顺利,几乎才一个多月时间,四个老师就觉得比较满意了。他们认为,该是给娃排大戏的时候了。接着,他们就开排《杨排风》了。因为易青娥在乡下舞台的精彩亮相,团上好多演员都看到了老艺人的教戏本事。尤其是那些还有点业务想法的人,就都想找机会,跟老艺人学点东西了。因此,《杨排风》想用人,抽调起来就很方便。反正古存孝始终把握着一点:用其他人,都掌握在业余时间。不要给团上留把柄,说他们几个"牛鬼蛇神"想拉杆子呢。

杨排风不仅有好多武戏,而且还有好多唱腔。这些唱,先由苟存忠老师教套路。苟老师毕竟是年龄大了些,唱得有戏味儿,但缺气力。尤其是男声学女声,总显得有点假,也少了胡彩香老师唱戏的那些技巧。胡老师是在省城进修过声乐的,懂得发声位置,讲究共鸣腔,唱戏好听。好在苟老师很开通,要易青娥还是跟着胡彩香学。让胡彩香把杨排风的唱腔,再做些细腻的处理。他说:"演员把戏唱得好听很关键。"但是,易青娥学得太像样板戏和唱歌的地方,苟老师又会朝回扳一扳,说:"戏还是要唱得像戏。秦腔必须姓秦。要不然,你就不是你了。"

就在《杨排风》排得正得劲的时候,米兰老师走了。

米兰老师走得很急,说是国庆节就要在省城举行婚礼,并且连工作关系都一回转走了。用廖耀辉的话说:"米兰是连根从宁州剜走了。团上又把一个主角子没了。"

米兰老师离开的头一天晚上,把易青娥叫到房里,除了自己随身要用的东西,几乎把剩下的,全都交给她了。好多年后,易青娥想起来,还觉得自己是发了一笔横财呢。不仅有被褥、澡盆、脸盆、脸盆架子,而且还有一个茶几、一个床头柜、一口木箱子。仅换洗衣服,就给她留了大半箱。还有一个坐在桌上的长城牌电风扇,虽然有时得狠狠拍一下才能转,但在那时,已经是太奢侈的家用电器了。易青娥吓得都不敢朝走搬,生怕是一种犯罪。米兰帮她把这些东西,都搬到灶门口后,抱着她说:

"娃,你太不容易了!你是跟着你舅带灾了。好在时间长了,一切都慢慢会过去的。你也乖,把苦吃了,我觉得是会熬出头的。不过,就是熬出头了,唱戏这行也是挺难的。有时啊,其实就是自己人跟自己人杠劲,自己跟自己过不去呢。你要有精神准备哩。现在看起来难,也许戏唱出名了,才更叫难呢。以后你也别把我叫老师了,就叫我米姐吧,我也就比你大十来岁。今后有用得着的地方,就给姐开口。姐找的女婿,除了年龄大点,其余一切都挺好的。我关照不上你了。你舅在县医院被公安局抓走的那天,扑通跪到我面前,当时差点把我都吓傻了,但我马上就懂得了你在你舅心中的分量。这几年,我也没照顾上你啥,以后,就更照顾不上了。你胡老师跟我一直为争角色,有些矛盾,但对你挺好的,你就跟着她吧!她是刀子嘴豆腐心,心肠真的不坏。她亏待不了你的。我想把房里的穿衣镜留给她,但我不想直接送去,还怕她不赏我的脸呢。你等我明早走后,给她搬过去吧。舞台姐妹一场,就算留个念想。"

说完,米老师还呜呜地哭了起来。

易青娥也哭了。

两人抱头痛哭了好久好久。

米兰老师最后送给她的东西,还有一本翻烂了的《新华字典》。米老师说:

"我们小小的进剧团,都没上多少学。可唱戏又是要有学问的。最起码,得认识剧本上的字,知道说的唱的都是啥意思吧。这本字典我本来是想带走的,已翻烂完了,好多页都是拿糨糊粘起来的。可想想,还是留给你吧,遇见生字就查,查了就记下,时间长了,也会学下不少东西的。"

她知道,米兰老师平常是爱学习、爱看书的。她常常坐在太阳地里,读着很厚很厚的书。有一本她还记得名字,叫《安娜·卡列尼娜》。

胡老师还经常糟践米兰说:"喊,斗大的字,不识一升,还猪鼻子插葱——装象呢。"

就在米兰走后不久,她舅胡三元就回来了。

三十五

易青娥是按米兰的要求,在米兰走后,才把穿衣镜给胡老师送过去的。镜子有一人高,框子也特别好看,是乳白色的,还有雕花。易青娥说:"米老师说了,她跟你在同一个宿舍住了好些年。过去关系好得能割头换颈。后来,也不知咋的,就越来越生疏了。她说都是唱戏害的来。她现在彻底不唱戏了,希望还把关系能恢复到当学生、住大宿舍时一样。这个穿衣镜,是她攒了好几个月工资,才在省城买下的。她说那一年,你们两人都在省艺校学习,都看上了这面穿衣镜,既能化装,还能对着镜子练表演。你们当时一人买了一个。她说可惜得很,你的那个,在回来的班车上,给震打了。说你当时还号啕大哭了一场呢。她运气好,把这面镜子浑浑全全抱回来了。这些年,见你也再没买下这大的镜子,就想把它送你,做个纪念。米老师还……还说了,你要是不要……就……就别勉强……"

"别说了,她……她啥时走的?"

"一早,五点多一点。跟谁都没打招呼,就悄悄走了。是我……送到大门外的。有小车……接走的。"

胡老师突然抱住穿衣镜哭了起来:

"米兰,我们都是何苦呢!为唱戏,为争主角,把十几年的姐妹关系,争成了这样……头不是头,脸不是脸的……走时,还连送一下的脸面都不给了……"

胡老师不仅要了穿衣镜,而且还挂在了房子的正中间位置。易青娥还到那里练过好多戏呢。

米兰走后,大家都说,黄主任比过去更蔫儿些了。他老婆还到处说:"今后培养人,还是要注意思想表现呢。你看米兰,组织培养了一整,还不如个物资局的采购员灵,一勾扯,就叛逃了。辛辛苦苦给她排的几个戏,都摆下了。"有人就说,米兰是黄主任一手栽培的,思想还能有错?还有人转词说,黄主任和他老婆就是米兰的精神教父哩。连这样过硬的夫妻店,联手推起的大红人,精神都让资产阶级糖衣炮弹打垮了,看来黄主任那一套,也不是万能的了。

据说米兰走后,黄主任的老婆也给胡彩香暗示过,嫌她老不到家里来,要她有空到家里坐坐。说黄主任最近正为选谁做新的培养对象头痛呢。胡老师对人说,他头爱痛只管痛去,我才不去踏他家的门槛呢。在胡老师看来,宁州剧团就是让他夫妻俩搅乱黄的。既不懂戏,还自以为是,就是武大郎开店。尤其是爱整人、害人,拉一帮的打一帮。自己就是不唱戏,也不去给这样的人磕头烧香。何况,走了米兰,还有谁能撑得起宁州剧团的台呢?

易青娥她舅胡三元,就是在这个当口回来的。

连易青娥也没想到,她舅会提前一年释放了。

前年,她就准备去劳改场看她舅的,结果她舅回信不让去。胡老师也一再阻挡,说几百里地呢,坐车得两天,你一个碎女娃娃咋去呢?可她一直打算着,是要去看她舅一次的,并且打算今年中秋节去。没想到,她舅在中秋节的前三天就回来了。

她舅是被两个警察领回来的。警察端直把她舅领到了黄主任那里。说了些什么,没人知道。但胡三元让两个警察领回来的事,立即就在宁州剧团传开了。几乎所有人都从房子里走了出来,看胡三元是不是又出啥事了。有人还问,戴铐子没有?看见的人说,没戴。说胡三元背了个背包,手里还拎着一个网兜,装着脸盆啥的。见了人,还挥手打招呼呢。就是那脸和脖子,还是茄子色没变。据说郝大锤一再问人看清楚了没有,胡三元没戴铐子,那扎没扎脚镣?先看见的人还是证实,胡三元是穿着一双黄胶鞋的,一身劳动布工作服,也洗得很干净,里面还能看见扣得齐齐整整的白衬衣呢。

易青娥那天正在剧场里排《杨排风》,有人说她舅回来了,她当下扔了"烧火棍",就从前院子跑到后院子了。她见站了一院子人,尽量抑制住内心的冲动,远远站在一个高坎子上,看着黄主任的门口。那门是虚掩着的。她不知道她舅到底是怎么回来的,反正院子里说啥的都有。有的说,搞不好又要翻前边的爆炸案了。有的担心,胡三元是不是又犯下啥新的案子了。反正没人说她舅是提前释放的。易青娥看见,胡彩香老师也在人群中间站着,听这个说说,听那个讲讲,跟她一样,也是一脸的急切表情。

终于,她舅出来了,是一个人先从门里出来的。他出来后,黄主任的门就又关上了。易青娥一眼看见,她舅的双手和双脚上,啥都没戴,是自由自在的。并且他一手拎着个背包,另一只手,还拎着一个红绞丝的大网兜。她舅的脸,虽然还是特别难看,但比逮走时,已强了许多。那时是黑的,黑得跟锅底灰一样。但现在是乌的,乌青色。并且面积也小了些,只有半边仍黑得够呛。另半边,已经显现出一些自然肤色了。她舅出得门来,一院子人都在朝他张望,并且有人喊起了"胡三元"。他就给大家挥了挥手,点了点头,还勉强笑了一下。一笑,门牙就很白地龇了出来,他还急忙用

· 199 ·

嘴唇抿了抿。他在人群中寻找着什么。易青娥一下就能感到,是在找自己呢。很快,她舅就跟她的目光对上了。在对上目光的一刹那,她舅停止了搜索。她能感到,舅是给她轻轻点了下头,就转过身,在门边蹲下了。

又过了好久,黄主任的门开了。她舅急忙站了起来。黄主任送那两个警察走出来了。那两个警察给她舅交代了几句什么,就走了。黄主任在前边送人,她舅就跟在后边。再后来,那两个警察就出大门了。而她舅,就留在院子里,跟围上来的人说话了。易青娥急忙朝跟前凑着,但没有挤到人窝里去。只听有人问:

"你这是释放了?"

她舅说:"提前一年释放了。"

"那还不错。那两个警察来是干啥的?送你?"

她舅说:"弄不清。人家总得跟单位有个交接吧。"

再后来,有人就把易青娥拉到了前边,说让她舅好好看看外甥女。易青娥走到她舅面前,一声"舅",喊得就快哭晕过去了。

她舅一把扶住易青娥说:"娃,不哭,不哭。舅回来了。舅这不回来了!"

她舅没地方去,易青娥就把他领到了灶门口。一看外甥女住的这般光景,她舅再也忍不住,就像老牛一样号啕大哭起来。

她舅狠狠砸着自己的脑袋说:"都怪舅不成器,把亲亲的外甥女害成这样。十二岁就给人家烧火做饭了,还住在灶门口。你咋都不给舅写信说呢?"

"好着呢。舅,灶门口好着呢,又宽敞,还一个人住。冬天又暖和。这里好着呢,舅!"

"可再好,毕竟是灶门口啊!在农村,只有讨米娃,才偎人家灶门口的……"她舅哭得更伤心了。

易青娥就不停地安慰着舅,说自己都开始排《杨排风》了。《打焦赞》的事,她都给舅写信说过的。

这天晚上,她舅跟她几乎说了一晚上的话。胡彩香中途还来送了一回吃的。胡彩香说,让易青娥去跟她搭脚,让胡三元一个人在这里睡。可胡三元说,四年没跟外甥女在一起了,他想跟她好好拉拉话。

他们几乎没眨眼皮地整整说了一夜。

这天晚上,剧团突然加强了巡逻。巡逻的位置,就在灶房的前前后后。并且有人的眼睛,是一直盯着灶门口那扇半开半掩的柴门的。

也就在这天晚上,郝大锤喝得酩酊大醉,并且用石头砸了灶房的窗玻璃,嘴里还一个劲地喊着:

"完了,完了,这个屃世界完了……"

三十六

易青娥最想知道的事,就是她舅到底是咋出来的,而且还是提前一年出来。团上一直有人说,像胡三元这样的人,进到里边,只有加刑的份儿。他那性格,坐监也是要跟犯人干仗的,搞不好还能跟警察干起来呢。再说了,那爆炸案,团上一直有人暗暗递状子,要求上边重审、重判呢。搞不好,哪一天还真能把案翻起来,补一颗"花生米",也不是没有可能的。易青娥一直为这些说法提心吊胆着。没想到,她舅还提前回来了。她不能不急着打问个究竟。

舅说:"娃呀,舅这回的确是捅了大娄子,但也背了亏了。到了劳改场,舅才慢慢知道,像舅这样的案子,要是团上能出面说话,也是可以不坐监的。因为舅不是故意,连半点故意的意思都没有,况且舅自己也是差点被炸死了。要是故意的,还能把自己朝死里弄?可当时团上领导没给我说好话,一直说我是故意的。说舅平常表现就不好,出那样的事,绝不是偶然的。可公安局始终找不到舅故意制造爆炸案的证据。是团上追住不放,死说胡三元就是故意破坏,最后才把舅抓走了的。进局子以后,舅还是遇见了好人。给舅办案的,是一个老公安,才从乡下解放回来的。他一口认定,这个案子不能定性为故意破坏,更不能定性成故意杀人。最后几上几下,才给舅判了个重大过失犯罪。舅认了,为啥认了？毕竟是把人炸死了。炸死的胡留根,还是舅的好朋友。我一直说,胡留根是宁州剧团最好的丑角。他十六岁,就把《红灯记》里的鸠山演活了;再演过《平原作战》里的龟田队长;后来又演《沙家浜》里的刁德一;还演过《智取威虎山》里的坐山雕;扮过《杜鹃山》里的毒蛇胆;还有《红色娘子军》里的南霸天。那次把《洪湖赤卫队》里的彭霸天,也是演得没有人不爹大拇指的,结果让舅给炸死了。把一个多好的丑角给报销了哇！炸死他,舅一年多晚上都在做噩梦,睡不着觉哩。胡留根还老来托梦说：'三元,你个挨枪的,咋装的药,把兄弟肠肚都炸出来了。你知道不,兄弟还没结过婚呢。人生的啥味道都没尝过,你就把兄弟日塌了……'你想想,舅心里是啥滋味？真是枪毙了都觉得活该呀！还有好几个受了重伤的,都跟着舅,带了一辈子灾……把舅就是再判个十年八年的,也毫不冤枉啊！"

易青娥问他："那天全县开公判大会时,舅你提前知道消息吗？"

舅说："当然知道了,提前好几天就知道了。所以那天游街示众,还有最后开公判大会,舅就要拼命抬头看哩。看看他黄正大,再看看那几个想治舅死罪的人,看他们都是啥表情。那天舅看见你了,好大的胆子,竟然钻到人家的警戒线里了,那是可以抓起来的。还好,我看那几个人,只是把你从人缝里塞出去就算了,没把一个娃娃当回事。不过你胆子也太大了点,那是啥地方,就敢朝进闯。"

易青娥说："我……我就是想让舅你看上我一眼么。那天一大早,我就到县中队门口去等你了。你是第九辆车拉出来的。你的车在前边走,我在后边撵,可你一直没看见我。最后,不朝里边钻不行了,我才钻进去的。"

舅说:"你呀,比小时走夜路的胆子都大了。你八九岁时,从阳坡垴到阴坡垴背红苕,打着火把,一个人就走过夜路的。舅都知道。鬼不怕,最怕的是人,尤其是被煽惑起来的人群。那天游街示众的阵势,比走夜路到队上去分红苕,害怕多了吧?"

易青娥直点头。她又问:"那天判完刑,就拉走了吗?胡老师说不会留在县中队了。"

舅说:"判完刑,舅就被拉到地区劳改场了。地区劳改场,其实就是砖瓦窑,烧砖烧瓦的地方。舅做过砖坯、瓦坯,还进过窑里送砖送瓦,码砖码瓦。烧好后,也进里面去拉过砖瓦。窑里最高温度能有七八十摄氏度,人进去,都是用水把麻袋闷湿,披在头上身上朝进跑的。等拉一架子车砖瓦出来,麻袋干得都能点着了。一个夏天我们都没穿过衣裳,就跟野人一样,腰上围一片烂布过活着。实在受不了,舅还自杀过一回。也的确是觉得活着没啥意思了。可后来,地区剧团一个敲鼓的,跟我认识,知道我在劳改场烧窑后,来看了我一回。这人能耐大,过去给劳改场的文艺演出活动帮过忙,跟场里的领导也认识,就把我的情况给人家介绍了。说舅是一个最好的鼓师,不敢说全国,在全省起码都是顶呱呱的。说如果让砖瓦把我的手指头砸坏了,太可惜。就在那一年多,我们队就有两个因烧伤、砸伤而截了肢的。他要他们照顾我一下,看能不能安排点轻松活儿,起码不要伤了两只手。说敲鼓的,一辈子就凭一双手吃饭哩。还说,胡三元是过失犯罪,将来出去还能敲鼓的。他还说,想定期来跟我切磋鼓艺呢。劳改场的领导,就把我的活儿越调越轻省。到后来,干脆调到卖砖瓦的地方,当库房看门的去了。那个好兄弟,也果然常来跟舅学点手艺啥的。每次来,还给我带好多好吃好喝的。再后来,劳改场要参加全省劳改系统文艺汇演,舅就有了用武之地。一台戏抓下来,不仅在全省获了奖,而且还让劳改场的领导,到处去介绍经验呢。再后来,舅就基本成劳改场专职业余文艺宣传队的人手了。这个节目弄完,又让弄下一个。不仅场里的干警爱排戏,犯人也喜欢排节目。舅在里边就成大红人了。弄着弄着,减了半年刑。后来,有一个节目,还参加了全国劳改系统调演,刑又减了半年。这样,舅只坐了四年就出来了。出来时,劳改场的领导还有些舍不得呢。说劳改场的一个文艺人才走了,这方面,以后还塌豁出一大块了呢。"

易青娥高兴得直给舅打糖水。舅都喝过三缸子了,她还在给舅的缸子里放白糖。

舅说:"娃呀,糖少放一点,给你留着。舅喝了也是白喝。你喝了好保护嗓子呢。"

易青娥说:"舅,我有。你喝你的。"

她舅一边品着甜蜜蜜的白糖水,一边说:"你都看见了,送我回来的那两个警察,一个是地区劳改场的,一个是咱这边派出所的。他们把我送回来,就是想给团上领导说一下,看能不能再给我一碗临时工的饭吃。他们说,好多刑满释放人员,因为回来受歧视,找不到工作,最后又犯法进去了。他们觉得我有技术,加上又是过失犯罪,还获得过两次减刑,看单位能不能给安排个事。说不要把人推向社会了。"

易青娥问:"黄主任答应了吗?"

她舅摇摇头说:"好像没有。但劳改场的人说,让我不要着急,再等一等。说单位安排个事,也不是那么容易的。兴许等等就有机会了。"

易青娥说:"舅只要回来了就好。回来了,啥事都会好的。"

她舅就问她的情况。易青娥觉得,她心里的话,三天三夜给她舅也说不完。她想拣紧要的说,可紧要的,也多得不知从哪儿开头。

易青娥就从那四个老艺人说起了。她说,四个人对她都好得很,都想把她教成器。她还给舅看了苟老师送给她的那条纯丝宽板带。她说:"开头,大家都看不起四个老艺人,不好好跟着学。自打我把《打焦赞》学成后,大家就都开始待见老艺人了。现在,老有人给他们做好吃的。送糖的、送点心的、送酒的,还有给织毛背心的呢。都想跟他们好好学一折戏。可老师们,还是要先给我把《杨排风》排出来。说有本正经大戏立在那儿,一院子人,才真正知道马王爷是三只眼了。舅,你知道不,苟老师、周老师、裘老师,都给新来的古存孝老师介绍说,要是胡三元在就好了。说让胡三元敲《打焦赞》《杨排风》,一准就把戏敲得张起来了。都说舅你技术好,敲戏可有感觉、可有激情了。"舅就有些兴奋地说:"别的不敢吹,就敲戏这几下,别看舅让人家关了几年,现在敲,照样找不下能眨进我眼窝的对手。"舅说他在里边练得就没停过。

易青娥说:"真的?"舅说:"那还能有假。舅在地区劳改场,都是有名的'胡敲打'。你知道'胡敲打'是啥意思吗?就是见啥都能敲打起来。舅在别的犯人的光脊背上都敲打呢。他们趴在地上晒太阳,舅在他们的屁股上也敲哩。他们还特别喜欢舅敲来打去的,说敲打着跟按摩一样,舒服得很。有些人,还换着让舅敲呢。舅一边敲,一边唱,大家就把舅的活儿都抢着干了。晚上回到宿舍,舅拿碗筷、洋瓷盆敲。一围一堆人。舅连敲戏,带说戏,带唱戏,带比画戏,连'狱霸'都高看舅一眼了。'狱霸'你懂不懂?就是监狱里的霸王爷。警察对这些人,有时也是睁一只眼闭一只眼的。因为他们也替警察在里边管事呢。但'狱霸'从来没欺负过舅。最多就是让舅在他们躺下后,去给他们敲打敲打身子骨。舅刚好把鼓艺也顺便练了。"易青娥笑了,说舅干啥都能得很。舅又吹上了,说:"干啥都有窍门呢。不能硬敲,得拿窍敲哩。"

易青娥故意把胡彩香和米兰老师的情况,朝后放了放。舅就有些忍不住,急着问了起来。易青娥先说米兰。说米兰已经走了,跟省上物资局的一个人结婚了。听说那人比米兰大了十二岁,但对米兰好得很。有人看见,一天晚上下大雨,那人送米兰回来,怕黑咕隆咚的稀泥巷子,把米兰的鞋打湿、脚走崴了,硬是将她抱在怀里,呼哧呼哧送进来的。她还说,米兰对她一直很好,很照顾,走时,几乎把所有东西都给她了。她还让舅看了看电扇,她一直舍不得用,是拿一个塑料单子包着的。她说:"舅,米兰老师一直感念着,你走时扑通给她跪的那一下。她觉得舅是太爱自己的外甥女了。那么一条硬汉子,竟然当众给一个女人跪下了,她说她就知道,该咋关照这个没人管的可怜娃了。走时,米兰老师还说,没关照好我,说等舅回来了,替她说声对不起呢。其实米兰老师对我已经够好了。真的,她后来跟黄主任老婆关系不好,我老觉得跟我都有些关系呢。"舅就问:"米兰跟黄正大的老婆闹掰了?"易青娥说:"我也不知道,只听他们都说,黄主任的老婆,最后到处说米兰老师的坏话呢。说她演了几个戏,就忘本了,不念记组织培养了,尾巴翘到天上去了。不仅不听话,而且还沾染了一身的资产阶级坏思想,叛逃了。"

她舅停了一会儿,又问:"胡彩香跟米兰的关系后来咋样?"易青娥说:"时好时坏的。只要不排戏,咋都好。一排戏,一上角色,就不说话了,见了面,也跟仇人一样,相互躲哩。"舅叹了口气说:"唉,倒是何苦呢。这下米兰走了,你胡老师该称心如意了吧?"易青娥说:"哪里呀。那天米兰老师走后,胡老师还哭了呢。说都是姐妹一场,倒是何苦呢。米兰老师把她从省城抱回来的大穿衣镜,还送给胡老师了呢。"

她舅不说话了,光喝水。过了一会儿,舅又问胡老师对她咋样,易青娥的眼睛就红了,鼻子也酸了。她说:"要不是胡老师,我早就不在这儿待了。"有好多事,她都想给舅说,可说着说着,就说不下去了。舅就不让她说了。舅说:"胡彩香是个好人,就是嘴不饶人。其余的,还真没啥弹嫌的。"

她舅看她一提胡彩香就哭,也不再提说胡彩香了,又问她在灶房的情况,问宋师和廖师对她咋样。舅说,他回来还带了点东西,赶明日,都要一一去感谢那些关心过她的人呢。易青娥把宋师对她的好,都一一说了,但在说到廖耀辉时,就又哭了起来。她舅问咋了。易青娥先死不说,就怕舅的大炮筒子脾气还没改,惹事呢。可她舅偏不依不饶的,要打破砂锅问到底。问得急了,她就把廖耀辉干的那些龌龊事,给舅说出来了。果不其然,她舅当下火冒三丈,连夜就要去"揭了廖耀辉的皮""卸了廖耀辉的腿"。她几次三番阻拦,才算把舅的火气压下来。

可第二天早晨,她舅到底没忍住,还是去打了廖耀辉。

本来这事根本没人知道的。宋师是为了她,才把事情一把捂了的。没想到,她舅这个冲天炮,一下把事情炸烂包了,以致使她一生都饱受着这件事的腌臜、羞辱与煎熬。

三十七

易青娥和她舅几乎整整说了一夜。快天亮的时候,她让舅眯一会儿,她舅就把自己的被子摊开,在一个拐角卧下了。她也躺了一会儿,就起来烧火。那时陆续有人起床了。昨晚临时加的巡逻哨,也撤回去睡了。易青娥把火烧着后,就去水池子刷牙洗脸。她舅,就是在这个时候起身,从灶门口顺手抄起那把一米多长的铁火钳,扭身进了灶房的。

廖耀辉当时正在准备早上吃臊子面的茄子丁、洋芋丁和豆腐丁。按双刀的节奏,嘴里正哼着《小寡妇上坟》呢,没防顾着,身后是进来了歹人。只听易青娥她舅大喝一声:"狗日廖耀辉,你个臭流氓,今天死期就算到了!"说时迟,那时快,她舅扑上去,对着廖耀辉的脊背、大腿、交裆,狠命就是几火钳。廖耀辉当下就吓得钻进案板底下了。她舅还拿火钳朝里使劲戳着。廖耀辉在案板底下直喊告饶说:"三元,三元,你误会了,你是误会了。我廖耀辉可真是啥事都没干哪!我敢对天发毒誓,我要干坏事了,天打五雷轰,死后喂王八。你误会了……"她舅哪由分说,继续拿火钳朝里捅着。只听廖耀辉死猪一般大喊大叫起来:"光祖,光祖,杀人了,胡三元杀人了啊!"宋师就跑来了。易青娥听见喊叫,也从水池子那边跑了过来。宋师一把抢过她舅手上的火钳,见有人来,就把灶房门紧紧关上了。

宋师单刀直入地说:"胡三元,你看你是要你外甥女的名誉,还是要廖耀辉的老命。要是要廖耀辉的老命了,今早上,你就把他戳死在这案板底下算了。老廖胡起翘,戳死也是活该。你要是想要外甥女的名誉了,就得把这泡臭粪吞了、咽了。你外甥女可是刚起步,都看好着呢。苟存忠,还有裘伙管他们说,搞不好,这娃将来还能成大名呢。你这一闹,娃一辈子就说不清白了。这叫粪不臭挑起来臭。其实廖耀辉把娃也没咋,我都是知道的。你要听我劝了,就赶快撒手。对你也好。你才出来,再这样折腾一下,真个是不想活了是吧?"紧接着,易青娥就把她舅朝门外拉了。门一打开,易青娥才发现,灶房门外已经站着好几个人了。他们都把耳朵贴着门,是在细听着里边动静的。

宋师为这事,还演了半天戏。他把廖耀辉从案板底下拉出来,故意大声对外喊着:"你跟胡三元就爱开玩笑。都这大一把年龄了,还跟人家说些有油没盐的话。你管人家四年近女色了没,你管人家憋死没憋死。人家才出来,还不习惯你这样说话,以为是笑话人家呢。不拿火钳把你戳几下咋的?这下玩得好吧,还学狗哩,钻了案板了,看你丢人不丢人。玩笑也开得太没边没沿了。出来,快出来,人都走了。麻利剁你的豆腐臊子。"廖耀辉才从案板底下钻出来。他看着门口几个瞧热闹的人,脸上青一块白一块地干笑着。由于火钳又打又戳的,下手太重,廖耀辉再剁臊子时,两条腿就撑不住了,是紧紧靠在案板上剁完的。等没人了,宋师才说:"活该!去,躺一会儿去。剩下的活儿我来做。"廖耀辉才扶墙摸壁地回去,躺了好几天。

易青娥把她舅拉回灶门口后,就对她舅大发了一回脾气:"你咋是这样的人呢,舅。我不说,你偏要问。我跟你都说明白了,没有啥事的,你还偏要去打人家。这下好吧,弄得那么多人都知道了,还反倒有了事了。你说你……刚一出来,咋就又惹下这大的祸嘛!"

她舅说:"娃呀,这狗日的是欺负你呀!他多大年龄,你才多大呀?我杀了他的心思都有,何况只是戳了他几火钳。他应该去挨炮子儿,去吃'花生米'!舅不在,一个做饭的都敢欺负我娃了!昨晚一听,舅咋都睡不着,就想拿菜刀把老狗日的片了算了。舅也不想活这个人了,窝囊啊!"

"舅,你千万别这样,我好着哩,真的好着呢。你这一闹,反倒不好了。我求你了,舅,别闹了好不好?你这一回来,啥都好了。你安安生生的好不好?安安生生的,我们就都好了,好不好哇?"易青娥在央求她舅了。

她舅慢慢咽下一口气说:"好好,我听娃的。咱安安生生的,都好!"

她舅拿长铁火钳打廖耀辉的事,到底还是传开了,说啥的都有。但宋师一直对外讲:胡三元和廖耀辉是开玩笑呢。他说廖耀辉平常就爱开骚乎乎的玩笑,爱讲脏不兮兮的段子,还爱骚手。无论进灶房打开水的,还是要一两根葱的、抓几瓣蒜的,他都爱乘机把人家屁股捏一把。或者把哪个小伙子的交裆,拿擀杖磕一下,说让把"棒槌"别紧些。遇见女的,眼睛也是爱在人家胸口上、屁股上乱扫。大了、小了的,高了、低了的,肉紧、肉松了的,反正没个正形,一辈子是玩惯了。胡三元昨天回来,今早到灶房看他,他就说人家怪话。两人说着说着就闹腾起来了。胡三元手里拿着火钳,是帮外甥女烧火的,顺手把廖师吓了一下,廖师就钻了案板了。真的是闹着玩呢,啥事都没有的。

　　为这事,黄主任还派人问过廖耀辉。廖耀辉也说闹着玩的。他说过去他跟胡三元玩惯了,一直都是没高没低、没轻没重的。黄主任听到的反映,却完全是另一回事。说胡三元是真动手了,把廖耀辉美美捶了几火钳。而且,在廖耀辉躲进案板底下后,还不依不饶地狠命戳了十几下。这哪像是闹着玩呢?无论怎样,一个前科犯,一回来就抄起一米多长的铁器,也算是一件凶器吧,乱打乱戳,毕竟是一件大事情。为了单位的安全,也不能让他留宿在院子里了。很快,黄主任就让人给胡三元谈话,让他必须住到外边去。胡三元还问,公安上不是跟黄主任说了,要适当给他安排点工作吗?谈话人说,就是安排工作,也有个过程,但现在,必须住出去,这是单位的规定。她舅没办法,就住出去了。

　　她舅原来那间房,其实空了好几年,谁都不愿意进去住。虽然她舅没死,但她舅炸死了人,自己又坐了监,大家就把这房叫凶宅了,觉得住着不吉利。后来古存孝来,团上就安排他和刘四团住进去了。她舅的东西,属于公家的桌凳、床板,都过户在古存孝名下了。其余的,是由易青娥捆起来,码在灶门口的一个拐角了。她舅在外边找了半间房,临时住下来,她就帮她舅把东西一回都搬过去了。

　　她舅把房收拾好后,第一件事,就是把板鼓支在了屋中间,先是噼里啪啦一阵好敲。把易青娥都惹笑了,说:"舅,你啥时都忘不了敲鼓。"

　　她舅说:"娃呀,舅还剩下啥了,不就是这双还没被人剁了的手吗?要是这双敲鼓的手再剁了,舅就不活了。"

　　她舅没有任何生活来源了。

　　易青娥把她的生活费,还给舅匀了一点。胡彩香老师也有接济。可毕竟工资都低,那点钱,是填不饱舅的肚子的。她舅就在食品公司找了一份装卸车的工作。食品公司经理过去爱看戏,也见过她舅,那时剧团老上街宣传时,她舅是敲着一个威风八面的大鼓的。加上爆炸案,在县城闹得沸沸扬扬,胡三元这个名字,就几乎家喻户晓了。他报上姓名,说自己有立功表现,两次减刑,已释放回家,眼下想先找口饭吃。经理就让他每天来装车卸车了。

食品公司装卸车,主要装卸的是生猪和鸡蛋。公司从乡下把生猪、鸡蛋收回来,卸了车,再按要求,把斤两基本接近的猪装在一辆车上,朝省城送。鸡蛋路上会摇打不少。卸下来,精心挑拣后,再装车,也是押运到省城交任务的。她舅与人合伙着,见天能装卸好几车。有时没车装了,就挑鸡蛋。鸡蛋是一个个拿起来,对着一个固定的手电筒来回照。烂了的、变质了的,都能被手电筒照得一清二楚。关键是坏鸡蛋,在公司大灶吃不完时,还会对外卖一点,并且很便宜。她舅就时常买一些拿回家,炒了让她来吃,有时也让把胡彩香叫上。反正小日子还过得蛮滋润的。

易青娥这边的《杨排风》,也排得越来越紧张。尤其是到了最后的"大开打",周存仁老师安排的武打场面特别复杂。其中最高潮处,是杨排风跟西夏八个番将的打斗。杨排风扎着大靠,穿着靴子,操着战刀,面对八位勇士的长枪来袭,左拦右挡,前奔后突着。任何一杆枪杀来,杨排风都能用战刀或者背上的四面靠旗,以及双腿、双脚,把枪挑向一边,或是反向踢回敌阵。这种场面,周老师叫"打出手"。就是每杆枪都需从演员手中抛出去,有的扎向杨排风的头颅,有的刺向杨排风的前胸后背,有的戳向杨排风的双腿双脚。而扎向头颅的,杨排风就要拿四杆靠旗,改变飞枪方向,让铁矛杆杆落空;刺向前胸后背的,是要靠杨排风手中的战刀,把飞枪引向其他敌群,借刀杀人;戳向双腿双脚的,杨排风会用各种腿功技巧,玩着轻松的枪花,然后,再把它们准确无误地踢回出枪人手中。而这些动作,连贯性极强。整体打起来,就像杨排风被敌阵层层包围,大军压境。但她又武艺超群打得有惊无险。最后,她终于将"虎狼之师"全线击溃,从而完成一个烧火丫头的英雄神话。

周老师反复讲,"打出手",是武戏中的最大亮点,也是最难配合的舞台动作。不仅需要主角杨排风有高超的技巧,而且八个"喂枪"的,也都需要有跟杨排风一样的技术水平:功底扎实,手脚利索,反应敏锐,协调性强。任何一个环节的失误,任何一杆枪的出差,甚至干脆飞走、落地,都会造成整套动作的失败,从而让观众倒掌连连。一般"打出手"场面,就是安排主角和四个番兵或番将开打。但这次用的是八个番将,为的就是制造更多的惊险、难度,让观众真正过一把武戏瘾。

八个番将都是从学员班里挑选的。领头的,就是大家都特别看好、觉得将来能挑男主角大梁的封潇潇。封潇潇这年已经十八岁了,长得眉清目秀、脸方鼻挺的。个头一米七八,也是跟女角配戏的最好高度。他身材紧结挺拔得就像电视里的那些运动员。他早已是这班女生心目中的白马王子了,可易青娥,却觉得自己跟人家的距离太遥远了。这次她排《杨排风》,封潇潇竟然主动要求来学"打出手",让她都感到很意外。虽然他们开始是一班同学,可现在,自己毕竟还是一个烧火做饭的。封潇潇能主动要求来给她"打出手",怎能不让她暗自激动、兴奋呢?

可就在他们练"打出手"不久,楚嘉禾就公开跟她叫起板来了。

易青娥其实啥都不知道。封潇潇来给她"喂出手"好几天了,她依然没敢正眼看过他,即使看,也是偷偷睖一下,就赶紧把目光移开了。封潇潇是学员班的班长。他的腿功、"架子功"和"把子功",也是男生里练得最好的。并且在"倒仓"后,他的嗓子第一个出来,这也就命定了男主角的地位。连周存仁老师都说,潇潇是天生的生角坯子。还说这个团有指望了,旦角有易青娥,生角有封潇潇,台面就算撑起来了。别人练"出手",时间长了,还有些不耐烦。可封潇潇走一遍又一遍,始终按周老师的要求来。易青娥老觉得自己笨,一个动作反复做好多遍,枪仍然掉,靠旗仍把枪头掉转不过来,有时还让旗子把枪杆死死缠住,咋都挑不出去。每到这个时候,封潇潇都会主动上前,帮易青娥把枪从旗子里弄出来。易青娥能闻见,封潇潇身上是有一股很好闻的男子汉气息的。有一次,她还故意深呼吸了一下,当然,她是不希望封潇潇感觉到的。还有几次,易青娥用小腿和脚背踢"出手",腿脚都肿得挨不得任何东西了,但她还在顽强地踢着。一天,周存仁老师还故意把她的练功裤拉起来,让八个"喂出手"的男同学看,看易青娥是咋吃苦的。周老师说,不要以为易青娥有一身好功夫,就是天生的能打会翻。不是的,她是吃了你们所有人都吃不了的苦,才硬拼出来的。几个男同学几乎同时"呀"了一声,弄得易青娥很难堪地急忙将裤子拽下来,把肿胀的瘀斑盖上了。自练"打出手"后,易青娥连自己也不敢看自己浑身的伤疤,从头到脚,几乎是遍体鳞伤。其中好几个重点接触枪的部位,都瘀积着一块块乌斑,有的都溃烂化脓了。晚上回到灶门口,关上门,她会慢慢脱下练功服,一点点用棉花擦拭着血水脓包。她偷偷买了碘酒和紫药水,浑身都快抹成紫色了,但却没有停歇过一天,也没有把伤痛告诉过任何人。她觉得,告诉任何人都是没有用处的。自从她进灶房烧火做饭以后,就养成了一种性格,无论哪儿的伤、哪儿的痛,都不会告诉别人的。告诉了,无非是证明你比别人活得更窝囊、更失败而已。一切都是需要自己去慢慢忍耐消化的。痛苦告诉别人,只能延长痛苦,增添痛苦,而对痛苦的减少,是毫无益用的。这些年,易青娥把这一切看得太清楚了。就连她舅回来,她把身上的伤痛,也是没有展示给他看的。所以,当别人问她的某些痛苦时,她总是笑,用手背挡着嘴笑。别人还以为她傻,是不懂得痛苦的。可当有一天,封潇潇突然给她拿了一些云南白药,还有包扎伤口的纱布时,她也想用笑的方式回绝,却没笑出来。她手背把嘴都羞涩地挡住了,眼睛里却旋转起了泪水。幸亏她控制及时,才没让泪水流淌出来。

那天,封潇潇比她来得还早,好像是故意提前来等她的。他把药和纱布,用一张牛皮纸包着,说是刚从药店买的。他给她说:"不能常用紫药水,紫药水对伤口愈合不好。最好是用碘酒把伤口擦一擦,然后,给伤口上倒点白药面,再用纱布包着,这样能好得快些。"易青娥就是在这时,表示不要,想很轻松地笑一笑,可没笑出来的。因而,用手背挡嘴的动作,也就显得多余了。封潇潇坚持说:"别客气,都是同学。我也给别人拿过药的。我家在县城,很方便。"一句"都是同学",让易青娥很多年后,都记着这四个令她十分感动的字。自她进灶房后,是没有人把她当同学的。她的同学,似乎也应该是个烧火做饭的。也就在那一刻,她差点泪崩了。但很快,别的同学都来了,话题就扯向了一边。后来,练完"出手",封潇潇就跟几个男同学走了。她不得不把封潇潇买的药拿回去。这天晚上,她按封潇潇说的,先清洗了伤口,再倒上药粉,再包上了纱布。所有要害伤口,都有一种清凉的感觉。那滋味,真是好极了。

易青娥没想到的是,"班花"楚嘉禾,是喜欢着封潇潇的。封潇潇来帮易青娥"打出手",本来楚嘉禾就不高兴。可不高兴归不高兴,因为她喜欢封潇潇,也是没有挑明的。训练班明确规定,不许谈恋爱,谁违反是可以开除的。因而,所有相互有点意思的人,就都在心里藏着、眼里搁着、眉毛里掖着了。别人能感觉到,说谁跟谁眼神不对了,眉飞色舞了,但又说不出来,因为没有人敢公开在一起。即使想跟谁在一起,也是要找一个"电灯泡",戳在中间的。但大家都知道楚嘉禾喜欢封潇潇。别的女生要再喜欢潇潇,都是要背过她,才敢拿眼睛放一下电的。要不然,楚嘉禾吃起醋来,是会拿脚把好好的宿舍门,踢走扇了的。

封潇潇到剧场前边练"出手",楚嘉禾也是去看过几次的。她倒不是去看"出手",看易青娥,而是去看封潇潇哩。那里"电灯泡"多,自是不怕人说。可楚嘉禾眼睛毒,几次看下来,发现封潇潇对易青娥的感觉不对,醋意就来了。她本来是瞧不起易青娥的。即使易青娥在乡下舞台上演了《打焦赞》,让她心里不舒服了一阵,可回头想想,易青娥还是个烧火做饭的,团上又不让她专门唱戏。可没想到,封潇潇看这个"碎货",竟然还黏黏糊糊的,她就有些不高兴了。那天,她是生气走了的,因为她看不下去了。封潇潇竟然还痛惜易青娥的脚背,说:"既然青娥脚背肿着,今天就不要拿脚背踢枪了。已经有脓了,再踢破会很麻烦的。"她听完扭身就走了,走时还故意踢了一下易青娥放在地上的道具包袱。

在以后的几天里,这事果然还让易青娥遭受了一次当众羞辱。

那天灶房吃旗花面,的确做得有点稀。面里说是有肉丁丁,但好多人都说,他拿放大镜碗里也没找见一星半点。煮的绿豆,也都炸了腰,沉了底,有的碗里有点,有的干脆连绿豆皮都没见。有人就吵吵说,该给伙房这些家伙,好好算算伙食账了。在廖耀辉"掌做"的那段时间,为了表现出自己比宋师厉害、能干,伙食的确得到了很大改善。但这种改善,是以提高成本为代价的。好多东西,都是他临时在街面上赊下的。他想着,等自己大厨地位巩固了,再慢慢提高伙食收费标准不迟。谁知没干多长时间,自己就被迫退位了。外面欠下一屁股烂账,都得宋师去了结。宋师算来算去,咋都把窟窿补不齐,就只好跟裘伙管商量,要提高伙食收费标准了。过去好多年一成不变的一月八块钱,一下涨到十二块,马上就跟谁抓了一把盐,扔到了滚油锅里一般,噼里啪啦,整个院子先后有半个多月,都咋呼得没消停过。几乎每一顿饭都有人要提意见,不是嫌油少了,就是嫌肉瘦了,看不见膘。大家都认为加收的钱,是让灶房这几个耗子贪污了。有那二尿货,能端直把一碗找不见肥肉片子的饭,嘭地扣到案板上。

那天吃旗花面,开始是廖耀辉打饭。打着打着,被人骂得不行,说他瓢上长了眼睛,有的有肉,有的没肉,掌勺有失公道。他就主动让位,换宋师上了。谁知宋师打了一会儿,也是有点慌乱,竟然把一瓢滚烫的旗花面,倒在了自己拿碗的手的虎口上,当下就红肿起来。裘伙管又不在,廖耀辉被人骂得回房去歇下了。灶房只有易青娥在收拾锅灶。宋师就让她来替一会儿。过去她也打过饭,那都是在没意见的时候。让她打的也都简单,不存在瘦了肥了、干了稀了的。有时就是纯粹的稀饭,或者是洋芋南瓜汤,都好打。可今天这旗花面,为肥肉丁丁、为绿豆,已经吵得不可开交了。易青娥也知道,大家不完全是冲着这一顿饭来的,还是嫌伙食费交多了。既然要在鸡蛋里面寻脆骨,那这顿饭也就很难打了。可宋师的确是烫得捏不住碗了,但凡能打,他也是不会让她上的。易青娥一拿起瓢,就感觉手在发抖。她尽量想着公道、公道、公道,可要让每一瓢上,都能一模一样地漂着相同的肥肉丁丁,的确是太难太难的事。打着打着,仍是有了意见,她是硬撑着朝下打的。可就在给楚嘉禾打饭时,到底还是出了事。

楚嘉禾倒是没有刻意要肥肉丁丁,而是要绿豆。她要易青娥把瓢伸进锅底,给她舀些绿豆上来。易青娥也照她说的做了,可舀起来的绿豆并不多,她就要求易青娥把瓢再伸到锅底去舀一下。易青娥看排队人多,没有按她说的去做。本来就讨厌着易青娥的她,借着大家都反感"伙房耗子"的集体情绪,把一碗滚烫的面,端直给易青娥泼了回去。好在她没敢直接朝易青娥脸上泼,而是泼在了易青娥的胸口上。那天,易青娥还是穿的练功服,烫面从胸口上,又溅到了她的脖子上、脸上和手上。痛得她当下就扔了瓢,急忙把浑身的烫面朝下抖着。也就在那一瞬间,在窗口的所有人,几乎把愤怒的目光,都射向了楚嘉禾。有一个大演员说:"娃你咋能这样干呢?你不知道这面有多烫吗?"有人立即冲进灶房,帮着易青娥,扒拉起了黏糊在身上的烫面片。

也就在这时,封潇潇挺身而出地站到了前边。他说:"楚嘉禾,你想干啥?还想走是吧?进去给人家道歉。"

楚嘉禾没想到,封潇潇会用这样一种语气给她说话,并且明显是向着易青娥的。她就很是不以为然地说:"咋了,我就把面泼给她了,咋了?"

"你不对,咋了?你这是欺负人,咋了?"

没想到,又有几个男生站了出来。

楚嘉禾说:"哟哟,还都把一个做饭的心疼上了。想心疼了快进去,不定那'碎货',还能给你们碗里多打点肉丁丁呢。"

这时,易青娥清清楚楚地听到,封潇潇突然把碗筷扔在了地上,大声喊道:"楚嘉禾,你今天不给易青娥道歉,就别想走!"

"我就不道歉,咋了?谁跟谁道歉呢,哼!"

楚嘉禾好像是要走。易青娥听见,封潇潇和几个男生,硬是把楚嘉禾逼进了灶房。楚嘉禾双手紧紧抓着灶房门,死不朝里走,并号啕大哭起来。紧接着,郝大锤就进来了。他一边咋呼着咋了咋了,都想咋,一边就把楚嘉禾保护走了。

这件事,学生们并没有完,他们还找到训练班的万主任,要求必须让楚嘉禾给易青娥当面道歉。裘伙管和宋师也出面,要求万主任让楚嘉禾给易青娥道歉。结果楚嘉禾她妈为这事,还专门来找了一趟黄主任和他老婆。她妈说楚嘉禾回家后,一直哭闹着不学戏了。楚嘉禾说要学也行,但坚决不给那个烧火做饭的叫个什么青娥的道歉。楚嘉禾她妈也希望团上能给她娃留点面子,说要不然,嘉禾死活都不来了,她还没办法。楚嘉禾是团上的重点培养对象,黄主任不止一次地公开讲过,说这娃条件好,将来必定是要朝台中间站的。黄主任的老婆,也在米兰走后,经常叫楚嘉禾去家里拉话,吃偏碗饭呢。万主任被夹在中间,不知如何是好,就讨黄主任的示下。最后,黄主任终于发话了,说:"年轻人么,好激动,做点控制不住自己的事,也是正常的。当面道歉就不必了吧。让楚嘉禾给班上交份检讨,你们几个老师看看就行了。这娃将来是要做主角的,还得给娃留些面子。不是说,年轻人犯错误,上帝都是应该原谅的嘛!"

事情就这样不了了之了。

但也就在这事发生不久,宁州剧团又发生了一件大得不得了的事情:

黄主任,黄正大突然被调走了。

三十八

黄正大是被平调到县食品公司当经理去了,还是正股级。

县食品公司的主要任务,是长年给地区公司和省公司调生猪、调鸡蛋。那时,省城人吃猪肉、鸡蛋,都是从基层一头头、一颗颗调上去的。黄正大一到任,胡三元在那儿立马就没车可装卸,也没有鸡蛋可挑选、可倒腾了。尤其是价钱很便宜的破鸡蛋、臭鸡蛋,更是立马就吃不成了。

黄正大被调走的事,易青娥最先是听苟存忠老师说的。苟老师虽然教戏,可也还是看着大门的。大门越来越烂,谁出出进进的也管不住,可看门人,毕竟是得有一个的。好多事,人们都爱坐在门房里说。黄正大的工作调动,也是从这里传开的。最早吐露信息的,是朱继儒副主任。那天朱副主任突然提个菜篮篮要出门,苟存忠老师就缠住他,说看啥时能把《杨排风》的排练,纳入团上的议事日程呢。朱继儒就神秘兮兮地说:"快了!"

苟存忠不相信地说:"你老说快了快了,可到头来,还是慢得跟老母牛拽犁一样,啥时是个头吗?"

朱继儒就说:"这回真的快了。多则一礼拜,少则三两天。"

"这么快的。咋个快法吗?"苟存忠急着问。

朱继儒朝四下看了看,悄声对着他的耳朵说:"黄主任调走了。你先不要对外声张,组织宣布了,你自然就知道了。可别说我说的。"说完,朱副主任就提着个菜篮篮走了。朱继儒可是从来不买菜的。苟存忠发现,朱副主任这天起得特别早,是出去割了七八两猪尻子肉回来,准备包饺子的。

苟存忠立即就把这消息告诉了古存孝。古存孝直拍大腿说:"咱中午也弄一顿饺子咥一下。"

苟存忠说:"我去给老裘说一下,让大灶上包。"

古存孝说:"这阵儿了,大灶上还能来得及包饺子?咱自己包。放到周存仁那儿整。那儿没闲杂人。四团儿,给咱割肉去,拣肥瘦相间的,割个一斤。再买些韭菜回来。"

"割就割个一斤二三两,让易青娥也来吃。这娃这回可能真是要熬穿头了。"

苟存忠从古存孝那里出来,又去敲开了通往剧场的小便门。他悄悄对着周存仁的耳朵说:"中午到你这儿包饺子吃,四团儿都割肉去了。黄正大调走了。"

"你说啥?"周存仁好像没听清楚似的。

"黄正大调走了。"苟存忠又重复了一遍。

这下周存仁听明白了,他说:"好,我这还有酒呢。"就把便门关上了。

苟存忠没闲下,又去给裘存义说。他一边走,一边还哼哼起了《三滴血》里小旦的戏:

> 未开言来珠泪落,
> 叫声相公小哥哥。
> ……
> 你不救我谁救我,
> 你若走脱我奈何。
> 常言说救人出水火,
> 胜似焚香念弥陀
> ……

苟存忠把消息给裘存义吐露完,又转身去了灶门口。他觉得最应该知道这个好消息的,就是易青娥了。

苟老师推门进到灶门口,只见易青娥正在用碘酒白药,涂抹着她踢"枪"的伤口。苟老师倒吸了一口冷气:"啧啧啧,娃呀,你把腿都踢成这样了,咋也不给老师喊叫一声呢?"

易青娥咧开嘴,那表情是痛,也是想张开一副对老师到来的欢迎笑脸,一下弄得苟老师还特别难过起来。苟老师平常对她说话,总是不留余地的硬邦,要么埋怨她,功夫还没下到位;要么就批评,说她甘吃人下苦的勇气和毅力还不足。可今天,苟老师突然吸吸溜溜地哭了起来,说:"在这个世界上,能吃下我娃这般苦的人,已经没有了。不过,这苦也没白吃,我娃总算熬到头了。我娃这浑身的伤痛,就算伤得痛得都值了。"

易青娥让苟老师哭得有些丈二和尚摸不着头脑。

苟老师就把黄正大调走的事,有点神秘地告诉了她。

易青娥虽然那时还不满十七岁,但已经知道这个消息对她意味着什么了。她本来打算,要立即去告诉她舅的,可烧火做饭的时间到了。加上苟老师说中午把饭做好后,要她不要在大灶上吃,说他们在前边周老师那里包肉饺子,都会等着她的。

这天中午,大灶上还是吃捞面。易青娥把火烧得特别旺,鸡蛋臊子炒得香,水烧得快,面也熟得快,宋师一个劲地从墙洞里发话过来表扬她。她的心情就跟火舌一样,呼呼呼地在满锅底大笑着。她也听到外面有人在议论这事了,但她没有走出灶门口。这些年了,她已习惯把所有喜怒哀乐,都藏在心底,是连一丝都不能让人从脸上看见的。

大灶吃完饭,她在收拾锅灶时,宋师也给她说了,说好像黄主任要调走了。她傻傻地听着,也没表示惊讶,也没表示高兴,不过把案板清洗得比过去任何一次都要干净许多。宋师说,这下你可能就要专门唱戏去了。廖耀辉也在一旁笑眯眯的,可易青娥始终没有正眼看他一下。

收拾完锅灶,她去了前边周存仁老师那里。几个老艺人正在大声划拳喝酒。一口不大的锅,已烧得热气腾腾了。见易青娥来,古存孝老师说:"今天无论如何,要让娃也喝一盅庆功酒。来,大家把酒盅都端起来,跟娃一起喝。"易青娥硬是被几个老师勉强着喝了一盅。一喝下去,她立马就咳嗽起来。苟老师说:"对了对了,让我娃喝一盅,意思一下就对了。娃这嗓子,都要帮忙保护哩。以后呀,可就要派上大用场了。"

这天中午,四个老艺人都喝醉了。最后是她帮着把一切收拾干净的。

收拾完东西,她就急着去找她舅。她要立即把这个特大的好消息告诉他。

她舅的房,租在体育场旁边的一个烂仓库里。仓库很大,他是住在后边的。说是租住,其实也是帮人家看库哩。仓库里也没啥正经东西,都是些半截砖、旧木料、废铁丝、牛毛毡啥的。平常也没人到后边来。易青娥每次来看她舅,都还有点害怕。尤其是晚上,点个灯,远远地看着,就像是一点鬼火在晃动。

她舅也没啥东西,平常门也是懒得闩、懒得锁的。易青娥来,要是她舅不在,自己就推门进去了。今天由于兴奋,就更是一掌就把门推开了。

推开门她才发现,她舅的床上,今天是多了个人的,并且长发飘飘地跪在那里,光着身子,把她舅紧紧背着。她舅也是一丝不挂地趴在这个人背上,呼哧呼哧地,正来回运动着。背人的人,还抱着枕头,在下面大声喊叫着。易青娥开始有些傻眼,她还真的不明白这是在干啥。猛然间,她想起了廖耀辉拼命要朝她身上爬的动作。但又不像,这是从后边压着,从后面搂着的。可从他俩见人推门进来,吓得扑通一下,就塌下了两个弓背似的吃着力的身架,她还是明白怎么回事了。也就在那一瞬间,她看清了屁股撅得老高,又突然倒塌下去的那张被长发遮掩得时隐时现的脸,是胡彩香的。她顿时乱了阵脚地从房里退了出来。

她听见她舅在里边喊:"娃,你……你咋这时候来了,平常这时候……不是出不来吗?你等一下,舅就出来了。"

她没有回头地朝前跑着。当她舅撵出来时,她还是没有停下脚步。她觉得,她舅这个人,真是操眼透顶了。

可她舅还在后边追着,一边追,一边喊:"娃,你知不知道,黄正大调走了?你胡老师刚来给我说的消息。这消息可是太好了,就像是把舅跟你共同的'四人帮'给打倒了,你懂不懂?你别走,娃,你胡老师还买了一只烧鸡,买了卤猪蹄,买了葡萄酒,专门等着你晚上来呢。"

易青娥还是头也不回地走了。

三十九

易青娥自看见她舅与胡彩香这一幕后,心里就特别不舒服,她甚至想吐。回到灶门口,她就紧紧闩起门,谁也不想见了。这天晚上,她也没去排练。好几个人来叫她,她也没开门。直到快半夜的时候,她才被胡彩香三番五次地叫着把门打开。

她本来是不想见胡彩香的,可又觉得对不起胡彩香,人家毕竟对自己一直是有恩的。这几年,她舅不在,一切都是靠人家帮着的,并且不是一般的帮。在好多关键时候,一院子人都不敢说话,有的甚至还在说反话、坏话,唯有胡彩香,是敢在任何时候,都公开站出来帮她的人。她不能不给胡彩香开门。

胡彩香进来,脸上竟然没有丝毫的羞耻感,朝她床边一坐,把她也拉到一旁坐下说:

"青娥,今天我和你舅的事,你都看见了。也没啥好给你隐瞒的。我跟你舅,就是好,都好好多年了。团上没有不知道的。你光荣叔也清清楚楚,明明白白的。可没办法,他一年就只能回来那么一次。我说离婚,他又不愿意。你舅一直对我好,从我十几岁学戏起,就一直帮着我。但凡我演的戏,他都敲得特别卖力,特别好。那种默契,时间长了,不可能不产生感情。我无论嗓子、身架、扮相,在宁州剧团挑大梁,大家都是公认的。可就因为跟你舅有了这层关系,黄主任来后不久,就让我靠边站了。你舅就仗着他技术过硬,在团上敲戏贡献大,眼中就常常没有领导。不仅没有,有时还要想方设法地去捉弄这些人。尤其是人多广众的场合,他总是要给这些外行领导出尽洋相,摆尽难看,所以,没有几个领导待见他的。不仅领导不待见,好多群众也不待见他。因为他眼中就是技术,就是本事,就是'活儿',其他啥也不认。你舅的戏的确敲得好,没有人内心不服的,他只要诚心跟谁配合,就像拿长柄如意挠痒一样,哪里都能挠得到到的,挠得舒舒服服的。唱戏这行,有唱主角的,但绝大多数都是当配角、跑龙套的。人前叫得响,技术硬邦的,毕竟是少数。这样,他就把多数人都得罪下了。为啥他一出事,总是有那么多人要落井下石呢?包括对你的欺负,都是这个原因。其实你舅是个可怜人,一辈子尽吃了亏,并且是吃了大亏,可挨了棍子,从来也不记打,总是要搞出更多越格的事,让别人哭笑不得,也让自己路断桥塌。戏里常说,江山易改,禀性难移。你舅这禀性,就是个特别难移的人。我这个人,也是个爱认死理的人,喜欢你舅,就死跟着。你舅从崖上跳下去了,我也就跟着飞下去,快粉身碎骨了。黄正大看我把你舅贴得紧,你舅笑话他啥,我也跟着嘻嘻哈哈,大嘴乱谝,就把人家彻底得罪了。他和他老婆,一手扶持起米兰来,就是为了打压我的。我承认,米兰平常比我长得漂亮、标致,但化了装,却未必有我好看。她身架也有点凉,有时连铜器、音乐节奏都逮不住。尤其是嗓子,跟我就没法比。可有啥办法,人家黄主任有权有势,非要朝起挡红,黑的不也能抹成乌红色嘛。我不后悔,真的,一点都不后悔。唱不唱主角无所谓。与其那样谨小慎微地去看他黄正大的脸,去揣摩黄正大老婆的心思,去给她织毛衣,我还不如自由自在地去跑龙套,唱合唱,想哭就哭,想笑就笑,想骂就骂呢。米兰不是也走了吗?黄正大到处说我生活作风有问题,思想觉悟低,不能成为尖子培养对象,硬树起个米兰来。这不,米兰也在一夜之间,跟一个有钱的二婚男人睡了,走了?那生活作风就比我好了?思想觉悟就比我高了?见他的鬼去吧!我跟胡三元就是好,咋了,坐了监回来,我还跟他好,跟他睡,咋了?我要跟张光荣离,他不离么,有啥办法?不过你舅也不是个啥好东西,这些年真的把我害苦了。狗日的就是个丧门星,简直把我弄得人不是人,鬼不是鬼的,可有啥办法?你看他被火药烧成那个鬼样子,从监狱放回来,我不待见,又有谁待见这号活鬼呢?今天的事,你都看见了。你还小,本来这事不该看的,可看了,也没啥。人么,只要东西都全乎着,一辈子总是要看、要干的,话丑理端。你舅怕你生气,让我来给你说说清楚,我想也没啥好说的。你舅,还有我胡彩香,就这么两个烂人,你看值得叫舅,叫胡老师了,就继续叫,要是不值得叫了,不叫拉倒完事。我们对你,该咋还咋,该干啥还干啥。你舅今天还跟我商量着,要我好好给你把唱腔再弄一弄,说唱戏唱戏,好角儿就凭的一口好唱呢。不仅要有好嗓子,更要有好味道呢。武戏固然重要,可从长远看,还是唱念做打全才、文武不挡的好。我都满口答应了,说要给你安排个课程表,长期朝下教呢。没想到,让你把这事撞见了,也不知你还瞧不瞧得起我这个老师。你是你舅的外甥女,我也一直是把你当亲外甥女看待的。认不认,反正就这回事了。我也不给你多说了,学唱的事,我把课程表都弄好了,你就自己看着办吧。"

胡彩香说完,从身上掏出了一张自己用圆珠笔打的课程表,放在了床上。

她都准备起身走了,又从另一个口袋里,掏出一块红布来,说:

"给,这是你舅给你从庙上求的一块'老爷红'。说是你今天看了不该看的东西,怕你背时走霉运呢,让你别在裤腰上,辟邪哩。"

说完,胡彩香就走了。

这天晚上,易青娥一会儿看看课程表,一会儿看看"老爷红",一夜都没睡着。

第二天早上,按胡彩香课程表上的要求,五点就有一节课。易青娥都爬起来几次了,却又躺下了。

但最后,她到底还是去了。

四十

黄主任调走的事,很快就在院子里完全传开了。

都在掐算着他啥时候走呢。

郝大锤那几个,一天朝他家里跑好几趟,一会儿拿些纸箱子,一会儿拿些绳子,说是在家里帮忙捆扎东西。

都传说,以后团上领导就不叫主任,改叫团长了。团长、书记都由朱继儒一肩挑了。可朱继儒这几天反倒不见露面了。他把门窗迟早都关得严严实实的,别人叫都叫不开。

终于,黄主任是起身要走了。

那天一早,就有人朝出抬纸箱子。接着,又朝出抬木箱子、抬半截柜、抬大立柜。最贵重的东西,就是一台缝纫机。还有一辆半新旧的自行车,是他老婆上班骑的。易青娥想着,黄主任家里,咋都应该是有台黑白电视机的,可没有。他家的整个东西拉出去,也就装了半卡车。有人在装车时,还扒拉着纸箱子看了看,箱子里捆的,基本都是他平常学习的那些书,再就是锅碗瓢盆,还有一些生活日用品。他老婆细发,连几箱子旧报纸都让捆走了。

就在黄主任和他老婆最后从房里出来,跟朱继儒几个一一告别时,易青娥她舅胡三元突然出现了。他是用一根长竹竿,卷了一挂很长很长的鞭炮出现的。黄正大在前边走,他就在后边点燃鞭炮放了起来。本来院子里人很少,好多人都故意回避着,不想跟黄正大两口子再照面的,可鞭炮一响,大家就都出来了。朱继儒还阻止了一下,但鞭炮引信特别快,响声很连贯,是钢帮硬正的。尤其是在院子里,每一响,都要再产生无尽的回声,那响动就大了。效果特别强烈。有人看见,黄正大的脸,立马就涨成了猪肝色。他老婆竟然忍不住,呜呜地哭着跑出了院子。当他们都出了大门后,她舅还举着竹竿,跑到门口又放了好半天。

他身后,响起了比鞭炮更热烈的掌声。

有人竟然还欢呼了起来。

这一天,据说团里好多人都包了饺子,喝了酒。

当然,这晚郝大锤他们也喝了酒。喝完酒,整整骂了半夜。不是骂黄正大,而是骂胡三元。他们认为社会对刑满释放人员管教不严。

易青娥也说了她舅,嫌不该来院里给人家放"起身炮",总觉得这事不好。

胡彩香也骂,说他就爱出风头。人家都想放,没敢放。就你能,花一堆钱,买炮放了,还让朱团长批评了,何苦呢?不过胡彩香又说,放了也就放了,送送瘟神也是应该的。

据说黄正大走时,给团上几个送他的人,还特别感慨地说,不管怎么样,他是经受住考验了。在他来上任时,有领导找他谈话说:"老黄哇,你知道组织为啥要派你去剧团当领导吗?"黄正大摇摇头说不知道。领导说:"考虑到你平常生活作风过硬,在几个女同志多的单位,都没惹出过风言风语来。剧团这地方,不好搞,主要是生活作风问题大。你的三个前任,都被这事搞下去了。所以,在派谁去的问题上,一直很慎重。考虑来考虑去,还是觉得你合适。"

易青娥后来也听说,在黄正大以前,的确是来过三任领导的。两个是"文革""工宣队"进驻剧团的,一个是上级"革委会"派来的。第一个叫"工宣队长"。进来一个月,就因对一个女主演"图谋不轨",被人家男人发现了。说那男人一铁锨朝他背上拍去,好在他跑得快,只拍上了脚后跟,愣是铲下一块皮来。不过他跑出去后,就再没敢回来。第二个"队长"待了半年多,又对一个漂亮女主演动了心思。人家嫌他常年不洗澡,脖子上的黑垢蚰,一搓一卷的,坐在哪里,哪里就发出一股恶臭。自是咋都不情愿了。他就天天找人家谈心,谈思想,还帮忙分析角色。其实他对文艺狗屁不通,分析角色,也只留下一堆过了好多年大家一提起来还要喷饭的笑话。最后,还是因迫不及待,要"强人硬下手",被"心明眼亮的革命群众",在关键时刻,"一举擒获"了。第三任,完全是被剧团人黑了的。那一任来后,汲取前两任的教训,咋都不跟女演员说话。即使说,声音也很大,要让站得很远的人,都能听见。如果哪个女演员要到房里来了,他就立马把门窗大开着,即使冬天,也不例外。团上几个好事的就说,还真个来了"李玉和"了。一个演"大丑"的,就设计了一出戏,让演"摇旦"的去"诱敌深入"。"摇旦"这行,在老戏里,多是媒婆;在新戏里,就是演各种反面角色的女性。团上这个唱"摇旦"的,还颇有几分姿色,个头高高的,屁股翘翘的,腰是杨柳腰,脸上还有颗美人痣。她平常把戏里的做人风格,不免要带些到生活中来。女特务演得多,嘴里老叼根香烟,自是显得妖冶风骚了。她完全是主动出击,一有空,就拿着剧本,到领导那里汇报女特务的角色体验去了。领导一开口说话,她还用双手托着下巴,故意做无知少女状,等着领导醍醐灌顶呢。终于,领导再见她来,说话声音也小了,门窗也半掩住了。有一天,领导再也持守不住,说要到她房里去看看,她就像演女特务一样,嗲声嗲气地对上司扑闪着长睫毛说:"晚上一点,月上柳梢后,窗户给你留着。"这领导,就如此这般栽在了"女特务"手上:当他一只脚刚跨进后窗户时,另一只脚,就被人用老鼠夹子死死给夹住了。

黄正大的庆幸,不是没有道理的。据说,"大丑"与"女特务"们,也没少给他设计过类似的狗血剧情,但黄正大始终没有进入角色。因此,在他离开那天,才无限感慨地说,他是经受住了美色考验的。在这一点上,大家还真是无话可说。就在易青娥她舅胡三元放了"起身炮",把他炸出大门后,据说黄正大还说:"好着呢。我不跟他胡三元计较。他毕竟是一个刑满释放犯。接受改造,是他一生的任务嘛!老朱啊,你任重道远哪!我总算平安离开了!我接受任命时,生怕这一关是过不去的。都说英雄难过美人关,尤其是剧团的美人关更难过。这是美人窝子呀!当时还想不来这一关有多难哩,我就让你嫂子帮忙盯着,看着,监督着。今天总算是把坎儿迈过来了。三任都没逃过的关口,我黄正大总算逃过了。也只有在今天离开时,我才敢说这句硬邦话:我胜利了!即使是逃亡,我黄正大也是胜利大逃亡啊!"

黄正大在上车的一刹那间,还回过身,面对剧团大院,深深鞠了一躬。

送走黄正大,朱继儒长长地舒了一口气。然后,他对身边的办公室主任说:

"安排开班子会,下午就开。业务上的事,再拖不得了。再拖,这个团就拖垮完了。"

四十一

朱继儒团长一上任,先开会决定了五件大事。后来有人把这叫"朱五条"。大家认为,这是宁州剧团真正"拨乱反正"的开始。

易青娥是第二天早上开全团大会,才听朱团长亲自讲了后来很有名的"朱五条"的。

"朱五条"大概是这样的:

一、宁州剧团要赶紧朝业务上拧。外边剧团把老戏都演疯了,我们还才排了个很不成熟的《逼上梁山》。穿着老戏衣服,迈的是现代戏步子,不行了,得奋起直追,得全面抓基本功训练,抓新剧目排练。

二、立即制订业务发展规划。三年拿出十本大戏、五台折子戏来。要不然,宁州剧团就出不了门了。过去的好多戏,已没人看了,有的一演,底下就发笑,也演不成了。

三、年终的时候,全团要进行业务大比赛。先进的要戴大红花,要奖实物,要奖钱。落后的要批评,要罚工资。

四、眼下已经在排练的《杨排风》,要立即纳入全团工作安排。力争正月初一,让这本大戏保质保量地与观众见面。

五、把易青娥从炊事班,临时调到演员训练班工作。

朱团长在宣布这一条时,还特别强调了"临时"二字,但还是引起了全团长时间的热烈鼓掌。会后,几个老艺人还抱怨朱团长说,怎么还用了个"临时"?朱团长带点神秘地说:"策略,一种策略。你想想,人家黄主任才走,咱也不能端直给人家来个大反水吧?得讲点方式方法不是?"会后,朱团长找易青娥谈话,也是这样说的。说"临时"是个说辞,其实就是正式,就是永远。让她好好排戏就是了,说没人再能把她弄回炊事班了。

易青娥就算又回到了演员训练班。

那天,把她舅高兴的,非要请她到县上最好的一家餐馆,吃一顿好的去。

他们两个人,点了四个菜一个汤。她舅还要了一瓶酒。两人足足坐了有三个多小时。她流泪,她舅也流泪。最后她舅喝多了,还是她搀回去的。

她舅说:"我娃总算熬穿头了,可舅……"

她舅那天哭得比老牛的嚎声还难听。

易青娥完全投入《杨排风》的排练了。

过去排练地点,一直是在剧场旁边,现在就正正式式进入排练场了。所有配角、兵丁、龙套,也都是团上通过会议宣布的。谁再迟到早退,就要处罚,就要扣工资了。苟存忠老师说,过去排练,那叫"黑人黑户",现在总算给"烧火丫头"混了个正式户口。排练进度是明显加快了。

当戏排到即将带乐队的时候,古存孝老师提出了一个很严峻的问题:"谁来敲《杨排风》?郝大锤?要让郝大锤敲,我古存孝宁愿拔一根毛,把自己吊死算了。他能敲戏?看他能把灶房发霉的面疙瘩'敲细'不?他朱继儒,这回要不解决敲鼓问题,咱就给他把戏摆下。看他正月初一给鬼演去。"

苟存忠老师说:"老朱这个人不错,是一把抓业务的好手。'朱五条'尤其英明正确。老朱重视咱,给咱搭下这么大的台子,咱们恐怕不能给老朱摆难看吧?"

"这叫摆难看?这叫为他好哩。他是团长,是宁州剧团的一把手,咱把啥戏排好了,还不都是给他脸上贴金哩,还不都是在贯彻落实'朱五条'?这次必须解决好敲鼓的问题。这个问题解决不好,戏最后还是一锅粥。我古存孝再也丢不起这张老脸了。"古老师说着,还把自己那张皮肤明显松弛着的脸,拍得啪啪直响。

苟存忠老师就同意跟古存孝一起,去找朱团长了。他们自是先要歌颂一番"朱五条"。朱团长听得高兴了,还感慨说:"当时讲得还是有点急,其实五十条、六十条想法都有哇!"古存孝老师说:"不急,馍还得一口口吃呢。关键看吃法对不对。你朱团现在是吃法对了,就有的是好白馍,等着咱张口哩。"朱团长被夸兴奋了,听说嗵地蹾出了十几年前攒下的西凤酒,还让老婆用芝麻油,滚了一盘烫嘴的花生米。几个人吃着喝着谝着,甚至把剧团今后五年要排的戏,都齐齐捋码了一遍。可当古存孝提出郝大锤敲不了

《杨排风》,必须换得力人手时,朱团长又是啪地一下,把宽宽的额头,狠狠拍了一巴掌,说:"这可就麻烦了,麻烦了。团上现在就郝大锤一个敲戏的,你不让他敲,让谁敲?"

古存孝和苟存忠老师是心里有了人,才来找他的。但他们偏不先说出胡三元来。他们想,一来,重要人物使用,得领导亲自点。别人点出来,领导明明觉得好,有时也是会故意推三阻四的。二来,胡三元毕竟是刑满释放人员,能不能用,好不好使唤,他们也掂量不来。再说,胡三元毕竟不是一盏省油的灯,还不知中途又会生出啥幺蛾子来呢。他们不自己点人,只拿事说事,拿事赶事,拿事逼事,即使将来惹下啥乱子,跟他们关系也不大。古存孝是老江湖了,他一辈子跑过十几个戏班子,啥人没见过,啥事没经过。处理这号事,绝不能把自己的手夹住。

但朱团长始终没吐核儿,死坚持再没人了。他也承认,郝大锤的确不行。不行也得用,这就是宁州剧团的现实。人才断档,青黄不接,培养得有个过程。苟存忠老师急了,说等培养出一个好敲鼓的来,黄花菜都凉了。他端直点出了胡三元。古存孝老师还给他使了眼色,可已晚了,他已经把胡三元端上桌面子了。他说:"我们都认为,胡三元就是敲《杨排风》的最好人选。首先,技术过硬。听说在劳改场还敲着练着,减刑就为鼓敲得好。二来是易青娥她舅。他会用心敲,拿感情敲。唱戏这活儿,就看你投入的感情有多大,投入得越多越大,戏就越燃火、越放彩。咱放着现成的能做人,为啥不用呢?"

朱团长美美倒吸了一口冷气,说:"嗨,你看我,是不是老了,刚喝了点白酒,这牙就痛起来了。咝,咝,咝,咋还这痛的,里面都发火燎烧了。"

苟存忠老师说:"老朱,管你牙痛不牙痛,事情已经摆到这儿了,你得坐点子了。"

朱团长起身,给嘴里含了一口凉水,然后坐下说:"老古、老苟,你看咱都不是外人了,我也打开窗子,给你们说说亮话。我知道胡三元是个能忀,鼓敲得没弹嫌的。可这家伙,你让我咋说呢。判了四年刑回来,劳改场和派出所都让给他安排点事做。你就给人家黄主任低个头么,可他不。人家老黄调走,他还弄一长挂炮,放得满院子乌烟瘴气的。弄得人家老黄还找了上边领导,专门给我打了招呼,说这个刑满释放人员很危险,绝对不能用。你看看,你看看。老黄为他走当天,我就开会决定的那五件事,已经很不高兴了,还捎话给我亮耳朵说:'没看出,朱继儒这个人,平常老勾着个头,一副忠厚老实的样子。可实际上,完全不是这么回事嘛。我前脚离开,他后脚就踢我响尻子呢。什么朱五条,一言以蔽之,那就是全盘否定黄正大,公开跟我对着干么!胡三元的外甥女,当时就是走后门进来的么,不处理能行?他连这个也能朝起翻?看来朱继儒这个人,表面和内心,完全是两张皮,埋藏得很深很深哪!他让我不停地想起那些老电影里的老狐狸,往往就是门口那个最不起眼的戴着烂草帽扫大街的货。'你看看,你看看,把我说得多阴险。你说我眼下还能再用胡三元?不管咋说,我跟老黄也同僚为官一场。我就是今辈子,再不吃人家食品公司供应的平价猪肉、鸡蛋了,可县城就这尻子大一坨地方,猛不丁一天,要是再跟老黄碰上了,你让我朱继儒咋面对人家吗?理解!理解!理解!还是用郝大锤。先将就着用,不定还能把大锤培养出来呢。"

朱团长刚说完,古存孝老师就说:"谁要是能把郝大锤培养成一个好敲鼓的,我古存孝就敢吹牛,我能把团里养的那两头猪,一头培养了敲大锣,一头培养了吹喇叭。你信不信?"

这话把朱团长和苟存忠老师都惹笑了。

反正不管咋说,朱团长都没松口。

他们就出来了。

古存孝、苟存忠老师也都不是好说话的人。尤其是让郝大锤敲戏,他们的观点是:宁愿不再排破戏,也不受那窝囊气。他们几

个在一起商量了一整,最后苟存忠老师出点子说:

"还是要用胡三元,但得让胡三元自己去给老朱下话。不信还缠不死他个朱继儒。"

她舅胡三元,那一阵刚好没事。他想着黄正大走了,也该是让他回团敲鼓的时候了。他听易青娥说,古存孝他们几个,为这事都找过朱团长了。可等啊等,啥消息都没等来。装车、卸车、挑选鸡蛋挣的那几个零钱,一旦没了来路,立马就花得干干净净。后来,他又到药材公司门口,混着装卸过几车火藤根片。可那毕竟是有一下没一下的事,况且还有了"地头蛇",挣两个小钱,还不够人家"抽头子"的。这几天,眼看连饭钱都成问题了。胡彩香要给他钱,他还嘴硬,说自己有。最后是拿了外甥女易青娥的钱,才一天吃一顿饭地朝下凑合。

苟存忠老师觉得裘存义跟她舅熟,就让裘存义去找他,煽惑他去死缠朱继儒,说:"说不定就让你回团敲鼓了呢。"她舅开始还不愿意,觉得这是秃子头上的虱,明摆着的事:宁州剧团要落实他的"朱五条",想朝业务上拧,不请他胡三元回去把控"武场面",能行?他心里还自我热煎了好长时间呢。后来听说,人家根本就没有请他回去的意思,他才咯噔一下,心凉了下来。他觉得朱继儒也就是个爱好龙的叶公。龙真来了,还把他吓得声都不敢吱了。可在街上当临时搬运工的日子,实在不好混,加上他对朱继儒还是有些好感的,觉得去给老朱低个头,也没啥。他就空脚落手地去了。

老朱倒是对他很热情,又是泡茶,又是点烟的。可一说起正事,就往一边胡扯,不是问劳改场有几个砖瓦窑,就是问那里边让不让抽烟喝酒,还问号子里上厕所咋办。房里蹲个粪桶,是不是臭得要命?胡三元一直把话朝业务上引着,说他在里边享受特殊待遇,跟普通犯人不一样,负责组织监狱演出宣传队的事呢。他说他不光给犯人排戏,还给警察排呢,吃喝有时都是警嫂给特殊做的。连鼓板、鼓槌,一套响器,都是场领导亲自批准,他跟两个警察一起到省上乐器店购买的。连警察最后都混得跟自己的哥们兄弟一样,可以掰手腕、摔跤子了。可朱团长偏要问他:"那砖瓦窑的砖,都卖给谁了?""一口窑一次能烧多少砖?""烧砖时,是不是犯人都光着屁股跑出跑进的?""不过都是男人也无所谓噢。"气得他嗵地起身走了。他回去跟裘存义说:"朱继儒取了'副'字,一扶正,人就变了,变得高高在上、好打官腔了,原来那个朱继儒不见了。"苟存忠、古存孝、周存仁、裘存义几个老师,又集体给他做工作,让他继续去缠。说他们这边,会帮着唱"里应外合"这出戏的。

她舅就又去缠。

开始朱团长还沏茶、发烟,后来茶也懒得泡,烟也懒得散了。他一来,人家就起身说,县委通知他开会,立马得去呢。这一理由说多了,她舅甚至还当面揭穿过:"你前几次哪里是去县委、县政府开会了。我见你一出去,就朝河边溜。倒背个双手,顺着河沿,从东溜到西。估计我走了,就又转身回来了,当我不知道。你是怕见我胡三元哩。"整得朱团长嘴直张,还说不出话来。再后来,他来时,就见朱继儒又熬上了中药。宽阔的额头上,又搭上了他当副主任那些年特别爱搭的湿毛巾。嘴里还哼哼着,像是哪里很痛的样子。她舅知道,排练场那边,戏快要停摆下来了。说郝大锤只去跟了两三天排练,就把四个老艺人气得快上吊了。

眼看离春节不到一个月了,古存孝老师他们还真把排练给停下了,只私下让易青娥不要松劲。他们几个,都说准备要回家过年了。朱团长被整得没办法,只好把几个老家伙叫到家里,脸上做着怪表情,一边喝着中药,一边说:"你几个老东西,没一个好货,硬是把我朝死里坑呢。也不知胡三元都给你们吃了啥药,非要让他回来敲。离了张屠夫,还真要吃浑毛猪了,啊?让他回来也可以,但我也要给他立五条规矩:一、这是临时的。只让他回来敲《杨排风》,其余的戏,还是人家郝大锤敲。二、要严格要求自己。虽然不算团上的正式职工,但一切都要按团上的纪律制度办事,并且对他还要越发管严些。三、不许把劳改场里的事说得天花乱坠的。好像他在里边,比外边人还活得受活,比警察都活得能行些。团上年轻人多,不敢把娃们带坏了,都觉得到那里边是享福去了。四、不要跟郝大锤发生任何冲突,遇事让着点。他那不饶人的臭脾气、臭毛病,都得好好改一改了。五、让他把屄嘴夹紧些,别再满院子骂人家黄正大了。我们搭过班子,不敢让人家说人走茶凉。说我尽翻人家的烧饼,抽人家的吊桥,跟人家对着干呢。这是个官德问题,懂不懂?你们都别给我下巴底下乱支砖头了。他能做到这五条,就让他来。做不到了,看哪里娃娃好耍,就让他到哪里跟娃娃耍去。记住,最关键的就两点:第一,这是临时的。要反复给他强调这一点。二是让他把屄嘴绝对要夹得紧紧的。不说话,没人把他胡三元当哑巴。反正是再别给我惹事了。"

朱继儒家里是大地主出身。他爷,是当过宁州县长的。朱县长是希望他的孙子好好上学,将来也弄个一官半职,好续接香火,光耀门楣的。谁知他,小小的就爱上了秦腔,能唱闺阁旦,能拉板胡,还能作曲。最后,是跟一个戏班子跑了。解放后,这个戏班子作为宁州剧团的班底,被公私合营了。他也就跟着合了进来。几十年了,大家还从来没见他骂过人,今天突然把屄字都说了好几遍。四个老艺人听着虽然也想笑,但也感到很严肃,很严重,甚至很震惊。他们很快就把新的、只针对他胡三元的"朱五条",郑重其事地传达给了他。

第二天一早,她舅胡三元就夹着板鼓、牙子、鼓槌,回团敲戏了。

四十二

连易青娥都没想到,她舅还真让那四个老艺人给撺掇回来了。

她舅回团的那天早晨,《杨排风》剧组人刚到齐,古存孝导演就宣布:"经过朱团长批准,让胡三元回来,临时给《杨》剧敲鼓。只是临时的噢。大家欢迎!"

大家立马就用眼睛搜寻她舅在哪里。她舅就从排练场外,抿着嘴唇进来了。

那天早上排练场的灯光特别亮。易青娥看见她舅那半边脸,更是显得乌黑乌黑的。她舅跟大家打了招呼,就坐到司鼓看戏的位置上了。没想到,戏刚开始一会儿,郝大锤就一脚踢开排练场门,端直朝她舅胡三元坐的位置上冲去。所有人都停止了正进行的动作,静静看着这一出戏咋朝下唱呢。易青娥吓的,连手上的"烧火棍"都跌在地上了。

"哎,这是谁的裤带没扎紧,咋冒出这样个黑不溜秋的怪货色来。啊?是谁的?"

郝大锤话刚说完,就有人哈哈大笑起来。

易青娥生怕她舅那炸药脾气又爆了,跟郝大锤干仗呢。谁知她舅啥话都没说,只是把正翻着的剧本合了合,脸上还掠过了一丝很平静的微笑。只是一笑,那两颗龅牙就凸了出来,他又急忙用嘴唇抿住了。

只见郝大锤有些急不可耐地吼叫开了:"哎,说你呢。胡三元,你个杀人犯么,咋还有脸回宁州剧团来讨饭吃呢?这是你坐的地方啊?要脸不?起来!"说着,他抬手就把她舅敲戏的剧本,一下胡噜到了地上。然后,把自己夹来的剧本,狠劲朝桌上一撒。他还用手势示意她舅,立马走人。

她舅一动没动地坐在那里,脸上还是带着那点微笑,不过显得尴尬了许多。

郝大锤就动手把她舅朝出掀了。她舅身子依然没动。可那椅子,到底还是被郝大锤掀翻了。她舅就一屁股坐在了地上。

让易青娥特别不能理解的是,她舅今天竟然没有任何反抗的意思。即使坐在地上,爬起来,也是把屁股上的灰掸了掸,就又在旁边的长条椅上坐了下来。脸上还是带着那丝平和的笑意。所有人都有些惊奇,觉得这可不是胡三元的脾性啊。可胡三元今天就这样做了。所有过程,几乎找不到半点输理的地方。

古存孝导演终于发话了:"哎,大锤,你原来放过话的,说你要敲《杨排风》了,都是石头缝里蹦出来的。我还以为你真不敲了呢。这就是个烧火娃主演的戏,也没啥名头,更算不上团里的重点戏。朱团安排,说让胡三元来临时敲一下,不影响你的事么。你就让胡三元先敲着吧,你想敲了,那将来你还敲么。"

还没等古存孝导演说完,郝大锤就扑到他面前,用指头指着他的鼻子喊道:"都是你这几个妖魔鬼怪做的祸。自打把你们放出来,宁州剧团就不停地兴风作浪。连烧火做饭的都唱了主角,真是把唱戏的八辈子先人都亏尽了。"

古导演急忙说:"你看你看,是不是你瞧不上敲这戏?这就是个烧火娃的戏么,你何必要抢着敲呢?何况这戏也不咋好敲。你就让三元在前边画个样样,你以后敲起来也方便不是?"

"方便你个头啊。凭啥让他胡三元来画样样?他个杀人犯,能画出什么好样样来?啥破戏,还不好敲,老子倒要敲敲试试。"说完,郝大锤拎起椅子,一屁股就坐下了。

排练场僵持在了那里。

也就在这时,有人把朱团长叫来了。

大家都盯着朱团长,看这戏咋收场哩。

只见朱团长站在大门口,给郝大锤招了招手说:"大锤,大锤,你来一下!"

郝大锤端直问:"啥事?就在这儿说。咱不搞阴谋诡计。"

朱团长说:"你到我办公室来一下。"

"不去,有啥事这儿能说。"郝大锤还撑得很硬。

朱团长就慢慢走到他跟前,不知低声说了几句啥,郝大锤把剧本朝胳肢窝一夹,还把椅子踢得转了个向,就跟朱团长走了。

据说那天郝大锤再从朱团长房里出来,是拎着一个腊猪屁股的。都说这是朱团长好多年都没舍得吃的一个猪屁股。有太阳的时候,他老婆会拿出来晒一晒,看上去红彤彤的油亮。猪屁股足有十几斤重。郝大锤拎出来时,朱团长还撑出门说:"大锤,大锤,煮时要文火。火太大,就把一个好猪屁股煮糟蹋了。我和你师娘好多年都没舍得吃的。"大家分析:朱团长当时,总不至于给郝大锤耳语说:"我给你一个腊猪屁股,你就别跟胡三元争了,好不?"再说,郝大锤当时那种欲上房揭瓦的怒气,一个腊猪屁股,恐怕也是难以平息的。这事就一直成了一个谜。有人还问朱团长,当时到底给郝大锤说了啥,郝大锤能那么乖乖地就跟着他走了。朱团长光笑,死不吱声。直到郝大锤死了,朱团长才把那天说的话吐露出来,把好多人都惹得笑出了眼泪。大家都说老朱是个阴谋家。朱团长说,领戏班子,天天都是麻缠事。做这些人的工作,那就是一半哄人,一半哄鬼哩。不哄,好多事当下就折不过弯么。这是后话。

自朱团长把郝大锤叫走后,郝大锤就再没进过《杨》剧排练场。她舅胡三元就像蹩到干滩上的鱼突然被扔回水里一样,跟忠、孝、仁、义四个老艺人,没明没黑的,硬是把《杨排风》"盘"成了"一条浑龙"。眼看着这条"龙",就有形、有气、有神、点睛地飞腾了起来。

大年初一晚上,《杨排风》一经推出,就引起了堪比当年剧场大爆炸一样的轰动。

宁州剧团一下给火起来了。

尤其是易青娥,连自己都没想到,一个戏能有如此大的魔力。她几乎在一夜之间,就成宁州县的大名人了。

宁州人看过好戏,但没看过这样好的戏。都说演杨排风的易青娥,不仅武功好,而且扮相也好,唱得也好,是剧团好多年都没出过的"人梢子"了。不几天,满县城就风传开了易青娥的各种故事。有的说,这娃一开始就是招来做饭的。做着做着,发现有演戏天才,就开始学戏了。有的干脆说,她是剧团下乡遇见的讨米娃,偎在灶门口死不走,就留下烧火。烧着烧着,娃又偷偷学开了戏。还有的传得更邪乎,说易青娥就是省城那个大名演李青娥的私生子。名人生下了黑娃娃,没法见人,就偷偷送到宁州来养着,后来就考了剧团。总之,传得五花八门,连剧团人都听傻眼了。不过这种谣言传播,对《杨排风》这出戏倒是大有好处。从正月初二开始,戏票就紧张起来,售票口的队,一排几十米长。那时甲票一毛五,乙票一毛,楼票五分钱。见天爆满。最后弄得到处领导打招呼。熟人追着撵着要票。把朱团长难为得,额头不时拍得啪啪响。常常见他把自己的衣服口袋,全都翻卷过来说:"没有,没有,真的一张都没有了。"他开始是让办公室分票,结果分着分着,意见太大,连财政局领导要的都没分够,气得他就骂人说:"你这些混眼子,连财政局的都保证不了,还等着拨款哩,看人家能给你拨个萝卜坐上。"办公室的冷回话说:"光财政局一天就要五六十张呢。"朱团长说:"五六百张也得满足。你是想把嘴吊起来不吃了是吧?"没办法,他就亲自参与分票,结果确实难分得要命,他只好装病躲起来了。那几天,满院子都是找戏票的人。朱团长也是每晚都开戏半小时了,才从哪里冒出来,还病恹恹地说:"瞎了,瞎了,这回为戏票,让我朱继儒把一城的人都得罪完了。"

就在正月初六的时候,易青娥她娘胡秀英、她姐易来弟,还有五年前她回家时,她娘才给她生下的那个小弟弟,后来取名易存根的,一起都看她来了。

那天晚上,胡彩香老师都在给她化装了,宋师突然把一串串人领进了化装室。管化装的还喊叫,让不要把观众领进来。宋师说,是易青娥她娘来了。立即,化装室的人,就都把头扭过来,看易青娥她娘是个啥样子。

易青娥正在聚精会神地默词呢,只听有人喊:"招弟,招弟!"已经好几年没人喊叫这个名字了,但声音又是那么熟悉。易青娥转身一看,竟然是自己的娘来了。娘身边跟着她姐。她姐脖子上,架着一个四五岁的小男娃。小男娃鼻涕吊多长。他头上还戴着一顶火车头帽子,两个耳扇,胡乱朝起飘扬着。易青娥就知道,是小弟已经长大了。她急忙喊了一声:"娘!姐!"就突然哭得发不出声了。

所有人都有些不理解地看着这母女相会的一幕。胡彩香老师急忙说:"青娥,不敢哭,一哭妆就毁完了。毁了还得重化。已经来不及了。"可易青娥咋都忍不住,还是要哭。她抱着娘,拉着姐,哭得咋都丢不开手。

这时,她舅胡三元来了,说:"姐,你们咋这个时候来了。快,别在这儿惹娃哭了。我领你们先看戏。娃戏重得很,都要开演了,不敢在这儿打搅了。"说完,就把易青娥她娘、她姐、她弟都领走了。

这天晚上,易青娥尽量控制着情绪,并且把戏演得特别卖力。她想,今晚演戏是给娘看、给姐看、给小弟看的。自己十一岁出门,转眼已是六年多了,也该让家里人看看自己的出息了。

池子和楼座都是满的。易青娥她娘、她姐和她弟,是被朱团长特许,在十排的过道上加了两个凳子。有人还提意见,说不该占了安全通道。收票的人就悄声说,这是易青娥她娘。那人立即就高看一眼,甚至还给缠在她娘怀里的男娃,抓了一把瓜子塞过去。

易青娥她娘和她姐,也看过几回戏的,还看过县剧团的戏。但由她们家招弟主演,并且演得观众一次次拍巴掌,把手拍红拍痛了还要拍,嗓子喊哑了还要喊的场面,的确让她们先是目瞪口呆,继而心花怒放、手舞足蹈了。开始她们还真不敢拍,不敢喊呢。后来发现招弟简直是神了,把一根"烧火棍",玩得比《大闹天宫》里孙猴子手上的金箍棒还溜。她们喊好的胆子就大起来了。她娘咋都觉得像一场梦,这能是她亲生的闺女?这还是那个小学都没念完,就让她叫回去放羊的招弟吗?她姐更是不敢相信,自己那么个傻乎乎、话不多的妹妹,竟然出脱成这样漂亮的一个天仙了。并且浑身溜的,一次能转好几十个圆圈,还脚不乱、头不昏地迅速站定。就在稳住神、定住身的一刹那间,还要拉起头上两根一米多长的鸟尾巴毛,可里麻茶,做出一个让敌人心惊胆寒的动作来。尤其是到了最后,敌人蜂拥而上,把招弟团团围住时,招弟神定气闲地把这群大胡子男人,引来逗去地玩于股掌之间。他们无论谁刺出枪来,招弟都能轻松应对:刺向头部的,招弟拿彩旗挑出去;刺向胸口的,招弟用转身搪开来;刺向背后的,招弟用倒踢脚踢飞散;刺向双腿的,招弟双腿双脚并用,让枪一杆杆又倒刺回出手方。真是把观众看呆了,把她和她娘也看傻了。连五岁的易存根都不停地问:"这是二姐吗?这是我二姐吗?"

这天晚上,当她娘、她姐、她弟走进灶门口时,又是一场号啕大哭。娘没想到,自己的女子在城里是住着灶门口的。娘说:"这些年,家里的确太穷,一个顾不住一个。想着你在城里参加工作了,总比家里人混得好些。可没想到,娃竟然是这样一个光景。就这,每年还要给家里寄五六十块钱回去,贴补家用呢。真是难为我招弟了。"她舅说:"娃的确懂事。头半年还没有工资,后来有了工资,一月也才十八块,就是个吃饭钱。前两年,娃每年过年,还要给我寄两条烟呢。"她舅说着,眼泪也下来了。不过她舅也说:"娃这下一切都好了,成了宁州剧团的台柱子了。谁都不敢再欺负了。以后还不知有啥好日子等着她呢。都不要哭了,难得见面一场,尽哭啥呢。"

大家就不哭了。她娘把给女儿拿来的吃喝,摆了一桌子。一家人吃了喝了,她舅让早些睡。可她舅走后,他们还是谝了大半夜。易青娥叹息说:"要是爹这回也来了就好了,爹可是最爱看戏的。"娘说:"你爹在家里又养起羊来了。"

易青娥急忙问:"又养羊了,几只?"

易存根抢着说:"三只。"

易青娥问:"咋还是养三只?"

娘说:"你爹上次见你回来,听说三只羊没了,满眼都是泪花花在转哩。他就一直嘟囔说,赶以后日子好些了,还是要把招弟喜欢的羊再养起来。他说,他一想起你上次回去问羊的事,到现在心里还难过呢。"

这天晚上,易青娥做梦又回九岩沟了。

沟里到处都是羊。

她还是那个放羊娃。

四十三

易青娥她娘、姐、弟,是待到正月十三回去的。易青娥想留他们多玩几天,再看几场戏,娘说:"不敢玩了,家里还一大摊子事呢。再玩,回去你爹就要骂人了。"她姐在要走时,倒是留下后话说:"招弟,好好混,混好了,将来把姐和娘都接到县城来,也过几天好日子。"

易青娥点点头说:"放心,姐,我只要能过好,就一定接你们来。"

她弟玩得还不想回去,说要跟二姐在城里学"耍棍"、学"踢枪"、学唱戏哩。

她姐说:"你还是好好回去经管易家的香火吧。爹和娘,眼巴巴把你招来、引来,就是为续易家香火的。我和你二姐,都是爹娘不待见的'赔钱货'。"

她娘照她姐的屁股,美美拍了一巴掌说:"看你姐,就嫌我不该生了你弟,有事没事的,总要跟我说这些鬼话呢。"

易青娥笑着说:"姐也是跟你闹着玩的。"

娘他们走后,戏是越演越火了。尤其是县上开"三干会"的干部们看后,几乎在全县都炸了锅,都要求正月十五后,到他们那里演出。县上几个领导,也不停地大会小会表扬着剧团。关键是有一天,书记和县长还亲自到剧团调研来了。问剧团还有什么困难。朱团长就把书记、县长领到学员宿舍看了看。一个宿舍住几十号人。连书记、县长都没想到,剧团住宿这么困难。书记还主动问,演杨排风的那个女子住在哪里,我们看一看去。朱团长开始还不敢把领导朝灶门口引,害怕挨批评呢,可一想,觉得也许是好事,说不定还能解决一些大问题呢。他就把领导引到易青娥住的灶门口去了。书记看完,半天没说话。县长也不知说啥好。

书记问易青娥:"你一直就住这里?"

易青娥点点头。不过她急忙又补了一句说:"住这里挺好的,冬天还暖和。"

书记拍了拍易青娥的头说:"孩子,你给宁州争光了呀!我们不能让你住这样的地方啊!"随后,书记就跟县长和陪同来调研的干部说:"必须立即解决剧团的住房问题。尤其是像演杨排风这样的娃娃,啊,易青娥,一定要安排住好。安居才能乐业嘛!给这样的娃安排不好,那就是我和县长的失职!"随后,县上就做了一个重大决定:县医院整体搬迁新址后,留下的老房子,一次性给剧团划拨二十间,以解决剧团年轻职工的住宿问题。老县医院刚好紧挨着剧团院子。剧团只是把院墙向后移了移,就把又一个小院子包了进来。那几天,朱团长喜得嘴都合不拢了。本来他考虑,是要给易青娥单独分一间的,哪怕小一些。可最后想来想去,还是觉得不让娃搞这个特殊化。她毕竟年轻,才出道,啥都欠火一点好。尤其是不要惹人嫉妒。一旦嫉妒,娃反倒日子不好过了。再加上,易青娥转眼也就十八岁了。舞台上一红火,盯的人就多。几个娃住在一起,也安全些。最后就跟其他学生一样,三人一间,不过把易青娥她们分在特别向阳的位置了。

这样,易青娥就算彻底搬出灶门口了。

在通盘考虑住房的时候,朱团长给胡三元在不起眼的地方,也考虑了一间不到八平方米的拐角房。过去是医院堆杂物的。为这事,郝大锤又美美在院子骂了几天。但骂归骂,朱团长到底还是让胡三元住进去了,只是没忘强调"临时"二字而已。

就在这个春节,胡彩香老师的爱人张光荣又回来探亲了。张光荣这次回来,没有再挨家发水果糖,而是改发酒心巧克力了。一家八颗。有那关系好的,也会再添两颗。胡彩香老师就给易青娥一回捧了二十几颗。张光荣还又添了一大把说:"再给娃拿些。我把娃的戏看六遍了。娃将来在宁州恐怕搁不住哇!"易青娥觉得张光荣这个人挺好的,待人很实诚。她甚至觉得自己的舅不好。老在人家不在的时候,跟胡老师黏扯不清。她觉得就连自己,也是欠了人家光荣叔一份人情债的。不过她也感觉到,自光荣叔回来,她舅跟胡老师之间就离得远了。有时在院子碰见了也不说话。可郝大锤还是要一个劲地挑唆。有一天晚上演完戏,易青娥在水池子洗衣服,就听喝得醉醺醺的郝大锤,跟光荣叔勾肩搭背地从外面回来了。郝大锤说:"你张光荣多好啊,走了,老婆有人经管。回来了,老婆又跟你钻进热被窝了。福分哪,前世修来的福分哪!哪像我郝大锤,到现在还是庙里的旗杆,光棍一杆。你也甭生气,老婆那是拔了萝卜窟窿在的事。只要你回来,这萝卜坑还是你的就成。他胡三元经管一整,还不是狗咬猪尿脬——空欢喜一场。你说是不是,啊大兄弟?哈哈哈……"这天晚上,光荣叔就又拿着那把一米多长的管钳,颠三倒四地去了她舅房里。她舅见人进来,端直推开后窗户跳了出去。光荣叔就把她舅房里的东西,砸了个稀巴烂。砸完,连他自己也醉得爬不起来了。最后是胡彩香来,把人硬背回去的。

她舅的事,本来就够让易青娥难堪的了。可就在她最红火的时候,不知谁,又把廖耀辉的事翻了出来,硬说廖耀辉糟践过她。虽然那时,她还并不太懂得这件事的严重性。可她还是在心里骂着廖耀辉,也恨着舅了。

那是三月的时候,县上开"两会",硬把她推选成了县政协常委。连朱继儒团长也才当了个政协委员,还靠的是他父亲当国民党县长的老底子。大会开幕时,易青娥是坐在主席台上的。而朱团长却坐在台下。易青娥真的是稀里糊涂被提名的,说她符合好几个条件。尤其是年龄,能把常委的平均年龄拉下来不少。直到开会,她都不知道政协是干啥的。发的文件,好多字她也不认得。但这事,在团里团外都传得很凶,说她搞不好下一届还要当副主席呢。易青娥也不知副主席是干啥的,反正就是觉得麻烦。不仅开会得坐很长时间,一连几天练不成功,而且还要发言。一叫发言,易青娥就不由自主地拿手背挡住嘴,光傻笑。委员们也就都笑了。说易委员不发言也行,那就唱一段,唱一段也算发言。她就站起来唱一段。这事也传得到处都是,说最后领导还点名批评了。批评有些组,在讨论时让委员唱戏,很不严肃。后来她就再没在会上唱了。不过私下里,大家还是一个劲地要她唱。有的还要她把杨排风的"棍花",也近距离玩着让大家看一看。她去开会,还不得不拿着"烧火棍"。总的来说,她是不喜欢开会的。为这事,她还找过朱团长,问能不能不让她当啥子委员、常委了。朱团长还笑她说:"真是个瓜女子哟!这是政治待遇,不仅是给你个人的,也是给整个文艺界的。就因为你《杨排风》演得好,剧团十几年没出过这样扎实的好戏了,大家服气你,才把你推上来的。其他单位的人,为争一个委员,脑壳都快打破了。人家给了你常委,你还不当。我娃这脑壳呀,真正叫瓜实了心了。"朱团长说着,还溺爱地敲了她一个脑瓜嘣。

易青娥真的是不喜欢开会。她连剧团院子都不喜欢出去,更不爱跟人交流。平常,除了演出,一有空,她就钻进练功场不出来。

她觉得一个人独处,很自在,很舒服。跟她同分在一个宿舍的,一个是演闺阁旦行的周玉枝,一个是演小花旦行的惠芳龄。周玉枝比易青娥大两岁。惠芳龄跟易青娥同龄。过去易青娥在灶房时,跟她们接触都不多。即使后来调回学员班,易青娥还是不主动跟人说话的。自她红火起来后,除楚嘉禾明显表示出不屑外,其余同学,还都是希望跟她接近的。可她也许是天生的自卑,总是见人笑笑,就再没多余话了。她们三人分到一个宿舍,有好几天,也都是周玉枝和惠芳龄在说话。她自把东西搬进宿舍后,还是把所有时间,都放在练功场了,回房就是洗漱睡觉。有一天,周玉枝不在,易青娥练完功回房后,惠芳龄硬是没话找话地跟她聊了大半天。与其说聊,不如说是惠芳龄一个人在说。

惠芳龄嘴特别利索,也特别能说。她说:"青娥,你现在是宁州的大红人了,有些话,不知当说不当说?"易青娥也没说当说,也没说不当说,惠芳龄就说:"我们过去都小,不懂得好多事,都以为你舅不好,你也就不好了。都不敢跟你说话。有人在宿舍欺负你,也没人出来帮你。那时真的都太小,瓜得很瓜得很。现在想起来,真是可笑极了。你是我们这班学生里,吃苦最大、最多的一个。今天这样红火,也是应该的。不过,有些人也太坏了,总是在背后说三道四的。不仅说你舅的坏话,而且也说你呢。那话恶心的,我都不知咋给你说好了。"易青娥本来是不想听的,见惠芳龄把话说成这样,又想听了,就让她说。让她说了,惠芳龄反倒又要遮遮掩掩的。易青娥就拉开被子,准备睡觉了,可惠芳龄到底还是把话说出来了,就是廖耀辉跟她的事。不过这事已经不是本来的样子了。而是说成廖耀辉把她压在灶门口,已经咋了咋了的,并且说都咋了好几年了。说她舅回来为这事,还拿火钳打过廖耀辉,要不是宋师挡着,都差点出人命了。许多事情还都说得有鼻子有眼的。真真假假,虚虚实实,一下就把易青娥说蒙了。

后来,她舅见了她,也是说:"娃呀,人怕出名猪怕壮。你一红火,啥事就都来了。你要经当得起呢。"胡彩香老师也是这话,要她挺住,说谁爱说,就让说去。再后来,苟存忠老师也安慰她,古存孝老师也安慰她,连裘存义、周存仁老师也都安慰起她来。她就知道,这事已经被传得到处都是了。有一天,说郝大锤为打菜,跟廖耀辉吵架,郝大锤端直就把最恶毒的话说出来了:"你个老强奸犯,还没抓走?还没被拉出去毙了?你狗日在灶门口弄下的那些龌龊事,看纸里的火炭,还能包藏到几时?老狗日的!"

为这事,朱继儒团长还专门把易青娥叫去谈了一回话。说事情的经过,他都找宋师了解了。有些人是别有用心,要她不要理睬。易青娥又能怎么理睬呢?有一阵,她一看见廖耀辉就来气。廖耀辉远远地见到她,也朝一边躲哩。这样越躲,闲话就越多。气得易青娥只能用棉花塞着耳朵,一个人迟早都在练功场拼命地劈叉、下腰、踢腿、扳朝天蹬。她的确爱练功。除了练功,也的确没有任何其他事情可以做。只有在舞台上、在练功场里,把一切时间都消磨完了,然后,非常困乏地躺下来,她才觉得一天的事是干完了。

紧接着,剧团又被县上安排下乡巡演了。

四十四

县上这次要剧团下乡巡演,其实,是为了配合商品观念教育活动。

易青娥要不是当了县政协常委,咋也弄不懂,商品观念教育活动是个啥。开了几天会,脑子里整个灌的都是这几个字。听其他委员说,宁州是紧挨着关中平原的一个小县,只沾了八百里秦川的一点边边。而绝大部分,都在秦岭山区,相对封闭落后。人是自耕、自种、自吃。所有东西,都不知拿出去交换,所以日子越过越穷。据说宁州过去也有茶道、盐道的。南方的商人,要到北方做生意,是要经过这个县的一条古道。顺着这条古道边上,过去有集市。后来通了汽车,古道才慢慢废了。集市也被一茬茬"割资本主义尾巴","割"得连尾巴骨都不见了。这次全县商品观念教育活动,用一个领导的话说,就是要让这些集市重新活起来,让大家都要学会做生意。剧团演戏,就是为了把人都召集拢,然后好开会。开会先是领导讲话,然后是会做生意的人现身说法,再然后才演戏。

  第一场演出,易青娥就把大头包了两次,戏还是开不了。开戏前,她舅胡三元先是领着武乐场面的几个人,敲了半天铜器。一敲,四面八方的人才都围到舞台前边来。据说,乡政府提前用喇叭喊了好几天,说剧团要来演戏,演杨家将,还是大本戏呢。要大家来看戏的时候,把家里能拿出来卖的东西都拿出来。可喊归喊,来的人,大多还是空脚落手的。有人手上拿了自编的竹笼、笊篱、草鞋、锅刷子,还有些不好意思朝人前摆,一直吊拉在身后,更没人敢吆喝了。大家都朝土台子上死盯着,看剧团人打鼓敲锣。有人议论说:"人家剧团,那才叫打鼓敲锣呢,听那声响,都是有下数的。"还有人说:"你看那打鼓的,半边脸虽然黑些,可手上、嘴上、脸上,还有尻子上,劲可都是浑的。哪像咱们这儿'打闹台',都是半夜听着鸡笼门响——胡(狐)敲哩。"

  还有好多人,都钻在后台,看演员化装。乡上安排维护秩序的人,撵都撵不走。前边会议开始了,有人喊叫,都到前边去听会,就是没人去。最后,是几个人拿了长竹竿,见那不走的,就朝身上、头上乱磕,才慢慢把人赶到台前去了。

  易青娥包的大头正难受呢,只听有人喊:"快看,快看台上。"

  易青娥就从后台朝前台看了一眼。只见舞台上,树林一样,吊着一台子黑腊肉。这些东西,她都认得,过去自己家里也有过。可最多也就是几十块。乡下人,过年杀头猪,是要管一年的。没办法存放,就只能吊在灶头上,任由烟熏火燎着。这样也可以保存很长时间不坏。日子过得好些的人家,还有保存好多年舍不得吃的。这些吊在舞台上的腊肉,明显有很多都是成年货,已经被烟火熏成黑炭状了。只见主持人把话筒嗵嗵嗵一敲,喊叫说:"都不说话了。现在,开始开会。铜场乡商品观念教育活动现场会,现在开始。首先请阎乡长讲话。大家拍手欢迎!"

只见那个叫阎乡长的走上台,第一句话就是:"大家认得这是啥?"

底下喊叫:"腊肉。"

易青娥看了一下,底下大概有上千观众。

阎乡长又问:"腊肉是干啥的?"

底下回答:"吃的。"

回答完,全场哄笑起来。

只见阎乡长摇摇头说:"不是吃的。这个腊肉可不是吃的。它是给灶司老爷吃的,给烟火吃的,给虫吃的,不是给人吃的。大家能猜猜这是多少块腊肉?"

底下有人乱喊一百块的,有喊一百五的,也有喊二百块的,还有喊二百五的。

只见阎乡长把头又摇了摇说:"都没猜准。这台上一共摆了三百一十七块腊肉。你们能猜猜,是从哪儿弄来的?"

有人喊叫:"乡上没收下的。"

有人喊:"割尾巴割下的。"

阎乡长急忙纠正说:"可不敢乱说噢。乡上这几年可没乱割谁的尾巴,也没乱没收谁的东西了。这是我们借来的。能知道是借谁的吗?"

有人乱喊道:"地主老财的。"

还有喊叫黄世仁的。

又惹来一片笑声。

阎乡长就说:"这既不是地主老财的,也不是黄世仁的。这是离咱们乡政府,有十五里地的姚家湾村,姚长贵家里的腊肉。"

"啊!"大家一片议论声:姚家有这么多腊肉啊!

阎乡长说:"想不到吧。大家再猜猜,这腊肉最长有多少年的?"

底下又是一片乱猜声:三年,五年,八年,也有喊十年的。

阎乡长又摇摇头说:"你们还没猜对。这三百多块腊肉中,还有十四年的陈货。已经让虫吃得只剩下骨头架子了。但人还没舍得吃,也没舍得扔。就那样一直吊着。"

底下又是一片惋惜声。

后台也引起一阵议论声。

阎乡长继续说:"他们是肉多吃不完吗?不是的。是舍不得。姚长贵家六口人,平均两年杀一头猪。一头猪,能砍出五十几块肉来。你们能看见,肉块都砍得不大。加上猪头、猪蹄子,还有猪尻子、猪项圈,反正超不过六十吊。两年六十吊。十四年加起来,也就是四百二十多吊肉。这台上是三百一十七吊。他们大概吃掉了一百一十多吊。平均一月吃不下一吊肉……"

底下还有人喊叫:"那是好日子呀!"

阎乡长说:"是的,是好日子。可要是把这些肉,不这样朝坏地放,让它们像商品一样,流通起来,会是更好的日子……"

在台下一片议论声中,阎乡长又给大家算了算,那没有吃的三百一十七块腊肉的商品价值。易青娥的头,就被水纱勒得阵阵干呕起来。好多演员都喊叫坚持不住了。有人就问朱团长,会到底还得开多久。朱团长问乡上拿事的,拿事的也不知道乡长会讲多长时间。这阵儿,账正算得细发。连底下观众都跟着算了起来。朱团长就说,让大家把头先抹了,等会快完了再包。

会整整开了一个多小时,要不是阎乡长会讲,观众早都闹腾起来了。剧团在第二个点演出时,观众就把村上领导的场子给砸了。

那是一个很偏僻的村子。听说剧团演戏不要钱,村上一个年轻人,就煽惑商品观念教育活动带队的,还有朱团长,说无论如何,都要去他们那儿演一场《杨排风》。他说,戏太好了。他们村子自古以来,就没正经唱过戏。要是县剧团能去他们那儿唱一回戏,让他给剧团人一人磕个头都行。朱团长问他是干啥的,他说他是村上拿事的。大家想着,那不是支书就是村委会主任了。朱团长就问,有多远,他说翻过一个梁就到了。小伙子怕领导们不同意,还专门凑到易青娥跟前,说她是主演,在团里说话一定很响,要她帮帮忙。易青娥知道乡下人想看戏的心情,但又不敢给领导建议。最后,是朱团长问她,到下一个演出点中间,加一场戏,吃得消不?易青娥急忙点了点头。朱团长就同意去了。小伙子就连夜发动村上人,大大小小来了三十多个,最小的,还有十一二岁的娃娃,把戏箱肩扛背驮着回去了。

　　第二天一早,剧团人就朝梁上走。村上来了两个领路的娃,一问,一个十一岁,一个才九岁。易青娥觉得特别亲切,就一直紧跟着两个娃。翻过一座梁,问他们还有多远,他们说快了。翻过一座梁,又问有多远,他们还是说快了。六十几号人,从早上九点出发,直爬到过了中午十二点,问娃,还是说快了。可朝前看,除了山梁,还是山梁,连一点烟火气都寻不见。大家又渴又饿,就发起了牢骚。也有那好开玩笑的,还把两个领路的娃,押到路边审问起来:"八格牙鲁,再哄人,死啦死啦的。"两个娃还是说不远了。大家一直走到下午四点多,才见一个庄子,在一片紫竹林后露出头来。娃才说,过了这个庄子就到了。

　　也的确是过了庄子就到了。可到了地方,几乎没有一个人再动弹得了。一打问,从乡政府爬到这架山垴上,整整三十里地。那位联系戏的年轻人,吓得连连赔着笑脸,说乡亲们的确是想看戏了,怪他把路途没说明白。演员队的几个人,端直冲他喊叫起来:"小伙子,你这是诈骗行为,知道不?"有人甚至连揍他的心都有,是朱团长急忙阻挡了。大家被安排到各家各户住下后,才知道,这个年轻人,不仅骗了剧团人,而且也骗了村上的领导。其实,他既不是支书,也不是村主任。支书到区上参加商品观念学习教育培训班去了。只有村主任在家,可村主任跟他,根本就是"两张皮"的不粘。据说,村委会马上要改选了,这小伙子跃跃欲试的,有要"取而代之"的意思。所以老主任就更是见不得这个"没高没低""没大没小""没脸没皮"的"怪货色"了。年轻人没跟他商量,就偷偷让村里人去把戏接回来了。戏箱都摆在小学门口了,才去给他打招呼,自是碰了一鼻子灰。老主任说他太胆大,这大的事,就敢做了主。虽说戏不要钱,可一下来了六十多张嘴,并且要住一晚上,还要搭戏台子,算是把天都戳下了窟窿。这个嘴上没毛的货,能成操起这大的事故来吗?两人大吵一架,然后村主任当众宣布,这事跟他半毛钱关系都没有。说谁要捏着鸡巴充六指子,让谁充去,反正他管不了。随后,他就关了门,上了锁,说是去后山亲戚家了。年轻人既然把事惹下了,也只能继续朝前推着走了。好在,村里人都想看戏,也都支持他。所以无论给谁家安排人,都很顺利。把人安到谁家,谁家就管饭。虽然山顶人家,日子穷些,但也是尽着家底往出腾。有的还煮上了腊肉呢。易青娥住的这家,从广播里听过《杨排风》,也知道易青娥,就越发地高兴起来。最后甚至还杀了一只鸡,给她们几个炖了,吃得一个村子都飘起香味来。倒是朱团长他们几个老汉,住在一个家里,死气沉沉的。给他们煮了一锅红薯,一吃,就连忙吹了灯,让都麻利睡,说熬夜费油哩。

村里一共有七十多口人。外村还赶来了一些看戏的。第二天上午,就把《杨排风》演了。谁知在开演前,老村主任又突然折回来了。他是见全村人都服从了年轻人的安排,整整齐齐拿了板凳,坐在台下看起戏来,就又头不是头、脸不是脸地对那年轻人说:"既然把事都弄到这份上了,我这个村主任不出面,恐怕也说不过去。开演前,我恐怕得代表村上讲几句话,把人家剧团谢忱一下。不能说我们村大小没个规矩,谁都能出来拿了事。"年轻人就跟朱团长说,村主任回来了,要讲话谢忱大家呢。管音响的,就给土台子中间支了个话筒。主任掸了掸身上的灰土,就上去了。他刚朝话筒跟前一站,只听话筒"噬儿"的一声尖叫,吓得他趔开了好几步远。嘴里直嘟哝:"哎呀娘的个瘪葫芦子,吓我这一跳好的呀!"他没想到,这话都让扩音器给扩出去了,把底下人惹得大笑起来。他又朝话筒跟前凑了凑说:

剧团同志们好!(音响又嚣叫了一下)哎呀娘的瘪葫芦子,咋这爱叫唤的,吓老汉一跳。(底下笑,他也笑)昨天一早,我就知道剧团的同志要来,可我家老母猪病了,去后沟找兽医,回来给打了一针,猪才稳当些。中午说等同志们来呢,挨刀的婆娘,到后山去背洋芋种,回来的路上,把个胯子(大腿)扭了。我又去后沟里接她。说晚上回来看同志们呢,亲家又捎话,说要商量一下娃春上订婚的事。去亲家家里一折腾,就是大半夜。(音响又大叫了一声)哎呀娘娘,这玩意儿咋比狼叫唤都难听。(底下笑,他也跟着笑)刚说到哪儿了?噢,说到亲家了。这个亲家呀,你们都有亲家,亲家是天底下最难缠的亲戚了。尤其是亲家母,是不是?(底下又有人笑)我说连夜回来看剧团的同志们呢,亲家母缠着走不利么。屎长了、毛短了的,就恨不得把我家的门扇都抬了去,才肯嫁女呢。不说这些了,还是说看同志们的事。我说好了,今日个一大早,回来看同志们呢,你猜咋着的?你猜猜,你都猜猜……(底下就有人撂上话来:"猜死呢,都等着看戏呢。")猜不出来吧?路上遇见了"一只手"。"一只手"你们都知道是谁吧?就是邻村梁篾匠的儿子。不成器,到河沟炸鱼,把一只手炸掉的那个。你猜怎么着?娃也学商品观念呢。把他爷的老尿壶拾翻出来,偷偷拿到县上一看,说是清代的,卖了三百块。伢回来买了个录音匣子提着,一路走一路放唱,都做的怪叫声。他还弄了条能扫地的裤子绷在身上,裤脚就跟咱们树上绑的那个喇叭叉子一样,能多费好几尺布。(底下哄地又笑了)还戴了一副癞蛤蟆一样的黑镜子……(音响又是一声锐叫)娘娘爷,你们剧团用的这是个啥玩意儿,把老汉魂都快要吓出来了。县上为啥让戏来,让戏来就是要搞商品观念教育呢。商品,广播里说得清楚,凡有用的东西,都是商品。观念是个啥呢?我也没大听清楚,广播里也讲得黏糊拉索的。大概就是这么个意思:要学会把东西变成钱,并且要一个劲地变。一个劲地变就是观念了。但再变,恐怕也不能把你爷的老夜壶,都拿去变现了吧。你爷晚上在炕上咋尿呢?(大家哄笑,音响也嗵嗵地炸响了几声)娘娘,还是离这个东西远些好,快把我心脏挠搅出来了。总之啊,剧团同志们来了,戏来了,《杨排风》来了,这对我们当前的春耕春播,点洋芋、栽红苕,都是很大的促进。尤其是对商品观念教育活动,是促进得不得了的大促进!平常开个会,难怅死了,牛曳马不曳、公到婆不到的,今天总算是竹筒倒豆子——一下都到齐了。我就顺便开个会,把村里当前的春耕生产布置一下。下个月,上边就要来检查那个那个……商品观念的事,我先说我们的腊肉问题……(底下喊叫:"不要说了!""我们要看戏!""把尿嘴夹紧!"……最后,有人还把砖头都扔上来了。易青娥他们知道,剧团管音响的,也在不住地给他使坏。声音把耳膜都能震破了)哎呀娘娘,你们剧团这玩意儿,咋比我们村部的喇叭叉子还瞎些,聋子都能被你们吓出病来。长话短说,反正有东西不卖,看来是不行了。没腊肉卖了,打几双草鞋卖卖,我就不信,把你们的人还能丢到黄河里去不成。(底下又喊:"我们要看戏,不看你!""老脸难看死了!""快滚下去,开戏!")谁喊叫让我滚下去?谁来?谁来?让我滚,还轮不到你喊。真的是要变天了?还没变么。会还没开么。这戏,我要真的不让演,那"闹台"还就敲不起来呢。咋的,耐不住了?这豹子沟垴啊,还不定谁说了算呢。好了,不说了。现在我宣布——开戏!

戏演到一半的时候,突然下起雨来,有人就建议,是不是把戏"夭"一些。"夭戏",在行当里,就是谁家要是招待不好了,或者遇见大风、雨雪天气了,拣不重要的地方,甩掉一些,把主骨架保留住,让观众基本能看懂就行。只要不是老戏迷,一般也是看不出来的。到豹子沟垴来,本来大家就累,一晚上又有没睡好、没吃好的。现在又下起雨来,自是有很多"夭戏"的理由了。可这一切,其实都掌握在司鼓与主角手中。易青娥她舅没有要"夭戏"的手势。易青娥看大雨下着,没一个退场的,就想到自己小时候跑十几里路看戏的事:哪怕下着雨,下着雪,双脚冻得跟发面馍一样,仍是生怕戏短了、戏完了。唱戏的一走,天地就冷清下来了。她就坚持着,硬是浑浑全全地把整本戏撑下来了。舞台顶上的篷布,兜不住雨水,一股一股地朝台上泼洒着,把土台子冲得溜光溜光的。好几个演员都滑倒了。有的就把难度稍大些的动作,自然减掉了。可易青娥虽然几次滑倒,但始终坚持着导演最初的要求。底下观众就不住地给她鼓掌、喊好,直到她完成最后一个动作。豹子沟垴村,虽然只有七十几口人,加上邻村的,也就一两百观众。可那天在雨地中,他们始终不变的坐姿,还有那响彻山坳的呐喊声,几乎影响了易青娥一生。她领悟到,唱戏是不能偷懒的。人可能在偷懒中获得一点快活,但却会丢掉更重要的东西,也会丢掉一生最美好的记忆。

那天,易青娥第一次获得观众给她披的被面子。那被面子,是老村主任准备给儿子娶媳妇用的,他竟然心甘情愿地拿出来披给了她。老村主任说:

"我一生没看过这好的戏,也没见过这样卖力的演员。我们要都像易青娥这样演戏、做事、实诚,豹子沟垴的日子,早都过到人前去了。可惜我们一直都在摆花架子,把好日子折腾完了。"

接他们去演出的那个年轻人,带着村里几十号人,一直到把剧团送到下一个点。他们一路逢人便说顺口溜:

看了《杨排风》,
没酒没肉也精神。
看了易青娥,
不吃不喝能上坡。

那天在路上,她舅跟她说了这样一席话:

"娃呀,唱戏就要这样,不能亏了自己的良心。为啥好多人唱不好戏,就是好投机取巧,看客下面。看着眼下是得了些便宜,可长远,就攒不下戏缘、戏德。没了戏缘、戏德,你唱给鬼听去。'夭戏'是丧戏德的事。尤其是'夭'了可怜人的戏,就更是丧大德了。"

这一路巡演下来,一共进行了两个多月,演了五十多场。走遍了宁州县的山山水水。风里雨里,泥里水里,再苦再累,易青娥都没"夭"过戏,也没降低过任何演出标准。她的演技,她的风采,她的艺德,她的美貌,就被一传十、十传百地,传得到处都是。几乎每到一处,都有人把她围得水泄不通。有的地方,还得派出所出面维持秩序。每演一场,也都有人给她披大红被面子。有的地方,一披就是好几床。在她最后回团的时候,竟然收获了七十多床大红被面。她给去的人,每人都分了一床。县上也是表彰,说剧团为商品观念教育活动立了功。书记、县长高兴,还给团上每人发了一身演出服呢。

紧接着,全区要进行会演。团上又布置了另一本大戏《白蛇传》。主角白娘子,自然也是毫无悬念地分给易青娥了。

四十五

易青娥刚到剧团的时候,就听人说过白娘子的故事。后来,她舅也说过,唱秦腔,要是没唱过《白蛇传》《游西湖》,作为女角,就算不得唱过硬扎戏的人。因为这两出戏,都要求主角是文武全才。在排《打焦赞》时,苟存忠老师就说:"等你把这个折子戏拿下了,我就给你排《杨排风》本戏。等《杨排风》拿下了,就可以考虑《白蛇传》了。白娘子的戏很重,不仅要翻、要打、要唱,而且还要有很好的'水袖'。表现白蛇的形体,'水袖'是再好不过的功夫了。"果然,团上开始排白娘子了,她心里也想着这个角儿,最后也的确落在了她头上。

这大一本戏的主角,落在自己头上,在宁州剧团又是摇了铃的事。

易青娥知道,楚嘉禾也想这个角儿。自打听说要排这个戏,楚嘉禾她妈就来找过朱团长好几趟了。朱团长说,谁演啥,他做不了主,拿事的是导演。这个戏的导演还是古存孝、苟存忠、周存仁、裘存义四个老艺人。他们排戏的路数,跟其他导演不一样。他们是由古存孝先把大场面拉出来,然后,由苟存忠说女角戏,周存仁说武戏,裘存义捯饬各类杂角儿,也就是规整群场。听说楚嘉禾她妈,还请四个老艺人去县上最好的食堂吃了饭,喝了酒呢。可最终四个老艺人还是决定:由易青娥担任白云仙A角,楚嘉禾担任B角。他们觉得,这大的戏,不敢冒险。楚嘉禾长得是出色,可浑身有些软,功夫连易青娥的一半都不到。而易青娥,他们心里是有底的。

朱团长希望这次戏,完全以新学员为主。扮许仙的男主角,也就定成封潇潇了。而扮青蛇的三号人物,分给了易青娥同宿舍的周玉枝和惠芳龄。她们一个A组,一个B组。两人开始在一起,话还很多,后来相互就没话了。两个都长得很漂亮,几年后有人说起宁州剧团的"四大美人",其中第一个自然是易青娥了,第二个是楚嘉禾,而第三、第四,就说的是周玉枝和惠芳龄。还有"五朵金花"之说的,那里面加进了胡彩香,也有说是米兰的。

让易青娥感到不舒服的是,楚嘉禾不仅因为分在白云仙B组,老跟她打别扭,而且楚嘉禾还暗恋着封潇潇,这就更是让她们之间的关系搞得十分难处了。无论对词、排戏、练戏,只要她跟封潇潇稍有亲近,楚嘉禾不是扔了手头的剧本,就是扔了道具。有一次,她还干脆连自己喝水的罐头瓶子都摔了。先是周玉枝给她说:"青娥,你都没发现楚嘉禾对你的态度?""没有哇,咋了?"她还问周玉枝。周玉枝说:"她是见不得你跟封潇潇演爱情戏,知道不?楚嘉禾一直爱着封潇潇,你不知道?""我不知道哇!"易青娥真的是一点都不知道。自打从灶房回到学员班后,她才不断地听说,这个同学跟那个同学好了,那个同学跟这个同学谈恋爱了。还有的干脆说,谁谁在外面把"活儿"都做了。她也不知道是做了啥"活儿",就问啥叫"做活儿"了,有人就笑她是真傻。

易青娥跟封潇潇接触不多,但对封潇潇印象不错。封潇潇长得好,是县城人的那种"洋范儿",潇洒得很。他对乡下人,还从不居高临下。就在她烧火做饭的那些年,好多同学都瞧不起她了,但封潇潇始终没有这种感觉,无论到灶门口找火种,还是到厨房打开水、吃饭、洗碗,每每遇见她,都还要微笑一下,打个招呼的。不像别的同学,有时还给她甩脸子呢。尤其是她排《杨排风》,周存仁老师要抽八个最好的"番将"跟她打"出手",第一个自愿来的,就是封潇潇。这是连她都没想到的事。因为封潇潇在这班同学里,那就是"白马王子"。据说好多女生,都是想着法子要与他亲近的。没想到,他能主动来给自己"供下手",并且始终是供得最认真的一个。见她被"把子"踢伤,还给她买药。尤其让她感动的是,那次楚嘉禾把一碗滚烫的热面泼在她身上时,他竟然挺身而出,坚决要楚嘉禾给她道歉。她脑子里,越来越深刻地种下了这个人。很多次,她在心里,都是默默叫着他潇潇哥的。但绝对没有其他意思,这是她想都不敢想的事。自打那年在刑场,经见了被枪毙的流氓教干后,她就觉得男女之间,一切似乎都是不洁的。包括看见胡彩香在床上"背"她舅,尤其是廖耀辉对她做出那些龌龊事后,让她甚至有了一种决心:一辈子都是不能跟男人在一起的。

在《白蛇传》开排以后,古存孝老师就说:"青娥,你咋不开窍呢?跟许仙是演爱情戏,眼睛里得有东西。两对儿'灯'一碰上,就要见火花花呢。存忠,你得好好抠娃的感情戏了。娃一到感情戏,就冒傻气么。你看这个瓜娃哟!你看你看,是不是傻了?"

把易青娥羞的,一个劲拿手背挡住嘴傻笑。

苟存忠老师就把她和封潇潇叫到一边,一个眼神一个眼神地细抠。别看苟老师老了,可一旦用起爱情的"灯"来,还是春情似火,里面燃烧得连封潇潇都有些不敢正视。苟老师就批评他们说:"你们封建思想都太严重,这是排戏,是工作。你白云仙就是到凡间找爱情来了,结果,看见自己最满意的风流小生许仙,又不敢使出含情脉脉的眼神来,那还演什么戏?易青娥,老师老实给你说,别看演了个杨排风,你就觉得把戏演好了,那还差得远着呢。杨排风就是个烧火丫头,能打、能翻,可没有爱情戏,总是缺了好多戏味儿的。过去老戏里最好看的,还是'公子落难后花园,小姐搭救得团圆'这些东西,让人百看不厌的。为啥?爱情么。人这个东西,就这一点最撩拨人了不是?傻子看见漂亮姑娘都知道撵一阵儿哩。看戏看啥,除了技巧、唱功,多数人那就是看这些玩意儿哩。咋看咋有意思不是?一辈子不会演这些戏,那你还算个演员?还能当主角吗?你们都好好体验去,人多的地方嫌不好意思了,就找没人的地方练。反正得练出来,得把那点戏味儿琢磨透。要不然,给观众看啥呢?"

易青娥羞涩得一直低头捂嘴笑着。她也不知道咋练,该到哪儿去练。倒是封潇潇有一天,突然对着她耳朵悄声说:"我家没人,到我家练,去不去?"她没说去,也没说不去,脸先羞红完了。封潇潇就说:"我爸和我妈到省城逛去了。家里只有我爷在。他耳朵聋,啥都听不见。"她想了想,说她有事,去不了。她是不喜欢和任何男人单独待在一起的。后来苟老师又批评,说爱情戏还是太差。古存孝导演甚至埋怨说,这戏恐怕要塌火在两个娃不解风情上了。他还开苟老师玩笑说:"你老苟演一辈子旦角,不是在后花园勾引公子,就是在绣楼上窝藏相公。为爱情翻墙跳窗,要死要活的。八百里秦川,谁不知道你苟存忠那一对'骚灯'的厉害。咋就把俩娃调教不出来呢?看娃把白娘子都演成烧火丫头了,萝卜青菜给一锅烩了。我的瓜娃哟,你真是瓜实心了!"苟老师就收拾他俩,嫌下来不好好练。其实易青娥一直练着,不过练的是"水袖""把子"这些技巧。即使练对手戏,也是一个人偷偷在没人的地方比画着。越比画,戏反倒越呆板。苟老师就喊叫说:"不行不行,这样绝对不行,越排越不对劲了。你们不是在演爱情戏,而是在演路人戏。就像两个过路的陌生人,相互打问路径呢。绝对不行的。"他还对易青娥说:"你不要再练'水袖''把子'了。白娘子的做工比技巧重要,赶快练做工戏去。"

没办法,封潇潇又提说了一次,她就跟着去他家了。

封潇潇的家,在县城的西头,是一个独独的院子。院子里有七八间房,中间留出一个很大的天井来。从天井往上看,能看见蓝天白云。一院子房,也是靠这个天井来采光的。井下还有一口井,那是水井。水井旁边有一棵石榴树,正结着密密麻麻的红石榴。易青娥从来没有见过这么好的院子,一进来,就有些喜欢。封潇潇家里果然只有他爷在。他爷的耳朵也果然背。潇潇领着易青娥回来,他爷问:

"谁?"

他大声对着他爷的耳朵说:"同学。"

"吃过了。"他爷回答。

他爷又问:"这谁?"

封潇潇懒得跟他爷正经说地:"你不认识。"

"谁的媳妇?你的?"

易青娥的脸,一下就红到了脖根。

封潇潇急忙说:"胡说呢,爷!"

他爷好像彻底听明白了似的:"哦,爷不说,爷给娃关门去。"

易青娥很是难为情地看着封潇潇,有点想离开的意思。封潇潇就去把他爷关上的大门,又打开了,并且跟他爷指东说西地捣鼓了半天,他爷才去后院子收拾菜地去了。他家还有一个后院子,院子里种着好多绿菜。

他们就在前院子练起了戏。没有了外人,这戏果然是放开了许多,眼睛也敢看了,动作也大方起来。

他们先练的是《游湖》:

  许 仙:(点头施礼)哦,白小姐!

  白云仙:(还礼)许相公,敢问你家住在哪里呀?

  许 仙:(唱)世代居住钱塘县,

       我的名字叫许仙。

  白云仙:不知作何生理?

  许 仙:(唱)幼年也曾读书卷,

       改学生意因家寒。

       清波门外药材店,

       帮人经营忙不堪。

  白云仙:(唱)家中二老可康健?

  许 仙:(唱)父母双亡十余年。

  白云仙:(故作感触地)噢!

     (唱)可怜我高堂二老也把命断——(看许仙的反应)

     [许仙极其同情地看着白娘子。

  白云仙:(接唱)只落得黄花女儿孤身寒。

  许 仙:小姐,你家住哪里?

  白云仙:(唱)祖居处州路遥远,

举目无亲好惨然。

许　　仙:到此何事呀?

白云仙:(唱)千里投亲未相见,
　　　　　　游湖又逢雨连天。

许　　仙:(感动地)噢嘀嘀!
　　　　(唱)无亲的人儿无人念,
　　　　　　你我同病实可怜。

[白云仙、许仙二人互相同情地恋看着。青儿留心地观察白云仙和许仙的言语、眼神。船夫也边摇船边注意。船身一晃,两人情不自禁地牵了一下手,又急忙散开。

(合唱声起)
　　同船共渡非偶然,
　　千里姻缘一线牵。
　　西湖雨后风光鲜,
　　桃雨柳烟好春天。
　　游湖人儿细赏玩,
　　你看那月老祠堂在眼前。

[合唱声中,二人以目传情,爱意连连。站在一旁的青儿、船夫见状,各自偷偷掩面而笑。

他们把这段戏,来了一遍又一遍,越走感觉越好。易青娥觉得,好像是把戏拿住了。苟老师一直讲,演员得把戏拿住,可千万别让戏把演员给拿住了。易青娥一直觉得,排戏、练戏、演戏,都是很累的事情,可今天,竟然一点也不觉得累。练着练着,都练到白娘子怀孕那折戏了:

[许仙穿上一身新绸缎衣服,在药店内高高兴兴地忙碌着生意。

白云仙:(唱)见官人喜眉笑脸多欢畅,
　　　　　　勤劳苦累他不嫌忙。
　　　　(叫许仙)我说官人!
许　仙:(闻声起立)噢!(走出桌子)娘子!
白云仙:这丸药,我配制好了。
许　仙:娘子!我与你讲得明白,制好丸药,由我来取,怎么老不听话呢?
白云仙:官人,我不累!
许　仙:(怜惜地)娘子,你怎能不累呀,整天熬药膏、制丸药,又要给我缝衣绣袍,歇息太少,小心病了。
白云仙:噢,官人,我还没有问你,我给你缝的这件绸衫,穿上可合适?
许　仙:哦,我的娘子啊!
　　　　(唱)穿上新衣我心高兴,
　　　　　　遍体凉爽遍体轻。(高兴地抖着绸衫)
　　　　　　长短合适针工整,(感激地看着白云仙)
　　　　　　多谢你辛辛苦苦、一针一线、殷勤为我亲
　　　　　　手缝,亲手缝!(围绕着白云仙转动起来)
白云仙:只要官人说好,为妻我就心满意足了。
许　仙:好是好,可我有点不满意。
白云仙:官人,什么地方不合适,待为妻改来。
许　仙:不是的,你看这件绸衫做得太细致了,我嫌它……累坏了我的娘子啊!
　　　　(从后边一下搂住白云仙的肩膀)
白云仙:我还以为……官人是嫌弃为妻的针工了呢。
许　仙:娘子,我的好娘子,许仙心疼都还来不及,哪来的嫌弃二字呀!
　　　　(转身又一把将娘子揽在怀里)

白云仙：(有些羞涩地)待为妻上楼去,炖好莲子羹,官人
　　　　喝了,保养身体要紧。
许　　仙：娘子,怎么做饭之事,也要娘子动手?
白云仙：我的好官人哪!
　　　　(唱)你我夫妻心相印,
　　　　多受劳累恩义深。
许　　仙：(唱)但愿得你我夫妻天长地久,
　　　　不羡他富贵人家卿相王侯。
　　　　〔两人紧紧相拥,许仙久久痴望着怀抱里的白
　　　　娘子。

　　这段戏,他们先后练了好几遍。开始,封潇潇双手搭在易青娥肩上的时候,好像也没啥感觉,后来,越练这感觉就越不一样了。易青娥觉得,首先是封潇潇眼里,放射出的是一种无限爱怜的光芒。这种光芒,是她易青娥七年来最需要的东西。尤其是在她最可怜、最无助的时候,多么需要这样一双眼睛哪!封潇潇给过,但不是今天这样热辣辣的,热得她浑身很不自在。院子里其实是很凉快的,但她不住地大汗淋漓。终于,在许仙将她紧紧抱入怀中的时候,她从戏里游离出去了。她首先闻到了封潇潇身上的汗味儿,是那样美妙的一种味道,从海魂衫的圆领口里飘了出来,直接钻进她的咽喉,让她迅速窒息起来。她明确感受到,封潇潇是把她紧紧贴在胸前的。她甚至有了一种强有力的压迫感。从去年开始,她发现自己的乳房,突然一天比一天膨胀起来,几件衣服穿在身上,胸前的纽扣,扣起来还是有点困难了。她还正为这种突然隆起的难堪,寻找紧裹的办法呢。今天,封潇潇的胸腔,就紧紧贴在这个敏感部位了。这并不是导演所要求的紧密程度。导演要求的是"意到",没有说身子非贴住不可。可她突然又觉得是那么愉悦,甚至希望他贴得更紧些。就在他们胸腔贴得更加紧密的那一瞬间,一股电流,突然从她的心海深处,哗地冲向四周,整个身心迅速

被击瘫痪、击麻木了。也就在那一刻,她立即清醒过来,一下推开封潇潇说:"今天就练到这里吧。"说完,就要逃离。也不知何时,封潇潇他爷突然冒了出来,慢腾腾地说:

"许仙和白娘子不能这样演,过去人跟现在人搂抱不一样。"

易青娥羞得立即抓起道具,就跑出封家院子了。

封潇潇追出来,说让她吃了饭再走。她连头也没回地朝前跑去。

以后封潇潇再叫,她都没有去过了。

不过,打那次练习后,易青娥像突然开窍了一样,她的表演,就得到古存孝和苟存忠的认可了。但跟楚嘉禾,却是越来越水火不相容了。

四十六

易青娥那天从封潇潇家跑出来,脸上烧得跟红火炭一样,跑了好半天,摸着还是发烫。她突然觉得自己有一种罪恶感,真的不是在演戏、练戏了,而简直是在跟封潇潇一起耍流氓了。她突然对封潇潇也有了一种不好的感觉。他明明是故意抱住自己,她甚至都感到了他腹部即将贴近的力量。她一下就把他跟那个被枪毙的教干联系上了,还有她舅,还有廖耀辉……而自己,就是胡彩香,就是那些生活作风不好的女人。看来楚嘉禾对自己的那些恶毒眼神,都是对的,是合情合理的。因为自己确实出现了邪念,甚至觉得被封潇潇那样紧紧搂着、抱着,是很舒服、很愉快的一件事。她觉得自己不是个啥好人了。她不想做她舅,可好像她也快成她舅了。

那天回到宿舍,她就跟出门做贼了回来一样,半天说话都语无伦次。惠芳龄说,楚嘉禾今天都来找你好几次了,问你去了哪里,说封潇潇咋也不见人了。易青娥就更是觉得无地自容。

惠芳龄为跟周玉枝争青蛇一角儿,都有讨好巴结她的意思了。她们都希望她能多带着她们一起练练戏。那天,周玉枝刚好不在,惠芳龄就缠着易青娥把戏走了走。走着走着,惠芳龄就问易青娥:"都说封潇潇爱上你了,是真的吗?青娥,要爱上了,你就同意,知道不?我们这一班,就数潇潇家庭条件最好了。并且潇潇也长得帅气、潇洒,将来肯定是台柱子。你俩最般配了。你就别让她楚嘉禾了,这事不能让。你背后的好多坏话,都是她说的,你知道不?"易青娥说:"我跟封潇潇……没有的事。永远都不会有的。我永远也不会找对象。"惠芳龄一下给惹笑了,说:"青娥,你是真傻呀还是假傻?你咋能永远不找对象呢?"易青娥说:"我不爱找。真的,我不会找的。一辈子都不会的。"惠芳龄还把她傻看了半天。

自导演说易青娥的爱情戏开窍后,每每排到两人这些场面时,总有好多同学要来看。好像她跟封潇潇的戏里,是有无穷的秘密,能供大家观赏、消遣、破解似的,反倒弄得她不自在起来。要再下功夫练,这些戏明显还能进步,可易青娥不想再跟封潇潇单独练了。要练,每次也是叫"青蛇"一起练。或者叫周玉枝,或者叫惠芳龄。别人就传说,这两条"青蛇",都是人家易青娥和封潇潇的"电灯泡"了。周玉枝不太想被别人说,就来得少些了。惠芳龄倒是大大咧咧的,"电灯泡"就"电灯泡",只要能跟着两个主角走戏,别人咋说都行。这样反倒还让她的戏大大长进了。有一天,古存孝导演甚至宣布:把惠芳龄的"青蛇",由B组晋升为A组。两人的矛盾,一下就白热化了。最难处的是易青娥。弄得她排练场待着不是,回宿舍待着也不是。有好多天,排练一结束,她就独自一人到县城外边的河沿上,寻找清净去了。

这里是易青娥过去常来的地方。那时做完饭,收拾完锅碗瓢盆,她能到这里呆坐几小时。看着河水流动;看着两排白杨树,哗哗地在风中翻抖着一边青翠、一边乳白的叶子;看着不同花色的鸟儿,在石头上,在树枝上跳来跳去;看着蝴蝶在草丛,在花叶间鼓动翅膀；看着长长的蜻蜓,在水上一个劲地试探起飞、降落;甚至看着成群结队的蚂蚁,在河堤上搬家、驮运。一切的一切,都让她觉得特别有意思。有时,一个细小毛虫的运动,也能让她看好半天。在毛虫攀越、翻身困难的时候,她甚至还能用小树枝,帮它们完成那些高难度动作。也只有在那时,她才能忘记自己所有的痛苦,变得跟这些花鸟虫草一样,无拘无束、无忧无虑起来。那时谁都会给她眼色看,而唯独这些鸟儿、蝴蝶、蜻蜓、蚂蚁、毛虫,无论见了谁,都是一样鸣叫,一样起舞,一样翻飞,一样运动的。她觉得,只有来到这里,她才是跟它们一样的生命。一旦离开这里,一切痛苦,就又扑面而来了。

可自打演了《杨排风》以后,这里她就来得少了。即使来,也再无法安静下来,用一双眼睛长时间跟踪一对蝴蝶的行动;看一只红蜻蜓一场几个小时永不疲倦的表演;也难面对一只细小虫子的慢慢蠕动。刚坐下,就会有人把自己认出来,这不是"杨排风"吗?这不是剧团的易青娥吗?她在这个县城的空间,突然变得比过去窄小了许多。那时,胡彩香老师即使把她领到这里,拔嗓子、练唱,过来过去的人,也是不太注意的。而现在,她刚发出一点声音,身边就会很快围上一堆人来。

她觉得,她是没有地方可去了。

突然有一天,她在剧团对面的一个巷子里,看见苟存忠老师拿着一个包袱,正急急火火朝一个破仓库里走,她就叫了一声苟老师。苟存忠怔了一下,问她今天咋没练戏。易青娥说,星期天,想歇一下。苟老师就说,歇歇也好,消化消化,有时比一个劲地死练更管用。她想问苟老师到这里干啥,又没好问。苟老师也没有叫她进去的意思,她就准备离开。可苟老师把一只脚都踏进门槛了,又退出来喊叫她说:"娃,来,既然今天没事,你就来看看老师吹火吧。"易青娥一愣。她早就听说,苟老师是有一身好吹火技巧的。他把《游西湖》里的李慧娘,演红了几十个县呢。可有人要学,苟老师始终不正面回答。就连朱团长几次要他把吹火技巧传给几个武旦,说再不传,害怕失传了可惜呢。苟老师都没接他的话茬。没想到,苟老师是在偷偷练着。今天竟然让她进去看了。易青娥自是兴奋得了得。

这是一个老棺材铺。县城人死了,都是要到这里买棺材的。易青娥一走进去,看见几口棺材摆在那里,就有些害怕。苟老师说:"我娃不怕,就几口空棺材板板。"

这时,一个看库老汉走了过来,说:"老苟,你个棺材瓢子,今天咋还带了人来?"

苟老师说:"你个死棺材瓢子,看我带谁来了?"

"杨排风!哎呀呀,易青娥!"老头有些高兴地惊叫起来。

原来,苟存忠老师在给剧团看大门的时候,就跟这个戏迷老头熟。过去剧团但凡演出,苟老师都是要给他送戏票的。尤其是《杨排风》,他几乎看得场场没落。所以,一见易青娥,就觉得特别亲切。

其实苟老师已经在这里练过大半年吹火了。地方特别宽展,棺材都摆在库房一角。过去做棺材的地方,现在都空着。看库老汉说,县城现在很少有来买棺材的了,都嫌棺材铺的寿枋质量不好,尺寸也小。女的死了,倒是有来买的。男的,尤其个子大的,大都是自己买料,自己做了。现在人的手头都活泛了,有点闲钱,自是要讲究死后的睡法了。

就在苟老师收拾吹火那摊东西的时候,看库老汉突然问他:"哎,老苟,你不是不让人看你吹火吗?咋可让这娃来看了?"

苟老师支支吾吾地说:"哦,我没说不让这娃来看么。"

"我还不知道你们这行的,最要紧的那点'绝活',就是传最好的徒弟,都要留一手的。你说我说得对不对?"看库老汉神秘兮兮地问苟存忠。

苟老师说:"有是有这事,可也要看是啥徒弟哩。"说着,苟老师就将一个火把点着,然后,让看库老汉关了库房的灯。他把鸡蛋大一个纸包子,放进嘴里,对着火把一吹,那火舌,就从他嘴里喷了出来。火一丈多长,能随着他的形体、口型而变化,时而绵长,时而短促,时而怒气冲天,时而繁星点点的。在这样一个摆着棺材的地方,这种鬼火的腾腾烈焰,以及时强时弱、时明时暗的变化莫测,很快就让易青娥感到毛骨悚然了。

在一片黑暗中,苟老师独自练了很久。直到十几个纸包子,都一个个塞进嘴里,全部吹完,他才让看库老汉把灯打开。

看库老汉一个劲说他今天吹得不错。苟老师就问易青娥:"你看出啥门道了没有?"

易青娥摇摇头说:"没有。"

苟老师说:"你先把白娘子演好。这吹火,我迟早是要教你的。我跟存孝都商量了,给你排完白娘子,就排李慧娘。你只要拿下这两本戏,一辈子走州过县,那都是吃香喝辣的事了。"

看库老汉说:"我说吧,师父要留一手吧。你看是不是?易青娥,你得追着这死老汉学呢。他跟我一样,都是棺材瓢子了,只看哪一天朝棺材里撒呢,你可不敢把机会错过了。这老棺材瓢子的吹火,的确好。我老汉也是看过一辈子戏的人了,要论吹火,那还要看老苟的。"

苟老师光笑,易青娥也用手背挡着嘴笑。

苟老师说:"放心,我不传谁,都不会不传青娥的。"

"这可是你老苟说的话,我可都给你记着哩。你要不给易青娥传吹火,死了都睡不上棺材板,只能喂野狗。"

苟老师还骂了看库老汉一句:"你个老挨鼻的货,死了给你睡六口棺材,四肢、脑壳、身子,全给你五马分尸了搁。"

四十七

北山地区的会演通知到了。

朱团长在全团会上还把通知念了一下。意思是,通过这次会演,要在全地区形成"尊重老艺人、发现新苗子"的好风气,从而把舞台艺术水平,提高到一个新阶段。听说区文化局的领导,是个内行。他认为,当前舞台艺术发展,必须重视两头:一是老艺人的传帮带作用;二是新苗子的破土发芽。因此,这次会演,没有要求都搞原创剧目,而是突出了"传统继承、艺术传承"这八个字。通知要求,一个剧团演出两台剧目:一台由中老年演员示范演出,一台由新人传承演出。并且对新人还做了年龄限制,不能超过三十岁。学完文件,四个老艺人的眼泪,都汪汪地涌了出来。他们说,看来管事的是换成大内行了。你看看,抓得多准,多及时,多到位。这才叫抓住剧团活命的牛鼻子了。

上边有了文件,四个老艺人也气强了许多。为《白蛇传》让谁司鼓的事,朱团长一直主张,还是把郝大锤用一次,再试试。说郝大锤自己也在努力练鼓艺着呢。可古存孝他们几个一直不松口,坚持要用易青娥她舅胡三元。为这事,朱团长跟他们之间,都闹得有些不愉快了。这下有了文件,上边要求这么高,加上又特别器重老艺人,要老艺人发挥作用呢,古存孝他们就更是不依不饶地要用胡三元了。

其实,胡三元已经在偷偷设计着《白蛇传》的打击乐谱了。但朱团长始终没有明确表态。郝大锤也在跃跃欲试,并且放话说,朱继儒都给他说了,胡三元就敲一个《杨排风》,其余戏都是他敲。这话朱团长到底说没说,谁也无法考证。不过四个老艺人,还是给朱团长下了最后通牒:如果不让胡三元敲《白蛇传》,不仅《白》剧不排了,文件上要求的那台中老年演员示范演出剧目,他们也"交旗"了。说看谁能行,就让谁搞去。最后,朱团长到底还是妥协了:胡三元不仅敲《白蛇传》,而且还要敲那台示范演出的折子戏。郝大锤一下又在院子闹了个天翻地覆。

郝大锤这次不是到排练场闹,而是专跟他朱继儒闹。他端直把被子扛到朱继儒家里,朝房中间一躺。朱继儒吃啥,他吃啥;朱继儒喝啥,他喝啥。半个月下来,把朱继儒都快搞疯了。郝大锤的意思是:你朱继儒既然要把我的饭碗剥夺了,那我这一辈子,也就只能躺在你家吃,躺在你家喝了。朱团长没办法,又去跟古存孝他们商量,看能不能让郝大锤敲两个折子戏。古存孝说:"老朱,我看你当团长,就不如人家黄正大。黄正大当头儿时,谁敢这样闹?闹了就给他'下火',开批斗会,拧螺丝。你现在快成清政府了,软得跟一摊稀泥一样。要放在我,端直给派出所打电话,把人弄走得了。"朱团长拍着脑袋说:"唉唉唉,不是那个时候了。你让我硬给这些人下手,还下不去呢。唉唉唉!""下不去了,那你就只好干受着。我这儿排戏,反正得用最硬邦的人。"

朱团长也不知用的什么办法,最后还是把郝大锤哄走了。据说,郝大锤离开时,还把朱团长的一块老怀表拿去,时常挂在胸前,说是继儒老哥送的。从此后,郝大锤几乎天天喝酒,并且一喝就醉,动不动就在院子里发起酒疯来。有人刻薄地说:朱继儒已经把郝大锤养成郝大爷了。

那一段时间,宁州剧团里,可以说处处都在练,都在排,都在唱。中老年示范演出的折子戏,本来是有胡彩香一折《藏舟》的。照说,她还不到中年,可团里除学员班为青年组外,其余的,一律都划到中老年组去了。《藏舟》分配得早,以前还是米兰的A角,她的B角呢。白米兰走后,她也没了上进心,反倒把戏撂下了。这次一安排,易青娥本来想着,胡老师是该好好露一手了。可没想到,胡老师说她怀孕了,都五个多月了。胡彩香怀孕的事,在剧团自是又热闹了一阵。几乎每个人都在掐算,看她男人张光荣是啥时走的。算来算去,觉得张光荣只是"打了个擦边球"。张光荣是三月底返回单位的,而胡彩香在八月份说,她已怀孕五个月了。有人见了易青娥她舅,甚至直接开玩笑说:"行啊,胡哥!"谁都知道这"行"字的意思。她舅也不制止,说他行,好像他还真就行了。有时还见他,要故意把一只眼睛眨一下,一锅水就越发地搅浑了。易青娥觉得可丢人了,就到胡老师那里套话,看肚子里的孩子,到底是咋回事。她也怕将来光荣叔回来,惹出更大的麻烦。胡老师就破口大骂起她舅来:"你舅真是个老不要脸的东西,我就想把那张黑脸皮揭下来,看他还脸厚不脸厚。张光荣是三月底才走的,我怀孕刚好五个月,时间严丝合缝的,他偏要一把揽着。他是作死呢。"易青娥听胡老师这样一说,心才放下来。她是真的太害怕舅又出事了。

在以后的排练中,苟存忠老师就经常把易青娥叫到棺材铺里,去吃"偏碗饭"。那里也安静。看库老汉有时还连饭都给他们备下了。苟老师之所以要叫她到这里来,首先是可以放开练"水袖"。"水袖",就是缝在衣服袖口的长白绸,一般只一米左右长,演员挥出去,折回来,能收放自如最好。长袖不仅善舞,而且也能帮助角色外化喜怒哀乐。比如羞涩时,就可"以袖遮面";恼恨时,也可"拂袖而去"。《白蛇传》里白蛇的水袖,就另是一讲了:它不仅用来辅助情感表演,更用来代替蛇姿、蛇形、蛇行。因此,这袖子就比其他人物的水袖,要长出许多来。有那功夫好的,还能舞起丈二、丈六、丈八的长袖来。苟老师的确也是留着几招的。过去老艺人都是如此,不到死,是不会把"绝活"传授完的。因为要参加全区比赛,加上苟老师也的确看上了易青娥这个徒弟,所以他就把水袖功,是要毫不保留地传给她了。苟老师说:

"啥叫'水袖',顾名思义,就是像在水上漂的袖子。一些演员,耍起水袖来,就像染坊摔布、洗衣娘抖床单,哪有半点艺术气息?白娘子《合钵》一折,全靠水袖赢人呢。要领就是动作幅度要小,力量都使在暗处。看似是水袖飘飘,其实是人的关节在暗暗操持。看,你看,看劲都使在哪里,看见没?起来没?起来没……"

果然,苟老师是在水袖起舞中,要飘飘欲仙了。

看库老汉说:"哎呀!哎呀!小心把老腰闪了着。"

这次大会演,他们四个老艺人,还要完成《游西湖》里《鬼怨》《杀生》两折戏。戏也都是到棺材铺排的。他们好像都不愿意在团里排,心思让易青娥还有些捉摸不透。但有一点是清楚的,不成熟的东西,他们绝不朝出拿,都觉得老脸丢不起。尤其重要的是,苟存忠和古存孝老师,据说都是在北山地区出的名。出名戏,正是《游西湖》,那时还叫《李慧娘》。据说,第一次演出还失败了。吹火,把人家戏楼都烧了。最后,甚至把戏班子都撵了。几年后,他们重返北山,再演《李慧娘》时,就大火起来了。因此,这次会演,他们比谁都兴奋,比谁都认真,比谁都更加重视。

易青娥在一边练水袖、练宝剑。他们在一边排《鬼怨》、排《杀生》。这两折戏的意思是:

善良小姐李慧娘,被奸相贾似道霸占为妾。贾似道因不满李慧娘对"美哉少年"的向往同情,而一刀结果其性命,让她变作一缕冤魂,上天入地四处飘荡。李慧娘终以鬼魂之身,将关押在贾府的"美哉少年"裴郎救出。贾似道带人拼命追杀。最后,被逼无奈的慧娘,吐出满腔愤怒的"鬼火",将贾府上上下下、里里外外烧了个一干二净。

苟存忠演李慧娘,古存孝演裴郎,周存仁演"喂火把"的杀手廖寅,裘存义演贾似道。他们也都是在《白蛇传》排练间隙,见缝插针来棺材铺排戏的。他们排练,谁都不让看,但却是让易青娥看的。易青娥练一练水袖、宝剑,又过来看一阵他们排戏。在排到吹火时,苟老师甚至还让易青娥也吹了几下。易青娥第一口火吐出来,便把眉毛全烧掉了。惹得几个老艺人好一阵大笑。看库的老汉说:"娃,我说你老师不诚心教你吧,你看咋样?第一把火,就故意把你眉毛烧了。那就是要你别学了。他要把这点瞎瞎手艺,带到棺材板里去呢。"苟老师说:"你个死了没人埋的活鬼,再别煽惑娃了。学吹火,还有不烧眉毛头发的。你看我脖子,十三岁学吹火,就把一大块皮都烧掉了。"说着,苟老师真把领子拉开,让易青娥和大家看呢。易青娥见苟老师的后脖根,还真是有一大块烧伤的疤痕。看库老汉又调侃说:"你们都别信老苟的,他这疤子,搞不好是偷着钻谁家小姐绣楼,让人家拿烧红的烙铁,把鸡贼烙了的。你都想想,这吹火,就是烧,就是烫,也该烧着、烫着前脖子、前胸的。咋能烫到后面去呢?一看就是没干好事,人家朝出撵时,从后边下的狠手么。"惹得大家咯咯咯地笑个不住。

苟老师就骂看库老汉说:"你个老色鬼,守个棺材铺还不省心。一天是坟地里卖绣鞋——只伺候女鬼哩。看你这些烂棺材板,哪一个倒够尺寸。真个是只寻着装你小姨子、装你碎表嫂哩。"

看库老汉说:"你也是个女鬼哩,唱了一辈子的旦。你以为男鬼那边还要你?信不信,你老苟死了,保准还得朝我这儿走。我也保证,给你寻副能伸直腿脚的好棺材板。"

"这老棺材瓤子咒我哩,这老棺材瓤子咒我死哩。"

没等苟老师把话说完,古存孝老师就问:"哎,存忠,我真个没弄明白,你吹火哩,咋把后脖根给烧成这样了,咋吹的吗?"

苟老师说:"唉,那时小,师父只说吹火是唱旦的'绝门独活',说要给我教哩,可就是不教。师父演《游西湖》,我就在旁边看。也看出了一些窍道。我就找地方偷着练呢,结果,不得要领,大夏天的,光着身子吹,脖子上、脊背上,到处都漏的松香粉。到吹第三个'包子'时,一下把身上的松香全引着了。我只顾拍打前边的火,后边就烧得嗞嗞地直冒烟。不光脖子,脊背上也有好几块疤呢。"

看库老汉说:"那后来师父就给你教了?"

苟老师说:"不教我能吹火?看你问的这屁话。"

两人一斗嘴,大家又乐了。

看库老汉说:"唉,青娥,赶快跟这老狗学,再不学,阎王就把他叫走了。嫌他男不男、女不女的,留在这世上丢人现眼呢。"

易青娥就是在这里,跟苟老师学了几招吹火。她后来想,也许这就是天意,她要不在棺材铺里跟苟老师学这几招,兴许一辈子,就与这门绝活无缘了。

宁州剧团大概从来没有像那段时间一样,里里外外都在排戏、赶戏。易青娥在团里排完《白蛇传》,晚上,几个老艺人到棺材铺加工《鬼怨》《杀生》,她又赶到那边去看戏、练戏,并且抽空还得学吹火。封潇潇几次找她,希望能有时间在一起对对戏,她都回绝了,说有事。说实话,她心里是想跟潇潇在一起的,有时还特别想。但她得忍着。她宁愿到棺材铺里一个人练,也不想招闲话,惹是非。她觉得自己活着,已经是够累够麻烦了。

周玉枝自从被古存孝降到青蛇 B 组后,就不太到排练场去了。而惠芳龄却跟打了鸡血一样,日夜闹着要跟易青娥练戏。易青娥不太愿意为这事跟周玉枝闹别扭,就尽量也回避着惠芳龄。可晚上她即使回宿舍再晚,惠芳龄都要缠着对戏、过戏。每到这时,周玉枝即使睡下了,也会一骨碌爬起来,一人到院子里,一坐好半天。周玉枝说,她一看见惠芳龄那碎戏霸样儿,就犯恶心。弄得易青娥处人,越来越难了。

《白蛇传》终于如期彩排了。在县城引起的轰动,不比《杨排风》小。但只对外演了两场,就拆了台。一是要保证演员的精力,"好钢"得用到会演的"刀刃"上。二来,中老年组的五个折子戏也要彩排。彩排那天晚上,《鬼怨》《杀生》都没上。古存孝老师给朱团长解释说:大家都顾了《白蛇传》,没顾上排折子戏,只能到地区"台上见"了。其实,易青娥知道,他们在棺材铺里,是化装彩排过好几次的。并且让她舅来看过,还让她舅带着鼓板来敲过戏呢。最后他们觉得,有好些地方不到位,提前亮相,害怕把"老哥儿几个的牌子砸了"。商量来商量去,决定还是先不在县上亮这个相的好。到地区演出还有几天时间,他们认为,一切都来得及练,来得及弥补。

团上自是相信几个老艺人的水平了。

一切准备停当后,前站就出发了。

可就在大部队要出发的前三天,院子里发生了两件事。其中一件,差点把去会演的事都搅黄了。

四十八

第一件事是,胡老师把娃生下了。

按照胡老师的说法,应该在十一月生,娃才够十个足月的。可她生时,满打满算,才八个多月。这件事在院子里,又引起了一阵比《白蛇传》彩排更加热闹的轰动。几乎每个人都在扳着指头掐算。算来算去,这娃的"来历"都是很成问题的。尽管胡老师和医院说,娃是小产的。但好多人都去医院看了,娃斤两并不轻,个头也不小。说小产娃应该像老鼠一样,是黑瘦黑瘦的。有人还故意问:"娃那半边脸,是不是也黑着?"回答的人一笑说:"胡说呢,火药炸黑的又不遗传,娃脸上咋能也黑着呢。"

张光荣很快就回来了。

张光荣一回来,大家都特别喜兴地上前恭贺着。就连平常不咋搭话的,也要凑上去恭喜一番。恭喜完,却是要睁大了眼睛,看张光荣反应的。易青娥知道,那里面是藏了许多许多意思的。张光荣这次回来,自然还是要挨家发糖。这次发,跟过去发不一样,这次发的是喜糖。在发喜糖的同时,张光荣还加发了罐装高橙。

关系好的,一家两罐。关系一般的,一家一罐。说是都让品尝品尝,这是他们自己厂里生产的。有人就问,你们不是国防厂子吗,咋也生产这个?张光荣说:"转产了,国防厂子都开始转产了。"在说这话时,张光荣是有些失落的。

张光荣发给易青娥的高橙是四罐,说感谢她,一直跟她彩香姐好着。易青娥说,胡老师是她的恩师,不敢称姐。她把张光荣是叫叔的。

胡老师一生下娃,易青娥就有些害怕。光荣叔再一回来,她就更害怕了。怕她舅又会出啥事。可她舅,偏跟没事人一样,别人再议论,他仍是在他那不到八平方米的小房里,练着鼓艺。弄得整个院子,一天到晚,都是噼里啪啦的暴雨射墙声。

光荣叔这次回来,没有给她舅发喜糖,也没有给他发罐装高橙。但也没有要跟他发生冲突的意思。因为易青娥看见,两人在院子里是照过面的。她舅黑着半边脸,还哧啦给光荣叔笑了一下。可光荣叔脸定得平平的,装作没看见他,就过去了。如果一直这样,那就万幸了。好在再过几天,她舅就跟大部队出发,到地区会演去了。可就在光荣叔回来的第二天晚上,他与郝大锤喝了半夜酒后,态度就来了个一百八十度的大转弯。后来有人说,光荣叔那晚的态度,都是郝大锤上激将法给激出来的。郝大锤在酒桌上说:"张光荣多牛啊,你在外边干革命,不费一枪一弹,老婆在家里连牛牛娃都给你生下了。白拾个爹当着,天底下哪有这便宜的事,啊?还不多喝几盅喜庆喜庆。来,能㞞,喝!"说张光荣当时就把半缸子酒,都浇到郝大锤的脸上了。然后,他跟跟跄跄从外面回来,就跟她舅干上了。

张光荣开始骂她舅,还是惠芳龄先听见的。然后,周玉枝就打开了门窗。只听光荣叔乱骂一气道:"你胡三元也叫人?你狗日的也配叫人?你狗日的是欺负了老子,一个下苦的工人。要是欺负了军属,你狗贼这回又该挨枪子儿了。有种的出来!有种你把门打开!狗日的胡三元,你给老子滚出来……"然后,就听见砰的一声响,像是用石头或砖头砸了窗玻璃。

易青娥觉得事情严重,就急忙穿起来,跑到院子去了。她本来是不想出去的,可这样闹腾下去,对她舅,对光荣叔,还有胡彩香老师都不好。并且这几个人,都跟自己有关系,也都对自己好。自己不出去,又等谁出去呢?

她出去时,院子已经有人出来了,也在劝光荣叔了,但劝不下。光荣叔还在满院子找更大的石头、砖头,想朝她舅的破窗户里砸。她听见她舅房里,一点动静都没有。光荣叔酒明显是喝多了。石头、砖头没寻着,反倒被娃娃们玩耍过的满院子的半截砖所绊翻。易青娥见有人在阻拦,就想着,还是要去把胡老师找回来,只有胡老师才能对付得了光荣叔。她就急忙朝医院跑。新医院离剧团也不远,她跑到妇产科时,娃正哭闹得哄不下。她就把家里发生的事说了。胡老师一下抱起娃,连衣裳都没换,就跟她朝回跑。易青娥还说,坐月子是不能见风的。胡老师说:"狗日的把我整得要脸没脸,要皮没皮的,活都活不成了,还怕风呢。"易青娥说:"胡老师,你去劝劝,我在这儿招呼一下娃。"谁知胡彩香坚决地说:"走,把这'黑耳朵'娃子,给他们两个拿回去。今晚谁认了,我跟这黑货就是谁的。"易青娥知道,在宁州这地方,"黑耳朵",说的就是私生子。看来胡老师是准备回去闹事的。她就急忙拦挡起来。但胡老师一把将头上勒着的帕子一抹,扔在地上,又狠狠从易青娥怀里抢过娃说:"走,看他狗日的再闹。他俩今晚要再敢闹了,我就把这'黑耳朵'摔死在他俩面前。看谁怕闹腾谁。"易青娥把娃抢都没抢过来,胡彩香就抱着冲出了医院。

刚出院子,就有一股邪风吹来,易青娥见胡老师急忙转过身,要脱了外衣包娃。她就立即把自己的衣裳脱下来,帮着把娃包住了。从这个动作里,易青娥就能看出,胡老师是咋都不会把娃摔死的。她就放心大胆地跟着朝前走了。也怪,胡老师刚把娃抱出医院,娃就不哭了。她还嘟哝了一句:"你哭哇,咋不哭了。今晚你要不把爹定下来,一辈子有你丢脸的时候。"易青娥真的搞不懂,他们之间到底是怎么回事。

她们跑回院子时,她舅的门已经打开了。易青娥听旁边人说,是她舅背不住骂,也挡不住从破窗户里扔进去的砖头、瓦块,自己把门打开的。她舅把门一打开,张光荣就扑上去,跟她舅扭成了一股"肉绳"。拉架人拆都拆不开。朱团长都惊动了,但来了还是没办法。朱团长想把"绳子"解开,还让滚来滚去的"肉绳",搓掉了一个指甲盖。正在闹得不可开交的时候,胡彩香抱着娃回来了。只听胡老师大喊一声:

"张光荣,胡三元,你两个砍脑壳死的都听好了:今晚要再闹,我立马就把这个没人认的'黑耳朵'娃子,摔死在你们面前,你们信不信?我数一二三,要是数到三,再不朝开滚,我就摔了。一、二……"

胡老师的"三"还没喊出来,那股"肉绳",就自己散开了。

易青娥生怕胡老师做出啥极端事来,她一直是拿手护着娃的。

就在两根"肉绳"散开后,被胡老师举起的娃,突然"哇"的一声,又大哭起来。胡老师大声问:

"张光荣,你不认这个娃是吧?娃小产了是事实,医院医生都这样说的,我有啥办法?我能不让这个黑货出来?你要不认了,今晚就给个痛快话,明天咱就把离婚证办了。我不能让你这样不明不白地,把我先人羞了,再把娃的先人也亏得没襻襻了。才出世三天,这一辈子就没法见人了。"

张光荣躺在地上,一动不动。

胡彩香又喊叫她舅:"胡三元,你哑了,你死了是吧。你为啥不给个明话?院子里那些嚼牙帮骨的瞎怂,想咋说坏话,就任由人家咋说。你平常听了连屁都不放一个。不放屁了也行,你还觍着副黑驴脸,咪啦着笑哩。笑你妈的屁是不是?你笑是啥意思,这娃就是你的了?你那黑锅底脸,也能生出这样的白娃来?既然是你的,你今晚就认下来呀!认了我就跟张光荣离婚。离了婚,就跟你这个黑驴脸过……"

胡彩香喊着喊着,就一屁股坐在地上,号啕大哭起来。

易青娥早已把娃接在怀里了。娃也哭得像是听懂了什么事似的,几个人都哄不下。

最后,是张光荣先起身,慢慢偎到胡老师跟前说:"彩香,起来,咱回。你还在月子里,不能坐在这凉冰冰的地上。"

"回你妈的回,我还朝哪里回?你狗日的张光荣,把我的脸都丢尽了,你让我在这院子……还咋活人哪!"胡老师哭得更凶了。

张光荣磨磨叽叽地说:"我……我也是听人煽惑哩。我该死……我该死……"说着,张光荣还扇起了自己的大嘴巴,"娃是我的,我张光荣的。我第一天回来,就听医生说了,是小产的。都怪我……人话不听,鬼话当真哩!狗日的郝大锤,你就不是个好子儿,把我灌醉,乱煽惑我哩!"光荣叔是半醉半醒着,又把郝大锤拉出来乱骂了一通。

朱团长看院子里聚的人越来越多,连外面的人,也有半夜被惊动起来,蹭进剧团来听热闹的。他就急忙让几个劳力好的小伙子,把胡彩香弄回医院,把张光荣也抬回房里躺下了。

易青娥看见她舅,从"肉绳"散开起,就躺在那里,没吱一声。等人都散了,她跑过去看,才发现,舅的头上、手上,都流着血。她要舅上医院。舅说,不咋,他试着,还没伤到筋骨。易青娥问咋伤着的。舅说窗户砸破了,这条疯狗给房里乱扔东西砸的。他是没法躲了,才打开门的。她特别恨着她舅地说:"不管咋,你也吱个声。是不是你的事,吱个声总行吧?"她舅说:"咋吱声,我咋吱声?"就再不吱声了。她舅就这人,在跟胡彩香的事情上,谁再说啥,他都不明确承认,也不明确否认。说到关键处了,还爱咻啦一笑,把龅牙露多长。好多事情,也就是这样才不明不白、没完没了的。

到第二天的时候,易青娥才发现,她舅的几根指头都血肿着。易青娥说:"你这手,还能到地区敲戏?"舅说:"不咋,没伤着骨头。"

要伤着骨头,到地区会演还真就麻烦了。她舅可是敲着一本大戏和五个折子戏的。

就在这件事的同时,团里还发生了另一件大事。不过对于易青娥来说,几乎是她毫不关心,也不大懂得的事情。

还是光荣叔跟她舅打架的那天中午,县上突然来了几个人,说要给剧团选一个副团长,让全团人都投了票。

她舅自然是没资格参加的。她也不知道该问谁,该投谁。惠芳龄坐在她旁边说,干脆把你写上。她还说了惠芳龄,说再别开玩笑了。结果,她写的是她老师苟存忠。人家上边来人都反复强调了,说要选四十五岁以下的,苟老师已经五十多岁了。但她实在不知该写谁,最后还是写了苟老师。那天,在会场最活跃的,算是郝大锤了。他不停地给人打招呼,让都写他,说上边就是来考察他的,还说黄正大主任跟上边领导熟,专门给打过招呼,说朱团长也推荐的是他。后来有人还问过朱继儒。朱团长光笑,就是不回答。据说这趟投票,给上边来的人,还留下了长久的笑柄。说在剧团考察干部,出现了许多怪票,有写坐山雕、彭霸天的;有写豹子头林冲的;还有写韩英、刘闯、焦赞、杨排风、白娘子、李慧娘的,反正是乱七八糟,让考察组人出去笑话了好多年。

大概是因为考察结果,让郝大锤当天就知道了,郝大锤就喝起酒来。到地区会演,他没戏可敲,但也坚决不给胡三元打下手。他就被朱团长安排着,留下看家护院了。

大部队走的那天早上,郝大锤突然冒出来,用煤油点着七八只老鼠,烧得叽叽呱呱地乱跳乱窜着。一只老鼠,还差点钻到了易青娥的裤腿里。气得朱团长美美把郝大锤骂了一顿:

"郝大锤,你是找死吧!"

大家就这样,一个个是惊慌失措地提着行李,吓得尖叫着从院子里跑出去的。

四十九

宁州剧团第一次出门坐大轿子车,车上自是一片欢呼声。大家一下就把郝大锤烧一群老鼠,送演出团出行的不快,忘到一边去了。有人还把朱团长抬起来,在车厢里运来运去地狂欢了一阵。

朱团长说:"过去条件差,出门老坐大卡车,对演员的嗓子也不利。这次团上下了势,掏了血本,非让大家坐轿子车不可。好几百里路呢,大家坐美,到地区把戏也给咱唱美。"

有人甚至还喊起了朱团万岁。

两辆轿子车。乐队、舞美队坐一辆,演员坐一辆。演员这边,团部还专门做了安排:第一排坐着四个老艺人。第二排,安排了朱团长和几个中年主演。第三排,就是易青娥、封潇潇、惠芳龄,还有一个演法海的花脸。算是把《白蛇传》的四个主演都安排了。易青娥是希望跟惠芳龄坐一起的。谁知惠芳龄偏把封潇潇推了一把,让封潇潇坐在她身边。惠芳龄跟"法海"坐在另一边了。自打封潇潇坐到她身边,她就浑身不自在起来,有种芒刺在背的感觉。她知道,身后几十双眼睛,都会唰地一下,盯向她和潇潇的。惠芳龄的嘴里,吐露出许多她所不知道的"花边"消息。全班大概有十三个女生,都对潇潇有意思。而这其中,公开表示爱封潇潇,并想阻止一切人接近封潇潇的,就是楚嘉禾了。今天,楚嘉禾被安排坐在第五排。易青娥上车时,已经看见她很不友好的眼神了。这阵儿,封潇潇再朝她身边一坐,楚嘉禾的眼睛,只怕是要放出血来了。她实在是不想跟封潇潇坐在一起,她不喜欢看人嫉恨的眼神,更不喜欢让人在背后,把她说来说去的。她觉得她已经够倒霉了,跟廖耀辉的破事,还有她舅与胡彩香的烂事,都把她纠结得快要发疯了。再卷进来一个封潇潇,干脆就别让她活了。

易青娥坐在靠窗户的位置,她是把身子尽量朝窗户上贴着。可路途上,车身一直颠簸着。颠着簸着,就会让她和封潇潇的身体碰撞到一起。尤其是盘山道,惯性会让一个人完全倒在另一个人身上的。易青娥即使把前边的靠背抓得再紧,还是几次倒在了封潇潇怀里。她能明显感觉到,每当她倒进他怀里时,他都是极力控制着惯性,几乎用一切手段,在保护着她不受任何硬物碰撞的。也有几次,封潇潇是随着惯性,倒在了她怀里。封潇潇的脸,是端直撞在了她隆起的胸脯上。一股电流热遍全身,她羞涩得都快要窒息了。好在,封潇潇会很快控制住自己,又把身子平衡到原来的位置。路实在凹凸不平。山梁也是一座接着一座。这样相互碰撞的机会就很多。而在一次又一次的碰撞中,易青娥的内心,就又荡漾起了对封潇潇抑制不住的好感。她想起了那天,封潇潇紧紧抱着她时的感觉,那是一种无法形容的美妙。虽然时间那么短暂,但已经够她一生回忆了。

在汽车行进了几个小时以后,大家都困乏得东倒西歪着睡着了。易青娥是双手搭在前排靠背上,头埋在胳膊弯里休息的。很快,封潇潇也用这种方式,把头埋进了胳膊里。这样,反倒在他们中间,搭起了一个封闭的空间。易青娥没有想到,封潇潇会那么大胆,竟然在这样一个暗角里,向她示起好来。他低声问她:

"饿不?我拿的有核桃芝麻饼。我妈做的。可好吃了。"

易青娥低声说:"不。"

封潇潇又沙哑着嗓子说:"你喝水不?我拿着热水。"

易青娥:"不。"

"你……你要累了,就……就靠在我身上。"封潇潇说这话时,明显有些不好意思,但还是坚持说出来了。

"不。"

封潇潇停了好半天,然后战战兢兢地说:"能……能让我……拉拉你手吗?"

"不。"

"我……我挺喜欢你的。"

"不。"

"为啥?"

"不为啥。"

"那咋不?"

"不就是不。"

"我拉了。"说着,封潇潇还真准备拉她的手了。

易青娥想把手拿开,但又没有拿开。很多年后,她还在想,为啥当时想拿开,又把手没有拿开呢?

封潇潇的手,就窸窸窣窣地摸过来,把她的手紧紧地捏住了。在捏住她手的一刹那间,易青娥浑身几乎是一个激灵,又突然把自己的手扯开了。

封潇潇再找她手时,她的手就从前排靠背上拿下来,塞到裤兜里去了。她的心里,就跟敲着鼓一样,嗵嗵嗵地响。她感到,大概一车人都是能听见的。她回头把车上人扫了一眼,见大部分人都张着大嘴,睡得呼哧大齁的。但也有人,在朝前边看着。尤其是楚嘉禾,当她与她的眼睛遇上时,她感到那几乎是一把锋利的匕首,都快插入她的心脏了。

这时,封潇潇也拿下双手,还做了一个刚醒来的动作,伸了伸懒腰。

易青娥就把身子故意朝车窗外侧了侧。她在想,以前自己当烧火丫头的时候,哪怕多看封潇潇一眼,也觉得是很奢侈的事。那时她就觉得,全班跟封潇潇最般配的,自然是楚嘉禾了。没想到,几年后竟然有人觉得,易青娥是和封潇潇最般配的人了。惠芳龄甚至还说,只有封潇潇配你易青娥才算"绝配"。在她心里,却并不这样认为。人家封潇潇是县城人,又是这班学生里最挑梢、最有前途的男生。而自己虽然唱了《打焦赞》,唱了《杨排风》,唱了《白蛇传》,但跟人家还是有距离的。只是在排了《白蛇传》以后,她觉得他们之间的感情,是猛烈地拉近了。虽然他们只单独在一起待过几小时,心贴心地拥抱了那么十几秒钟。其余时间,都是在人多广众场合下排练、工作,但他们内心的那种默契与理解,几乎是不用任何语言,就能从相互的气息与眼神中,沟通得很到位了。她能体味到,封潇潇对她,已经产生很难抗拒的感情了,并且一直想找机会表达。但她始终没有给他机会,并且在尽量打消他的念头。她已经从别人说她被强奸的谣言,还有她舅的那一串烂故事中,看到了太多男女之事的丑陋与难堪。她不愿意再陷在里面,让自己本来已伤疤摞伤疤的生命,再经历不断被抓破、撕咬、剜刮的搅扰和疼痛。

易青娥没有想到,封潇潇今天用这样一种方式向自己表白了。她很激动,也很难过。她的内心,此时翻腾起的波浪,并不比窗外排排秋树,遭狂风席卷时更加平静。她在极力克制着自己。她甚至还把随手拿着的一个小包,放在了他们中间,企图制造一些距离。但很快,汽车又遇到了更加糟糕的路面。一车人,几乎都东颠西簸起来。有的喊叫碰破了鼻子。有的喊叫磕烂了膝盖。有人甚至从后排颠到了前排。只见坐在第一排的四个老艺人,全被从座位上甩了出去。苟存忠老师跌在车门的那个踏步上了。古存孝老师压在了苟老师身上。周存仁老师又压在古存孝老师的腰上。就听古老师喊叫:"压,压,压,把老身这老胳膊老腿,压散伙了算球。可老身底下还压着慧娘哩。"又听苟老师在下边,用旦腔开玩笑地喊:"裴郎啊,慧娘虽然不在人世了,可你这磨盘大的屁股,压在奴的胸口上,让奴家做鬼也是难以起身了!"惹得大家又是一阵狂笑起来。封潇潇还对易青娥说:"你师父还挺幽默的。"逗得她也是捂起嘴来笑。封潇潇还上前帮着朱团长一道,把几个人拉了起来。看来四个老艺人,今天也是很兴奋的。有那特别爱制造热闹的,在汽车的又一阵跳跃中,干脆站起来,手舞足蹈地唱起了歌。那是跟汽车颠簸节奏非常吻合的民歌《簸荞麦》:

簸,簸,簸,
妹子在房前把荞麦簸,
大路上来了瞎(方言读 hā,坏人)家伙。
说十七八的妹子你慢点簸,
让我从你家门前过。
你大(父亲)在没,你簸?
你娘在没,你簸?
你哥在没,你簸?
都没在你还这样出力地簸?
喜欢了让我坐一坐,
有心了给我一口水喝。
有意了咱进屋说一说,
情愿了你就拉开热被窝。
碎妹子是一个愣头货,
打了我一簸箕踢了我一脚,
荞麦皮钻满了我颈脖,
拔腿跑她还在后边吐唾沫。
我连滚带爬把牙跌豁,
回头看妹子还在那儿簸麦壳。
不醒事的妹子你瓜娃一个,
再簸你就簸成了老太婆……

一车人笑得前仰后翻起来。车轮胎的跳跃,随着《簸荞麦》的歌声,不断起伏跌宕着。易青娥尽量控制着自己,但她的头,她的肩膀,她的整个身体,还是要随着汽车摇摆的惯性,一次次朝封潇潇身上倒去。每倒向他时,她都感到一种刺激、一种安全、一种保护,甚至一种爱怜。某个时刻,她甚至希望这趟车,就一直这样开下去,一直这样颠簸下去,颠簸得越厉害越疯狂,每个人都无法控制住惯性才越好。可猛然间,当她感到背后的芒刺、匕首,是要将她剁成肉酱时,她又立即希望车快停下来,让她赶紧下去,离封潇潇越远越好了。

她就是这样百般矛盾着,跟封潇潇颠簸完了二百多公里路程的。那天,她记得她跟封潇潇,几乎有数百次身体碰撞、接触。而一多半,都是她极其情愿的。她也感到,几乎有数十次,是封潇潇故意制造的。而她清清楚楚、明明白白,自己也是有所配合,才造成了不断碰撞、接触的。可当下车后,她立即就跟路人一样,把封潇潇甩得远远的了。她不希望给那些锐利的眼睛,还有锋利的嘴巴,制造更多伤害自己的话题。

五十

北山地区竟然是这么大的地方,难怪要管十几个县呢。他们坐的车,在城里绕了几个来回,才找到住处。有人说,这座城恐怕有宁州县城四五个那么大呢,光街道,都十好几条。街上人,也比宁州县城多了许多。他们进城是下午时分,在几条街上,车按喇叭,人不让,狗不让,牛也不让。有人就开玩笑说,人家地区的牛,到底比咱县上的牛,牛多了!

他们住在北山地区剧场旁边的一个旅社里。八个人一间的大通铺。易青娥是主演,需要休息好,安排四个人住在一起,都是有名有姓的角色。刚住下,人就都跑完了。毕竟是来了大地方,加上剧场又在城市中心,周边到处都是商店,大家就叽叽喳喳着,出去逛去了。朱团长还一再交代,不要乱跑,说地方大,小心跑丢了。尤其要求学生出去,是必须要有老师带着的。可好像谁也没听,到天快黑的时候,就基本都溜光了。

易青娥从窗玻璃发现,封潇潇没有出去,一直拿眼睛朝她这边瞄着。她还发现,楚嘉禾也没有出去。这么爱热闹的人,没有出去,自是因为封潇潇还在这里窝着。易青娥害怕封潇潇会干出傻事,端直来房里给她送吃的。他在车上还说了,一定要给她送他妈做的核桃芝麻饼呢。她一再拒绝,可封潇潇也是一个很犟的人。她想,要是让楚嘉禾看见他来送饼,那还了得。她就急忙也出去了。她刚出门,就听见封潇潇的门响了。不过,楚嘉禾的门也响了。封潇潇的门,就那样停在了半掩状态。她乘机就跑出旅社了。

易青娥跑出旅社不远,就见苟老师他们几个老艺人,正朝舞台方向走。苟老师还喊她:"青娥,你一个人朝哪里跑?"

"我……我随便逛逛。"易青娥说。

"别逛了,咱到舞台上走。晚上咱们几个要过戏呢。这还是托了熟人,给把舞台让出了一晚上。明晚就要见观众了。你也到台上,把水袖练一练。舞台跟舞台不一样,要赶早适应呢。可不敢让新台子把你给拿住了。"

易青娥就跟他们去了。

不一会儿,她舅也来了。她还问她舅,手上的伤好些没？她舅把手举给她看,说没事。她看见,她舅的那只手,比前两天都肿得厉害了。古存孝老师也过来说:"三元,不行了今晚上再去医院看一下,看有啥好些的消炎药没有。这样肿着,恐怕敲不成吧。"她舅说:"放心,手没断,就能敲。咱啥苦没吃过,还在乎这点伤。"说完,她舅还把那只肿着的手腕子,自己硬掰了掰。易青娥觉得,她舅真是一个很坚强的人。

这天晚上,四个老艺人一直在走他们的《鬼怨》《杀生》,先后走了两遍。她舅说:"保证是一个炸弹。我相信这次会演,《鬼怨》

《杀生》一定是挑了全区老演员的梢子了。"可苟老师还说不行,说让他再练练吹火。他说当年他十七八岁的时候,在这儿演《李慧娘》,一口气吹的那三十六口火,才叫"瓦尔特"呢。苟老师他们特别爱说"瓦尔特"这三个字,那是南斯拉夫电影里的一个名字。他们把技巧好不好、高不高,都要说成算不算得上是"瓦尔特"。尤其是最后那三十六口连续喷火,古老师就把那个叫"瓦尔特"了。苟老师觉得,现在这"瓦尔特"的节奏还没把握好,开头几口还没慢下来,而最后那十几口,又没快上去,他想再练练。在吹的过程中,他还给易青娥反复讲了吹"连珠火"的技法和要领。在一连又吹了好几次三十六口连珠火球后,苟老师对易青娥说:"回去我就正式教你《鬼怨》《杀生》。看来呀,这次就是师父告别舞台的演出了。气力不够,真的是演不动了。"易青娥还说:"老师身体好着呢,一定还能演好些年的,不急。"苟老师就说:"急呢,咋不急。我这次出来,就突然有些着急了。怕给我娃教慢了,把好多戏都烂在肚子里,传不下去了。"

易青娥没有想到,苟老师突然能说出这样的话。在以后的十几个小时里,他几乎一开口,就都是这话。易青娥甚至已经感到了某种不祥,但她不相信,苟老师能走得这样快,这样让人不可思议。

第二天一大早,苟老师就来敲她的窗户,说让她到旅社饭堂去练戏。他跟人家都说好了,桌椅板凳他们都挪开了。易青娥拿着水袖、宝剑去时,苟老师和周存仁老师,果然已经在那里练开了。他们还是练的吹火。周老师是举着火把的杀手,他们需要更多更严密的配合。易青娥一来,苟老师就说:

"娃呀,你这两天把师父跟紧些,我一边自己走戏,一边会给你说些东西。比如这'连珠火',关键还在气息。最长的拖腔咋唱,这火就咋吹。你越能稳定得跟一个打大仗的将军一样,你就越能把大唱腔唱好,把'连珠火'吹好,尤其才能把大戏中的主角拿捏住。要稳了再稳,只要有一点毛躁,一晚上的戏,就都会唱塌火了。"

中午吃饭的时候,苟老师又给她说:

"娃呀,师父今晚吹火,你要在侧台好好看哩。主要看师父的气息。不光看嘴,看脖项,还要看腹腔,看两条腿咋用力呢。气息是由人的全身力量形成的,光靠某一个部分使劲,是吹不好的。吹火,要说难,很难。要说简单,也很简单。其实就是气息的掌握。好多演员吹火,急着想表现技巧,想让火光冲天,乱吹一气,反倒没有鬼火森森的味道。吹火,看着是技巧,其实是《游西湖》的核心。把鬼的怨恨、情仇,都体现在鬼火里边了。同样地,你演白娘子,耍水袖,不是为耍水袖而耍水袖。耍宝剑,不是为耍宝剑而耍宝剑。最高的技巧,都要藏在人物的感情里边。只要感情没到,或者感情不对,你耍得再好,都是杂技,不是戏。舞台上的所有'瓦尔特',都必须在戏中,是戏才行。"

到晚上化装的时候,易青娥看舞台空着,说在上边练一下水袖。结果,苟老师又让人来叫她去。她去了,苟老师又喋喋不休地说:

"娃呀,你化装还有些问题呢,还是提眉、包头的问题,搞不精神。这么漂亮个脸蛋,眉毛、眼睛老是立不起来。你知道古装戏最好看的是啥?就是眉眼。你懂不懂?眉眼一立起,脸上的精气神就来了。"

苟老师说话的时候,古存孝老师还在一旁嘟哝说:"老苟,我咋看你都快成话痨了。"可苟老师还要说,并且是不住地给她说。

苟老师的装,今晚化得特别精细。正常是七点半开演,演员五点化装。可苟老师今天四点多就来了。先化了一遍,不满意,又洗了重化。易青娥一直在旁边看着的。苟老师一边化一边说:

"师父老了,脸上就跟苦瓜一样,拿石灰腻子都搪不平了。想当年,师父在这北山演李慧娘时,一上装,脸上还真是二八年纪的水汪呢。那眼睛滴溜溜一转,连俺师父都说,存忠身上有妖气呢。

娃呀,你说小,也不小了,都满十八的人了,该是出道的时候了,再不出就晚了。唱戏这行,出名得赶早呢。越早越好,越早唱的年代越长。年过半百以后,虽然能唱,可这脸皮已没光彩了。戏再好,也是要逊色不少的。唱戏为啥讲究'色艺俱佳',就是这个意思了。男角儿好些,女角儿尤其讲究。人老色衰的时候,能不唱就最好不要唱了。师父今天一上装,才深刻地明白这个道理。我给你教戏,还是晚了些,晚了些呀!"

易青娥说:"师父好看着呢!"

"好看啥呢,我还不知道。李慧娘这个鬼,是要越美丽越动人的。师父这脸,已真是一副死鬼相了。"

说完,苟老师又把装卸了,化了第三遍。

古老师还开玩笑说:"存忠,你今晚是要招女婿呀,还把老脸搋一遍又一遍的。我看刚才就化得美着呢么。"

"还美着呢,就这副老脸演李慧娘,以后的年轻人,恐怕就再没愿意看《游西湖》的了。"

苟老师把第三遍装化完的时候,还是不满意,但时间已不允许再化了。他就提了眉,包了大头,穿了行头。要不是知道他性别的人,还真看不出这是男扮女装呢。

易青娥知道,苟老师为演这两折戏,几个月瘦下来几十斤,不仅天天演练,而且还节制了饮食。大家都说,苟存忠过去是爱吃炖猪蹄子的人。他看大门那阵儿,经常在夜深人静时,给火盆里煨一砂罐猪蹄子,不等单位人起床,就在早晨四五点钟把猪蹄子啃了。剩下的,用塑料布,把砂罐包扎紧,尽量不露出香气来;然后,等到第二天晚上都睡下时,再拿出来煨热了啃。等别人闻到肉香时,他早已把骨头都撂到大门外,让狗叼跑了。因此,苟老师的腰,在老戏初解放的时候,是裹伙管一个人抱不下的。他把裤子洗了,晾在院子,都笑话:不知哪是裤长,哪是裤腰呢。因为裤长才二尺九,而腰围是三尺三。后来才慢慢减到二尺七八的。直到要演《鬼怨》

《杀生》,他才又猛减到了二尺五以下。在棺材铺彩排的时候,他发现,穿上李慧娘的衣裳,小肚子有点不好看,就又坚持减。他甚至还用吃大黄拉肚子的方式,把腹部朝下拉呢,直减到现在二尺二的腰身。他脸上,过去是紧绷绷,油光水滑的。自打瘦起腰身来,皮肤就慢慢塌陷了。所以在化装时,他才那么不满意自己。他一直在叹息:这老脸,对不起李慧娘,对不起观众,尤其是对不起当年看过他戏的老观众了。

在正式演出开演前,不停地有一些老汉老婆,到后台化装室来,要看苟存忠。说他当年的李慧娘,可是把好多观众弄得"三天不沾一粒粮,也要买票看慧娘"的。朱团长还让人把着后台口,生怕都拥进来,影响了苟老师准备戏呢。苟老师也有交代,说在他没演完以前,任何人都是不见的。化完装,穿好行头,苟老师就一个人面对墙壁,安静下来,一句话不说了。

演出终于开始了。易青娥到门口看,观众特别多。连过道都站满了人。都在说,当年连住在五福戏楼,演了三个月《李慧娘》的苟存忠,今晚又披挂上阵,唱慧娘来了。易青娥也为她师父骄傲着。这么多年过去了,竟然还有这些老观众,是深深记着师父的。

在一声长长的鬼的叹息中,她师父终于出场了。

师父穿着一身白衣服,披着一件长长的白斗篷,飘飘荡荡地来到了人间。他在哀怨,在痛斥,在诉说,在寻找。突然间,易青娥甚至模糊了师父与李慧娘之间的界线。也不知他是他,还是她了。一个年近花甲的老人,硬是在飘飘欲仙的身段中,全然掩藏住了性别、年龄的隔膜,将一个充满了仇恨与爱怜的鬼魂,演得上天不得、入地不能地可悲、可怜了。就在慧娘面对凄凄寒风,无依无靠地瑟瑟发抖着,一点点蜷缩起身子时,苟老师用了一个"卧鱼"动作。这个动作要求演员,必须有很好的控制力,是从腿部开始,一点点朝下卧的。在观众看来,那骨节是一寸寸软溜下去的。但对演员来说,却是一种高难度的生命下沉。易青娥练这个动作,是在灶门口。整整三年,她才能用三分钟完成这个动作。而一般没有功夫的,几十秒钟都坚持不下来。苟老师平常是能用两分钟朝下卧的。可今天,也许是太累,在易青娥心里数到一百一十下时,他终于撑不住,全卧下去了。并且在最后一刻,双腿是散了架的。好在灯光处理得及时,立即切暗了。尽管如此,剧场里还是爆发出了雷鸣般的掌声。《鬼怨》终于演完了。

《杀生》是比《鬼怨》难度更大的一折戏。老观众都知道的"秦腔吹火",就是这一折戏的灵魂,也是秦腔这门艺术的"绝活"。古存孝老师扮演的小生裴瑞卿,终于被李慧娘从贾似道的私牢里救了出来。贾似道(裘存义扮)带着人,在满院追杀不止。第一杀手廖寅(周存仁扮),一手举火把,一手提钢刀,一路死缠着慧娘与裴生不放。满台便刀光闪闪、鬼火粼粼起来。苟老师为练这门"绝活",十二三岁,就把眉毛、头发全烧光了。并且至今浑身都留着无法医好的累累疤痕。就在易青娥看他恢复练习这套"绝活"的过程中,眉毛、头发,也是几次烧焦。浑身被点燃的松香,依然烫得红斑片片。苟老师老对她说:

"娃,唱戏就是个咽糠咬铁的苦活儿、硬活儿。吃不了苦,扛不得硬,你也就休想唱好戏。我为啥选你做徒弟,就是觉得你能吃苦,能扛硬,并且也该吃苦,也该扛硬。只有吃苦、扛硬,才能改变你的命运。师父这一辈子,就是苦出来的,就是硬出来的。要说日子滋润,还就是看大门的那十几年,活得消停,活得滋润。啥心不操,别让自己的嘴吃亏就行了。一旦把主角的鞍子架到你身上,那就是让你当牛做马来了,不是让你享福受活来了。"

苟老师还说过一句话:

"秦腔吹火,那个苦,就不是人能干的事。那是鬼吹火,只有鬼才能拿动的活儿。不蜕几层皮,你休想吹好。"

的确,松香一旦点着,变成明火,立马就会产生浓烈的烟雾。吹几十口火下来,无论什么地方,都会变得相互看不清脸面。足见演员是在多么难受的环境里演戏的。苟老师每次在棺材铺练一回吹火,看库的老汉都要骂他说:"老狗,看你屙下的这一摊。你每次一走,我都要为你打整好半天。松香末,松香油烟,都快把我头发弄成油刷子,鼻窟窿弄成油灯盏了。你看看,你来练几个月吹火,把窗玻璃吹成黑板了,把白洋瓷缸吹成黑碗了,把棺材铺吹成油坊店了,把一袋面吹成黑炭了。你还吹不好,看来你这个死男旦,也就只配去吹牛了,还吹火呢。"

"少皮干,快给我泡茶。嗓子眼都快密实了。"一趟火吹下来,苟老师不仅嗓子密实了,眼睛睁不开了,而且呼吸也会极度困难起来。易青娥每练一次,都是要从房中跑出去,透好半天气,才能再回来吹的。

易青娥明显感到,师父今晚的气力,是有些不够用了,但他一直控制得很好。她知道,他是要把最好的力道,用在最后那三十六口"连珠火"上的。她按师父的要求,在侧台仔仔细细地看着他的每一个动作。每一口火吹出来,她都要认真研究师父的气息、力量,以及浑身的起伏变化。那一晚,她觉得她比平常任何时候学的东西都要多,并且更具有茅塞顿开、点石成金的效用。也就在师父一步步将《杀生》推向高潮时,她似乎也完成了一次演戏的启蒙。她甚至突然觉得,自己是能成一个好演员,成一个大演员了。

终于,师父开始吐最后一道火了,也就是那个三十六口"连珠火"。师父依然控制着气力,一口,两口,三口,四口……由慢到快,由弱到强,直到"连珠火"将廖寅、贾似道、贾府,全部变成一片火海。

继而天地澄净,红梅绽开。

观众的掌声,已经将乐队的音乐声、铜器声全都淹没了。易青娥她舅几乎使出浑身解数,将大鼓、大锣、大铙、吊镲全用上了,可观众的掌声,还是如浪涛一般,滚滚涌上了舞台。

就在台上贾府人于火海中挣扎时,苟老师被人搀扶下来了。

易青娥发现,苟老师已经使完了人生最后一点力气,奄奄一息了。朱团长也急忙过来,帮忙把他平放在一排道具箱子上。苟老师浑身颤抖着在呼唤:

"青娥,青娥……"

"师父,师父,我在这里,我在这里。"易青娥紧紧抓着师父的手。

苟老师抖抖索索地摸着她的手说:

"娃,娃,师父……可能不行了。记住……吹火的松香,每次……要自己磨……自己拌。记住比例……"

在说比例的时候,苟老师向她示意了一下,易青娥明白,是要她把耳朵附上去。她就把耳朵贴上去了。苟老师轻声给她说:

"十斤松香粉……拌……拌二两半……锯末灰。锯末灰要……要柏木的。炒干……磨细……再拌……"

勉强说完这些话,苟老师就吐出一口血来。

舞台监督喊:"咋办,底下观众喊叫要苟老师谢幕呢。"

朱团长说:"谢不成了,快关幕!"

"都不走,在下边喊呢。"

只见苟老师身子动了动,意思是要起来,但又起不来了。

朱团长就紧急决定,用身边的道具——贾府的太师椅,把苟老师抬上去谢幕。

大家就帮着把苟老师弄到了太师椅上。

朱团长又紧急决定说:"青娥,你跟舞台监督,一起把你师父抬上去!"

易青娥就跟舞台监督把"李慧娘"抬上去了。

易青娥看见,观众是热浪一般,在朝舞台上狂喊着。

被他们抬上去的苟老师,静静靠在太师椅上,一动不动了。

舞台监督还跟她说:"咱俩把苟老师搀起来!"

易青娥低头一看,苟老师的眼睛已经闭上了。

就在一刹那间,她反应过来:

苟老师,可能已经不在人世了。

五十一

易青娥泪眼模糊地看着大幕关上了。

她拼命呼唤着:"苟老师!苟老师!"

苟老师已毫无反应。

易青娥终于忍不住,放声号叫起来:"师父——!"

站在太师椅旁边的古存孝、周存仁、裘存义老师,也都一齐俯下身子喊:"存忠!存忠!"

苟存忠再也没有任何反应了。

这时,朱团长也跑上台来喊叫:"存忠!存忠!快,快送医院!"

直到这时,大家才反应过来,急忙把苟存忠朝医院送去。

苟老师是放在剧场跑电影片子的三轮车上,拉到医院去的。一边拉,大家一边喊。

易青娥拿了卸装油,乘车子爬坡的时候,还在给苟老师卸装。

到了医院,急救室的大夫用听诊器听了几下,又翻开苟老师眼皮看了看说:"病人已经没有生命体征了。"

古存孝没听清,还大声问了一下:"啥?"

医生说:"已经没有抢救的必要了。"

但朱团长还是要求抢救。

急救室就开始抢救。

二十几分钟后,那医生还是说:"病人是心脏骤停,已经无法唤醒了。"

在医生彻底宣布师父死亡的那一刻,易青娥一下软瘫在了急诊室门口的长条椅上。

她听医生问朱团长:"这老人是演员?"

朱团长说:"是的,是很有名的演员。"

"唱啥的?"

"旦角。男旦,你懂不?"

医生笑着摇了摇头说:"老头演女的?"

朱团长说:"对,男扮女装的角儿。"

医生又好奇地问:"演女的,咋累成这样?"

"吹火。秦腔吹火,你知道不?"

医生还是摇了摇头。

朱团长就说:"演员是很苦很累的职业,过去常有累死在舞台上的。"

医生说:"不光是累,这病人鼻子、喉咙里还有好多异物。大概是这些异物,先导致病人窒息,然后才发生心脏骤停的。"

朱团长说:"是吹火,用松香和锯末灰吹的。"

医生才点了点头说:"难怪!"

宁州剧团首演的折子戏专场,在北山地区引起了很大轰动。尤其是主演李慧娘的男旦,猝死在舞台上后,面对那一身绝技,观众更是发出了一片悲悼、惋惜之声。第二天,不仅大街小巷在谈论这事,而且还有好多观众,自发到演出剧场前,献上了花圈、挽幛。一些过去看过《李慧娘》的老观众,几乎是在含泪回忆着昔日看戏的情景。大家都说,几十年后,再看苟存忠的《鬼怨》《杀生》,依然是"宝刀不老""风采不减当年"。

易青娥做梦都没想到,师父会死在这个地方,并且是死于吹火的。直到师父死后,她才回忆起,这些天,其实师父所有的话,都是与死亡有关的。有些已完全是一种后事交代。难道他是感觉到,他的大限要到了?也许是最近连着排练,他已感到自己的气力是支撑不下这场要见多年前的老观众的演出了。他也许是明明知道,弓要折,弦要断,还偏要把这场演出进行到底的。

朱团长也是做梦都没想到,第一场演出就死了人。虽然观众给了那么高的评价,还给剧场前送了上百个花圈、几十个挽幛。可存忠毕竟是死了。死得太早,死得太可惜了。团上还有人骂郝大锤,说都是这个瘟神,在大家出发时,故意"点天灯",烧死了七八只老鼠,才弄得如此不吉利的。

朱团长征得会演领导小组同意,把《白蛇传》的演出,向后调了位置。他一边安排带人回宁州办丧事,一边安排其余人原地休息,观摩学习其他团的演出。本来演出完,也是要留下来看戏的。地区搞这次会演,目的就是让大家相互学习促进来了,说十几年耽误得太厉害,好多演员上台连路都不会走了。

易青娥本来是最应该留下来观摩学习的,可她死都要跟朱团长一道,送苟老师回宁州安葬。朱团长就同意了。在回宁州的路上,易青娥一直在流泪。苟老师的好多事,她过去都是不知道的。只有在返回的路上,古存孝、周存仁、裘存义三个老师一点点说,一点点回忆,她才知道了苟老师可怜的身世。

苟老师八九岁就出门要饭。后来跟着一个戏班子,人家演到哪儿,他讨要到哪儿。箱主见娃长得心疼,人也乖巧,就收下学戏了。十八九岁的时候,他也讨下过一房老婆的,后来跟人跑了。20世纪50年代,他又红火过几年,也结过一次婚。"文革"开始,他被关了牛棚,老婆又跟人跑了。再后来,他就回到宁州剧团看大门了。曾在远房亲戚中,认过一个干儿子,说是老了好经管他。谁知干儿子长大后,听说干爸是唱男旦的,就再跟他没来往过。苟老师一辈子,最后身边连一个亲人都没有,算是孤老而终了。

古老师还深深叹息了一声说:"唉,这就是唱戏人的命哪!"

回到宁州,古老师他们就去找棺材铺的那个老汉。易青娥也去了。看库老汉听说苟存忠死了,竟然丝毫没有觉得不正常地说:"我早预料到了。"

大家一惊,古存孝问:"为啥?"

看库老汉说:"这老家伙,把唱戏看得太重了。老了老了,是玩上命了。"

"你咋不劝劝呢?"周存仁说。

"唉,狗只要改不了吃屎的禀性,他苟存忠就改不了爱戏的毛病。你知道不,老戏没出来,整天唱样板戏那阵儿,老苟就常到我这里,偷偷扮上了。我给大门上了铁杠,给窗户靠了棺材板。他化了装,扮了戏,就给我一人唱《上绣楼》《滚绣球》《背娃进府》呢。"

大家就都不说话了。

看库老汉又说:

"这死鬼,前天晚上就来了,要我给他准备棺材板呢。说尺寸不够不要,女棺不要,毛栗树的不要,嫌干了炸裂子呢。还有八块板的不要,嫌不浑全。一个孤老头子,讲究还大得很。看,我早都给他准备好了。就这口,尺寸够一米九的个子睡。他老苟才一米六六,脚头还够塞一个炖猪蹄的砂罐子。也不是毛栗树的,这是最好的柏木棺。浑浑全全的六块板。底子是浑板,盖面是浑板,两边墙子也是浑浑的两块板。再加上头、脚两块浑档子,算是最好的六块板寿枋了。县物资局局长他爹,财政局局长他爷,县长他亲家公,都来看过几回了,我说是有下家的。这不,就是给老苟这个挨炮的备下的。他给我一个人唱了几十年戏,我也没啥送,就送这口寿枋,也算是把他给我唱戏的情分填了。"

说着,看库老汉还滚下了几滴老泪。他一边滚着泪,一边还在骂:

"老苟,你这老祸害一走,我就再没戏听了。你个老祸害,把我戏瘾逗起来,你给死了,真是个老祸害瘟哪!"

埋苟老师那天,天上下着小雨。

因为苟老师在宁州影响不大。老戏迷的年岁,也都有些恓惶。所以,在一个特别喜欢赶红白喜事的小县城,那天送葬,反倒是冷冷凄凄的。

苟老师没有儿女,没有亲戚。那天唯一一个披麻戴孝的,就是易青娥。

易青娥手捧着苟老师的遗像,是一步一步走在棺材前边的。

棺材铺的老汉,一边撒着纸钱,一边还要喊叫那些抬棺材的人,要他们别毛手毛脚的,说他们抬的,可是宁州城几十年少见的一口上等棺木。

他说这世上,再不会有这么好的寿枋了。

埋完苟老师的这天晚上,喝得烂醉如泥的郝大锤,又抓住一只老鼠,在院子里再次点起了"天灯"。这只老鼠比较大,点着烧了好长时间。老鼠一会儿跑上电杆,一会儿又跑进垃圾桶,一会儿又跌进檐沟里,最后实在跑不动了,才趴在一块破砖上,任由煤油火朝死里烧。那种可怜的喊叫,甚至像一个婴孩在啼哭。

易青娥觉得,老鼠简直就跟钻进了自己心里一样,不知该怎样去搭救。

古存孝老师就嘟哝说:"这小子,一定不得好死,你信不信?"

五十二

终于,由宁州剧团青年演员汇报演出的《白蛇传》,要在北山登台亮相了。

这次登台前,古存孝、周存仁、裘存义三个老师,偷偷叫上易青娥,还专门到舞台上祭拜了一回呢。他们买了香表,还弄了四样糕点,跪在一个老爷像前,磕头烧香地禀告了再三。易青娥问,祭拜的是啥老爷?他们说是梨园老祖唐明皇。古老师还特别给她解释了一下,说这是唐朝的一个皇帝,爱唱戏。他娶了个妃子叫杨玉环,也爱唱戏,还爱跳舞。易青娥说,平常咋不见人拜这个老爷呢?

周老师说,只有唱戏人才拜的。连这个老爷像,都是他们这几天,才在另一个老艺人那里请来的。拜完,周存仁老师说,恐怕得让朱继儒也来拜一下。过去祭梨园老祖,都是领班长带头呢。古存孝就让裘存义去喊朱团长。朱团长来了,古存孝让祭拜,朱团长还拧次着,说你们咋还信这个。古存孝就说:"你不拜,看存忠死得多可惜,兴许拜了有用呢。"朱团长看古老师把话说到这儿了,就倒头拜了三拜。

正式演出那天,易青娥一天都是心烦意乱的。尤其是头一天晚上,他们还看了另一个团的《白蛇传》,演白娘子的,技巧不过关,在《盗草》那折戏中,先是宝剑连连失手,后做"倒挂金钟",用嘴衔取灵芝草时,立脚不稳,又一个趔趄,掉到了"岩下"。让观众拍了多次倒掌。尽管坐在易青娥身旁的惠芳龄一再说,看了他们的《白蛇传》,咱们就更有把握了。可易青娥心里还是七上八下的。尤其是苟老师不在了,她感到哪里都不踏实。

演出第一天晚上,只有半池子观众。朱团长还一再到后台解释说,会演时间长了,观众都看疲了。再加上这次来了三台《白蛇传》。折子戏里,也是见天晚上都有《游湖》《盗草》《水斗》《断桥》《合钵》。都快成"白娘子大会演"了。朱团长说:"咱们不怕,稳扎稳打朝下演就是了,出水才看两腿泥哩。"朱团长平常是爱倒背着双手的。除非遇见麻缠事,一旦遇上麻缠事,他一只手就会抽出来捂胸口,一只抽出来拍额头,并且是要拍得啪啪作响的。今晚开演前,尽管观众不多,但他的双手还是倒背着,并且背得很高,看来他心里是有底的。古存孝老师也说:"你都相信我的,咱宁州不拔会演的头筹,我古存孝就不再回去混饭吃了。"有人还故意问:"那你到哪里混饭吃去?"古老师说:"我讨米去。还保证不再路过你宁州县。"惹得大家哄堂大笑起来。"不过,咱说是说,也不敢轻敌,我送大家八个字:'既要胆大心细,又要淡然提气。'"有那好事的说:"古导,这好像是十二个字。"古存孝骂道:"你娘的脚哟,光会给老师挑刺。"关键是古存孝这天晚上,又披上了那件象征着某种"势"的黄大衣,还是让助手刘四团站在身后,不停地披,他不停地抖落着。有一次,刘四团只顾看了易青娥化装,没接上,大衣跌在地上,还被他美美训了一顿:"打好你的旗旗,跑好你的龙套。别喝的灯台油,操的大象心。"从古导胸有成竹的"势"来看,有人说,今晚演出大概是有九成以上把握了。

这天晚上的演出,还真给成了。不是小成,而是大成。不是小火,而是大火。用朱团长的话说:

"今晚的演出,就跟最好的缎子被面一样,没掉一根纱,没脱一丝线,是真真正正的无瑕疵演出。我在宁州剧团干了这么多年,反正还没见过演得这样浑全的戏,也没见过这样火爆的场面。"

从第一场起,掌声几乎就没断。有人统计说,整场演出,观众一共给了一百三十二次掌声。

朱团长的手,就背得更高了。

古导的黄大衣,几乎是每说一句话,就要抖落一次,让人眼花缭乱。

刘四团不长相,又为死盯着看易青娥脱彩裤,没及时把大衣披上,竟然让古导抖了一次空肩,气得老汉差点没反身踹刘四团一脚。

易青娥没有想到,她一出场,就迎来了碰头彩。这是最提振演员信心的鼓掌。惠芳龄赞美她说:你今晚装是化得最漂亮的。就连周玉枝也来给她帮忙提眉、包头了。楚嘉禾虽然没有给她帮忙,但也给惠芳龄搭了手,给其他丫鬟梳了头。这就是剧团,看着平常为角色你争我斗的,可一旦到了重大演出,就到处都能看到"一股绳"的相向紧搓场面。让易青娥激动的是,所有武打戏都配合得十分默契。就连《盗草》中那些难度最大的高台技巧,她与十几个守护"神鸟"的搏斗、拼杀,都没有出现任何闪失与纰漏。她始终记着苟存忠师父的那些话:

"主角,演一大本戏,其实就是看你的控制力。哪儿轻缓、哪儿爆发,都要张弛有度,不可平均受力。稳扎稳打,是一个主角最重要的基本功。自打你出场开始,你就要有大将风范。这个大将,不是表面的'势',而是内心的自信与淡定。虽然你易青娥只有十八岁,但必须有十分成熟的心力、心性,你才可能是最好的主角。"

因此,面对一次次高难度动作的挑战,易青娥都真正体现出了艺高人胆大的镇定、从容。几板大的唱腔,尤其是在打斗后的抒情唱段,她都处理得气韵贯通,收放自如。《断桥》里的那段核心唱,甚至引发了十七次掌声,几乎是一句一个好,有时是一句几个好。可惜的是,观众太热情,鼓掌不当,把她觉得最低回、最能表现换气技巧的几个细腻处理,全然淹没了。

在送苟老师回宁州安葬时,易青娥还去看了胡彩香老师。胡老师正担心着她在地区的演出呢。把娃哄睡着后,胡老师就给她又指导了几处唱,说关键是要拿出情来唱,只要把情融进去,咋唱都是好听的。胡老师还说:

"有些人嗓子条件不好,唱不好,情有可原。有些人嗓子好,唱出来也不好听,为啥? 就是只图唱高、唱厚、唱宽,把拖腔愣朝长地拖呢,而忘了情,忘了当时唱那板戏是为了啥。唱戏唱戏,关键是要入情,入戏。只有入了情,入了戏,唱出来那才叫戏呢。"

易青娥对武打场面,反倒是有把握的,因为平常练得多,而对唱腔部分,心里还总是有些胆怯。但这天晚上,她突然感到,几乎所有唱,都有点像苟老师和胡老师说的那样,是被她"拿捏住"了。

她在心里深深感激着她的搭档封潇潇。

封潇潇真的是一个太好的人,把对她的那份感情,把握得让她感到十分得体自然。她不喜欢在人多的场合,表现出一种亲近。他就在很远很远的地方,在大家不注意时,默默看她一眼。她不习惯他的照顾,尤其是不喜欢像其他同学那样,吃一块饼干、一个雪糕,都要当着众人面给。有的甚至还要咬一口,才塞到对方嘴里。

她真的很不适应这一切。他就把所有关心都做在背后,做在没人看见的地方。比如那天,他要给她核桃芝麻饼,她拒绝后,他是用一个手帕包了饼,悄悄塞在她装排练道具的包袱里了。饼子果然很精致、很酥脆、很美味。就在演出前一天走台排练,她整整一天都没吃饭,也是思念师父,更是心理压力过大,什么都吃不下。最后,是封潇潇悄悄给她买了一保温瓶鲫鱼汤,瞅机会,在没人时,塞给她后,就急忙离开了。她是真的不希望他再这样做,但每一个细小的做法,又让她感到那样温暖,那样愉悦。因此,到了台上,当"白娘子"面对"许仙"时,那种朦朦胧胧的感情,就融合、爆发得淋漓尽致了。在第一场《游湖》见面后,封潇潇甚至找了个机会,跳出戏来,跟她说了一句:"青娥,你好美呀!我愿一辈子给你配戏!"这句话,像火一样,甚至点燃了易青娥一晚上的自信与激情。在与"许仙"以后的搭戏中,无论眼神、心境、牵手、拥抱,她觉得,都是有一种火一样的东西,在相互燃烧着。她在许仙被显了真身的白蛇吓死后,上峨眉山去"盗仙草"一折戏中,甚至有了一种幻觉,"许仙"就是封潇潇了,是封潇潇被她的原形吓死了,只有灵芝草才能挽救他性命。易青娥愿意舍生忘死,去最危险的地方,为封潇潇盗取这株仙草吗?她觉得自己是极其情愿的。易青娥就非常完美地完成了"盗草"全过程。在她获得灵芝草,从山上连着三个"倒扑虎",翻下高台后,古存孝老师甚至站在侧台,激动得有些带哭腔地说:

"这个娃的《盗草》,恐怕是我今生看到最好的《盗草》了。任她哪个白娘子,只怕也是演不过咱娃这《盗草》的。"

演出终于结束了。

易青娥看见,她舅坐在敲鼓的椅子上,正泪流满面着。他的一只手,还操着鼓板,另一只手,却腾出来,把脸捂住了。她舅给她已经敲过好多次戏了,但像今天晚上敲得这样天衣无缝,这样出神入化,还是第一次。她舅就跟钻到她心里看着她走戏一样,每个动作,都会在锣鼓家伙的配合中,显得更有韵味、节奏、力量感。每段道白、唱腔,也都会在他鼓板、牙子的掌控、点化下,进入一种好像是玩活了一条真龙的自如、兴奋状态。她看见她舅在抹掉了满脸的泪水后,悄悄给她爹了一个大拇指。

紧接着,就有好多人都拥上台来了。大家拉着她的手,不仅赞不绝口,而且问长问短、问东问西的。让她又不由自主地举起手背,挡了嘴,是一个字都回答不上来。后来她才听说,那里边有领导,还有从省上请来的好几个大名角儿、大导演。他们都是被请来当评委的。她听里边有一个老师大声喊叫说:

"这个易青娥,在整个秦腔界的青年演员里,都属挑梢子的。没想到人才出在县剧团了,难得,难得呀!这可算是秦腔界的一件大幸事了!"

让易青娥没想到,也让整个宁州剧团没想到的是,这个戏,在全区会演拿了"头名状元"后,地区领导竟然不让走,又让扎住在北山演出了一个多月。

看戏,本来好像是上年岁人的事,结果,宁州剧团在那里创造了奇迹:竟然把大量年轻观众吸引进了剧场。都说,宁州出了个大美人易青娥,看一眼,一个月都不用吃饭了。

易青娥那时也的确留下不少照片,都是观众自发拍照的。很多年后,再看这些照片,连易青娥自己都感到很吃惊,那的确是自己人生最美丽的时候:

十八岁。

个头一米六八。

瓜子脸形。

鼻梁高挺。

眼睛明丽动人。

双眼皮。

长睫毛。

嘴唇棱角分明。

胸部隆起。

腰身紧束。

臀部微翘。

在电影院刚刚演完《罗马假日》后,地区报社记者竟然说,易青娥是奥黛丽·赫本的翻版。她那时还不知说的是谁呢。还有人说她像年轻时的电影明星王晓棠,她也不知是哪个。反正自己觉得那阵儿,脸的确是长开了。过去瘦小时,是长成了一撮撮的,好像一个巴掌都能捂住。五官也有些像一堆没放好的石头,挤挤卡卡的。就这一两年,也许是几个月时间,当自己再面对镜子时,就一天一个样子地变化起来。一切都在朝开地长,朝舒展地长,朝丰盈地长,朝鲜花盛开的季节长了。有好多照片,都记录下了她当时的模样。真是有些出乎常人的意料,一个深山里的九岩沟,竟然生出这样一个大美女来。就是嘴一笑,有一颗牙齿长得有点乱,她就老爱用手背挡着了。早先,是害羞,是怕人,不敢与人照面、搭腔。后来挡嘴,也是与这颗不协调的牙有些关系的。谁知所有人现在都说,易青娥美就美在这颗牙上了。地区报纸记者写了一大篇文章,其中有好长一段,都是在说这颗牙的美丽生动的。

需要特别交代的是,《白蛇传》演了一个多月后,很多人听说易青娥还有一本拿手戏《杨排风》,就都吵吵着要看了。北山地区从书记到专员,都看过《白蛇传》,有的为了陪人,还看过两三遍的。听说小易还有拿手好戏,就都给有关方面打招呼,说也演来看看。其实剧团已经累得不行了。尽管所有人都因戏红火,而成了北山城的贵宾,几乎见天都有人请去吃吃喝喝。但毕竟出来时间长了,大家都闹着要回去。连朱团长把摊子都有些"挽笼不住"了。最后,是宁州县委书记、县长亲自来慰问、督阵,才把《杨排风》布景道具拉来,又扎住演了一个月的。

易青娥也在这短短的两个多月中,经历了人生最猛烈的爱情炮轰与进攻。

五十三

　　首先向易青娥发起进攻的,是地区几个青年诗人。他们诗社的名字叫"六匹狼",也恰恰是六个人。主要是写诗,也有写小说、写散文的。他们是这个小城的另类,都修着很长的头发。据说,那时朦胧诗,在更大的城市,都已经衰落了,但这里刚刚兴起。六个人的诗集,一年出好几本,还都是自己印刷的。易青娥的《白蛇传》和《杨排风》,让"六匹狼"接连推出两本诗集来:一本叫《一个美艳古瓶的出土》,一本叫《欣赏完她,其实我们都是可以幸福死去的》。很多年后,易青娥还记得他们对她吟过的那些诗。其中有一首,是这样的:

　　　　古董并不都是锈迹斑斑的
　　　　有一种出土
　　　　带着强烈的闪电
　　　　带着西方奥黛丽·赫本的鼻子、眼睛和嘴
　　　　带着古巴女排"黑珍珠"路易斯的翘臀
　　　　带着东方我们没有见过的传说很酥的杨玉环的胸脯
　　　　还有西施、貂蝉、王昭君
　　　　沉鱼落雁、闭月羞花的脸庞
　　　　刺破了
　　　　很多不易抵达的坚硬的麻木的痛楚的绝望的心尖
　　　　明明是一条
　　　　已说不清是唐朝还是宋朝的蛇精
　　　　却在一千多年后
　　　　惊艳破土而出

又迷醉了千万个
正迷恋着《上海滩》里许文强的许仙
"浪奔,浪流,
万里滔滔江水永不休"地
拥挤在了去"断桥"看白娘子的路上

　　这首诗,他们是在邀请易青娥出席"六匹狼"诗歌朗诵会时,由"三狼"朗诵出来的。易青娥怎么都不愿意来,可他们找了报社给她写文章的记者。记者说,"六匹狼"都很喜欢你,但他们都很绅士,希望能用诗歌打动你。易青娥本来晚上演出很累,白天希望有更多的时间休息。可记者几次三番地来请,挨不过面子,她还是来了,是拉着惠芳龄来的。那时易青娥真的是不懂诗,念过好几首,连惠芳龄都听出一点意思了,可她还是把眼睛睁得很大,一头雾水的样子。这首《说不清是唐朝还是宋朝的蛇精》,她倒是听出了点名堂。人家让她提意见,她甚至还捂着嘴,不好意思地说:"难道我很黑吗?没有那么黑吧?我还是个撅尻子吗?"说完,自己先羞得不敢看人了。"黑珍珠",那不就是说黑得放光吗?在《杨排风》戏词里,焦赞本来就有一句说杨排风的台词是:"丑陋丫头多作怪,黑面馍馍一包菜。"她是最不喜欢听这句台词了,好像不是说杨排风,而是在说她易青娥呢。尤其是郝大锤,几次故意在她旁边说起这句词,意思明明是糟践她:一个"黑面馍馍"一样的烧火丫头,还能登台唱戏。因此,任何时候有人说到"黑",她心里都是会犯嘀咕的。"翘臀",更不好听了,那不就是说屁股撅着吗?在九岩沟,女孩子老撅着屁股,当娘的是要天天骂、天天拿脚踢的。有的晚上睡觉,还要给屁股上捆布带子朝回扳呢。要是长大了还扳不回来,那可就是大毛病,要嫁不出去了。唱戏也是不能撅尻子的。苟老师就批评过她好多回,说她做动作,有时是撅着屁股的,像在灶门洞偏起头来吹火,可难看了。她的这两条意见,刚一提出来,"六匹狼"就全笑了。他们七嘴八舌地抢着说:"黑珍珠"是一种很健康的表述,而"翘臀",更是一种风靡世界的现代美。在她身上,他们就看到了这种象征着力量感的美妙体态。西施固然漂亮,却是病态的,这样的美人,我们还是宁愿少些好。无论怎样解释,她还是不喜欢诗里说她黑,说她撅屁股。后来,"六匹狼"就跟人说,易青娥美是美,但不解风情。他们六个人,先后把《白蛇传》《杨排风》看了四十多场,几乎每晚演完,都要到后台看望、献花,甚至当面吟诗。结果,易青娥还嫌几个长头发的"异类",整天围着自己转,影响不好。她要朱团长,帮忙拦挡拦挡。朱团长还真派人拦挡了。尤其是易青娥的那班男同学,在易青娥人生点点升腾的时候,几乎都有些暗恋她的意思。他们哪里容得这些"花里胡哨"的外人,把腿脚伸进自己的锅里、碗里,挑肉、夺食。他们不仅把前后台看管得严严实实,而且还连业余保镖,都自告奋勇地兼上了。"六匹狼"再来"嗨骚"易青娥,不仅见不上面,而且还遭了"兜头泼水""迎面撞门""暗拉绊马索"的肢体、人格羞辱。这样一来,"六匹狼"追求易青娥的热情,就逐渐淡然了下来。"二狼"还转文说:"这娃好是好,可只能远观,不能亵玩焉。""大狼"干脆说:"娃还是少了点文化,一脑子的封建思想,完全不解风情。咱们六匹狼,大概谁也得不了手,我宣布退出。"随后,"六匹狼"的骚扰,就渐渐销声匿迹了。

与此同时,也有好多地区头面人物,托人出面,要娶易青娥做儿媳妇了。朱团长有一天还跟古存孝说:"咱们恐怕得赶快'班师回朝'了,再不回,易青娥还得改行,去做那些'侯爷王爷'的儿媳妇了。关键是好几家都在说。我们就只一个易青娥,咋办?应付不好,只怕是得吃不了兜着走呢。"古存孝说:"这得亏是新社会,要搁在旧社会,咱就得赶紧想辙了。不从陆路逃,就得从水路窜。并且得夜半三更,让青娥女扮男装了窜。要再窜不出去,就得把人塞进戏箱,给箱子拐角钻几个透气的窟窿,偷偷朝出运呢。搞不好,整个戏班子的命都搭上了。这号事,一般都是旦角太出彩、

'盘盘'太靓招的祸。"

"盘盘",在老艺人那里,就是脸蛋的意思。

可朱团他们躲着、推着、应付着,还是有人不依不饶地要娶易青娥,整得易青娥和领导都毫无办法。

这里面有一个叫刘红兵的,是行署一个副专员的公子。他刚从部队回来,正给哪个领导开小车着。那时,开大车也是很风光的职业,还别说开铁壳子小车了。全地区,就三四辆伏尔加,其他还都是"帆布篷"。据说,到他家提亲的,把门槛都能踢断了。但这个刘红兵,偏偏看上了易青娥的白娘子,又看了她的杨排风。那种美艳,那种娇嫩,那种飒爽英姿,那种一想起来,就让人无法入眠的楚楚动人,让他是怎么都放她不下了。他就在一个公子哥儿们聚会的场合,一口喝干了一瓶高脖子西凤酒后,撂下狠话说:

"谁都甭再骚情了,易青娥是我的。不信,都走着瞧。"

刘红兵开始是缠着他妈,出面给地区文化局领导的老婆讲。文化局领导的老婆,又找宁州剧团的朱团长讲。说朱团长说了,易青娥还小,跟个虫一样,啥都不懂,等以后娃脑瓜子开窍了,再牵这个线不迟。也算是说说笑笑着,把这事打发了。刘红兵他妈,见刘红兵太上心,就劝他说:"唱戏的,那都是化装化出来的好看,平常大概也跟行署里这些女娃子差不多。"刘红兵就说:"没化装我也见了,比化了装还好看呢。行署里哪有这好看的女娃子,咱这都是吊吊尻子、凹凹眼,还厉害得跟生葱一样。跟易青娥就没法比。"他妈又说:"唱戏这职业不行,娃看着亲蛋蛋一个,可没文化么。要是放在前些年,搞个宣传队、文工团的啥还行。现在抓经济建设,都不兴这个了。就像你,当兵红火,你爸送你去当了兵。开车红火,你从部队回来,又安排你开了车。眼看着,这开车也不行了,你爸说,还得让你赶紧去混个文凭,好安排其他事情呢。"刘红兵气恼地说:"不去,看书我头痛。我就要娶易青娥。要是娶不到易青娥,我就走了。"他妈问:"你走到哪儿去?"刘红兵说:"你管我到哪儿去。"以后的事,就是刘红兵自己出手了。

其实最让易青娥纠结的,就是封潇潇了。不能不说,她已经爱上这个同学了。尤其是一个多月的《白蛇传》演出,虽然白天她是尽量避着他,可每到晚上,他们就要眉目传情数十次,还要搂抱在一起。封潇潇的体温、呼吸、心跳,她都是深切感受到了的。许仙在很多时候,似乎已经不是许仙,而是封潇潇了,是封潇潇紧紧搂抱住易青娥了。虽然很苦,很累,但她每天晚上,都有一种强烈的演出期待。尽管是当着上千观众,在进行一场演戏的恋爱。可这种恋爱,已经让她心满意足。当然,她也在一再告诫自己:到此为止了。

易青娥知道,为"六匹狼"请她去参加诗歌朗诵会,封潇潇都快气成乌眼鸡了。他一直站在她离开的路口,苦苦守候了她四个多小时。无论哪匹"狼"来,如果封潇潇有猎枪,她觉得,随时都是会擦枪走火的。她也能感到,他是在极力克制自己,可有时,还是克制不住地要给一班同学,留下许多终生难忘的笑柄。尤其是刘红兵的出现,把封潇潇的肺都快气炸了。这个一切都不管不顾的"高干子弟"(当时人都这样叫他),动不动就开一辆铁壳子白车,忽地一下,停在剧场大门口,或者后台了。管你谁挡不挡,人家端直就进了化装室。见了朱团长、古导才打声招呼。其余人,一概是眼中看不见的。他每次来,还都直接走到易青娥跟前,不是拿的整只葫芦鸡,就是拿的整条糖醋松鼠鱼。就连大家都想吃,却又舍不得买的面包、蛋糕、红白酥、萨其马,还有各种罐头,人家一拿也是一整箱地撂在那儿,让大家随便吃。易青娥让朱团长把人也赶过好几次,但刘红兵一开口说话,朱团长就吓得连声好好好的,没有下文了。刘红兵动不动就说:"我都给文化局的老丁说了,让他们给你们买些练功服。我看你们演员的练功服都太旧了,式样也有些老。"老丁是文化局局长。过两天,他又给朱团长说:"我给老吉说了,让弄些大米。给你们粗粮搭配得太多。这么辛苦的,一天还能不保证一顿大米饭?"老吉是粮食局局长。并且他说过的话,还很快都能一一兑现。团上有些人,就觉得刘红兵厉害了。气得封潇潇有一天见刘红兵来,端直给他爱坐的椅子上,撂了一管开了口的大红油彩。刘红兵神神狂狂的,眼睛死盯着易青娥的脸,就没朝椅子上瞅。他一屁股塌下去,一逛荡,起身一看,白西服抹得不仅满屁股是红,而且油彩从管子里飙出来,溅得白皮鞋、白袜子上都是。他手一动,连花领带也抹得见血了一般可怖。气得刘红兵直嚷嚷:"唉,这是哪个挨㞎的货,你把油彩撂到椅子上,得是准备把哥的尻子也化成孟良呢?"看来,刘红兵近来看戏,也是有大长进了,竟然知道孟良是要化红脸的。

就在北山的两个多月演出中,省上秦腔剧团突然发榜,要在西北五省招收成熟青年演员。年龄在三十岁以下,需有五年以上坐科经验。楚嘉禾和周玉枝竟然都偷偷报考了。据说,楚嘉禾在报考前,还问了封潇潇,说她想彻底离开宁州剧团,看潇潇是啥意思。结果封潇潇说:"你走了也好,宁州剧团小,漂不起太多的'油花花'。也许你到了省上,会有更好的发展呢。"气得楚嘉禾端直骂了他一句:"你就死盯着那个让做饭的强奸了的货,人家还未必能看上你呢。哼!"楚嘉禾愤然离开了。去省城考试本来是要请假的,但她没有请,就端直走了,还带走了周玉枝。听说,她妈在那边把关系都疏通好了。

在楚嘉禾走后不久,北山地区大街小巷,就传出一股风声来,说易青娥在十四五岁时,就被宁州剧团一个老做饭的,给糟蹋过了。

五十四

这事易青娥开始不知道,后来知道后,就哭得跟泪人一样,不想演戏了。可票都是提前预售出去好几天的,还有好多机关包场。有些票已经都订到半个月以后了。尤其是在有人传说,易青娥早已被一个老做饭的"破瓜"后,要看演出的就更多了。剧场池座、楼座总共一千二百张票,见天爆棚,但观众热情依然不减。要演,一直到春节都是有演的。剧场经理也死活不让走。但老江湖古存孝,已是多次规劝朱团:要见好就收。说再演下去,恐怕啥事都会出来的。

就在演出一个多月的时候,古存孝多年没联系过的老婆,就从省城找到北山来了。有人说她是古存孝的小老婆,有人说是正室。反正来了就不走,也没人敢问古导是正室还是偏房,就那样稀里糊涂地住在一起了。不过,古导反复给朱团讲:"人红火了,单位红火了,盯的人就多,都盼着你出事呢。平常不出的事,红火了都会出来的。老朱,三十六计,走为上策。"朱团长就决定:撤退!

不过,在撤退前,他专门带易青娥去拜访了一个人。

这个人叫秦八娃,住在离城区有二十几里地的地方。朱团长已经请他看过好几场戏了。那天,朱团长带着易青娥,还有古存孝老师出来,一是为了让易青娥散散心,二是为易青娥量身定做剧本来了。

秦八娃过去是写过好几出名戏的人,现在是一个镇上的文化站站长。

这是一个老镇子,其中一条街,还都是雕梁画栋的老房子。不过,这些雕刻,都已让泥巴或者黑漆涂抹过了。有些飞檐,也被锯了头、砍了爪子地残缺不全。好多凿成鼓形、狮子形的门墩石,也被砸得缺耳朵少角的。一个古戏楼,上边正绷着一块红布,布上别着几个大字:"红星镇商品观念教育大会"。舞台下面,摆着腊肉、野猪肉、熊肉、兔子肉、狗肉。还有打了豁口的青花瓷碗、瓷罐。一张条桌上,摆着古铜镜、老硬腿眼镜和水烟袋。一排磨得发了光的太师椅,几张八仙桌、雕花床,也缺胳膊少腿地歪斜在场子中央。

四周还摆了一些竹编用具和农副产品。但凡能搜罗来的,都展览在这儿了。前边还拉了一块横布,上面写着:

"这些都是商品,都能卖,都能赚钱!"

秦八娃住在这条老街的西顶头。所谓文化站,也就是把他家的堂屋,摆些书,摆些杂志,摆些连环画、报纸,再摆些桌椅板凳,让镇上人来,有个坐处而已。

他们到秦八娃家的时候,秦八娃正在帮老婆打豆腐。豆腐坊就在堂屋隔壁。从堂屋进去,就能看见打豆腐的磨凳。平常有人来看书了,这扇门会掩起来。一旦没人了,门就打开着。他们来时,文化站里只有一条狗和几只鸡,在那里悠闲地卧着。见人来,鸡就起身,快步从大门边溜了出去。狗抬起头来把他们盯了盯,连哼都没哼一声,又卧下去睡了。秦八娃见他们来,急忙走出豆腐坊,脸上、脖子上、手上,还都有豆渣、豆浆没擦净。

朱团长急忙介绍着:"这就是秦老师。这是古导,《白蛇传》《杨排风》都是他导的。"

古存孝老师急忙说:"古存孝。"

秦八娃拉着他的手说:"导得好,今天算是见了真神了。"

"不敢不敢!"古老师急忙谦虚地摆摆手。

朱团长继续介绍说:"这就是易青娥。卸了装,只怕不好认了。"

秦老师说:"能认出来,咋认不出来。我看这娃卸了装,比上着装还好看呢。"

秦老师把这句话没说完,就听他老婆在里边喊:"秦八娃,叫你给锅里点石膏点石膏,你点的石膏呢?把一锅豆浆,煮得这样腥汤寡水的,你在外面说死呢说。"

"来客人了,宁州剧团的朱团长来了!"秦八娃对着豆腐坊里喊完,又对他们三个悄声说:"贱内,豆腐西施。必须先给你们做些介绍:火气大,脾气旺,见不得家里来女客。尤其是那些漂亮的,眼睛活泛的,嘴头子甜的,还有开口闭口爱叫秦哥的,都会遭遇冷眼、冷板凳。还有,哪天豆腐打成了,你来看书、谝闲传、谈古论今都行。要是豆腐打日塌了,你千万别来,来了只等招骂了。"

朱团长问:"今天豆腐打得咋样?"

秦八娃神秘地说:"早上两个豆腐都出手了,回来眉开眼笑的,把鸡和狗都夸了半天呢。说鸡把地上的豆渣吃得干净。说狗乖得,回来还帮她叼着豆腐铲子。"说完,他还得意地眨巴眨巴了小眼睛。

秦老师的眼睛,明显长得有些不对称,一只似乎是看着天空,一只好像是看着大地的。

易青娥觉得秦老师这人可有意思了,就先笑得捂住了嘴。

古老师说:"都一样,婆娘就两件事:一是死爱钱;二是死不爱对自己老汉好的婆娘。"

笑得朱团长眼泪都出来了。

他们聊了一会儿,秦八娃喊叫上豆腐脑待客。就听豆腐坊里,窸窸窣窣出来个人。秦老师还调皮地用韵白报了一声:"豆腐西施来也——!"

就见一个胖乎乎、矮墩墩的女人,用一个木头盘子,打了一托盘豆腐脑出来。出门先把秦八娃骂了一顿:"挨刀的货,把石膏忘了点,豆腐脑做过了。吃起来就跟啃槐树皮一样老。"

朱团长急忙打圆场说:"哎呀,还这么客气的,我们是吃过饭才来的。一看这豆腐脑,就香得很。看看这油泼辣子,看看这黄豆颗颗,再看看这榨菜丁丁,一看就想咥哩。"

秦老师的老婆就又埋怨起老汉来,说石膏要再点得是时候,那豆腐脑才叫豆腐脑呢。秦老师也检讨了半天自己的不是,老婆才进豆腐坊,把门掩了。秦老师说:"本来是想让老婆一块儿去看戏的,可她做豆腐,忙的就是晚上,咋都舍不得脱身。好不容易放我去看了几场,回来给她讲呢,结果还没开口,她已先窝在磨凳上睡着了。累呀!打豆腐苦哇!人生三大苦:写戏,打铁,磨豆腐。本人就占了两样啊,哈哈哈。所以你们来,她还不知道你们把戏演得有多好,也就不懂得稀罕了。莫见怪!"

这天,他们谈了好几个小时,从《白蛇传》,谈到《杨排风》,还谈到《游西湖》。又从古导的排戏,谈到易青娥的表演。秦老师对易青娥十分认可,认为她是秦腔的"真正希望"。秦老师说:

"这门艺术,被糟践了十几年,也该有一个转圜了。这娃极可能,成为秦腔最闪亮的一颗新星。"

易青娥听得有些不好意思,把自己一根手指头,都快搓起皮了,还低头搓着。

秦老师仍表扬得搁不下:"关键是功夫太扎实了。戏曲艺术,没有基本功,说啥都是空的。这娃的成功,就得力于基本功。再就是娃的扮相好。看戏看戏,演员是要让人看的。过去批判'色艺俱佳',说情趣不高,只注重演员色相,是对演员的不尊重。那完全是胡说呢。让人欣赏生命最美好的东西,有什么不好?有什么不健康?演员很难有浑全的。有的有嗓子,却没功;有的有功,却没嗓子;有的有功有嗓子,扮相却不赢人。易青娥是真正把一切都占全环了。算是秦腔的一个异数,一颗福星!大西北人,应该为这颗福星的降临,而兴奋自豪啊!"

易青娥被秦老师说得更不敢抬头了。现在不是搓手指头,而是开始搓脸了。她觉得脸已经发烧得快能点着了。

不过,秦老师又说了一句话,让朱团长一下都变得有些失态了。

"朱团长,你别嫌我说话不客气,易青娥可能不是你宁州能搁下的人。你信不?咱今天把话撂到这儿,娃可能很快就会被挖走。陕西不挖,甘肃会挖。甘肃不挖,宁夏会挖,新疆会挖,西藏会挖。反正娃可能是留不住的。"

易青娥急忙说:"我哪儿也不去,就在宁州县。"

朱团长也急忙说:"宁州不会放娃的。她都是政协常委了。这几天,县上领导还打来电话说,要把娃弄成副团长呢。"

"不,我不当副团长。我不会当。我不想当。我不当。"易青娥还是第一次听朱团长这样说,她急忙反对着。

"你看这个娃瓜不瓜?是瓜得很的一个娃呀!是瓜实心了一个瓜娃娃呀!"

朱团长说得自己先咯咯咯笑个不停。

易青娥最见不得朱团长说她这些话了。朱团长见谁都说:"我们青娥是一个瓜得不能再瓜的瓜娃了,就跟一条虫一样,瓜得除了唱戏,啥都不懂,啥啥都不懂,啥啥啥都不懂的。"并且说得头手直摆。

她急忙说:"我瓜吗?我咋瓜了?我咋瓜了吗,团长?"

易青娥这样真诚地追问着,把秦老师、古老师、朱团长都惹笑了。

朱团长还补了一句:"你看我娃瓜不瓜?"

易青娥也补了一句:"以后别说我这话了,好像我真的就跟瓜子一样,我咋瓜了吗?"

大家就都不说瓜了。

朱团长终于扯到了正题。他是希望秦八娃先生能根据易青娥的情况,给娃好好写个戏。

秦老师停了半天,说:"我想想。好些年没写过戏了,手也生了。我想想,该怎么写。不过,我还是想给娃写的。等我想好了写啥再说。"

当秦八娃老师把他们从家里送出来时,又对易青娥说了一句话:

"娃,我想送给你一个艺名,字音都可以不大动,叫'忆秦娥'怎么样?"

秦老师还专门把"忆秦娥"给易青娥讲了一遍:

"'忆秦娥'是个词牌名。据说最早是李白作的一首词。当然,也有人说,这词不是李白作的。我们都不去管它了。反正里面有一句非常好:'秦娥梦断秦楼月。'多有诗意的。有'秦',和了'秦腔'的意思。'秦娥',本来是指秦国一个会吹箫的女子,叫'弄玉'。'萧史弄玉'知道不?那可是一个千古流芳的佳话呀!'秦娥'前边加个'忆'字,好像什么意思都齐了。我也没多想,就觉得娃应该有个艺名的。几乎是字改音不改,就脱俗了,咱为啥不改呢?"

易青娥,后来改叫忆秦娥,就是从这儿来的。

五十五

就在宁州剧团撤离地区的时候,又连着发生了几件事。先是老艺人周存仁,被地区文化局留下,给新招的一批学员当教练了。据说周存仁老师的武功,在整个秦腔界,都是屈指可数的。胳膊拗不过大腿,上级要留,谁也没办法。

朱团长正痛心着重要人才流失时,古存孝老师又给了他当头一棒,说要去省上秦腔剧团做导演了。

这是在宁州剧团要撤离北山的前一天,省上来人找古存孝谈的。他老婆是省城人,自是煽惑着要立马走。他就一副很是对不起朱团长的样子,把牌摊出来,让朱团看咋办。朱团能咋办?人家把东西都收拾好了,古存孝的老婆把车票都捏到手上了,他能咋办?他只恨在地区把戏唱得太红火,大大小小,已经让人淘走好几个了。

回到宁州,朱团长第一件事,就是让县上赶紧把易青娥任命了,说先弄个副团长的紧箍咒套上。他还特别给她解决了三级演员的职称。一切都是特事特办的。他想兴许还能把人拴住。另外,四个老艺人走了三个,只剩下一个裘存义了。朱团长害怕裘存义也被人挖走,就给上边死缠,让给裘存义也弄了顶副团长的帽子扣着。

就在易青娥和裘存义被任命为宁州剧团副团长那天,剧团又出了一件大事。

有人说,郝大锤好长时间不见了。胡彩香老师一直在家休产假着的,就问她,她说:"大概有半个月,都没见过人了。半月前,他倒是天天喝得醉醺醺的,在满院子骂人呢。一骂骂半夜,有时有对象,有时又没对象,反正就是乱骂。好像还骂过你朱团长,说你是阴谋家啥的,只说考虑他进步,可就是不让他当那个烂副团长。并且把'副'字还咬得很重。后来,就突然不见人了。"朱团长觉得事情蹊跷,就给派出所报案了。谁知就在宣布易青娥当副团长的那天,有人突然喊叫说,院子的枯井里,好像卧着一架人骨头。

这井过去是有水的,自打那年闹地震后,就慢慢干枯了。平常有个水泥盖子盖着,但剧团外出后,一些娃娃就把井盖掀到一边去了。朱团长急忙把派出所人叫来,他们围起警戒线,整整弄了大半天,才把骨架打捞上来。肉已经让老鼠啃得干干净净了。说下去打捞时,骨架上还爬着几十只老鼠呢。经过法医鉴定,郝大锤是醉后,自己跌进枯井的。说手里的酒瓶子,直到打捞上来,还掰不掉,是死死抠着的。

据公安了解,宁州剧团团长朱继儒,的确是"含糊其词"地应承过郝大锤做副团长的事。因为"闹派人物"郝大锤,一直是黄正大的培养对象。包括黄正大走时,都是给朱继儒有所交代的。那天郝大锤在排练场跟胡三元闹事,朱继儒之所以跟他耳语几句,他就能收手,并迅速离开排练场,也是与这件事有关的。当时朱继儒是被逼得没路了,才对着他耳朵暗示了几句:"大锤,黄主任不是说你还想进步嘛。最近上边有可能要来考察,你得注意群众影响呢。"郝大锤立马就退阵了。每每遇见郝大锤闹事,朱团长就拿"进步"的事说事。可真到了要配副团长的时候,他又说:"我一个人说话哪里就能作了数,现如今讲民意不是?"因此,郝大锤就骂他是阴谋家了。有人为这事还问过朱团长。朱团长反问道：

"你同意郝大锤给你们当副团长吗？要是同意，上次民意测验，他咋总共才一票呢？这是大锤不在了，我才把底露出来：你都说给他投票了，可他总共才一票呀！那一票难道不是他自己投的？大锤骂我是阴谋家，这顶帽子太大了，我朱继儒的脑壳小，还撑不起呢。要说讲点工作方式，凡带戏班子的，谁能不用点偏方呢？"

刚过完春节，宁州剧团又遇见一件"抽梁断柱"的大事：

易青娥被省城剧团挖走了。

并且没有商量余地。

省上振兴秦腔，有大领导专门指示，要把易青娥挖走的。

调动程序很简单：是省上领导直接把电话打到县委书记那里，通知易青娥一个礼拜内报到。说要赶排《游西湖》，参加全国调演呢。

书记立马就把电话内容告诉了朱继儒。

朱团长就跟脊梁突然被抽了一样，一下病瘫在床上了。

他家里又熬起了一院子人都能闻见的中药。他的额头上，又捂上了热毛巾。大冬天的，他浑身盗汗都直往外扑。他说："千不怪，万不怪，就怪不该在北山演得太久，太火，把麻达惹下了。宁州剧团这下算是要彻底砸锅倒灶了。"

易青娥表示坚决不去。

朱团长说："瓜娃哟，我说你瓜，你还说你不瓜。这胳膊能拗得过大腿吗？你是省上领导钦点的。县委书记都催着我赶快放人呢。我朱继儒就是吃了豹子胆，也不敢留你啊！"

易青娥给她舅也说，她不去省城。

她舅说："娃，你这就算是把戏唱成了。依得舅现在的情况，留下你，当然对舅好。可这毕竟是去省城，能把戏唱得更大更红火，为啥不去呢？省上剧团门口拴头跛跛驴，都是比县剧团有名望的。何况这是调你去唱主角呢！"

易青娥没办法，就只好到省城去了。

中　部

一

易青娥走那天早晨,突然想起了秦八娃老师给她改的那个艺名忆秦娥,改就改了吧,在她离开的一刹那间,看见的最后一个人,竟然是廖耀辉。她就决定,要把名字彻底改了。

从此,易青娥就叫忆秦娥了。

记住,主角名字换了。

忆秦娥那天走得很早,为了不惊动任何人,她在提前一两天,把该看的人都看了。尤其是胡彩香老师、大厨宋光祖,还有朱团长,都一一上门拜望过。她舅说一定要把她送到省城。除了她舅,她没有告诉任何人今天要走。但就在她和她舅悄悄走出大门的时候,还是发现,封潇潇就站在大门外等候着。也不知他是怎么知道她今天要走的。

忆秦娥觉得有点难为情,毕竟她舅在身边。可封潇潇有点不管不顾,非要扛起她的行李朝前走去。她舅也没说啥,就跟着,都默默无语地朝前走。车站离剧团很近,几乎是拐过一条街就到了。到了车站,封潇潇把忆秦娥的行李扛到轿子车顶上,用绳子捆扎结实,然后下来,站在车窗前送她。这期间,他们没说一句话。只是她舅礼貌地招呼说:"潇潇你回。"可封潇潇站着没动。直到车离开,一直很冷静的封潇潇,突然忍不住,两行眼泪哗哗地涌了出来。他努力用手把眼泪往干地擦,可还是越擦越多。忆秦娥突然把手帕给他扔了下去。车就开走了。忆秦娥的眼前也模糊一片。她努力想回头看看潇潇,可眼前像是拉上了一道水幕。幕帘外的那个影子,是在跟着车,越来越快地朝前晃动着。

·323·

忆秦娥心里特别难过。她好像觉得,自己是把魂魄丢在这个地方了。等车拐过县河弯,她还使劲扭头看了看,县城在晨雾中,苍茫得什么也看不见了。

她无法跟她舅说什么,但也不想让她舅看见她的泪水,就趴在椅背上,让眼泪尽情地朝袖子上溢。

轿子车一出县城,就是无尽的盘山公路。几十个弯拐过去,忆秦娥就晕得不知所以了。她平常就晕车,加上这几天晚上又睡不好,今早再起得早,心里本来就打翻了五味瓶,车又是这样地蛇形颠簸行进,很快,她就吐得云天雾地了。她舅把她扶着。她直喊叫停车,说她要自己走,再坐,就快死了。忆秦娥不是一个邪乎的人,可坐车,她还真是消受不了。过去剧团下乡,是敞篷卡车,还能对付。轿子车捂得太严,加上她跟舅又坐得相对靠后,七弯八拐的,就浑身大汗淋漓,五脏六腑都快搬家移位了。前边好像也有人晕车,并且在大声喊叫司机:"师傅师傅,快停一下,有人要吐车。"只听司机不紧不慢地说:"快吐,再吐几辆出来,大家坐着也松泛些。"司机大概是见惯了这种境况,竟然把别人要死要活的难过,说得异常轻松幽默,还惹来了一车人的哄笑。气得忆秦娥直想立即从车窗跳下去。

正哄笑着,司机又猛地一个刹车,把车停了下来。

这是一个大拐弯处,前面是更急的下坡盘道。一眼望去,就像一条巨蟒,缠绕在几座大山的脊梁、腰腹上。忆秦娥一看,几乎有些绝望。她怀疑,自己是否能坚持到走出大山的那一刻。要不是近二百公里的车程,还有那么多行李,她真想立即下去,步行进省城。

让她万万没有想到的是,从车门走上来的,是刘红兵。

刘红兵用眼睛四处搜寻着。忆秦娥刚准备把头低下去,可来不及了,刘红兵已经发现了他们,并且朝他们走了过来。

刘红兵说:"走,下车。这路难坐得很,不晕车的都能吐死。"

忆秦娥急忙说:"挺好的,我不晕。"

"还不晕,看看你的脸色。前边就是六十六道盘,也叫'攀天梯'。好多坐车的,到这里都下去,死不走了。"

忆秦娥还是坚持不下车。

司机就在前边喊:"到底下不下?要下快下,不要耽误别人的时间。"

刘红兵说:"下来吧,坐我的车,窗户开着,弯也拐得慢些小些。随时还能停下来。这几十公里盘山道,风景可好了,咱们走着看着,保准就不晕了。"

忆秦娥她舅也的确是看忆秦娥坐得难受,就悄声对她说:"那咱们就下去吧,有舅在,怕啥!"

忆秦娥就跟着下去了。

一切都像刘红兵说的那样,六十六道盘,的确险要无比,也美丽无比。到处都是断崖、峭壁、小溪、瀑布。虽然春天还没到来,但山里大多是不落叶的常青木,郁郁葱葱的。即使老树枯藤,也不无景致。二十年后,这里果然开发成了秦岭山中最美的天然森林公园,见天游人如织。但那时,的确是山高坡陡,犹如攀天阶梯,上下盘旋起来,即使步行,也恐高、眩晕,还别说乘着沙丁鱼罐头一般来回摇晃的大轿子车了。刘红兵几乎每走一个弯道,都要停下来,让忆秦娥下车,朝远处看看,舒缓舒缓浑身的不适。直到忆秦娥说走,他才又耐心把车慢慢向前滑动起来。

刘红兵本来是想在宁州县城,直接把忆秦娥拉走的。可他知道忆秦娥的脾气,她是绝对不会给他这个面子的。想来想去,就想了这么个好地方。他知道忆秦娥晕车,并且不是一般的晕。到了"攀天梯"这个鬼地方,一定是会晕得死去活来的。这时穿插上去,只要她还准备活下去,就一定是要上他车的。让他不舒服的是,她身边不该跟了个黑脸舅。这人自打他认识忆秦娥,就不待见他。一路上,凡是他能伸手的地方,黑脸舅都先把手伸上去了,让他始终没能够挨上忆秦娥的身体。不过,他有信心,尤其是忆秦娥离开了宁州剧团,离开了那个像狼群一样守护着她的群体,他就觉得好对付多了。他有耐心,把这个深深吸引住了他的女人搞到手。并且这次不是图新鲜玩玩,而是要动真格的了。只要她愿意,他就准备跟她结婚,朝一辈子到老地过呀!过去他也找过一些女孩儿,那就是在一起耍哩,即使睡了,也是没准备娶的。而忆秦娥,他是真要娶回去做老婆的。

忆秦娥她舅胡三元,知道刘红兵一直在追求他外甥女。可从他心里来讲,几乎一百个眼见不得这小子。他总觉得刘红兵哪里都不对劲。也不能说配不上他外甥女,人家还是高干子弟呢。他就感觉,外甥女的未来女婿,不应该是这么个样子。刘红兵身上的"溜光锤"劲儿太足,太"流丽皮张",有些靠不住。封潇潇在追他外甥女,他也能看出一些苗头,可到啥程度了,他还是想不来。但从今早分手时的样子看,好像还不是一般的感情了。他外甥女心深,从来没有跟他吐露过这事。封潇潇这个娃,应该说人还不错,可要跟他外甥女,又好像欠了点啥。欠啥呢,他也没想来。好在这一分开,一切也就都会烟消云散了。他能看出来,外甥女对封潇潇有好感,早上还流了眼泪。可她对刘红兵,却从来都有一种生怕躲不掉的感觉。他觉得外甥女是对的。娃进省城,他啥都不放心,就是能放心这一点,她把自己看得紧,啥苍蝇都是叮不上的。

到了省城,已是晚上。忆秦娥和她舅两眼一抹黑,就由着刘红兵去安排了。

刘红兵好像是个西京通一样,啥都知道。他端直把他们安排到了北山在省上的办事处。住下后,领他们到桥梓口吃了馄饨,又转了钟楼。还说要去解放路看夜景呢。忆秦娥喊叫累了,他才拉他们回去休息的。

这天晚上,忆秦娥被单独安排在一间房里住。她舅和刘红兵住一间。结果,刘红兵躺到半夜,翻来覆去的,咋都睡不着,死缠着要跟胡三元谝。并且话题一直离不开他外甥女。胡三元就有一句没一句的,在反复暗示他:甭胡想,额(我)外甥女是不可能跟你好的。后来刘红兵就爬起来,说难受,睡不着,要找人谝闲传去。他出去就再没回来。吓得胡三元还几次起来,去看忆秦娥的门窗呢。中间还敲了一次她的门,当得知外甥女的确是一个人安然睡着时,又叮咛了一句:"把门窗看紧些。"才回房躺下的。

二

忆秦娥第二天就去省秦腔团报到了。

胡三元没有去,说他的脸难看,不能给外甥女丢人。

刘红兵倒是要去,忆秦娥坚决不让。但刘红兵硬是把忆秦娥送到剧团大门口,说要在外边等。忆秦娥也撵不走,就只好任由他等了。

忆秦娥想着,自己是省上硬要调来的,并且那样催着,叫尽快报到,谁知真的来了,也是冰锅凉灶的。找到办公室,一个谢了顶的主任说团长不在,到兰州演出去了,后天才能回来。她说她叫忆秦娥,是省上通知叫她尽快来报到的。办公室主任说:"娃呀,在山里待得美美的,都挤到这省城来弄啥么?你在县剧团还能唱个'窦娥''秦香莲'啥的,到这来,丫鬟龙套都跑不上,你信不?好多县剧团的团长调来,都放蔫干了。倒是何苦呢?你前边都好几拨了,寻情钻眼地挤进来,戏演不上,房分不上。跟家里朋友、老公也都掰的掰、离的离了。活得就只剩下寻绳上吊了。"忆秦娥也不好说,通知她来是让她唱李慧娘的。她问,有个叫古存孝的老艺人,不知住在哪里?主任不停地用一把牛角梳,细细梳着他那能数得清儿根发的头皮,哼哼一笑说:"就那个那个……爱把黄大衣披上扔、扔了又披的家伙?在呢,在待业厂那边住着。灶房后边有个偏门,你从那儿能过去。"忆秦娥就去找古存孝老师了。

省秦腔团的院子,有宁州剧团的四五个那么大。忆秦娥问来问去,才找到那个偏门。钻过去一看,也是一个窄溜溜的长院子,门都上着锈锁,有好几间库房的窗户还破烂着。忆秦娥朝里瞄了瞄,胡乱堆放了些说不清是弄啥的机器,上面灰尘已经落多厚了。她好不容易遇见一个人,就急忙问古存孝老师住哪里,那人问是不是爱披着一件黄大衣,迟早吭吭咳咳的那个人,她说是的。那人朝院子深处一指,说走到头就是。她走到尽头一看,原来这不是一间房,而是一间顺着院墙搭建起来的偏厦屋。盖顶是牛毛毡,牛毛毡上面压了些烂砖头。还没等她敲门,里面就传来了古老师的吭咳声。她高兴地喊了一声古老师,古存孝就兴奋地开门迎接她了。

"好娃呀,你到底来了。我还怕你牛犟,死不来呢。"古老师急忙把她让进了低矮的小房里。

古老师的老婆正偎在床上,嘴里还叼着一支烟。房里已经让烟雾熏的,几乎看不清她的瘦脸了。

古老师说:"别抽了,娃要保护嗓子呢。"

他老婆就把烟掐灭了。

"你是昨天来的,还是今天来的?"

忆秦娥说:"昨天晚上来的。今天过来报到。"

古存孝就高兴地说出了调她来的原委。古老师说:"老师来省上后,剧团领导就催着我排戏。说全国要会演呢,省上想弄出一台好戏来,到北京露露脸。研究来研究去,还是觉得排《游西湖》最好。决定由我牵头,成立一个导演组,想弄个'瓦尔特'呢。可我把团上演员看了又看,老的太老,演不动李慧娘了;年轻一拨,又都是'铁姑娘队长'出身,没基本功,唱个折子戏都别扭。算来算去,最好的,还是从咱宁州调来的楚嘉禾。可让她演李慧娘,明显是赶鸭子上架的事。刚好,这团上有两个老家伙,到北山地区当评委,看过你演的《白蛇传》,早都给团长吹过风了。我一推荐,两个家伙一齐都说好。关键是省上领导,好几个都是本地人,爱秦腔。他们听说要排《游西湖》,不仅答应给钱,团长说想在宁州县剧团挖一个演员,有领导都二话没说,拿起电话,就把事情搞定了。我知道你的脾性,就怕你山里娃,没出息,叫不来呢。没想到你还来了。来了就好,你一来呀,老师这心里就有底了。《游西湖》,咱绝对给他弄成一枚炸弹。"

"吹,可吹。人家把你当条老狗使唤,连正经房子都不给一间,你还熬油点蜡的,给人家鼓捣戏哩。有本事先弄一间不漏风的房子,让老娘别把脚冻了。"古老师的老婆在床上嘟哝着。

只听古老师把手一挥:"避避避斯,我说正事你少插嘴。不管咋,人家这不还给了一间偏厦房,没让你住在撂天地么。"

"你就听人哄吧。领导说腾出房就让咱搬,可我听说这院子,只要有空房,不等团上分,就有人把门撬了。你个老死鬼,还能抢得过人家那些碎鬼?"瘦老婆又嘟哝。

古老师就不耐烦了:"你悄着,我们在说艺术呢,你懂你妈的个腿!"

"懂你妈的腿!"老婆就再不说话了。

忆秦娥见师娘有些不高兴,就起身出来了。古老师送出门来说:"这是大剧团,门楼子高,有本事没本事的,都欺生哩。就连里边的狗,看你都是邪眼、瞪眼子货。不要怕,只要咱把《游西湖》拿出来,就啥都解决了,你信不?现在住牛毛毡棚,到时候给咱分套房,墙还得刷得跟你师娘那牙一样,白白的,还看咱有空没空朝进搬哩。"

忆秦娥就笑了。师娘那牙,明明是黑黄色的四环素牙,与白哪里倒沾了边,古老师偏是乐观,说啥话都有趣。

她从待业厂出来,本来是要去看看楚嘉禾和周玉枝的。古老师说:"还不知两个娃住哪里呢。团上没房,凡新调来的,都在外边租房住。团上一月给一人补贴十几块钱。老师这都算特例了,团长让总务科专门给我腾了个偏厦子,为了排戏方便。说好了,有房第一个就给老师调整哩。"

没有办法找见楚嘉禾和周玉枝,忆秦娥就准备回住的地方去了。刘红兵一直在门口等着,见她出来,高兴地要拉她去东大街逛商店。她坚持说要回去见她舅。刘红兵就又把她拉回了办事处。

她舅一直在房里等着。听她把事情说完,舅说,他再等两天,把事情安顿完了他再回去。忆秦娥就跟舅商量着,不要再在办事处住了,欠刘红兵太多人情不好。她舅也同意。可跟刘红兵一说,刘红兵咋都不行,说不安顿好,就别瞎折腾。他还说了一通西京城最近出了个魏振海,有枪,到处杀人的厉害话。吓得忆秦娥和她舅,也就不敢贸然离开了。

终于,团长从兰州回来了。团长对她倒算客气,不仅让人事科热情接待,安排了一应手续接洽,而且还让总务科收拾出一间偏厦房来,说是照顾主演,方便排戏的。房就正好在古存孝老师旁边,也是一个牛毛毡棚。这天晚上,忆秦娥跟她舅一起,就把东西搬了进去。古存孝老师还专门调了一盘黄瓜,炒了一盘花生米,提了酒,来给她暖房子呢。

忆秦娥本来是不想让刘红兵知道她住处的,他们偷偷离开办事处时,她舅给他留了一张感谢的字条,但没说他们要到哪里去。可就在他们刚把房子收拾好,她舅和古存孝坐下喝酒时,刘红兵就找来了。一进门,刘红兵就端直说这不行那不行的,说这里咋能住人,关条狗还差不多。古老师就有些不高兴了,说:"这娃说话咋没高没低的。在西京,单位能给一个新来的人,安排一个能摆下床铺的窝,就算高看你一眼了。你以为你是八府巡按,人一来,连夜壶都给你伺候上了。"刘红兵说,他有一个朋友,就在这附近住,家里有闲房,租一间就是了,何必受这样的作难。但忆秦娥坚决不去,他也拿她没办法。

可就在忆秦娥她舅走后,这个刘红兵还是死缠活缠的,几乎天天来,来了还赖着不走。他今天给厦房买几个塑料凳子,明天又买个电饭煲。有一天,他还端直买了一台海燕电视机回来。忆秦娥变脸失色地让他搬走,可他讪皮搭脸地硬把电视打开,还斜倚在床边看起了《上海滩》。忆秦娥把电视机搬出去,他又死皮赖脸地搬回来,弄得忆秦娥还毫无办法。

再后来,忆秦娥听说为了她,刘红兵甚至把工作都从北山行署车队,调到西京办事处了。她就觉得这事麻烦有点大了。

三

楚嘉禾做梦都没想到,易青娥也来省城了,并且改名叫忆秦娥了。听这名字,就是想在秦腔界出风头来的。要不然,咋还带一个"秦"字,咋不叫忆江南呢?而且还来得这么突然,这么快。几个月前,省上几家剧团四处招人才时,易青娥的《白蛇传》演得正红火,那么多团要挖她走,她是一再表示,坚决不离开宁州的。朱继儒还在大会小会上表扬,说易青娥怎么怎么以团为家,怎么怎么知恩图报,这才几天,咋就叛逃了呢?关键是来得太不是时候了。团上正要排《游西湖》,李慧娘一角儿,都已内定是她做A组了。她妈这几天正做业务科的工作呢,忆秦娥就从天而降了。据说古存孝那个老不死的,死说她挑不起戏,力推忆秦娥上A组。气得她已经几夜都没睡着觉了。

她跟忆秦娥是在练功场见面的。忆秦娥被团长单仰平领进练功场时,几乎所有人的眼睛,都唰地一下,盯向了这个新来的女人。忆秦娥竟然是穿了一身练功服进练功场的。她修着剪发头,一进门,有人竟然还倒吸了一口冷气说:"妈呀,奥黛丽·赫本的翻版么。是混血儿?"楚嘉禾浑身一下就不舒服起来。这个烂货,的确是长得有点赢人了,还从来不收拾打扮,永远就是一身练功服。乍一亮相,竟然就把一团的轻薄男人们,都给撩拨得魂不守舍了。站在楚嘉禾身边的一个女人,见自己男人把忆秦娥盯得太是揉眼,端直爹起一条腿来,定定挡住了他的视线说:"小心把你那淫眼珠子跌到灰里了。"

单仰平团长是个跛子,据说前几年演《杜鹃山》里的雷刚,为营救党代表柯湘,从高台上摔下来,一条腿断成三截后,接起来,就再没恢复正常走路功能。他在前边一跛一跛地走着,忆秦娥紧跟着。他直跛到一个桌子前,坐了下来。他招呼忆秦娥坐,忆秦娥见大部分人都在练功场四周站着,就没敢往下坐。

忆秦娥头低得很下,眼睛只死死盯着自己的脚背,哪儿也不敢看。并且还是那个老动作,迟早爱把手背挡到嘴前,来回磨搓着。单仰平就宣布:

"忆秦娥同志,十九岁。汉族。是原宁州县剧团副团长。三级演员。县政协常委。曾在《杨排风》《白蛇传》中担任女一号。现正式调来我团工作,大家欢迎!"

掌声虽然有些稀拉,但楚嘉禾和周玉枝明显感到,一些单身男人,把巴掌拍得还是十分卖力的。

宣布完了忆秦娥的工作调动后,就由业务科宣布《游西湖》的角色分配了。

果然,李慧娘 A 组是忆秦娥。B 组是原来团上的一个主演。C 组才是楚嘉禾。还有 D 组,E 组。周玉枝排在了 F 组。

单团长最后讲话说:"这次李慧娘分给了六个人,全团的闺阁旦都给了机会。不要看现在有个 ABCDEF 排名,将来主要还是看谁更适合这个角色。大家都努力,都竞争,谁演得好,谁就是第一个登台亮相的李慧娘。"

然后,剧组就宣布成立了。

导演组组长是古存孝,但团上还有两个导演共同参与排练。

团部会一完,忆秦娥就主动朝楚嘉禾和周玉枝跟前走了过来。

尽管心里再不舒服,但表面上,楚嘉禾还是装出了极其愉快的样子。她先是主动迎上去,把忆秦娥搂抱了一下。这在过去,易青娥当"烧火丫头"时,都是绝对不可能有的待遇。此一时,彼一时,一个烧火做饭的,突然发达起来,她也不得不表示出一点接纳的姿态了。尤其是自己和周玉枝先到西京,对于后来的同学,自然是不能不有点热情表示的。她们约定,中午到她和周玉枝租住的宿舍去,做鸡蛋西红柿面吃。

导演组在第一次演员集中时,就发生了矛盾。古存孝坚持要按过去的老传统,一点一滴地"照模子刻"。而另外两个导演,一个坚持要"有所创新",一个坚持要"全面创新",第一次剧组会,就在吵闹声中不欢而散了。单团长还一跛一跛地跑到门口,把几个导演朝回喊,结果,一个都没喊回来。业务科就宣布,演员都回去看剧本,对词等通知。

会一散,楚嘉禾就叫忆秦娥跟她和周玉枝,去了她们租住的地方。

她们租住在剧团旁边一个叫信义巷的村子,里面好多都是西京的土著。早先这里都是菜农,现在把地快占完了,也就全靠出租房子过活了。一家一户的,都盖起了几层楼。主东一般住一层,上面的全出租。楚嘉禾和周玉枝租住的这一家,就有十好几间出租房,大多被附近几个文艺团体的人住了。也有浙江来做布匹生意的。

楚嘉禾直到把忆秦娥领进房里,才问她来了住哪里。当忆秦娥说,团上在待业厂后边给分了一间小房时,楚嘉禾一下就显得不高兴起来,撇着凉话说:"哟,你好牛哇,一来就分上房了。"

忆秦娥急忙解释说,就一间偏厦房,还是牛毛毡顶子的。

"那也比我们牛哇,毕竟是住到单位里边了。我们还在外边打游击,不知啥时才能搬回去呢。"

周玉枝也不阴不阳地撂了一句:"到底是角儿,一来就吃上偏碗饭了,让我们好眼馋哪!"

忆秦娥也不知该说什么好。她看着墙上贴满了从《大众电影》杂志上剪下的一排排明星照,又从窗户看看天井院子,就说:"这里多好的,不行了,我也搬过来住。"

"哟,还给我们上刀哩。妹子,你这两个傻姐姐,还没傻到听不来话的地步。"

"真的,我是真的想跟你们一起住。"

楚嘉禾说:"我们可不敢乱攀扯。你可是人家团上调来的一号主角呢。"

忆秦娥说:"你看,我是说真心话。"

"别真心不真心的了。来,妹子,你是做饭出身,今天这顿西红柿鸡蛋面,还是你亲自来'掌做'吧。"

楚嘉禾本来是想把忆秦娥刺痛一下,没想到,忆秦娥还真挽起袖子,做起臊子面来了。她就又补了一句说:"哎,咱们在宁州剧团那阵,臊子面每顿还真是做得好吃呢。那臊子,都是廖耀辉那个老流氓'掌做'的吧?"

忆秦娥的脸,唰地一下就红了。

楚嘉禾还故意看了看周玉枝,看她是啥反应。

周玉枝本来是在一旁看着忆秦娥和面的,听楚嘉禾把话题朝这儿一引,就故意转身下楼提水去了。楚嘉禾看着周玉枝的背影,偷着一笑:滑头。

忆秦娥什么也不说,就撅起屁股,使劲地和起面来。

楚嘉禾在周玉枝把水提回来后,到底又问了忆秦娥一句:

"哎,妹子,你在灶房待了那么多年,你觉得宋光祖和廖耀辉这两个家伙,到底谁手艺更好些?"

周玉枝还斜瞪了她一眼。

可她还是要追问。

忆秦娥就回答了一句:"都好。"

周玉枝怕楚嘉禾再问一些难堪的事,就急忙把话题岔开了。这顿饭,其实吃得很不愉快,虽然忆秦娥没有表现出来。

在送走忆秦娥后,周玉枝还埋怨了她一句:"哎,嘉禾,过分了噢。"

"啥过分了?"

"对忆秦娥过分了。"

"哟,你还欢迎她来抢咱饭碗,得是的?"

"我不欢迎,可也不该再提那些陈芝麻烂豆子的事。她毕竟才来,也不容易。"

"她不容易,咱容易?"她反问道。

周玉枝说:"都不容易。"

四

那天从楚嘉禾和周玉枝那里回来,忆秦娥心里可难受了。她觉得,她从来没有得罪过任何人,可不知咋的,好像谁都不待见自己。

回到房里,她静静躺了一会儿,又躺不住,觉得浑身哪儿都不自在。连续四五天没有练过功了,她想找个地方活动活动。只要一练功、排练,就能把啥烦心事都忘得一干二净了。她想到团上排练场去,又觉得生疏,还是在房里活动活动算了。她把腿搭上桌子,刚压了一会儿,刘红兵就推门进来了。他手里还提了一大网兜东西。

"我说地方太小,得找个大房子,你还跟我犟。你看这尻子大一坨地方,还能练了功?趁早听我话,换房吧。"

忆秦娥可不喜欢刘红兵这种说话口气了,如果有个外人,还以为他们已经咋了呢。她就不高兴地说:"刘红兵,谢谢你一直关心照顾我。我也明白你的意思,可我已经跟你说过好多次了,这是不可能的。我还小,还不到谈婚论嫁的年龄。再说,单位也不允许。我才来,得先搞事业,得给自己打点基础。"

"这一切都不影响呀!我也没说现在要结婚哪。我支持你搞事业。换大房,也是为了让你住好,休息好,能搞好事业嘛。"刘红兵一边说,一边从网兜里朝出掏东西,都是些红红绿绿的塑料制品。

"你干吗呢?"

"给你安个简易梳妆盒。本来是要买个好的,可这房里放不下,只好先凑合了。"说着,他就把一节一节的塑料管,拼接了起来。

"我不要,你快拿走。我真的不要,你就是安了,我也会给你扔出去的,你信不信?"忆秦娥态度很强硬。

可刘红兵就是那么一股赖皮劲儿,你再说,他还干他的。不一会儿,他还真把一个梳妆盒给支起来了。他刚朝桌上一放,忆秦娥就拿起来,放到门外去了。刚放到门外,刘红兵又捡了回来。就这样,相互扔出又捡回好几次,最后,还是以忆秦娥彻底退让告终。因为刘红兵啥都不管不顾,而忆秦娥还要面子里子的。她把东西拿出去几回,都让隔壁几个打麻将的老人看见了,那几双警觉的眼睛,让她不得不有所收敛。他们大概还以为是小两口闹仗呢。因为有一天,一个老太太就曾主动跟她说:"小两口要相互忍让呢。我看那小伙子蛮不错的,你再发脾气,扔东西,他都朝回捡。要是遇见一个倔巴佬,你朝出扔,他再用锤子砸,那这小日子就过不成了。"忆秦娥也没法解释,再要扔东西,她就趁晚上没人的时候,端直扔到远处的垃圾堆了。

可刘红兵就是这么一个死皮赖脸的货,你扔了,他明天又能找回来。找不回来的,就再买一件。反正非把你气死不可。并且他对生活细节,还考虑得非常周到,就连墙上需要的吊杆,门背后需要的挂钩,都收拾得停停当当的。他嫌土地起灰,又去买回一大块人造革来,朝地上一铺,整个地面,就有了红木地板的感觉。顶棚是朝半边斜着。他又去买回一些花布来,朝上一绷,再用一些彩色布条,拉成格子状,既美观,又大方。他说这都是从朋友那里学来的。三折腾四折腾的,偏厦房还真高档了许多。这期间,忆秦娥也几次给他发脾气,扔人造地板革,撕顶棚布,可扔了撕了,刘红兵还是会再买回来,再整治。忆秦娥锁了门,他会把门扭开自己进去,反正全然不把自己当外人了。有一天,刘红兵甚至还给她买了一个尿盆回来,说这儿离公厕有八百多米远,晚上起夜不方便,让她就在尿盆里尿。忆秦娥就骂他,说他耍流氓呢。刘红兵问他咋耍流氓了,她说:"你怎么这么下流,说人家女生那事?"刘红兵急忙解释说:"我是考虑到你晚上出去不方便,害怕遇见坏人。"忆秦娥说:"你就是坏人,人家谁是坏人了?""好好好,我是坏人,不该考虑你尿尿的事,好了吧!""看看看,你还说流氓话。滚,立马给我滚。"说完,忆秦娥就把尿盆子扔出去了。只听那花扑棱登的瓷尿盆,在院里霍啷啷滚了老远。那天,刘红兵也有些傻眼,气得起身说:"好好,你真是一个生得没法下嘴的毛桃子。说尿尿咋了,谁不尿尿?只有鸡不尿,鸭不尿,谁还不尿了?""滚!"那天刘红兵还真的气得滚出去了。

刘红兵越来越得寸进尺的"关怀""照顾",让忆秦娥觉得,是必须采取果断措施的时候了。尤其是他还操心起了那些他不该操心的地方,这不更是原形毕露了吗?她自己毫无办法改变,觉得恐怕得依靠组织了。在宁州,她还有舅,还有胡彩香老师能商量。大小事,给朱团长一说,也一定能解决好的。可在这里,她不仅没个商量的人,而且组织也不熟悉。说了,还害怕人家传出去,落笑柄呢。不说又咋办呢?想来想去,她到底还是把这事跟古存孝老师说了,看他能有啥好办法,帮着把刘红兵撵走。可古老师说:"娃呀,这事也不一定是坏事,就看你咋看了。是的,你还小,才十九岁,正是事业爬坡的时候,谈情说爱分心哩。可婚姻这事,有时候就没个准头。我们那时候的人,十八九,早都结婚有娃了。我第一个娃,就是十八岁时要的。那还是跟你大师娘生的。你现在这个师娘,那时还没出世呢。"

古存孝跟忆秦娥说这话时,那个抽烟的师娘不在。忆秦娥不知道,这还是二师娘呢。古存孝接着说:"干咱们这行的,婚姻不幸的居多。看着追你的排长队哩,可真心跟你过日子的能有几个鬼? 你红火了,他能给你拾鞋穿袜子。说个丑话,你屙下的,他都能一口热吞了。你黑了,人老珠黄了,他立马就脚板抹油了。真心遇见一个人不容易。这个刘红兵嘛,现在还说不清,因为你是正火红的时候。不过,从黏糊的程度看,好像也不能说他就没动真心。我的意思是,先看看,也不给他啥话,也不要撵。是你的,跑不了。不是你的,经上一两件事,你不撵,他自己都溜舟了。"

忆秦娥说:"我不是这个意思,我心里……压根儿就不喜欢他。他就是真心,我也不想。"

古老师说:"娃呀,也许我能猜到你的心思。都是过来人,啥还看不明白。你心里……是不是还记挂着那个封潇潇?"

忆秦娥的脸一下就红了,说:"不,不是的,我谁都不想。就是……就是不想谈这事。"

古存孝说:"潇潇是个好娃,可来不了省城哪! 我也推荐过,人家说团里不缺好小生。潇潇其他条件都好,就是嗓子不太赢人,仅仅够用而已。省上剧团在底下拔人,都是挑尖尖掐哩。加上他又没个得力人手帮忙,要来,恐怕是很难的。就凭这一点,你们就很难走到一起。"

"我不是这个意思,我是……"

"不说这个了。娃,古老师的意思,就是再看看,那个刘红兵要真有心了,跟他也算不错。一来家境好,让你少操心。二来,我看这小伙子还蛮细心的。你唱主角,啥都顾不上,家里还总得有个支应事情、伺候你的不是？说不定，还真是老天给你安排的董永呢。"

忆秦娥知道，董永是《天仙配》里的那个男主角，把七仙女爱得死去活来的。要把那样一个男人，跟刘红兵放在一起比，她先扑哧笑了。刘红兵在她眼中，就是一个闲人。一个啥事不做，还能有好吃好喝的、还不缺钱花的"逛"男人。这种男人，最大的特点，用她舅的话说，就是三个字：靠不住。她舅在要走时，还多加了两个字：绝对靠不住。可不管咋，她又觉得没理由硬撵人家。古老师最后给她了一个方子，说："娃记住，就是好，手都别让他摸。直到结婚前，都绝对不能摸的。这样我娃就值钱了。他真得了手，也觉得值钱，就会特别珍惜的。"

忆秦娥都出门了，古存孝又说了一句："平常也别跟他摆干话，尽量拿老成些。他要说流氓话了，你就两个字，让他把臭嘴闭紧。哦，'把臭嘴闭紧'是五个字。两个字是：你滚！嘿嘿嘿。"

忆秦娥笑了。在没有再好的办法时，也就只好按古老师说的做了。

其实，她心里是真的想潇潇了。从那天早晨离开起，她心里就很难过。好些天了，老觉得还是跟潇潇在一起。有几晚上做梦，还在跟潇潇一起演戏呢。潇潇对她是真的好，并且是那种一句多余话没有，但无处不在关心呵护着她的那种好。比如演出，要是嗓子有点不舒服，很快，她就会发现，身边的某个地方，是突然放着药了。她要是为排练、为演出，误了吃饭，即使再晚，一定在一个地方，是会放着最可口的吃喝的。她由开始的不愿接受，到被动接受，最后，甚至是有点欣然接受的意思了。现在回想起来，几乎每个细节，都是十分美妙的。难道这就是爱情？她也在时时追问自己。并且老觉得，潇潇是会来西京看她的。有好几次，她甚至觉得潇潇就在西京，是来看她了。可一回头，站在身后的，还是刘红兵，她就不免有了许多失落。

自那天刘红兵生气走后,没过一天时间,就又赖进房来了。忆秦娥先是不理,后又想到古存孝老师过的那些方子,也就没有再给他太难看的脸色。这家伙见有缝可钻,就又把尿盆端回来了,说:"可惜了,多好的莲花瓣图案,都碰烂了。不行我去再买一个。"

"买了我还扔。"

"我就不信你不尿。"

"不许说流氓话。"

"尿尿不是流氓话。"

"就是流氓话,那就是流氓话。"

"好好,流氓话,流氓话,忆秦娥不尿。"

"你滚!"

"好,我再不说了,你爱尿不尿。"

"滚滚!"

也就在这时,忆秦娥突然感到背后有人,并且这个人自己还很熟悉,连气息都熟悉得有些让她透不过气来。她猛一回头,身后站的果然是他,封潇潇。

她有点傻了。

封潇潇也傻愣在了那里,有一种进不是、退也不是的感觉。

倒是刘红兵显得大方自如起来:"哎,这不是封潇潇吗?啥时来西京的?也没打声招呼,让我跟秦娥去接一下。来,快进来坐!房小,转不过身,将就着坐。哎,秦娥,你愣着干啥,安排潇潇先坐下嘛!吃了没?没吃我给咱掺面。"

没等刘红兵说完,封潇潇就转身走了。

忆秦娥急忙追出去喊:"潇潇,潇潇!"

封潇潇越走越快,最后几乎是跑出院子的。

忆秦娥直追到待业厂大门外,都再没找见封潇潇的人影。她又追到去宁州的汽车站。听说今天发往宁州的车,已全走了,剩下就是明早再发的班车了。气得她回到房里,把刘红兵美美骂了一顿。这还是她第一次骂刘红兵:"刘红兵,我日你妈了,你胡说啥呢。"

"我没胡说呀。你同学来了,难道我不该热情些吗?难道你不想让他吃一顿饭吗?"

"我日你妈,刘红兵!"

"好好,你日你日。你咋高兴咋来。"

忆秦娥拿起尿盆,照着刘红兵的头,咣当磕了一下:"滚,你滚!"

"我滚,我滚。"

刘红兵前脚出门,忆秦娥把花尿盆就摔了出去,刚好砸在刘红兵的背上。

几个打麻将的老人,正有人抠上一个"二饼"炸弹,手还在空中停着,那花尿盆就从刘红兵的背上,蹦到麻将桌上,把一锅牌砸了。

抠了炸弹的人,死死不丢手那张"二饼"。可其他人,已经趁乱呼呼啦啦把牌合了。抠炸弹的人,就骂开了。

刘红兵急忙打躬作揖:"对不起,对不起!"

有人还问了他一句:"你没事吧?"

只听刘红兵俨然像家里人一样地应付着:"没事,没事。家里嘛,就那些事。"

气得忆秦娥在房里就号啕大哭起来。

第二天一早,忆秦娥又去了一趟车站,希望见到封潇潇。可三班车全发了,还是不见潇潇的踪影。

忆秦娥眼前,就又一次为潇潇模糊了。

五

《游西湖》终于开排了。谁也没想到,这竟是一场战争,战斗的双方,是在省城与"地方势力"之间展开的。省城一方,是以两个导演为主,而"地方势力",却是以第一导演古存孝为代表的。

省城剧团,历来把从外面调来的人,尤其是从地县一级调来的,都统称为"外县范儿"。所谓"外县范儿",就是与土气、小气、俗气、稼娃气相关联的。无论生活还是演出,都是为西京本土成长起来的人所瞧不上眼的。西京人有一种天生的优越感,即使早先他们也是从外县招来的,只要打小是在西京学的戏,那也是要高出外县人一头搭一膀子的。尽管从外县调来的都是尖子,但进了这个门楼子,也就都矮人一等了。这些年,据说光从外县剧团调来的副团长,都十好几个。一般能在团里当副团长的,也就是业务尖子了。有人把这种副团长叫"弼马温",也有叫"挽笼头""穿牛鼻绳"的,反正就是套个紧箍咒,图好管理、能留人才而已。忆秦娥就属于这种"弼马温"。从西京本土成长起来的人,嘴边常挂着一串话:"别看你在外县是个什么'弼马温'团副,芝麻粒儿大的官儿都算不上,西京城的市民都是科级呢。你来,就一个'拾鞋带'的。即使跑龙套、穿丫鬟,还得把马朝后抖。前边领头跑的大龙套、大丫鬟,还有团里的老娘伺候着呢。"忆秦娥一来,先给安了个李慧娘A组,自是炸了锅了。只是忆秦娥听不到任何信息,不知道已经处在危险之中而已。

古存孝倒是看明白了。尤其是跟团上两个导演,较量过几回合后,他就知道在这里当导演,可不是他娘"闹着玩儿"的。但不好玩,也得玩下去,毕竟团长单仰平是支持自己的。尤其是忆秦娥还是自己要来的。不给娃打打气,撑撑腰,兴许一个戏倒下去,就再也扶不起来了。算是把一个好苗子,就彻底毁了。其实他与那两个导演的矛盾,就在对戏的认识上。他坚持,要一五一十地照老传统排。过去艺人怎么演,今天还怎么演,连一个动作都不能变。而团上那两个导演,一个是移植样板戏出了名的,一个是从上海进修回来的。他们都觉得不能老戏老演,得适应今天的观众,必须加快舞台节奏,不能一招一式地慢慢比画了。甚至在音乐创作上,还要加电声乐队,加什么架子鼓。服装也要改良。舞美也是希望弄得"人间天上的美轮美奂"。"一桌二椅三搭帘"的老演法,他们统称为"外县范儿",说是再也不能在省城舞台上复活了。他们坚持,这是到全国的舞台上去打擂台,不能丢了一个省的人,更不能跌了一个剧种的份儿。

　　古存孝也是一让再让。但一些根本性的东西,他还是在拼着老命坚持着。这种坚持,逐渐转化为一个又一个的笑料,在严肃的排练场,他渐次跌落成不断引起哄堂大笑的"跳梁小丑"了。他说演员上场,必须坚持老台步,先在幕帘内,喊一声"尔嘿"再出场。男的要亮靴底,女的要"轻移莲步水上漂"。而那两位导演,死坚持要去掉"尔嘿"的"怪叫声"。出场也不准一摇三晃地慢慢"拿捏""摆谱",得把更多的戏,让给矛盾冲突和好看的舞蹈。唱腔也是要加进流行因素,凡唱得太慢的拖腔,都一律要改良。这不仅让古存孝不能接受,而且也让忆秦娥无法适应。她几乎一唱,旁边就有人发笑。一开口道白,也有人做捧腹状,都在一边指指戳戳地喊叫:

　　"看看这'外县范儿'!"

　　"快看这'外县范儿'!"

　　忆秦娥也不知是怎么回事,就只能用手背挡着嘴,见人笑,自己也莫名其妙地跟着笑。有人就说,团里咋调来个傻子,还唱李慧娘A组呢。

　　古存孝最近也特别不顺。解放前娶的二老婆,也是唱小旦的,几十年都不联系了,结果他们在北山把戏唱红火时,闻风找来了。这个女人在解放后,跟人是结过婚的,又离了。他导演的《白蛇传》《杨排风》,在北山演得最红火时,是吹口气都能把灯点着的。人的事业顺,精气神就足,也特别需要女人,他就稀里糊涂地跟找来的二老婆,又过在一起了。可没想到,最近大老婆也找到这偏厦房来了。大老婆是"文革"中和他离的婚。那阵儿批斗旧艺人,他在关中的一个地区剧团看大门,每天脸上被画得五马六道的,这个组织借去批几天,那个组织借去斗几天,都是为了吸引人,弄得他反倒比那些"当权派"的"台口"还多,还红火。大老婆也就是那个时候跟他离的。按她的说法,是因为她长得有些姿色,被一个工宣队的头头矬摸上了。她不跟古存孝离,那头头就想方设法地要把古存孝朝死里整呢。她才这边离了,那边结的。直到几年前,那人得癌症死了,她才一个人又单吊起来。虽说是大老婆,可年龄跟二老婆也差不多。大老婆过去是一个盐贩子家的小姐,亲娘死后,她爹又娶了一房,在家里不遭待见,有一次连着看了古存孝演的几本小生戏,半夜就跟着他跑了。古存孝那时小生唱得那叫一个红啊!二老婆是另一个戏班的当家花旦,他们在几个庙会上,唱过几次对台戏,也相互有点眉来眼去的倾慕意思,被班主发现后,为了挖人,就硬把他们撮合到一起了。那时一个名角儿,娶两房太太,也不是啥稀奇事。解放后,二房是自己离开的。两个女人,过去就不睦,现在又搅和到一起,一顿饭没吃完,就把他的煤油炉子扔到院子里了。晚上,还都抢着朝窄床上睡。整得他,只能在地上窝蜷着。得亏还没大闹起来,要是大闹起来,不定还要招派出所人来抓流氓呢。

　　古存孝是真怀念在宁州剧团的那些日子,虽然开始也受些憋屈,可自打朱继儒管事后,他就一直活得很滋润。作为一个肚里装着好几百本戏的老艺人,他最向往的日子,一是被"三顾茅庐";二是当"座上宾";三是排戏一切由自己说了算。演员怎么上场下场;在场上来回怎么调度;做些什么动作;唱些什么板路;用些什么道具、布景;穿些什么服装;戴些什么盔头、首饰、簪花,都由自己说一不二。他太怀念在北山会演的那些日子了,《白蛇传》一炮打响后,他在团上,简直享受的是"王者师"的待遇。朱继儒团长不仅啥事全跟他商量,而且吃的喝的,都会考虑周全。大灶伙食差了,朱继儒甚至亲自上街,给他买了冰糖点心,还有桃酥、油旋饼、烧鸡腿、卤猪蹄啥的,啥时想吃,随时都是有东西能朝嘴里撂的。他年龄大,怕饭菜油水不厚,还专门给他买了两斤化猪油。每顿吃饭时,他舀一勺,埋到碗底,别人吃完饭,碗里是汤水两张皮,而他的碗里,总是沁着一汪汪油的。吃完了,他再用开水把碗浪一浪,吹着喝着,打着饱嗝,那油花花,是眼看着都哗哗流进自己肚子里了。尤其让他感动的是,他最心爱的黄大衣,有一晚抽烟,烧了拳头大个窟窿,再也披不出去了。而那一阵,好多场面,又是需要披着大衣,才有势的。朱团长就那么了解他的心思,竟然第二天就去给他买了一件新的。晚上全团集合,解决头一天晚上演出出现的问题时,朱继儒竟然当着全团人的面,亲自给他披挂在身了。让他顿时感到,头面有斗大,威风甚至胜过三国戏里的诸葛亮。他发脾气讲问题时,双肩一抖,大衣精准离身。发完脾气,他立马感到,大衣是已经有人给他披在肩上了。那是怎样一种权威权势啊!他古存孝一个眼神,一团人尻子上都长了眼睛。见天晚上,把戏演得浑浑全全的。要不是朱继儒给他立起这样的权威,两个多月的演出,恐怕早都演油汤了。可由于他能说一不二,还别说把黄大衣全抖掉,就是抖掉半边肩,也够人两条腿抽筋的了。那两个多月,就硬是把宁州剧团演成了威震一方的名团。忆秦娥、封潇潇等一批青年演员,也就一夜都成大名了。

羡慕省上大剧团的好,以为到了西京,他也能说一不二,呼风唤雨。结果,屁摔在地上,响都不响了。虽然团长单仰平对自己也不错,可这里毕竟是近二百人的大摊子。安排他住了偏厦房,他问总务科要一块板子,想把床加宽一下,都让年轻科长蹾打了几个来回。问他在山里待得美美的,为啥要朝城里挤,还说:这城里每一块板,都是有下数的,你多要一块,莫非是要我回去把自己家里的床板拆一块,给你扛来不成?气得他眼睛直翻白,还不知说啥好。这样的小事,又不好再去麻烦单团长,就只能用几根长短不齐的棍,把床朝宽扩了扩算了。到了排练场,宣布他是第一导演,可又得不到尊重。但凡他一开口,就都是"不行不行"的兜头凉水。开始还没有形成反对的声浪,后来,几乎是只要他开口,就有人说:"你别说话。"还有的端直说:"把嘴夹住。"他也知道这是欺生,这是对"外县人"的集体制约。可为了忆秦娥,他还是坚持没有发火,没有愤然离开。

第二导演叫封子,是个非常强势的人。从来就没有把他当一回事。由对词开始,封子几乎天天都在批评"外县范儿",好像是故意给他"亮耳朵"似的。在他们眼里,"外县人"即等于不懂艺术;"外县人"即等于"业余范儿"。忆秦娥一开口,也有一群人批评这个字咬得不对,那个字咬得不真的。古存孝压根儿就不同意他们把秦腔字音,都咬成西京腔。说西京腔里,好多字是普通话读音,就不是正宗秦腔味儿。可他一说出正宗秦腔味儿来,就引得全场一个劲地发笑,说土得快掉渣了。弄得他也毫无办法。开头几天,他还披过朱继儒团长给他买的那件黄大衣。他觉得这是一件十分幸运的衣服,披上它,不仅有势,而且也意味着戏能排成功。可披着披着,他还注意着尽量不把大衣朝掉抖,就这,已经引起好多人反感了。连小场记都敢挑战他说:"哎,老古,你能不能不要披这件黄大衣,味道难闻不说,披着摇来晃去的,让人发晕呢。"业务科安排烧水倒茶的人,也跟着起哄架秧子:"都快穿背心的日子了,你个死老汉还背着这身黄皮,都不怕捂起痱子。"佺子兼助手刘四团就提醒他说:"伯伯,别披了,都糟蹋咱呢。"他才没披了的。

终于有一天,一切都总爆发了。先是封子导演提出,还是让李慧娘B组上。B组是团上自己培养的演员,过去演过李铁梅的。古存孝坚决不同意,说慧娘后边要吹火,还有在人身上的各种高难度动作,没有老戏的基本功,根本不行。可胳膊拗不过大腿,团上几乎是一池塘的蛙蛙声,说忆秦娥道白、唱腔都太土气,"外县范儿"太浓,根本挑不起这大梁。最后,就让忆秦娥靠边站了。

古存孝去找了单仰平。

单仰平也是有些为难,竟然已经同意了封子和第三导演的意见,说先让 B 组试试,不行了再换回来。

古存孝就觉得绝望了。

那个 B 组李慧娘,从开始就没把他当人。他有个咳嗽的习惯,有时一咳,气都喘不上来,喉咙里呼呼哧哧地发着痰音。小场记几次糟蹋他说:"哎,老古,你这咳嗽功夫深啊,声音好像是从脚后跟朝上传的。"那个演慧娘 B 组的甚至大声喊叫:"哎,古存孝,你个老汉能不能到厕所咳去,恶心得人咋排戏吗?"

古存孝终于把桌子狠狠一拍,站起来,当着全剧组人的面,美美发泄了一通:

"我还以为这是个艺术殿堂,原来才是个自由市场。啥狗皮膏药都是能拿到这里来卖的。不是我倚老卖老,唱戏得先做人哩,这人做不好,咋看咋是根弯弯橡子,那戏也就甭想唱成啥气候。伺候不起,伺候不起,敝人甘拜下风了。告退,敝人告退了!"

说完,他还作着揖,就从排练场出去了。

古存孝很胖,所以走起路来,一摇一摆的,不免显得有些可笑。他刚一走出排练厅门,就听身后发出了雷鸣般的掌声。

古存孝的老泪,一下就涌了出来。

他真悔恨,不该来省城。要是留在宁州,岂不还是吃香喝辣的好日子?他肚子里,有这一生都排不完的戏。一本一折的,连剧本带唱腔都刻在心底了,随便拉出来都是好戏。可在这里,他就是个"老古董",就是个上不了台面的"大土鳖"。

他心里清清楚楚明明白白,那个 B 组李慧娘,根本就挑不动戏,最后还得出洋相。只有忆秦娥才是李慧娘的最佳人选。可眼睁睁地,就让人家把忆秦娥给拉下来了。他也有些恨忆秦娥,娃太瓜了,人家让她下,让 B 组上,她也就乖乖下来了,一点脾气都没有。下来她还用手背挡着嘴笑,跟个傻子也没啥区别。她不知这是进了虎口狼窝,不争,不斗,就没她的事了。在宁州,有他们几个老家伙扛着,让一个名不见经传的烧火丫头,竟然成了大名。可在这里,他古存孝算哪路角色?怎么都是扛不住的。他本来想再忍忍,看有机会,还想把忆秦娥朝上扗一把。可家里那两个婆娘闹得,也实在是待不下去了。那已是你死我活的斗争了。他还害怕出人命呢。加上单团长也是话里有话,说要他把个人事情处理好,别让人说闲话。看来,两个婆娘住在他偏厦房里的事,也是走漏风声了,虽然他每晚都住在地铺上。他也希望有一个,能去跟忆秦娥搭脚。他都给忆秦娥说好了,可两个婆娘,就是一个都不去,好像他古存孝还成了香饽饽。看来他不离开也是不行了。一旦弄个重婚罪,或流氓罪,或非法同居罪,罪罪都是能安上,没冤枉自己的。老了老了,事业搞砸了,再让人家一绳捆去,坐几年监,那岂不悖晦到家了。无论如何,他得走了,不走已由不得他了。

要走的那天晚上,他到忆秦娥房里,把真实情况给忆秦娥说了。他是觉得好好一个唱戏的苗子,搞不好,就彻底窝死在这大剧团里了。

"秦娥,古老师对不住你,把你从宁州弄来,老师又没本事让你好好上戏。"

谁知忆秦娥傻不唧唧地说:"没事,古老师,让B组上还好,我刚好能在边上看。一下到了大剧团,我还真的有些怯场呢。"

"瓜娃哟,这是一场斗争,你没看出来吗?"

忆秦娥摇摇头。

"我真担心,老师走以后,你就被这帮狼吃了。"

"你走?朝哪儿走?"

"老师混不下去了,要离开这西京了。"

"咋混不下去了?"

"我说你瓜吧,老师都让这伙人欺负成这样了,你还问咋混不下去了。老师是啥角色,岂能虎落平阳被犬欺,龙搁浅滩遭虾戏?

古存孝是能咽下这口恶气的人吗？"

"你要去哪里呀，古老师？"

"哪里能容下老师，哪里能让老师好好排戏，老师就去哪里。"

"那你不如回宁州算了。我也想回去，咱都回。"

"娃呀，好马不吃回头草。我古存孝既然离开宁州了，就咋都不回去了。我不想让人说我混不下去，才夹着尾巴逃回来了。老师这回要朝远地走。也许是甘肃，也许是宁夏，也许是青海，也许是新疆。秦腔地盘大着呢，反正是不回宁州了。"

"你为啥要走得那么远呢？"

"你还没看出来吗？瓜娃呀，就你这两个要抽烟、要喝茶、要咥肉、要烫头、要品麻的姨，要是她们能找见的地方，老师还能待下去吗？唉！"

"那你走了，两个姨咋办？"

"我这些年可怜的时候，混得没个人样儿的时候，可从来没见她们来找过、问过。你放心，鳖有鳖路，蛇有蛇路，都饿不死。"

忆秦娥就再没话了。

古存孝接着说："娃呀，既来之，则安之。你也别走回头路。戏能唱成了唱，并且不能为唱戏，把人学瞎了。咱就是跟人斗法，也不能上邪的。得拿真本事上呢。曲里拐弯、下套、摆砖那些下三烂事，可万万使不得。戏要实在唱不成了，能调到省城，对于年轻人总是好事。生儿育女，也是大事嘛！你年轻，来日方长，有起身的时候。老师是快死的人了，再也混不起、赔不起了。老师得找个地方，把身上憋着的这股劲儿赶快使出来，要不，阎王就浑浑收走了。唉！"

古存孝是这天晚上半夜走的。

大老婆和二老婆都说：他说他要起夜，出去就再没回来。

六

古存孝走了以后,排练场就越发欺负起"外县人"了。忆秦娥还是那样老实巴交地站在一边学着戏。可楚嘉禾再也坐不住了,她觉得,必须把"外县人"都团结起来,跟"土著"们对着干了。

楚嘉禾跟周玉枝算了一下,光从外边调来省秦腔团的,就有四五十个。这里边不仅有县剧团的、地区剧团的,而且还有外省剧团的。但在"省秦"人眼里,西京城以外来的,都是"外县范儿"。问题的关键是,外来人都在单打独斗。为了在团上求得一席之地,还都得有所投靠。因而,组织起来十分困难。楚嘉禾联络了好几天,见有些人,是树叶子掉下来都怕把头打烂的熊样子,就有些失望。看来看去,只有把忆秦娥先挡红起来,才能证明"外县人"不是来吃素的。她心里清楚,忆秦娥有这个抗衡的实力。忆秦娥的功夫,忆秦娥的嗓子,忆秦娥演戏的感觉,忆秦娥的吃苦精神,只要给机会,是一定能显露出来的。当然,她在有这些想法的时候,也后怕着,怕忆秦娥真起来了,对自己又有什么好处呢?可眼下,的确是太受欺负了:不仅忆秦娥的李慧娘A组靠边站了;而且她的C组也自然泡汤;周玉枝的F组,那就更成天方夜谭了。人家就是在挡本团培养起来的演员。那个封子导演,已经明确讲,外县来的先学习,等融入大团风格后,再说排戏的事。什么时候才能叫"融入风格"了呢?有些人,已经调来十几年了,大家开口闭口还说是"外县范儿"。"外县"演员的前途与出路,又在哪里呢?无论如何,得先让这个咸鱼翻过身来。她妈就有这种本事:宁州县文化馆,本来是以绘画、文学在地区、省上有名的。可她妈的专业是唱歌、跳舞、还能拉手风琴。最后,她硬是把画画的、写小说的,全都从文化馆排挤出去,让唱歌、跳舞、吹笛子、拉手风琴的占了上风。好像也没有啥窍道,那就是"琢磨"二字。天天琢磨,事事琢磨。琢磨到最后,没有啥事是琢磨不成的。

先把忆秦娥"琢磨"出来再说。即使拿鸡蛋碰了石头,那鸡蛋也是忆秦娥的鸡蛋。这号傻大姐,碰烂了也就是个瓜蛋、傻蛋、臭蛋。

那天,她是跟周玉枝一起到忆秦娥家里去的。本来早都说要去看她,可忆秦娥一直说还没收拾好,等收拾好了再请她们去。这一收拾,就一个多月过去了。楚嘉禾就对周玉枝说:"哎,你说忆秦娥到底是瓜呢,还是灵呢,咋让人看不出来?"

周玉枝说:"你又瞎琢磨人家啥呢?"

"说好的,房一收拾好,就请咱们过去吃面、暖房子。咋这长时间,再没个音信了?是不是分了一间好房,怕咱眼红呢?"

"不会吧,待业厂那边,哪能有啥好房。"

"那可不一定。忆秦娥鬼大着呢。要不然,能从一个烂烧火做饭的,翻起身来做了主演?还又是政协常委、又是副团长的。还破格评了三级职称呢。"

"那可能都是命吧。"

"再别命不命的,我就不相信这个。命都是人挣来的。"

说着,她们就进到待业厂里边了。

这里有好多破烂库房,大多门窗歪斜,盖顶塌陷。地上也是坑坑洼洼的。成群结队的老鼠,在阴沟、下水道里蹿上溜下。

周玉枝说:"天哪,这是啥破地方。"

楚嘉禾心里倒是有了些安慰。住这里,还真不如在外面租房呢。

正走着,就见后院子冒起一股股烟雾来,并且十分呛人。

楚嘉禾说:"失火了?"

"不可能吧,咱能碰得这巧的?"

说着,她们加快了脚步。

来到最后一个院子,她们才发现,是忆秦娥在练吹火呢。

几个搓麻将的老汉老婆,正停了手中的牌,在一旁观望着。

忆秦娥吹完一口长火,直对老汉老婆们说:"对不起,对不起噢!烟子大,挺呛人的。"

一个老汉说:"没事,你练你的。好多年都没见过人在舞台上吹火了。这可是秦腔的一门绝活儿。你个年轻轻的娃,能练到这份儿上不容易。"

"谢谢,谢谢你们!"

忆秦娥正要给嘴里塞进又一个松香包子,感觉身后有人,扭过头一看,就兴奋地喊叫起来:"嘉禾、玉枝,你们咋找到这里来了?"

楚嘉禾说:"不邀请,难道我们还不能训皮搭脸,自己凑上门来吗?"

"哪里呀,就这么个牛毛毡棚棚,哪好意思请你们呀。快请进吧!"

忆秦娥就把她们让到偏厦房里了。

从外面看,这房的确就不像个房子。可一进到里面,楚嘉禾和周玉枝立马就哇的一声,尖叫起来。

"收拾得这么漂亮,你还说不好意思。这都谁给你收拾的呀,简直快赶上大酒店了。"楚嘉禾说。

"哪里呀,就是给顶上绷了一块花布,地上铺了一块人造革。"

"这墙上也蒙的是花布啊,快成布匹市场了。"周玉枝说。

"你老土吧,这哪里是布,是像布一样的墙壁纸。"楚嘉禾说。

"墙上到处都是裂缝,不糊一下住不成。"忆秦娥急忙解释说。

"快成宫殿了,快成宫殿了!住这儿感觉太好了!没想到,一个牛毛毡棚子,能收拾成这样,真叫巧手夺天工了。谁帮你收拾的呀?去给我们也收拾收拾吧,这感觉太好了!"说着,楚嘉禾一个弹跳起来,就跌绊到床上了。

这时,刘红兵提着一台新录音机走了进来。

录音机里还放着《我家住在黄土高坡》的歌儿。四个喇叭上,有四圈彩灯,正转着红红绿绿的圈圈。

楚嘉禾和周玉枝一下给傻眼了。

忆秦娥十分尴尬地僵在了那里。

倒是刘红兵大方有余地招呼起来:"哎呀,这不都是秦娥宁州的同学吗?啥时来的?"

"人家比我还先来省城,是去年冬天就考来了。"忆秦娥说。

"好好好,来,坐坐坐。在西京,有这几个伙伴多好!你看我想得周到不,我就想着会来客人的,把这塑料凳子一次就买了四把,平常套起来放着,也不占地方,来了人,一拉开就成。来,坐!秦娥,把我买的大白兔奶糖拿出来。好像专门是为你们准备的似的,昨天晚上刚买回来。"

刘红兵俨然已经是一家之主了。

气得忆秦娥也不好发火,就那样,一切按他的安排做着。

楚嘉禾有些吃惊,她只觉得忆秦娥这家伙,鬼太大了。年前刘红兵拼着命,到宁州剧团追她的时候,她是以什么态度在回绝刘红兵的呀,几乎处处都不给人家面子。当时,好多人还不能理解,说刘红兵可是"高干"子弟呀,还是开小车的,多牛,多风光啊!说实话,楚嘉禾都看上了。可惜,那时刘红兵除了"白娘子",哪里还正眼瞅过她这个跑龙套的。楚嘉禾感觉忆秦娥是爱着封潇潇的。可这才多长时间,两人已经把小日子都过上了,真是应了电视里天天说的那句话:不看不知道,世界真奇妙!

忆秦娥似乎也想给她和周玉枝解释点什么,可刘红兵话多得她就插不进嘴。

刘红兵说:"秦娥太犟了,我本来说在外面找房子的,她坚决不让。我在西京有的是亲戚朋友,随便张个口,还倒腾不出一两间空房子来?可咋说,她就要守这破窑。连破窑都算不上,就一杂物棚。我也就只好在这烂棚里瞎捯饬了。现在还算有点样子了。这不,勉强能住人了不是……"

"好了,别说了。"忆秦娥终于忍不住,不高兴地把刘红兵阻挡了。

刘红兵还要说:"她就不喜欢我说房不行。我认为啥都没有房重要,房不好,我连一分钟也睡不着。"

楚嘉禾立即跟周玉枝对了一下眼。怎么越听,越觉得两人好像都住在一起了。

楚嘉禾的脸上,就显出一些坏笑来。

忆秦娥好像是又想解释,刘红兵把话再次岔开了:"哎,你们住哪里呀,也是单位分的房吗?"

楚嘉禾说:"我们哪能跟秦娥比呀,单位好歹还给弄一窝。我们就是自己在外租的。"

"那还好了,租房再差,也比这儿强吧……"

这次没等刘红兵说完,忆秦娥就阻止了:"别再乱说了好不好。我来给人家干啥,还嫌人家房不好?"

"好了好了,不说了。我错了,我错了。"说着,刘红兵还把自己的嘴,啪地掌了一下。

这就更让楚嘉禾和周玉枝感到,两人不是一般关系了。

她们坐了一会儿,随便扯了扯,就把话引到正题上了。楚嘉禾先是为忆秦娥鸣不平。说她和周玉枝倒无所谓,本来就是C组、F组的"碗底料"。可忆秦娥不一样了,省上下那么大气力把人挖来,就是为演李慧娘的。结果,还被人暗算了。说她是可以讨说法的。刘红兵问,能讨什么说法?楚嘉禾说,忆秦娥是省上领导亲自点兵点将的,他们不让秦娥上,不得给人家领导一句话吗?楚嘉禾甚至出点子:"秦娥,你就说你跟领导是亲戚,看他们咋办。"

忆秦娥捂着嘴,光笑。

楚嘉禾说:"傻妹子,你笑啥呢,这刀都架到脖子上了,你还能没个态度?"

"说亲戚不怕,我家跟省上领导能扯上。"刘红兵一拍大腿说。

"再别胡说了,和你什么相干。"忆秦娥终于不笑了,说,"为啥非要去演李慧娘嘛。人家在前边演,咱在一边学习,不也挺好吗?"

楚嘉禾说:"秦娥,你还骗我们呢,你不想演,咋还偷偷在这里练吹火呢?"

忆秦娥说:"就是学习呀。苟老师教我吹火后,一直要我平常加强练习呢。这长时间没练,都不会控制了。"

"那还是想演么。不想演,练这干啥?又不能吃不能喝的。"

忆秦娥就没话了。

楚嘉禾接着说:"想演,就得想窍道。你看人家团里那些人,多护帮的,硬是把'外县'来的,朝死里挤对呢。我们要再不抱成团,就让人家活活给挤扁了。"

刘红兵说:"对着哩,尤其是你们三个都从宁州来,一定要结成宁州帮才行。结成帮了,就没人敢欺负你们了。"

"我和玉枝,也就是帮你。我们知道自己不行,可你行啊。就你这身功夫,这嗓子,这表演,那就是最好的李慧娘了。你不能任人朝圆地、扁地乱捏了。你得主动出手呢。"楚嘉禾说这些话,倒也是她的真实想法。她觉得,自己是咋都斗不过团上现在那个李慧娘的。无论功夫、嗓子,跟人家都不相上下,无非就是比人家年轻些、漂亮些而已。但人家是本团的科班学生,而自己是"外县"的"野八路"。即使自己当时真上了李慧娘A组,只怕现在也跟忆秦娥一样,是被踢出局了。看来症结不在楚嘉禾上还是忆秦娥上的问题。症结在要彻底打破"外县范儿"不能唱省城主角的潜规则。只有让忆秦娥先把这个潜规则打破了,才看她们能不能朝舞台中间站一站了。

刘红兵不停地问她,咋出手才能有效果。她就说:"打蛇得打七寸呢。这个团,好像封子导演挺厉害的,单仰平团长都得看他的脸哩。不行了,就从封子身上先下手。"

刘红兵就问:"封子抽烟不?"

"抽。"楚嘉禾说。

"抽啥烟?"

"反正是带过滤嘴的。"

刘红兵又问:"喝酒不?"

"喝。我看有两次进排练场,都是面红耳赤的。"楚嘉禾说。

刘红兵啪地凌空打了个响指:"那就好办。"

七

楚嘉禾和周玉枝走后,忆秦娥忍无可忍地,到底还是大发了一次脾气。她是坚决想把刘红兵赶走了。她觉得,刘红兵这个家伙是故意要把她和他的关系,弄成既定事实。楚嘉禾和周玉枝的一脸坏笑,她是看得清清楚楚的。可她当时又不能发火,就任由着这个家伙去表演了。在她送楚嘉禾、周玉枝出门的时候,楚嘉禾竟然把什么时候结婚的话都问出来了。她一再解释,楚嘉禾还是那句话:"妹子,这事甭解释,越描越黑。我和你玉枝姐,虽然没吃过猪肉,可谁还没见过猪走路了?你就好好过你的小日子吧。这拐角房也挺好的,我看床也蛮软和,你就好好享受吧。嘻嘻,我的碎妹子。"说完,两人咯咯咯地笑着跑了。气得她在待业厂门口,傻站了好半天。

一回房,她就闹着要刘红兵走。刘红兵前后要她讲出让他走的道理来。她就说:"我们这算咋回事?算咋回事?"

"谈恋爱呀!"刘红兵讪皮搭脸地说。

"谈你个头哇谈恋爱。谁跟你谈恋爱了?你把我的名声都坏完了。你走,你走!"说着,忆秦娥就把刘红兵朝门外推。

推着推着,忆秦娥把自己闪出门了,刘红兵还反倒退回来,一屁股坐在床上了。忆秦娥再恼,他都死皮赖脸地笑着。气得忆秦娥只有一连声地骂他:"死皮!没见过世上还有脸皮这样厚的人。"

"没见过吧,我这脸皮呀,能有城墙砖那么厚。不,比砖还厚一些,你见那城墙拐弯的地方没有?就有城墙拐弯处那么厚。"说着,他还把脸皮朝起扯了扯。

忆秦娥只能无奈地再骂一声:"死皮货!"

"死皮货,我是死皮货。"说着,刘红兵又开始掺面,要给她包饺子了。

吃完饭,刘红兵就出去了。再回来的时候,他手里就提了一网兜东西,里面有烟酒,还有高橙、罐头啥的。他把东西朝桌上一撂,说:"去吧,晚上不容易碰见人。"

"去干啥?"

"不是去看啥子疯子导演吗?"

"我又不认识人家,看人家干啥?臊哇哇的。"

"你看你,说你灵光,欺负起我来,比谁都灵光。说你瓜,你瓜起来,比冬瓜都瓜。你同学说得对着哩,再不出手,就没你的戏了。谁又不欠你的,不'烟酒烟酒',还能有你的米汤馍?快去吧!"

"我不去。不会。"

"不会学呀,谁天生就会?人是感情动物,常去跑一跑,即使这次不行,下次总会给你机会的,懂吗?这种事,我见得多了。"

"不去。我嫌丢人。"

"这有啥丢人的?人家要是喜欢这一套,你不去,不就把一身的武艺瞎完了。一辈子演不上戏,跑个龙套,吃了那么大的苦,练了一身好功夫,图个啥?去吧去吧,地方我都打问好了。"刘红兵又给忆秦娥做了半天工作,她才极不情愿地起身去了。

忆秦娥实在不想去,过去买东西看过苟存忠老师,看过她舅,还看过胡彩香老师,再没去看过别的啥子人。即使把戏唱得那么红火,朱继儒团长那么重视她,给她办了那么多好事,她舅让她买点东西,去把朱团长看一下,她都没好意思去的。可今天,硬是被刘红兵赶上架了。

封子导演,在全团唯一的一座单元楼里住着。这座楼里,都住的是领导和一些有资历的老艺人,还有一些主演。忆秦娥战战兢兢找到封导门口,半天不敢敲门。突然听到楼下有人上来,她就急忙朝楼顶跑。等了好半天,听底下没动静了,她才又慢慢溜下来。刚溜下来,又听见楼上有人下来,她就又急忙朝楼下跑。这样来回跑了几次,觉得实在没有勇气敲门,刚好又听到楼上有人下来,她就一溜烟跑到楼下了。刘红兵见她依然提着东西,就问咋了。忆秦娥把东西朝他手上一扔,扭头朝前走去。

"到底咋了吗?"刘红兵一个劲地追问。

忆秦娥说:"你说咋了!要送你送去。"

刘红兵说:"这可是你说的噢,我代你送去了。"说着他转身就要上楼。

忆秦娥急忙喊:"哎哎,你回来。你算做啥的,你送?"

"你说我算做啥的!你不送,就要在这里受欺负一辈子,你懂不懂?现在谁想办事,不上贡能行?你真是太瓜了,就知道演戏。去,门一敲,硬着头皮就进去了。别听人家说不要这样,不要这样嘛,越说不要这样,你越要把东西放在那里。如果人家说下不为例,那你下一次就更要去了,懂不懂?这都不懂,还在社会上混啥呢混,真是个瓜娃哟。"

还没等刘红兵说完,忆秦娥就接上话茬说:"以后不许说我瓜。你算啥人吗?都说我坏话。"

"好好,不说了,你不瓜,你灵醒。快去!我跟着你。"说着,刘红兵就推着忆秦娥朝回走。

忆秦娥身子一趔,说:"不许你挨我。"

"好好,我不挨。我不挨。"

"也不许你跟着我。"

"不跟,我不跟。你快上去。"

忆秦娥就又磨磨蹭蹭地上去了。可到了封导门口,咋都不好意思敲门。正在左右为难的时候,却有一只手,已经把门敲响了,她回头一看,竟然是刘红兵。她正想埋怨呢,封导的门已经开了。她感觉身后有人美美推了一掌,她就被推进去了。

来开门的,是一个肿眼皮泡的中年妇女,满脸不友好的样子,问:"找谁?"

"封……封导。"忆秦娥结结巴巴地回答。

"找封子干啥?来寻情钻眼的吧。你叫个啥?"忆秦娥没有想到,这女人说话是这么直戳戳、硬邦邦的,并且语速极快。

"忆……忆秦娥。"

"啥幌子娥?"她大概没听清。

"忆秦娥。"

"咋起了这么个怪名字?哪来的?干啥的?"

"我就是这团里……才调来的。"

"我就知道是才调来的。外县的吧?"

忆秦娥点点头。

那女人不无鄙夷地看了看她,说:"我说来寻情钻眼的吧。外县唱得美美的,都挤到这西京城来做啥?都有病呢。哎封子,有人找你。"她没有好气地对里边喊了一声。

忆秦娥想不到,西京人说话咋这硬剐硬蹭的。常言说:伸手不打上门客。她感到,这女人简直是在拿大耳光抽自己哩。啥难听话都能说出口。几乎一下把人的面子都驳得干干净净了。她的脸,唰地就红到脖根了。弄得她进也不是,退也不是,就那样神情慌乱地前后挪着脚。只听那女人又喊:"哎哎哎,换鞋换鞋。东西甭朝里拿,就放在门后。那儿。那儿。那儿。"说着,她用脚尖,朝门背后放垃圾的地方点了几点。忆秦娥就只好把东西放在那儿了。只听砰的一声响,关门声吓了她一大跳。

这时,封导从里边房出来了。封导看了看她,又看了看门背后放的东西,冷冷地说:"进来吧。"忆秦娥就跟着封导进了里边房。她身后,那女人立即拿起拖把,在她踩过的地方细细拖了起来。

她进的是封导的书房,不大,但三面墙都是书。墙上、地上、桌子上,摆满了舞美设计图,还有舞台调度图。调度图是封导自己画的,有些是直接画在剧本边缘上的。忆秦娥知道,这都是《游西湖》里要用的。封导是拿到排练场让大家看过的。

封导让她坐,她就在书柜前的一个小矮凳子上坐下了。

她刚坐下,那女人就把地拖到她脚下了,一边拖,还一边嘟哝:"干这行,得吃有本事的饭,靠寻情钻眼不成。"

她听着这话,都想找个地缝钻进去。

忆秦娥不停地跷起脚让着,可那肿眼皮泡的女人,还是要用拖把不停地磕着她的鞋,让她来回避让不及。直到那女人一路拖出去,封导才问:"有事吗?"

一下把忆秦娥给问住了,她嘴里磕绊着:"没……没事。"

停顿了一会儿,封导又问:"你是从宁州调来的?"

忆秦娥点点头。

"你的戏都是古存孝排的?"

忆秦娥又点点头。

"功底是不错,但毛病也不少。都是老'戏把式'那一套,拼命拿技巧向观众讨好呢。这在旧戏舞台上是可以的,但现在不行了。演戏得塑造人物。一举一动,要符合人物性格逻辑呢。不能为要技巧而技巧,得与内心活动有关联。"

忆秦娥感到,封导在说这些话时,是很真诚的。他还指出了她开始排练时,一些具体动作的不合理之处。就在封导给她说戏的时候,那个女人又拿着拖把,进来拖了好几回地。封导就不得不低声告诉她:"你姨有病呢。好多年都没下楼了。"直到这时,忆秦娥才断定,这就是封导的夫人。

后来忆秦娥才听说,封导的夫人原来也是唱花小旦的。有一年,从外县调来一个女主演,一下把她的主角位置替代后,她就得了一种眩晕症,走路失去了平衡。再后来连上下楼都成问题了。治了好多年,也没效果,就病休了,再没上过班。时间长了,她还得了一种洁癖症,手中迟早不是拿着拖把,就是拿着抹布。但凡家里来了人,从人家进门起,她就开始拖、擦个不停,直到离开后,还要清洗半天。说她尤其见不得来女的,一有女的来找封导,走后她能用掉一包洗衣粉擦地。嘴里还不住地嘟哝着一些怪话。一般女的找封导,都是不到家里去的。

忆秦娥什么也不知道,就撞到枪口上了。

封导也再没说多余话,就是让她好好学,说尽量要朝团上的风格靠,无论唱腔、道白、表演,要她都得规范起来,不能再是"外县范儿"。封导在说"外县范儿"时,又把古存孝拉出来说了一通。他说这个人,身上的确有东西,能背下整本整本的戏,但都"太江湖""太毛糙""路子太野",不适合在省级以上舞台呈现。还说古存孝人也很任性,脾气还生大,谁的话都听不进。他还说,省上剧团排戏,跟县剧团不一样,你要让演员做个动作,演员就会问为啥做这个动作,心理依据是啥。老古常常就被问住了。说到后来,封导把话题一转说:"听说这家伙还有两个老婆,都睡在一个床上。老家伙,是不要命了。这事不光在咱团上炸锅了,在省上好多文艺团体都摇了铃了。他还做的是旧戏班子、旧艺人的梦哩。"说着,封导还笑了一下。

忆秦娥也不好说啥,就那样静静地听着。直到封导的夫人第五次进来拖地,她觉得再也不好坐下去了,就起身准备走。这时夫人又插进一句狠话来:

"唱戏得凭真本事哩。没真本事,靠寻情钻眼,投机取巧,就是给你一个主角,你也就是屁股里夹扫帚——生装大尾巴狼哩。"

这话把封导都惹笑了。

到了门口,忆秦娥就准备往出走,谁知封导的夫人直喊叫:"哎哎哎,干啥干啥干啥?把这个快拿走。"她用拖把指着垃圾桶旁的礼物。

"我……我是来看封导和阿姨的。"

"不用看不用看不用看,你的心思我都知道。封子不抽烟,也不能喝酒。看着人高马大的,也就是个空架子,一身的病。心脏不好,尤其是肾脏更不好,哪儿哪儿都不对劲。啥啥用都没有了。就能排个戏。你们,都把心眼儿长正了。尤其是你这些外县来的,一身的'外县范儿',还爱搞些没名堂的事。有本事,就朝舞台中间站,别在曲里拐弯的地方瞎踅摸,瞎挖抓。尿不顶。把东西快拿走,拿走拿走拿走!"

忆秦娥还傻站着,不知如何是好,那女人就用脚踢起那兜东西了:"你拿不拿?你要不拿了,我就端直给你撇出去了。"

封导在一旁说:"快拿走,不用这个。娃,你好好唱戏就行了。"

夫人突然又喊叫起来:

"啥娃不娃的,以后不要叫得这样乌阴、揉眼。叫同志。在革命队伍里,一律称同志。你都先把关系摆正了再排戏。"

说完,夫人提起东西,一下撂进忆秦娥怀里,就把她一掌推出了门。忆秦娥还没站稳,她又伸出手,把门外的把手擦了擦,就砰地把门关上了。

忆秦娥像是被人剥光了衣服一样,浑身颤抖着站在门口。这时,刘红兵又突然闪了出来,问:"咋?没上道?"

"上你娘的个头!"

骂完,忆秦娥端直把那兜东西,狠狠砸在了刘红兵的脚上。

八

　　《游西湖》进入细排阶段了,虽然演员明显拿不动戏,可导演还是没有换人的意思。楚嘉禾看忆秦娥没戏了,自己和周玉枝更是无望,就懒得再到排练场给人家做"电灯泡"了。即使来,也是到排练场晃荡一下,再到院子里晃荡一下,就出去逛街了。可忆秦娥一直老老实实在排练场待着。一有空,就在旁边练起戏来。有那喜欢忆秦娥长得漂亮的小伙子,有事没事地,爱用眼睛扫她。扫着扫着,发现忆秦娥的戏,明显比站在台中间的李慧娘,不知要好多少倍呢。他们就暗中撺掇封导说:你看看忆秦娥的戏。恐怕把忆秦娥换下去,是个错误决定呢。封导始终没说话,还是用着团上那个主演。当然,他的眼睛,也在不停地扫着忆秦娥的一举一动。这种议论声多了,站在台中间的李慧娘,就有些不待见忆秦娥了。开始是甩脸子,后来干脆让人捎话说:"你个外县来的乡棒,少胡骚情,小心胳膊腿着。"忆秦娥吓得就再没敢在排练场旁边练了。有人问她为啥不练了,她就用手背挡着嘴笑,啥也不说。但她每天还是准时到排练场来。来了还帮着剧务烧水倒茶,还会给站在舞台中间的李慧娘茶杯里续水。有一次,那李慧娘还当着好多人的面,把她续的水,端直泼到痰盂里去了。

　　忆秦娥不在排练场练,但回到家里,还是一刻也没有停止练习。除了练戏,她也没有其他事。不练戏,浑身就不舒服。躺着不自在,睡着不自在,上街乱逛,也不自在。她迟早都喜欢有一个地方,能端起腿,压一压,再拔拔嗓子。好像她就是为戏而生的。她尤其见不得刘红兵,一天到晚,像一块橡皮糖一样,黏在这个家里,让她弄啥都不方便。好在,自那次被刘红兵推着去给封导送礼,遭遇封导夫人羞辱后,她顺势跟刘红兵严厉谈判了一次,倒是管了一段时间。她要求刘红兵,必须接受几个条件,否则,她就要报警。虽然刘红兵一身的赖皮劲儿,可面对忆秦娥的最后通牒,还是有选择地做了些妥协。因为那天在封导家里,封导说古存孝家里睡着两个老婆时,也隐隐提到了她的事。问她年龄,问完又说,要想把戏唱好,就得把心思放在唱戏上,别一来省城,就把心思都放到"歪门邪道"上了。说得她,脸红一阵白一阵的。关键是封导还说了这样一句话:"咱们这个团,是不允许演员过早谈恋爱的。过去为这事,还除名过几个人呢。"忆秦娥浑身的汗,就被封导说下来了。回到家里,她就给刘红兵弄了个"八不准":

一不准随便来这里。要来,必须经过我同意。更不许随便扭锁子。你要再敢在我不在时,把门锁扭了,我就敢扭你的头。

二不准再买任何东西。再要买,我就拿剪子剪,拿锤子砸。

三不准再买任何吃的。再买,我就扔到垃圾桶里去。

四不准在我这里乱扔钱。扔了我就撕。

五不准故意在人前乱说话,好像我们有啥关系似的。你要再敢乱说,我就敢掌你的嘴。

六不准到剧团院子里乱晃荡。尤其不准见人就乱说:我是忆秦娥的男朋友。

七不准跟剧团人拉关系。任何地方都不准提到我,我要听到你提到我,我就敢拿脚踢你肚子,你信不信?

八不准乱进人家排练场。你要敢进,我就拿菜刀砍你,你信不信?

那天忆秦娥的确是气蒙了,话也上得很硬,并且哭得很伤心。她说啥,刘红兵也就都答应了。最后达成的协议是:一个礼拜可以见一面,但必须是在星期天的白天,只允许待半个小时。可没过一个礼拜,刘红兵忍不住,就又死来了。忆秦娥还真把他买的吃喝,扔进了垃圾桶。扔了他还不走。忆秦娥就又把他买的电视机、录音机,都一股脑儿扔了出去。她一边扔,还一边号啕大哭着,说他欺负人呢。吓得刘红兵还真有一段时间没敢再来了。

这段时间,忆秦娥就集中精力练起戏来。道白一点点扬弃山里的土话,尽量向"泾、三、高"的话音靠。在秦腔界,大家公认的"道白"标准音,是泾阳、三原、高陵县的口音。认为这是"大秦正声"。唱腔也是尽量向"秦腔正宗"李正敏先生学习。李正敏是秦腔的男旦,也是十一岁开始学戏,不到二十岁,就红遍关中大地的。20世纪30年代,上海百代公司,还专门为他灌制过《秦腔正宗李正敏》的唱片呢。忆秦娥房里,几乎一天到晚,都放着从这些唱片上转录的唱段。听得多了,她是真的感觉到这些唱腔的好来了。跟着唱一唱,练一练,又包起松香,开始吹火。吹着吹着,火也吹得有了门道:一个松香包子,说吹三十六口火,还真吹出三十六口来了。不过,因为在院子里吹,老起风,尤其是旋风,动不动就把火旋回到自己脸上、身上来了。头发烧成羊尾巴了,眉毛也烧成硬胡子楂了,面对镜子,把自己都扑哧扑哧逗笑了。不过,她还是有那股狠劲,给自己又定了新目标:一个包子,要吹出四十八口火来。一口一口地加,一次一次地长进,还就真吹出四十八口火来了。一高兴,她又给自己定出了更高的目标。有一天,正练着呢,突然有人在背后鼓掌喊起好来。她回头一看,竟然是封导和单团长。

封导问她跟谁学的。

她说她师父。

封导问她师父现在在哪里。

她说师父年前演出吹火时,死在舞台上了。

封导跟单团长叹息了一阵,就跟她到偏厦房里了。

一进偏厦房,封导就说:"仰平,你看看咱团这住房条件,恐怕是全西京最差的了。你得想办法给团里建房啊!"

365

"建,建,马上建。这次进京会演,要是打响了,就不愁建房的事了。不过,忆秦娥把这小的房子,收拾得还是蛮干净漂亮的嘛!"单团长说。

"女孩子嘛,都会收拾。"封导说着又问,"秦娥,你知道我们来,为啥事吗?"

忆秦娥用手背挡着嘴,也挡着胡子楂一样的眉毛,害羞地摇摇头。

封导说:"经过反复思考,我们还是决定:让你上李慧娘A组。仰平,你是不是给娃说一下?"

"还是你说吧。"

封导看着忆秦娥,笑笑说:"是这样的,让你从A组下来,是我的意思。今天让你再上A组,也是我提出来的。《游西湖》是秦腔最难啃的一块硬骨头。团上那个李慧娘的确不行。她演惯了样板戏,突然演李慧娘,还是李铁梅、小常宝那一套。至于吹火,更不行。她也吃不了苦,戏明显是拿不下来。我们还是想到了你。有人说你火吹得不错,刚才一看,不是不错,而是非常好。我都不敢相信,今天还能有人有这样好的吹火技巧。我们本来是来看看的,结果一看,我就下决心了:还是由你来演李慧娘A组。仰平,当断不断,反受其乱。我看可以定下来了。"

单团长点了点头,说:"你这是又要给我制造一次地震哪!本来团上竞争就激烈,好在开始决定让忆秦娥上,是上边领导有话。团上几个老艺术家,在北山看过你的戏,也都保证说你能拿动李慧娘。加上古存孝也极力推荐,我就同意了。没想到团上排外思想这么严重,硬是把你从A组拉下来了。"

单团长说到这里,封导插话说:"也怪我,不喜欢古存孝的排戏风格,太陈旧,也太粗糙。他只走大戏路子,完全不注重塑造人物,也不讲究舞台艺术的综合美。人也不行,说还跟两个老婆睡在一张床上。大家都不接受,我也就推波助澜了一下。忆秦娥也算是老古的牺牲品吧。反正我有责任。"封导说完,还笑着把忆秦娥的肩膀拍了拍。

单团长说:"你们都讲究个性呢,把角色换来换去的,把我算是整惨了。"

"谁要你当团长呢。我们就只管艺术。那时让这娃下,也是因为她的话音太土,道白我都听不懂,观众还能听懂了?唱腔也太'旧艺人范儿',拼命拖腔、甩腔、胡乱拐弯弯。我让她好好学学李正敏的唱,前几天我一听,嗯,唱得有点意思了。关键是吹火,没想到,她能吹得这么好。这就算给《游西湖》点了'睛'了。吹火,那就是《游西湖》的画龙点睛之笔啊!"

封导说得很兴奋。

单团长却满脸忧愁地说:"秦娥才调来,说让下,娃也就服服帖帖地下了。下了还能认真看,认真学。可咱本团的李慧娘,就没有那么简单了。"

"之所以要分 ABC 组,那就是要能上能下嘛!"封导坚持说。

单团长摇着头说:

"让一个演员这样下来,有时就可能把人家一生都毁了。你信不信?搞不好还会闹出人命来呢。"

"有那么严重吗?别自己吓唬自己。"封导也摇着头说。

"不信你看么。你没当领导,不知道团长的难场啊!"

忆秦娥就说:"你们别为难了,我就当 B 组挺好的。要实在不行了,我只演那折有吹火的《杀生》。其余戏,还让那个老师演吧。"

单团长突然眼前一亮:"这倒不失为一个好办法。"

封导停顿了一会儿,也说:"那就先试试吧。不过你要做好上全本戏的准备。那个李慧娘也不仅仅是吹火问题。其他戏,也都欠火。《鬼怨》一折,连'卧鱼'都下不去,问题多着呢。"

第二天一早,封导就在剧组宣布了让忆秦娥上《杀生》的决定。

就这个上一折戏的决定,都已然是让省秦炸锅了。

九

楚嘉禾初听到这个决定,几乎有些不相信自己的耳朵。当时工棚里很嘈杂,当导演宣布让忆秦娥上《杀生》时,顿时就鸦雀无声。楚嘉禾本来是撺掇着一帮"外县人",要跟"土著"们长期战斗下去的,并且,撒手锏就是忆秦娥。可当忆秦娥真的有了转机,获得了其中一个重场戏的主角时,她的内心又泛起了无边的涟漪。不过她也觉得,是有好戏可看了。本来,她最近都几乎很少待在排练场了。她是李慧娘C组,同时还兼着奸相贾似道"妾夫人若干"中的一个。其实也就是个大龙套而已。早上集合一毕,如果没有群场戏,她也就一条街一条街地去篦梳那些店铺去了。可自打忆秦娥上了《杀生》,她就一时也没离开地又耗在排练场了。她总觉得,是要发生点什么事的。一旦发生,她不能不在现场亲自见证。

那天一宣布忆秦娥重上《杀生》A组,楚嘉禾的眼睛,一下就盯到了团上那个李慧娘A组的脸上。同时她看见,几乎所有人,也都把眼睛唰地盯了过去。

这个李慧娘扮演者叫龚丽丽。三十出头的样子,平常保养得很好。说是演李铁梅、小常宝那阵儿,追求者能踢断门槛。可最终她还是跟了本团一个音响师。音响师姓皮名亮,长得人高马大的。说原来也是个演员,却是一副公鸭嗓子,连演个《红灯记》里的"磨刀人",几句台词都够不着调。每晚演出,但见他张口,后台就注定是笑成一窝蜂了。属于典型的"张口一包烟"。后来他就干脆转到舞美队去了。这家伙从小爱打群架,团上人都说,龚丽丽就是他打群架打出来的。自他爱上龚丽丽后,谁再敢靠近龚丽丽,他就设局揍谁。后来吓得谁也不敢"胡骚情"了,人就归他了。这家伙的确也长得帅气,一米八六的个子,走起路来,一摇三晃的,人见人怕。团上是绝对没人敢欺负龚丽丽的。但见欺负,皮亮只一个眼神,就把问题解决了。有那好色的主儿,见龚丽丽长得漂亮,胸也大些,屁股也翘些,就爱去趸摸。要么说几句脏话挑逗一下,要么伸出咸猪手,去把不该捏的地方捏一下,其中有两个逛鬼,就被皮亮一拳头擂过去,端直打出血尿来了。在这次排《游西湖》的时候,一开始,只给龚丽丽安了个李慧娘B组,皮亮就准备去找他单仰平和封子的。可龚丽丽挡了,因为她还不知道那个叫忆秦娥的是啥来头。结果,在一块儿排了几天戏,龚丽丽才发现,那个忆秦娥,干脆就是山里头来的一个"瓜货":长得倒是蛮赢人,可一开口,土得起皮掉渣,每说一句道白,每唱一句唱腔,几乎都让一排练场人笑得歪倒一片。她的胆子就正了起来。刚好,这几年说引进青年人才,团上调进来好多外县人,有不少也的确是靠寻情钻眼、削尖脑袋挤进来的。团上无形中有了一股很大的排外势力。这次也就借风扬场,几乎是一哇声地,就把忆秦娥从A组赶下去了。可没想到,才一个多月天气,忆秦娥竟然又翻上来了。虽然只让演《杀生》一折,可把《游西湖》的"戏心子"都让人挖了,她演着还有什么意思呢?当皮亮知道这事后,就要找单仰平和封子闹事,是龚丽丽挡了的。她说再看一看,如果只让那"碎瓜货"演这一折,也未必是坏事。吹火的确太难,还很危险,搞不好,能把她嗓子都让松香粉和明火彻底给呛打了,那可就是一辈子的事。虽然这样说,皮亮还是忍不住,一天要到排练场转几个来回。皮亮本来就不太会笑,心中一有事,脸皮就更是拉得长、绷得紧了。

楚嘉禾知道,一团人都在看皮亮的来头。一团人也都在看单团长的应对。平常排练,单仰平一般是不来的,自换了忆秦娥演《杀生》后,他就到排练场来得勤了。单仰平本来走路就有些跛,心中一搁事,就跛得加了码。有人甚至说,单团的腿,就是省秦的晴雨表:不太跛的时候,一定是团上平安无事的时候;一旦跛得凶了,那肯定是有大事了。这几天,单仰平的腿,就比平常明显是跛得厉害了许多。

也许,只让忆秦娥演一折《杀生》,可能就啥事都没有了。可有一天,封导又突然让忆秦娥也走一下《鬼怨》,麻烦就大了。

那天排到《鬼怨》的时候,龚丽丽先是披着白纱跑圆场,封导就不满意,嫌脚步太大,没有鬼魂的"无根浮萍"感。后来到"卧鱼"一段,龚丽丽咋卧,又都坚持不到一分钟,就软瘫下去了。她卧下去的不是"鱼",而是一捆"散了架的柴火"。封导要求,必须控制够三分钟。他说过去那些演《鬼怨》的"大把式",一个"卧鱼",是要卧出"一袋烟"工夫的。可龚丽丽实在没练下功,临时抱佛脚,咋都抱不住。谁知忆秦娥上来,一个"卧鱼",就自控了五分钟才下去。她先是两腿慢慢朝开分,然后从小腿到大腿,一点点着地,再到臀部,再到腰部,再到背部,再到颈部,再到头部,当整个身子扭转成三百六十度时,地上盘着的,就真像是一条美人鱼了。忆秦娥刚走完,整个排练场便响起了雷鸣般的掌声。每个人,好像都是不由自主地,就把双手抽到胸前拍了起来。在情不自禁的鼓掌中,全然忘记了自己是"土著"还是"外县人"。直到封导宣布,忆秦娥明天也参加《鬼怨》的排练时,排练场的空气才突然凝固起来。

楚嘉禾看见,龚丽丽的脸面,是彻底灰暗了下来。周玉枝还在一旁碰了一下她的胳膊肘说:"'外县范儿'今天终于要打败'西京范儿'了。"楚嘉禾一句没言传。她的心情,此时更加复杂了。不过,忆秦娥毕竟是为"外县人"出了一口恶气。尤其是龚丽丽,自打楚嘉禾去年来省团,就没见过她的好脸,开口闭口都是"外县范儿""土包子"。反正外县来的哪儿都不对。你走路,他们会说你一条腿长一条腿短,走起来一踹一踹的;你说话,他们会笑你像关中贩牛的;你唱戏,他们会说你在哭丧;你跑个龙套,他们也会说你哪儿都"趔着呢"。好像外县人,就是败坏省团的艺术水准来了。终于有一个能把"土著"打败的人了。这简直是"外县人"的集体胜利。这天晚上,也的确有受尽欺负的"外县人",聚集到一起,喝了半夜啤酒,吃了半夜烤肉的。有人还想拉着忆秦娥去,结果忆秦娥说有点拉肚子,到底没去。

第二天,事情就爆发了。

楚嘉禾那天去得早。她一去,就看见皮亮拿着一个长条凳,坐在排练场的门口堵着。里面只有忆秦娥一个人。因为忆秦娥每天都来得很早,几乎要比别人都早一个多小时。皮亮一早就带着酒劲,一边朝里骂,一边朝外骂。朝里骂的是忆秦娥,朝外骂的是封子,是单仰平。单团长一直把他朝开拉,可越拉,皮亮越骂得凶。人就越聚越多了。皮亮要单跛子给他解释清楚,他把单仰平不叫团长,端直就叫"单跛子"了。问他为啥不让他老婆演《鬼怨》,是吃了忆秦娥的啥药,要让一个"外县范儿",来败坏省秦的名声了?一个烂烂"卧鱼",还没到演出的时候,就凭啥认定他老婆卧不下去?卧下去就控制不了三分钟、五分钟?最后,皮亮甚至给单仰平和封子扣起了大帽子,说一个好端端的省级剧团,眼看着就让你们这些败家子给败葬完了。他今天是要"替天行道"了。说着,他就冲进排练场,要去教训忆秦娥。单仰平也突然发起怒来,吼叫道:

"皮亮,你今天要敢动忆秦娥一根指头,我就把你扭送到派出所去,你信不?"

"我就动了,看你能咋?"皮亮还是在朝里冲。

单仰平连跛直跛地扑上去,到底没有抓住五大三粗的皮亮。这时,封导也赶来了,封导大喊:"皮亮,你是疯了吧?这是国营剧团,不是旧戏班子。换不换角色,还能由了你不成?"

"不由我,也不能都由了你个烂疯子(封子)。路见不平众人踩。我今天就是要给这个厌团立立规矩哩。"说着,皮亮就朝忆秦娥扑去。

忆秦娥还瓜不唧唧地坐在地上,做"卧鱼"状呢。

单仰平直喊:"忆秦娥,你瓜了是不是,还不快跑?"说着,他就跟封子一道,把皮亮死劲压住,让忆秦娥跑了出去。

忆秦娥也见过一些这样的阵仗。在宁州时,郝大锤就这神气,动不动要打人的样子,她也没吓跑过。今天为什么要跑呢?可连单团长好像都没辙了,让她跑,看来不跑是不行了,她就跑出去了。

没有想到,排练场外,已经聚起了那么多人。她尽量想跑得平稳些,可还是碰在了皮亮胡乱横在门口的凳子上。一只练功鞋挂掉了,以至让她一冲出老远,又不得不跛回来,把那只跑掉的鞋钩上。她一边跑,听见身边还有人在拍手喊叫:"跑快,狼来了!"还有人跟着起哄:"抬头挺胸,气提起。别跟山里娃撵狼似的。"逗得身后一片乱笑声。有人甚至还吹起了口哨。

她感到是受了莫大的羞辱,都想找个地缝钻进去。

她一口气跑回了待业厂,急促得心都快蹦出来了。她直想哭,太后悔不该来西京了。真不该听她舅的话,说省上剧团门口拴头跛跛驴,都比宁州县的台柱子强。可这阵儿,她宁愿回宁州,当驴拴在门口,也不愿在省城做台柱子了。为争角色,竟然能大打出手,那谁还敢唱这个主角呢?

她刚回到房里躺下,楚嘉禾和周玉枝就来了。随着她俩来的,还有好几个外县调来的演员。大家都在床上、地上盘腿坐下来,你一嘴,我一句地,愤怒声讨起了团上对外县人的不公。都说,能来省城的,谁在外县不是台中间站的?可到了这里,好像跑龙套都缺了眼色,短了腿脚。不是"歪瓜",就是"裂枣";不是"稗草",就是"竹根"。弄得人坐也不是,站也不是,走也不是,跑也不是的。他们到底想要我们咋?

楚嘉禾说:"说实话,我们从外县调来的,哪一个都比他们漂亮,哪一个嗓子都比他们豁亮,哪一个功底都比他们好。不就仗着他们是本团培养的科班生,就以为比谁高一头、大一膀子了。就说这个龚丽丽,不也是从鱼化寨招来的吗?小小的在省城学了戏,好像'秃子光'就不是'秃子光'了,'秃子光'就成钟楼顶上的倒挂金钟了。你们发现没有,龚丽丽一只眼睛大,一只眼睛小,并且很明显耶!还有身子,典型的上身长,下身短,两条腿还并不拢。你猜为啥'卧鱼'下不去,腿有毛病呢。"有人问啥毛病?一个唱彩旦的笑嘻嘻地说:"啥毛病,你没见皮亮那身材,快一米九的个头,五大三粗的,那'家伙三'能小了,能饶了她龚丽丽的腿?"楚嘉禾、周玉枝和忆秦娥,毕竟是没结过婚的人,半天还没详出啥意思来。周玉枝还傻问:"咋就饶不了龚丽丽的腿了?"那唱彩旦的,啪一巴掌拍在她的背上说:"妹子,你还真个瓜着哩,你说咋饶不了,拿'大撬杠'把腿别裂巴了么。"又过了好久,有人才悟出道道来,一屋人,就轰地一下,笑得满床满地打起滚来。

楚嘉禾说:"哎,说是说,笑是笑,咱们这回真的得扭成一股绳,给他们点颜色看看了。团上这回要是不给个说法,咱就都不上班了。四五十个外县人一罢工,连龙套都没人跑了,看他们还能成啥精。"大家纷纷议论着表示同意。

楚嘉禾又对惊魂未定的忆秦娥说:"哎,碎妹子,你可不能给人家下软壳蛋,听人一糊弄,又回排练场了。那个皮亮明显是欺负咱外县人呢,要是换了他们本团演员,看他敢不敢到排练场来行凶打人。这次团上得给你一个说法呢。不治治他们的毛病,以后谁还敢演戏?"

忆秦娥还一脸的惶恐,不知如何是好。周玉枝问:"怎么治?"

"怎么治?他们怎么把秦娥撵出来的,就得怎么把她请回去。并且必须开全团大会,先让皮亮做检查,然后团长讲话,要求以后不许动不动说'外县范儿''外县人'啥的,谁说就扣谁的工资。"楚嘉禾说。

演彩旦的说:"法不治众哩。一团人都在说,指望那个单团长,腿一跛一跛的,还能把那些人的嘴治住?"

"那不治,就让我们在这儿吃一辈子下眼食?"楚嘉禾说:"绝对不行!这回咱们必须借汤下面。大家都看着的事,李慧娘所有高难度动作,只有秦娥能完成,不用秦娥,他们就没猴耍了。既然要用忆秦娥,咱就得给他摆这个难看脸。哼,欺负外县来的,看离了外县人,他那席面还成席不?"

大家又七嘴八舌地议论了半天。楚嘉禾怕忆秦娥没出息,领导一哄,又服软回去了,便说:"秦娥,无论谁来哄你回去,你都先给姐妹们通报一声,让我们也都替你拿拿主意,好不好?就碎妹子这脑子啊,姐只怕是人家把你包起来烧着吃了,你还说闻着肉香呢。"

大家散去后,忆秦娥躺在床上,心灰意冷的,连衣服都没脱就睡了。她眼前又复活起了在宁州剧团的日子。她想起了师父苟存忠、裘存义、周存仁、古存孝、朱团长、宋光祖,还有胡彩香、米兰、她舅,哪一个都是那样无私地在呵护自己,帮助自己,以至让她最终登上舞台,成了宁州、北山的大红人。就在眼前一幕幕过着宁州、北山的电影时,一个人,又突然闯入了她的心怀:封潇潇,一个永远在暗中守护着自己的人。自打那次他来西京,撞见刘红兵,头也没回地离开后,就再也没有他的任何消息了。她也曾给她舅写过信,想打问潇潇,可又没好意思提起,只是问团上有啥新鲜事没有。舅回信说:你走后,宁州剧团折了台柱子,朱团长就没啥心劲了,说其他一切都好着呢。她想,大概潇潇也应该是好着的吧。这阵儿,她特别需要一个能保护自己的人。这个人不是喜好张扬的刘红兵,而是默默无语的封潇潇。她多么希望潇潇能从天而降啊,可门咯噔一下被推开,进来的还是刘红兵。

刘红兵手里提了一根警棍,朝桌上一敲,很是有些分量地发出了沉闷的声音。忆秦娥认得这是警棍,当年她舅被押出去公判游街时,好多警察手中,就拿的是这种棍。她可不喜欢看到这个东西了。

"你怎么又来了?"忆秦娥有些不高兴地问。

"我不来,再不来还能让地痞流氓把你生吞活剥了。"

"你咋知道的?"

"我咋知道的,我就租住在你们剧团对面的村子里,我啥不知道?"

"你为啥要租住在那里?"

"我为啥要租住在那里,为你,为你不被坏人灭了。"

"我的事你少管。"

"我不管,你让人暗算的可能性都有,你信不?"

"少拿大话吓人。"

"我不是吓你,就你这傻劲儿,只知道唱戏,不懂得社会,迟早是要招祸的。"

"不许说我傻,你有啥资格说我傻?我咋傻了?"忆秦娥最见不得的,就是谁说她傻。

"好好,我为你保密。你不傻,我傻,行了吧?"

"我就是不傻,咋了?"

"放心,我一定为你保守秘密。"

"滚!"

"别再让我滚了好不好? 西京城可真不是宁州县,没个保护人,你还想唱主角,门都没有。"

"我不想唱主角好不好? 我以后就想跑龙套好不好? 你赶快走你的,这里没你的事。"

刘红兵还是拧拧次次着不走。忆秦娥就喊叫:"你走不走? 再不走我可就报警了。我可是给你定了那些'不准'的,你也是同意的。"

"可世事已经发生了很大变化,我不出山不行了。你再排戏,我就拿着警棍跟着,看他谁敢动你一根毫毛!"刘红兵说着,还拿起警棍把桌子腿抽了几棍。

气得忆秦娥从床上跳起来,端直把他推出了房门。凑巧,单团长和封导来到了门口。刘红兵跟单团长还撞了个满怀。

单团长问:"哟,还找上警察了?"

忆秦娥急忙说:"不……不是的。是老乡,来……来玩呢。"

"警棍可不是好玩的呀。"单团长说。

刘红兵见人来,又想反身回来,被忆秦娥用最严厉的眼色,硬是把他逼走了。

忆秦娥安排来人都坐下后,单团长问:"是不是处的对象啊?"

忆秦娥急忙解释:"不是的,是老乡。我……我不处对象。"

封导笑着说:"再过几年,对象还是要处的。但现在最好不要处,影响事业不是?你这么好的唱戏势头,可不敢让其他事分心了。团上过去几个好戏坯子,都是因为个人事情没解决好,早早把娃一抱,完了。几年下来,就成拉娃婆娘了。"

忆秦娥笑。

单团长又问:"你刚那个老乡,不是警察?"

"不是的。"

"那咋拿着警棍呢?"

"哦,他拿着玩呢。"

单团长说:"告诉他,这东西可不能随便玩。尤其不能拿到剧团院子里玩。秦娥呀,早上的事,我们已经处理过了。皮亮也认错了,说他有点犯浑,不该一大早就喝些酒,到练功场闹事。你也不要计较,剧团就这事,不争角色争啥?只是他们争的方式的确有问题。我们跟龚丽丽也谈过了,她同意让你参与《鬼怨》的排练。不过要给她一些时间,如果'卧鱼'再下不去,她就彻底让。"

封导说:"她不仅是'卧鱼'的问题,是整个基本功都不能适应古典戏的排练需要。越排,我越觉得,这帮演员实在是耽误完了。这几年,又把心思都用在了带孩子上,已经很难补起这块短板了。你要做好上全本戏的准备啊!"

忆秦娥吓得直朝后缩地说:"不,不,不,千万别这样。如果实在没人吹火,我就演吹火一折。其余的,我绝对不上,让我跑龙套好了。真的,我一定把龙套跑好。"

封导说:"咋的,怕了?"

"不,不是的。我就喜欢演龙套。"

"要跑龙套,那我们就犯不着花那么大气力,把你从宁州特殊办来了。办来,就是要让你唱主角的。"单团长说。

"不,我真的唱不了主角。这是省城大剧团,我一身的毛病,道白、唱腔、表演都有问题,不适合在省上……朝台中间站。"

"不说这些了,能不能朝台中间站,那是要行家说了算、观众说了算的。出水才看两腿泥哩。你就好好跟着封导排戏就是了。其余的事,我们会安排好的。不管谁再找你的碴,你就给封导说,给我说。"

"不,我真的唱不了省上的主角……"

"不说了,团上定了的事,还能随便更改?你下午就过来排戏。"

说完,单团长和封导就起身准备走了。

忆秦娥又缠着说:"团长,封导,我真的把火吹好就行了,哪怕当替身吹火都行……"

"你真是个没出息的娃哟,这算啥?唱戏这行,自古以来就是明争暗斗的事,怕事,就别学戏。"封导拍拍忆秦娥的肩膀说,"有团上撑腰,你还怕啥?天塌不下来。上!"

他们说着就走了。

忆秦娥心里一下瞀乱得直想哭。

她刚转身进房,刘红兵就跟着钻进来了,她被吓了一跳:"你,你从哪儿冒出来的?"

刘红兵死皮赖脸地说:"我就在房后圪蹴着的。放心,还有我这个保镖哩。"说着,他把警棍还挥舞了几下。

气得忆秦娥又骂起人来:"刘红兵,我贼你妈!"
"我马上给我妈打电话,让她来。"
忆秦娥就气得一下扑在床上,用被子枕头把头捂起来哭了。

十

忆秦娥不经楚嘉禾她们同意,就私自答应又回到了排练场,着实让楚嘉禾她们生了大气。楚嘉禾甚至端直骂忆秦娥说:"你就是个傻屄。就是个软䏊。就是个窝囊废。"任楚嘉禾再骂,忆秦娥也不还嘴,就那样干受着。骂得急了,她还是用手捂着嘴,瓜不唧唧地傻笑。气得楚嘉禾就想踢她两脚。打从宁州起,楚嘉禾就没看上过这个贱骨头。那时烧火做饭,她就觉得,傻屄就是干这个的料。没想到,这么个不起眼的货色,竟然在两三年间,变戏法似的,变得连她也不敢相认了。眉眼长开了,个子也长开了,平得跟碾过的场一样的胸脯,竟然也长得跟山峦一般,起伏陡峭起来。尤其是事业,简直就跟带刺的仙人掌一样,几个太阳暴晒过去,就疯长得一簇一朵地成了形状。但骨子里,她是真的瞧不起这个贱种。这就是个出暗力、使暗劲、不照路数出牌的怪货色。她要按路数出牌,就不会一边烧火做饭,一边还下那么大的气力练功。最后竟然超过了同班的所有人,一下戳到了台中间,挡住了所有人的出路。她楚嘉禾是避着避着都避不过,忆秦娥又在一夜之间,从天而降,来了省城,并且一来又有主角等着。虽说不顺,却也是退一步进两步地在朝前走着。她本想驾驭着,让忆秦娥替"外县人"先踢开场子,再做道理。谁知这货色,根本就不听任何人指挥,但见有利,脑袋削得比锥子还尖,噌地就扎进去了。气得她直跟周玉枝骂:"哎,你说这碎婊子是不是个人!说得好好的,让她别轻易答应。可人家连夜都没隔,端直就进了排练场,你说是不是个贱货!"周玉枝说:"恐怕是犟不过领导。""犟不过你也给我们说一声啊。等着瞧吧,皮亮不揭了这'碎货'的皮才怪呢。"

无奈,大家又都得进排练场耗着了。人比过去还来得多了些,都觉得,排练场迟早是要发生一点什么事的。有人调皮地说,可能是第三次世界大战,就看什么时候爆发了。大家等啊等,都等得有些不耐烦了,可还是风平浪静的。这中间,皮亮倒是来过几次。他每次来,也不进去,就在门口站一站。有那好事的,但见他来,都要四处努努嘴,让大家注意观察动向。还有的,干脆上前给他递上一支烟,并砰地打着火,问:"亮哥,没事吧?"皮亮也不说话,就那样吐着长长的烟圈,看他老婆龚丽丽还在没在台中间站,只要还在,他就又扭身走了。尤其让楚嘉禾感到不可思议的是,忆秦娥就有那么好的定力,无论皮亮什么时候来,她都心不慌、神不乱地做着自己的事,练着自己的戏。有一次,封导正让忆秦娥给龚丽丽示范"卧鱼"呢,皮亮就到了门口。有人还用嗓子干咳了一声,可忆秦娥这个瓜货,还是啥也不管不顾地继续朝下"卧"着。龚丽丽虽然不待见忆秦娥,可当忆秦娥给她示范动作时,还是在仔细看着里面的门道。示范完,龚丽丽继续留在台中间走戏。忆秦娥还退到一边观看。皮亮也就毫无表情地走开了。后来楚嘉禾还发现了一个秘密,但见皮亮来,单团长也注定会一跛一跛地来到排练场。他四处看一看,坐一坐,见没事了,才顺着排练场的边沿,轻手轻脚地跛出去。原来团上是有安排的呀!难怪忆秦娥这个"碎货"能这样安生了。

龚丽丽站在台中间的排练,坚持时间不长,封导又让忆秦娥上《鬼怨》了。封导开始是用了一点技巧的。他还是先让忆秦娥示范。示范着示范着,就再没让忆秦娥下去。当忆秦娥通通地把《鬼怨》《杀生》走完后,另一位导演,还有作曲、场记,以及在旁边看戏的人,都情不自禁地鼓起了掌。封导就宣布说:

"时间不等人了。离全国调演还有一个月零三天,我们不能把时间再耗在培养演员上了。就这样了:《鬼怨》《杀生》由忆秦娥先排。其余的戏,丽丽继续上。《鬼怨》《杀生》丽丽下去也好好练着,若练得能达到排练要求,随时可以换上来。若达不到,等调演回来,我保证把你的戏全补排出来,你还是李慧娘 A 组不变。将来字幕上,你还排在忆秦娥前边……"

还没等封导说完,龚丽丽就把茶杯一拿,噗地把水泼了一地,然后一脚踢开排练场门,气呼呼地出去了。

几乎所有人都惊呆了。

封导说:"继续排戏!"

虽然排练在继续进行,可大家心里,都在等待着"第三次世界大战"的爆发。

楚嘉禾昨晚睡得晚,今天一直是哈欠连天地坐着。这阵儿,突然跟打了兴奋剂一样,眼睛睁得圆骨碌碌的,一直盯在排练场那两扇早被踢得无法合严的烂门扇上。

终于,嗵的一脚,门扇被踢开来,又反弹了回去。在反弹回去的一刹那间,皮亮已经冲了进来。

所有人把眼睛都盯向了忆秦娥。周玉枝还吓得紧紧抓住了楚嘉禾的手。

忆秦娥还是那样无动于衷地走着她的李慧娘,嘴里正咿咿呀呀着:"裴——郎——!"

楚嘉禾想着皮亮是要动手打忆秦娥的。谁知,这个"冲天炮",是端直走到了封导面前。他劈头盖脸地质问道:"封子,你和单跛子,是说话么还是放屁?你都咋说的?一个礼拜没完,咋可变了?你咋变脸比脱裤子还快呢?"

皮亮正质问着,单仰平就急急火火推门进来了。那腿,自然是越发颠簸得厉害了。有人在一旁还笑出声来。

没等单团长跛到跟前,封导已经接上话了:"这事是我临时决定的。时间实在不等人了,丽丽好些动作都达不到要求。我的意思还是让忆秦娥先上,丽丽可以加紧练习。只要达到了,她还可以上全本戏。若达不到,我也保证了,等调演回来,一点点给她补嘛。保证让她有完整呈现《游西湖》的机会。演员想演戏是好事,我们谁还不盼着团上多出几个李慧娘。"

"屁放完了没?"

"你说啥?"单团长一下把话顶了上去,"封导都是给你当叔的年龄了,你咋能这没规矩的?"

"他给我当叔?呸,他也配!"

这时,封导气得把剧本一甩,啪地站了起来,怒斥道:

"皮亮,想撒野是吧?来,今天把你的手段都使出来。我看你有多大能耐,敢把单位的摊子都砸了。这是艺术殿堂,不是街市上的卖场,谁吆喝声大,谁就有理了是吧?"封导突然提高了嗓门地喊:"出去!你给我立即出去!我要排戏。"

皮亮才不吃这一套呢,他死盯着封导,嘴里直哼哼地:"哟哟,还真猪鼻子插葱——生装起大象来了。我今天倒要看看,这个烂烂唱戏的殿堂,是咋把我赶出去的。"说着,他一起跳,肥囊囊的屁股,端直坐上了封导的排练桌。谁知这张桌子,是《红灯记》里李铁梅家中的那张柴桌,本来就简陋,加之腿脚已有残缺,场记临时用棍支着,怕不好看,还用一块废布景遮挡着的。皮亮是二百三十多斤的体重,朝上一坐,桌子就变形垮塌了下去。随着一声闷响,皮亮也在一堆崩散开的木板、木棍中,一屁股塌在了地上。全场发出了一阵掌声和欢笑声。

皮亮挣扎了好一会儿,才被单团长拽起来。他恼羞成怒地一脚踢飞了滚到脚前的痰盂。而这痰盂,又刚好飞到了忆秦娥正"卧鱼"的屁股上。有人又发出了尖厉的口哨声。

就在这时,那两扇烂门,再次被踢开了。

进来的,是提着警棍的刘红兵。

这下更有好戏看了,楚嘉禾不免有些暗自高兴起来。

周玉枝悄声说:"这家伙咋来了?他不是警察呀,咋还提着警棍?"

楚嘉禾说:"提着枪进来才有意思呢。"她猛然看了一下忆秦娥,遇事那么淡然的一张脸,竟然一下也变煞白了。

只见刘红兵一步一步朝前走着。

大家一愣,还真以为是把警察给招来了呢。

单团长急忙上前,挡住了刘红兵,说:"你来凑啥热闹,快出去!"

"我看他撒啥泼来了。"刘红兵没被挡住,还在继续朝前走。

单团长就从身后把刘红兵抱住了,直叫:"出去,不允许任何人到排练场来撒野。听见没有,出去!"

大家都没想到,单团长还敢这样对警察说话。

皮亮也有些发蒙,不知是怎么回事。只见来人端直朝他扑来。单跛子自是搂抱不住。眼看着,那警棍就一下要戳在自己要命处了。他一闪躲,警棍是戳到了肚子上,他被一股电流,当下就击麻过去了。

所有人都被这一幕惊呆了。直到团上保卫科人来,才把刘红兵弄了出去。

就在刘红兵被弄出去的同时,忆秦娥也低头跑了出去。

顿时,排练场就炸了锅。都问是咋回事,咋跟看香港武打片一样精彩?楚嘉禾才说,那拿警棍的,是忆秦娥的男朋友。

忆秦娥的事,这下是真正在省秦摇了铃了。

十一

忆秦娥都不知自己是怎样跑出排练场的。她觉得,名声这下是让刘红兵给败葬完了。她也想到过,刘红兵是会给她惹乱子的,但没想到会以这种方式、这么快就把乱子惹下了。她也知道,只要她上《鬼怨》,迟早都是要招祸的。可不上又不行,单团长和封导在这件事上都是不依不饶的。他们都保证过,说会确保她安全的,还说这是端公家饭碗的单位,还能没了王法?她也想,事情还能坏到什么程度呢,总不至于把她脖子生生扭下来吧?什么样的打击、羞辱,她又没有经历过呢?说心里话,她是真的不想蹚这浑水,毕竟自己才来,还不知水的深浅呢。站不站台中,也是无所谓的事。可单团长和封导一再讲参加全国调演的重要性,甚至提到秦腔能不能振兴、团上能不能打翻身仗,包括大家能不能住上新房的高度了,她还能说啥呢?她也知道事情不会那么简单。那个皮亮,本来就长了一脸疙里疙瘩的肉,尤其是两个腮帮子,鼓囊囊的,里面迟早像是含着两颗糖似的,肌肉凸出。他的脚踏在地上,感觉地板也是承受不住,要变形的。真要一拳砸过来,她的哪一块地方,都是要受不小损害的。可就在他横冲直撞地进来后,她却并没有动,还在走她的戏。她想,也许让他砸一拳,事情就会有个了结。但愿别砸了她的鼻梁,这是她脸上最重要的部分,这一部分一旦砸塌火,毁了扮相,也许一辈子就唱不成戏了。她想尽量让他砸腿、砸背、砸屁股。她就努力把动作,向突出屁股的方位调整。让他讨厌着她高高翘起的臀部,也许那一拳,就有了不至于让她受到大损害的着力点。可皮亮一横一斜地进来,却没有冲向她,而是端直奔封导去了。有人已经在用眼色暗示她,让她快跑。但她没有动,她觉得她不能在这个时候离开,让封导替她去挨拳脚。都说皮亮这家伙,这几年卖音响挣了几个钱,把一团人都没在眼里放了。平常敢跟封导顶嘴对抗的人还不多,但皮亮是一个。据说几次演出,为音响不平衡,乱出嚣叫音,封导批评他,他都敢当着全团人的面,要封导"把嘴夹紧"呢。她正想着怎么为封导解围呢,却没料到,皮亮朝桌子上一跳,竟然把一个道具坐垮塌了。她在想,皮亮起来,一定是要弄出大动作来,替自己挽回失掉的面子了。可就在他将一痰盂脏物,踢到自己身上时,该死的刘红兵,竟然急急火火扑了进来,并且手里还提着那根让她十分讨厌的警棍。

事情一下就被他彻底搅乱黄了。

刘红兵被团上保卫科人三下五除二地弄出排练场后,皮亮身边也站定了一群能制服他的小伙子。她也在这时冲出了排练场。她觉得自己再也没脸在里面待下去了。她真是恨死刘红兵了。他大概还以为,这是在他爸当副专员的地盘上,随便提了警棍,就能收拾人呢。没想到,他被团上保卫科人弄出来,朝一棵柿子树下一摁,让他把双手抬起来,抱住后脑勺。他还拧次着不配合,就有人飞起一脚踢在他的腿弯处,把他生生踢跪下去了。他一反抗,那人还用他的警棍,美美戳了他几棍,才见他安宁下来。

这时,派出所的人就开着警车,闪着让忆秦娥十分不喜欢看到的灯光,一片哇哇声地乱叫着进了院子。他们几乎二话没说,就把刘红兵,还有皮亮,一回都铐走了。

忆秦娥看到这一幕,心都快要蹦出来了,可又毫无办法。

她本来不想去管刘红兵的事,可回到房里,又咋都安生不下来。刘红兵毕竟是为自己才使出这一招的。人家现在被派出所笼了,自己又怎能不管不顾呢?她脱掉被痰盂污秽了的练功服,用毛巾胡乱擦了擦身子,就急忙去了派出所。

到了派出所,她见单团长早已在里面跛来跛去了。

她一进去,单团长就说:"你看你这个朋友,本来是内部的事,硬给染扯到派出所来了。"

忆秦娥也不好说啥,就问:"人呢?"

"在二楼。"

这时,团上保卫科的人从二楼下来说:"单团,我给所长说了,说您来了,他们同意您上去。"

单团长说:"让秦娥也上去吧。"

忆秦娥就跟着单团长一块儿上了二楼。单团长上楼不方便,到了楼梯拐角处,保卫科的人,还把他的屁股朝上兜了一下说:"唉,看这些货,把你老人家害的。"

单团长气呼呼地说:"活该都关了!"

到了二楼,保卫科的人,端直把单团长领到了派出所所长的房里。所长正在低头刷皮鞋。忆秦娥也跟了进去。

保卫科的人说:"乔所长,我单团来了。"

乔所长头也没抬地继续刷着他的皮鞋说:"你团上咋管的人,啊?连警棍都玩上了?这警棍是好玩的吗?啊?警棍是谁都能玩的吗?"

单团长急忙说:"拿警棍的,不是我的人。"说完,他又有些抱歉地看了看忆秦娥。

"不是你的人,那是谁的人?啊?"所长终于抬了抬头,把单团长看了一眼,又把忆秦娥看了一眼,他的眼前就突然一亮地问:"这是谁?"

保卫科的人急忙说:"我们团新调来的演员。"

单团长急忙又补充了一句:"是主演,专门调来唱李慧娘的。"

"李慧娘?谁呀?是李铁梅她妹子吗?"也不知所长是幽默,还是真的不知道,弄得大家都不好开口了。

单团长只好说:"李慧娘是一个古典戏里的主角。这戏名叫《游西湖》。"

乔所长好像终于明白了似的点点头:"哦,西湖,我知道。哎,那西湖上不是演的白娘子吗?咋又叫个李慧娘?"

单团长无奈地解释说:"故事都跟西湖有关。可这是两个故事里的两个人物。"

乔所长说:"咱西京就没故事了,啊?就没人物了,啊?咋老要演人家西湖上的事呢?啊?我这派出所一个户籍警,也是女的,啊,几十年搞户籍工作,没出过一次差错,咋就不能编戏呢?啊?我不懂,是胡说哩,啊?"

单团长急忙说:"能编,能编。将来我们找人编。"

乔所长说:"我看让这个女子演就不错嘛,啊?长得心疼的,人见人爱,是不是?我们那个户籍警,就长得很心疼嘛,不过比这女子还是差了些,啊?哈哈哈。"

"好好好,戏编出来了,一定就让忆秦娥演。"单团长应付说。

"这女子叫什么来着?"乔所长问。

单团长说:"忆秦娥。"

"几个字咋写的?"

"回忆的'忆'。秦腔的'秦'。女字旁一个我的那个'娥'。"单团长解释说。

"回忆的'忆',有这个怪姓吗?啊?"乔所长问。

单团长说:"艺名。我们这行,都讲究艺名。"

"那要犯罪了,可就给我们这行把麻达寻下了,啊?是不是?忆秦娥?"乔所长明显是想跟忆秦娥搭话的样子。

忆秦娥被说得害羞了,用手背就把笑露齿了的嘴捂住了。

乔所长问:"哪个是忆秦娥的男朋友?就那个非法持警棍的?啊?非法用警棍戳人的人,我看不配这女子嘛,啊?把狗日的好好关几天,下下火,啊?"

所长说得大家都不好接话了。

乔所长又问:"那个胖子是干啥的?"

单团长说:"我们团搞音响的。音响师。"

"什么师?音响是什么玩意儿?"

单团长解释说:"就是演出时,把演员声音扩出去的那些机器。他是专管这个的。"

乔所长哧啦一笑说:"你们唱戏的,名堂就是多。那不就是管喇叭叉子的么。啊?我派出所的大喇叭,门房老张就捎带着管了。一按,声音出去了。一按,声音又没了。最多调个音量大小,还需要谁专管呢?啊?还叫个什么音响师,咋不叫'萝卜丝'呢?啊?"

说完,他又哈哈大笑起来。

单团长跟忆秦娥和保卫科的人,相互看了一下,再不知说啥好了。

乔所长就说:"来,把你们那两个宝贝货色看一下,看审讯得怎么样了,啊?"说完,所长就把他们几个,领到二楼最顶头的房间了。

这是个内外间,刘红兵和皮亮在里边坐着,面前端对着两个很大的灯泡,把脸照得煞白,眼睛也有些睁不开。他们对面的暗处,坐着两个审讯人员,正在问话、记录。

忆秦娥能感觉到,他们在隔着玻璃的外间房能看见里面,里面却是看不见外边的。

审讯还在继续:

警察:刘红兵,再把你非法持有的警棍的来历复述一遍。

刘红兵:在我家里拿的。我爸工作得罪过人,有人扬言要扭断我爸的脖子,我爸就给家里拿了一根警棍回来。我听说有人要收拾我未婚妻,我就回去把警棍拿来了。就这。

警察:你保证你说的都是事实?

刘红兵:我保证,向毛主席保证。(说着,还举起了一只手)

警察:严肃些。你爸是北山地区副专员?

刘红兵:是的,老副专员了。你不信,打电话一问刘天水,北山没有不知道的。问刘红兵,也没有不知道的。

警察:你长期流窜在西京?

刘红兵:不是流窜,是工作,是定居。我都说过两遍了,我未婚妻调到西京了,我是来陪我未婚妻的。我的关系已经转到北山地区驻西京办事处了。

警察:你用警棍非法戳了当事人一棍?

刘红兵:是的,他侮辱我未婚妻,把脏痰盂端直踢到了我未婚妻身上,还企图对我未婚妻大打出手。

皮亮:你胡说,谁要打你未婚妻了?她算个弄啥的?一个外县烂杆唱戏的,都不怕脏了我的手?痰盂也是自己滚到她身上的。

刘红兵:痰盂咋没滚到你头上呢?

警察:(把一个像唱戏用的惊堂木一样的东西,狠狠在桌上拍了一下)都闭嘴!问啥回答啥,不许乱开口。刘红兵,老实交代,那一棍戳在当事人什么地方?

刘红兵:肚子上。

皮亮:他胡说,明明是朝交裆里戳。我一闪,才戳到肚子上的。

警察:(又是一惊堂木)你悄着!刘红兵,老实交代。

刘红兵:是……是的,我是想戳他交裆来。可没戳住。

警察:为什么要戳人家的交裆?你不知道那里是生命的要害吗?

刘红兵:知……知道。可这厮……对我未婚妻……威胁太大了。

警察:什么威胁?

皮亮:这厮满嘴胡说呢。我老婆不比他那烂杆未婚妻漂亮?

警察:皮亮,你再说,你再说我就把你铐起来。刘红兵,当事人对你未婚妻构成什么威胁了?

刘红兵:跟我未婚妻抢主角。演戏不如我未婚妻,就行凶。

皮亮:亏你先人哩,一个外县的土包子演员,寻情钻眼地挤到省城剧团,还是我老婆的对手?知道不,我老婆过去可是演李铁梅、演小常宝的……

警察:(再次狠拍了惊堂木)皮亮,自把你抓进来,你就没消停过。你以为你是谁?把嘴里含的糖吐出来。

　　皮亮:我啥时含糖了?

　　警察:没含糖,你嘴角鼓的那两个包是咋回事?

　　皮亮:(嘟哝地)你真是二五〇,我这腮帮子上是长了两疙瘩肉,啥时含糖了?

　　警察:你嘟哝啥?

　　皮亮:没说啥,反正没含糖。

　　……

乔所长就把他们领出来了。

乔所长问:"'二五〇'是什么意思?啊?"

单团长不好回答,只说:"估计皮亮是吓着了,满嘴胡交代呢。"

乔所长说:"不是这个意思吧。二五〇,是不是'二百五'的意思?啊?看见没,两个货都不是善茬。是不是?啊?恐怕还得好好捋码捋码。你啥意思?说说我听听,啊?"

单团长说:"乔所长,你看是这样的,反正事情就是那么个事情。你看我们能不能……弄回去批评教育?"

"你能教育得了?你能教育得了,团上能有人给派出所报警?啊?说要出人命了,我们不出警,是不是会出人命啊?你说说,啊?"

"感谢感谢,十分感谢乔所长!那你说……我们咋办?"单团长问。

"咋办,那个嘴里老含着糖,啊,管喇叭叉子的啥子师?啊?'萝卜丝',哈哈。扰乱社会秩序,在单位胡行乱为,冲击工作场所,先关几天再说吧。啊?那个刘红兵,恐怕还不是关几天的事。啊?他是非法持有警械,又非法伤害他人,数罪并罚,恐怕得判哩。啊?是不是?"

忆秦娥差点没吓得一屁股坐在地上。

389

忆秦娥都不说话的,可为了刘红兵,她还是开口了:"乔所长,他……他不是故意的。都……都怪我……"

"你再别把自己也朝进粘了,好好回去唱你的戏,啊?我从来不看戏的,可你这回演啥子西湖,我还是要看的。啊?到时记得给我弄张票,啊?"

单团长急忙说:"一定一定,到时我亲自给您送来。"

"不用不用,你腿脚不方便,就让这女子送来就行了。啊?我还没见过这漂亮的娃,唱戏一定好看。我一辈子还没正经看过戏呢。是不是?啊?"

"那请所长……一定把这两个……关照一下。"单团长还在求情。

乔所长说:"放心,这两个货,放到这里捋码捋码,对你们团上,还有这女子,都是有好处的,啊?两个可都不是什么好货呀!啊?走吧走吧!"

他们刚下到一楼,就见龚丽丽已经在院子哭得一把鼻涕一把泪的了。见了单团长,就更是哭得扑着扑着要单团为她做主。

单团长说:"没啥大事,这不,乔所长都惊动了。所长,这就是皮亮的媳妇,咱省秦的台柱子。过去演过李铁梅、小常宝的。还求你多多关照。"

乔所长说:"真个漂亮女子都出在剧团了,来一个又一个的。啊?放心吧,三两天就让回去了。不过回去你也得好好管教管教,白长了个傻大个不是,啊?在单位就能随便胡来,啊?得亏没惹下大事,要是惹下大乱子了,这不彻底关到里边了,啊?回去回去吧,拿一床被子来,叫在这里睡两晚上,就放回去了。啊?"

忆秦娥急忙问:"那刘红兵……需要被子吗?"

"也拿一床来吧。将来送走了,你再拿回去就是。啊?"

忆秦娥的两条腿,软得都快瘫卧在派出所院子了。

十二

忆秦娥咋都没想到会出这号事。她想着,大不了就是在团上丢些人,谁知把人还丢到派出所去了。她在宁州剧团就懂得,啥事弄到派出所、公安局,就算把人丢大了。那时她舅胡三元,动不动就让公安局抓走了,她见了手铐、脚镣、警棍、枪,还有警察,有天然的不适反应。尤其让她生气的是,狗日刘红兵,还开口一个未婚妻,闭口一个未婚妻的。你咋不把你妈叫未婚妻呢?可她又没办法,还得应对。刘红兵毕竟是为自己,才被派出所抓去的。她心里乱慌得,高一脚低一脚地回到家后,给刘红兵准备了一床被子,就又朝派出所跑。路上,她还买了一条烟。听她舅说,关在那里边的人,就是想抽烟得要命。她舅还说,他在宁州没判以前,住在看守所,见天数床铺草。那时床草都是麦秸,数一遍又一遍的,从来没数对头过。不是多几根,就是少几根。有一回终于数到一起了,激动得他满屋跳了起来,还让武警叫从号子里伸出手,美美抽了她舅几篦片子。可见在里边,活着是多么无聊。还不知刘红兵在里面会关多久呢。想一想,她又给他买了个魔方带着。谁知到了派出所,值班的只让把被子留下,烟和魔方都叫拿走。她又去找了乔所长,才让把烟留下,说玩魔方实在不像话,哪有在里面反省的犯人玩魔方的。她见乔所长对她客气,就又提出,能不能让她见一下刘红兵。乔所长想了想说,那就见一下吧。她就把刘红兵见了。

刘红兵是被关在三楼的一个拐角房里。房子的窗户,都用粗钢筋焊死了。乔所长把忆秦娥领到窗前,让她朝里瞅。忆秦娥朝里一看,房里地上有一个大通铺,好几个人,在铺上东倒西歪着。有两个人,手还铐在床头的一根粗水管子上。她一眼看见了刘红兵,也看见了皮亮,他们的双手倒是自由着。几个人好像在拉话,是刘红兵在说,其余人在听。刘红兵还说得眉飞色舞的。他依然是平常那副吹牛不上税的溜光锤子劲儿。乔所长敲了敲窗户,大家就把眼睛都斜了过来。刘红兵见是她,眼前忽地一亮,就跟没事人一般,一边向她挥手致意,一边起身朝窗户走来:"哎,哎,秦娥,媳妇,你终于探监来了!哈哈,我就说你会来嘛,怎么样,来了吧!"说着,他还回头朝那帮东倒西歪的人,眨了眨很是神气的眼睛。忆秦娥当下就想离开,可到底还是忍住了。她也不知说啥好,就那样呆呆地把刘红兵盯着。乔所长就说:"你个货哟,看多好的未婚妻,还给人家惹祸哩,啊?好好交代。好好改造。出来了再好好跟人家过日子,啊?别以为你是个啥专员的儿子,就了不起。在这西京城,一个副专员可算不了什么大官,啊?一抓一大把,是不是?就你这货,能摊上这样一个漂亮媳妇,都算烧了高香了,啊?小子!"刘红兵在里面一连声地:"那是那是。不为这漂亮未婚妻,我也犯不着偷老爷子的警棍执法哩。""你还执法哩,那叫非法。啊?"乔所长指着他的鼻子说。"非法非法,我是非法持棍。请政府宽大处理。我坦白从宽,抗拒从严。"刘红兵嬉皮笑脸、故意点头哈腰的样子,差点没把忆秦娥逗得笑出声来。都这光景了,还是这副没皮没脸的相。不过,不是这皮相,他也就不是刘红兵了。

她正要走,刘红兵又在里边喊:"哎,老婆,都不跟我说句悄悄话就走呀?"

忆秦娥真想骂他,谁是你老婆?可见他毕竟是限制了自由的人,就没发出火来。倒是乔所长通情达理,说:"说吧,快点!"乔所长就走到一边去了。

刘红兵立马悄声说:"给我妈打个电话,让她快来捞人。"说完,又报了两遍电话号码。然后,他故意大声地喊:"哎秦娥,你放心,这里面好着呢。几个弟兄谝着,也不着急。警察都文明执法哩,最多也就是踢咱两脚,也不太疼,还行。你放心走吧,我在里边住匝烦了,就回来了。"

忆秦娥从三楼下来,乔所长跟着一路说:"你这个未婚夫,一看就是个逛蛋、捣尿货。啊?在这里边住一住没坏处。啊?"

忆秦娥也不好解释这人不是她的未婚夫。她看乔所长对她蛮友好的,也就指望着能对刘红兵也好一些。

走出派出所,她一直在想,到底给刘红兵他妈打不打这个电话?要打了,那她又是什么身份呢?这女人,她在北山演出时,是见过的。收拾打扮,都很体面。剪发头,迟早把脸仰得高高的,一副官太太相。想着凭自己副专员的老汉,把一个唱戏的女子,弄回去做儿媳妇,一定是两个巴掌一拍即响的事。可没想到,她死活没看上这个流里流气的刘红兵。那时,她把戏唱得红火成那样,也不想随便解决对象问题。加之,心里又装着封潇潇,也就别人咋追她咋回避了。可现在,也不知咋的,就这样陷进去了,并且越陷越深。反倒要主动给人家打电话了。她心里,就有许多的不情愿。可想来想去,也没有别的办法,总不能眼看着刘红兵,为了自己,再判几年刑吧。那可是太缺德的事。她就去钟楼邮局,钻到一个电话间里,按刘红兵说的号码,把电话拨了过去。

"谁呀?"一个女人的声音。忆秦娥还记得那神气,就是刘红兵他妈。

"我……"忆秦娥到底还是不想说出自己来。

"你谁呀?"

"你别问我是谁,我……"

"打错了。"对方狠狠把电话挂了。

忆秦娥顿了一会儿,又把电话拨通了。

"我已告诉过你,打错了。怎么能随便乱拨电话呢?你知道这是谁的家吗?"

就在对方又要傲慢地挂掉电话时,忆秦娥急忙喊了一句:"阿姨!"

"你谁呀?"

"我……我是刘红兵的一个朋友。刘红兵……他出事了……"

"出什么事了你快说!"

"他……他让派出所抓了。"

"什么什么,让派出所抓了,哪个派出所?"

"西京市文化路派出所。"

"凭什么,他们凭什么抓人?"

"刘红兵拿警棍……戳人了。"

"这个该死的,难怪他爸这几天老问,他的警棍哪里去了。果然是他偷走了。哎,你是……"

"你就别问了……"

"你是不是……"

忆秦娥就把电话挂了。

当天晚上后半夜,一直处于失眠状态的忆秦娥,刚迷迷糊糊有点睡意,就被一阵急促的敲门声惊醒过来,立即就吓出她一身冷汗来。

忆秦娥战战兢兢地问:"谁?"

"我是刘红兵他妈。从北山刚赶来。开门,我想了解了解情况。"

忆秦娥就把门打开了。

这女人进门来,还是一副趾高气扬的样子,直唠叨:"红兵还说你是当人才被挖进西京的,就住这破房子?这也叫房子?你们俩平常都怎么住的?就这窄的床?"

随着这女人进来的,还有另外两个人。弄得忆秦娥特别难堪地说:"这是我一个人的房子。刘红兵从不住这儿。"

"他不住这儿?那他住哪儿?"他妈还有些惊讶地问。

"我不知道。"

"他不是说,你们早都住一块儿了,今年年底就要结婚吗?"

"谁要跟他结婚?没有的事。"忆秦娥回答得很干脆。

他妈停了一会儿,就问刘红兵到底是怎么回事。忆秦娥一五一十地给她把过程全讲了。忆秦娥讲完,他妈很严肃地说了一句:"那还是为了你么。不为你,他能回去偷他爸的警棍?不为你,他是疯了,能进唱戏的排练场去戳什么人?真是一个太不成器的东西,都快把他爸气死了!好了,不说了。你不管了,你也管不了。我们找人去。"然后他们就走了。

刘红兵他妈走后,忆秦娥就再没睡着。直熬到一早起来,又去了排练场。

她是真不想再排这个破戏了。可单团长不行。封导更不行。说事情已经走到这一步了,还有退缩的余地吗?就是火坑,也得往进跳了。还说物极必反,兴许这一闹腾,一切都万事大吉了呢。她拗不过单团长,也不敢跟封导犟。既然人家都那样坚持,她也就只好硬着头皮,朝前推着磨着了。

她明显感到,她再进排练场时,背后指指戳戳的人就多了起来。有人甚至公开撂杂话:"今后咱团谁要想上主角,恐怕得在炮兵部队找人了。不行就端直把榴弹炮拉来,拿炮轰。"惹得有人把气都笑岔了,直接从排椅背上溜了下去。忆秦娥装作什么也听不懂,把腿端上压腿杠,使劲拉起腿筋来。浑身活动开后,封导喊叫开始排戏。可场记说,龚丽丽还没来。单团长让剧务去叫。不一会儿,剧务回来说,龚丽丽门锁着,说是去医院看病了。封导说,看病也不请假?排练场静了一会儿,谁也回答不了封导的问题。单团长就跟他商量说,先排《鬼怨》《杀生》,他到医院看去。封导就开始排戏了。

忆秦娥一进入戏,也就啥都不想了。大家无论怎么议论,一看忆秦娥排戏的那股认真劲头,闲话也就少了。扎扎实实排了一天,直到下午,也没见单团长把龚丽丽找回来。就在快下班的时候,单团长倒是来了,可龚丽丽依然没有露面。大家见单团长神情严肃

· 395 ·

地悄声跟封导商量着什么,也就都离开了。忆秦娥收拾完排戏的褶子、斗篷,还有吹火的松香,正准备走呢,单团长把她叫住了。

"秦娥,你恐怕得有更大的思想准备呢。"

忆秦娥不知单团长说的啥意思,她脑子里首先想到的,是不是刘红兵那边又出什么大事了。她张大嘴巴,傻乎乎地朝单团长看着。

封导先是一笑说:"我就说坏事也能变成好事吧,你看怎么着。"

忆秦娥就更是被说得云里雾里了。

单团长接着说:"我下午跟龚丽丽谈了,她也说得很真诚,如果不演《鬼怨》《杀生》,她就不再上这个戏了。她说'戏心子'让人抽了,觉得也没必要再演了。我刚跟封导商量了,那就全本都由你上。也只有你能挑得起来。"

"不,我不!"

忆秦娥急得立马就表态了。这是她的真心话。今天排练,她甚至都想过,要不要故意把脚美美扭一下,骨折了最好,也好顺势从矛盾旋涡中撤出来算了。何苦呢?没想到,现在又来了这一出。她是死活都不愿再给烈火上浇油了。

"这不是你个人的事。"单团长说。

"不,我不么。"忆秦娥态度很坚决。她是死都要把这件事顶回去了。

封导说:"这是大好事呀,秦娥!好多演员,盼了一辈子,能让演上一两折名戏,就算烧高香了。你才多大?一进省团,就让背上这么大的本戏,不仅是秦腔名剧,而且还要参加全国调演哩。一下就成名角了,还有啥克服不了的心理障碍呢?"

"不,反正我不。"忆秦娥还是那句话。

"为啥不?"单团长问。

"反正我就是不。"

封导说:"是不是害怕皮亮又闹事?这下让派出所一笼,看他还闹啥?"

"我就不。"

单团长不理解地说:"没看出,你这娃还这犟的。有我们撑腰,你怕啥?"

"我不怕,但我就是不。哪怕没人吹火,我当替身,你们把灯光压得暗暗的,让观众看不清是谁都行。"

忆秦娥的话,把封导还给惹笑了,说:"你还给我当起导演了。就这样定了,你上全本,没任何退路了。你的功底没问题,我们都看好你。"

还没等封导说完,忆秦娥突然哇的一声大哭起来。她一边哭,一边还是坚持着:"我不,我就不。杀了我,我也不!"

单团长和封导都没想到,这娃性子是如此刚烈。

单团长见工作做不通,只好说:"好了好了,你先回去休息吧。晚上好好想想,明天再说。"

忆秦娥临出门了,又撂给单团长和封导一句硬话:"你们赶快找人,反正我不上。要再让我上,我就回宁州。"说完,就跑出去了。

十三

忆秦娥这次是决意不上全本戏了。

哪个演员不想唱主角,不想上名戏,尤其是大本戏呢?可这个剧团,好像争主角是一种很危险的事。忆秦娥是唱过主角的人,也是红得发过紫的人。她知道,主角,那就是比别人多出几十身臭汗,多比别人使出几十倍牛马力气的蠢差事。自打开始排练起,你就得把身心全部交给戏。一本戏,大约三四百句唱词,主角几乎要占到一半以上的量。你天天学,生怕有一句唱得不到位,生怕有一个拖腔,拖得没味道。念白,也是生怕一个字摆得不合适,生怕一句道白说得没意思。人家下班,都能逛街、打牌、做头、美容、洗衣服。你要是主角,下了班,还得学唱、记词、琢磨戏。并且晚上整夜整夜睡不着,白天从早到晚昏沉沉。还得经受住各种打击、嘲讽、撇凉腔。真是睡得比狗晚,起得比鸡早,还落不下好。到了演出时,别人白天该干啥干啥,开演前一二十分钟进化装室,三下五除二,把装搞定,就上场了。而当主角的,头几天听说要上戏,就开始记词、默唱,生怕上台吃了"栗子"卡了壳。还啥都不敢乱吃,生怕吃坏了肚子,演出内急要人命呢。穿衣、睡觉,更是小心了再小心,一旦冒风,头重脚轻的,念不灵干,唱不亮堂,观众才不管你是得了啥子歹症候呢。演出当天,比"坐月子"还难受,不出门,不说话,生怕话说多了伤嗓子。要是唱武戏,一早就得到排练场,把高难度技巧反复演练好几遍。过了中午,就得赶紧睡觉,睡不着,还得拿安眠药催。下午四点多,你就得进化装室,从化装到包头,再到穿服装,少说也得三个小时。人家化装,都嘻嘻哈哈地聊家庭、聊老公、聊跳舞、聊小姐、聊偷情、聊打牌、聊衣服、聊生意、聊电影、聊港台剧、聊化妆品。你得找个僻静的地方,回忆词、回忆唱,一点点回忆戏。等戏一开,人家打着旗旗,满台"嘀啰啰"吆喝一圈,下场继续神聊海吹去了。你才活动开了腿,热了嗓子,上场一段一段地唱,一句一句地说,一点一点地做,一场一场地打。在场上累死累活不说,下了场,还跟"狗撵兔""鬼抢斋饭"一般,从下场口跑到上场口,去抢换服装、抢换鞋帽、抢补被汗水污损了的粉装。有时,时间紧张得四五个人帮着抢都抢不过来,还得把幕内的"导板"拉长抻展了地唱,才能在围上最后一道围裙,穿好最后一只鞋后,稀里糊涂地"威风凛凛""飒爽英姿"着冲出"马门"。戏演完了,人家都三五成群地吃夜宵去了,你才一点点收拾着"头杂",一幕幕回放着演出的长进和失误。回到房里,也是除了喝水,累得啥都吃不下。躺下更是兴奋得半夜睡不着。出了事故,领导不高兴,群众乱议论。出了彩头,同行不愉快,是非满天飞。在北山演出的那两个多月,她来例假时,多么想给朱团长说说,让她休息几天,缓缓身子呀。可票是好多天前就卖出去了,谁也更改不了了。她想着全团都挡红自己呢,也就啥都不提说,硬往下撑,甚至从此落下了来例假就肚子痛的毛病。何苦呢?何必呢?就非要唱这主角吗?尤其是目睹了师父苟存忠的死,那硬是活活累死在舞台上的呀!这几天,她每每想起那一幕,还都是一身冷汗。为啥就偏要唱这个李慧娘呢?师父要是不唱李慧娘,兴许心脏病就发作不了,到现在还活在人世呢。就为了唱戏,为了落那点好,听那点掌声,硬是生生把命都搭进去了。她是咋都不想唱这个李慧娘了。她甚至觉得有些不吉利。要争,让她们争去。就是死,她也不唱这本戏了。主意一定,还反倒觉得自己活得轻松了许多。下了班,她甚至还去最红火的骡马市转了半天,买了两个乳罩,一对耳环,还买了几个不同花色的漂亮内裤,一路哼哼着"白娘子"的歌回来了。

没想到,刘红兵的母亲早在门口等着了。见她还哼哼着电视剧的插曲,就说:"你心真大,兵兵还关在里边呢。"

忆秦娥就用手背捂了嘴巴,羞得不知说啥好了。

进了房,刘红兵母亲朝床边一坐说:"好了,一切都摆平了。当然,还得要让派出所能下台。剧团这边,也得把人的眼睛都遮住。让他再在里边待上几天,你就去把他接回来。"

忆秦娥想给刘红兵他妈倒水,又急忙找不见茶。她记得,刘红兵是拿过茶叶来的。终于,在一个塑料袋里,她找到了那罐茶。

刘红兵他妈一见茶叶罐,扑哧笑了,说:"你看看兵兵,啥都朝你这儿偷。这罐茶叶,还是他爸的老朋友,从杭州捎回来的清明雨前龙井,他爸平常都舍不得喝的。这不,刚打开喝了一次,连声说了三个好字,就连罐罐都找不见了。全长腿上你这儿来了。"

忆秦娥不好意思地说:"我不喝茶,平常就喝胖大海。"

"说胖大海呢。你在北山演白娘子的时候,兵兵就满城给你寻过'螃大蟹'哩。我也不知'螃大蟹'是个啥,就打电话问卫生局的局长,局长问干啥用的,兵兵说是给演员治嗓子的。局长一笑说,那是胖大海,不是'螃大蟹'。后来兵兵一次买了十几斤,给你们剧团提去,你还记得不?"

忆秦娥笑了,的确有这事。据说,那次刘红兵把半个城的胖大海都买完了。给她提去,她死不要,后来就提到朱继儒团长那儿去了。

"兵兵哪,是真爱你呀!不过哪个男人不爱漂亮女人呢?阿姨不是吹呢,年轻那阵儿,也漂亮过。兵兵他爸那时还是地委领导的秘书,陪他领导到我们公社视察,一下把我看上,就死缠活缠的,愣是把我原来正谈着的一个对象都缠没了。一步一步地,阿姨就上他的贼船了……"说着,她还很是得意地笑了笑,说,"不说这些了。这个兵兵哪,我看就像他那个能缠死人的爸!"

忆秦娥本来对这个女人还没什么好感,可这一番话说的,倒是有些亲近了。她也客气地说:"阿姨现在也很漂亮啊!"

"不行了,阿姨老了,漂亮是你们年轻人的事了。哎,兵兵真的没在你这儿住?"

"看阿姨说啥话,他怎么能在我这儿住呢?"

"你们……不是一直恋爱着吗?"

"我……没有跟他恋爱。"

"这就怪了,好好的车,他不开了,硬要调到北山驻西京办事处。听办事处的同志讲,他也不在办事处住,就住在你这里。可你又说,他不在你这儿住。那他到底住在哪儿呢?"

忆秦娥装不住话,就如实说了:"听说,他就租住在附近村子里。"

"附近村子里?那说明他还是在守着你嘛!"

忆秦娥就不好意思再说了。

"孩子呀,阿姨也不瞒你说,我和他爸都是太娇惯着兵兵了。本来他看上你,我们是不同意的。倒不是别的,就是觉得……我们这样一个家庭,媳妇是不应该找在文艺界的不是?倒不是文艺界咋了,就是……就是觉得……隔着远了点不是?可兵兵看上你了。我和他爸看了你的戏,也觉得你是难得的人才,难得的大美女。你那阵儿,在北山地区红火的,地委、行署机关一上班,都在说哩。谁不愿意把这样心疼的美女娶回家做儿媳妇呢?所以兵兵追你,我们心里也挺热乎,我还亲自出面过问过不是?他爸那阵儿比我还积极,见兵兵就问追得怎么样了。兵兵就天天给他和我吹牛说:你们只加紧给我准备新房就是了,别的啥心都不用操,绝对是手到擒来的事。后来,你调到省城,兵兵又追到了省城。他要咋,我们都依着他。隔几天,他就向家里要钱,说要给你收拾房。一会儿又要买落地扇、录音机、电视机的,我们都给了。就这,他回家去,还把他爸一块好表偷走了。那表是朋友从国外带回来的。他说是卖了要交房租呢。我们还以为他是跟你租住在一起的,没想到……兵兵追了这么长时间,你们……你们还都这样单吊着……"

听到这里,忆秦娥也觉得,自己有些对不起刘红兵的父母。虽然她反对刘红兵啥都朝这里拿,可好多东西,毕竟是拿来了。但他们之间,又并没有建立起她心里认同的恋爱关系。这一切又算咋回事呢?她真是有些不好面对这个女人了。她急忙把话题朝一边引:"阿姨,你说刘红兵的事,都跟派出所说好了?"

"说好了。本来今天就可以把人领出来的,可那个派出所的什么乔所长不同意,说这样做太过分,以后社会治安就没法管了。最后妥协成再关五天放人。好歹得给人家蹲一礼拜吧。我就不等了,今天在派出所把兵兵也见了,看他情绪挺好的,我也放心了。最不放心的,还是你们俩的事啊!怎么就拖成这样了呢?你们到底准备咋办?你得给我个准话呀孩子!"

这一军将得忆秦娥更是不知怎么回答好了。她还是只能把话题朝一边引:"阿姨,既然来了,你就多住几天吧!"

"不住了,他爸在家还急得跟啥一样,好多事我在电话里也说不清楚。这宝贝儿子,搞不好还能把他爸气出病来呢。秦娥呀,好在你的事业,在省城又要红火起来啦,阿姨真替你高兴哪!"

忆秦娥说:"阿姨,我都不想干了。"

"怎么能出现这种情绪呢?我还正想说你呢。今天下午,我到你们团长那儿了解情况,听团长好像也说了这样的意思,还让我帮忙做你的工作呢。"

一听这话,忆秦娥就有些不高兴,问她:"你……你怎么还到我们团长那儿去了?"

"是啊,我既然来了,还能不到你单位去看看,去了解了解情况?何况这次事情就出在你们单位,我也总得去跟人家领导见见面,做做自我批评吧。我们是什么家庭,能让人家不明真相,乱说一气吗?就那警棍,可不是随便拿的。那是红兵他爸生命受到坏分子威胁,组织从安全角度考虑,才临时配的。我们家不会非法持有这种东西。好了,不说这个了,还是说说你的事业吧。人家给你创造了多好的条件哪,《游西湖》全本你必须上,懂不?唱戏,我看跟官场也差不多,就看谁唱主角,谁演配角哩。你想想,生活中,谁愿意永远给别人跑龙套呀!可为了唱主角,谁又不是被人咬得伤痕累累、杯弓蛇影了呢?你爸,哦,兵兵他爸,能唱到这个副专员的角儿上,也早都被人咬得没一块浑全的身子骨啦!你才经历了多少人生磨难哪,就不唱了?你想想,你要不是戏唱得好,能从宁州走到西京?兵兵一个堂堂专员的公子,能这样死乞白赖地把你从北山追到省会来?他已经为你进号子了,坐牢了,有前科了,这可是一辈子的污点啊!他爸都快要为此精神崩溃了。你要再不唱这个主角,能对得起红兵在你最危难时刻的挺身而出吗?孩子,人有时是没有退路的,除非你准备离开这个地球。"

忆秦娥没想到,刘红兵他妈最后能唱这一出。激得她进也不是,退也不是,答应也不是,不答应也不是。可这个女人,还偏要步步紧逼:"我的话你听明白了吗?"

忆秦娥不得不点点头。

"这就对了。必须唱。必须把《游西湖》全本拿下,懂不懂?这就是人生。这就是战场。等你演出的时候,我跟他爸,还有北山的亲戚朋友们,都来给你捧场。你一定会比在北山演出时更轰动的,我坚信这一点。孩子,阿姨爱你,是很爱你!"说着,她还站起来,不无激动地一把将忆秦娥揽在怀里说:"你就是不做我的儿媳妇,我也是要收你当亲闺女的。"

忆秦娥虽然觉得突兀、别扭,可也不好伤了人家的面子,就让她紧紧抱了一会儿。抱完,她又从钱包里,抽出三百块钱来,硬要塞给忆秦娥。忆秦娥咋都不要,可她坚持非要给。在最后走出偏厦房的时候,忆秦娥到底还是把钱捏成一疙瘩,悄悄塞在她的口袋里了。

刘红兵他妈走后,忆秦娥就又恨起自己来了。自己的面情就是这样软,竟然让这个女人,真跟婆婆一样,给"儿媳妇"上了半天课,并且她还一一点头认卯了。她是下死决心不唱《游西湖》全本的。可这女人,三弯四转的,一番话就把自己拐了进去,还觉得人家说得不无道理。不仅弄得"婆婆"拥抱了"儿媳妇",而且还整出一个"亲闺女"来。人家儿子为你唱戏,都进了局子,留下了终生不能抹掉的污痕,你还有啥理由,不按"婆婆"的意愿,把这个戏唱下去呢?

就在刘红兵他妈走后不久,单团长和封导也来做工作了。忆秦娥更是觉得,自己一个山乡小县的演员,被人家调来,啥戏没唱,还惹了一摊事,可人家领导依然这样器重,自己又有啥德啥能,跟人家继续瞎掰扯呢?她就又点头答应了。

第二天,排练一切照常。

忆秦娥就正式上《游西湖》本戏了。

十四

皮亮是第三天从派出所放出来的。放出来后,他也再没到排练场骚扰过。龚丽丽也不来了。听人说,连着受刺激,龚丽丽心情特别不好,在接出皮亮的当天晚上,两人就坐火车到广州散心去了。

借这次事件,单团长开了大会,既是对过去一段时间排练的总结,也是对未来排练工作的再动员。为了强调重要性,他讲到最后,甚至还站起来,来回走动着讲。这一走动,有人就偷偷地咪咪笑。单团长把脸一黑,问笑什么笑,有人还就敢回应:"团座,甭激动。坐下讲,显得严肃些。"会场就咪咪啦啦笑得炸了锅。这时封导再也忍不住了,把桌子一拍站起来说:"完了,省秦完了。这个剧团快完蛋了。眼看就要打一场恶仗了,还是这样的一盘散沙,这样的精神状态。这么严肃的会议,也敢嬉皮士一样地嘻嘻哈哈。知道我们排的是啥戏吗?是大悲剧呀,《游西湖》是大悲剧呀懂不懂?是做人不成,不得不去做鬼的人间悲剧呀!把这样经典的好戏交给我们,我们就这样糟蹋吗?真是把秦腔老祖宗的脸都快要让我们丢尽了。看看这排练场,哪像是个省级剧团的排练场,简直就是乡村贩牛、贩驴、贩骡子、贩鸡蛋的乱市场。眼看有效时间只剩二十几天了,谁把团长当团长了?谁把导演当导演了?啊,谁把事业当事业了?谁把排练场当排练场了?尤其是那些演配角的,想来就来,想走就走。哎,单仰平,我可给你说,你要再拿不出一套管理办法,这戏我可是没法排了。今天我就在这里把话讲清楚,谁再迟到早退一次,我立马就把戏停了。后果完全自负。"单团长接着又宣布了几项纪律,无非是扣工资、写检讨的那些东西。不过语气的确是硬了许多。忆秦娥知道,这是在排练进入关键时期,必不可少的"紧螺丝"。哪个团都一样,戏排到节骨眼上,管事的,脸都是要绷起来的。你不绷,有人就老是嬉皮笑脸的,再严肃的场面,也都"油汤"了。

团长和导演都发了飙,排练场纪律明显是好了许多。戏也进展得很快。忆秦娥由于平常就爱站在一旁学习、记戏,词和唱腔,早都烂熟在肚子里了。一旦让她挑起全本戏,她竟然没费啥力气,就在几天内通排下来了。连封导都悄悄对单团长说:"这娃可能是我们这些年来,调进来的唯一一个奇才!看着瓜瓜的,傻傻的,可就是一个戏虫,天生为戏而来的怪虫虫。"场记把这话悄悄捎给了忆秦娥。忆秦娥也没觉得这话有啥让她感动的。一来她并不想排这个戏;二来,她最不喜欢别人说她瓜、说她傻了,何况还把自己说成是一个"怪虫虫"。朱团长过去就这样说过她,咋都再没啥好比喻了,好像非要说她瓜、说她傻、说她是啥都不懂的"虫虫",把戏唱好了才不容易似的。

戏排到第五天,她早早就想着,晚上该去接刘红兵了。封导在下午的时候,还批评她:"忆秦娥,咋回事?今天排戏,精力咋不集中?"她还一个劲地说:"没有没有。"其实,她心里早就乱黄了。刘红兵这一礼拜,被关在派出所里,让她安宁了许多。今晚一接出来,可又咋办啊?好像一切都在朝一个她咋都不想,但又咋都挣脱不了的索道上滑去。也不知怎么搞的,几乎所有人,都认为刘红兵就是她的女婿了。并且是事实女婿,就差一张结婚证了。可她心里,又怎么都不能接受:这就是要与自己相伴一生的女婿、丈夫、老公了?

下午下班后,她一个人,在排练场过了一遍今天排过的戏。回到待业厂,又练了一阵吹火。然后她换了衣服,去了派出所。

忆秦娥还是先找的乔所长。

乔所长正对着几个头发留得很长的小伙子发火。他们都被铐在一辆三轮摩托车的几个轮子上。乔所长说:"你几个狗日的,看我用啥办法才能让你们不抽了,啊?你城中村就那一点地,卖完了,不好好拿钱做点啥,都叫你这些乌龟王八蛋抽了大烟了,啊?把你娘老子可怜的,没坑死,啊?他们都想让我把你们这些没救的王八羔子,彻底日塌了算了。啊?我也想把你狗日的都一枪崩了,可看着又是一条条命,一条条长得光眉花眼的命。你说,我都拿你这些死皮货咋办?啊?喂狗,我都害怕把我警犬染上毒瘾了。人家'二进宫''三进宫'就觉得亏了先人了,你都'八进宫''九进宫'了,还是这尿皮臢臢货,啊?我就想把你一伙都送进地狱,上蒸笼、下油锅,弄死算尿了!啊?"

乔所长见忆秦娥在一旁站了半天了,才没再骂那几个抽大烟的。他回过头,把忆秦娥领到他办公室说:"有个专员爸到底不一样噢,硬是把手从北山地区伸到省城来了,够长的呀,啊?我给你说心里话,要不是看你长得心疼,像个乖娃,我才不给他专员老婆什么面子呢。记着,演戏了给我弄张票,让我去看一回戏就行了。啊?干你们这行的,都是眼里没生人,心里没熟人。可不敢我去了你又不认得了,啊?"忆秦娥急忙说:"哪敢呢,乔所长。"乔所长接着说:"人还得等到十二点了才能放,这是规矩。必须关够时间。专员的儿子也不能例外嘛,啊?都例外成屎了还不例外。咱也就是牛都跌到井里了,拽个尾巴而已。啊?记住,把人领回去,别饶了他。不好好敲打,现在非法持警棍,以后还会非法持枪哩。啊?我在这里边见得多了,像他这号嬉皮笑脸、把犯法都不当事的货,搞不好就要'二进宫'哩。啊?"

乔所长的话,说得忆秦娥心里好一阵咯噔。

到了零点,乔所长让把刘红兵从三楼放下来了。只听刘红兵一路走,一路还在跟放他的警察开玩笑说:"哎,哥,我知道你这派出所养的有警犬。可没想到,还养的有其他动物哩。"

"还养啥了?"

"蚊子呀。不是你们养的吗?要不是你们养的,咋能那么敬业、守时呢？天一撒黑,'轰炸机'准时起飞。我的冷怂啊,一礼拜,除了蛋那里钻不进去,其余地方都咬遍了。给你所长说,月底给每一只蚊子发点补贴噢。"

"少皮干,快滚!"

刘红兵就被领到忆秦娥面前了。忆秦娥差点没笑出声来。原来,刘红兵的头被削成了光葫芦,看着更是怪模怪样了。

刘红兵用手摸着光头说:"谢谢所长大人,没交钱,就给刮净了。白!光!亮!嫽扎咧!你这派出所都不用灯泡了。"

乔所长说:"小伙子,少在我这儿流里流气的。啊？你别让我再逮着,再逮着,可就不是拿剃刀刮了。啊?"

忆秦娥就赶紧把刘红兵的手一拉,快速出了派出所大门。

刚一出大门,刘红兵就说:"谢谢老婆大人!"

忆秦娥端直照他踹了几脚:"谁是你老婆！谁是你老婆！谁是你老婆！我老实告诉你,你要再敢来找我,你就是猪!"说完,她扭头就向远处快步走去。

忆秦娥再次下了狠心,把刘红兵接出来,这事就算完了。再不许他来了。刚听了乔所长的话,说这种没皮没脸的货,最容易"二进宫",她就更是觉得必须与他一刀两断。可她回到宿舍,门还没关上,这个死皮货,就一闪身先进来了。她知道咋推都是推不出去的,就跟他摊牌了:"刘红兵,你咋这死皮的？"

"我身上皮是死的吗？没有哇。你看看,在里面这几天,我还锻炼着的,一起手就是二百个俯卧撑呢。还没有能超过我的。你知道皮亮能做几个？你猜不着吧。死胖子,一共做了三个,就差点把命都背毁了。他还准备替老婆争主角,打我老婆呢。啊呸,那纯粹就是一头只能供屠宰了吃肉的猪。"

"刘红兵,我知道你一张片儿嘴能说。我嘴笨,也不想跟你多啰唆。我只想老实告诉你,以后不许再到我这儿来了。更不许到处乱说,我跟你是啥啥啥子关系。我跟你从来就没有啥子关系。

你是你,我是我,我们不可能有啥关系。有关系,除非你不叫刘红兵。"

"那我就改叫忆红兵,咋样?"

"改叫忆你妈!"

"哎,这个名字还改得好。就叫忆你妈。好!"

"臭不要脸的货!"忆秦娥咋都说不过刘红兵。她想好的狠话,说出来,也都没了那股狠劲儿。有时还反倒给他喂了底料,让他把话越说越古怪、越说越俏皮。她只能骂,只能踢。可越骂越踢,他还越来劲儿。她就简直无语了。

忆秦娥就那样怔怔地看着他。

他也看着忆秦娥。看着看着,他的诳话又来了:"哎,我为你把局子都进了,你该总得犒劳我一下吧。"

"你活该,谁让你去我排练场的?还拿着警棍。把我的人都丢得尽尽的了。一想起来,我的黑血都快翻上来了,还犒劳你呢,呸!"

"好好好,不犒劳不犒劳。那就让我在这地上窝蜷一晚上行不?保证井水不犯河水。"

"你个死皮货,还想得美。滚!你给我滚!你滚不滚?你要再不滚,我就拿开水烫了。"说着,忆秦娥还真拿起了桌上的暖瓶。她揭开暖瓶盖,只见里面的热气直往出冒。她威胁道:"你滚不滚?我真浇啊!"

"你浇!你浇!灌辣椒水,坐老虎凳,上美人计我都不怕!"

忆秦娥也的确是个有点二的人,气得还真把开水泼出去了。一股水哗地就浇在刘红兵的大腿上了,烫得刘红兵"妈呀"一声蹩跳起来。忆秦娥还不放手,还在把水朝出漾。刘红兵就痛得哇哇乱叫唤地逃出偏厦房了。忆秦娥砰地关上门,捂住嘴,蹲在门背后笑了半天。只听刘红兵在门外嘟哝说:"老婆,真的想烫死我呀!我倒是死猪不怕开水烫哟,就怕烫成一身疤子,更不配你了,懂不懂?"

忆秦娥先是笑,笑着笑着,就哭起来了。

刘红兵大概是在外边听到哭声了,就再没敢扰害地说:"好了好了,你快休息,我走了。"

忆秦娥又抽泣了一阵,见外面没动静了才睡下。

排练越来越紧张,也越来越累了。忆秦娥有一晚上,在下班后,回待业厂练吹火时,一不小心,还把偏厦房给点着了。差点没酿出一场大事故来。

十五

团里一直有人担心,皮亮和龚丽丽到广州散心回来,兴许还要闹腾一场呢。这么大的事,竟然这样浮皮潦草地过去了,大家总是有些没大看懂。过去为争主角,有闹腾得一辈子不说话、不来往的。更有那心眼小的,但见有机会,就会使点小伎俩、小招数,哪怕见没人,把对方泡得酽酽的茶,忽地泼到地上,也是要借机出点气的。绝没有一争完,就偃旗息鼓、握手言和的事。加之皮亮、龚丽丽是甚等人?他们打小就在这个团长大,一个管音响,一个唱主角。那都是能摆谱、能熬价、能在团里说起硬话、敢把任何人都不放在眼里的主儿。凭啥把她忆秦娥,一个傻不拉唧的山里娃当回事呢?可一切还就这么古怪,一个北山狼,提了根非法持有的警棍,还就把五大三粗的皮亮给制伏了。皮亮从派出所回来,连面都没在团里照一下,就跟老婆闪得远远的了。尽管戏排得很顺,但多数人心里还是在嘀咕:让忆秦娥这么顺畅地跃上省秦"当家花旦"的名位,可能吗?

楚嘉禾心里说不清是一种什么滋味。她觉得把龚丽丽赶下台是太好了。可让忆秦娥这么轻而易举地就演了全本李慧娘,又令

· 409 ·

她心里生出了更加百结的愁肠。这个尻人，真是瓜人有瓜福，啥都没见太成操，还啥都让她给逮着了。就他们宁州的那帮同学，几十号人，谁又想到一个像一捆黑柴火一样，呆头呆脑戳在灶门口的货，有一天，竟然能一飞冲天了。连北山地区副专员的儿子，都神魂颠倒地放弃了荣华富贵，一路狂追得鼻青脸肿，还不离不弃呢。当忆秦娥把全本李慧娘拿到手的时候，楚嘉禾看了看她那无动于衷的表情，就知道这个碎货，是可不敢小看了。她瓜的是面相，那心里，比《十五贯》里的娄阿鼠、比《水浒》里的鼓上蚤时迁还贼呢。她就想，是不是她给出的点子起了作用。要不然，封子导演咋能那么卖力，非得要死要活地推着她上呢？

有一天，楚嘉禾还凑到忆秦娥跟前，旁敲侧击地打问了一下："哎，妹子，封导对你不错噢。是不是听了姐的话，去'喂'了一下，起作用了？"忆秦娥说："去了，但封导啥都没要。"楚嘉禾就想：这个碎货，还给姐演戏呢。小鸡还给大鸡踏蛋呢。以为姐是瓜子。后来，她就给周玉枝说："哎，看出来了么，忆秦娥可是把封导给拿住了。要不然，那老男人能这卖力气地给她争角色？你不记得才开始排戏的时候，封导连正眼都没瞅过她一下，就是一门心思地挡红龚丽丽呢。这才几天，风向就转成这样了。说明碎妹子去看封导，抓的'药'重，是起作用了。"周玉枝说："是不是？可封导不用忆秦娥也不行哪。龚丽丽古典戏基本功差得太远，演了也是砸导演的摊子哩。"楚嘉禾说："看你说的，'卧'不下三分钟的慢'鱼'，动作可以简化嘛。""那吹不了火呢？"周玉枝又问。"吹不了三十口、五十口，吹个三五口也总是行的嘛。那就是个意思，还能真吹呀。小心把台子给烧了。"

就在排练进行到与乐队"两结合"的时候，皮亮跟龚丽丽从广州回来了。那几天，团上的气氛也的确有点紧张。单跛子一天到晚盯在排练场。保卫科的人，也是在排练场外边来回转动着，有点严阵以待的意思。可过了两天，龚丽丽并没有来排练场，不仅不来,而且还天天朝出跑。有人就拦住问:"丽丽姐,你咋不来排练场了呢?你都忍心看着那么个外县土包子,杵到舞台正中间,瞎咱省秦的名声吗?"龚丽丽说:"对了对了,姐这回是跟舞台彻底拜拜了,伤了心了,也害了怕了。怕人家拿电警棍戳呢。咱是要戏么还是要命?外县来的那些人,路子多野呀!不仅戏路子野,人也野得就差扛机关枪、大炮进排练场了。姐是害怕了。总不能为了唱主角,把命也搭上吧?姐拜拜了!姐跟舞台彻底拜拜了!姐这次去了一趟广州才知道,咱们还在这儿争啥子李慧娘呢,人家都在争着挣大钱哩。你皮亮哥不是在骡马市开了个音响摊摊吗?姐去招呼摊摊,做老板娘了。跟戏拜拜了,跟秦腔拜拜了!让她们都争去吧,姐要挣钱过消停日子了!"说完,龚丽丽坐上皮亮开的摩托车,忽地一下就射出剧团大门了。龚丽丽的这番话,很快就在全团传开了。有人还不相信,说龚丽丽,一个把李铁梅、小常宝演得无人不知、无人不晓的名角,能抹下脸,去骡马市看摊摊?有人还真去侦察了一番。果然,见龚丽丽是在一个摊子上,正给顾客介绍着才从广州进回来的组合音箱呢。

　　楚嘉禾也偷偷去看过龚丽丽的摊子,看完她对周玉枝说:"终于彻底斗败了一个。看看从咱宁州来的碎妹子,厉害吧,生生把一只省秦的'种鸡',彻底给斗趴下了。咱们是不是也应该庆祝一下?"那天楚嘉禾还真请周玉枝,到东胜街吃了一顿烤肉。叫忆秦娥,忆秦娥没去,倒是把刘红兵给叫去了。

　　在楚嘉禾看来,天底下就再也找不到刘红兵这样的好男人了。可从刘红兵的话里能听出,忆秦娥对他还爱理不理的。她就不明白了,问忆秦娥凭啥。刘红兵也是把啤酒喝得有些多,就嘴不把门地乱说开了:"凭啥?就凭人家戏唱得好,人长得心疼么。一上装,哪个男人的眼睛能不看直了?咱贱么,贱骨头,你懂不?贱骨头就指的是……你红兵哥我这样的人。在北山,咱要是把哪个女娃子打问一下,立马就会有人来说媒拉纤的。但见把谁多看一眼,

・411・

再缭乱几句,无论树林、河堤、宾馆……打个传呼,约到哪里,她就能到哪里。哥想干啥,那……那也就把啥干了。可你这个碎妹子……忆秦娥,真不是一盏……省油的灯啊!"

楚嘉禾见他说出这么多秘密来,就故意又劝了些酒,想让他放开了说。周玉枝说:"怕是醉话吧?别听他胡说了,小心秦娥知道,会骂我们的。"楚嘉禾说:"酒后才吐真言呢。怕啥,他自己爱说,又不是我们严刑拷打出来的。莫非他还敢跟忆秦娥说了?"她就又煽惑,刘红兵就又说。刘红兵这个人经不住煽惑,被人一煽惑,就有的说上,没有的也吹上了。吹着吹着,都把跟好几个女人的事,给绘声绘色地喷了出来。回去的路上,周玉枝还说:"难怪秦娥要不待见刘红兵了,原来刘红兵才是个花花公子呀!"楚嘉禾说:"你别言传,那碎妹子是绝对翻不出如来佛手掌心的。"周玉枝听了这话,还把楚嘉禾看了一眼,觉得这家伙,跟她妈一样,心眼子稠着呢。

就在《游西湖》排到快上舞台"三结合"的时候,有一天晚上,剧团突然失了一次火,满街的消防车警报声,把楚嘉禾她们从出租房里惊了出来。一打问,才知是剧团待业厂失火了。她和周玉枝就赶紧朝待业厂跑。她们跑去的时候,火已经灭了。几辆消防车,也正从待业厂的深处朝外撤退。只见单团长前后左右跑着,腿跛得直蹦跳。办公室人跟在后边还说:"团长慢点,团长慢点,急也没用了。"单团长不停地给消防队领导回着话,说一定严加管理,并且要全面整顿死角,力争不再出消防事故。楚嘉禾和周玉枝走到最里边一看,原来是忆秦娥的那间偏厦房给烧没了。楚嘉禾就预感到,是忆秦娥的房烧了,果然还就是她的房着了。并且把旁边几间房,也烧得黑乎乎的。那几个整天打麻将的老人,正在议论着,说那娃整天在这里练吹火呢,吹着吹着,就把房子给吹着了。

忆秦娥是瘫坐在一个拐角的一堆破烂水泥袋子上。她脸糊得跟小鬼一样,除了眼睛是白的,牙是白的,其余全都黑得跟锅底一般。这让楚嘉禾一下就想到了忆秦娥她舅胡三元。胡三元在舞台上放松树炮出事后,脸就整成这副怪德行了。

忆秦娥就跟傻了一样,眼睛一动不动的,盯着那堆烧垮塌了的偏厦房。她也没表情,也没眼泪,就那样怔着,像是一座雕像了。刘红兵几乎是跪在地上,安慰着她。可无论用手,还是递手帕,都被忆秦娥推到了一边。是楚嘉禾和周玉枝上前,一把抱住她,她才哇的一声哭了出来。

单团长一跛一跛地来说:"不要急,事已经出了,也就别当回事了。晚上我让办公室安排一下,你到对面旅馆里先住下来,回头团上再想办法解决。反正还得好好休息,你的任务重着呢。放心,有团上,有我呢,你别怕!"

楚嘉禾也急忙说:"让秦娥晚上到我们那儿去住吧。我和玉枝的床都宽着呢。"

"秦娥,你就跟我们住吧!"周玉枝也说。

刘红兵急忙接过话说:"团长、嘉禾、玉枝,你们都放心,有我呢。不用团上,也不用麻烦你们了,我会把一切都安排得妥妥帖帖的。"

"你滚!"

忆秦娥当着众人面,第一次狠狠踢了刘红兵一脚。

刘红兵咻啦一笑说:"看看,我的人,这脑子是不是受震了?没事,你们都走,有我呢。"

忆秦娥终于抓起刚才救火的塑料桶,狠劲向刘红兵砸去。刘红兵一把接住说:"没事,你都走你的。"

楚嘉禾、周玉枝和单团长他们就只好走了。

十六

人都走了,忆秦娥越发气愤。人家单团长让办公室安排住处,你刘红兵凭什么不让,说有你呢?你算哪路神仙,要拿了我忆秦娥的事?可她当时,把这话又说不出来,就任由着人都走了,才骂起刘红兵来。

刘红兵说,这是咱们自己的事,麻烦那么多人干啥?

谁是"咱们"?谁是"自己"?你还真把你不当外人了?

两人吵了几句,忆秦娥就又朝刘红兵扔东西。

任她再扔,刘红兵就是笑嘻嘻地接着,心甘情愿地挨着、受着。

忆秦娥拿他还真没了主意。不过她心里,也是不情愿让团上安排住处的。火灾是自己引起的,团上没找麻烦,已是团长恩宽了,哪还敢指望用团上的钱,再给自己开旅馆呢?团上穷得跟啥一样,《游西湖》请了个舞美设计来,都住的是单团长的办公室。人家因为接待不好,还来回发脾气着呢。自己咋好让团上掏这冤枉钱?要是让大家知道了,还不又摇了铃了。

楚嘉禾和周玉枝那里,她也是不准备去的。不知咋的,她总觉得她和人家之间,是隔着一层的。这一层,是从她当烧火丫头,人家正经科班学戏开始的。尽管这几年大反转,她已遭了她们的嫉恨,可与她们有距离感,她心里还是当时的那种感觉。她总觉得人家都是比她厉害、金贵的角色,唱没唱主角,还是这种感觉。

她就只能听刘红兵安排了。

刘红兵自是要把她安排到他租住的地方了。忆秦娥不去,刘红兵说那就去北山办事处。忆秦娥也不去,刘红兵就说住旅馆。他们都到了旅馆,忆秦娥听说一晚上得十好几块,就又磨磨叽叽地,同意去他租住的地方了。

刘红兵租住在剧团对面的信义村里。村里人把自己的土地叫"刮金板"。原来在上面种菜"刮金",现在几乎是一夜之间,都盖成房了。哪一栋都是出奇的高。房子盖得有些像儿童搭建的积木,底部窄小,却敢头重脚轻地向半空延伸。楼和楼是越挨越紧密了,挨不紧密,甚至随时都有垮塌的危险。窗户自然多是被邻家的墙壁遮挡着,家里大白天都不得不开着灯。这些房,大都出租给附近单位的无房户,或是摆小摊子的生意人了。刘红兵租住的,还是一家最好的房,有近二十平方米,关键是还有一个能透气的窗户。忆秦娥住进去后才知道,这栋楼里,还住着省秦好几个从外县调来的演员。好在楚嘉禾她们是住在另一个村子。

刘红兵把房子收拾得非常简单,那就是一个能睡觉的窝。连床都是地铺形状。他还美其名曰什么"榻榻米",说是日本的睡法。

墙角摞了一堆啤酒瓶子,还有一地的烟屁股和纸烟盒。

忆秦娥进房的第一感受,就是快把人呛死了。

刘红兵急忙打开了窗户。

忆秦娥嘟哝了一句:"猪窝。"

"就是猪窝。没想过你会来。我就是在这睡个觉而已。"刘红兵解释说。

"你走吧。"

"我……我到哪里去?"

"我管你到哪里去。"

刘红兵就死皮赖脸地说:"你看,都这么晚了,能不能……让我……搭个脚。"

忆秦娥起身就朝外走。

"好了好了,我走我走。你真是个怪人。"刘红兵无奈地说。

"我咋怪了?"

"太怪了。要是放在别人,恐怕……早都睡一块儿了。"

"你又说流氓话。"

"这咋叫流氓话了?"

"这还不是流氓话?"

"好好,流氓话流氓话。不说了,不说了。那咱们谝一会儿,我再走行不?"

"谝啥呢？"

"谝啥都行啊！"

"跟你，没啥好谝的。"

"娥！"

"不许你这样叫，你又叫。"

"秦娥！"

"也不许！叫忆秦娥。"

"好好，忆秦娥，忆秦娥同志，不要悲观，火灾发生就发生了，好在也没酿成大的灾祸，就是把你的那点坛坛罐罐烧了而已。没有啥，旧的不去，新的不来嘛！有时坏事也能变成好事。比如失火这种事，过去我在北山也经见过，烧了旧房，盖了新楼，真正的火烧财门开啊！大凡失过火的地方，都会发旺起来，你信不信？也许这把火，就让你的李慧娘要大火起来了呢。"

"对了对了，再别安慰我了。我把东西烧得连一个牙刷都没抢出来，还火还旺呢。"

"有我在哩，你怕啥？面包会有的，一切都会有的。"

"去去去。我累了，我要睡呀。明早还要联排呢。"

"忆秦娥同志，你看是不是这样，今天真的太晚了，你就让我在这儿将就一下。你住床上，我住门口这一块。保证井水不犯河水。我绝对纯洁无邪的。"

"不行。要不我走。"

"你看你，看过《永不消逝的电波》没有？那电影里的两个人，就假扮夫妻着的。虽然睡在一起，可啥事都没有。这要靠思想觉悟哩。"

"那是电影。"

"可那故事是真的你知道不？我绝对没事。如果你不愿意，就说明你心里有鬼，知道不？"

"对了吧，我心里有鬼？你就是个坏人。"

"我咋是坏人了？啥时在你跟前坏过了？"

"你还不坏？不坏老缠着我干啥？"

"这就叫坏了？这叫追求。这叫恋爱。"

"不许你说恋爱。你跟谁恋爱呢？"

"跟你呀！"

"呸，我才不跟你恋爱呢。"

"不恋爱，那你到我租住的房里来干啥？"

"我本来就不想来，是你硬要我来的。我走，我马上走！"

"哎哎哎，看你这娃，咋是这怪的脾性嘛！"

"嫌怪了你别理我，让我走。"

"好好好，不怪不怪。你看噢，你住里边，这有个布帘子，我给咱拉上，房就分开了。算是各住各的，你看这样行不行？"

"我说过了不行。你要再缠，我就走。"

"好好好，不缠了不缠了。我还没见过你这样一根筋的人。看睡在一个房里又咋？就是睡在一个床上又咋？就是把事情办了又咋？"

"把啥事办了又咋？"

"就那个事情，啥事情。"

"那个事情是啥事情吗？"

"你是真傻么，还是装傻呢？"

"谁傻了？你又说谁傻了？你妈才傻呢。"

"好好，我妈傻，我妈傻。我是说，咱俩就是睡在一起，又咋吗？人生在世，不就这一回事么。我就不信，你一辈子还不跟男人睡觉了。不信你今晚试试，让男人搂着睡，看不舒服死你……"

"日你妈，刘红兵。你又说流氓话，你又说流氓话……"

说着，忆秦娥拾起手边的一个啤酒瓶子，就要砸刘红兵。刘红兵吓得一溜烟跑出去了。

刘红兵一跑出门，忆秦娥就把门锁碰上了。

只听刘红兵在外边悄声喊:"哎,娥,晚上要尿了,在脸盆里就行。出来还得到一楼,不方便。我一直用的酒瓶子。"

"滚!"

就听刘红兵下楼去了。

忆秦娥撵走刘红兵,把房里四下看了看,又把窗户插销插上。她见门的反锁栓子坏了,就又给门背后放了一堆空酒瓶子。然后再把床上的单子掀过来,反铺上,她才在床边坐下来。

真是有些惊魂未定的感觉,她脑子里,又在反复回忆着失火的过程。练了那么多次吹火,都没出问题,怎么今天就把牛毛毡棚给引着了呢?

也是该出事,她见今天太阳好,就把自己磨的松香、炒的锯末,还有包子纸,全都放在牛毛毡棚顶晒着,忘了收。明火一上去,忽地就着了。顶棚一着,很快就烧塌陷到房里床上了。等她提一桶水来救火时,连一只袜子都没抢出来。藏在抽屉夹缝里的一百多块钱,也是烧得只剩下手指头蛋大一点没焦的花纸了。真是背运透了。

当她慢慢躺到床上,又在想,怎么能睡到刘红兵的床上了呢?这可是她最不愿意干的事了。可又明明躺在这儿了。一股烟酒味,甚至让她感到有点恶心。但实在太累,她也不想起来再折腾了。难道在西京城,今晚只有刘红兵这里,才是忆秦娥唯一能落脚的地方了?不是这里,又是哪里呢?她甚至在想,自己对刘红兵是不是有点过了?一步步往远推,一步步又在朝深处陷,直陷到今天这个份上,以后又怎么朝起拔呢?想着想着,她就睡着了。

第二天起来,她又照常去排戏了。中午,她买了一盒方便面,一个人在排练场正泡呢,刘红兵提着一个新买的四联套饭盒来了。管她愿意不愿意,他就那样打开几个盒子,硬是强着她,把一盒饭菜吃了。她也真是太饿了,几乎饿得有些饥不择食。晚上她本来想好,再不去刘红兵那儿了。中午休息时,她已去打问好了一家旅馆,一晚上六块钱,是四人间。反正就睡个觉而已,先将就几天再说。谁知还没等她走出剧团大门,刘红兵就又在那里候着了。大门口出来进去的人太多,忆秦娥也不想在这里拉拉扯扯,就又跟着他去了他的租房。没想到,就一天时间,刘红兵简直是把房子弄得焕然一新了。并且一切都是按一个女人的生活需要收拾的。甚至连梳妆台都置办下了。忆秦娥说坚决不住,可哪里又能犟得过刘红兵呢。这次,还没等她把话说完,刘红兵自己就先起身告退了。并且一再交代,说门也收拾好了,现在可以反锁了。

忆秦娥就这样,彻底在刘红兵的房里住下了。

一切还真按刘红兵说的来了,《游西湖》一见观众,还真火得比失火了还火。

十七

《游西湖》是在市中心最好的剧场演出的。

在内部最后联排时,封导就悄悄给单团长说:"戏成了!"

单团长也静静地坐下来看了好几遍,认为封导的判断没错,戏是成了。主要是忆秦娥把李慧娘立起来了。这娃要扮相有扮相,要嗓子有嗓子,要做功有做功,要技巧有技巧。这样的演员,尤其是在"文革"停演了十几年老戏后的今天,已是凤毛麟角了。关键是功底太扎实。加上忆秦娥很谦虚,也很投入,咋看就是一个为戏而生的虫子了。于戏以外,她还真是有点瓜不唧唧的感觉。房子烧了,也不见再要房。单团长还让后勤科再找找,看有没有空处。后勤科说没有,他也忙,没顾上再问,竟然也就过去了。在内部彩排那天晚上,单团长还把几个离退休老艺人请来,专门给《游西湖》把脉呢。他们看后,对忆秦娥的表演是大加赞赏。说这个李慧娘,有省秦老几代李慧娘的范儿:俊美、飘逸、稳健、大气。"是省秦扛大梁的料!"有人又用了"色艺俱佳"这个词。一个老艺人甚至还当场批评他:"都啥年月了,还用这'骚乎乎'的词。"那人就翻了脸,说:"色艺俱佳咋了?那是对演员的最好褒奖。不仅戏美,而且人也美,有啥不好呢?一个扮相很差的演员,即使演得不错,对你几个老皮,又有多大吸引力呢?演员的色相很重要,不承认演员色艺俱佳了好,那就是虚伪。你几个老皮,就是老伪君子:八十多岁的人了,在公园里,见了漂亮女人,还要冒着扭断脖子的危险,扭过身把人家瞅半天,却不承认演员色艺俱佳了好,你几个就是老曹操,老董卓,老高俅,老贾似道。"几个老汉互咬互掐着,把在场听意见的人,全都惹笑了。

　　正式演出后,省秦的《游西湖》就爆红了。

　　那时西京没有更多的文艺生活。一场好戏,就能把整个城市搅动起来。很快,民间评价就传到上边领导耳朵去了。单团长跟封导商量说,等多演几场,戏磨合得更好一些,再请领导看不迟。谁知好几个领导的秘书,已打电话来要票了。他们就赶紧把请柬发了出去。果然来了好多领导。并且西京方方面面的知名文艺家,还有新闻媒体,也都蜂拥而至了。掌声几乎从第一场结束就开始,直拍到谢幕。尤其是忆秦娥的《鬼怨》《杀生》两场戏,几乎是一句唱一个好;一口火焰,一次掌声。直拍到群鬼一齐出动,把残害忠良、杀死无辜、横行朝野的奸相贾似道,生生吹死在团团烈火中。谢幕的时候,忆秦娥三次出来深深鞠躬,观众仍然不走。其他一些文艺团体,甚至还抬着花篮上去献花了。省上主管文化的领导,接见演员后,一再说:"你们为振兴秦腔开了个好头!有这样好看的古装戏,恐怕不愁没人进剧场了。应该好好总结一下,振兴秦腔,到底从什么地方入手。我看这个戏,就是一个最好的突破口嘛!"讲完话后,领导又一再问单仰平,演李慧娘这个演员,过去怎么没见过?单仰平说,这就是从宁州调来的那个娃。还说,这个娃要不是领导您亲自打电话,县上还不放呢。领导听说还是自己亲自调来的人,自是兴奋得了得,就久久拉着忆秦娥的手说:"人才难得,人才难得呀!大家都想想,今晚要是没有这个李慧娘,还有那么多的掌声吗?"说得高兴了,领导就问剧团还有什么困难没有。单仰平脑子嗡地一下,就涌上来了一大堆问题。可怎么都得拣紧要的说了。他就先把住房问题拎了出来,还把忆秦娥住牛毛毡棚失火的事,也绘声绘色地讲了一遍。领导就对身边人说:"这个事得考虑呀!像这样的好演员,还住在牛毛毡棚里,并且一把火烧得连烂棚棚都没了,那怎么行呢?还能让这好的演员住在撂天地里不成?只有安居,才能乐业嘛!娃连个住处都没有,让她怎么唱戏?你们尽快打个报告上来。"领导在说这番话的时候,身边还围着团里一大群人。很快,这个消息就跟风一样,刮遍了后台。等单团长把人送走,来到后台传达精神时,这里早已是一片欢腾了。

忆秦娥累得趴在化装室的椅子背上,有一种要干呕的感觉。刘红兵正在轻轻给她捶着背。单团长和封导走过来,问怎么了?刘红兵说:"累得来,昨晚累得回去吐了好多。"

忆秦娥急忙抬起头说:"别听他胡说,就是有点难受。没事,一会儿就过去了。"说完,忆秦娥还把刘红兵瞪了一眼。

单团长就说:"很成功啊,秦娥!刚才有些话,你也都听见了,领导对你的评价很高,都答应给咱团盖房了。这房要是能批下来,你可是立了头功啊!"

"唉,也是拿命换哩。团座,还有封导,不是说呢,秦娥的确是把苦吃了,给她啥房都不亏……"

还没等刘红兵说完,忆秦娥又把话挡了:"谁让你说话的吗?你们可别听他乱说了。"

"好好好,不说,我不说。"

封导接着说:"秦娥,今晚咱们省上文艺界的名流,几乎都来了。看完戏给我说:这个娃不得了,演戏的感觉太好了!还都问是从哪儿弄来的呢。连省戏曲剧院的好多人都很羡慕哇!戏曲剧院那可是人才济济的地方。人家四个团,角儿挤角儿的,还羡慕我们说,省秦是一锄头挖了个金娃娃回来呢。"

刘红兵急着又插嘴道:"可不是。秦娥一走,连北山地委书记、专员都追究责任呢。问是谁把人放了的。"

"刘红兵,你滚!"忆秦娥又有些恼了。

"好,不说了,绝对不说了。"

单团长就说:"你看,要是哪儿不舒服了,我们送你上医院看看?"

"不用不用。"说着,忆秦娥就慢慢站起来,到水池子卸装去了。

单团长就对刘红兵说:"把人给我招呼好。"

刘红兵啪的一个立正:"放心团座,就是把我日塌了,也不会让你的角儿吃亏。"

封导也拍了拍刘红兵的肩头说:"你小子也算是抱住了个金娃娃呀!记着,把娃娃抱好,秦娥可是属于整个秦腔的!"

刘红兵又是啪的一个立正:"放心封导,我一定给咱把娃抱好,让组织放心!让秦腔观众放心!"

单团长和封导就笑着走了。

忆秦娥卸完装,后台已走得只剩下管化装的了。可忆秦娥累得又一屁股在椅子上塌下来。她有些想呕吐,管化装的要来帮忙,刘红兵说不用,让她先走,管化装的就也走了。剧场后台管理人员,催了几次要关灯,忆秦娥才在刘红兵搀扶下,慢慢站了起来。刚站起来,忆秦娥到底还是哇地一下吐了。一吐出来,反倒觉得轻松了许多。她要收拾地板,刘红兵硬是抢着打扫了。然后,他们才离开了后台。

出了后台门,一股清风吹来,忆秦娥觉得舒服了许多。

连续几场演出,忆秦娥谢完幕,首先就是一种反胃的感觉。她想起了师父苟存忠,每每排练《杀生》下来,也是要反胃。苟老师曾说,吹火最难受的,不在舞台上吹那阵儿,而在吹完以后的"闹腾"。这是真的,松香加锯木灰,吹着吹着,有些就吞到肚子里了。加上吸入的烟雾,一旦放松下来,整个胃里,就开始翻江倒海起来。演出时高度紧张,什么感觉也没有。演出一完,都有一种五脏六腑要从喉咙里飙出去的难受。在领导接见的时候,她已抿紧了嘴唇,生怕胃里的东西,会自己冲决而出。她觉得那个闸门,快要关不住了,一旦决口,喷射物就正中领导的脸上。那可就把大乱子惹下了。她尽量朝后退着,想把距离拉远些。可领导讲着讲着,一激动,就不停地朝前移着碎步。她的心,就慌乱得敲起战鼓来。她努力想着各种关得很紧的门的样子。可在她的记忆中,好多门扇又都是破烂不堪的。从自己小时放羊的羊圈门,到家里的几扇门,再到宁州剧团的大门,宁州剧团灶房的柴门,再到省秦的大门,还有失了火的那间偏厦门,以及刘红兵租房的碰锁门,都不是严丝合缝的好门,都能跑风漏气。都是狠命一脚,就能踢出一个出路的烂门扇。好在自己的嘴,包括声带,都是闭合得很好的。但愿能闭合得再好一些,再紧一些。终于,领导把话讲完了,还不算太长。至于领导讲些什么,她真的连一句都没听进去。那阵儿,为不给领导难堪,她只能把精力,全放在控制脾胃的暴乱上。

"你可真是给省秦立大功了!这回要是建了新房,给你分两套都应该。"刘红兵又开始说话了。

忆秦娥说:"你的嘴咋那么多的?"

"我的嘴要是不多,盖了房,兴许还没你的呢,你信不信?"

"我的事不要你管。"

"看你这傻不棱登的,我不管能行?"

"你又说我傻。"

"打嘴,打嘴,我说错了。你不懂,现在盖房的理由和分房的结果,完全是两回事,你还没经见过呢。我爸整天就给人断这官司呢,我见得多了。在单位,你不能太傻。做了成绩,吃了苦,一定要在领导跟前喊叫呢。哭得多的孩子,奶就吃得多,你懂不懂?不喊叫,就没你的菜了,傻娃哟!"

"你还说我傻。"

"好好,不傻不傻。是我傻,得了吧?"

"哎,刘红兵,你为啥这死皮的?叫你别到后台来,你为啥偏要来?我说多少回了,你还来。"

"我不来,我不来你吐了,谁招呼呢?"

"你不来人家自然有人招呼。就是见你来了太搡眼,人家才都离开了的。我在宁州演出,每天晚上,都有好多同学招呼呢。"

"那是宁州,都是你的同学。在这里可不一样,这是省城,你懂不?你和任何人都没有关系。你的亲人就是我,就是刘红兵,懂不懂?"

"你凭啥是我的亲人?"

"就凭我爱你,真心爱你,那就是你最亲的亲人了。"

"呸,别说爱我,我不喜欢听。"

"唉,这么漂亮一个娃,要是啥时能开窍就好了。"

"我咋不开窍了?"

"你啥窍都还堵着,就只开了唱戏一窍。"

"滚滚滚!"

演出剧场离他们住的地方,有两三站路。刘红兵要打出租,忆秦娥死活不上,坚持要自己走回去。刘红兵就只好陪着她走。

一路走,刘红兵又死皮赖脸地商量着,看晚上能不能住在一起。忆秦娥淡淡地说:"房是你的,你硬要住,那我就到旅馆登记去了。"气得刘红兵毫无办法,就一个劲地说:"你是不是有啥病呢?"忆秦娥说:"你妈才有病呢。""好好好,我妈有病,我妈有病。"刘红兵把人送到门口,又试了一次,他硬把一条腿朝门里插。他刚挤进去,忆秦娥就闪出来了。刘红兵自觉没趣地又退了出来。他退出门了还在嘟哝:"这娃真有病呢。"

刘红兵走后,忆秦娥躺在床上,也半天睡不着。戏一下撂得这么响,是她没有想到的。说实话,直到彩排以前,她心里还都咯噔着,怕自己是一个外县来的演员,在省城舞台站不住呢。排练时,这个说她这不行,那个说她那不行的,好像道白、唱腔都有很大问题。总之,她还不是省秦的"范儿"。尤其是没跟西京城的观众见过面,她心里还真没一点底呢。可自打首场演出后,她的自信心就建立起来了。那是在她第一次出场时,内唱"二导板"腔"天朗气清精神爽——",李慧娘在丫鬟霞英的带领下,轻移莲步,上场一个亮相,底下的掌声就潮水一般涌了上来。在下面的唱段中,她就感觉到了观众的接纳与热情。她已是在舞台上见过不少观众的演员了。观众喜欢不喜欢,接受不接受,一出场,就能感知十之七八。在后边的演出中,随着剧情推进,观众对她接纳的程度,也在步步加深。当《鬼怨》《杀生》这两折特别见演员功底,也特别讨观众喜欢的戏演出来后,听着观众的掌声和欢呼声,她就知道,自己在省城的舞台上,是站住了。在以后的几场演出中,她也越来越自信,演得也越来越放松。观众就更是到处在议论着忆秦娥这个似乎十分熟悉,又十分陌生的名字了。

戏的确是成功了。但她与刘红兵的关系,也实在是越来越让她感到头疼。

就在排练的最后冲刺阶段,其实一直是刘红兵在关心着自己的生活。如果没有刘红兵,她排练完回到家里,几乎连一口热水都是喝不上的。可刘红兵就那么细心,每天变着花样,到处给她买吃买喝的。有时他还亲自做。用他自己的话说,在家里,他妈把饭做好,他有时连嘴都懒得张一下。可在这里,他就是她的奴隶,并且是甘愿为奴的。那一段时间,她也真的是没办法,就那样任由他去关心呵护自己了。但有一点她始终坚守着,那就是女人的最后一道防线。她觉得那是绝对不能突破的,一旦突破,那就只能做他的女人了。她始终觉得,这不是她要的那个男人。她想要的男人,似乎还是封潇潇那种默默相守的人。刘红兵太张扬了,大小事,都要做得满世界知道了才好。她不让他到排练场去,他偏去;她不让他跟剧团人过多说话,可他已经成满剧团人的朋友了;连单团长他也不叫团长,而叫单团、叫团座了。到剧场演出,他更是上蹿下跳,从观众池子到后台,没有他不钻、不蹿的地方。连看大门的都知道,这就是演李慧娘那个演员的男人了。气得她就想拿化装室的椅子,照他的脊背美美砸几下。她再说,再骂,他还是一直缠绕在跟前,几乎没有远离过一个小时以上的时间。她真的是拿他没有任何办法了。

剧团终于要进京了。忆秦娥就怕刘红兵又死皮赖脸地跟了去。恰好,那两天,他不知吃啥东西,坏了肚子,拉得人都爬不起来了。忆秦娥就让他在家好好休息,说千万别胡乱跑,尤其是不要到京城去。刘红兵拉得满脸蜡黄,走路时就跟踩在棉花包上一样失重轻飘,自是满口答应,只在家里乖乖地等她凯旋了。

《游西湖》剧组就进京了。

十八

省秦有好多年都没进京演出了。20世纪50年代倒是去过,那也是隔了二十好几年的事了。因此,坐上进京火车的演出团,自是兴奋得了得。单挂了一节车厢,坐了九十五个人,还有十几个,买了票,坐在其他车厢里。车一开,也都挤过来,闹腾得车顶都快要掀翻了。

主演忆秦娥,被安排坐在单团长和封导一排。虽然都是硬座,但却在车厢的中部,就算是一种待遇了。领导身边相对安静一些,也适合主演休息。

大家都疯癫着喝酒、打牌、讲笑话。大多数人,准备了充足的吃喝,有德懋功水晶饼,有回民坊上老铁家腊牛肉,还有变蛋、柿饼、蓼花糖、水果、坚果、方便面啥的,反正应有尽有。那些啥都没带的,就带着一张嘴,吃了东家吃西家,反倒是把啥都尝了个遍。单团长和封导这边,自是最丰富的了,啥都有人朝这儿拿。忆秦娥其实也带了不少东西,都是刘红兵硬撑着身子骨去给她置办的,这阵儿反倒没地方放了。在一窝又一窝人中,不时会发出爆破一般的声浪。那是有人讲笑话,把扎堆人群的兴奋神经给引爆了。忆秦娥他们这一块儿,主要是听封导谝。封导知道得多,一路都在谝秦腔进京的事。他说秦腔最风光的进京,要算魏长生进京了:

"老魏是清朝乾隆年间,咱秦腔界出的一个大人物。他生在四川,因在家里排行老三,也叫魏三。你们知道不,旦角演员化装,脸上贴的那个云鬓片子,就是老魏发明的,可以把脸型捯饬得要咋好看,有咋好看。老魏小小的,家境贫寒,靠捡破烂为生,也学过川剧。十三岁时,他跟几个小伙伴一起流浪到西京,就入了秦腔班社。这人能吃得苦,暗暗发誓,要在戏行弄出点名堂来。果然,就练成了一个'声名顶破天'的秦腔男旦。唱戏这行,下要民间江湖、引车卖浆者认可、挡红,上要厅堂、庙堂接纳供养。在当地唱得再红的演员,若一生不能到各路神仙会聚的'大码头',尤其是帝京,露得一两手绝活,获得一两句赞语,也就只能算是塑成了'半个金身',终是一块难了的心病。老魏也不例外,既是在秦腔界唱得最火的演员,自是想到京城,为自己、也为秦腔赢得一点响动了。他一共到北京去过三次。那时去北京,可不像现在,坐火车二十几个小时就到了。那时是吆着马车,拉着戏箱,一路走,一路唱。过了黄河,从山西唱到河北,再从河北唱到京城的。去一趟,少说也得半年天气。他第一次去,就没撞响。那时京城大概还驻扎着李自成的军队。带着几个秦腔'文工团'进过一次北京的,还没咋唱开,就让人赶出京城了。老魏带人去,唱得粗腔大嗓、声震屋瓦的,与昆曲的优雅绵长,很是不搭调,自是被冷落、嘲弄出局了。不过,老魏这人很精明,他发现昆曲的路数,也是快撞到南墙了:戏词太文雅,普通人几乎听不懂,能看戏的,都得识文断字。那时又没字幕机,看戏还得拿着灯笼、蜡台,翻着剧本,才能看明白。书面语叫'秉烛而观'。老魏觉得,一门艺术弄到这个份上,恐怕离死也就不远了。他回来,就有针对性地,专门打理了几出'生活'戏,二次进京时,就专跟昆曲打起了擂台。结果,一下就把昆曲给打败了。这就是戏曲史上有名的'花雅之争'。'花部'是以秦腔为代表的地方戏。'雅部'就是昆曲。'花部'组团与'雅部'对台起来,'雅'的咬文嚼字、典故叠加的昆曲,自是无法跟'花'的家长里短、俚语俗谚的地方戏相对抗了,一下败落得很惨很惨。当时有好多文人墨客,都撰有笔记。清人的笔记可是很有名的。魏三的名声,多是靠他们的笔记传下来的。这些笔记里说:魏三一出《滚楼》,弄得'一时观者尽入秦班,京城六大班从此无人过问,甚或散去'。还有的甚至说:'一时不识魏三者,无以为人。'不认得魏三,连做人都成了问题,你想想,那是多大的声名哪!现在流行歌坛刮'西北风',那时京城刮'魏旋风'哩。不过,人太红火了,就要遭嫉恨。何况老魏的秦腔班社,是远离京城的地方'草台班子',昆曲早已是庙堂贡品了。让'庙堂'里有权有势者打压一下,几乎是不费吹灰之力的事。有高层人士,就给老魏扣上了'海淫海盗'的帽子,说他唱'粉戏',有伤风化。所谓'粉戏',就像今天的'黄碟',色情戏么。自然,老魏就被以'扫黄'的名义,给逐出京城了。"

封导说到这里,突然拿起一个酱猪蹄啃起来,没了下文。大家就越发觉得这故事有味儿,都打问后来呢。封导说:

"后来老魏就到扬州唱戏去了。老魏这个人,是哪里热闹,就把秦腔朝哪儿打。既然扬州是天下财富、人脉聚会之地,他就把班社开到那儿去了。由于老魏扮相好,唱得好,做功好,戏也接地气,很快就在扬州把场子踢开了。甚至又出现了京城的阵仗。弄得地方戏班的主角,都纷纷钻进他的班社讨生活来了。扬州的文人们,在笔记里记载秦腔魏三,称他为'野狐教主'。说'花部泰斗魏长生,在苏州、扬州,演戏一出,赠以千金'。你想想,红火得了得。还说几乎全国各剧种演员,都纷纷拥到扬州,拜他为师了。就连昆曲发祥地苏州的戏班,也请他去传授技艺呢。他创新的'西秦腔','徽伶尽习之'。就是徽州的戏班子也都来学习了。再后来,徽班进京,大家都知道'徽班进京'的,甚至对京剧的形成,都起到了十分重要的催生作用。现在京剧界,也得认咱老魏这个祖师爷呢。老魏被以'扫黄'的名义赶出京城后,自是憋着一口气。咋想,都是要再进去一次,把名声挽回来,让秦腔、让自己重新站住脚的。这就有了第三次进京。这一次,他进去演的是《背娃进府》。剧目与技艺都更加成熟、老到了。自是再一次轰动了京华。只可惜,老魏毕竟是快六十的人了,最后硬是累死在后台了……"

封导讲到这里,忆秦娥甚至情不自禁地"呀"了一声。封导问咋了,她说她师父苟存忠,就是在演《杀生》时,活活累死在舞台上的。有人说:"快别说这不吉利的话了,咱们这次进京,你还要演《杀生》呢。"忆秦娥就对着车窗,呸呸呸地吐了几口晦气。

封导说:"也没啥,将军马革裹尸,伶人戏装咽气。也算是一种生命的悲壮了。不过咱秦娥年轻,气力好,再累的戏,都能背得动。他们累死在舞台上,也都是年龄太大了。"

大家半天都没话说了。只听其他几窝人,还在划拳、打牌地哄闹着。最后是单团长说了一句:"也不知咱们这次,算是秦腔第几次进京了,但愿《游西湖》能一炮打响。"

有人说:"响不响,全靠忆秦娥了。"

忆秦娥一下就感到了从未有过的压力。

进京演出,对于忆秦娥来讲,本来是一件稀里糊涂的事。反正就是演出,把戏演好,不出差错就行了。其余的,都是单团长、封导他们的事了。可听封导讲了魏长生的故事后,她突然觉得,自己好像也有了一些其他责任。甚至是关系到秦腔在首都,站得住脚站不住脚的事了。这事体,还真是有点大呢。她就怕嗓子犯浑。走前那几场演出,几乎每晚结束时,她都要呕吐好长时间。这几天,嗓子也的确不舒服,不仅有点咳嗽,而且还沙哑。她尽量不说话,就喝胖大海和麦冬泡的水。这还是刘红兵不知在哪儿弄的方子,喝了还的确管点用。大家都在嗑瓜子、说笑话、打牌,她就一直靠在座位上睡觉。其实也睡不着,但她必须保持这种姿态。一来可以不跟人说话,二来也的确能养精神。过去在北山演《白蛇传》《杨排风》的那两个多月,严格讲,除了晚上化装演出,早上练一练"出手",多数时间,她就是睡觉。别人说她在当"睡美人"呢,其实她就是困乏。并且只有持续睡觉,才能保证嗓子不出问题。睡觉真是对嗓子最好的护养了。她就那样清醒一阵、糊涂一阵地迷瞪到了北京。

忆秦娥一到,还是打定了主意睡觉,一睡就是一天一夜。年轻人是住的五人、六人间。而她是主演,特殊照顾,跟两个老师住了三人间。

那两个老师是特殊照顾来的。剧团进一回京城不容易,凡能沾点边的,就都带来了。她们就搬了一片景,再是帮忙叠叠服装啥的。好在两个老师除了晚上睡觉,白天基本都在大街上溜达。也许是溜达得太累了,鼾声也就沉重些。有一个,甚至做拉风箱状,拉着拉着,气还有些接不上来,像是风箱杆子突然被拉断了。她也只能静静地躺着,努力在脑子里过戏。

第二天一早,她就被业务科人叫起来,到舞台上"走台"去了。所谓走台,就是要把戏在新的舞台上完整排练一遍,因为舞台与舞台的大小尺寸与结构是不一样的,不熟悉就会出问题。走完台,单团和封导一再强调:今晚是一场硬仗,我们花了省上这么多钱,来参加全国调演,也就看今晚的表现了。并宣布了几条纪律,第一条就是走完台,必须立马回旅社休息,不许任何人出去逛街道。可大家回到旅社不一会儿,就三三两两都溜出去玩了。忆秦娥自是又睡下了。睡不着,她就数羊,数着数着,也就睡着了。

下午四点,业务科的人又来敲门,说吃完饭就发车去剧场化装。忆秦娥迷迷瞪瞪地爬起来,去食堂吃了一碗米饭,喝了一碗鸡蛋汤。正喝着,就听团上有人跟服务员吵了起来。是乐队敲大锣的,在用夹生普通话喊叫:"你凭什么不上白馍了?我们是大西北人,不爱吃米饭,就爱吃白馍。咋啦?"只听一个大妈样的胖乎乎的服务员,带着嘲讽的口气说:"不吃大米饭?那两大保温桶米饭都到哪儿去了?你们可没少吃哦。额外要馒头就是要馒头,可别说大西北人不爱吃米饭的话。都没少吃啊。馒头没了,要吃等明天。""你这什么话?不是谈好的,每顿尽饱咥嘛。吃个白馍馍,咋还要等明天?"敲大锣的说着,就朝服务员跟前冲去。几个小伙子也跟了上去。服务员就连忙抄起鸡蛋汤桶里的铁勺,边舞边后退地说:"怎么着怎么着,还要动武是吧?这可是首都!你们大西北人莫非还敢在首都撒野不成?"单团长看情况不妙,就连忙跛着腿,跑到人群里,把几个小伙子拦住了。安抚好胖服务员后,单团长把敲大锣的,还有另外几个人,都美美批评了几句:"你们到首都来是演出的,是给首都人民汇报来了,不是争吃争喝来了。戏还不知能打响不,先在食堂给人家留下这坏的印象,好像大西北人都是饿死鬼托生的。"敲大锣的就嘟哝说:"里面明明有白馍,他们就是嫌我们吃得多。几个胖婆娘,还挤眉弄眼的,把几屉笼馍,抬着到处乱藏呢。"单团长就说:"君子谋道、小人谋食的话,你听说过没有?我们是谋道来了,不是谋食来了,你懂不懂?你晚上要是把锣敲好了,回去我蒸两笼白馍送你。看不噎死你。"敲大锣的笑着说:"那就给我蒸两笼肉包子。""滚!"单团长还照着他屁股踢了一脚。

一切都井然有序地进行着。忆秦娥化完装,包好头,静静地坐在一个角落,默着戏。这时,不停地有人传来池子观众的消息:一会儿说,观众不少;一会儿又说,只坐了半池子;一会儿说,都是陕西乡党;一会儿又说,北京口音的也来了不少。都说"京片子"嘴里跟含了一颗糖一样,说啥都呼噜不清楚。再后来,就说评委来了。还有领导。说有好几十个大人物呢,不过老汉老婆居多。终于,三道铃响了。

戏开了。

忆秦娥一再在心里跟自己说:没啥害怕的,不就是演戏嘛。可说归说,毕竟是首都,毕竟是参加全国比赛啊!这几个月,从排戏开始,都让人把"首都""比赛"这几个字听怕了。

大幕终于拉开了,裴相公先上去唱了四句戏:

> 喜今朝天气晴乌云散尽,
> 出门来只觉得爽朗胸襟。
> 枝头上黄鹂叫两两相应,
> 真个是春光好处处宜人。

底下毫无反应,裴相公就下场了,有一种灰溜溜的感觉。在西京,"裴相公"也是名演,他一开口,那可是一句一叫好的热闹景致。可今晚,几乎"凉得要咳嗽"起来了。他失落地下了场,还真尴尬地自己咳嗽了两声。

终于,该忆秦娥亮相了。她一句"内导板"唱,丫鬟先出场,向内招呼道:"小姐,快来呀!"忆秦娥就移着莲步,先背身、后亮相地,正式出现在首都舞台上了。

让她有些失望的是,这里没有碰头彩。她自信,今晚的装,是化得最好的。几个小伙子还给她献殷勤说:"妹子,就凭你这一副'盘子',都把首都震翻了,还别说吹火绝技了。"她觉得嗓子也睡好了,可观众对她好像很是冷淡,还真让她有点紧张了。并且越演心越悬了起来。池子太安静太安静了。来北京前,在西京演出有掌声的地方,这里统统都鸦雀无声了。她演着演着,冷汗就冒上来了。莫非秦腔的名声,还真要瞎在忆秦娥手中了?《游西湖》可是

20 世纪 50 年代在首都唱红过的戏呀!

  第一场下来,就听旁边人议论说:"首都人看戏咋是这范儿?手脚好像是被上铐子了一样。""太安静了,安静得怕人。""今天这戏不好演。"她努力保持着镇定。一步步按照排练的要求,稳扎稳打地朝下演着。到第四场《思念》后,慢慢出现了转机,终于有人鼓掌了,虽然稀稀拉拉,可毕竟是有了掌声。这对演出,是最重要的认同与激励方式了。李慧娘由于同情被打入死牢的正义士子裴相公,而惨遭奸相贾似道杀害。剧场情势由此突转,引出《鬼怨》一折。掌声也从此逐渐多了起来。

  怨气腾腾三千丈,
  屈死的冤魂怒满腔。
  可怜我青春把命丧,
  咬牙切齿恨平章。
  阴魂不散心惆怅,
  口口声声念裴郎。
  红梅花下永难忘,
  西湖船边诉衷肠。
  一身虽死心向往,
  此情不泯坚如钢。
  钢刀把我头手断,
  断不了我一心一意爱裴郎。
  仰面我把苍天望,
  为何人间苦断肠?
  飘飘荡荡到处闯,
  但不知裴郎在哪方?
  一缕幽魂无依傍,
  星月惨淡风露凉。

当她唱到"但不知裴郎在哪方"时,四处奔突的快步动作,骤然减慢下来。她一边唱"一缕幽魂无依傍,星月惨淡风露凉",一边慢慢朝下"卧鱼"。这就是那个长达三分多钟的下蹲控制动作。身子几乎是一个关节一个关节软卧下去的,但又不能让观众看到关节的生硬折叠。她是一匹锦缎。这匹锦缎像是被魔力所控制一点点柔软下沉着。当身子旋扭到三百六十度,呈"犀牛望月"状时,恰似一尊盛着盈盈波光的"玉盘",琥珀粼粼,却点滴未漾……

掌声,终于如雷鸣电闪后的暴雨狂风大作一般,把整座剧场的顶盖,几乎要冲决掀翻了。

在紧接着的《杀生》一折,几乎一个动作一个掌声。一口吹火,一阵霹雳。有人在侧台计算,仅这场戏,忆秦娥就赢得了五十三次掌声。终于,秦腔经典《游西湖》,在全场观众站立起来的一片叫好声中,精彩落幕了。

后台几乎所有人,都在相互拥抱。大幕拉上后,满台演员,包括搬布景道具的,也都激动地拥到忆秦娥跟前,把忆秦娥一下抱了起来。可就在这时,忆秦娥哇地一下吐出来了,污秽物喷溅了几个人一脸一身。她感觉,她是快要死了。甚至在一刹那间,她猛然想到了师父苟存忠的死。有人喊叫说,领导上台接见演员了,让她坚持一下。可她咋都坚持不住了,还是要吐。她急忙朝厕所跑去。跑着跑着,又吐了出来。最后,是被几个人架进厕所吐去了。

忆秦娥一边吐,一边哭。也许别人以为,她是演出成功了,喜极而泣。可忆秦娥只觉得,演戏真的太苦太苦太苦了。做主角的压力,也是太大大大大大了。她今晚几乎都快被压垮了。下辈子要是允许她选择,她一定选择放羊。即使放不成羊,她宁愿去烧火做饭,也不愿再唱戏了。尤其是唱这种拿体力、绝技拼命的戏。

她在厕所里吐得累了,竟然一屁股坐在了湿漉漉的台阶上。

搀扶她进来的周玉枝和管化装、管服装的老师,让她别坐,说地上脏。但她还是撑不起身子骨地软瘫下去了。厕所外边有人敲门说:"领导和专家还没走,都等着要见忆秦娥呢。"周玉枝问她,能不能行?忆秦娥摇了摇头。这阵儿,她只想坐在这里静一会儿。这里是唯一安静的地方。过一会儿,外边又有人敲门,说记者也等着要照相呢。管服装的老师,见忆秦娥脸上的装,早已被泪水和脏物涂抹得不成样子了,就对外面没好气地喊叫:"就说人都快累死了,送医院了。见不成,也照不成了。"

等身心慢慢平静下来,厕所外面也没有了更多嘈杂声后,忆秦娥才从厕所里走出来。

一出门,她看见的第一个人,竟然是刘红兵。

十九

忆秦娥就想着,刘红兵是咋都不会错过这热闹的。要是能错过这热闹,他就不是刘红兵了。临走那几天,刘红兵肚子实在拉得不行,几乎过几分钟就要朝厕所跑一趟。有时跑不及,从奇怪的表情看,好像都拉到裤子上了。但凡勉强能坚持,他都是会跟着大部队跑的。可仅仅只隔了两天,他到底还是死来了。人明显瘦了一圈,眼睛也眍下去两个深坑,眼白一下多了许多。嘴唇也是泛着乌青的。忆秦娥也懒得问,也没气力问。他要搀她,她胳膊一筛,他就只好像尾巴一样,硬黏在忆秦娥身后了。

从剧场到住地,团上租了公交车。第一车拉着乐队和一些卸装快的龙套演员早走了。第二车,还等着她和那些管服装、管鞋帽、管化装的。到了车前,她第一脚竟然没有登上去,是刘红兵在屁股上抇了一把,她才攀上车门的。就在她登上车门的一刹那,车上突然响起了热烈的掌声。她看见,是单团长和封导,在带头为她鼓掌。

　　这是她第一次感受省秦这个团队,对她的集体欣赏和褒扬。

　　单团长已经在第一排,给她安排好了位置。她还有些不敢坐。但封导硬让她坐下了。她的"尾巴"刘红兵,在她坐下后,还在十分亲切友好地跟远处人飞吻,跟近处人一一握手,并且又是打躬,又是作揖的,就好像今晚是他在首都放了卫星,制造了原子弹。逗得满车人都发疯似的狂笑起来。连单团长和封导,他都是接见过好几次,握了好几遍手的。后边有人煽惑,让把大家都"亲切接见"一下。他还真就挨个朝后边握起手来。在他握手的过程,满车人还有固定节奏地鼓掌,配合着他越握越来劲的行动。气得忆秦娥就想用手中的提兜,狠命朝他后脑勺上砸去。接见完了车上所有人,大家又把他起哄到车前边,他又跟单团长和封导亲切握了第N次手,车就开动了。前边明显是没有坐的地方了,有人就喊叫:"红兵哥,端直朝你人的腿上坐呀!""坐!""坐!""坐!"后边一些年轻人,甚至站起来喊叫。刘红兵这个二蛋货,还真朝忆秦娥腿上坐了。忆秦娥一闪身,他一屁股塌在了地板上。惹得一车人,又是打口哨,又是拍椅子背,又是拿脚跺车厢的,一下把狂欢推向了高潮。气得忆秦娥到底还是照他屁股踹了一脚。车一摇晃,刘红兵就势歪到引擎盖上坐下了。

　　后边人还在欢乐着,只见单团长站了起来。他第一次没站住,是刘红兵急忙伸出手,把他那条残疾腿扶了一把才站住的。单团长拍了拍巴掌,让大家安静了下来。他说:"今晚演出很成功,比预想的要成功得多。没有任何纰漏。用封导的话说,简直是一匹织得最浑全的锦缎。整个演出,我们有人数了一下,一共是九十七次掌声。我也在下边看了,有好几处,都是评委在带头鼓掌,带头喊好。几个老专家都拉着我的手说:秦腔有希望了。说这是一个大剧种,是梆子戏的鼻祖,也可以说是京戏的祖师爷。把秦腔振兴起来,戏曲才有大希望。今晚还来了不少部委的领导,也都很满意。尤其是咱们省在京的领导,有的过去看过《游西湖》,说这次演出,与'文革'前的演出比,毫不逊色。并且说,演李慧娘的这个演员,太难得了。秦娥,都夸你呢。说你扮相好,个头好,唱得好,戏做得好,火吹得好,一连说了五个好。还都想见你呢。可惜你当时累得出不来。我要特别告诉大家一个好消息:后天晚上,有可能让我们到中南海怀仁堂演出。当然,这事还没最后定。来看戏的领导,回去还得汇报商量。让我们静等消息呢。"单团长说到这里,大家又激动地敲起椅子背来。单团长接着说:"我们明晚先得搞好最后一场演出。首都文艺界可能会来一些人看戏。今晚几个团都要票了,一要就是上百张。行内人看戏,可是不好演,大家得把劲铆足了。无论今晚还是明天,都不要出去逛了,就在家好好休息,养精蓄锐,以利再战。我们来是给首都汇报的,不是来胡逛荡的。办公室和业务科要好好检查,再有出去胡逛的,一律扣工资。"有人在后边,制造了一声尖锐的口哨声,把一车人又惹得哄堂大笑起来。单团长气得问:"谁来?是谁打口哨来?不满意团上决定,站起来讲。"有那好出洋相的,就站起来敬礼说:"报告团座,好像是车外传来的。"一车人又笑得前仰后合起来。

　　晚上,尽管要求那么严,一团人还是偷偷溜出去了大半。说都到天安门看夜景去了。忆秦娥房里的两个老师,也跟人跑了。刘红兵就跑到忆秦娥房里干坐着。忆秦娥累得也没话了,即使有话,也不想搭理他。刘红兵就没话找话说,主要是说今晚演出的盛况。他说他是坐飞机到北京的,八点过十分赶到剧场,进剧场把他吓了一跳,所有观众,就跟死人㞎一样,蔫儿着一动不动。忆秦娥白了他一眼,嫌他说话难听。他还补了一句:"真的跟死人㞎一样。"忆秦娥就让他出去。他说:"好好好,跟活人㞎一样。"忆秦娥说了声"滚",他才注意用词了的。他说,没想到首都观众这样冷静,冷静得就像一潭死水。第二场戏完,他还带头鼓了几下掌,可没一个人跟,弄得好多观众还回头怪看他呢。他想,毕了,今次汇演可能毕了。他说他都不敢想象,她那阵儿在台上的压力。弄得他身上都出了几身冷汗。戏是从第四场结尾开始慢慢热起来的。越朝后演,越热。有些地方,他带头领了掌,有些地方,完全是观众自发的。尤其是到了《杀生》一折,他担心得都不知道鼓掌了,可掌声却此起彼伏地炸起堂来。他说,看着自己人演得这么好,他的那个骄傲啊,就想对着满池子人喊:你们知道不,这个演李慧娘的,就是我老婆!我刘红兵的老婆!

忆秦娥气得把桌上的镜子一下推倒了,说:"刘红兵,你还嫌给我人丢不够是吧?"

"我咋又给你丢人了?"

"你咋又丢人了?谁让你来的?你来算咋回事?"

"全团人都知道是咋回事。你不知道是咋回事?"

"你脸太厚了,刘红兵。"

"我脸咋厚了,忆秦娥同志!"

"你滚!"忆秦娥到了关键处,也就只能说出一句带滚字的狠话来。

刘红兵每每听到这个字,就是笑,讪皮搭脸地笑。刚从剧场一回到住地,他就出去给忆秦娥买了各种吃喝,放在桌上。还买了止吐药,他把白开水浪了又浪,吹了又吹地让她喝。可忆秦娥死都不喝,还非让他把东西拿走。他自然是不会拿了。忆秦娥就说累了,想睡觉。他又给忆秦娥拉开被子,伺候她躺下,才走的。

他都出门了,忆秦娥又警告了他一句:"不许跟团上人乱说乱谝。不许住在团上谁的房里。要住,你就住到一边去。你不是我的啥人,你要再乱说,我就踢你。"

"不说不说,保证不乱说。"刘红兵说着,还扇了自己一嘴掌。

忆秦娥知道说啥也不管用,就这号死皮,也不知是咋染上的,反正再也抖不离手了。气得她一想起来心里就堵得慌。不过,在刘红兵走后,她也想:自己就是再不给他面子,他还是这样一如既往地追着自己,缠着自己,照顾着自己,也算难得了。封潇潇再好,毕竟是远离着自己的。甚至这么长时间,他连片言只语的音信都没有,也就让她彻底失望了。她甚至感觉,自己一边在骂刘红兵、踢刘红兵,却又一边在慢慢接受着刘红兵了。这是一种无奈,似乎也是一种滴水穿石。每每想到这里,她又觉得于心不甘,咋是这样,就把一生要交给这个从一开始就很是不喜欢的人了?她懒得去想了,想也无益,并且越想越头疼。她就干脆熄灯准备睡了。明天还有一场恶仗呢。她知道,给内行演出是最难的事了,何况是首都的内行,还有全国来观摩的内行。他们看戏,就跟面对医院的透视机一样,五脏六腑里有点毛病,隔着衣服都是能看出来的。她只能睡,用睡的办法养护嗓子,养护精神,以保证重要演出。

也不知啥时,她突然听到了窸窸窣窣的响声。睁眼一看,是那两个老师回来了。两人见她醒来,一个说:"秦娥,你真能睡呀!从来北京到现在,除了走台、吃饭、演出,你就一直把背粘在床板上。小心睡瓜了。"另一个说:"这娃哪来这么多的瞌睡,像是瞌睡虫托生的。起来新鲜新鲜再睡。要不然,半夜醒来才难受呢。"忆秦娥一看表,是凌晨快一点的时候。她们开着灯。灯是吊在房子正中间的位置,虽然有些昏黄,可半夜亮着,毕竟是很刺眼的。她就把身子翻到面向墙的位置了。只听她们两人,你一言我一语的,说起了北京见闻,收拾整理起了白天和晚上出去买的东西。她们把给老汉、儿媳妇、孙子、外甥女,还有邻居让捎的东西,全都摊到了床上:有鞋帽,有袜子,有衬衣,有乳罩,有裤头,有西服,有裙子。是一件件拿出来比试着。从样式,到花色,再到锁边、纽扣,没有不讨论的。讨论着讨论着,怎么又把目标全都对准了自己的儿媳妇,共同声讨了大半夜,才关灯躺下。躺下后,两人又商量了明天的逛街计划。一个说去王府井看看。另一个说,还是前门大栅栏有转头。说那里啥都有,还便宜。说王府井的货好是好,可杀人不见血呢。一个又问:"明天啥时走?"一个说:"吃了早饭吧。"另一个说:"单仰平不是说了,明天坚决不让出去吗?"那一个说:"人家主角在家养神哩,你个烂搬布景的,养了神,是去台上跟人家主角抢戏呀?逛你的,晚上七点赶到剧场,不误那一片假山景就是了。"一个很快就梦见周公了。另一个还在问:"那啥时看天安门升国旗呢?"那一个的鼾声,就从腹腔,以共鸣音的浑厚,震得没钉稳当的窗玻璃,都在咔咔嚓嚓颤抖。另一个还抱怨了一句说:"吆猪哇,你个老挨炮的。"

忆秦娥咋都睡不着了。她从她们的谈话中,在想象着首都的样子。她也不知王府井在哪里,也不知大栅栏在哪里,更不知六必居的酱菜有多好吃,也不知张一元茶叶,为啥要成几十斤地朝回买。好像都在买,都在说。稻香村又是个什么村子呢?从她们的议论看,好像是个糕点铺子。那里的糕点,又能比西京的好吃多少呢?她也是胡思乱想着,越想脑子越清醒。加上两个老师,此起彼伏的呼吸道拉扯声、堵塞声、开通声,不停地刺激着自己,她就干脆又开始在脑子里过戏了。她从第一次上场开始过起,直过到把奸相贾似道用鬼火烧死。天还没亮,两个老师还在拉风箱。她就又过,过着过着,瞌睡才又来了。

早上吃完饭,人都溜走完了。单团长还让办公室查,看谁都违反纪律跑了。查来查去,除了忆秦娥,其余基本都溜出去了。他也就睁一只眼,闭一只眼算了。

忆秦娥吃完早饭,刘红兵问她出去转不。她也睡得有点难受,就想在附近走一下,但又不希望跟刘红兵一道,就说不转。刘红兵又赖在房里不走,她只好起身,说要出去走走。可刚到旅馆门口,一阵风袭来,吓得她又立马用手捂住嘴,跑回大厅了。这种风,最伤嗓子,一旦感冒,咳嗽起来,麻烦就大了。刘红兵说买个口罩戴上。她坚持还是在房里休息,就又窝回来了。房里没人,刘红兵就坐着不走。他不停地叨叨昨晚戏咋成功,一团人咋庆贺的事。说有人出去喝啤酒,回来时,醉得把牙都跌碎了半边,他还陪着去医院,帮着缝了豁嘴唇。忆秦娥就问他,昨晚睡在哪里?他说:"弟兄们都爱跟我谝。我走了走了,又被几个人扯耳朵拽胳膊地拉回来,整整谝了一夜。一直都在说戏,说你呢。"气得忆秦娥还真给了他一脚。他急忙说,都说的是好话。忆秦娥就骂:"谁让你说我了。好话也不许说。叫你睡到一边去,你偏要死到团上,烂嘴胡掰掰。你死去吧你。"刘红兵揉着被忆秦娥踢过的地方,光嘿嘿笑。忆秦娥是练武功的人,这一脚,还真踢得不轻呢。连忆秦娥自己都觉得脚尖有点痛了。

刘红兵又干声没趣地坐了一会儿,忆秦娥让滚,他就给她收拾好胖大海和麦冬水,听话地滚了。忆秦娥站起来,在房里压了压腿,踢了几下,又扳了一会儿朝天蹬。她觉得还有力气,就又拿了十几分钟大顶。然后,喝着胖大海,看着窗外的院子,咿咿呀呀喊了几声嗓子。有其他旅客在抬头看声音是从哪个窗户传出来的。她就没敢再喊了。过了一会儿,单团长和封导领来一个记者,说是中央人民广播电台的,要采访她。刘红兵也跟了进来。人家问啥,她都不知咋回答,只是用手背挡着嘴干笑。好多话题,还是单团长和封导代她说的。最让她讨厌的是刘红兵,不停地插嘴,好像啥他都知道。记者就问他是干啥的。还没等他说出来,这次忆秦娥倒是抢得快,说他是团上舞美队扛箱子的。刘红兵还想张嘴,就被忆秦娥用眼睛瞪得闭上了。记者看她不会表达,就让她给听众唱几句秦腔,她就唱了几句。记者很满意,接着又聊了几句关于秦腔的话题,采访就结束了。刘红兵怕挨剋,在单团长和封导送记者走的时候,也跟着脚底抹油,溜了。

为保证晚上演出,忆秦娥不得不又睡下了。

这天晚上的演出,观众爆满。掌声也比昨晚多了十好几次。关键是演出刚一结束,就传来消息说:进中南海演出的事定了。

·441·

二十

事后忆秦娥才听说,中南海来的人,晚上看戏了。刚看完,就上台找剧团拿事的说:"明晚请你们进中南海演出。"但不演整本戏,只演中间那两折最精彩的。说另外还有晋剧一个折子戏、豫剧一个折子戏,属于拼台演出。但秦腔多一折戏。不过人数有限制,连乐队,只让进去三十人,还要团上出政审材料。好事的确是大好事,却只能进去一半人不到。那一大半人,自是有些失落。

忆秦娥今晚演出完,还是吐了半天。好多业内人士,在演出完后拥上台来,想跟演员交流。他们不像领导,倒是都能等,直等到忆秦娥从厕所呕吐完,卸装出来,还都没离开。一见真容,个个更是惊叹得了得,都说这个演员的确是太漂亮了。有的还说,以为是装化得好呢,没想到,原来"底板"也这样赢人,是真正的美人坯子。有人还问她是不是混血儿,鼻梁咋这高的。有的问她是不是新疆人,她只捂着嘴笑,不知如何回答才好。倒是刘红兵激动得又是拉椅子,又是让坐,生怕传递不出他与女主演的关系。大家围坐一圈,还在七嘴八舌地说着,问着。有的问吹火是咋练的,那火是什么东西形成的。说其他剧种,还真没有吹火这绝技呢。在大家反复夸赞她唱、念、做、打样样俱佳的同时,几个京剧界的老师,也给她讲了讲唱腔还需要注意的地方。说尤其是呼吸、换气的方法,还值得很好地研究推敲。说所谓戏味儿,很多就藏在那里边呢。有的老师说,她演出还是有点太用蛮力,要再轻巧、放松、自然些,戏会更加张弛有度。忆秦娥自是不住地点头感谢着。死刘红兵也在一旁,谦虚得点头哈腰地纳着言,接着招。大家都起身要走了,似乎兴致还未尽,又对单团长和封导说:这个演员的条件,在全国舞台上都少见,一定要保护好了。一个老戏剧家,又用了"色艺俱佳"四个字。忆秦娥虽然不喜欢听那个"色"字,可好像说的人还越来越多了,她也只能掩面赔笑。大家跟她照了相,并且相互留了联系方法,才一一散去。

　　回到旅馆,忆秦娥到大澡堂洗了个澡,出来发现,楼道已没人了。大概又都出去逛了。晚上在回来的车上,单团长宣布:除了明晚进中南海演出的人员以外,其余的,明天放假一天。调演算是圆满完成了任务,进中南海演出,纯属锦上添花。大多数人,也就算是彻底解放了。可忆秦娥肩上的压力,反倒更大了。回到房里,刘红兵早把烤鸭、卷饼、葱酱,都停停当当摆在桌子上了。忆秦娥生气地说:"不吃。"她只吃团上发的夜餐:一个面包,一个煮鸡蛋,一根火腿肠。她边吃边把刘红兵又数落了几句,嫌他不该在后台乱献殷勤。刘红兵说:"那么多老师来给你捧场,封导年龄大,单团长腿脚跛,我不拉凳子,不招呼人坐,莫非还要让客人都站着?"忆秦娥知道,她咋都说不过刘红兵,说了也是白说。她说自己要休息,就把刘红兵打发走了。

　　她也是怕那两个老师半夜回来闹腾,就早早关灯睡了。可刚迷糊不久,她们就回来了。应该说她们比昨晚回来得还早一些。一进门,咯嘣拉开灯,一个就喊叫:"秦娥,秦娥,咋这早就睡了?演出这么成功的,都到天安门、王府井逛去了,你个大主演,还能睡得着?真是瞌睡虫托生的娃哟!"忆秦娥勉强一笑,把脸朝里边拧了拧,准备再睡。只听两个人,就摊开了几大人造革皮包的东西,开始一笔笔算起老婆账了。先说了一通六必居酱菜:一会儿甜酱萝卜,一会儿甜酱黄瓜,还有什么甜酱甘螺、白糖蒜啥的。哪个好吃,哪个不好吃,哪个能夹馍,哪个能调面,反正说得头头是道,香气四溢的,就好像是买回了人参燕窝。说完六必居酱菜,又说张一元茶叶:一个说,张一元的茶叶比过去贵多了,上次来,她回去给人捎了二十多斤,才十几块钱。这次还是二十多斤,就两百多块了。说价涨得快成抢钱了。另一个说,稻香村的食品价也翻了好几倍。

过去买八大样是啥价,现在是啥价,两人为过去的价钱还争了起来。一个说一个记错了,另一个说,你真正是老糊涂了。后来又咔咔嚓嚓试起了剪子。一个说,王麻子剪刀就是耐用。一个说,其实张小泉剪刀也不赖。说王麻子好的,就说她上一次跟着红卫兵大串联来北京,一次买了十把回去,送给人几把,剩下的,自己用了十好几年呢。还说那时卖剪刀,还偷偷摸摸的。说张小泉好的,说她娃的舅,在杭州买了几把张小泉剪子回去,可好用了,孙子拿着剪铁丝,口愣是没剪卷。两人你一言我一语的,说到最后,主张王麻子好的,说张小泉剪刀太秀气,卖不到黄河以北去;主张张小泉好的,说王麻子剪刀太蛮实,长江以南也没人稀罕。忆秦娥也不知这些人,哪来的那么多剪刀知识,说得自己还真跟傻子一样,除了唱戏,啥都不知道了。后来,两人为十几块钱终于说撑了。大概是在买啥子"京八件"的时候,一个说,是她垫的钱。另一个说,明明是自己从包里掏的。情况对不到一起,就吵了起来。吵到最后,都不说话了。只听到塑料箱子盖,摔得一片乱响,灯就关了。好像关灯的绳子还被谁拉断了。再然后,就是翻身和唉声叹气声。过了好久,才又扯起了好像是在互动着的鼻鼾来。

忆秦娥再也睡不着了。过去睡不着,她就数羊,数一数就能睡着。现在,她又一只羊、两只羊、三只羊地数了起来。数着数着,竟然数回老家九岩沟了。

她爹第一次拉回羊来,是在一个大冬天。她和她姐放学回家,娘正在抱怨爹,说不该把别人家的羊牵回来。家里连人都养不活了,还养羊呢。爹说:"都是亲戚,人家养了六只,上边不准,嫌养多了是搞资本主义,最多只让养三只。剩下三只让我牵回来,是代人家养的。亲戚答应,明年给一斗麦子,一升芝麻,两斗苞谷。还给两斤化猪油,再搭一副猪下水呢。这好的事情,能不接?"娘说:"谁来养?我俩都捆在队上,要修大寨田,要挣工分。娃要上学。加上大冬天的,山上草都冻死完了,让羊喝西北风去?"爹说:"熬过冬天,山上的草,哪里喂不活三只羊?"娘唠叨:"我说的冬天,说的是现在,现在让羊吃啥喝啥?我们都饿得顿顿饭稀得能照见人影影,你还操心起亲戚的羊来了。"就在爹娘斗嘴的时候,忆秦娥(那时叫易招弟)蹲在地上,抚摸起了一大两小三只羊来。没想到,三只羊那么温驯,她只拿小手摸了摸它们的肚皮,就都听话地卧倒在她脚下了。她给小羊挠腿,小羊就把腿跷得高高地让她挠。她一下就喜欢上三只羊了。就在爹娘为谁来放羊,争吵得搁不下时,她说:"我放!"虽然当时娘没答应,可晚上,她听见爹娘商量说:姊妹俩不可能都上学,迟早总得回来一个。娘说:"女娃子家,上得再好,将来都是人家的,何必呢。来弟喜欢上了,让她先上着。招弟本来就不喜欢到学堂去。加上沟里小学,也没个正经老师,上学也是三天打鱼,两天晒网的。不如让她边放羊,边在学堂混着,混不下去了,村上也不找我们的麻烦。刚好回来给家里搭把手。"就这样,三只羊便留下了。她喜欢羊,连去学堂混,也是把羊牵着,拴在教室外。有几次羊在外面叫,还到处乱拉黑粪蛋蛋,气得老师硬是把她从课堂撵出去,一罚站就是好半天。刚好,她就能跟羊在一起了。大冬天罚站,脚冷,三只羊好像懂事似的,竟然都卧在她的腿脚旁,让她有了一种比在教室更温暖的感觉。再后来,她去学校也行,不去,老师也懒得家访,懒得问,她就真的成放羊娃了。她在梁上唱,在沟里喊,羊也跟着咩咩地叫。那时,她也知道一个叫"理想"的词,别人回答理想是:开火车、开飞机、参军、当科学家。她的理想,从没人问,但她心里是有的。那就是将来嫁一个好婆家,喂上一群羊。羊不是三只,而是三十只。在一个有草、有坡、有水、能随便唱山歌的地方,过一辈子。那时她也知道北京,知道天安门,还知道北京有个"金山"。歌里不是唱"北京的金山上光芒照四方"嘛。但她还不敢想,一个放羊的,能到北京去,能见天安门,还能上了"金山"。想着想着,她还哼哼起了那首小时唱得特别熟悉的歌儿。再后来,她就进入了梦境:

漫山遍野的羊群。

她在放羊。

先是她姐在帮她放。

后来她娘也帮她放。

再后来,封潇潇也帮她放。

再后来,胡彩香也来帮她放。

再再后来,师父苟存忠也在帮她。

怎么古存孝也披着黄大衣来了。

封导也挥起了放羊鞭。

连单团长,也一跛一跛地跑来帮她拦羊了。

拦着拦着,她舅胡三元突然出现了。舅黑着脸,很是愤怒地抄起一根拦羊棍,端直把羊都赶到断头崖下边去了。他一边赶,还一边骂她:"没出息的东西,叫你好好唱戏,你偏要放羊。羊能放出花来,放出朵来,放出个红破天的大名演来?"羊跟飞天一样,被她舅全赶到崖下摔死了。

她就气得醒来了。

醒来一看,一个老师还正在说梦话:"我要昧你那几个钱,我都是地上爬的。"另一个在打鼾,气息仍是不顺畅,给人一种处在危崖上的感觉。

早上吃了早饭,中南海里又来了联系人,说要看看吹火。是担心引起火患。忆秦娥就给示范吹了几口。还给看了松香与锯末的配料。封导一再介绍说,秦腔吹火,已有上百年历史了,也许更长些,但从没听说引起过火灾的。来人瞪了他一眼说:"科学依据是什么?你能保证不引起火灾?你的保证管什么用?失了火,是拿你的人头是问,还是拿我的?"封导就再不敢说话了。单团长倒是又接了一句:"不行了备几个灭火器。我们过去演出也备过。""这个还需要你安排吗?你们就说,还有没有替代吹火的办法?动作做到就行了,非要冒出明火来干什么?"封导急得又插话说:"看

《游西湖》,主要就看的这点绝活哩。""那你们再想想办法吧。我们也想想。这个我们拿走了。"来人说着,就把一包松香粉搅锯末拿走了。人走后,封导、单团和忆秦娥还商量了一下,觉得吹火绝对无法替代,除非不演这折戏了。

到下午三点的时候,通知在旅馆房里开始化装。忆秦娥就化起装来。

两个老师不进"海里",一早起来,就又出去采买去了。不过再没结伴而行,而是牛头不对马面的,分别提着大人造革包,气呼呼地出去了。房里倒是安静。

忆秦娥一边化装,一边又在脑子里过起戏来。刘红兵还几次进来,问需要啥不。她也懒得理。刘红兵就给她保温杯里加些水,再开窗户换换气,然后吹着口哨出去了。忆秦娥想,刘红兵再能,中南海他总是进不去了吧。除了演员和乐队,是一个萝卜一个坑外,其余只让进去一个带队的。连单团都让了封导,说他进去,跛来跛去的不雅观不说,让封导进去,还能根据舞台状况,随时处理演出中的事情呢。

五点半的时候,"海里"来车接人了。

来的是一辆绿皮军车,窗户都遮挡得严丝合缝的。大家一上车,就给每人发了一个特殊演出证,要求必须戴在胸前醒目的地方。拿上车的东西,都一一做了检查。有些奇形怪状的乐器盒子,都拿一个吱儿吱儿叫唤的玩意儿做了检测。连忆秦娥手中拿的演出行头,也被打开看了又看。有人想把窗帘扒拉开,被来接的人拿指头严厉一指,意思是不许动,就再没人敢掀帘子朝外看了。也不知走了多远,弯来拐去半天,忆秦娥都觉得晕乎了,车才停下。说到了。在大家下车的时候,来接的人,又做了特别强调,要求大家下车后,直接到后台休息。他交代说:剧场四周都拉了警戒线,不许任何人到后台以外的地方走动。还说后台门口有哨兵,任何人在离哨兵三米远的地方,都必须自动止步。还交代了其他一些事项,忆秦娥头晕,也没记住,就下车朝里走了。车是横停在后台门口的。出了车门,只几步路,就进后台了。有些人,还大胆朝四周逛荡了几眼,说到处都是哨兵。忆秦娥当时头昏,连一眼都没朝旁边瞅,就进去了。所以后来有人问她,中南海是什么样子,她就瓜笑着,拿手背捂嘴,答不上来。她还真是一眼都没看见剧场以外的地方。

进到后台,见另外两个剧团也都来了。他们的两折戏在前边。秦腔是压轴的。

忆秦娥找了个僻静的角落,面朝墙坐着。她演出前特别喜欢找这样一个地方,入定,呆坐,发瓷。一是可以避免跟人说话;二是可以在脑子里过戏。这时也会喝点水,但已不能大口喝。只是用水润一润,让嗓子不干就行。喝多了,怕演出时内急。可就在她刚坐下一会儿,就听有人喊:

"兵哥来了!"

"兵哥你咋进来的?"

忆秦娥扭头一看,果然是刘红兵。并且身边还陪着一个有头有脸的人。

只见刘红兵挨个跟大家握着手,好像是长时间没见过一样的亲切。有那坐得远的,还故意把手伸得老长地喊:"哥,哥,把兄弟也接见一下。"刘红兵接见完自己人,又把山西、河南团坐得近的,也都依次"亲切接见"了一番。搞得人家全都站起来,还以为是来了啥子大人物。看得忆秦娥笑也不是,恼也不是的。见他走到自己跟前,也神神狂狂地伸出手来,要接见她呢。她端直把半杯水泼在了他手上,扭身上厕所去了。惹得大家又是一阵笑闹。紧接着,就遭到了后台管理人员的批评。事后,忆秦娥才听刘红兵吹,原来中南海里一个啥子部门里,有北山地区的一个人呢。那人年前回去,还在办事处住过,是给他留过一张名片的。他试着一打电话,人家记起是刘副专员的公子,就端直开车来接他了。别人不能随便出入后台,他却能出出进进、台上台下地上蹿下跳。因而,底下好多消息都是他传上来的:入场没入场;检票不检票;观众有多少;领导都是谁;尤其是来的领导,他一说,有人还直咂嘴,好像是一个比一个重要。

可惜忆秦娥一个都不知道,她就瓜瓜地在那里默戏。在她看来,给谁演都一样。别乱词,别错唱,别让"卧鱼"散架,别把火吹成一股青烟了就成。她演出最害怕的,不是来了哪个大观众,而是害怕团上业务科那些人。他们动不动就给人记演出事故。一记事故,就扣演出费。有一晚上,她把词说错了一句,就把她一晚上两块钱演出费全扣了。那些人心狠,才不管你主演累死累活呢。他们就是要通过罚款,保证什么"演出零差错率"。让她高兴的是,今晚他们一个都没来,全"撒掉了",应该叫"杀掉了"。能弄掉的,自然也就是"省秦闲人"了。一想到这里,她在墙角,还偷着扑哧笑了一下。

终于开演了。

先是河南豫剧《百岁挂帅》。再是山西晋剧《杀狗劝妻》。前边的戏,把场子演得很热。豫剧唱得劲道,晋剧剧情喜兴。忆秦娥还有点紧张呢。尤其是到了侧台,发现摆满了灭火器,还站了不少操作灭火器的人,有种如临大敌的感觉。她突然觉得,好像自己就是那个火灾的可能制造者,这还真让她鸡皮疙瘩都起了一身呢。可一登台,也就啥都不知晓了。

开始,她还有点跑毛,是底下观众有点嘈杂。她透过面光,朝下看了一下,前排大多坐的是白发老人。后排是坐得整整齐齐的军人。前排老人领的小孩儿多了一些,所以有点闹腾。不过,她很快就把场子给镇住了。她是见过不少观众的演员了,懂得怎么镇台。关键是要自己心稳,神稳,脚稳,身子稳。她对这两折戏,还是有把握的。传了上百年,能一代代唱下来,一定是有观众缘的。只要自己稳扎稳打,把一招一式、一字一句交代妥帖,就不会砸场塌台。果然,她把剧场从《杀狗劝妻》的喜剧气氛,逐渐带进了悲剧氛围。观众慢慢鸦雀无声了。好像连孩子们也受了感染,都紧贴在老人们身上,一动不动了。到了吹火一场,那就更是掌声不绝,喊好声不断了。

忆秦娥感到这一晚的演出,她几乎连一根细纱的差错都没出。就是业务科的人在,他们都圆睁了铜铃大的牛眼,从左右侧台两边挑毛病,也是找不到扣她演出费的理由的。可惜中南海,没让这些"闲人"进来。

二十一

也许是戏短些,包大头的时间也短些,大家都担心的事,总算没有发生。忆秦娥演出完,很顺利地谢了幕,并且在领导接见环节,也没有呕吐。刘红兵还拿照相机照了照片。以致后来就有人质疑她,说忆秦娥只有进了中南海,见了特别大的领导,才跟人家照相。一般领导要见,她都装作要吐,是不见的。其实忆秦娥连一个跟她握手的领导,都不知是谁。她平常又不看报纸,又不看新闻。最多就看个女排比赛。团上人说这些,她都听不懂。人家介绍了一长串职务,她也不知哪个大,哪个小。都说她扮相好,演得好,尤其是火吹得好。还有领导说,有了这么好的李慧娘,秦腔就后继有人了。她是一个劲地点头表示感谢,就怕领导说得长了,坚持不住,把人丢到前台了。好在都说得短。每个人后边,都有几个人跟着。握着手,说着话,就都分头走了。忆秦娥勉强撑到后台,想进厕所,但那儿已经不能通行了,只留了一个通道,是端直朝门外走的。她只好强忍着,出了后台大门。刚上绿皮轿车,还是哇地吐了出来。就听司机在埋怨,说怎么能吐在车上。好在刘红兵眼疾手快,脱下外衣,几把就将秽物抓在了衣服里。抓完,擦完,他还用夹生普通话对司机说:"净啦,净啦,你看净啦。连一丝丝都没有啦,干干净净的啦。"司机才把车发动了。不知是谁,大概又偷偷掀了一下窗帘,就听有说普通话的制止道:"不要动窗帘,不要朝外边看!"大家就一声不吭地端坐着,啥也看不见地,被从"海里"运出来了。

回到旅社,大家就跟松了一口气似的,大声嚷嚷着下了车。单团长早在旅社门口等着了。车还没停稳,他就迎了上来,直问:"咋样?演出咋样?"封导紧紧握着他的手说:"仰平,咱给秦人争了光了!出大彩了!秦娥立功了!"单团长急忙接住从车上下来的忆秦娥,一路跛着,把她朝楼上送去。就听身边人吵吵:豫剧怎么样;晋剧怎么样;吹火掌声有多少次;哪个领导是怎么表扬的。说不到位的地方,刘红兵还会补几句。这家伙,比团里人都更懂哪个官职大,哪个官职小;哪个是今晚的"主角",哪个是"配角";哪个比哪个更厉害些。忆秦娥嫌他太能不够,还斜瞪了几眼,也没管住他的嘴。他还是要说,要"卖派"。进了房子,她本来是要说他几句的,可一想到刚才吐在车上,他不顾一切地脱下衣服,满地抓污秽物的样子,又觉得不好开口了。她甚至想,刘红兵要是不去,还真让她挺难堪呢。

她卸装时,刘红兵就坐在床沿上,摇着吊拉在半空的两条腿说:"你这下算是把戏唱成了,进了中南海了。还受了那么多大领导的表扬。肯定要大火了。你大火了,可别把我抛弃了噢。我可是从宁州县,一直把你追到海里来的。这是眼光在作怪,知道不?眼光,你懂眼光不?自打我第一次看见你演戏,我的眼睛里就扎进了你这根毒刺、妖刺、魔鬼刺,再也拔不出来了,你知道不?"任刘红兵说啥,她都懒得理,只顾卸她的装。她也没感到进中南海演出,和在宁州演出、北山演出、西京演出有啥区别。都是让身边人吵吵的,一个地方比一个地方气氛更加紧张而已。这阵儿,她感到一切都松弛下来了,就想美美咥一顿。这几天为了演出,她总是控制着食量,生怕体重下不来,吹火时,上到裴相公身上,动作不灵便。更害怕胃袋里装了过多的东西,而扎不住口子地倾倒在舞台上了。这阵儿,啥都不怕了,她就想找个地方,把胃袋塞得满满当当的,美美饱一下口福。她觉得是真饿了,可她又不想给刘红兵说。她就想一个人出去吃,一个人消受一下如释重负的感觉。洗完脸,她就把刘红兵辞走了。她听楼道一些人,正集中在几个房间里,大声呼着喊着,在喝庆功酒呢。里边也有刘红兵。她就悄悄溜出去了。

到北京已经四天了,忆秦娥还没独自上过大街。她不知道该朝哪儿走。已经快零点了。他们住的这条街,又比较背,早已没有多少行人了。她就朝亮处走。走着走着,亮处又成了暗处,她就不敢走了。她问了一下行人:"天安门在哪里?"行人说还远着呢。她又问了一句:"金山在哪里?"那个人就笑了,说北京有个香山,还没听说有个金山的。她把嘴一捂,不好意思地急忙走开了。她听见一个巷子里有嘈杂声,就朝里边拐去。果然,在巷子深处,有几个烤肉摊子。摊子上还坐着好多年轻人。她开始有点不敢去。后来她看见,里面也有女的,她就选了个没人的摊子坐了下来。她要了三十串肉,还要了一个烤饼,就香喷喷地吃起来。吃完觉得不够,又要了二十串烤筋。这时,她发现旁边摊子上的人,都在朝她看。有一个小伙子,还被一个女的,把脸狠狠朝回扳了扳,好像还嘟哝了一句:"小心眼珠子。"她也不知咋回事。烤肉的老板就说:"都看你长得漂亮,几个女孩儿吃醋了。"她就羞得低下头,抓紧把肉吃完,起身走了。走了好远,还听身后有人在议论:"大西北的。一听口音就是。"另一个说:"西北还出这么漂亮的女人?不是都上身长、下身短,屁股大得赛笸箩吗?"只听一个女的说:"去呀,去追呀,不是像奥黛丽·赫本吗?赫本有这么稼娃气吗?瞧你们这些臭男人的眼神。"她就三步并作两步地,钻进了另一个黑胡同。她也不敢走得再远了,怕找不见回去的路了。既然天安门很远,又好像没有金山这个地方,她就想回旅馆算了。可走着走着,肚子不舒服起来,她感觉是刚才吃的烤肉有问题。也许是四五天没有好好吃东西,突然吃下这么多肉,肠胃不服呢。她正感觉肚子有点坠痛,就上吐下泻起来。四周还找不见厕所。实在内急得不行,她就蹴到一个墙拐角,趁四周没人,把上下的问题都解决了。解决完,她就急忙逃离现场,快速朝回跑去。以至多少年后,忆秦娥一想起第一次去北京,还羞得一个人偷着笑呢。实在是太对不起首都的卫生了,那境况可真是狼狈极了。

回到宿舍,她听见几个房里还在喝酒。刘红兵舌头都喝硬了,还在吹牛:"你信不信,你老弟就是要原子弹,哥都能给你弄来。你只说要尖头的,还是圆头的。你说,你必须说,只要你能说出型号,哥就能给你弄来。你现在说,哥赶明早,就把东西搬来……蹴在你门口了……"气得忆秦娥就想进去踹他几脚,可肚子里又一阵闹腾起来,她就赶紧上厕所去了。

上完厕所出来,她也懒得理刘红兵了。这个死皮不要脸的货,有时你越理,他还越上劲,不吹牛好像就活不成了似的。

回到房里,两个老师正背对着背,在各自的床上清点东西。她们的关系明显还没缓和。见她回来,倒是都跟她搭了话。一个说:"娥,听说今晚演出成功得很,你娃这下可要大红大紫了。"另一个说:"娥儿,秦腔这下就靠你了。能拿下李慧娘的演员,其他啥戏就都不在话下了。"忆秦娥只是点头、微笑,也不知回答啥好。更何况,肚子几下拉得已没了多少力气,就想躺下。两个老师,一人拿了个小计算器,在不停地摁。一人用纸笔在不停地记,不停地算。忆秦娥第一次起来上厕所时,她们还在算账。到第二次去时,她们已经在朝几个袋子里装东西了。有一个装不进去,还把上厕所回来的忆秦娥叫住,让她帮着撑开袋口,将东西硬朝里塞。一边塞还一边问她,是水喝多了,还是拉肚子。忆秦娥也没好回答,帮着撑完袋口,就魂不附体地倒下了。本来第二天一早,她是打算要去天安门广场看升旗的,可早上咋都爬不起来了。刘红兵还来问过几次,她也没说肚子不舒服。到十一点时,她勉强爬起来,办公室就把房退了。一个老师的东西实在多得拿不下,还让她帮忙捎了一个蛇皮袋子。袋子里也不知装的啥,重得拿不动,她是勉强拖到门口的。火车是下午五点开。可团上因为要节省半天房费,不得不在十二点前就退房。退了房,把人一回都拉到车站,就都在火车站附近又转悠起来。忆秦娥实在转不动,只好偎在那里,给大家看行李。刘红兵见她拉肚子,就去给她弄些药来吃了。直到上车前,才见好些,可也不敢再吃任何东西,她就那样恓恓惶惶上了车。

　　返程还是加挂了一节硬座车厢,团上大部分人都能坐在一起。来时的兴奋有增无减。尤其是在上车前,听说《游西湖》获了演出一等奖时,大家更是激动得把行李都抛向了半空。单团长让封导留着晚上领奖。封导让他留。单团说:"我的腿能上台领奖?不给省秦丢人、不给咱省上三千万父老丢人吗?"封导就留下了。车上,大家兴奋得玩啥都有些出格。尤其是一些小伙子,干脆把刘红兵当成了最大的玩物,关键是刘红兵也乐于让大家玩。也不知是因为啥,刘红兵甚至连裤子都让人扒光扒净了。他也不恼,只捂着那个地方,光着屁股,笑得咯咯咯地满车厢追裤子。气得忆秦娥起身就跑到别的车厢去了。

　　她真的觉得已经拿刘红兵毫无办法了。刘红兵恨不得向满世界宣告,他已经是忆秦娥的事实老公了。开始团上还有好多小伙子向她献殷勤,有的甚至在私下说:团上又来了"青春的希望"。大家都帮她这帮她那的。后来,刘红兵无处不在地"深度揳入"进来,小伙子们就都不敢再黏糊了。并且刘红兵还很大气,从喝酒到吃饭,他都掏钱买单。那一阵,无论是买彩电、买冰箱、买电扇、买洗衣机,或是买永久、凤凰、飞鸽这些名牌自行车,还有买啥子阿诗玛、大重九、窄版金丝猴香烟,都是需要凭票供应的。可刘红兵都能弄来。因此,他在团上也就混得特别有人缘。就连跟忆秦娥已成死对头的龚丽丽和皮亮夫妻俩,也是他出面摆平的。本来为争演李慧娘,龚丽丽是咋都无法咽下那口恶气的。可他们夫妻开的音响、家电铺面,有些难进的货,刘红兵却能搞到供应票。那时实行双轨制,凡有内部供应票的,批条子的,弄来都特别赚钱。刘红兵随便几个动作,就让皮亮和龚丽丽狠赚了一把。他们不仅没有再闹,而且看了忆秦娥的演出,还都到处说好了。龚丽丽说她这年龄,也该给更年轻的人让路了。皮亮更是每场演出,都要把忆秦娥的话筒反复敲,反复试频率。尤其是见了刘红兵,他连绑在忆秦娥身上的话筒电池盒,也要挪来挪去地反复问几遍:"紧不紧?""舒服不舒服?""影响不影响动作?"明明都绑好了,却偏要解开来再绑一次。都是做给刘红兵看呢。大家就觉得是撞着鬼了。直到皮亮喝醉酒,自己把话流露出来,大家才更是服气了"红兵哥"的雅量与能耐。

忆秦娥没处去,就在车厢接头处蹲着。刘红兵抢回了裤子一穿上,就来找她了。见她满头虚汗,脸也蜡黄着,就说要给她弄一张卧铺票,让她去躺着。忆秦娥咋都不愿意,还说他敢弄,她就跳车。这时,单团长也来了,见她已虚脱成这样,就让办公室去补卧铺票。她坚决不让。单团长又让人扶她回座位上休息,忆秦娥也不让扶。她不喜欢人都用眼睛盯着自己,她喜欢没人注意她的生活。她甚至突然想到了在宁州剧团烧火做饭时,一人待在灶门口的日子。那时一待一天,真是太安宁了。

她刚坐下,刘红兵就把列车长领来了。列车长还领来了一个医生,问这问那的。她就说拉肚子,没有别的啥。她还瞪了刘红兵一眼,嫌他多事。可医生摸了她的脉,看了她的舌苔,还是说,病人太虚弱,需要躺下休息。再然后,刘红兵就给她弄了软卧票,硬是把她弄到那里休息去了。这事一下在车厢里摇了铃,都说忆秦娥坐到软卧上了。并且单团还答应,票钱由团上出呢。

当第二天早上回到西京车站时,站台上早已拉下横幅:"热烈欢迎秦腔《游西湖》进京演出载誉归来"。旁边还有两个长条幅，无非是"大秦正声""誉满京华"之类的赞语。并且站台上还扭动着秧歌队和敲锣队呢。

忆秦娥是被办公室人叫醒的。并且刘红兵也喊叫她赶快收拾一下，说省上领导都亲自到车站接人来了。忆秦娥迷迷瞪瞪地回到加挂车厢里，单团长是第一个把她挡下车去的。那些扛了太多包包蛋蛋的"购物狂"们，都说让晚一些再下，嫌他们扛着、拖着、顶着东西的狼狈相，有碍观瞻。

先是领导接见。忆秦娥也不知谁是谁。反正有个胖胖的，修着个大背头的人，一把握住她的手说："你给秦腔立功了，立大功了！"想必这就是最大领导了。还有小朋友献花。忆秦娥的脖项上，都套几个花环了，还有人在朝上套。她只觉得浑身稀瘫，两脚像踩在棉花包上一样软溜。可到处还都有人在照相，她知道自己今天一定很难看，就故意低着头，不想让照。躲着躲着，但还是被电视摄像记者截住了。他们硬塞过一个话筒来，要她说几句。她脑子嗡地一下，就炸成一片空白了。本来就不会说话，这下更是一个字都说不出来。她只能抬起手，用手背挡着嘴傻笑。最后是单团长解了围，说她病了。这时刘红兵也戳到前边，像保护什么要人一样，把记者一个个朝开挡着。她才在一层又一层人群包围中，急乎乎地踏上了扎着彩旗、彩绸、彩花的轿车。

二十二

忆秦娥的好消息，是她从首都回来的当天晚上，传到九岩沟的。

那天晚上，忆秦娥她爹易茂财，从另一个乡赶羊回来，由裤衩口袋里，掏出十张"大团结"，抹了抹平，摊在了老婆胡秀英面前。

胡秀英就烫了一壶甘蔗酒,炒了一盘鸡蛋,还在油锅里滚了几勺花生米,让老汉架起二郎腿,慢慢品麻起来。而她,就偎依在一旁数票子了。虽然十张钱,并不咋经数,但她还是蘸着唾沫,来回数了三四遍。数完,她还一张张地,在油灯下又照了照,才说:"也不知这样的好事还多不多?"

易茂财说:"多,咋不多?上边要底下发家致富,都是有任务、有数字的。听说咱们这个县,全让发展布尔山羊呢。上边不停地来检查。底下喂的羊,跟他们上报的数字又对不上,他们就得到处雇羊充数哩。咱这一栏羊啊,都快名'羊'四海了。"

说得夫妻俩还咯咯地笑起来。胡秀英笑得撑不住,就拿拳头在老汉背上直擂。

也就在这时,他们家的广播里,突然播起戏来。胡秀英说:"快听,快听,说啥子忆秦娥获了大奖。快听!"

易茂财嘴里正大嚼着花生米,都停了下来。

只听广播里说:"……省秦腔团晋京演出载誉归来,《游西湖》一举夺得全国戏曲会演一等奖。主演忆秦娥获得表演一等奖……"

"忆秦娥……"易茂财将信将疑地嘟哝着这个名字。

胡秀英急忙说:"就是咱招弟。三元早说过,招弟把名字改了。"

"我知道。可这个忆秦娥,是不是咱家的招弟……"

"你说死呢。快听!"

广播里继续在说:

"……《游西湖》是秦腔的传统经典剧目,一代代秦腔人,用自己的血汗、绝技,将这部优秀剧目传承了下来。这次全国大调演,我省更是以振兴秦腔的高度责任心,调集精兵强将,以全新的阵容,将这台剧目完整地呈现在了舞台上。并向首都人民进行了一次十分精彩的汇报演出。每场演出,掌声都达近百次。尤其是在中南海的汇报演出,得到了×××、×××、×××、×××等党和国家领导人,以及众多老延安的高度肯定和赞誉。说秦腔真好!说秦腔真是大气磅礴,气吞山河!说秦腔的春天回来了!《游西湖》不仅获得全国调演一等奖,而且主演忆秦娥还获得表演一等奖。下面,我们就为观众播放一段由忆秦娥演唱的《游西湖》片段,请大家欣赏!"

听到这里,胡秀英和易茂财的眼泪都快下来了。但他们到底还是不敢断定,这个获得了全国表演一等奖的忆秦娥,就是他们家的易招弟,就是在宁州剧团改名为易青娥的易家二闺女。

终于,在一阵音乐声中,只听一个女声:

"苦哇——"

这声叫板的尾音还没拖完,胡秀英就"哇"的一声大哭起来:

"茂财,是招弟,是咱家招弟——!"

易茂财的眼泪,也让女儿的一声"苦哇——"给刺激下来了。他帮胡秀英擦着眼泪说:"听,快听!"

　　怨气腾腾三千丈,
　　屈死的冤魂怒满腔。
　　……

连他们也没想到,招弟出去这么多年,能唱出这样一嗓子好戏来。易茂财过去还是玩过皮影的人,听过无数戏。也就是"文革"开始,他才把皮影摊子烧了,再跟戏无缘的。就墙上挂的这个老碗口大的广播,他都不知从里面听过多少戏了。过去招弟在县剧团时,演《杨排风》、唱《白蛇传》,他也是听过的。可今天,这是县广播站转播省人民广播电台的节目,招弟是在省上电台唱戏了。这可是上了收音机的戏呀!并且唱得这样好,这样精细,这样催人泪下。他就觉得这个娃,是养成了。说养,他还真的觉得有些亏欠娃。都养了啥了?真是只当一只羊放了。而且还是她在给家里放羊,六七岁就开始了,直放到十一岁离开九岩沟。那时他还操心,娃将来找不下个好婆家呢。放羊的娃儿,没文化,也没个手艺,能有了啥子出息?那时他把宝,是押在大女子来弟头上的。不管咋,来弟都比招弟强,爱学习,不逃课,将来就是上个高中,回来混个代课老师,教个小学总是可以的吧。可没想到,她舅胡三元,给二女子指了一条唱戏的路。开始他还不同意,想着学戏太苦。但算来算去,总还是能给家里减一张嘴的,就又同意了。可咋都没想到,娃竟然把戏唱到北京城,唱到中南海去了。

易茂财越想越觉得这事有点大,恐怕得到老坟山,给爹、给爷、给太爷们烧点纸钱了。害怕喜事大了,他福薄命浅,扛不住。他爹、他爷过去也都唱过皮影戏,是知道把戏唱到京城、唱进中南海的意义的。可没出息的老婆就会哭,她把耳朵贴在广播上,一边听,一边哭。听着哭着,她就埋怨说:那时在家里,不该把娃没当人。六七岁就赶娃上山放羊。十一岁,就让娃出门学戏谋生。几乎没给过娃一分钱。娃在十二岁回来那年,还给家里买了东西。从十三岁起,就年年给家里寄钱,由五块寄到十块,由十块寄到二十块、三十块、四十块、五十块,直到上百块……我们真是亏娃的太多太多了。易茂财也被说得一阵阵难过起来。他暗暗擦了眼泪,然后拿了火纸,就跟胡秀英一起去了老坟山。他们跪在祖宗面前,把事情的来龙去脉,一五一十地汇报了过去。然后还放了冲子,是九响。

这天晚上,忆秦娥的事,就成了九岩沟的大事件。

那晚九岩沟的月亮特别圆,家家不点灯,都能坐在门口干零碎活儿。男的编竹篓、修犁耙、打草鞋。女的纳鞋底、做针线、洗衣裳。都看见了易茂财家的老坟山,不过时不过节的,突然有了祭拜的烟火,还放了冲子,并且是九响。能放九响冲子,那就是家里有大喜事了。大家都在扳着指头算,沟里这些年出的大人物:沟口张家的,出了个副乡长;沟垴熊家的,在县上出了个副局长,把老娘都接到县城享清福去了;象鼻梁上赛家的,还出了个在北山地委当通讯员的;这下又出个忆秦娥,把戏都唱进中南海里了。说明九岩沟的风水,是呱呱叫的。都议论说:易家小女子懂事,小小的就到坡上放羊,知道换手给忙不过来的爹娘抓背哩。这下易家人又该进省城享福去了。真是行行出状元哪!

第三天一早,乡上书记就到沟垴上来了,还拿来了省上的报纸。报纸上边有忆秦娥的照片,一张是化了装的。一张是没化装的。旁边还有一大篇文字,书记还特别给易家人念了几段。尤其是提到"忆秦娥是鹰嘴乡九岩沟村人"这段话时,不仅底下用红笔画了杠杠,而且书记还一连念了好几遍,说:"说明这娃没忘本哪!就要这样,无论走得多远,飞得多高,都要记住,自己是鹰嘴乡九岩沟养育出来的。你家秦娥在省城出了大名,对我们乡发展商品经济可是大有好处啊!"

这天晚上,一家人就再也坐不住了。先是儿子易存根,闹着要进省城看招弟姐。这也是个上学逃学、打架、祸害老师的主儿。才三年级,在沟里就已有了名声,谁家都不喜欢自己的娃儿跟他一起玩。这几天听说二姐唱戏出了大名,就闹着要去西京看二姐。其实是学校要期末考试了,他想借机躲避呢。大姐来弟倒是真的想妹子了。招弟刚调到省城那阵儿,她就说去看的,一直拖到现在了。她已结婚。女婿高五福想做生意,一直得不着窍,也商量着,说一起去省城摸摸门路呢。刚好有这机会,就撺掇着来弟赶紧出发。最想见招弟的,其实是胡秀英。好久了,她老做梦,梦见二女子在省城让流氓欺负了,活得生不如死的。这些噩梦,动不动就把她吓得哭醒转来,再不敢眨眼睛皮。她是咋都要去看看二闺女的。易茂财自然是留下看门了。加之最近,那群羊也赶上了挣钱的好时候,想闺女归想闺女,但羊钱还得挣不是?

第二天一早,一家四口先下到乡上,再坐班车去了县上。他们商量过,在县上是要见娃的舅胡三元的。看他去不去,要是他去,就有了照应。一家人,除了她舅,毕竟是都没去过省城的。

谁知一到宁州剧团,把她舅高兴的,说团上明天要去十好几个人呢。都是去看忆秦娥的《游西湖》的,算是集体去学习。

这天晚上,胡三元把一家人请到县城一家最好的饺子馆,让大家美美咥了一顿饺子。看得出来,胡三元特别兴奋。据他自己说,秦娥的事,这几天在县上都摇铃了。广播上成天广播。县上还给省秦腔团发了贺信。

吃完饺子,胡三元还专门带着一家人,去了黑黢黢的剧场大门口,看宁州剧团拉出来的横幅:

"热烈祝贺我团演员忆秦娥调进省秦后一举夺得全国表演一等奖!"

胡三元还问:"看出来没?是故意这样写的。秦娥调到省城,就获得那么大的奖,给他们争了那么大的光,可都是宁州一手培养出来的。他们是用了现成的,知道不?大家心里都不服气,说全国调演应该是我们去,而不应该是省秦去。"胡秀英笑着说:"不管咋样,招弟能有今天,还都得亏了她这个好母舅哩。"这句话,让胡三元特别受用,他的两颗门牙,笑得立马都露了出来,说:"这话还用你讲?剧团人都说疯了。这几天都不把我叫胡三元了,叫胡伯乐呢。"胡秀英问:"这难听的名字,咋叫个胡伯乐呢?"来弟就笑着说:"伯乐是个历史名人,能认识千里马。是夸奖咱舅的意思。"他娘说:"招弟是人,又不是马。"把大家都惹笑了。

胡秀英一家四口,第二天是跟胡三元他们剧团人一起去省城的。等赶到剧场时,离开演已不到半小时了。胡秀英就要去看女儿,被胡三元挡了,说让先看戏,等看完戏再见面。还说这阵儿去看,会影响秦娥演出情绪的。

戏票都是团上提前让人订好的。听说票紧张,本来就多订了几张,刚好有封潇潇他们几个没来,就让胡秀英一家几口都坐上了。胡秀英他们看见,剧场旁边还站了好多人,并且硬是站了一晚上。

这晚的演出,比任何时候都火爆。

自打忆秦娥一出场,掌声就响起来了。中间是唱一段,拍一阵。戏还没演到高潮,掌声就已快上百次了。到了《鬼怨》《杀生》时,一千多人的剧场,就像大牛头锅煮开了一样:柴烈、火啸、汤沸、气圆。有人硬是要站起来喊叫。还有人是直接冲到舞台前边去喊"忆秦娥!忆秦娥!忆秦娥!"了。这阵仗,甚至把在山里"猴子称大王"惯了的易存根,都吓得尿裤子了。

二十三

忆秦娥咋都没想到,回来的第二场演出,底下观众里竟然有宁州剧团来的人。尤其是还有她娘、她姐、姐夫、她弟。她只感到,这场演出,比任何一场都热烈,都劲爆。演出刚一完,她硬是撑持着谢了一下幕,就急忙朝厕所跑。以观众的呼喊声,大幕是应该再拉开,演员应该再谢幕,直到观众依依离去的。可惜她咋都撑不住了。还没等跑到厕所,就吐在刘红兵的背上了。刘红兵是在前边给她开路的。忆秦娥进了厕所,有几个戏迷甚至还跑上舞台,质问团上:观众都没走,演员为啥不再出去谢幕了?还有没有礼貌?有的甚至还说:进了中南海就不得了了,是吧?对普通观众就这么傲慢无礼,你们到底是为谁唱戏?单团长和封导只好反复给人家解释,说忆秦娥要吐,几个人架到厕所去了。还说不信你们可以去看。戏迷这才问怎么了。单团长说:可能跟吹火有关,松香粉吹燃后,味道很重,很呛人,有些还吸进了喉管里。一个戏迷才感叹说:"演员这么辛苦的!只是太可惜了,戏真好,观众才等着谢幕呢。戏要难看了,早抽签跑了。听听,你们听听,观众到现在还没走呢。"底下的掌声的确还在继续。不过这阵儿,已经由热烈,变成一种跟部队战士看演出一样的掌声了,是齐齐整整的啪啪声。单团长就一瘸一拐地跑到厕所边,问忆秦娥怎么样了,说观众都不走,恐怕得坚持着再谢一次幕。忆秦娥就撑着出来,又上去谢幕了。不过在谢幕中,她看见了宁州剧团的人,看见了她舅,还看见了她娘、她姐、她弟。他们全都拥到舞台前边来喊好,来鼓掌了。她的娘甚至在给她大声打招呼:"招弟!招弟!"娘还抱起小弟易存根,在鼎沸的人声中喊叫:"叫姐,快叫姐,那就是你二姐!"她的眼眶迅速被泪水模糊了。

大幕终于再次关上了。

忆秦娥卸装时,宁州剧团的人和她家里人,都在剧场大门外等着她。

楚嘉禾和周玉枝演的是李慧娘替身"鬼魂若干人"。她们只在《杀生》的最后出现一下,就几十秒钟的戏,是被鬼火烧得行将就木的贾似道的幻觉人物。那时灯光幽暗,磷火森森,且烟雾缭绕,也就谁都看不清"若干人"的脸面了。因此,装都化得特别简单,卸起来也快。当忆秦娥卸完装出来时,楚嘉禾和周玉枝都跟大家寒暄半天了。她一出来,人群呼地一下,就把她围住了。不仅挨个跟她拥抱,而且几个男同学还把她抬起来,噢噢地向空中抛了几抛。惠芳龄直拍她的脸蛋喊叫:"真是太漂亮了!太漂亮了!太漂亮了!谁给你化的装?天仙也没你好看。"最后紧紧拥抱住她的,是胡彩香老师。胡老师就是一个劲地哭,泪水热乎乎的,热得忆秦娥心里也瞬间涌流出了十分滚烫的东西。可惜,人群里面没有封潇潇。刚才她在舞台上,就搜寻过他的。她还以为是当时泪水模糊了,没看清。这阵儿全都看清楚了,就是没有封潇潇的影子。她甚至有点失落。

刘红兵在前后忙碌着招呼大家,生怕宁州剧团人看不出他是啥角色。他还故意在人多的时候,把本来不需要的外衣,硬给忆秦娥披在了身上。忆秦娥端直给他抖了回去。他就给大家做了个鬼脸,不仅掩饰尴尬,而且还显现出了更深的意味。宁州团里有那过去跟他混得好的哥们儿弟兄,就煽惑说:"红兵哥,丈母娘在此,贤婿岂有不叫之理乎?"有人就跟着撺掇:"叫,开叫!叫妈,叫妈!"忆秦娥讨厌得直想拉着娘离开。可这个死不要脸的货,还真给叫上了:"妈——!"并且尾音拉得老长,像唱戏。把忆秦娥的娘,一下高兴得笑窝在了地上。忆秦娥就给了刘红兵一脚,这一脚踢的,似乎让刘红兵的角色更加合法化了。

刘红兵硬是热情地要请大家到老兰家吃烤肉,说是西京最有名的烤肉。刚好大家也都没吃下午饭,就分头上了出租车。忆秦娥自己也没个主见,来了这么多人,是应该招待一下,又不知怎么弄,也就只好任由刘红兵去了。只见刘红兵一连叫住六辆出租车,一个个都安排得停停当当的。车队就直奔老兰家而去了。

看来刘红兵是老兰家的常客。他一来,老远就有人招呼"红兵哥"。吃烤肉的人那么多,老板还是给他腾出一个大包间来。一下把二十几个人,全都塞了进去。刘红兵是个人来疯,见人多,尤其还是忆秦娥的娘、姐弟,还有老师、同学,就更是神狂得厉害了。他开口先让烤五百串筋、五百串肉、五百串腰子,还让提十捆啤酒。胡彩香说太多了,怕吃不完。刘红兵说:"今晚是个太难得的日子,秦娥这么多亲人聚集在一起,还能不吃他个昏天黑地,喝他个人仰马翻。"逗得忆秦娥的那帮同学,又拼命地鼓掌喊好起来。

这一晚的确是有点"狂欢夜"的意思。大家轮番给忆秦娥敬着酒,祝贺她"名动京华,声震三秦";也祝贺老娘胡秀英"生得伟大,养得光荣";更祝贺"伯乐舅"胡三元"慧眼识才,马跃千里";也祝贺胡彩香"心地良善,育人有功"。忆秦娥难得有这么一次高兴、放松的机会。尤其是团上这么多老师同学,能专程来看自己演出,向自己表示祝贺,她真的是很感动,很开心。可感动是感动,开心是开心,但有一个人没来,却也成了她的一桩心事。她太希望从他们的谈吐中,得到一点封潇潇的蛛丝马迹。可没有任何人提到他。都在说她的不容易。说她现在咋"红破天"了。虽然这些话,听着也很是滋润、受用,可她还是更想知道封潇潇现在在干什么。既然是全团组织进省城来学习,作为宁州团的台柱子,他怎么能不来呢?中途还是楚嘉禾,为了刺激张扬得搁不下的刘红兵,故意问了一句:"哎,潇潇咋没来呢?潇潇最应该来给秦娥捧场么,他们可是演爱情戏的绝配呀!"胡彩香先接话说:"就是的。我觉得秦娥的戏,还要潇潇来配哩。今晚这个裴郎,跟咱们潇潇可是差一大截着哩。先是扮相不如潇潇潇洒,再是年龄也大了些。咱秦娥才多大,咋能配这么老个裴郎呢,眼袋都出来了。"有人还补了一句:"尻子也有些撅,还是盘盘腿。"刘红兵就插话说:"配老些好,配得太年轻,我还不同意哩。戏就是要突出咱慧娘么。"大家都笑了。是周玉枝又问了一句:"哎,真个潇潇咋没来呢?他应该来呀!"有人就说:"潇潇可不是过去的潇潇了。这家伙不知咋搞的,现在天天喝酒,都快成酒疯子郝大锤了。就差满院子捉老鼠'点天灯'了。"忆秦娥心里一怔,怎么会这样呢?难道是因为自己吗?有人急忙说:"不说潇潇了,人真是变得太快了,有时一眨眼工夫就变得不敢认了。就说秦娥吧,这才调到省城多长时间,就坐上'秦腔小皇后'的交椅了。可不是我说的,这是报纸的题目。这不就跟变戏法一样,把我们这些老同学都看糊涂了嘛!"大家就又掀起了一轮给"秦腔小皇后"敬酒的热潮,忆秦娥还真放开喝了起来。她觉得,这阵儿还真是得有点酒了。

一切都按刘红兵的说法来了。果然有几个喝得钻到桌子底下去了。她舅胡三元和胡彩香,就让收场。在大家喝酒的时候,刘红兵把住处都安排好了。忆秦娥她娘、她姐、她弟,都说要跟忆秦娥住。其余的,就都由刘红兵领到北山办事处去了。

回到租住的房里,娘和姐还都兴奋着。弟弟第一次见真电视机,看得有些目瞪口呆。他们娘儿三个,就偎在床上拉起了家常。

先拉她爹。娘说:"你爹现在可活成人精了!这几年养了一群羊,比村主任都人五人六了。动不动就这里上门请,那里上门求的。"忆秦娥问咋回事。娘说:"叫你姐说,我不会说。"姐就说:"这几年不是搞发家致富嘛,一个地方一个招数,来一个领导一个弄法。咱宁州县,前两年,主要是种烤烟。这下来了新领导,又开始发展布尔山羊了。这羊还是一个外国品种,好多老百姓不想养。可上边任务又硬,还要一个劲地检查。爹养的这二十几只羊,就派上了大用场。今天被拉到这个乡上,明天又被拉到那个村上,都是去凑羊数、哄上边检查的。一只羊一天三块钱,还给羊管好吃好喝的呢。"娘就接过话说:"还给你爹管待酒席哩。"弟弟也插话说:"爹把剩酒剩肉,还拿回来让我和娘吃呢。""就你嘴长。"娘给了他一巴掌,又接着说:"一群羊也给喂得肥的,见天吃净黄豆呢。你爹贼得很,不管走到哪里,都说羊只爱吃黄豆,说要不然,见了领导,四个蹄子跑不欢实。人家就拼命拿黄豆给喂哩。你爹还说,这羊要是让招弟看见了,可是爱死了,一只只都养得油光水滑的,背上的膘呀,都在三四指往上了。"娘先笑得快岔气了。她和姐就都跟着笑。

说了她爹,又说起刘红兵来。忆秦娥不想说,可娘和姐的兴趣都很大,说这女婿嫽着呢。在吃烤肉的时候,她们听说了刘红兵的一些来路,是大得不得了的大官的儿子啊!娘开始还问比乡长能大多少呢。姐说,比乡长他爷还大一轮。娘就直咂嘴说:"也不知易家前世辈子是烧了啥硬扎香,后辈竟能攀上这样的高枝。不仅门户高,才貌出众,做事大方,而且还懂礼数得要命。当着众人面,都叫我三四次娘了。虽然是开玩笑,可人家那身世,能不嫌咱这号从山沟垴垴钻出来的土鳖虫,整天围着锅台、羊栏、猪圈转的老妈子,那就是给了天大的面子了。"可正是这一点,让忆秦娥更讨厌刘红兵了。晚上竟然当着那么多人的面,偏要一次次地叫妈、叫娘,那分明是觉得自己高人一等,才敢胡调乱侃呢。正经丈母娘,是你能随便开叫、随便乱喊的吗？还喊叫得跟唱戏一样,拿腔卖调的。她几次都想上去踢他。可娘反倒不计较这一切,还把刘红兵夸奖得不行,说这叫真正有钱有势的人家,啥大场面都能应对自如了。娘还让她别把一吊整钱,生生熬成八百了。姐也一连声地说:"好着呢,好着呢。无论家庭、身材、长相,还是待人接物,都没得挑剔。妹子你要不是唱了戏,出了名,恐怕这样的人,一辈子是连见也见不上一面的,还谈婚论嫁呢。何况人家还这样'狐迷子'上心。"忆秦娥说啥,她们都说她心性太高。还说错过这村,就没这店了。连弟弟易存根也说:"二姐夫比大姐夫好,长得跟电视里的人一样。"忆秦娥怕伤了姐的心,急忙制止弟弟,说人碎碎的,就满嘴乱跑调。姐就说:"存根说得对着呢,你姐夫哪能跟人家比呀。你姐夫就是个满山沟里胡钻乱窜的小药材贩子,乡里叫'倒鸡毛的'。人家是什么人物啊,你没听听,弄几台彩电、冰箱、立式摇头电扇,都不在话下呢。这哪能放到一杆秤上称呢?你姐夫今晚都高兴得跟啥一样,说这辈子总算是遇见高人了,正准备拜妹夫为师呢。"娘也说:"不怕来弟不高兴,吃的就不是一样的饭么,咋能摆在一个锅台上比胖瘦呢。"任忆秦娥咋说,一家人都在反驳、"批斗"她。她也就懒得说了。她说:"睡。"娘还是兴奋着,要女婿,还要抱孙子的。忆秦娥就气得把灯关了。娘在黑暗中笑着说:"你把电灯拉黑了,娘还是要孙子。就要你跟这个小伙子生下的。一准是人中龙。"姐也哧哧地笑着说:"抓紧噢,力争年底见喜。"弟弟易存根"咚"的一声炮响。娘照他屁股踹了一脚:"把不住嘴的货,又吃多了。"

二十四

这天晚上,忆秦娥咋都睡不着。她在想封潇潇,翻来覆去地想。她觉得她还是爱着潇潇的,并且爱得那么深。当她听说,潇潇除了没给老鼠"点天灯",其余都快成郝大锤一样的酒疯子了时,她心里可不是滋味了。潇潇对自己的爱,是那样不显山不露水,尽在一颦一笑间。大概也正是这种月朦胧,鸟朦胧,而让那点太过脆弱的爱,中断在了调离宁州的路上。那种躲躲闪闪、藏藏掖掖,又怎能抗衡得过刘红兵吹着冲锋号、端着冲锋枪、喊着"缴枪不杀"的正面强攻呢?她突然急切想知道封潇潇的一切,可又不能问任何人。她在等着天亮。天亮以后,是可以问她舅的。这一生,唯有她舅胡三元,是没有什么不可以打问的。这天晚上,大概是她这几年,失眠最严重的一个晚上。潇潇让她难过了。她甚至在轻轻呼唤着他的名字。自己是不是把自己爱着的人害惨了?如果封潇潇真成郝大锤了,那她简直就是一个罪人了。

　　第二天她舅一早就来了,说其他人都逛街买东西去了。弟弟也闹着要出去。忆秦娥说她这几天有戏,昨晚又没休息好,不敢出去见风,就安排他们自己去了。人都走后,她就跟舅谝起来。舅把团里的情况,详细跟她说了一遍:自她走后,这个团人心就散了,跟山墙抽了龙骨一样散乱。尤其是团长朱继儒,一下泄了大劲。一开会他就埋怨说,以后再不培养人了,我们县剧团培养人,都是驴子拉磨狗跟脚——出闲力呢。一旦有点成色,不是调到地区,就是调到省上了。咱还做这赔本的买卖,是脑子让门缝夹了。也怪,老朱的身体也不行了,整天吭吭咳咳的,老了一大截。舅说有一回,朱团长还当着他的面埋怨说:你那个外甥女没良心,为捧红她,我得罪了团上多少人哪!硬是把她捧成台柱子,捧成县政协常委,上了主席台,当了副团长,连职称也是破格评的,就这把人心也没留住啊!团上一些老同志还抱怨我,说你个朱继儒就是贱,不是爱小的吗?这下让小鸡给老鸡把蛋踏美了吧。你说我说啥!再不做这傻事了。团长我也打了报告,不想干了,受不了省上这挖心挖肝术。你好不容易弄个人出来,他们三下五除二就弄走了。

他们是枉挂了一块省级剧团的牌子呀！自己不好好培养人，就爱搞这抽别人吊桥的事。说轻了，是不要脸；说重了，那就是厚颜无耻到了登峰造极的地步。这回你把戏演火了，也能看出他的兴奋。要不兴奋，他咋让办公室要挂一个横幅"热烈祝贺我团演员忆秦娥调进省秦后一举夺得全国表演一等奖"呢？这都是朱团长想了又想的词。大家要来学习，他也同意。想让他带队，他却咋都不来，说眼不见心不烦。他说你们去给秦娥鼓鼓掌、捧捧场，是必要的，人毕竟是咱宁州出的嘛。忆秦娥听到这里，心里也特别难过。朱团长为她，那可是费了心思了。她老感觉，朱团长就像她爷。虽然她爷在她七八岁时就去世了，可她爷在她上山放羊时，一旦天气变化，就会拿着斗笠、蓑衣，上山来给她披上的。遇见霜雪天气，爷也会用草绳，给她脚底绑上"脚稳子"，怕她滑到沟里了。爷走了，爹和娘都忙，就再没人给她送斗笠、蓑衣，绑"脚稳子"了。她感到，她现在就是那个没爷的忆秦娥了。虽然单团长对自己也呵护着，可毕竟是比不上朱团长那般爷爷对孙女的好了。

说了半天，最后终于扯到了封潇潇。舅说："这个娃子可能毕了。原来那么乖的，我心里都想着，将来把你们撮合成算了。可现在完全变了人样了。我还劝过，也没用。他就跟中了魔一样，整天喝得昏头耷脑的，眼睛发直，还犯花痴。毕得毕毕的了。"

舅说这话时，半边脸显得比平时更黑，龇出来的龅牙，是用嘴唇抿了两抿，才包住的。

忆秦娥怔在了那里。她突然想起了李慧娘对贾似道说的一句台词：

"老贼真是罪孽深重了！"

自己又何尝不是罪孽深重呢？

团上人看完戏，又转了一天，大多都回去了。她舅和胡彩香老师他们几个还没走，说是要给团上买服装、道具、锣鼓响器啥的。

刘红兵就问忆秦娥:"那个叫胡彩香的,是不是你舅娘?"忆秦娥说不是的,问他咋了。他诡秘地一笑说:"没咋,都是人嘛。理解,理解。"忆秦娥踢了他一脚,问他到底咋了。他才说:"两个人在一起干那事,叫办事处的服务员撞见了。不过我都摆平了。"这话让坐在一边的胡秀英听见了,气得晚上她弟胡三元来,就把他劈头盖脸骂了一顿:"不要脸。这么多年瞎瞎毛病还改不了。就跟人家的女人胡扯哩,看你还扯拉到哪一天。还不准备麻利找个人结婚是吧?哪怕找个寡妇呢,总得有个正经名分,才朝一个炕上躺吧?眼看都四十多岁的人了,还这样到处蹾了尻子又伤脸地瞎鬼混。真是把胡家先人都丢尽了。"胡三元也懒得理他姐,就把话头扯到一边去了。忆秦娥自是不敢打问她舅的事,只是觉得,他长期跟胡老师卷着,迟早会有麻烦的。她从胡老师嘴里听到,她男人张光荣单位彻底塌火了,现在到处在找活儿干呢。光荣叔可是个劳力极好的人,她舅是咋都打不过的。并且胡老师也并没有要离婚的意思,还一口一个额(我)老汉,一口一个张光荣的。那他们这样一年一年地在一起瞎混,又算咋回事呢?

她舅他们多住了两天,买了东西,又看了两场戏,也都回去了。临走的时候,舅还把她拉到一边说:"封潇潇看来是个没多大出息的货了。刘红兵过去我也不喜欢,可这次来看了看,好像又还行。反正你自己看着办吧。这年月,好男人比女人走俏。能抓,早点挖抓一个也是必要的。要不然,好的都让十六七的女娃子下手抓完了。这些娃下手可快、可重了。能给你剩下的,也就没得挑了。"胡彩香老师也是这话,她说:"不要听团上的。团上不让早恋爱、早结婚、早生娃,那就是想让你多出几年力气、多卖几年命呢。卖完命,你还是得过你的日子,团长又不能帮你过。你没看现在这社会,你能等得住?再等几年,剩给你的,那就是残羹剩汤了。不是尺寸不够,就是跟你舅一样长得三瘪四不圆的。(舅插话说:'去你个头,你长得好?尻子比磨盘还大些。''滚一边去,嫌老娘尻子大,甭看。')再就是穷得家里有炕没席的。反正提起哪头,都是马尾穿豆腐。千万别上领导的当,领导都是日弄客。我看刘红兵,咋越看越还行,你就薅住算了吧。就是有点流气,可他像糯米一样,能黏你这久,那也是不容易的事。人么,只要他能真心待你,你就应该把心给他。"

忆秦娥她娘儿几个,又住了一个多礼拜。也是每晚看戏,并且越看瘾越大,票却是越来越紧张,连忆秦娥每天也只能分到两张。有时遇到包场,还连一张都没有。但再紧张,刘红兵都能弄到票。并且他还爱在丈母娘跟前卖派说:"剧场座位再紧张,还能少了'秦腔小皇后'她娘放屁股的凳子?都应该抬一个长沙发,放在中间位置,让老娘您躺着看呢。搞清楚没搞清楚,这是小皇后她娘耶!那您就是老皇后了。没老皇后,哪来的小皇后不是?没这小皇后,你都看'游东湖'去吧!"每每说到这里,都要乐得忆秦娥她娘,笑得不是长流眼泪,就是岔气揶腰的。自然见天晚上,都要嘟嘟刘红兵的好,并且要忆秦娥赶紧把事办了。娘说:"你舅说得对着哩,千万要小心那些更年轻的'狐媚子'。看着一个个毛桃子没熟,可下手都快得很,你还没眨眼皮哩,人家就隔席把蒸馍抓走了,给你连馍渣渣都留不下。"

娘终于带着她的探亲班底走了,是刘红兵拿车亲自送回去的。忆秦娥不同意,可娘偏要坚持"让兵兵送"。说都是自家人了,怕啥?忆秦娥也不好再阻挡,刘红兵就送去了。

就在娘他们走的这天晚上,剧场又来了一个特殊观众,叫秦八娃。也就是年前忆秦娥在北山地区演出时,朱团长带她去看的那个人。说他能写剧本。当时去,就是准备给她量身定做剧本的。没想到,秦八娃在省城也是这样地有影响。他一来,竟然就成省秦领导的座上宾了。